文庫
8

五味川純平

人間の條件
(中)

岩波書店

目次

第三部

1

「そこに待っとれ」

中隊内務掛の日野准尉は、梶を事務室に残して、隊長室に入って行った。梶は不動の姿勢で立っていた。

「休め」がかからないのだ。暫くして、日野は戻って来たが、直ぐに机について、書類に眼を通しはじめた。梶二等兵など眼中にない。

そばの、真っ赤に燃えているストーブの上で、湯沸しから湯が吹きこぼれて、盛んにやかましくはじけた。日野が、じろりと梶を見上げた。何故湯沸しの蓋を取らないのか、お前は。そう云いたそうに見えた。梶は肚の中で苦笑しながら、不動の姿勢を崩さなかった。

営庭を、初年兵が軍歌演習で練り歩いていた。蛮声を張れるだけ張り上げて、歌は戦陣訓《せんじんくん》の歌であった。感傷的なメロディに、力み返った蛮声がなじまない。

日野が書類に顔を向けたままで云った。

「休め」

聞えなかった。

「何でありますか！」

「休んでよし」

湯のはじける音がうるさいのだ。梶は一度正しく休めの形になってから、湯沸しの蓋を取った。早く要件を終って欲しかった。冬の日はもう直ぐ暮れる。窓の外の灰色の空が、暗く変色しつつある。初年兵は忙しいのだ。ここで遅らされる数分の時間は、消灯時刻までどうしても取り戻せないことになるだろう。

ようやく日野准尉は梶の方に体の向きを変えた。股を開いて、脚を投げ出して、さも面倒くさそうに訊いた。

「お前は幹部候補生を志願していないな？」

梶は不動の姿勢に返った。

「しませんでした」

「何か特別の理由があるか？」

梶は答をためらった。日野の、額だけが白く、眼から下が浅黒く灼《や》けた顔を見ていた。その顔は、軍隊の暴風に十年近くも晒《さら》されて来た顔であった。知識人の手間のかかる、曲折の多い考え方など、受けつけられようとも思えない。

「……特別の理由と云っては、ありません。不適格だと思うからであります」

「どういう点が不適格か、云ってみろ」

「将校になりたくない気持があります、准尉殿」

「その気持の内容を訊いておるんだ」

気持の内容など、お前にわかるか。梶は、肚の中で言葉が重なった。即答は出来ない。ひとこと間違えれば大変なことになるだろう。

「……漠然とであります。准尉殿」

「理由は漠然としているが、将校になりたくない気持だけは明確だと云うんだな？」

日野が、何か、これからが楽しみだというような笑い方をした。

「地方ではとぼけて済ますときもあったかもしれん。軍隊ではそれは許されんのだ。俺の前では、そんなことは通らんと思え」

「……一分ほど時間を頂きたくあります、准尉殿」

「よし。やる。新城、もっと石炭を入れろ」と、事務室の端の机にいる新城一等兵に日野が命じた。新城はのろのろと立って来た。日野に背を向けたときに、新城が梶を見て幽《かす》かに笑った。図太く構えろ、梶、あわてることはない。梶と同じ内務班から事務室勤務に出ているこの三年兵の一等兵は、動作を極度に緩慢にして、梶のために時間を稼いでやろうとしているようであった。

「中隊初年兵の幹候志願有資格者二十三名中、志願していないのは、お前と、お前の班の小原だけだ」

と、日野が、新城の後ろから云った。

「隊長殿は全員に志願させるよう云っておられる。戦局多端となれば、将校の数が必要となって来ることは、お前に説明するまでもないだろう？」

「わかっております」

「小原は盲目に等しい近視眼だから、不問にするとしてもだ、梶、お前は身体強健だ。術科も優秀だと橋谷軍曹が云っておる。橋谷はお前の射撃と手榴弾の能力を自慢しているぞ。学歴も充分だとすれば、何が将校不適格か？」

適格だ、俺は。梶は体を熱くして思った。誰よりもおそらく俺は適格だ。俺は兵隊を愛する将校になるだろう。それが不適格なのだ。理由を云えというのか。理由なら幾つもあるぞ。第一に、俺は老虎嶺《ろうこれい》の二の舞をやりたくはないのだ。老虎嶺での俺の立場こそは、完全に下級将校ではなかったか。第二に、俺は軍人が嫌いなんだ。将校という奴が一番嫌いなんだ。殺人命令の伝達機関に過ぎない月給取りがだ。第三に、俺は帰りたいんだ。帰って俺自身の意志で生活したいんだ。第四に俺は仕事をしたいんだ。はじめからやり直して、やり抜いてみたいんだ。俺は憲兵隊でぶちのめされたが、それほど立派な仕事をしたわけじゃない。それを、今度こそは立派にやり了せたいんだ。第五に、俺を要求しているのは軍隊じゃなくて、美千子なんだ。おわかりですか、日野准尉殿。俺はあんたの前では、単なる一個の二等兵だ。消耗品だ。郷軍五百万個のうちの一個に過ぎない。しかし美千子にとっては、お互にかけ替えのない人間なんだ。わかるかね、その意味が、わかるかね？

梶は美千子の匂いを思い出そうとした。帰って来る、と、約束したのだ、生き直すのだ、と。そう自分自身にも誓ったのだ。匂いを思い出したかった。別れるときに貪《むさぼ》った美千子の首筋の仄《ほの》かな匂いでもよかった。髪の香でも、恥毛の匂いでもよかった。思い出したかった。ここでは、軍隊特有の汗臭い皮革の匂いと、新城一等兵がいまくべたばかりの石炭のガスの匂いしかなかった。

「お前たちが地方で勤め上げた地位と基礎を失いたくないという気持は、わからんこともない」

と、日野がまた云った。

「しかし、それはお前に限らず、誰しも同じことだ。補充兵役出身の有資格者は、はじめのうちあまり積極的に志願したがらなかった。その間の事情を俺が知らないとでも思うか？」

日野は、だらしなく開いていた脚を、今度は高々と組んだ。

「一期検閲が終ったら、補充兵は召集解除になりはせんかと、お前達は空頼みしていたろう。あさましい根性だ。解除どころか、いつ動員になるかもしれん情勢にある。それが、ようやくわかりかけて来たらしい。みんな諦めて、志願して来た。これがまた小汚ない根性だ。幹候教育期間中は戦線へ動員されずに、後方に置かれるのを当て込んでの話だ。しかし、それもいい。演練を重ねているうちに、そういう地方人根性は鍛え直される。そうやってみんなどうにか一廉《ひとかど》の軍人になるんだ」

日野は隊長室のドアの方へ流し目をくれて、小鼻のあたりで幽《かす》かに笑った。幹候出身で実戦の経験のない中隊長工藤大尉に対する軽蔑らしかった。

「いまもってお前が志願を頑強に拒否するからには、理由が何かなければならん。どうだ？」

日野の眼つきが俄かに底光りを増していた。

「……兵隊として卒伍の中にある方が、気が楽であります」

梶はそう答えた。智慧のない話でも、将校になりたくないの一点張りで行くより他はない。

日野が罠《わな》にかけようとしているように思えてならなかった。

軍歌演習はもう終っていた。冬空が黒い夜を下ろしはじめている。

「内務掛准尉というものはな、梶、兵のことは何でも知っているのだぞ」

気味の悪いほど穏やかな声であった。

「知っていて、お前に尋ねるのだ」

知っているのだろうとも！　梶はじりじりと追いつめられているようで、苛立《いらだ》って来た。あの老虎嶺の斬首事件に関する一幕は、憲兵隊から詳細な通報が来ているに違いない。日野准尉の手許にある兵の身上調書の梶の欄は、朱線で埋っているだろう。美千子からもさりげなく書き送って来ていることだ。「……渡合さんがおみえになって、その後どうかとお尋ねでしたが……」字句は簡単でも、内容は複雑だ。美千子は憲兵軍曹渡合の眼の中で、嫌悪感に慄《ふる》えただろう。

「入隊以前のお前と、今日の梶二等兵とは別個の人間でなければならん」

日野がそう云った。

「お前も、その決心でここに来たはずだ」

「……はい」

「優秀な素質を持っているにもかかわらず、将校不適格と称して拒否するには、何か特別の意図を秘匿《ひとく》しているものと判断せねばならんが、いいか？」

追いつめられた。巧妙に逃げを打つ必要があった。梶はストーブを見た。ストーブは景気よく燃えていた。梶は新城の方へ眼を移した。新城は机から顔を向けて、じっと梶を見守っていた。

梶は乾いた唇を湿した。かまうものか、云ってやれ。こいつは兵隊から叩き上げた古狸だ。将校を軽蔑している男だ。

「自分の考えでは……」

と、云い出した。

「将校は心身共に兵よりすぐれていなければなりません。兵よりも苦難に耐える身体と兵よりも卓越した技能精神を持って、絶対に信頼される指揮官でなければ、兵に死地へ赴く命令を下す資格を持ちません」

「そんな指揮官はいないよ」

と、日野がにが笑いを洩らした。

「いてもいなくても、令典範に明示してあります。作戦要務令通則の第六に、指揮官ノ決心ハ堅固ニシテ常ニ鞏固《きょうこ》ナル意志ヲ以テ之ヲ遂行セザルベカラズ決心動揺スレバ指揮自ラ錯乱シ部下従ヒテ遅疑ス、とあります。自分はしばしば決心が動揺することをよく知っています。歩兵操典綱領の第十には、為サザルト遅疑スルトハ指揮官ノ最モ戒ムベキ所トス。是此ノ両者ノ軍隊ヲ危殆ニ陥ラシムルコト其ノ方法ヲ誤ルヨリモ更ニ甚ダシキモノアレバナリ、とあります。

自分は、軍隊を危殆に陥らしめる危険を、あらかじめ避けたく思います。これが、理由の一つであります」

日野は梶から視線を外さなかったが、その色がきびしいものでなかったのは、少しばかり愕《おど》いたからである。なんとまあ、ベラベラと暗誦する奴だ。赤い奴は頭がいいというが、ほんとうかな？

「それから？」

「半年や一年の短期教育で立派な将校が出来るとは思いません」

と、梶は、日野准尉の反応を窺《うかが》った。これは准尉の心情の一端に確かに命中した。日野准尉は幽かに笑って、うなずいていた。日ごろから、駆け出しの将校など屁とも思ってはいないのだ。梶はそれを見て取っている。

「准尉殿のように経験を積んだ上で、将校としての自信が出来れば、なるかもしれません」

なんというおべんちゃらだ？　顔を赭《あか》らめもせずに云ってのけた自分自身が、不思議なくらいであった。

「まだあるだろう？」

日野は追及した。面白い兵隊だと思った。型が変っている。ちょっとした骨もありそうだ。

「それだけでは、俺が納得して隊長殿に報告出来んからな」

まだあるどころか、こちらが将校連中に訊《き》きたいくらいだ。何の目的で将校になって、何の目的で兵隊に死の命令を下すのか、と。それを本気で信じてやるほど、阿呆なのか。阿呆でなければ、それをやる根性の底は一体何なのだ。俺はもう絶対に老虎嶺の二の舞だけはやらないぞ。

「将校は、矛盾を意識しないような人間でないとなれません」

新城が愕《おどろ》いて顔を廻したのが見えた。日野は、面白そうに、皮肉な表情をしていた。

云い過ぎたかな？　梶はその感じを繕うために、急いで云い足した。

「その意味は、兵隊を勤め上げもしないで兵隊を指揮者として掌握出来ると思うには、よほどに自信が強いか、単純でないと出来ないということであります。自分には、その自信も単純さもありません。理由は、それだけであります」

こいつは存外したたか者かもしれない。日野はそう思った。一歩間違うと危ないことを承知の上で云っているのだ。手に負えない兵隊になるかもしれない。もう暫く監視する必要がある。

「ずるい奴だ。お前は」

と、冷たく笑って云った。

「何のかのと理窟を云いおって、結局、早く帰って、女房と寝たいんだろう」

梶は急に全身の力が抜けた。確かにそうだ。いま、これほど痛切な真実は他になさそうであった。

「女房と寝るのは、将校になっても出来ることだぞ、試験はどうせ一期検閲以後で、まだ時間がある。よく考えておけ。もういい。帰れ」

梶は上靴で床板を鳴らし、節度をつけて十五度の室内の敬礼をした。

「梶二等兵帰ります」

出口のところで、もう一度敬礼するときに、日野が云った。

「明日の手榴弾の中隊対抗は、自信があるか?」

「……あると思います」

「思います、か。頼りない奴だ。しくじってみろ、橋谷にどやし上げられるぞ」

日野はストーブを抱き込むように、股を開いてそう云った。

2

梶が事務室から出ると、直ぐに、新城一等兵が石炭バケツを提げて出て来た。

「いいかげん気を揉ませる奴だな」

と、笑った。

「他に受けようがありましたか?」

と、梶は新城の穏やかな眼の色を見た。

「わからんね。睨《にら》まれていることだけは忘れるなよ。睨まれても、俺のような万年一等兵の瓢箪鯰《ひょうたんなまず》なら、大したことはないがね。梶は補充兵の最右翼だ。色のついた奴が最右翼だと、人事掛は困るんだな。なんとかボロを出してくれんことには」

梶は貯炭場の方へ新城について行った。

「明日の手榴弾は頑張って点を稼いでおけよ。いまんとこ、梶は、射撃と手榴弾と学科で身を支えているようなもんだ」

「……わかっています」

梶が低く呟《つぶや》いた。

「梶は緊張して隙を見せないというやり方ではじめたんだから、それを続けて行くよりしようがないぞ。俺がぐうたらでやって来たから、いまさらどうにもしようがないのと同じだ。弛《ゆる》むと、やられるぞ」

「わかっています」

梶はもう一度呟いた。俺とこの人とどっちがやりいいだろう？　新城は実兄が思想犯に問われて刑務所に服役しているという理由だけで烙印《らくいん》を捺《お》されている。あらかじめ最も程度の悪い兵隊として予約されていたのだ。新城にはこれという特技がない。そういう男がいくら努力してみても、無駄なことである。軍隊とはそういうところだ。梶は手榴弾を六十四メートルも投げる肩を持っている。投げてみたら、そうだとわかったまでのことだが、それが珍重がられている。梶はまた、右眼視力二・〇、左眼一・五の視力を持っている。三百メートルの射程で、五発全弾命中、うち三発が握り拳大の面積に集中したということが、小銃班長橋谷軍曹を驚かせもしたし、喜ばせもした。これも、射《う》ってみたらそうなったまでのことだが、それが「兵隊として優秀な素質を持っている」ことの、根拠の一つになっている。怪しい経歴の持主だが、初年兵としては抜群の技倆《ぎりょう》の持主でもある。なるほど、中隊人事としては、困ったことに違いないのだ。いまのところ、梶は専ら肉体的条件によって危険から守られている。けれども、何か躓《つま》きが来たら、おそらくそれまでである。緊張を続けて行く他はない。

「もう行った方がいいぞ」

と、新城があたりを見て云った。

「俺とお前が話すのを喜ばない奴が多勢いる」

梶はうなずいた。

貯炭場の上に、夜空が圧《お》しかぶさろうとしていた。風が北から吹きはじめた。夜になると、これは正しく刃物になる。闇の中からいきなり肌へ斬り込む怖ろしい刃物である。

「寒くなりますね」

梶は新城から離れた。暗くなりきらないうちに、小原を手伝って、防火用水を汲み替えておかねばなるまい。編上靴の手入れも。班内の拭掃除も。何から何まで。事務室で空費した時間の穴が待っている。

3

零下三十二度、と、午後八時の掲示に出ていた。明け方まで気温は刻々に下るだろう。北風になぶられて闇の中で電線が唸《うな》っている。ときおり、それが咽《むせ》び泣きに変る。すると、兵舎の窓を目貼りした紙がかぼそい慄え声を立てて、貰い泣きする。寒々としたわびしい音楽である。ソ満国境に近い酷寒地で、夜ごと、それが兵達に一日の終ったことを告げる。

梶は毛布の中に疲れた体を伸ばして、緊張を弛《ゆる》めた。長い、寒い一日だったが、やるだけのことは規則通りにやったと思った。古兵から咎められるような手落ちはなかったはずである。もう一度ふり返ってみよう。

新城一等兵が云った通りなのだ。ほんの僅かでも隙を見せてはならない。銃の手入れは？官給品の員数は？　私物の整頓は？　編上靴の手入れは？　班内の清掃は？　古兵の洗濯物は？　ペーチカの灰は？　防火用水は？　軍人勅諭と令典範の暗記は？

手ぬかりがなければ、早く眠るのだ。明日が来る。疲れが残ってはいけないのだ。

梶は足が冷えて眠れなかった。日夕点呼後に舎前の雪氷を割ったのが祟《たた》ったらしい。毛布の中で足を擦り合せながら、風の声を聞いた。何か恨みがましいその声が、綿々と訴えている。聞くまいとしても、耳について連想を誘い出す。はじめは、漠然と、想像の視野が涯《は》てるあたりに美千子の姿が佇《たたず》んでいる。遠いのだ、ここからは。千五百キロも雪の曠野をへだてている。一日一日遠くなる感じがする。いつか動員下令となって、南の海へ運ばれて行くだろう。そしてとうとう帰れなくなるかもしれない。もう美千子とは会えないだろうか。

忘れません、老虎嶺の二百余日の倖せとその哀しさは。美千子からの何度目かの便りにそうあった。御手紙を下さい。あなたの苦しみを美千子も分け持つことが出来ますように。

記憶は耐え難いやるせなさだけを生むようである。梶は日野准尉の言葉をそこだけ鮮かに思い出した。なんのかのと理窟を云いおって、結局、早く帰って女房と寝たいんだろう。

その通りです、准尉殿。帰りたいのです。寝たいのです。触れたいのです。感じたいのです。いま美千子もこの風の音を聞いているだろうか。どのようにして独りで寝ているか。何を感じ、何を心に温めているだろうか。美千子は痩せはしなかったか。あの屹《そそ》り立った胸は。あの豊かな腰のまるみは。それは、あのように揺れ、このように動いた。いつも梶と美千子の悦びのために。

梶は美千子にまつわる微細な動きのはしばしまで思い浮べようとした。そうすればするほど、とりとめなく捉まえどころなく、美千子の俤《おもかげ》は遠のいて行くように思われた。胸の中で血だけが虚しく騒いでいる。

遠くで、大砲を撃ったような音がした。広漠とした湿地帯に張りつめている部厚い氷が裂けて、夜陰を慄わせる音だ。

梶はそっと隣の寝台を見た。小原もまだ寝入っていない。終夜灯の陰気な灯明りでは、痩せこけた病人としか見えないその小さな顔が、右に左に僅かに動いている。眼鏡を外しては殆ど何も見えない眼を天井の梁木のあちこちに向けて、ときどき、深い吐息が洩れる。

梶より二つ三つ齢上の、地方新聞の記者をしていたこの男は、妻と老母との折合がうまく行かないのを歎いている。「俺は一人息子なんだ。おふくろっ子でね。おふくろが齢を取ったから、早く女房を貰え貰えと云うんだ。自分の方でそう云っておいてだよ。貰ったら、急に女房を目の仇《かたき》にしだしたんだよ」小原は梶にそうこぼしたことがある。一人息子の母親とは、たいていそうしたものである。

「召集が来たとき、俺のたった一つの気休めと云えばね、俺がいなくなりゃ、二人がどうにか仲よくするだろうと思ったことだ」事実はそうはならなかった。妻と母親の双方から互に相手の苦情を書き送って来るのである。虚弱な体質で、軍務の重みにさえ耐えかねている小原は、二人の泣きごとを読まされるたびに眼に見えて弱って来る。「俺は病気になって死んじまいそうな気がするんだよ」と、梶に云ったこともある。いつ帰れるという当てもなく、激しい練兵と冷酷な内務班の生活で心身をすり減らして行くくらいならば、いっそのこと死んだ方がいい、と、弱気がそう思わせるのかもしれない。

「毒だぞ、考えるのは」

梶はそっと呟いた。自分自身にも云い聞かせたのだ。小原は幽かにうなずいていた。考えたところでどうなるものでもない。不気味に鎮まり返り、ただ夜な夜な風が泣き、水が裂けてしじまを破るこの国境地帯に、ひとたび非常ラッパが鳴り響けば、多分それで一切が終ることになる。けれども、また、それだからこそ、未練がましく考えあぐみ、幾度も幾十度も思い返すということには、切実な意味があるのかもしれなかった。

古兵の誰かがもういびきをかいていた。歯をキリキリと嚙んでいるのは、猥談でいつも古兵を嬉しがらせている二流ホテルのボーイ頭、四十二歳の佐々二等兵である。

あいつは元気だ、と梶は思った。猥談で、ともかくも身の安全が保たれている。気力さえもどうにか維持されている。

佐々は日夕点呼後に梶や他に数名の初年兵と一緒に舎前の氷割りをさせられていた間じゅう、水ばながツララとなって鼻の尖《さき》から下がるのを取りもせずに、若い者に負けない気で軽口を叩いていたが、流石《さすが》に十字鍬を振り下ろす腕は疲れ果てているようであった。氷割りが終って舎内に入りかけたときに、小皺の寄った顔を疲労の色でなおのことくしゃくしゃにして、梶の方へ体裁の悪そうな笑いを見せながら、軍衣の内かくしから紙を小さく折りたたんだのを取り出した。それを鼻で嗅ぎ、額に押し当てて、こう呟いていた。

「いまのうちにおやすみ云うとこうか。今夜もようやすませてや」

彼はその紙を開いて中を見たくてたまらなかったらしい。人目があるのと、時間がないのとで、結局諦めてそれで鼻の下を軽くこすりながら云った。

「ほんまに、今晩はけったいなことないようにな。たのんまっせ」

他の初年兵が、それを見て、訊いた。

「何の真似だ。佐々」

「なんでもあらへん。おまじないや。こないせんと気が落ちつけへんのや」

と、佐々は、梶の方を見て、言うなよ、云うたらあかんで、というような目顔をした。

他の初年兵達は、そのお守りの正体を知っていたら、先きに班内へ入ったりはしなかったに違いない。靴棚の前に二人だけになると、佐々がてれくさそうに云った。

「おかしい思うてんのやないか？」

梶は首を振った。おかしいどころか、佐々の迷信は羨ましいくらいである。

「おかしくはないが、あんまり人に見せると、御利益が減るぞ」

「そやなア」

佐々はしまい込んだ。佐々のお守りは妻女の恥毛なのである。彼は家を出て来るときに、彼独自の迷信を案出したらしい。それを持って行けば、必ず一切の厄難から免れると。いま、佐々は、歯をヤリヤリと嚙み鳴らしながら、妻女との逢う瀬を娯しんでいるのであろうか。

梶の凍えた足はまだ温まらない。いっそ、起きて、下士官室の灯を借りて令典範でも読んで来ようか。

廊下の簀子《すのこ》を木銃の床尾で衝く音が渡って来た。週番上等兵の内務班巡回である。今週は第一班の牛殺しの板内《ばんない》上等兵、名うての乱暴者だ。アラ探しの名人でもある。何事も起らないでくれ。けったいなことないようにな、たのんまっせ。

梶は小原にそっと呟いた。

「来たぞ」

4

戸が開いて、木銃が先きに入って来た。ゴツンと床板をおびやかして、終夜灯のおぼろな明りの中に、週番上等兵の姿が黒々と立った。

「初年兵の狸寝入りか」

と、あざ嗤《わら》ったようである。

「俺が来んうちは安心して眠れまいが」

板内上等兵は、点灯して、一歩一歩木銃で床板を衝きながら、班内を調べ廻った。この音を聞くと、初年兵は毛布の中で縮み上る。板内はそのことをよく知っている。彼自身四年前にはそうであった。わけもわからぬことで夜中に叩き起され、床板に四つ匍《ば》いにさせられて、木銃で尻を殴られたものだ。自分に落ちどがあってもなくても、やられるときにはやられるのだ。これは古兵にならなければ解消しない義務のようなものだと心得ている。牛殺しの逞《たくま》しい体は、何百回かの殴打に耐えて来た。体はそれを忘れていない。殴打を与えた者に返すことは出来ないような軍隊の仕組だから、義務が解消したら、新しくその義務を背負った者に、存分に熨《のし》をつけて申し送ってやるまでである。

梶は板内の時間が長過ぎるので、不安を覚えはじめて、薄目をあけて見た。板内はペーチカのそばに立っていた。

「なかなかよろしい」

そう云ってから、だしぬけに木銃で床を荒々しく衝いた。

「初年兵、起きろ！」

初年兵は殆ど一斉にはね起きた。

「下りて、並べ！」

二十名の初年兵は襦袢《じゆばん》袴下《こした》のままの恰好で各自の寝台の前に直立した。整列し終ると、板内上等兵の顔に、一瞬、さも楽しそうな笑いが浮んだ。

「脚を開いて、歯を食いしばれ」

それから、いきなり両腕を正確な機械のように交互に振り廻して、一人ずつ、公平に殴りはじめた。小原の眼鏡が飛んだときに、その機械の廻転がちょっと狂っただけである。小原はあわてて自分の第一の眼とも云うべき大切な眼鏡をひろい上げ、またかけた。板内のビンタは佐々の前で、速度に変りなかったが一度だけ公平を欠いた。というのは、妻女との夢の逢う瀬を娯《たの》しんでいたかもしれない佐々は、まだ事態が呑み込めないらしく、小皺の寄った顔を避けるように少し動かしたからである。板内の手は正確に目標を捉えて一往復だけ余計に殴った。佐々の肌身離さぬお守りも今夜は効験がまるでなかったのだ。

一巡して、その激しい動作で適度に体が温まったか、血色のよくなった板内の顔はむしろ上機嫌に見えた。一渡り見廻して、はじめて云うのだ。

「何故殴られたか、わかるか」

わからなかった。梶は列のほぼ中央にいて忙しく考えた。あれだけ念を入れたのだ。手落ちはないはずであった。

「どうだ、お前はわかるか？」

と板内は、ペーチカに一番近い田ノ上二等兵に訊いた。三十九歳の開拓農民、無学で自分の官等級氏名すらも満足には書けない田ノ上二等兵は、まるでわけがわからんという顔つきであった。

「わからないス」

「なに、もう一度云ってみろ」

田ノ上は気がついた。地方語を使ってはならないのだ。何でも終りに「あります」をつければ無難であった。その「あります」が、この男の場合には、緊張しきった喜劇である。

「わからないでありまシ」

「ありまシ、か」

板内は口を歪《ゆが》めた。

「それでは、わからせてやる」と、ペーチカの蔭にある防火用水桶の方へ板内の体が傾くと、すくい上げた手を突き出して見せた。

「これは何だ！　どうスてこんなものが入っとるのか」

水でふやけた煙草の吸殻である。

「この班は誰から防火用水を煙罐に使う許可を取った？　云ってみい！　防火用水は常に清潔に保つように週番司令殿から達してあるはずだ。達しなかったか！」

板内上等兵の凄《すさ》まじい眼光を受けると、現役初年兵の山口はバネ仕掛のように体を固くして、緊張のあまりにひどく吃《ども》った。

「タ、タ、タ、達しました」

「本日の班内当番、前へ出ろ！」

小原は怯《おび》えた顔をチラと梶に向けて、一歩前へ出た。板内がのそりと近づくときに、梶は、小原の脚が慄えているのを見た。

「眼鏡を取れ」

と板内が云った。小原は眼鏡を外して、いまはもう体じゅうがガタガタ慄えていた。

一撃が小柄な小原の体をはじき飛ばした。

「このガスたれ！　足はないのか、この野郎！　立て！」

小原は切れて血がにじみ出ている唇を抑えて、よろめきながら立ち上った。この男は百の云い分があるとしても、その一つさえも満足には表現出来ないだろう。それほど怯えきっている。

たまりかねて、梶が口を出した。

「小原は夕食前に防火用水を替えました」

確かに、暗くならないうちに、梶も小原を手伝って水を汲み替えて来たのだ。

「煙罐は、自分が消灯時に返納しました」

「するとだな」

と、板内の眼は新しい獲物の品定めをしていた。

「お前は古年次兵が消灯後に喫煙したと云うんだな？」

梶は答えなかった。多分そうだろう。そうにきまっている。俺が煙罐返納に行っている間に、誰かが喫煙したのだ。眼の悪い小原には見えなかっただろう。他の初年兵も消灯時のあわただしさにかまけて、気がつかなかったかもしれない。それにしても、誰か一人ぐらいは見ていたはずだ。

「お前は、梶、古年次兵に罪を着せたいんだな？」

板内の声は既に充分な危険を予告している。梶は、吉田上等兵と他に二三人の古兵が寝台の上に半身を起したのを見た。こうなれば、もう、騒動は避けられない。梶の視線が殆ど反射的に新城一等兵の寝台の方へ走ると、体を起しかけていた新城はそれを一度はっきりと受け止めて、また仰向けに寝てしまった。しようがない、出来てしまったことは出来てしまったのだ。

「そうではありません。小原の怠慢ではなかったと云っているのです」

「ですとは何だ！　ですとは！」

板内の利き足が床板をギーときしませた。

「文句だ！」

声よりも早く梶は本能的に足を踏ん張っていた。烈しい打撃が顔に来たが、倒れはしなかった。

小原が慄え声で云った。

「板内上等兵殿、小原二等兵の不注意でありました」

「そうだよ！　それを早く云えばいいんだよ！」

と、ふり向きざまに、また殴りつけた。

「悪くありました」

「これがよくてたまるか！」

と、張り飛ばした。

「……これから、気をつけます」

「気のつきようが遅いんだ！」

と、もう一度殴った。

「コンチキショウ」

と、寝台から一人の古兵が間伸びした声で云った。

「人がせっかくいい夢を見とったというのによ！　さあ、はじめましょうよってとこだったんだ」

「おい、助平上等兵、夢はいいが、袴下を濡らすなよ」

と、被服掛の吉田上等兵が笑った。

吉田の隣の寝台で、現役の大和久二等兵が服を着はじめていた。吉田が笑いを消して、訊いた。

「どうするんだ、大和久」

「はい。水を替えて来ます」

「いい。お前は行かんでいい」

大和久は、気の荒さにかけては板内と甲乙のないこの被服掛上等兵の身辺を小まめに世話することによって、いつも程度のいい被服を与えられているし、演習でも内務でも積極的だということで、一選抜進級は間違いないと見られている若者である。

「補充兵！」

と、吉田は、初年兵の半数を占めている補充兵役上りを睨み廻した。

「いつも積極的に動くのは現役初年兵ばかりだぞ。お前らは年寄り風を吹かしくさって、地方気分がまだ抜けとらん。軍隊に年寄りもクソもあるか。小原！　ここに来い！」

小原の肩がピクリと踊った。観念しよう。どれだけやられることか！　悪運の夜だ、選りも選って、名うての猛者二人から痛めつけられるとは。

寄って来た小原を、寝台の上に立ち上って待ちかまえた吉田は、大きく反動をつけて殴り飛ばした。放り出された荷物のように足もとに転がって来た小原の体を、梶は助け起しもならず、殆ど聞きとれぬほど口早に囁いた。

「立て、小原、早く立て」

早く立っても殴られるだろう。早く立たなければその二倍は殴られるに違いない。どちらにしても、これは古兵の娯楽なのだ。

吉田上等兵が憎さげに叫んだ。

「週番上等兵に注意されるような奴は内務班のツラ汚しだ！　お前のための整列ビンタだぞ。戦友に対してそれで済むか！」

それから、吉田は、ペーチカのそばで、つまり田ノ上二等兵の反対側で素知らぬ顔をして寝ている先任兵長の柴田の方を見て、ニヤリとした。初年兵掛よ、おい、柴田兵長よ、お前の煙草のあと始末を俺がつけてやっているんだぞ。

「板内上等兵、水は替えさせるよ」

と、吉田が云った。

「任せてくれんか？」

「諒解」

こちらが答えた。

「あとで報告に来るんだぞ」

と、小原に念を押し、梶を睨んで、

「お前もだ！」

板内は、ヤア！　と、木銃で直突の形を一本やって、出て行った。

「梶、お前もここに来い」

吉田は寝台に胡坐《あぐら》をかいた。寝そびれた冬の夜更けに、初年兵の脂汗を絞るのも悪くない。

四年前には吉田自身がやられたことである。

「初年兵掛の柴田兵長は何か考えがあるんだろう、今夜は黙っているがな、したが、お前らのたるんだ精神で内務が勤まると思ったら、太え間違いだぞ」

「女房と夜中にやるようなわけには行かんぞよ」

と、合の手が入った。

「わかったかな？」

「……はい」

小原がしゃがれた声で答えた。梶は黙っていた。吉田の眼が梶の上に険しく光った。

「梶、お前は大学出だからな、偉いんだろうな？　防火用水ぐらい、おかしくて、問題にならんだろう。ん？　白戸、お前もそうだろう」

と、吉田は、まだ自分の場所に立っているもう一人の大学出の白戸二等兵の方に顔を向けた。

て参ります」

「違います、上等兵殿」

大柄な体つきの、大学出の三十男が、真四角になって答えた。

「白戸は、防火用水は常に清潔に保っておかなければならないと思っています。替えに行って参ります」

「よし、その要領だ。忘れるなよ」

吉田が蔑《さげす》むように笑った。

「大学出だからって、内務班ででかい態度は許さんぞ。軍隊で、文句は一切許されん。いいな？　お前らは幹候を志願すれば、直ぐに偉くなれるつもりでいるだろうが、軍隊は星の数や金筋では動かんのだ。わかったな？　白戸、お前はもう寝てよし。他の者もみんな寝ろ」

梶の上に物騒な視線が戻って来た。

「梶、お前はさっき板内上等兵に反抗したな？　勇気があるってことを見せたいか。それとも、他の班の初年兵に俺に反抗させたいってわけか？　ん？　大した偉い初年兵だよ、お前は！」

悪くありました。以後気をつけます。そう云う以外に適当な答え方はないことになっていた。梶は、しかしそうは云わなかった。あの老虎嶺での一件が、梶を少し変えていたようである。

「反抗はしません。防火用水は、確かに小原が替えたから、そう云いました」

「その態度がでかいと云うんだ」

と、梶の頰が鮮かに鳴った。

「水を替えたか替えないか、誰がそんなことを聞いている！」

ムクムクと吉田上等兵の額に太い青筋が立った。こやつは、俺が店の丁稚《でっち》上りだと思って、なめていやがる。吉田上等兵をなめると、どんな味がするか、教えてやろうか！

馬鹿な野郎だ、あの梶という奴は。白戸は毛布にもぐりながら、そう思った。虚勢を張って何になる？　ここは軍隊だぞ。国家機構そのものなんだぞ。

大和久は、吉田上等兵が梶と小原を殴るのを期待していた。小原にはかわいそうな気がしないでもない。梶の場合には、悪いようだが、小気味がよかった。何故か自分には明らかにしたくない感情の働きである。梶をけむたい存在だとは自分自身に認めたくないのだ。吉田上等兵がどうするかと横眼を使って見ているうちに、吉田の喉もとが怒気に膨れ上って来た。

「おい、梶、お前は古兵をなめとるだろう。誰か好きな古兵がいるか？　名を云ってみろ」

と、意地悪く持ちかけた。誰もいないと答えれば、なめている証拠だと殴られろにきまっている。かりに誰かの名、たとえば新城一等兵の名を云えば、ところが俺はお前みたいな初年兵は大嫌いなんだとかと来る。他の有力な古兵の名を云えば、彼がお前にそういう態度を教えたとやられるのだ。吉田の顔は梶の困惑を見越して、不気味な笑いの中にあった。そのときに、柴田兵長が寝たままで声をかけた。

「吉田上等兵よ、梶を今夜は寝かしてくれんか。明日は中隊対抗があるんだ」

吉田は忽ちにがい顔になった。中隊対抗でこの内務班から選ばれた者が成績を上げるか上げないかは、内務班の習慣的な見栄として大切なことなのである。胸のすくほど痛めつけたいが、この際は手控えねばならない。吉田の眼のあたりにまで青筋が立って来た。

「よし。今夜は許してやる。明日お前の気合が抜けとったら、承知せんぞォ！　いまから小原と二人で防火用水を替えて来い」

二人が服を着はじめていると、下士官室に通ずる戸が開いて、班長の橋谷軍曹が顔を出した。無表情だったが、じろりと見渡したのは、いままでのことを全部知っているのである。梶に眼を止めて、軽く云った。

「梶、何故起きとるか。寝ろ」

それだけで、戸は閉った。

梶は吉田の白々した視線を意識しながら服を着た。小原が戸惑った顔をして囁いた。

「俺が一人で行って来るよ」

彼の部厚い眼鏡の奥では、それでも、お前も行ってくれるか、と哀願しているようであった。

梶は気短に云った。

「早く着ろ」

班長の助け舟をよいことに、そのままに済ませようものなら、大事である。古兵の悪意と同年兵の嫉妬が、ことあれかしと待っているのだ。班長の橋谷軍曹にしたところで、何も梶が格別に可愛いわけではない。それどころか、厄介な札つきを抱え込んだと思っているだろう。身上調査書の朱書きの注意事項を内務班長が知らないはずがないのだ。ただ、手榴弾を投げる彼の強い肩が、明日必要なだけである。そしてまた、梶の射撃能力と運動に適合性のある梶の肉体が、小銃班の教育助教である橋谷にとっては、他班との対抗上必要な財産なのである。そのことを、梶もよく知っている。

梶と小原は防寒外套を着込んで、零下三十二度の闇の舎外へ出て行った。

5

五歩と歩かぬうちに、眼の働きが自由を失った。無慈悲な風に刺されて涙ぐむと、それが凍るのだ。防寒被服から露出しているのは、僅かに眼の囲《まわ》りと口のあたりだけである。その部分は、直ぐに冷たく強ばって、感覚がなくなった。裏毛のついた鼻当ては、呼吸のたびに霜柱を増やして、間もなく夜目にも白い氷の花を顔のまん中に咲かせた。五十歩と来ぬうちに、二人とも体の芯から慄えはじめた。

「星が見えるか？」

梶が小原に尋ねた。尋ねてから、気がついた。見えるわけがない。小原の眼鏡は完全に不透明な氷の板になっているはずだ。

「見えないよ」

小原は夜空を見上げるのとは反対に、首を垂れて、鈍く生白い光を放っている地面に眼を落していた。

「星も凍っている」

梶が呟いた。

「瞬《また》きもしないんだ。こっちの眼がどうかなっちゃったんだな」

梶は、この寒夜のきびしさを、美千子に書いてやろうと思った。随分古兵に殴られて、またその上をこの北風に斬りつけられているけれども、彼の心の中はまだ温かい。決して冷凍してはいない。生命の灯がともり続けて、愛することを求めている。美千子はそれを僅か数行の文面から感じ取るだろう。そして、美千子もまた、生命の火を高く掲げて、遠く、こちらへ合図を送ってくれるだろう。

「煙草の吸殻を入れたのはね……」

と、小原の小声が聞えた。

「柴田兵長だと思うんだ。ぺーチカのそばで、あのとき吉田上等兵と喋《しゃべ》りながら喫ってたから」

温かな幻想は忽ち冷却した。

「知ってたら、何故云わないんだ！」

声が荒かった。

「同じ汲み直すにしてもだ。週番上等兵の来る前に云えば、殴られずに済んだじゃないか」

「怒らんでくれよ、頼むから」

小原は惨めな云い方をした。

「つらかったんだよ。夕方汲んで来たばかりだったろ。また行くのが、つらかったんだ」

「つらいさ！」

梶は怒りを闇の中へ吐き出した。その返りが、息を吸うときに肺の底まで凍える思いがした。

「殴られて汲みに出るのは、なおつらいと思わんのか！」

「悪かったよ。許してくれよ、な？　今夜だけ助けてくれよ」

梶は黙って五六歩あるいた。それから云った。

「俺はお前の仲間だぞ。何をおどおどしてるんだ。しっかりしろよ、小原」

引き返して行って、柴田兵長を叩き起してやろう。よくも貴様はそれで初年兵掛が勤まるな。俺と一緒に水を汲みに行け。外の寒さはちょっとばかり手ひどいぞ。古兵の腐れ根性にはお誂《あつら》え向きだ。さあ、行くんだ！　吉田、お前も来い！

足は、しかし、初年兵の宿命に従順であった。フェルト底の防寒編上靴の中で、徐々に冷え、痛み、痺れながらも、闇の中を井戸の方へ歩いていた。

天秤棒にかけた手はもう先きほどから痛みを超えて、感覚を失いかけていた。絣毛の手袋の上から大手套をはめても、寒気は怖ろしい速さで浸透するのだ。完達(山脈名)颪《おろし》は、夜半にさまよい出る生身の餌食を見逃しはしない。

「手を動かしていろよ、小原、凍傷にやられるぞ」

梶は盛んに手を握ったり開いたりしながら、そう注意した。

道が傾斜しているところで、小原は足を滑らせて、水桶を転がした。水桶は意地悪く甲高い音を立てて雪氷の上を転げ廻った。小原はあわてて、匍《は》うようにして、水桶の行方を探した。ちょうど熊が闇の底を蠢《うごめ》いているのに似ていた。その熊が、情ない声で云った。

「見えない。なんにも見えない。梶、助けてくれ、俺はなんにも見えないんだよウ」

梶は寒さと腹立たしさでやりきれなくなった。ひろえ！　自分でひろうんだ！　肚の中でそうわめきながら、水桶をひろってやった。

「しっかりせんか、小原、まるでお姫様だぞ」

井戸までかなりあった。兵舎が十数棟ある営内の、一番奥の、炊事のそばにあって、炊事用、厩舎用、一般兵用に区別されている。兵用の井戸は枠が壊れていた。多勢の兵隊が日中に汲み上げてこぼした水が、一面に部厚い氷を張っていた。足もとの明るいときでも、うっかりすると滑るのだ。暗夜に、過って滑り落ちれば、それまでである。炊事用と厩舎用の井戸は大きくて、枠がまだしっかりしていたから、落ち込む心配はなかったが、凍りついたツルべの鎖を切りでもしたら、それこそ夜明けまでかかっても修繕しておかないと、あとの詮索が大厄である。針金を編んで作ったこの鎖が、酷寒時にはまたよく切れるのだ。これを切って泣きを見た初年兵は幾らもいる。梶と小原は、あとで痛めつけられる大厄を怖れて、危険な井戸の方を習慣的に選んだ。

雨除けのトタン板が寒風にあおられて、キーキー悲鳴を上げていた。

「汲めるかなア」

小原が、氷だけがヌラヌラと光って見える闇の中で、心細い声を洩らした。梶は黙っていた。小原がどうするか、見ているつもりだ。班内当番は小原である。小原が一人でやるべきことなのだ。梶が当番なら、吹雪の中でも梶は一人でやるだろう。夕方に既に一度汲んでやっている。

そのときは、眼鏡を井戸の中へ落してもしたら、という小原の心配に同情してのことだ。いまは闇だ。どうせ何も見えはしない。眼鏡を外して、一人でやれ。

小原はもじもじしていた。氷の上で何度も泳いで、危なかしかった。小原はそれでも、氷の上に膝をついて、いざり寄ってツルべの鎖を握ろうとした。彼の手は全く感覚を失っていた。鎖は小原の手から逃げて、いたずらにツルべを井戸の壁に打ち当てるばかりである。

「手が動かない、手が……」

梶は舌打ちした。役立たずめ！　こいつは確かに善人だが、役立たずだ！　全くお姫様だ！　小原、お前は環境が変ったことをどんなふうに自覚しているんだ？　地方の小都市で、映画や芝居の批評記事を、真っ赤に燃えているストーブのそばで書くお前の職業より、軍隊の水汲みはつらいに違いない。地方の仕事なら「出来るかなア」で済むだろう。いまは、そうは行かない。何のためとわからなくても、ここまで来たのは、水を汲むためであった。汲まなければ、汲むまで殴られるのだ。理非を弁別する世界ではない。軍隊だ。どんな理不尽さにも逆らう術《すべ》のない二等兵なんだ、俺達は。

「どけよ」

と、険しい声で云った。

「俺がやる。俺の手は凍えていないと思うかい？」

そう云ってから、梶はチクリと心に幽かな痛みを覚えた。もし女と一緒に汲みに来たのだったら、梶はつらさをこらえて、汲むだろう。とすれば、何かおかしいものがある。小原は妻に子供を産ませることの出来た男だが、いまの場合、弱いことにかけては女と大差はない。むしろ、眼がよく利かないだけでも、健康な女よりも弱いかもしれないのだ。

仕方がない。諦めるさ。俺はもともとセンチメンタル・ヒューマニストだそうだ。

梶は井戸のふちで氷の上に腹匍《はらば》いになって、大手套ごとツルベの鎖を握った。

「俺の足をしっかり押えてくれ」

と、今度は、思い直した穏やかな声で云った。

井戸は深かった。ツルベが水面に張っている氷の狭い穴に落ちた手ごたえを感じるまでに、寒気が手套を貫いて、指が痛くなった。水の重量がかかると、一層冷たく、痛く、千切れそうになった。重かった。指が、或る限度まで来たら、ポロリともげそうな不吉な感じさえした。凍傷になる怖れがある。なったらどうするか。演習時以外の凍傷は、兵の不心得として、手当よりも先きに譴責《けんせき》されるのだ。そうかと云って、一度手を放してしまえば、二度と辛抱強くやれなくなるとわかっている。こんなくだらないことでも、殆ど死力を振り絞るほどに意地を張り通さなければ、ここでは生きて行けなかった。

ようやくツルベが上って来た。それを引上げるのを手伝おうとして、小原が及び腰で手をかけたときに、膝が滑ったらしい。ツルベはひどく揺れて、水がこぼれた。

「馬鹿！　俺の手が……！」

梶の大手套は水をかぶった。その水が滲み込んで皮膚に達するまでに、手套はブリキの箱のように凍ってしまった。梶は大手套を脱いで、動かなくなった手をむやみに氷に打ちつけた。

畜生！　俺の手が！　俺の手が！　この手は明日働かなきゃならないんだぞ！

小原はおろおろして、「大丈夫か？　大丈夫か？」と覗き込みながら、自分の大手套を脱ごうとした。

「よせ」

梶が唸った。

「お前のせいだなんて、云ってやしないぞ。俺の体に乗るんだ！　跨《また》がって取れ！」

水は情ないほど少なかった。小原は、すまん、すまんとブツブツ呟き続けていた。どうして俺はこうヘマばかりやるんだろうなア！

ツルベを井戸の中へ落して、梶は手を水の上に伸ばした。

「踏んでくれ。うんと踏んでくれ」

小原は膝で梶の手を踏んだ。すまんなア、すまんなア、と云いながら。

「俺なんぞ、死んじまった方がいいんだよ、なア！　戦友甲斐のない奴だと思うだろう？」

戦友、か。手の痛みと情なさをこらえて、梶は涙をにじませた。見ず知らずだった二人の男が、異なった地点からこの曠野の涯までやって来て、藁蒲団を並べて寝るまでには、二人とも、かけがえのないものを失って来たに違いなかった。二人とも、胸の底まで飢えていることは同じであった。柴田兵長や吉田上等兵も同じはずではなかったのか？　いまは同じところは少しもない。彼らは初年兵当時の心の飢えを、同じ初年兵を痛めつけて、その涙と汗で満たしているようである。軍隊がそれを許すのだ。人間の不平と不満を叩き潰すために、叩き潰して感度の鈍った人間の魂に、「御奉公」と番犬の任務を詰め込むために。

「小原」

と、梶は、二度目のツルベの鎖に手をかけた。

「お互に、こんなところを女房に見られたらどうだろう?」

「……どうして、いま、そんなことを……」

「なに、女房という素敵なものがあったということさ! 遠い昔にな。花の咲くような暖かいところにな」

梶はツルベの鎖を揺すぶった。

「俺達は一体何だ? この二等兵という奴は、だ」

動物以下であった。軍隊では、馬は、馬事操典によって取扱の注意が仔細を尽されていた。人間はどうか、二等兵は。殺人技術に関する各種操典は漏れなく与えられているが、遂に、《人間操典》は与えられていなかった。動物以上に扱って貰える二等兵などというものは、日本の軍隊には一人もいないのだ。

「小原、二等兵に奥さんてものがあるってことが、おかしくないか?」

と、梶は小原の方へ歯を剝《む》いて笑ったが、小原にはその悲惨な笑いは見えなかった。梶は、しかし、このとき、つらさにかまけて都合よく忘れていたのである。あの王享立や五百数十人の特殊工人が、梶の支配の下でいつも動物以下の境遇に呻吟しつつ抵抗を忘れはしなかったことを。

「家内はよく云ってたよ」

小原の声が頼りなく慄えて聞えた。

「父ちゃんはのろまだから、叱られないように気をつけてねって」

のろまな小原二等兵は、日曜日ごとに妻に宛ててはがきを出す。

小生も元気で軍務に精励していますから、決して心配しないで下さい……

「お互に、こんな惨めなところは見せたくないよ。……そう思うだろ？」

「そうだな。俺も、こんな恰好は……」

ツルベに水が入った。梶は俄かに耐え難くなった哀しみを曳く想いで鎖を引いた。滑稽で、惨めなばかりの二等兵の姿を、梶も見られたくはなかった。けれども、その人に、ここに来て欲しかった。いて欲しかった。ここに。この氷の上に。千切れんばかりに痛む手のそばに。

6

手榴弾投擲《とうてき》要員は連隊本部前へ先発した。班長も教育助手もそこへ行ったし、古兵達も勤務に出払っている。初年兵達は「集合」がかかるまでの僅かの時間を、それぞれの仕方でくつろいでいた。嫁のアラ探しをする姑のような意地悪い眼が、いまは光っていない。内務班ではめったにないことだ。鬼のいない間の洗濯である。いや、小さな鬼が一匹いるにはいた。縫工兵の山崎上等兵が指をミシンの針で傷めて、医務室から班へ戻って来たのだ。これが、指は痛いが、久しぶりに勤務から解放されて愉快らしい。佐々二等兵をつかまえて、猥談の手ほどきを受けている。

「こうやってか？」

と、屁っぴり腰で、奇妙な恰好をした。眼つきが異様な光沢をおびているのは、話の内容が彼の五体に機能亢進を起している証拠である。

「のしかかっているんであります」

「女がか？」

「そうであります」

「男はどうした？」

「男はこないして……」

と、佐々二等兵は、女の臼のような尻を抱えた男の真似をして見せた。

「いるんであります」

「うワー、畜生！　その野郎もう直ぐ行きおるわい！」

他人の情事の妄想に熱中して顔を火照《ほて》らせている山崎上等兵を見ながら、元のホテルのボーイ頭は、あのころを、あのよき昔を思い起した。ここに来て僅かふた月ほどにしかならなくても、遠い昔のことのようであった。彼が案内してその部屋に入れた女や男の数々。戦争の酸鼻も知らぬげに、彼の手に多額の金を握らせて情事に耽った男や女達。ごゆるりと、どうぞごゆるりと。佐々は、おかげで金に困らなかった。小学校しか出ていなかったけれども、大学出よりも収入が多かった。女房や子供に不自由をさせた憶《おぼ》えはない。随分と浮気もしたが、女房を愛しもした。稼ぎが多くて、寝て可愛がることを怠らなければ、文句は云わない便利な女房であった。別れるに当っては、その生々しい思い出のよすがを持たずには出て来られなかったのも、これほどこちらの気心を呑み込んで、男の身勝手を許してくれた「ええおなご」はいなかったからである。その女が次々に孕《はら》んで、易々《やすやす》と産み落して、気ままに育った子供達。父親というものは、おみやげを運んで来るものと心得ている子供達。出征するときに、泣き笑いしている女房の腰にまつわりついていた一番下の女の子は、父親の長いらしい旅行の帰りを楽しみにして、眼をクリクリさせて云ったものだ。

「父ちゃん、兵隊ちゃんのおみや、何持ってくんの?」

何だろう? いまだにこればかりは思いつかない。戦死の公報かもしれないではないか。彼の生命は、いまこの不気味な沈黙を守っている東北部満洲の国境地帯で、彼の肉体にかりに宿っているに過ぎない。関東軍司令官梅津美治郎とその幕僚が地図の上に走らせる色鉛筆の運び方一つで、彼の生命は直ちに冥途《めいど》へ送り込まれるかもしれない。或は、大本営の若手の作戦参謀が手柄を立てたさの一心で立案した計画が、彼を南の海に沈めるかもしれない。

縁起でもない! 考えないことだ。

佐々は男女の情事の最もきわどい部分を微細にわたって説明した。聞いている山崎上等兵ははじめのうちこそ、佐々から仕入れた猥談を縫工場へ持ち込んで同僚を興奮させる興味に惹《ひ》かれていたが、いまはもう是非ともその快楽を自分のものにしたくなった。ミシン針で刺された指の傷が悪化して、東安の陸軍病院へ治療出張にならないものかと、大まじめに考えるのである。そうなったら、なんとでも時間を按配して、女へ向って突喊《とっかん》するのだ。

「ああ、畜生め！　俺は男のツラを見るのは飽き飽きしたぞ。国境だ。雪だ。夏になりゃ、湿地帯の水と泥ばかりだ。コンチキショウ！　三年間外出なしだ。面会なしだ。女って云やア官舎女郎（将校の妻を謂う）だけだ。当番、当番、ちょっとこっちおいで。何云ってやがるマラ食いの牝豚め！　こちとらは使い途のないキンタマがうだってるんだぞ」

そばで最初から聞き惚れていた現役二等兵の山口と金杉は、昂奮のあまり、顔が酔ったようになっていた。彼らはまだ山崎のような軍隊ずれのした悪智慧は働かない。ただ驚き羨んで、喉をカラカラに乾かすだけである。彼らが女の肉体を存分に味わうよりも先きに、弾丸が彼らの渇いた血液の逆巻いている肉体を存分に打ち砕くかもしれないということは、常に考えていなければならない。それにしても、女のことを考えると、体がぞくぞくして来る。なんてすばらしいんだ！

なんてくだらないことを喋ってやがるんだ、と、白戸は、歩哨の一般守則と特別守則の暗記を猥談に妨げられて、その仲間を蔑《さげす》んだ。蔑んでも、猥談で怒る男はいないものだ。それは耳から潜り込んで、男の中の暗い不透明な部分を擽《くすぐ》る。白戸は、残して来た妻との結婚を悔みながらも、やはりその妻を思い出していた。不美人のくせに気位ばかり高くて売れ残っていた女だ。会社の次長クラスの上司の娘である。白戸はこれを出世と引き換えに娶《めと》った。次長は喜んで、直ぐに白戸に主任の椅子を与えたくらいだったから、白戸は召集の脅威も当然次長が防いでくれるものと思っていた。次長は間もなく部長に栄進したが、白戸はこの索漠《さくばく》とした辺土へ送り出される羽目になった。男は一度は行って来にゃいかん、というのである。不美人の妻は、結構自分の顔に美点を発見しているから、大柄な白戸が幹部候補生を志願して、任官して、軍刀を吊った彼と並んだら、人の眼にどんなにか立派にうつるだろうと思っている。「行ってらっしゃいよ。将校になったら素敵だわよ！　戦地へ行かされそうになったら、お父さまに頼んであげるわ。早く官舎を貰うのよ、あたし、直ぐに行くから」軍国女性の怖るべきロマンティシズムだ。それが素敵であろうとなかろうと、白戸は、早く経理将校になって、都会地勤務に廻されるように運動して貰って、兵卒の苦痛と屈辱から脱する他はないと考えているのである。

　小原は、古兵達が防火用水にもう二度と吸殻を投げ込まないように、何で蓋を作ろうかと、しきりに考えながら、班内と廊下の間を往ったり来たりしていた。ゆうべのようなことがたび重なれば、小原の貧弱な肉体の中で生命は擦り切れてしまうだろう。

　今年のトウモロコシの作付は、去年の半分ぐらいにしなければ、とてもます子はやって行けないだろう、と田ノ上二等兵はたまらなく気がふさいだ。女手一つで開拓農法をやって行けるものではない。開拓団の仲間だって、忙しいときには自分の畑に手いっぱいなのだ。開拓が遅れるのは、諦めきれない出征者の不運であった。孜々《しし》として荒地を開墾し、牝牛もホルスタインを一頭飼えるようになり、十町歩自作農の夢がどうにか実現しそうに見えたとき、田ノ上の手はプラウの把手の代りに小銃を握り、その足は黒ずんだ沃土と湯気の立つ馬糞を踏む代りに、この湿地帯の、いまは一面に張りつめている雪氷を踏んでいるのである。無学で不器用で、動作の緩慢な田ノ上も、畑作には熱心な努力家であったし、名人であり得るかもしれない。その彼が不細工な直立不動の姿勢で「一つ、軍ズんはッぅ節を尽すを本分とすベス」などと云ったり、擲弾筒の最終弾に附接して敵陣に突入する動作で、雪の上をのたくりのたくりと走らされる。「何しとるか、田ノ上！」と、橋谷班長の叱咤が飛ぶ。「もさもさしとると戦死だぞ」と、柴田兵長が呶鳴る。殆ど毎日のことだ。戦ススた方がなんぼええかわからないス。そう思うことも再々である。このままもう鋤《す》き起した土の香を嗅ぐことが出来ないならば、その方がずっといい。彼には、どうしても国家の人間配置の仕方が腑に落ちないのだ。満蒙を開拓せよと云うから、彼は内地を捨てて来たのではないか。今度は、田ノ上よ、銃を執れ、だ。芋の一貫ミも余キいに取った方が、なんぼ「お国」のためさなるか、わかんねえでねえか。

「ことスの馬リイ薯は農林一号でやんねえば、駄ミだぞ、ます子」と田ノ上は考えた。今度の日曜に、梶に頼んで、はがきにそう書いて貰うのだ。彼は牛糞と粉炭を練り合せた燃料でオンドルを焚いているます子の、アカギレだらけの手を思い出して、胸の奥を搾《しめ》られる、父つァまよ、いつけえって来るだか。はようけえって来てくれろ。おら一人ではやりきれねえだよ。悲スくてなんねえだよ。

「集合」がかかった。板内上等兵のよく響き渡る声が舎前で叫んでいる。

「本日の服装を達するゥ。編上靴。巻脚絆。徒手帯剣。外套着用。防寒帽の垂れを上げよ。

初年兵は駈足集合」

初年兵は集合した。兵器掛の曾我軍曹が出て来て、号令した。

「目標、連隊本部前。駈足……」

初年兵達は玩具の兵隊のように一斉に両の掌を腰骨にあてがう。

「進め！」

投擲試合用の手榴弾は勿論偽製弾である。実物は四秒時限信管だから、発火の動作から、投げて、着弾までが四秒を理想とする。まごまごすると自爆になるし、あまり早く敵陣に着弾すると、投げ返される惧《おそ》れがある。関東軍の仮想敵である赤軍の兵士は誰でも四十メートル以上の投擲力を持っているというので、その敵と対峙《たいじ》している国境守備の部隊では、手榴弾投擲能力の練成を重要視しているのである。

各中隊十名ずつの投擲要員。三十メートルを基準の零点として、それを越える一メートルごとに一点を加算して、総計点の多い中隊が勝ちになる。優勝中隊の隊長は毎年部隊長の愛用品を何か一つ賞品に貰うことになっていたし、その中隊の兵全員に《極光》（煙草名）一個ずつが特配になる。こいつは悪くない。

梶は四中隊の最後の投手であった。橋谷軍曹が強く主張して梶を最後の切札の位置に据えたのだ。一投ごとに各中隊の得点は抜きつ抜かれつした。梶の番が来たときに、橋谷が云った。

「お前の一投で決るんだ。頼むぞ」

梶の手は凍えていた。実物の手榴弾なら撃針を打つ動作と同時に尻から火を吹き出すから、手を焦がさないように弾の円筒形の部分を掌の中に握って投げるのが正規の投法である。それでは、しかし、ゆうべの水汲みですっかり冷え込んで手首の働きが鈍っている梶は、自分の記録の六十四メートルはとても出せそうもなかった。

「困りました」

と、梶は、その朝、手首を盛んに廻しながら新城に云った。

「今日は正規の投げ方では、駄目です。自信がありません、指をかけられるといいんですが」

新城は笑った。

「二等兵だな、やっぱり。かけりゃいいじゃないか。軍人は要領を以て本分とすべしだよ」

梶は橋谷軍曹の信頼と威嚇をこめた視線を見返しているうちに、決心した。反則で投げてやろう。

梶は投擲線に片膝をついた。これがしくじったら、俺はもう中隊で息をするところもなくなるだろう。吉田上等兵はゆうべの続きを倍にも三倍にもするだろう。頼むぞ、美千子、俺を助けてくれ。

手榴弾を正規に握って、発火の動作。立ち上りながら腕を後方に引くときに素早く弾の頭部と尾部に指をかけた。さあ行け！　腕が風を切った。弾は異様な上下廻転をしながら大きな抛物線を描いて飛んだ。梶は投擲線に直立していた。あの異様な飛び方で、誰かに反則を見破られはしなかったか？

「六十七メートル」

審判兵が叫ぶと同時に、中隊からどよめきが起った。梶は復唱した。

「第四中隊、梶二等兵、六十七メートル」

橋谷軍曹が顔を笑み崩して、梶の背なかをどやしつけた。

「やったぞ、梶！　やりおった！」

各中隊とも最後の投手には強い肩を用意していたが、集計の結果は僅少の差で第四中隊の勝利に帰した。部隊長が最後にしわがれ声で云った。

「……ソ連軍に勝る投擲力を振るって見事である。優秀である。投擲要員以外の兵もこれを機会によく演練して、敵陣に白兵を挑む寸前に於ける強烈な破壊力を発揮するように心がけねばならない……」

投擲要員達は神妙に聞いていたが、ソ連軍に向って投げることを意識していたかどうかは疑問である。他日遠からぬうちにそうするときが来るかもしれないにしても、少なくとも今日の梶は、その一投が彼自身の立場、甚だ危険な境界線に置かれているに違いない彼自身の立場を守るために投げたのだ。それはスポーツでさえもなかった。反則を故意に犯したのだから。

中隊は帰営の途についた。古年次兵達は中隊の勝利と《極光》一個の特配に気をよくしていた。班長橋谷は俺の兵隊が勝機を摑んだのだぞ、と明るい顔の色を同僚達に向けている。梶は今日一日中隊の英雄だ。今日は誰も梶のビンタを取らないだろう。

隊伍の中で、若い山口二等兵が云った。

「部隊長殿は梶の名前を憶えるだろうな」

憶えてくれないでいいから、早く俺を帰してくれ！　梶は、瞬間、切なく燃えるような眸《ひとみ》を宙に迷わせて、千五百キロの彼方を想った。そこには、まだ、生活と呼ぶものがあった。そこにはそこなりの、息づまる悩みと苦しみと迫害さえもありはしたけれども、人間が自分の意志で生きる試みをする場所があった。石ころを遠くへ投げることによって、正にその功績によって自分を助けたりする必要はなかったのだ。

ここは氷雪に鎖《とざ》された国境地帯。人間がただ戦いのために用意されている。編上靴の下できしむ雪の虚しい音を聞きながら、男達は歩いている。

7

「第三班、室内に入ってはならん」

と、庶務掛の先任下士官石黒軍曹が、入口のしきいの上に立って云った。

「そこに整列」

午後の練兵から帰って来た初年兵達は寒さに唇を紫色にして、二列横隊に並んだ。他の班の兵隊は、何事だろう？　と、もの見高い目顔で立ち停ったが、寒さに負けて、どやどやと班内へ入って行った。石黒は、橋谷軍曹と柴田兵長が膨れツラをして列の端にいるのを見て、

「橋谷班長、入ってくれ。柴田、お前もいいぞ」

二人は入口を入りはしたが、室内へは行かずに、石黒の後ろに立った。

「お前達の中に、こういうものを持っている者はおらんか」

と、石黒軍曹が片手を上げて、白紙のはがきを見せた。

「なんでもない。普通の軍用はがきだ。誰でも持っている。だが、よく見ろ、ここにこんな

ものがある」

と、石黒の指が示したところに、小さな印形が捺してあった。内務掛日野准尉の検印である。兵隊の発信はこの検印が捺されてはじめて中隊から出て行く。受信は検印を受けないが、日野准尉の事務の大半を代行している石黒の検閲を受けて、兵隊の手に渡る。

いま示されているはがきには、あらかじめ検印が捺されてあるのだ。

「咎めはせんから、持っている者は手を上げろ」

誰も手を上げなかった。石黒の引き締った顔つきが、いよいよ引き締って鋭くなった。

「持っていないんだな？　あとになって、思い出しましたなんて云いわけは許さんぞ」

冷たい視線が隊列を舐《な》めるように匍った。石黒の顔に暗い笑いがにじみ出た。

「梶、顔色が悪いぞ。どうした？」

梶はさきほどから寒さを忘れて、早鐘を衝《つ》く胸の苦しさと戦っていた。

「お前は第四中隊が誇る初年兵の一人だ」

と、石黒が学校の教師のような勿体ぶった云い方をした。

「軽率な行動があろうとは思えないが、この一枚のはがきと、お前の私物箱の中にあるもう一枚が、どうしてお前の手に入ったか、それを中隊の先任下士官としてお前に訊く」

梶は色を失った唇を固く結んでいた。

「お前はこの二枚を他のはがきの間に混ぜて整理してあったくらいだから、匿《かく》すつもりはなかったなどとは云うまいな」

石黒は初年兵が練兵に出払っている間に、所持品を入念に検査したのだ。先週の私物検査のときには、同じこの石黒軍曹が、坐っている梶の膝の前に置かれた新しいはがきの束を手に取ろうともしなかったので、梶は安心してそのままにしておいたが、それが不注意であった。さりとて、他に何処に匿しようもなかったのである。

「貰ったか、盗んだか、どっちだ？」

梶は耳が鳴っていた。覚悟せねばなるまい。彼自身の失敗だ。

「……盗みました」

その答と同時に、石黒の後ろから柴田兵長が跳び出ようとした。石黒がそれを抑えた。

「何処から盗んだ？」

「事務室の、石黒班長殿の机からであります」

「いつだ？」

「先々週、事務室掃除に行ったときであります」

「俺の机に検印を捺したはがきはないぞ」

「はがきは、自分のであります。印鑑を無断で使用しました」

「検閲印は何処にあった」

「……班長殿の机に……」

石黒はニヤリと笑った。それから、だしぬけに呶鳴りつけた。

「馬鹿者！　初年兵の浅智慧でこの石黒軍曹が騙《だま》されるか！　正直に云え！　お前は盗んだ

のではない。誰に貰った？」

梶は唇を嚙んだ。盗人として処分される方がまだしもである。それをくれた人の名は云えない。これからが人変なことになりそうな予感が走っていた。

「梶、早く云った方がいいぞ。人を庇《かば》おうとする気持は班長にはよくわかっている」

と、橋谷が、自分の部下から窃盗犯を出さなかったということで気持が幾分緩んだらしく、諭《さと》すように云った。

「……云えません。自分が盗みました」

「よし。云いたくなければ、云うな！」

石黒の声が冷たく尖《とが》った。

「第三班の初年兵はただいまから、その場に不動の姿勢二時間だ。いいな？」

もう直ぐ日没だ。今日は気温が弛んでいたが、やがて零下二十度を割るだろう。不動の姿勢二時間はたまらない。初年兵達がブツブツ云いはじめた。

「早く云うんだ！」

と、柴田兵長が叩きつけるように叫んだ。

「橋谷班長殿」

梶が顔を上げた。

「他の者は関係ありません。解散させて頂きたくあります」

「いかん！」

石黒が断ち切った。

「全員不動の姿勢二時間だ。気を付け！」

二十名の踵《かかと》が鳴るのと殆ど同時に、白戸が云った。

「云えよ、梶！」

現役初年兵の久保も云った。

「何をスカしてやがるんだ！　てめえ一人じゃねえんだぞ」

佐々二等兵の呟くのが聞えた。

「ああ、ほんまにえらいこっちゃ」

「早く云えよ！」

と、また白戸が云った。

「やかましい！」

石黒が呶鳴った。

「気を付けだ！」

「何故云わないんだ、梶！」

白戸が唸った。梶はもう石のように表情を固くしていた。云わないぞ。一人のために二十人の迷惑になっても、これは云わないぞ。

「申し上げます」

たまりかねて、白戸が半歩出た。

「そのはがきは、梶が、新城古兵殿から貰いました。もう大分前のことであります。白戸はその場におりました」

「事務室勤務の新城一等兵だな？」

「そうであります」

梶は腕が痙攣《けいれん》した。跳りかかって白戸を打ち倒したい衝動があった。その次には、体じゅうの筋肉が虚脱するのを覚えた。

「よし。わかった。橋谷班長、解散させてくれ」

石黒は梶を横眼にかけて、そのまま行ってしまった。

橋谷はちょっとその場でためらっていた。新城と梶を罰したものかどうか。どうやって罰するか。石黒はこの事件を何処までも掘返すつもりか。工藤大尉の耳に入れないように石黒に頼む必要がある。石黒はともかくあの古狸の日野准尉がどう出るか？

不機嫌な小声で云った。

「分れ」

梶は、当然ちょっと来いがかかるものと思って、その場に立っていた。橋谷は梶に目もくれずに、柴田を促して先きに入って行った。

靴棚の前で、若い久保二等兵が梶を白い眼で睨んだ。こちらは、急いで靴を脱ごうとしている白戸にとげとげしい視線を送っていた。

「梶、てめえは何をしゃれてやがるんだ」

と、久保が詰め寄った。

「みんなに一斉ビンタを奢《おご》る気だったんかよ!」

梶は、この愚連隊出身の若い男を黙って見守った。

「てめえ、ちょっとばかり手柄があるからって、あんまりでけえツラすんなよ」

梶は眼をそらした。白戸はもう班内に消えていた。

「……こういうツラだ」

久保を見ながら、編上靴を脱いだ。

「気に入らんか?」

「この野郎! 張っ倒すぞ!」

と、意気込んだ久保の体を、二人の現役が抑えた。

「おい、逃げるか、梶!」

沈んでいた梶の気持が、また急に荒れていた。新城の好意を無にしたばかりではない。彼は罰せられるだろう。私刑《リンチ》を食うに違いない。梶がその名をアカしたと新城は思い込むのではないか。白戸やこいつのためにだ。田ノ上と小原が、梶の烈しい顔の色を見てその肩に手をかけた。

「ス方ないス、梶さん、かまうでねえ」

梶はその手を静かに外した。

「久保、俺に絡むのはよせ」

と簀子《すのこ》に上って、云った。

「チンピラが凄んでみても怖くないぞ。俺に手を出すなよ」

8

「顔をやってはいかんぞ」

と、下士官室で、橋谷が柴田と吉田に念を押した。

「何処へ何を通信したか、それを訊け。絶対に顔をやってはいかんぞ」

隊長に知られてはまずいのだ。隊長は、インテリ補充兵が現役兵にまさる働きをすることに関心を持っている。思想的にいかがわしい男が、軍務に精励することに興味を惹かれている。

「わかったな？」

柴田兵長はうなずいた。

吉田上等兵はニヤリと笑った。

9

中隊事務室の裸電球の光が鈍い影を集めている片隅で、新城一等兵の「体前支え《たいまえささえ》」はもう三十分も続いている。拷問としては最も軽度の、だが兵隊を疲労させることではどんな重刑にも劣らない体刑である。殴られるだけ殴られたあげくに、「冷静によく考えろ」とやらされたものだ。新城は眼も口も切れて脹れ上っていた。彼の腕はもう上体を支える力を失って、慄えている。脂汗が電球の光に浮いて、油を塗ったように見える。もう直ぐ腹が床につく。つけば、蹴飛ばされる。つかないように尻を高く上げれば、尻を蹴落される。もう長くは保つまい。新城は決して弱兵ではないが、人なみの体力しか持ち合せていないのだ。

日野准尉をはじめ、ここにいる三人の軍曹石黒、曾我、橋谷は、みんな、この検印の盗用事件が、実際には大したことではないと知っていた。兵隊のいたずらの一種である。せいぜい地方にいる愛する者へ、人に聞かせたくない甘い言葉を送りたいとか、何か欲しいものを頼みたいとか、或は泣きごとを書いて気休めにしたいとか、そうした程度のことを書きたかったに過ぎないだろう、と知っている。けれども、この場合は犯人共の質《たち》が悪かった。新城一等兵は思想犯の実弟である。思想犯の実弟が思想的に全く潔白であると誰が保証するか。新城の日常の態度は煮えも沸きもしない生ぬるいものだ。この三年間に格別怪しい節はない。軍務を嫌悪しているふうにも見えない。要注意兵の烙印にも甘んじて、のらりくらりしている万年一等兵である。だからと云って、反軍的な行動を決してしないという保証にはならないのだ。

はがきを貰った梶はどうか。彼は憲兵隊からの情報によれば、とんでもない「前科者」である。この前科者がまた変っている。彼はおよそ新城とは正反対に出来ている。肉体的にすぐれた素質を持っているし、内務は神経質なほど凡帳面である。学科も勤勉だとすれば、古兵達にときおり見せるらしい「でかい態度」を除いては、どれといって文句のつけようがない。けれども、仮面をかぶっているのかもしれない。怪しいことは怪しいのだ。幹候志願拒否の件にしてもそうである。何か魂胆があるに違いない。埃が出るか出ないか、叩いてみる必要がある。

新城はいままでに検印を盗用して外部と重大な通信をしていたのではないか？　梶もそれに加担しているのかどうか？

　もしたとしても、検閲は中隊ばかりではない。部隊でもやることである。その網を全部無事に通過するとは考えられないのだ。むしろ、そうは考えられないからこそ、ここにいる日野准尉と石黒軍曹は、余計に神経を立てている。何故と云って、この中隊の検閲済の通信が上級機関でひっかかれば、彼らの重大な責任になるからだ。

　また反面、軍隊の古狸となった日野や、そうなりつつある石黒にしてみれば、軍の事務機関が上級になればなるほど怠慢でよいかげんなものであることを知り抜いているから、今度は逆に検閲洩れの危惧も決してないとは云えない。そうだとすると、事はいよいよ重大となるかもしれないのである。

　新城は一体外部と不法な通信をやったのかやらないのか？　梶が新城から貰ったのは、あの二枚だけであるのかどうか？　これがほんとうに重大なことにならずに済むのかどうか？

「このろくでなしの横着者め！」

　と、日野准尉はストーブのそばで股倉《またぐら》をボリボリ掻きながら、床に体を支えて脂汗をたらしている新城を罵った。

「叩っ斬ってくれるぞ」

　彼はこの日、特に腹を立てていた。営外居住となると直ぐに娶った彼の妻が、最近になって、とみに彼をうとんじはじめた傾向がある。五体強健な彼が自然な欲求から妻に接しようとすると、「厭でございます。駄目でございます」と小笠原流で拒むのだ。大体、准尉の妻が小笠原流ではやりきれない。厭がる理由は、考えてみると、二つあるらしい。一つは、前々から内地の実家へ遊びに行きたがっているのを、置き去りにされて独り寝するわびしさを嫌って、日野が肯《がえ》んじないことである。「何処そこの奥さまは二カ月もお暇を頂いて、旦那さまはほんとうに理解がお有りなさいます。あなた、二カ月もでございますのよ！」二カ月は愚か、二日でも、日野は不自由をもてあますのだ。妻の方はこの辺境での生活がたまらなく無味乾燥になって、その生活を強いているのは夫ではなく、夫の職業であるにもかかわらず、夫が次第にうとましくなっているらしい。もう一つは、他中隊の内務掛准尉は、その中隊での最大の実力者としての特権を巧妙に使用して、家庭へ豊富な物資を兵隊に運ばせているが、日野が最近はそれをあまりやらなくなったからである。やらなくなったのは、四カ月ほど前に新任中隊長となった工藤大尉が、部隊長に対する手前、廉潔を売り物にしていることがわかったからで、いずれは工藤をまるめ込んでしまうつもりなのだが、女のあさはかさが男の肚の中を読みきれない。夫が無能な男に見えるようである。それが交渉拒否の仕種《しぐさ》となって現われる。妻が自分の夫を他の男と比較して、下に見るようでは、その夫婦生活は円滑に行っていないのだ。ゆうべも、彼は夜の酸っぱい味を存分に味わわされた。さもさも軽蔑したらしく寝床を異にして寝た女のものの腰が、中隊事務室の中でもチラつくのである。

おのれ、叩っ断ってくれるぞ！

「新城、ここに来い」

と、日野が云った。新城はフラフラ揺れながら寄って来た。

「お前な、強情を張るのもいいかげんにせいよ。内密にしてやるから、あっさり吐いてしまえ。お前の態度が悪いと、曾我軍曹が隊長殿に顔向けならなくなるぞ」

連隊随一の銃剣術の名手である曾我軍曹は、この中隊で唯一人の新城の同郷人である。二年半ほど前に新城が入隊したときに、当時中尉だった前任隊長が曾我を呼んで、要注意人物の新城の善導を特に命じたのだ。曾我は任官が石黒より僅かに遅れたが、連隊でも最も有望な下士官の一人である。曹長進級の先陣を石黒と争っている。石黒が強敵の擡頭《たいとう》を押えるために新城のはがき事件をことさらに利用しようとしていることは、曾我の眼には明らかであった。だからこそ、曾我は日野と石黒の前で新城に過酷な殴打を加えた。新城の眼や口が切れて脹れ上っているのは、主として曾我の暴力の痕である。

脹れ上った瞼の下で、新城の眸はどんよりしていた。

「梶に何枚やった？」

と日野が訊いた。

「忘れました」

「思い出させてやろうか？」

と、石黒が曾我を横眼に入れて、云った。

「二枚だけか？」

と、曾我が割り込んだ。

「梶は二枚だと云ってるんだな、橋谷」

「梶は二枚しか貰わないと云っている」

「二枚貰って、一枚も使わずか。そんな馬鹿なことがあるか！」

と、石黒は、日野の方へ顔を向けた。

「通信したにきまっています」

「……梶が二枚だったと云っているなら」

と、新城が脹れ上った唇を動かしにくそうにして答えた。

「その方が正確です。自分は憶えておりません」

「口裏を合せていやがる！」

日野は火掻棒でやけにストーブの中を掻き廻していた。

「橋谷、お前、いい兵隊を持ったな」

橋谷は口を尖らせた。要注意を配属して寄越したのはお前だぞ！

「新城、大したことでもないのに、何故強情を張るのか」

新城は幽かに嗤った。大事件に仕立てたいのはお前達だろう。

新城が梶に与えたのは三枚であった。いつだったか、梶が、通信の検閲は夫婦の心理的な閨房まで覗き見するようなものだと歎いたことがある。「女房が一番好きな文句を書いてやりたくても、それがここでは通らんのです」と。それを聞いて、数日経ってから、新城は三枚を与えたのだ。その一枚を梶は使用した。新城は憶えている。大したことは書かれていなかった。

戦争がどうなろうとも、俺は必ず生きて帰る、そういう意味のことであった。生きて帰って、君との約束通り、はじめから生き直す、失われた時間を取り戻す、美千子よ、俺は君と二人で新しい日を迎えるときのことを夢みて、現在を支えている。その最後の字句だけは、新城も正確に記憶している。それを郵便物の発送直前に入れてやったのだ。

「お前は何枚使った」

と、日野が、まだ火を掻きながら訊いた。

「一枚も使いません」

「百枚以上は、一枚も、か」

日野の顔が火を受けて赤々と燃えていた。

「シラを切ったところで通りはせんぞ。わからんのか？」

と、橋谷が云った。

「お前は俺の班の兵隊だ。あとのことは俺に任せて、男らしく云うんだ」

「新城、俺は前の隊長殿のときからお前とは特殊関係にある」

と、曾我が、これが最後だというように眼を据えた。

「その俺が云うのだ。よく聞け。もしお前が、いまみんなの前では云いにくければ、准尉殿にお願いして、俺と二人だけで話し合うようにしてやる。そして今度だけは、俺がお前に代って隊長殿に特別の猶予をお願いすることも出来るんだぞ」

日野の眼がぎょろりと曾我の方へ流れた。曾我にとってはこの際隊長にぶちまけて義俠心を示した方が得策だろうが、工藤大尉に知られては、この日野准尉が困るのだ。新任隊長を料理しにくくなる。石黒だって困るだろう。印章取扱の不注意である。

「どうだ？」

と、曾我が促した。

「一枚も使いません」

新城は答えた。

「信じられなければそれまでです。百枚使ったと云えば、信じて貰えるのですか？」

「曾我班長の人情もこいつには通じんとみえるな」

と、石黒が嗤った。石黒はどうしても新城に泥を吐かせたかった。事件の発見者である彼が、その処置の峻厳と適切を示して先任下士官の貫禄を誇りたいのである。

新城は、しかし、事実使わなかった。特殊な通信をする宛先もなかったのだ。彼を愛してくれた者は二人だけである。旅順の刑務所にいる兄と、その妻の二人だけである。兄は弟の安全を思ってことさらに通信を断っている。「ちゃん」づけで呼んで可愛がってくれた兄嫁は、兄の入獄後間もなく火が消えるように死んだ。いまはもう娑婆に愛情の繫がりはなくなっている。それ以前には、彼も人なみに女を愛した時期もあるにはあった。幸福にほんの一歩だけ近づいたような幻覚を、彼も確かに抱いていた。その女は、彼の兄が政治犯に問われたときに、彼と会うのを避けたがって、こう云った。「……困るのよ。都合が悪いのよ。ね、わかって下さるでしょう？　誤解しないでちょうだい、お願いだから。あたし、あなたが好きよ。気持は変ってないわ。でも……怖いのよ。困るのよ」……「怒ったの？」怒りはしない。わかったのだ。戦争の下で、恋愛が悽え上っていた。愛が、思想の官製免許を持たないことを恥じていた。思想犯の弟の恋人というのは、結構な身分ではないだろう。

「わかったよ。もう沢山だ！」

昼の会社勤めは惰性だけになった。夜は空洞に似た虚しさである。新城は孤独に親しんだ。青春が女のために傷ついたなどと大袈裟に思いはしなかったが、いつの間にか人との接触を嫌うようになったのは事実である。戦争がどうなろうと、格別の関心を持たなかった。戦争は狂信者が運転しつつ暴走する車のようであった。制《と》めることは出来ないから、はね飛ばされないように道の端に体をよけて、黙って見送る。国民的な狂信に抵抗するには、よほどに強靱《きょうじん》な魂が必要であった。「及ばずながら努力するというほどまじめでもないんだな。兄貴はそれをやったんだが」と、新城は事務室で梶の身上調査書を盗み見してから、或る日、梶にそう述懐したことがある。召集も新城を格別うろたえさせはしなかった。営門の一線で生活への道が切れたとしても、いまさら惜しむ気持は失われていたのだ。

いまとなって、何がどうなったところで、大したことではない。そういう気持がある。

「新城さん」

と、日野がニヤニヤして呼んだ。

「お前さんは、今夜はわたしを帰さないつもりだね」

日野は、いままでさんざん掻き廻していた火掻棒をグサリと火の中に突き刺して、立つと、自分の机の一番底の抽出から平たい瓶を取り出して来た。中隊の衛生兵に薬用アルコールで作らせた合成酒である。強いアルコールの匂いが流れた。

新城は日野の少したるんでいる腹の恰好を見て、唇を歪めた。その恰好が、主計中尉や炊事軍曹とグルになって着服した膨みに見えたのだ。

「教えて頂きたいのであります、新城一等兵殿、何処と何処へ通信を出されたか」

日野の作り声を聞いて、下士官達の顔色が動いた。日野准尉がかつての獰猛《どうもう》な日野曹長に還る前兆であったから。

「早く云わんか」

と、橋谷がそれでも班長らしく気を使った。新城はまた繰り返した。

「一枚も使いません。云っても信じては貰えないですが……」

戸にノックが聞えた。暗い廊下から、二人の兵隊が入って来た。

「柴田兵長、梶二等兵を連れて参りました」

「御苦労。どうだった？」

と、橋谷が顔を向けた。

柴田は、橋谷に答えたものか、石黒に報告すべきか、迷って視線を動かした。石黒が云った。

「受信に異常ないか？」

「異常ありません。はがきは、二枚だけのようであります」

「よし。柴田、お前は帰れ」

と、日野が命じた。

「梶、ここに来て、見ておれ」

梶の顔は平常のままであったが、歩くときにそれが少し引き吊《つ》ったのは、いままで橋谷の下士官室で、柴田と吉田の二人から、上半身の素肌を帯革で打たれ続けていた炎症のせいである。

日野はアルコールを一息あおると、ストーブの中から白熱した火掻棒を抜いた。

「新城、お前は一枚も使わなかった。梶には二枚だけしかやらなかった。そうだな？」

「……そうです」

「確かにそうだな？」

日野は火掻棒を新城の大腿部に突きつけた。

「絶対に嘘はあるまいな？」

新城の顔が強ばった。日野は笑った。

「いまのうちだぞ、梶、新城を助けてやらんか」

梶は日野の手もとを気にした。火掻棒が微《かす》かに新城の軍袴に触れて、煙が立ちはじめた。日野がまた笑った。どうだ、新城、一本行こうか？　新城は唇を嚙んだ。

「どうだ？」

日野は、笑いながら突いた。一度だけ呻《うめ》き声が洩れて、あとに異様な臭いが残った。新城は顔を振っていた。額に汗がにじみ出て、青白く光っていた。梶は色褪せて、化石したように立っていた。

「……一枚も、使いません。……梶には、二枚しか、やりません……」

日野は舌打ちして、火搔棒を石炭バケツの中に放り投げた。

新城の軍袴に出来た銅貨ほどの焼け穴は、あとでまた被服掛の吉田上等兵が私刑を加える絶好の材料になる。日野はそれを知っている。「三装の乙」だが、吉田がまたひどく張りきるだろうて。火傷は大したことはあるまい。練兵休を医務室へ貰いに行くだろうが、軍医には連絡しておこう。意識の片隅でそう考えながら、

「ちょっと熱かったかな」

と、石黒を見下ろして笑った。

「お前の犯罪摘発も泰山鳴動して鼠一匹じゃないか。くだらん骨折りをさせやがる」

どかっと椅子に尻を落して、二人の兵隊に命じた。

「おい、兵隊、幕だ。木を鳴らせ。対抗ビンタ五十回！」

新城と梶は顔を見合せた。梶は怖れていた。新城の眼に非難と軽蔑の色がほとばしりはしないか、と。新城の眸は霧がかかったように濁っていた。

「やらんか！」

と、石黒軍曹が叫んだ。

「殴って下さい」

梶が小声で云った。力の失せた新城の手が梶の頬を掠《かす》めた。

「何だ、それは！」

日野が石炭バケツを蹴った。

「真剣にやれ、真剣に！　もとい、だ！」

梶の頬が今度はしたたかに鳴った。

「殴れ」

新城が幽かに口を動かした。梶の平手が新城の脹れ上った顔へ飛んだ。

交互に相手の顔面を張る音が続いた。五十回まで、その音はやまない。五十回以上、まだ続くかもしれない。命令者が飽きるまで。或は、命令受領者が斃《たお》れるまで。

下士官達は薬用アルコールを廻し呑みしていた。ストーブは赤々と機嫌よさそうに燃えていた。日野准尉は股倉をボリボリ搔いていた。

10

このごろはお便りを下さいません。お忙しいのでしょうか、それとも何かお考えがありますの？　先日、隊長さんから御挨拶の御手紙を頂きましたが、中隊長が初年兵の家族にいちいち挨拶状を下さるとは考えてもいませんでしたので、封筒の裏書を見たときには、あなたの身に何か変事が起きたのだと思い込んで、はじめは字もろくに読めないくらい手が慄えていました。一通り読み終ってもまだ何のことかよくわからないのです。普通の御挨拶だと腑に落ちるまでに何度同じところを読み返したことでしょう。こんなうろたえ者ではなかったはずですのに。何も心配することはないとあなたもおっしゃるし、隊長さんもおっしゃいます。それぞれの立場でそうおっしゃるのですから、その意味の含みには、きっと開きがあるのでしょうけれども、あたしはもう心配しないことにしなければいけないと思います。いつも心配して、何でも直ぐに悲観的にばかり考える癖がつきますと、きっとそれがあなたにも通じて、却《かえ》ってあなたを心配させることになりそうなんですもの。こんな冷静ぶったことを云って、あたしの気持の中、おわかりになります？　めちゃめちゃなの。あなたが上の人に叱られていないかしら？　病気になりはしないかしら？　きっと骨まで凍るほど寒いでしょうに、凍傷になりはしないかしら？　（凍傷の怖ろしいお話を沢山聞いているものですから。一日に指が一節ずつ腐って行くんですって）負けん気の強いあなたのことですから、あれもやろうこれもやろうと、あせり過ぎていらっしゃりはしないかしら？　老虎嶺のあのことが、あなたの大きな負目になってやしないかしら？　こんな心配ばかりして、国防婦人会のこわいおばさま方に叱られそう。あたしは、あなたが何でも立派にやってのけて、どんな困難でも必ず切り抜ける人だと信じていればいいんです。そうでしょう？　そうだとおっしゃってちょうだい。

どんなことでもいいです。お便りを下さい。お忙しかったら、はがきに、本日快晴とか曇天とか、異常なし、それだけでもいいの。だって、もう三週間もあなたからなんにも聞いていないんですもの。

あたしは、あなたのおかげで、閑で、のんきです。あなたのお給料を一人で喰べています。閑だから、きっと心配性がひどくなるんでしょうね。感情の浪費かしら。忙しく働けばきっとあなたと歩調を合せられると思って、タイプの仕事を所長さんにお願いしたんです。（あのときのことを考えると、お願いしたくはなかったんですけど）所長さんは笑って、問題にして下さいませんの。梶君の月給だけでも余るはずでしょうって。あり余った心の苦しみなどあの方にはおわかりにならない。近いうちに、何か忙しく働ける仕事につきたいと思っています。でもね、ほんとうは、あたしはもう暫くここでじっと考えていたいんです、あなたのことを。いけないでしょうか？

お便りを下さい、一行でも二行でも。あなた一人の体ではないのですから、くれぐれもお気をおつけになって。あたしは、心配してると云いながら、十三貫五百匁ピンとあります。胃袋は心には全然おかまいないらしいのね。あたしのことこそ、決して御心配なさらないで。

お便りをちょうだい。今度だけは出来るだけ長いのをね。

美千子

これと一緒に隊長さんに御返事を致しました。

中隊長工藤大尉は、その日、大隊本部から上機嫌で中隊に戻って来た。第四中隊は初年兵の一期の検閲が終ったら直ぐに、ここから二十キロほど国境へ寄った前哨線で現在国境監視をしている中隊と交替することになるだろうと、大隊長から聞いたからである。本隊を離れて何かと不自由な前線へ出動することは、本来ならばあまり好ましくないはずだが、後方勤務ばかりしていて実戦の経験のない工藤にとっては、国境へ一歩でも近づくということは、それだけチャンスに近づくことであった。

南方の戦況が決して楽観を許さないことと、スターリングラード失陥以来ドイツの勝利という幻想だけは早くも捨てざるを得なくなった事情から、日本はソ満国境で事をかまえるのを極力避ける方針に出ていたが、現地軍の少壮幹部は必ずしも自重を快しとしていなかった。それというのが、戦況がいかに複雑化しているとしても、支那派遣軍は依然として進撃を続けているのだから、北辺鎮護の諸部隊だけがいたずらに平穏で退屈な、それでいて不気味な国境を睨みながら日を送るのでは、うだつが上らないというもどかしさがあるのだ。関東軍はノモンハン事件以来赤軍の手強《てごわ》さを知っているはずだが、将校の大部分があの悲惨な戦闘を身を以て体験したわけではない。工藤大尉としても、指揮下の兵力で処理出来る程度の小紛争ならあえて辞さないという血気と野心があった。またよしんば紛争は避けるとしても、国境監視の厳正を誇るに足るだけの実績を上げれば、これもまた戦功に匹敵するものである。

交替出動は春になるだろう。酷寒という大敵が去れば、湿地帯での行動の不自由という難点が生じて来るが、それを克服するのも功績の一つだ。四中隊には連隊随一の銃剣術の名手曾我軍曹以下優秀な下士官兵が揃っている、と、他の中隊長が羨んでいるくらいだから、必ず見事な実績をおさめるに違いない。工藤はいまから血が勇み立つ思いがするのである。

中隊に戻ってみると、机の上に、初年兵の家族からの返信が十通近く置かれてあった。工藤は眼を通しはじめたが、ありふれた手紙ばかりである。「隊長さまのおかげで、伜《せがれ》も立派な兵隊になれますように」とか、「隊長さまの御指導を主人共々私も喜んでおります」とか、「主人が隊長さまの御名を汚すことのないように神かけて祈っております」そういったものばかりらしい。或る意味では完全無欠だし、別の意味では嘘だらけである。隊長さまは退屈した。日野准尉か石黒軍曹に精読させて、報告を聞いた方が手っ取り早い。そう思いながら、無意識に封を切って読みはじめた二三行から、工藤の注意を惹く手紙が出て来た。美千子のである。

……私は二等兵の妻でございます。軍隊のことは殆ど何も存じませんが、在郷軍人の方々からときどきお聞きしたお話では、中隊長という位は、二等兵などからは、尋ねられたことにお答えする以外には声もおかけ出来ないほど高いものだということでございました。そういう二等兵の、私は妻なのでございます。御親切に留守家族の暮らし向きのことなどお尋ね下さいましたけれども、私は主人のおかげで何の不自由もなく暮らしております。ただ一ついつも気にかけておりますことを除きましては、ほんとうに何の不自由もございません。御厚意に甘えて、そのいつも気がかりになっていますことを、お尋ねしてもよろしゅうございましょうか。主人の友人で軍隊生活に経験のある方のお話によりますと、ここ老虎嶺で主人が関係しました事件のために、主人は軍隊でいつも「監視つき」になっているはずだとのことでございました。またそれを証拠立てるように、当地の憲兵隊からときどき軍曹の方がおみえになって、何かと主人のことを調べてお帰りになります。念のために申上げておきますけれども、そのことに関して主人から何も云って参ったわけではございません。却って、私は主人が何も云って来ませんので、心配しているのでございます。主人は、何か苦しいことがありますと、そのことでは何も云わずに黙っているのが癖でございましたから。もし軍隊であのことが主人のために不利な問題になっているとしましたら、私は梶の妻として、工藤様の御明察にお縋《すが》りして、梶の弁護をさせて頂きとうございます。

梶は、あのとき、無実の罪で殺される中国人を助けようと致しました。そのことが憲兵隊の方々の感情を害したのでございましょう、連行されて、訊問されたのでございました。もしほんとうに問題にする節がありましたなら、梶は二十日そこそこで釈放されたりはしなかったはずでございます。

いま梶がどのような兵営生活をしていますことか、悲しいことに私には想像もつきませんけれども、殆ど信念のような確かさで心に触れて参りますことは、梶がここで苦しみながら致しましたように、御地でもきびしい生活の中でどのようにかして人間としての意味とその正しさを、守ろうとしているに違いないということでございます。いま、あの人の生命は工藤様の手に握られていることでございましょう。工藤様が死ねとおっしゃれば、私の主人は死ななければならないのでございます。私は賢婦でも烈婦でもなく、平凡な女です。夫の無事をいつも祈っております。再び会う日ばかりを楽しみに生きている女でございます。けれども、もし主人がどうしてもそうしなければならない筋合に立ちましたなら、立派に働きも致しましょうし、決して見苦しい死に方はしない人だと信じております。あの人が、あの不運な出来事のために、あらかじめ用意された事情によって疑われたりすることのございませんように、私は二等兵の妻として工藤様にそれのみを幾重にもお願い致しとう存じます。二等兵は、疑われたら、それこそもう決して救いようのない生地獄に陥《お》ちることになりましょうから……

工藤は煙草を一服し終るまで美千子の手紙のあちこちを読み直していたが、当番兵に日野准尉を呼ばせた。日野が入って来た。

「梶二等兵の挙動に何か不審な点があるか？」

「何かそのような情報をお持ちですか？」

と、日野が反問した。

「あるかと訊いているんだ」

日野はちょっと考えた。はがきの件ではなさそうである。それならば、伏せておこう。

「目下のところ、ありません。監視は怠っていないつもりでありますが」

「橋谷軍曹はどう見ている？」

「橋谷は、目下、梶に狙撃手教育を猛烈に施しております」

「射撃もいいのか？」

「正確な眼であります」

「術科も積極的にやっているんだな？」

「そのようであります」

「内務に影日向《かげひなた》はないか？」

「ないようであります」

「新城とどうだ？」

「親密なようでありますが……」

「よう、ばかりだぞ。わからんのか？」

「最近は気脈を通ずる暇はあるまいと思います」

「何故だ？」

「新城は、糧秣輸送とか衛兵勤務に連続上下番させております」

ん、と工藤はうなずいた。

「梶も教育が終ったら締めるだけ締めてみろ。化けの皮なら直ぐ剝げる。よくなるものなら、精鋭になるかもしれん」

「そうであります」

「ときに、どうするかな？　女房が面会に行ってもいいかと尋ねているが」

二人の間に短い沈黙が来た。

このあたりの国境地帯は、湿地帯のせいで、要塞らしい要塞もなく、守備隊が駐屯しているだけだが、一般地方人には国境地帯と云えば厳重な監視下にある立入禁止区域という先入観がある。ここでは実際にはそういう成文化された規則はないが、兵営しか立っていないようなこの広漠とした地域は、謂わばこの世の涯として、兵隊の家人達からも兵隊自身からも諦められているのだ。また事実、面会に来ても、日帰りも出来なければ、泊るところもない。それを冒してまでここへ女が面会に来たのは、昨年の春、現在は特殊教育で離隊している伍長の妻が来たことがあるだけであった。鉄道乗車許可を取って来た上で、最寄りの駅から兵営まで八里ほどの道のりを、冬ならば馬橇《ばそり》を仕立てて、雪どけ以後は馬車を雇って来なければならない。よほどの暇と執念がなければ出来ることではない。美千子の場合には、千五百キロの鉄道を踏破して来ることになる。工藤は、手紙の文字から勝手に想像した美しい人妻が、寒風の吹きすさぶ中を馬橇を飛ばして来る情景を描いた。彼は手柄を立てたがる程度にはロマンティシストでもある。私学を出て直ぐに現役入営し、軍隊以外の社会を知らぬままに現在に至っている彼は、口では知識人の軟弱を罵りながら、人からは知識人と思われたがり、峻厳な軍人として怖れられたがりながら、人情を施す甘美さも味わいたいのである。美千子が梶に寄せる一途な思慕が、極めて女々しくもあり、またすばらしく美しくも見えるのだ。

「許可されないならば返事をくれと云っておる。返事がなければ許可されたものと考えて、適当な日を選んで出発するとな、なかなか抜け目がない。許可しない理由もないな？」

日野がねばっこく笑った。

「ありませんな。ただし、他の兵隊の目の色が変りますぞ」

男達の眼の色は確かに変るだろう。この殺風景な曠野のただ中に、若い女が全身に情感を漲《みなぎ》らせて現われれば。

11

梶は二つの機会を狙っていた。新城一等兵と話し合って意思の疏通を図ることと、石黒軍曹に新城の名をバカした白戸を難詰することである。その機会は二つとも得られなかった。白戸とは起居動作を共にしているようなものだが、練兵や内務に追われて、挑戦する口実も時間もなかった。新城一等兵の方は、日野准尉が隊長に云った通り、あれ以来事務室勤務を解かれて、衛兵勤務や糧秣輸送にこきつかわれ、内務班に落ちつくことが殆どなかったし、たまに蒼ざめた顔をして班内にいることがあっても、柴田兵長や吉田上等兵の険しい眼が光っていて、梶は近づくことが出来ない。

日が経《た》った。幾度か雪が降り、凍り、きびしい寒気はいつ緩むとも知れなかった。

その間に、在満師団の一部は南方転用のために動員下令となって、その噂が何処からともなく伝わると、兵達の心理にひとしきり旋風を捲き起した。この次は俺達ではないか。そう。やがてはそうなるかもしれない。遠い南海の島々には米軍の上陸が相次いで行われているのである。来攻する米軍の飛石作戦の速度は次第に早くなりつつある。友軍は、徐々に、徐々に、敗退の深度を深めつつある。その方面は、しかし、ここからは何千哩も離れていた。兵達は戦争の真相は何も知らされず、部分的な、しかも誇大な勝報だけを日夕点呼後に週番下士官から伝達され、この凍結した湿地帯の一地点で、東北東の不気味な国境線を睨んでいる。何の楽しみもなく、何の希望もなく。絶望的なインパール作戦が、大本営の多大な危惧にもかかわらず牟田口兵団によって果敢に開始されると、その報道が陸軍記念日の前祝であるかのように華々しく伝えられた。

兵隊の鬱積したエネルギーは、祝祭日を待っていた。この日ばかりは、酒も出て、一応無礼講なのである。兵隊が欲しがるものは、女と食物だ。この無人の凍土地帯では、女は天国の夢に過ぎない。オンナという言葉の響きだけで、男達は敏感に反応する。ありとあらゆる妄想を繰りひろげる。食物は女ほどに美味ではない。けれども、遥かに具体的な悦びである。これに酒が加われば、妄想が醗酵して、兵隊は幸福の幻覚に陥る。

陸軍記念日を、部隊はモチ粟とゼンザイで祝った。甘味品と煙草も下給されたし、酒も午後から出ることになっていた。初年兵達は、モチ粟とゼンザイを食罐の底までこそいで食って、満腹した。気持が、他の日に較べて少し膨んでいた。古兵とウマを合せて、歌えと云われれば歌いもしよう。泣けと云われれば泣きもしよう。久々に酒を呑んで懐しい思い出に浸りもしよう。

梶は、酒で班内が乱れはじめたら、新城と話をする隙が出来ると思った。それとも、酔ったふりをして、白戸をとっちめるか。これは面倒なことになるかもしれない。何もせずに、ポツンとしている方が安全である。黙って自分の内部に閉じこもるのも、この際は確かに娯しみであった。

酒の来る前に、週番上等兵が来た。

「新城一等兵、おらんか」

「いるぞ、一人だけ」

と、珍しく勤務から解放されて、寝台の上で軍足の繕いをしていた新城が答えた。この週番とは同年兵なのである。

「新城一等兵は初年兵二名を指揮して、便所清掃並びに汲取人夫の監視をすること。わかったな？　御苦労さんであります」

「おい、週番上等兵、酒はまだか？」

と、四年兵の上等兵が訊いた。

「もう直ぐであります」

「誰の命令だ？」

と、新城が、木綿糸を歯で食い切りながら尋ねた。

「週番下士官だ」

今週の週番下士官は曾我軍曹である。

「便所掃除の勤務割が出来ているのか？」

「文句が多いぞ、新城」

と、吉田上等兵が叫んだ。

「三年兵になったら、便所掃除はやれんてか」

「まあ、この便所、汚ないわ。どうしましょう。ウンチが凍って山になってるわ」

と、山崎上等兵が女の声色を使った。

「取って貰いましょうよ。あの方がいいわ。新城さんがお上手なんですって。ええ、そうよ、みんなでお願いしましょうよ」

班内が割れるような笑い声になった。新城は寝台から下りた。額に青筋が浮いていた。

「週番上等兵、週番下士官に云ってくれ。日野准尉でもいいぞ。便所は俺一人でやる。初年兵は使わんとな。便所勤務なら毎日連続上番してやる」

「一人じゃウンチのモッコ担げないわよ」

と、別の古兵がやった。

「誰か連れていらっしゃいよ」

「初年兵、誰も行かんのか！」

と、週番上等兵が呶鳴った。

梶は、柴田か吉田かが、梶を行かせるものと予期していた。案の定である。吉田から声が来た。

「梶、何故出ない！　お前のために新城は連続上番だぞ」

「まあ、おかわいそうに」

梶は寝台から下りた。小原が俺も行こうか、というふうに梶を見たが、梶の眼は反対側に向けられていた。

「白戸、お前も来い」

声に含まれた棘《とげ》は誰にもわかったようである。班内のだれた空気がちょっと固くなった。白戸は、膨れツラをしてあたりを見廻したが、古兵が誰も強制しないのを見て取ると、独りごとのように呟いた。

「お前に指図される理由はないよ」

「その通り！」

と、久保に肩を揉ませていた古兵が、面白がって云った。

「やれやれ！　どっちも負けずにやれ。いまに酒が来るぞ」

久保は古兵の肩を揉みながら、梶を見て嗤った。ざまアみやがれ。てめえ一人お高くとまってやがるからよ。

大和久は気紛れな空気が便所の風を自分の方へ吹きつけないように、吉田上等兵の帯剣を油布でていねいに拭きはじめていた。

「指図ではない」

梶が小声で云った。

「お前も手がすいているからだ。俺と来るのは都合が悪いか?」

ツラの皮を剝いてやるのだ。貴様のような奴がユダの子孫だと。自分のこと以外は口を噤《つぐ》んでいろ、このおべっか野郎! 梶は、しかし、そう思いながら、心の何処かが幽かに痛んだ。もとを質《ただ》せば、彼自身の不始末からである。あの事件に限らず、自分一人でかぶろうと覚悟を決めただけでは済まない社会なのだ。白戸達には確かに迷惑だったに違いない。

古兵達は誰に行けとも云わなかった。陸軍記念日に便所掃除はおかしいと誰も感じているのである。

「来いよ」

梶がもう一度云った。話があるんだ。お前だってこの軍隊生活をありがたがっているわけではないだろう。話し合えば、何処かで気持が溶け合うかもしれない。

白戸は動きもせず、答えもしなかった。気持は盛んに動揺していた。古兵が梶を吸鳴りつけて欲しいと思った。誰も、あの吉田上等兵さえも何も云わないのは、告げ口をした俺を、男らしくない奴だと思っているからではないか？

「もういい、梶、ほっとけ」

と、新城が促した。

律義者の田ノ上は、日曜日ごとにはがきを書いて貰うので梶に恩義を感じてか、寝台から下りて、柴田兵長の前にかしこまった。

「田ノ上二等兵、便ゾ掃ズに行って参りまシ」

「いいとこあるぞ、おっさん」

と、古兵の一人が笑った。

「早くやってちょうだいよ」

と、山崎上等兵がまたふざけた。

「あたし、したいの我慢してんのよ」

笑い声に崩れた班内から、三人の男は出て行った。

12

「目の仇にしやがる」

と、新城が梶に投げかけた笑いには、日野准尉以下下士官全部に対するどす黒い呪《のろ》いがくすぶっていた。

故意に祭日に人糞整理をやらせようとしたわけではあるまい。運搬する満人の荷馬車の都合で、陸軍記念日にかち合ったまでのことかもしれない。それにしても新城が選ばれたということは、単なる偶然ではなさそうである。新城はこのところ、糧秣輸送、石炭受領、衛兵、営外夜間巡察と、骨の折れる、ろくに睡眠もとれない勤務にばかり、しかも最下位の一等兵として割り当てられている。疲労が皮膚の下に青黒く溜って、体重が四キロも減ったほどだ。

「梶もしょっちゅうやられるか?」

と、声も懶《ものう》く、生気がなかった。

「大したことはありません。限秒射撃で橋谷班長がやかましいだけです」

梶はそう答えたが、銃剣術でも柴田兵長が特に手荒く扱うのを感じている。相手が柴田の程度なら、まだどうにか持ちこたえられる。ときどき出て来る曾我軍曹が、これは格段の技倆の差で息つく暇もなく突きまくるのだ。足が縺れてよろめきはじめても、めったなことでは休ませない。意地だけである、予定された時間を支え通しているのは。

「梶は体力があるからいい」

と、新城は呟いた。いつも大して活気のない眼が、妙にギラギラ光っていた。

「俺はもう顎が出そうだよ。待ってやがるんだ、奴らは。俺がノビて、自然淘汰《とうた》されるのをな」

梶は答えられなかった。そういうこともあるだろう。むごたらしい私刑が黙認されるのと同じことの裏表に過ぎないのだ。

便所の裏側に、若い満人が荷馬車を廻して待っていた。三人の日本の兵隊が金棒で突き砕く人糞の氷塊を、この馬車で運び出すのである。

「チタナイナイカ、ヘタイサン」

と、手ばなをかんで、ニヤニヤ笑った。

梶は老虎嶺の乾糞場を思い出した。数十名の工人が生乾きの糞をこね廻すのを、梶は手をつかねて見ていたものだ。いま、その番が梶に廻って来ている。

三人は暫く、ピラミッド型に盛り上った糞尿の氷山を、黙々として突き崩した。三月に入って気温が弛んで、氷は水っぽくなっている。飛び散る破片が口に当りそうで、梶は絶えず唾を吐いた。練兵では不器用なことこの上もない田ノ上が、ここでは一番能率が上った。彼は気を利かせて、梶と新城を一つところに残して、自分はせっせと別の便所の糞塊を突き砕いていた。

兵舎から蛮声が洩れて来はじめたのは、酒が兵隊に渡ったのだ。

「このあいだみたいなことがあると、帰りたくならないか？」

と新城が手を休めた。

「そうですね。あっこもなくても、いつでも帰りたいんですが」

「地方がやっぱりいいと思うかい？」

梶はちょっと考えた。ここに来るまでの二百余日の生活を思い返した。苦しかったことは奇妙に他人事のように忘れられている。何かしら自分の力でやって来たという充実感だけが残っている。やっぱりいいどころではない。生々しい悦びが、そこではじかに自分の肌に触れて来る思いがするだけでもすばらしいのだ。ここでは、ただ虚しい緊張があるばかりではないか。

「……地方でなら、何かをする余地がありましたね。矛盾があったにしても、それをどうにかしようと努力するだけの余地はあったんではないですか。軍隊でもそれが少しはあるはずなんですが、いまのところ、どうにもなりません」

「初年兵だからか？」

「……多分、そうでしょう」

「初年兵でなくなったら、やるつもりか？」

「……わかりません」

梶は糞塊にガチンと一突きくれて、曖昧《あいまい》に笑った。古兵になれば何か可能性が出て来そうな気もする。三年兵の新城はその希望への否定的な解答として、いまここに立っているようなものだが、何かはやれるだろうし、やらねばならぬ筋合のものだ。

「やるかもしれません、何かをね」

そう云ってから、あたりに気を配って、言葉を改めた。

「このあいだのことは、ほんとうに申訳ありませんでした」

「いいよ。わかってるよ」

と、新城も、ガチンと一突きした。

「梶が口を割ったとは最初から思わなかったよ」

梶は永い胸のしこりがほぐれて行くのを覚えた。あの王享立もまんざら嘘は云わなかったのだ。人間のそばには、いつでも、必ず、人間がいるらしい。

そういう感じを口に出そうとしかけた梶が、急に糞塊を激しく突きはじめた。週番腕章をつけた曾我軍曹が入って来たのである。

「お、御苦労」

と、梶の敬礼に答えて、勢いよく放尿した。体を揺すって雫《しずく》を切る動作は男性には共通したものだが、梶はその後姿に、軍隊生活に快適な場所を見出した男の落ちつきと自信を感じた。人間の生活から何千キロへだてられても、この男はいささかも感傷を混えずに地平線を眺めながら、立小便をするだろう。

曾我はボタンをはめて、二人の兵隊を見た。

「便所の中で密談か」

新城も負けていなかった。瓢箪鯰《ひょうたんなまず》は焼火箸で刺されてから、鯰ではなくなったようである。

「これがほんとうの臭い話であります」

と、含んだ云い方をして、開き直った。

「週番下士官殿、中隊の勤務割は隊長殿の許可を取ってありますか？」

「何故だ？　そんなことは俺は知らん、日野准尉殿に聞け」

「では、そうします。ついでにお尋ねしますが、週番下士官殿、勤務上番を兵隊が拒否すればどういうことになりますか？」

わかりきった話だ。抗命罪で、軽くて重営倉、下手をすれば陸軍刑務所行きである。

「無論、勤務割が公平を欠いている場合であります」

「知りたければ刑法を読め」

と曾我の逞しい顔つきが、眼を細めて、ひときわ酷薄に見えた。

「軍法会議で不平不満を並べ立てて中隊の恥晒しをしようと企んでも、そんな腐った根性が通る軍隊ではないぞ。新城、お前は三年兵になるまで、誰のおかげで無事に来たか知ってるか？　自分の立場をもっと真剣に考えろ」

「真剣に考えています。真剣に考えて、新城の勤務は公平を欠いていると判断します」

「公平か不公平か判断するのはお前ではない。隊長殿だ。いいか、新城、お前が不心得を起して今度何かを仕出かしたら、誰がなんと云おうと、俺がお前を営倉に叩き込んでやる。覚えておけ」

曾我は近づこうとしかけたが、銃剣術のときのような凄まじいその眼光に二人の兵隊が慴伏《しょうふく》したのを見ると、そのまま出て行った。

「大丈夫なんですか、あんなことを云って」

と、梶が心配した。

「どっちみち大丈夫ではないよ」

新城は投げやりな笑い方をした。

「ああ云えば、もっとひどくやるか、手かげんするかだ。云わなくてもこのままこき使われるんだからな」

「あのはがきで、ほんとにとんでもないことにしてしまいました」

「気にするな。お前が俺にくれと頼んだわけではないだろう。俺の方からやったんだ」

新城は俯《うつむ》いて、二三回軽く金棒を突いた。

「俺は娑婆へ帰りたいとは思わなかったがね、ここからは逃げ出したくなったよ」

「……どういうふうに？」

と、梶は、田ノ上の方へ気を使いながら、新城の不確かな笑顔を見つめた。田ノ上は離れたところで盛んに金棒の音をさせていた。

「さあ、どうやるかな。俺もわからんよ。しかしそういう気持はわかるだろう？　俺とお前とは、ああやって五十回も殴り合った仲だ」

梶はうなずいた。逃げ出したい気持は最初からだ。ただ、逃げては、行き着く場所がこの広い天地の何処にもないだけである。

「南方の戦線がガタガタになるとな」

と、新城が声を低めた。

「その補充のために、いまに関東軍が編成替えになるよ。戦線へ転属要員を出せとなったら、日野の奴、イの一番に俺を出すだろう。俺のように睨まれている奴とか、営倉下番とか、入院下番者とか、要するに程度の悪い奴から出すんだ」

梶はまたうなずいた。

「輸送船に乗っているところを、ドカンとやられてみろ、だ。それとも、島で玉砕するかだ。そうなる公算が大きいと思わないか？」

「思います」

「いつ、このケリがつくのかな？」

「……そう遠いことではなさそうですが」

「してみると、俺も生きていたいわけだ。大して自覚もしなかったが」

「生きていて、したいこととか、会いたい人とか、ありますからね」

新城が顔を振った。困るわ。困るのよ。都合が悪いのよ。彼の女はそう云ったのだ。

「したいことと云えば、何処か知らないところに行って、振り出しからやってみたいという気はあるな。誰も俺を知らないところに行ってだ」

「……行けますかね？」

と、梶はあたりを見廻した。兵舎からの馬鹿騒ぎが聞えるだけであった。

「ここを脱け出して、何処へ行っても摑《つか》まってしまうとすれば、残る方法は一つだけだろ？」

梶はうなずいて、ためらいがちに囁いた。

「……国境は近いのですか？」

「……四五十キロ、それくらいだね。湖まで、湿地帯ばかりだ。はまれば、助からない。乾燥地には監視中隊がいる」

梶はもう一度あたりを見廻した。

「……それでは、駄目ですね」

新城が幽かに首を動かした。肯定とも否定ともつかなかった。梶は立てかけておいた金棒を握った。

「梶なら、どっちを取る?」

と、新城がだしぬけに訊いた。

「何処かに人間を解放する約束の地があるとしてだ、それと、梶がしょっちゅう思い出している奥さんのいるところと」

「……約束の地、ですか」

梶のほほえみが淋しかった。

「女房と一緒にもう一度生き直す約束を、私はして来ました。どんなに過酷な戦争の下であってもです」

そして、戦争の結末がどんなに悲惨なものであろうともです。梶は、それを、胸の中だけでつけ加えた。

「……このままで、帰れると信じているのか?」

「わかりません。帰りたいのです。帰らなければならないのです」

こんな軍隊で、こんな戦争のために、死んではたまらないのだ。生きてやる。何処までも生き延びて、帰って行く。

「すばらしいロマンティシズムだ」

と、新城が呟いた。羨ましそうにも聞え、憐れんでいるようにも聞えた。

「俺は、ドカンとやられる前に、現実的に可能な方法を取る。約束の地が果して何処にあるかは知らないがね、しかし、ここにないことだけは確かだからな」
二人は、さっきから黙々と働き続けている田ノ上に倣って、また暫く凍った糞塊を衝き砕いた。

13

班内は歌声で割れ返っていた。てんでに勝手な歌を歌うのである。聞いて娯しむとか、見て面白がるとか、それに必要なほんの僅かな規律も統制もない。いつも規律と統制ずくめだから、少量の酒をきっかけにして、各自がことさらに秩序を無視するらしい。酔ってはいないのだ。酔うほどの酒は兵には渡らない。酔ったふりをして騒いでいるうちに、いつも締めつけている箍《たが》がはずれてしまう。あとは、日ごろもてあました精力がほとばしるままになる。ほとばしりはするが、それを注ぐべき対象を持っていないから、いたずらに猥雑と喧騒の中でぶつかり合い、犇《ひし》めき合って、僅かばかりの良識を圧し潰してしまう。そのあとに、動物化した肉体が、血管を怒張させて、咆《ほ》え狂うだけになる。

兵隊は猥褻《わいせつ》である。猥褻でない方が不自然である。何よりも最も異性を欲する時期の若い肉体が、何処よりも完全な状態で異性から隔離されているのだ。女の形も声も匂いもない。あるものは汗臭い男性の体臭、動物的な皮革の匂い、堅い、出っ張った、男性を象徴する器物ばかり。兵は渇えている。柔らかな、温かい、豊かな曲線、そのまるみのある動き、その声の甘い響き、その甘酸っぱい匂いに、渇えている。

だから、一人の兵隊は、こんな唄を顔を赭らめもせずに、喉も裂けよと歌うのだ。

「俺もなりたや、風呂場の板に、おそそ舐めたり、さすったり」

別の兵隊は得意になって、こう歌っている。

「うちのおやじは、狸かむじな、夜の夜中に穴サーがす、穴探す」

すると、忽ち一人が受ける。

「うちのかあちゃん、洗濯好きよ、夜の夜中に、竿サーがす、竿探す」

意気が合っている。歌ってふざけているだけではない。肉体の何処かに真剣な部分がある。切実である。その証拠に、唄の区切り目で、「オーッ」と牡の叫びが上ったり、「コンチキショーッ」と捨鉢な呻き声が聞えてくる。

みんなが、アルミの食器を叩いている。手を叩いている。叫んでいる。空気が、むれている、爛れている。

便所使役の三人が戻って来たときは、こういう状態であった。

三人を見かけるなり、山崎上等兵がまた悪い癖を出した。

「まあ、帰って来たわ。どうしましょう！　臭いわ、この人。一緒に寝られないわ。あっち行ってよ！」

悪意があって云ったのではない。女の言葉を聞きたかったのだ。聞けないから、使ったまでである。倒錯した性感覚をみんなが笑えば、それでよしとしたものだ。みんなは笑った。笑われた三人は三通りの受け取り方をする。

ている。三人の酒は湯呑に半分ほどずつしか残っていなかった。六本の一升瓶が空になって床に立っている。三十二人に六本だから、湯呑に半分ということはない。誰かがうまく「コミやった」のだ。

新城は黙って寝台に上ると、いきなり酒を一息に呑んだ。酒は胃に流れ込んでからにがい味になった。わめき合う男達の騒ぎが、そらぞらしい嫌悪感となって胃に響いて来るようである。空になった茶碗の底を見つめて、新城は蒼い顔を動かさなかった。今夜の点呼時に下達される勤務割で、新城はまた営外の夜間動哨に割り振られているかもしれない。多分そんなことだ。睨《にら》まれたら最後である。倒れるまで絞られるのだ。吉田や板内などのように、中隊内で顔が利いて、押しの強い四年兵は、日野准尉や週番下士官に尻尾を振って、自分に当てられそうな勤務をときどき新城に振り替えて貰っている。頼まれた方でも、有力な古兵の頼みは三度に一度は聞いてやらなければ、非常の際に自分の役に立ってくれないし、被服や糧秣の点でも何かと不自由な目に合わされるのだ。うっかり下手に叱りつけでもすれば、馬のフケ飯でも食わされたり、痰の入った味噌汁を飲まされないとも限らない。そういう事情の皺寄せが自分の上に来ていることを新城は知り抜いている。知ってはいるが、どうにも出来ないのである。糾弾しようにも、札つきの万年一等兵にはその手段がない。

田ノ上はペーチカのそばの寝台に上って、五勺に満たない酒をおとなしく呑んだ。班内の空気に合せるために、手拍子を取りもした。ぼんやりとした笑顔を作っているが、一向に面白そうではない。班内の乱痴気騒ぎは、おそらく彼の耳を掠めているに過ぎないだろう。やがて近づく春耕が気になるのだ。種子の準備は出来ただろうか？　肥料は開拓団から融通して貰えるだろうか？　鋤《すき》を牽《ひ》く馬を肥やしておかなければならない。飼料はよほど気をつけてやんねば駄ミだぞ、ます子。なんもかも、おめえ一人でやれるだか？　助けてやりたいだども、どもこもなんねえだ。許スてくれろ。彼の虚ろな眸は、遠い彼方の、じっとりと水気を含んだ耕地の上と、それを鋤き起す馬のあとをついて歩く妻の姿を思い浮べているに違いなかった。

梶は小原の御苦労さんに迎えられて、寝台に上った。班内の馬鹿騒ぎが、入って来た瞬間から、針のように彼を刺していた。こんな慰安なら、ない方がましだ。静かに俺を一人にしておいてくれ。いっそのこと、新城と一緒に「約束の地」へ脱走しようか。新城は寝台に仰向けになっていた。「約束の地」がそこにあると、あんたは保証出来るのか？　逃げ出したらあとに残った美千子はどうなる？　あの渡合がいじめるだろう？

梶は小原の疲れた顔に眼を留めた。小原が眼鏡の奥で眼を赤く潤ませているのは、僅かの酒気に刺戟されて、また妻と母親の折合の悪さをめそめそと考えているのだろう。お母さんとはどうしてもやって行けそうもありません。二口目にはあんたはよそから来た人だからと、あなたがいなくなってからは、それはひどいんです。昨日来た手紙にそう書いてあった。それを読まされた梶が、「くよくよしたってはじまるまい。奥さんがそうしたければ、実家に帰したらいいじゃないか」と云うと、小原はさも思いやりがないというように首を振った。「俺の月給は女房が受け取るんだ。女房が帰ってしまったら、おふくろはどうする？　実家へ帰したら、女房は意地になっておふくろに一銭も渡しゃしないよ」そんなものかもしれない。小原、お前は女房運が悪かったたな。俺の女房はすばらしい女だ。お前に会わせてやりたいよ。梶は美千子の全身をこの班内の白木の床の上に置いてみた。みんなは生唾を呑み込んで貪り見るだろう。十三貫五百匁ピンとあるそのみずみずしい肉体を。その肉体も魂も俺のものだ。俺はそこから出て来たのだ。そしてそこへ帰って行くのだ。俺と美千子はな、戦争も引き裂くことの出来ないもので結ばれているんだ。そうだな、美千子。俺達はそれを実証するはずだったたな？

「呑まないか」

と、梶は酒を一口呑んだだけで、小原にやった。

「めそめそするな。いいときもあったじゃないか。お互にだ」

山崎上等兵がねじり鉢巻で、アルミ食器をやけに叩きながら卑猥な数え歌をやっていた。

「アー、一つとせいエー、人目があるのに、乗れ乗れといいエー」

「さっき白戸がここにいてね」

と、小原がぼそぼそと云った。

「今月か来月かにきっと動員があるから、幹候はやっぱり志願した方がいいって云うんだ」

梶は嗤った。白戸の奴、ほんとうは職業軍人になりたくないものだから、地獄の道連れを一人でも増やしたがっているんだ。

「暖かくなるまで動員はないよ」

「誰が云った？」

「俺がだ」

「どうして？」

「ツンドラ地帯の国境監視に慣れた部隊を南方へ動かして、代りを何処から持って来るんだ？」

「それもそうだが、転属要員を出すという手もあるからね」

小原も新城と同じことを云う。梶は不安を不機嫌な声に代えた。

「それで？」

「幹候要員以外の補充兵から転属を出すとすれば、俺や梶なんか……」

「危ないもんだというんだな」

小原がうなずいた。

「白戸が云うにはね、梶は点を稼ぐために狙撃手教育を受けてるが、狙撃手要員は前線へ出されるんだそうだ」

大きなお世話だ。梶は眼を怒らせて白戸の方を見た。不運な男が一人出来れば、その蔭で誰か別の男が一人、ホッと安堵の息をつく。白戸、俺がどうやって生き延びて行くか、ほっといて貰いたいな。このユダの出来ぞこないめ！　お前は新城を売って何を得た！　銀三十枚は愚か、ビンタ一つとでも取引をする奴だ。経理将校に打ってつけだよ、お前は！

梶の険しい視線の先きで、白戸は、古兵に要求されて白頭山節をやっていた。なかなかの美声である。眼を閉じて、気持よさそうに朗々とやっている。

そのそばで、大和久が吉田上等兵に云っていた。

「吉田上等兵殿、森の石松をやって下さい。お願いします」

「森の石松か」

吉田は顔を真っ赤にして嬉しそうに笑った。丁稚時分に店主から年中叱言《こごと》の云われ通しだった彼も、店主の好きな浪花節を聞きかじって、唸るときだけは叱られなかったものだ。

「まあ待てよ。そう急ぐな。あとでゆっくり聞かしてやる」

「そう云わないで、やって下さいよ、上等兵殿、お願いします」

「お願いします」

と、久保もへつらって云った。

「そうかア」

吉田は右を見、左を見て、笑った。

「それじゃアやるかな。よし、一つ張り切って」

正に吉田の十八番がはじまろうとしたときに、酔いが全身に廻った板内上等兵が、襦袢一つになって闖入《ちんにゅう》して来た。

「おい吉田ジョト兵、ニュース、ニュース！　飛びきり上等って奴だ」

板内は、大和久が譲った場所に、埃が立つほど乱暴に尻を落した。

「五月一日《いっぴ》付を以て四年兵は満期除隊だとよ！」

「ほんとうか？」

と、班内のあらゆる角度から、歌声や手拍子の音を瞬間に消して、四年兵達の声が板内のいる一点へ集中した。

「いかすぞオ！」

「おお畜生！　ありがてえぞオ！」

「まあ、嬉しい！　どうしましょう！　あたしむずむずして来たわ！」

「誰から聞いたんだ？」

と、柴田兵長が、それがほんとうであってくれと祈るような顔をした。

「俺の班の事務室勤務がよ、俺にそっと耳打ちしてくれるにはよ……」

「板内しゃん、嘘をついたら怨むわよ」

山崎の悪ふざけにもかかわらず、四年兵達が見合せる顔はどれも真剣であった。

新城の代りに事務室勤務になった一等兵が、日野准尉や下士官達の話から何を聞きかじって来たか、知れたものではなかったが、満期や召集解除の朗報は、戦線出動の警報と常に背なか合せで軍隊の隅々に潜伏していて、ときならぬときに出没するのである。兵隊はいつでも希望的に朗報を取る。そしていつでも騙される。

ほんとうかア？　ほんとうらしいぞ。今度こそはほんとうだ！　いかすぞオ！　帰ったら、餅を搗《つ》いて、糞が白くなるほど食ってやる。俺はビフテキの血のしたたるような奴だ、こんな厚い奴をな。俺は青畳に寝そべって、風鈴の音を聞きたい、チロリン、チロリンとね、浴衣がけでよ。嘘をつけエ、この野郎、俺はおまんこ専門だ、七日七夜さ突きまくってやる。それから食うんだ。

一通り快楽の空想が済んだころに、生活の問題が来る。帰ったら何をすればいいんだ？　もう一度雇い直してくれるかな？　家にゴロゴロしてもいられまいな？　ひょっとしたら軍隊にいる方がいいんじゃないか？　それからまた空想があと戻りする。もうフルフル厭だ。動員にでもなってみろ、だ。女も抱けずに、死んでたまるかてんだ。五月一日まで、どうぞ動員がありませんように！

四年兵の満期を喜ぶのは、四年兵ばかりではない。初年兵は、その噂だけで、肩の荷が軽くなった心地がする。四年兵は神様だ。いつでもおミキを捧げて祈っていなければならない。どうぞお早くお満期のほどお願い致します。

「四年兵殿が満期されたら、あとはどうなるのでありますか？」

と、大和久が板内に尋ねた。

「初年兵はな、一期検閲が終ったら、現役が残って、補充兵は何処かへ持って行かれるらしい」

「何処へでありますか？」

と、白戸があわてて訊いた。補充兵達は一瞬のうちに緊張しきって、聞き耳を立てていた。

「俺に訊くなよ。俺は梅津閣下じゃねえんだぞ」

「幹候志願者はどうなるんでありますか？」

と、白戸は喰い下がった。

「幹候の心配までしてられるか！」

板内が呶鳴りつけた。

「幹候教育なんぞは戦地だってやれるんだぞ。そういうやり方に変って来てるんだ。ボケナスめ」

白戸の大柄な体は忽ち凋《しぼ》んでしまった。真偽はともかくとして、補充兵の上に暗雲が垂れこめたことは事実である。

「二三年兵はどうする？」

と、吉田が訊いた。

「あとをしっかり頼みます、だ」

板内は笑った。

「ここに残しておかないと、戦闘力がゼロになるからな。転属で出される奴は、もう大体きまってるんだ」

と、その人選をさも自分がやったように云う板内の声と一緒に、古兵達の視線が申合せて新城の寝台へ向けられたのは、こうした場合の転属の常識は誰にも共通したものがあるからである。こちらは、仰向けに寝転がって、天井の梁木を見つめていたが、急にむっくり起き直って、みんなに聞える声で云った。

「梶、刑法を持ってるか？」

梶は私物箱から取り出すと、新城のところへ持って行って、小声で云った。

「古兵殿、神経を立てない方がいいですよ」

「刑法をどうするんか、新城」

と、吉田が声をかけたが、新城は答えもせずに、また仰向けにひっくり返った。

「野郎、ちっとばかり内務掛に焼きを入れられて、顔になったつもりでいやがる」

吉田がそう板内に云うのを梶は後ろに聞いて、自分の寝台に戻ろうとした。

「梶、ちょっと来い。お前、いま、新城に何やら云ったな？」

「別に何も云いません、上等兵殿」

「云わない？　お前は古兵にものを頼まれても何も云わないのか？　お前にはがきをくれた親切な古兵によ」

またはじまった。これがなければ、内務班では夜も日も明けない。

「お前は手榴弾の中隊第一の投擲手で、近いうちに射撃の名人になるお人だからな、おまけに大学出でガクがあってよ、赤い色気までついてやがる。俺達四年兵にはおかしくてものも云えないが、同じ色気の新城さんには何でも云えるってわけだ」

梶は、この男と柴田が自分に加えた帯革の殴打を思い出して、体が熱くなった。心が萎縮してしまわなかったのは、ようやくそれだけ軍隊に慣れた印でもあろうか。

「上等兵殿、自分が何か、いま、間違ったことをしましたか？」

「そらそら！　おいでなすった！　文句がおいでなすったぞ！」

と、吉田は板内を顧みて、嬉しそうに笑い合った。

「あんた、駄目よ、今日はお祭じゃないの」

と、山崎が半畳を入れた。

「ビンタされたら痛いわよ」

古兵達がどっと笑った。

ビンタはもう呼び止められたときから覚悟している。

「新城古兵殿は疲れているから、読まない方がいいと云いました」

「聞いたか？」

と、吉田は同年兵達を見廻した。

「初年兵が三年兵に指図するんだとよ！　新城古兵殿はお疲れさまか。おい、新城！」

鋒尖《ほこさき》が新城に転じられた。いままでのは単に前座に過ぎなかったのだ。

先きほどから寝台に寝そべって班内の歓楽にくみしないこの三年兵を、吉田は眼の隅から見ていて、決して許すまいと決心していたようである。

「お疲れのところ、恐縮でありますが、吉田上等兵お尋ねしてよくありますか？」

新城は黙って刑法を読み続けていた。梶は怒りに体が慄えた。新城の何が一体憎いのだ！

これからの成り行きの怖ろしい予想も手伝って、膝がガクガク顫りはじめた。

「聞えないらしい」

と、板内が、のっそりと立ち上った。

「耳の風通しをよくしてやろうか」

吉田は他班の板内に手を出されては面目にかかわるとばかりに、急に殺気立った。

「しゃれた真似をさらすな、露助の犬!」

吉田の手から茶碗が飛んで、ペーチカに当って微塵に砕けた。

新城ははね起きた。顔は血の気を全く失っていたが、三年兵だけのことはある。

「兵隊の喧嘩は両成敗だぜ、吉田上等兵」

と、はっきりした声で云った。

「日野准尉のところに行って、火搔棒のお灸を一緒に頂戴するか。俺は刑法を読んでるんだ、曾我班長の云いつけでね。勤務を拒わるには、どうやったら上官侮辱と抗命の罪にならないか、研究するんだよ」

吉田は毒気を抜かれた。口では新城が勝ったようである。新城は喧嘩は御免だと云いたそうに口を歪めて笑うと、寝台から降りて出て行こうとした。それが、ちょっと早過ぎたか、遅過ぎたかである。情勢判断に狂いがあった。背を向けた刹那に板内が跳びかかった。吉田が続いた。他の四年兵が二三人これに重なった。袋叩きは一瞬に終った。

「週番士官が来る!」

と、誰かが叫んだ。四年兵達は新城を寝台に放り上げて、毛布をかぶせて捲き込んだ。

戸が開いて、週番肩章が見えると同時に、二三人が叫んだ。

「気を付け!」

「そのままでよし、そのまま。……休め」

週番士官は室内を見廻して、新城の寝台に眼を留めた。

「どうしたのか？」

「新城一等兵であります」

と、先任の柴田兵長が答えた。

「使役後、気分が悪くなりましたから、いま就寝させたところであります。週番下士官殿にはただいまから届出るところでありました」

梶は体をピクリと動かした。嘘だ、と、一歩踏み出したかった。新城は何故黙っているのか！　黙っているにはそれだけの理由があるに違いない。云えば、明日から、絶え間のない報復を受けるからかもしれない。中隊幹部もあべこべに新城を内務躾《しつけ》に違反した廉《かど》で咎めかねないのだ。いずれにしても、地獄の苦しみが続くだろう。

「気分が悪くなると、茶碗が壊れるのか」

と週番士官が云った。

「気分が悪くなる前に什器《じゅうき》を片づけておけ」

週番士官は何の表情もなく、出て行った。

14

「あかんわ」

と、佐々は、小原の射撃を見て、呟いた。

「こらいつになったら朝飯食わして貰えるやろか、わからへん」

三百メートルの射程で、小原はまだ命中弾が一発も出ていない。他の初年兵達はどうにか命中弾を出して訓練を終っていた。夜が明けると直ぐに、橋谷は射撃の間稽古と称して初年兵を射撃場に狩り出すことが再々ある。命中弾が出ないと、出るまで射たせる。中《あた》るまでは帰さない。小銃班の兵隊が小銃もろくに射てんようで、朝飯を食おうなどと思うのが間違いだ。橋谷は口癖のようにそう云うのである。

もうとっくに朝食の時間が来ている。飯上げに行った初年兵が、準備を終って、引き返して来たほどだ。

「小原のおっさん、ほんまに当てとくんなはれ。たのんまっさ」

小原は凍えた指に息を吐きかけ、祈るような気持で照準して、射ったが、監的壕からまた黒い旗が出て左右に振れた。

「お前は一体、いままで何を習っとったんか！」

と、橋谷は癇癪を起して呶鳴りつけた。

「眼が悪くても、盲じゃあるまい。向うの標的が見えんのか！」

「……見えます」

おぼろに、白く、標的があることだけが見えた。

「見えて中らんのは、精神がこもっとらんからだ」

射段の一番端では、梶が橋谷の命令で、前方の鉄的に対して矢つぎ早に限秒射撃の練習をしていた。鉄的に命中弾がカーンと音を立てる。カーン、カーン、と、続けざまに、まるで小原を嘲笑うように中っている。

「よく狙え」

と、橋谷が小原に云った。

「敵がそこにいると思え」

小原は、前方に敵がいると想像するよりも、後方で戦友達が朝飯のために小原を呪っていることが気になった。据銃《きょじゅう》する手が小刻みに慄える。また中らなかったらどうしよう！　左眼を閉じると、それでなくともおぼろにしか見えない標的が、いよいよかすむ。

「照準線を静かに合せろ。中央下際だ」

「何故息をするか！　息を止めるんだ！」

「第一段を圧したか？」

「静かに引け、静かに」

ようやく照準線が合ったような気がした。カーン、と、梶の鉄的が鳴った。そのとたんに、小原の指はガクンと引鉄を引いた。とんでもないところに土煙が上った。

「馬鹿者！」

橋谷が小原の尻を蹴った。

「他の者は何をしとるか！　餓鬼みたいなツラをしたって、飯は食わさんぞ。その場で据銃練習をやれ！　据銃百回だ！」

「小原の奴、いいかげんにしねえかよ」

と、まだ氷の溶けない地面に伏せて、久保がぼやいた。

「いつもあんチキショウだ。ひでえ目に合せやがる」

「ス方ないス」

と、田ノ上が独りごとのように呟くと、久保は直ぐにそれへ絡んで行った。

「田吾作は黙ってろよ、え、ス方ないで済むことかよ。飯も食わずに演習整列がかかったらどうするてんだ！」

「ス方ないでありまし、だ」

と佐々は歎いた。

「そやけど、なんとかならんもんかいな。こないしてると腹が冷えてかなわんわ。チンボウがおおかたサナギになりよった」

梶は何回目かの限秒射撃を終って、その場で静かに据銃練習をしていた。こうしているときだけ、彼は彼自身の主人であることを意識するのである。いつもは、彼は古兵の召使であり、銃の手入れ機械であり、編上靴の手入れ道具であった。いまは、銃が彼の道具になっている。彼の意志のままに、何の理不尽さもなく、正に彼の意志と技術のままに、正確に答を出す道具であった。

梶は据銃しながら、新城が一瞬の間に袋叩きにされて敗れ去ったことを思い返した。新城が敗けたのは、新城自身と、そばで見ていた梶が臆病であったことを証拠立てただけではなかった。あの場合、勇敢に振舞えば、もっと悲惨な結末に終ったかもしれない。週番士官はそこで行われたことを見抜いていて、何も云いはしなかった。是認したのだ。理不尽さは軍隊組織の基本的な性格であった。その支持の下にあったらどうであったか？　かりにまた、梶が、他日この理全員を掌握して、新城や梶の孤立した道理の勝てようはずがない。かりに新城が初年兵不尽さに戦いを挑むために、そういう設計と準備を持つとしたらどうなるか？　梶はここ数日来、何をしていても、そのことが念頭から離れなかった。

あの日、新城は、やはり彼の予感通りに、夜間の営外動哨に割り振られて、打身だらけの体を曳きずるようにして消灯時に出て行ったが、その出しなに、梶は煙罐返納にかこつけて新城に靴棚の前で追いついた。

「こんな調子で行くと、われわれは各個撃破されてしまいますね」

そう云うと、新城は顔を引き吊らせて笑った。

「されそうだな。俺のような抵抗の仕方は無意味かもしれんよ」

「無意味とは思いません。ただ、こっちだけが傷つくんではないですか？」

「孤立してるからね。そうは云っても、軍隊では大衆の団結なんて、夢の話さ。梶がもしそんなことを考えているとしたら……」

そう云いかけたときに、一番立ちの不寝番が廊下に出て来たので、新城は首を振りながら暗い笑いを残して出て行った。

大衆の団結などは、なるほど、夢の話かもしれなかった。それを肯定するような答が、いまも梶の手近にある。橋谷班長に絞られ通しで気力も意地もすっかり凋んでしまった小原を、その戦友達は一椀の麦飯のために呪っているのである。初年兵達は理非を質すことに関しては徹底的に臆病に仕込まれている。そう仕込まなければ、軍隊の不条理が、或は国家権力そのものの不条理が、それ自身の目的を貫くことが出来ないからである。臆病になった魂は、利己主義の中に潜り込んで、自分だけは不条理からの被害を避けたがる。大衆は、入営して一週間もすれば、分裂して個々の破片に還元されてしまうようである。建軍の精神はその弱点を見事に捉《とら》えているのだ。利己主義で身を護った初年兵が、年次が古くなると、これはもう手のつけられない特権階級にのし上る。新しい初年兵に自分達が歩んだ通りの歴史を反復させる。こうして循環する。柴田も吉田も板内も、その他の古兵の殆どすべてがそうである。そこまでは、梶にもはっきりわかっている。わからないのは、そういう悪循環の中で、これからどうやればいいか、ということである。

梶は、一人で離れて射撃習練をしている自分に、白戸や大和久のとげとげしい視線が刺さって来るのを、ときどき意識した。かまうものか。俺は新城とは違ったやり方で、この非人間の世界を人間らしく生き抜いてやるのだ。俺は俺自身の可能性を、それが何であれ、最大限に発揮して戦うのだ。

小原の射撃は、絞られるほど、駄目になった。

「梶、こっちに来て、小原に教えてやれ」

と、橋谷が、いまはもう業を煮やして、顔色を変えていた。

「盲より始末が悪い、この野郎は！　梶、お前、眼をつぶってあの標的に当ててみろ」

「眼をつぶってですか?」

「そうだ。据銃さえしっかり出来ておれば、どまん中でなくとも中るはずだ」

梶は小原に寄り添って、伏射の姿勢をとった。

「梶の据銃と引鉄の落し方をよく見ろ、小原」

梶は装弾すると、標的に向って、二三回据銃の動作を繰り返した。それから呼吸を整えて、両眼を閉じた。手慣れた銃を信頼するだけだ。これはもう美千子以上に梶に忠実なものかもしれなかった。静かな据銃。殆ど同時に引鉄が落ちた。監的壕から弾痕標示が出て、弾は標的の下隅に中っていた。

「どうだ、小原、眼の悪いことは理由にならんぞ。射ってみろ。今度命中しなかったら、貴様は射撃しながら標的まで突撃だ!」

「気を鎮めろ」

梶は囁いた。

「据銃の形にこだわるな。楽な姿勢になれ。引鉄は引くんじゃないぞ。握り締めろ。落ちるまでじんわりと握り締めるんだ。さあ、据銃してみろ。照準線が照準点に合ったときに発射しては遅いぞ。合う前だ。その呼吸だけだ。気にせずに。静かに、静かに……」

小原は射った。銃口が踊った。弾は土手に土煙を上げた。

「小原、お前みたいな奴は、死んじまった方がいいぞ。関東軍六十万の中に、お前みたいな奴は一人もおらん!」

橋谷が、二人の頭の上でそう罵った。小原は糸のように細い涙を流していた。

梶はにがい後悔を味わった。盲射撃は小原へのツラ当てにしかならなかった。小原をいよいよ窮地へ追いやっただけである。命中させなくてもよかったではないか。命中したのは偶然だったかもしれない。それにしても、梶の射撃能力の評価は決定的に上ったし、小原のそれは決定的に悪くなったのだ。

「よく聞けよ、小原」

と、橋谷が云った。

「軍人は責任感というものが生命だ。お前一人のために、班の初年兵全員が朝食抜きで午前の演習をやらねばならんのだ。朝食ぐらいのことはまだいい。お前が発見したたった一人の敵を仕損じたために、全員が一発の手榴弾でやられたらどうするか。責任と恥を知れ！」

小原は伏せて、銃に顔を垂れていた。何と罵られても仕方がなかった。どんなに祈っても、弾は中ってくれなかったのだ。土くれのように生色のない顔が絶望的に慄えていた。

「標的まで早駈けだ。突撃して射ち込んで来い。あれがお前の敵だ。仕留めて来い！　梶、お前もついて行って、射撃刺突を教えてやれ」

「行こう、小原」

梶が囁いた。こうなったら、三百メートルが三千メートルでも走らねばならぬ。

「突撃にッ」

橋谷がきびしく号令した。

「進め！」

二人は走り出した。全く無意味な、くだらない疾走であった。小原の射撃技術の向上に何の役にも立ちはしないのだ。疲労と屈辱感を与えるだけである。発奮したところで、彼の近視眼が治るわけではなかった。橋谷に罵倒されなくても、小原は自分が兵隊としては全然取り柄がないことをよく知っている。そのことは軍隊も徴兵検査で確認済みのはずであった。

梶は、小原が疾走する体の動揺につれて、喘《あえ》ぐような声を洩らしたのを聞いた。その声はむりやりに呑み込まれて、喉のところで苦しそうに鳴った。

「泣く奴があるか……」

と、梶は自分自身が無能力を徹底的に知らされたかのように、悲しくなった。

「馬鹿め！　こんなことでへこたれて、泣く奴があるか！」

小原は泣き泣き走っていた。

15

「何誰某ハ左記ヲ以テ遺言ト為ス」という書式を初年兵に示して、橋谷班長が云った。

「部隊はいつなんどき戦線へ出動するやも知れない。戦地へ一旦赴いたならば、生きて還ることを考えてはならないのは、かねてお前達に教育してある通りだ。戦陣訓其の一の第七に、死生を貫くものは崇高なる献身奉公の精神なり、生死を超越し一意任務の完遂に邁進すべし。身心一切の力を尽くし、従容として悠久の大義に生くることを悦びとすべし、とある。わかっているな？　ただいまから一時間以内に、その精神を以て遺言書を書け。これは厳封され、大切に保管されて、お前達が名誉の戦死をした場合に遺家族に送られる。家族に申し残したいことは何でも書いてよろしい。お前達の遺髪、爪も切って、同封すること。これは、戦陣訓本訓其の三の第二にある通り、屍を戦野に曝すは固より軍人の覚悟なり。縦《たと》い遺骨の還らざることあるも、敢て意とせざる様予《かね》て家人に含め置くべし、そのためである」

初年兵達は紙と封筒を与えられて、班内に残された。死が、急に間近に立ちはだかった感じがした。

大和久二等兵の遺言

父上様、母上様、

天皇陛下の御為に私が名誉の戦死をしたことをお喜び下さい。たとい二十年の生涯は終っても、悠久の大義に生きることになるのです。私は立派な兵隊として働くことが最大の孝行になると信じて、日夜努力しております。死を覚悟している私には、書き置きたいことは何もありません。あなた方の息子が御国の為に勇敢に戦って散ったことを誇りとして、天寿を完うされるようにお祈りします。

田ノ上二等兵の遺言

ます子よ、わたすはなにもかけないです。わたすのとこさきて、くろばかりさせました、あやまります。おまいがひとりでかいたくのしごとやれるかと、それだけがしんぱいでなりません。わたすがしんだら、おまいはふたりぶんのしごとをしなきりばなりません。くるしいのは、わたすよりおまいだろとおもいます。わたすのほは、しぬればくるしくなかろとおもいます。しんでもわたすは、やまのいしのしたから、おまいをたすけます。あきになって、はたけがみのったらば、ます子、わたすがかいってきたのだとおもってください。わたすは、まいねん、そのときに、おまいのとこさかいります。おまいがしぬるまで、かいります。にんげんはしんでも、つちはしないものであります。ます子よ、おまいには、わたすがおこしたつちがのこっています。それがわたすだとおもってください。うしとうまがわたすのかわりによくはたくように、かあいがってやりなさい。

小原二等兵の遺言

母上に

先立つ不孝を御許し下さい、国の為とは云いながら、老母を残して逝く身は、腹綿の千切れる思いがします。母上と富江の仲がうまく行ってさえいれば、今日までの軍務の辛さももっと耐え易かったでしょうし、これから死ぬまでの苦しみも、きっと忍び易いものであろうと思います。残念でなりません。私が死んだら、母上は頼りにするものは富江しかないのです。そのことをもう少し考えて頂きたかった。どうぞ、これを御覧になったら、私がそのことだけを気に病んで逝ったと思って、富江と仲よく、余生をお過し下さい。

富江に

お前の手に、母上と子供達を托します。厭だと思うだろうが、私の最後の唯一の御願いです。聞いて下さい。普段の手紙に私の悩みを綿々と書くことは軍隊では憚られるので、お前に私の気持を充分に伝えることが出来なかったのは残念です。これは遺言です。最後の機会です。お前は私にとっては、ありがたい、よい妻だったけれども、母上との折合いが悪いということが、私には、どうしても死にきれない不安を残すのです。母上は、私が死んだら、お前より他に頼る人はいなくなります。お前には一々もっともな云い分のあることを私はよく知っていますが、どうぞ、母上が死ぬまでは、小原の家にいて下さい。それ以後のことは、お前の気持の成り行きに任せます。これが読まれるまでに、お前と母上の間が決裂するようなことがあったらどうしようかと、私は身も細るばかりに苦しんでいます。私が死ねば、やがて生計の問題も起るでしょう。お前がその困難をどう処理してくれるか、途中で厭気がさして投げ出してしまいはせぬかと考えると、気が狂いそうになります。お前が云ったのろまな父ちゃんは、いま、お前に手を合せて頼みます。私を死にきれない思いで死なせないで下さい。私のような弱い兵隊はきっと死ぬでしょう。そんな予感がします。私は怖ろしいのです。お前や、子供や、母上や、何もかも未解決のままに残して死んで行くことが、たまらなく怖ろしいのです。それでも私は死ななければならないでしょう。わかりますか、富江、いま私がどんな気持で書いているか。私はお前に厭な苦しみだけを遺します。許して下さい。決して私の本意ではなかったことです。

梶二等兵の遺言

美千子、君がこれを読むときには、私はもういない。死んだ男が何を書き遺しても、それは生きている者の苦痛の種子にしかならないだろうから、私は、私達の魂のことには、いま、何も触れまいと思う。冷たい心で、事務的な覚え書をするだけにとどめたい。

一、会社は戦死者の妻に対して、その本俸の三十三カ月分を弔慰金として支給することになっている。私が君に遺すことの出来るものはそれだけだ。

一、私の葬儀、墓などは配慮無用。

一、私の乏しい蔵書・衣服の類は、一切売却又は焼却されたい。（美千子は私に関する物品は一物も持たない方がいいだろう。果せなかった二人の約束は記憶から消すように努力し給え。過去はどんなに美しくとも、終ったものは終ったのだ）

一、私が死ぬまでには、可能な限りの努力が為されたと確信されたい。

一、君はそこから別途の生活を考えて欲しい。未亡人、貞婦を私は必ずしも尊重しない。過去の蔭に埋もれないように。多くの可能性が残されていることをも併せて確信されたい。私は君に生きて欲しいのだ。死者は生きる者のために死ぬのだから。

なんとそらぞらしくも、切ない嘘であろうか、と梶は思った。梶は生きて帰るのだ。遺言書は必要なかった。けれども、生きて帰れないとしたら、俺は生きていたかったのだ、俺を忘れないでいてくれと、もどかしい歎きをこそ書きたかった。そう書かなかったのは、あのはがき事件が骨身に沁みているからである。兵隊の遺書は、ひそかに検閲されるに違いない。魂の最期の呻きを、軍隊は土足で踏みにじるだろう。

梶は封をした。美千子がそれを読むときを想像した。顔が蠟のように蒼ざめている。手がおののいている。唇を嚙んで泣き音をこらえている。美千子よ、安心し給え、これを読ませるようなことには決してならないから。

「誰ぞ教えてくれんか、遺憾のカンいう字は、どない書くねん？」

と、佐々が突拍子もない声で、静かな班内の空気を破った。

「ほんまにイカンですわ。このままおなごのしーろい、すべすべとした肌も見れなんだらのう。みんな深刻な顔してはるわ。どない考えてるやしらん。白戸よ、補充兵は動員になるいうて、ほんまかいな？」

「俺がそんなこと知るもんか」

白戸は不機嫌に答えた。彼は幹候の教育が前線で行われるかもしれないと云われたことが、すっかりこたえている。遺言書は悲壮に書かねばならなかったので、余計にこたえている。

「現役はええなア」

と、誰からも相手にされないで、佐々が独りごとを大きな声で云った。

「現在地残留やさかいに、ええわ。ここは寒いいうてもやぜ、春が来てみいな、戦闘ものうて、野も山もあおーなって、気持のええことや」

「うるさいな、佐々、静かにせんか」

と、大和久は、遺書を前にして、戦陣訓の精神をそのまま体現したような顔をしていた。二十名の初年兵は黙々と書いているか、書き終って索漠とした死の前に佇んでいるかである。佐々一人が喋ることによって、その味気なさから逃れようとしているらしかった。

「誰も教えてくれへんのか、遺憾のカンいう字はどない書くねん?」

16

「軍人の遺言というものは、出陣の覚悟を家人に伝え、軍人の家族としての認識を明確ならしめるものだ」

と、隊長が小原に云った。そばに日野准尉が立っていた。隊長の冷やかな表情、日野の精悍なツラ構え。小原は歯がカチカチと鳴り出しそうなほど怯え、体が冷たくなっていた。遺言書まで検閲されたということも、この男の胸の中では、怒りを湧き立たせなかった。はじめから負けているのだ。怖れおののくばかりである。

「出陣の覚悟とはどういうものか、云ってみよ」

小原は息切れがして、途切《とぎ》れ途切れに答えた。

「……生命を、国家に、捧げることを、本懐と、することで、あります」

「口だけは一人前に立つのだな、お前も」

と、工藤が、日野と顔を見合せて笑った。

「本懐としている男が、どう書いた?」

「気が狂いそうになるか」

と、日野が小原の額を小突いた。

「心配でな。死んでも死にきれない。怖ろしいのです。そうだな？　臆病者め！　お前のような兵隊を、俺は十年このかた見たことがないぞ」

小原は顔を垂れていた。関東軍六十万の中に、お前みたいな奴は一人もおらん！　橋谷班長はそう吼鳴った。

「俺は隊長として、お前のそういう女々しい心情に一端の責任を感じている。そういう教育はさせなかったはずだが」

と、工藤の声が、よく抑えてあるだけに気味悪く聞えた。

「お前のために、いいか、小原」

と、日野が続けた。

「内務班長、教育助手の柴田、教官殿、そして俺も、隊長殿に対して、教育不備の責任を負わねばならん」

「お許し下さい。小原が悪くありました」

「お前の家内から、家庭の事情のためにお前を若干日帰郷させてくれと、歎願書が来ておる」

工藤の声はいよいよ冷たくなった。

「どんな深刻な事情かと、日野准尉に聞いてみると、女同士の不仲ということだな。お前も、お前の家内も、軍隊を何と心得とるか！」

「……小原が悪くありました」

「そんな答を隊長殿は要求しておられるんではない！」

「お前のような女々しさが軍隊を毒する度合は、赤化思想よりも危険なものがある。赤い奴でも、戦闘となれば勇敢に戦うが……」

日野が、隊長をチラと見て、幽かに笑った。隊長殿は戦闘の経験がおありですからな！　工藤はそれをはじき返すように日野を見た。

「近代戦では誰彼の差別なしに砲撃を加え、一瞬のうちに全兵力の決戦となるから、思想はどうあろうと身を護るためには戦わねばならんのだ。お前のような女々しい弱兵だけだ、戦わざるうちに敵に降伏する奴は！」

「お前は、隊長殿にどうお答えしなければならんか、わかっているな」

と、日野が訊いた。

「顔を上げよ！」

小原は顔を上げて、隊長と准尉の間に眼を泳がせた。

「答えんか！」

「まあ待て。口だけの答を聞いてもしょうがない」

と、工藤はにが笑いした。

「日野、この兵隊に家内に手紙を書かせろ。覚悟のほどは、おのずから現われる」

「至急、そのように致します」

「よし。もういい。帰れ」

日野は小原を伴って、隊長室を出た。

事務室、日野の支配下にある事務室に入ると、日野は隊長以上に隊長らしくなった。

「ここで家内に手紙を書け。時間は三十分」

17

「……富江、お前の考え方は全然間違っている……」

小原はそう書いた。心の慄えをそのままに字が踊っていた。

「夫の留守中に妻が姑に尽すのは、日本の女の義務ではないか。お前の泣きごとが御奉公をどれだけ妨げているか、考えてみなさい。私は忙しいのだ。時間がない。簡単に書くから、熟読して正しい判断を下しなさい。お前と母上との不仲のために、私は戦友達から遅れをとってばかりいる。情ないことです。私は決心をしなければならない。私の希望はお前が母上に尽してくれることだが、お前の気持がどうしてもそうならないのならば、仕方がない、小原の家を去りなさい。どちらにしろとも、してくれとも、軍務にある私からは云わない。自分でよく考えなさい。返事を待っている」

ペンをおいたとき、小原は、天災で家も家族も一瞬のうちに失った男のように、茫然としていた。富江はこれを読むだろう。顔色を変えて読み直すだろう。急変した小原の心の険しさに戸惑うであろう。そして、どのような決意が女の胸に結ばれることか。

日野はそれを読んで鼻のあたりで笑った。眼つきは依然としてきびしかった。

「書いただけで、お前の性根が直ると隊長殿は考えておられるらしいが、俺はそうは思わん」

日野の視線は窓へ行って、直ぐに小原の上に戻った。

「衛舎の近くにポプラの木が一本立っているな。あそこまで、駈足往復十回やれ。やりながら自分の性根を叩き直す方法を考えろ。自分ではどうしても駄目なら、俺のところに来い。俺が叩き直してやる。わかったな？　駈足の服装は執銃帯剣。はじめ」

指定された地点までの一往復は四百メートルを超える。十往復は小原の体力の限界を超えるかもしれない。

「そろーとやれや、そろーとな」

佐々は、可哀そうにというふうに、首を振った。

「何処まで続くぬかるみぞじゃなア」

「また何かヘマをやりやがった」

と、久保は、大和久と寝台の上で古兵の被服を整頓しながら、笑い合った。

「要領の悪い奴だ」

銃の手入れをしている白戸はそう呟いた。

「なんだってそうドジばかり踏むんだ」

「黙ってろよ、白戸」

梶が遊底を分解しながら云った。

「お前に何の関係がある」

小原は誰の顔も見なかった。帯剣をつけて、銃を持って出て行った。四千メートルはおろか、二千メートルも走り続けられないことはわかっていた。走るだけだ。倒れてもいいのだと思った。それ以上の責任を自分自身に課することは出来ないではないか。

18

新しい雪が降った。真綿のように柔らかく、ふんわりしていた。暖かであった。空気がしっとりと甘く匂うようなのは、春がもうそこらあたりまで来ているのである。

曠野は新鮮な白一色に変っていた。冬が去りがけに急にやさしく態度を変えて、美しい花びらをふんだんに撒き散らしている。

工藤隊長は、その朝、官舎から来る途中で、急にその日の予定を変更して、中隊全員に雪中演習をさせる気になった。演習の眼目は、開濶地を匍匐《ほふく》して接敵する動作である。他の中隊では、もっと寒いときにやらせたのだ。兵隊も文句は云うまい。

兵隊は文句を云った。

「スケツネめ！　富士の裾野でくたばりやがれ」

と、古兵達は工藤の酔興を呪った。窓から雪を眺めながらペーチカの暖気を楽しむ限りは、兵営の生活も古兵にとっては悪くないものだが、雪の中を匍いずり廻らねばならぬとなれば、古兵と初年兵の区別はなくなるのだ。

「コンチキショウ！　匍わせるなら、俺に夜匍いをやらせてみろ。中隊全員に模範を垂れてやるぜ」

寒くないのはせめてものことであった。兵達は白被をかぶり、軍足を左の手に履いた。匍うときに雪が手首から入るのを防ぐためである。長い一列横隊に散開して、雪の上に伏せた。約一千メートル前方になだらかな丘の膨みが二つある。白樺一本そこには生えていないので、いつもは「ハゲの地点」と呼んでいるのが、いまは白くふっくらと膨んで若々しい乳房のように見えた。それが乳房だとすれば、これから兵達が匍匐前進する雪原は、巨人国の女の白く豊かな腹の上である。兵達は、しかし喜ばない。蟻のように小さな男が巨大な女の腹の上を匍ってみたところで、何の目的も達せられはしないだろう。二つの丘の上に、これまたちょうど乳首のように、それぞれ一つずつ軽機関銃が据えられている。有効射程はせいぜい三百以内だから、何も千メートルも前方から匍って行く必要はないわけだが、工藤は「匍匐能力を演練する」ために、断固として千メートル匍わせるのだ。「ひでえ疲れ」である。

兵達は匍いはじめた。雪は深かった。肘がはまってしまうので、前進を急ぐと顔で雪を分けて行くようになる。白い息を吐き散らしながら匍い続ける。息が切れて、喉に貼りつく。汗ばみはじめる。やがて汗が湯のように流れる。肘が、雪の中にはまるたびに、体力の消耗が加速度をつけるようである。そのまま雪の中に寝てしまいたくなる。

三百メートル近く匍ったころには、速い者と遅い者との間に、かなりの開きが出来た。乙女の乳房はまだ遥か前方にある。

梶は、臍《へそ》のような窪みに来たとき、前進を止めて、雪を頬張った。それまでは、かなりの間隔をおいた大和久と一線に並んで、殆ど先頭を匍っていたが、バカバカしさを意識すると、急に疲労感が深くなった。大和久と張り合う気持はさらにないし、匍匐は射撃などと違って、興味も意味も全く感じられないのだ。大和久は梶が顎を出したと見て安心したらしく、速度を緩めて進んで行った。ふり返ると、兵隊の年次に区別なく、一様に雪の中でもがきながら後続が来る。体位はすぐれていても、日ごろ横着をしている古年次兵は体がナマっていて、長丁場は保たないらしい。

新城が来るのが見えて、梶は手を振った。新城は向きを変えて、窪みへ匍い下りて来た。

「吉田の野郎、あっちでノビてやがった」

と、喘ぎながら歯を見せて笑ったが、これももう大分疲れが見えていた。

「行き着くまでにみんなノビてしまいますよ。白兵戦なんて出来るもんじゃない」

新城は雪を貪り食っていた。削《そ》げた頬が盛んに動くのを見て、梶はふとそこに小原を思った。

「小原は、入室していてよかったですよ。皮肉なもんだ、日野准尉のおかげですか。今日のこいつをやらされると、小原の心臓はパンクしてしまうところだった」

小原は、あの四千メートル駈足の罰目で倒れて、入室休養している。いっそのこと重症の病気になった方が、彼にとって倖せかもしれないのである。

「医務室に行きましたがね、蛋白が出るとかで塩断ちなんです。内務班に帰りたがっています。おかしな奴だ」

新城はろくに聞いていなかった。雪の降りしきるあたりを見廻して、云った。

「ものは相談だがな、梶は俺と行く気はないか？」

「何処へです？」

新城は笑って雪を叩いた。

「考えたんだが、凍っている方が都合がいい。暖かくなって、湿地帯を何十キロも渡って行くのは大変だ」

「……約束の地ですか……」

梶は独りごとのように呟いた。

「成功すると思いますか？」

「そろそろ行きながら話をしよう」

二人は、ゆっくりと匍いはじめた。兵達は雪原に撒かれた胡麻《ごま》のように散って、何の秩序もなく匍っていた。

「動哨の退避所には非常食料を置いてあるからな、少し廻り道になるが、そっちへ行ってからズラかりゃ、飢える心配はない」

「……ロシヤ語は出来ますか？」

「出来ないよ」

「……越境してから、どうします？」

「向うさま次第だ」

「夏ならともかく、冬ですよ、発見されなかったらどうするんです？」

「発見されるさ」

「向うから越境して来るのを、こっちの動哨が発見したことがありますか？　もっとも、越境の目的は違うけれども。向うの哨所地点を確認せずに雪の中を歩くのは自殺ですよ」

二人は、黙って、五六十メートル匍った。乳房の上から軽機を射つ音が聞えた。下士官達が吸鳴っている声も幽かに伝わって来た。

「行きたくないということか？」

新城が残念そうに云った。

「……わからないんです。あんたほどそのことで考えていたわけではないから」

「……何を考えていた？　軍隊の不条理と戦うことか？」

「……どちらかと云えば、ね。苦しいから逃げるというのは、何か、変な気がする」

「俺は逃げるよ」

新城は歯を剝いて笑った。

「関東軍に義理立てするほど俺は大事にされてやしないからな。どのみち、いつかは国境部隊は粉砕されるんだ。それを待つために、俺は明けても暮れても勤務勤務で絞られるのか？」

「……抵抗の研究はやめたんですか？」

新城は答えなかった。

「小原は自殺しやしないかと思うんです」

と、梶は、突然別のことを云った。医務室の寝台に仰向けに寝て、落ち窪んだ眼で天井を見上げていた小原に、梶はふと暗い影、体臭も体温もない人間の絶望を感じたのを、思い出していた。

「自殺も抵抗でしょうかね？」

「……脱走は卑怯だと云いたいんだな？」

「そう云えばね、そうです。私はまだ、新城さんみたいに、夜も眠れないほど絞られているわけじゃないから、或は生意気かもしれないけれど」

兵隊の生き方には四つあった。理不尽さに我慢出来なければ、戦うか、逃げるか、自殺するかである。そのどれをも選べなければ、諦めて、人間を放棄して、兵営の習性と妥協するのだ。被害者から加害者へ、もしくはその傍観者へ変貌することを、自分の意思にではなく、専ら時間に委《ゆだ》ねるのである。「皇軍」数百万の実体は、時間に劫掠《きょうりゃく》された人間の残骸に過ぎない。

「勇敢な初年兵だよ、梶は」

と、新城はまた笑った。

「お前が上等兵か兵長になったところを見たいものだ」

「お見せしますよ」

と、梶も笑った。

「人間が変ってしまって、ジョウトウヘイになったら、笑って下さい、人間の屑だとね」

「見られないね、俺は。そのころには、赤軍の道案内をさせられて、お前の前に立つかもしれない」

梶は口を噤《つぐ》んで、雪に煙る曠野の彼方を見た。その方角から赤軍の怒濤の進撃がはじまるのはいつであろうか。

「新城古兵殿はいい」

と、梶が呟いた。

「あっちへ行けば人間の自由が得られると無条件に信じているから」

「無条件ではないよ。比較の問題だ」

「何をしとるか、そこの兵隊！」

と、近くで、教官が吸鳴った。

「軽機を射っていないときは前進だ！」

二人は、また暫く、精出して匍った。この二人は、もう殆ど最後尾に近かった。

「俺は信じられないんだ」

と、梶は、新城に云うでもなく云った。

「思想も理想も信じるよ。そこの人間も信じるよ。ただ、さし当っての相互関係を信じられないんだ」

「何故だ？」

「関東軍から逃げ出して来た男を、何に使います？　道具ですよ。大きな政策の、小さな道具ですよ。平和のための戦争に奉仕する。それは結構だ。しかし道具なんだ。独自性を持たない、日本陸軍からはみ出て来た道具なんだ」

「早く行け！」

と、後方から下士官が叫んだ。

「一線はもう突入地点に達したぞ！」

梶は一身長ほど新城の先きに出た。

「考え直しませんか」

と、ふり返った。

「どっちにも間違いがあるし、どっちにも問題があるようです。どちらがいいとか、正しいとかは、結果を見なければ云えないでしょうが、私は行かない。ここで、やれるだけやってみます」

梶は休めた体から力を振り絞って、一気に新城を引き離し、雪の中でもたついている後尾の部分を抜いて行った。

いくら急いで匍っても、悩ましい想いを後方に残すことは出来なかった。俺は一人で何か反抗しようというのか？　新城と一緒に行ったらどうだ？　道具に使われるとしても、目的意識を摑んでいさえしたら、ここにいるよりはいいのではないか。ここにいるよりは！　あれはどうする？　美千子はどうする？　美千子は？　美千子は？

「突っ込めエー」

と、誰かが叫んでいた。

梶は立って、何十人かの兵達と一緒に、空虚な、漠々とした敵に向って突撃した。

演習が終って、第三班に集合をかけた橋谷軍曹は、汗みずくになって腑の抜けたような顔をしている梶を見るなり、呶鳴りつけた。

「何をもたもたしとったか！」

梶は瞬間に二等兵に戻った。

「はじめに飛ばし過ぎて三百メートルあたりでバテました」

橋谷の眼は、疑わしそうに、暫く梶の上から離れなかった。

19

この勤務割は悪くない。新城は慰問演芸隊の馬車を護送して歩きながら、そう思った。最寄りの駅から部隊まで約三十キロの、ぼつぼつ雪どけがはじまった悪い道である。慰問隊は女優三名、男優二名、バイオリン、アコーディオン各一名、大道具一名の、いずれは何処かの小都会で編成したドサ廻りである。「演芸隊受領」の護衛兵は、下士官一、上等兵一、一等兵一。下士官と上等兵は他中隊の者である。新城は気が楽だ。万年一等兵の方がその上等兵より年次が古いかもしれないから、別にペコペコする必要はない。

女優はみんな若くて、男優は二人とも三十過ぎであった。女達が生きがよく見えるのは、兵達はみな女好きだと知っているからだし、男達がどれも卑屈なほど愛想笑いを浮べているのは、軍人はビンタで制圧する特権を持っていることが念頭から離れないからだ。下士官は馬車に乗り込んで、女優にまつわりついていた。女の匂いがたまらないのだ。女優の方でも心得ている。適当に甘えてみせれば、下士官が気をよくして、酒保品の一つや一つくすねて持って来てくれるに違いない。上等兵も荷馬車に寄り添って、ニヤニヤ笑いながら女優と下士官に相槌を打っていた。新城はその反対側を、ぼんやりした表情で歩いている。黙っていても楽しいような気持が湧くのは、営内勤務や動哨と違うからだけではなく、やはりそばに女気があるからだろう。してみると、婆婆に未練は残していないつもりの新城も、女に執念がないわけではない。

あのとき梶が脱走に同意したら、二人はもう成功していたか、或は凍死していたかの、何れかである。雪どけがはじまるまで新城が決行しかねたのは、一人で凍土の闇をさまようことが不安であったというよりも、梶が抱いている疑念が、新城の胸にも暗いわだかまりを移したからであった。自主性のない道具にされるということには、ここでも道具でしかない兵隊の身としては、脱走を思い止まらせるだけの説得力はないはずだったが、危険を冒すには、やはりそれだけの夢がなければならなかったのだ。道具にされるということが、夢を蝕《むしば》んだのは事実である。だからと云って、別の考え方なり夢なりをいまここに持っているわけではない。いずれは何かやるに違いない。新城は、自分の中に暗くくすぶりながら火の手を上げたがっている情熱の促迫を息苦しく感じている。

「黙ってるのね、兵隊さん」

と、もの怖じしない明るい顔立ちの女が、反対側から身を寄せかけて、云った。

「下ろしてちょうだい。歩いてみたいわ。お尻が痛いのよ」

「道が悪いですよ」

と、新城が伸ばした腕につかまって、女は飛び下りた。下士官がえたりと腰をかかえてやる暇もなかった。

「暖かくなったわね」

と、女が云った。

「大分ね。暖かくなった」

「冬は、大変ね、とても寒いんでしょう？」

「そう。寒いね、冬は」

女は肩をすくめて笑った。これでは話のしようがないというふうに。

「兵隊さん、誰かに似ているわ」

と、小首をかしげて、また云った。誰に？　とでも訊き返して来るのを待ったのだが、新城は相手の気分に乗らなかった。女はそう云うものだ、初恋の人に似ているとか、死んだ兄や弟に似ているとか。女はたいてい可愛らしく出来ている。泰平無事のときには、これほど男を喜ばせるものはない。男の気持を高くもし、強くもし、豊かにもする。それが、何か事が起って、その解決の見通しもつかなくなると、困るのよ、都合が悪いのよ、怖いのよ、だ。新城は、黙って歩いていた。

「伍長さんに遠慮してるの？」

と、女が小声で云った。

「君は誰かに似ているよ。それを考えてたんだ」

「誰にかしら？」

俺を振った女にだ。この女だって、火搔棒で焼かれた傷痕を見せて、その理由を話したら、誰かに似ているなどと云いはすまい。

「恋人に？」

女が気を惹くような笑いを見せた。

「死んじゃったよ」

「そーお。わかるわ、その気持」

新城は苦笑した。

「思い出すでしょう？」

「しょっちゅう思い出してる奴がいるよ」

と、新城が答をずらした。

「何をやっても思い出してる奴がね。殴られても、射撃をやってるときも、学科の暗誦をべらべらやってるときにもだ」

梶は倖せな奴だと思った。美千子のためになら、どんな困難でも耐え抜くだろう。

「あたしの弟が来年兵隊に行くんだけど」

と、女が云った。

「つらいんですってね、初年兵の間は」

「つらいよ。あんまりやられるんで、脱走する奴がいる」

「捕まるでしょ？　捕まったら？」

「銃殺だよ」

「ひどいの！　ね、教えて下さらない？　何が一番つらいの？　あたし、弟によく話してやりたいの」

「道理が通らないってことだよ」

と、新城が答えた。

「君の弟さんに云ってやりなさい。うんと鈍感にならなきゃ駄目だって。手のつけられない馬鹿だと思われなきゃ、助からないところだよ。いくら一分の隙もなくやってもね、隙がないってことを憎まれたら、おしまいだからね。そしてそうなるんだ、実際」

「随分ひどいのね。でも、そうやって鍛えるから、日本の兵隊さんは強いんでしょうね」

「……強いかね？」

新城は曖昧に笑った。日本の軍隊が強いと信じられているのは、その理不尽さと、それに対する忍従とが、しばしば、剛勇と沈着の錯覚を起すだけではないのか。

荷馬車の上では、伍長が二人の女優とふざけていた。

「……その将校の奥さんてのがね、別嬪《べっぴん》さんだが、威張りくさって、人使いの荒い女でね、町へ女の褌《したおび》を買いに行くときにも当番兵を連れて行くんだ。当番がまたとんまな奴だ。ついて行っては、いちいち訊くんだよ。奥さま、何処へ行かれるんでありますか？　偉い奥さんが、いいから黙ってついておいで！　そうやって店から店へいちんちじゅう奥さんの尻にくっついて歩く。威張りくさって、癪にさわるアマだが、ケツの恰好は悪くないからな。そのうちに、奥さん、おしっこがしたくなりやがった。公衆便所に入りかけたんで、当番兵がまた訊いたね。奥さま、何処へ行かれるんでありますか？　いいから黙ってついておいで！」

「嘘ばっかり！」

二人の女優は声を合せて笑った。

「その当番、伍長さんだったんでしょ」

「俺だったら、ついて行って、一緒に入るよ」

「班長殿は奥さんがお有りなんでしょう？」

と、座長が尋ねた。

「いや、チョンガーだよ。除隊したら、こういう別嬪さんを貰って、それこそ尻にくっついて歩くよ。寝床の中まで黙ってついといで、だ。いい亭主だぜ。どんなもんだろう、伍長じゃ気に入るまいが、除隊したら一緒になってくれんかな？」

と、伍長が、人の方に露骨な欲望を示すと、別の一人がすかさず返した。

「伍長さん！　その眼つきは、除隊したらどころですか！　今夜一緒に寝てくれんかでしょ！」

「そう願えるとなおありがたい」

「何処の兵隊さんもおんなじね。元気で、気がおけなくて、助平だわ！」

一座は、荷馬車が揺れるほど笑った。笑い声が納まると、伍長は、新城が女と小声で親しそうに話し合っているのを見て、声をかけた。

「おい、四中隊の一等兵、話がはずんでるようだが、その人をあまり歩かせるな。今夜の演芸に支障を来すぞ」

「大丈夫よ、伍長さん、直ぐ乗ります」

女は新城の方へ向き直って、云った。

「あたし、慰問に行く先きざきで、一番最初に口をきいた兵隊さんに千人針を上げることにしてるの。上げましょうか？」

新城の却って淋しそうになった顔を見て、女は幽かに眉を寄せた。

「戦場へいつか行くんでしょ？　千人針をしてると弾が中らないんですって。迷信はお嫌い？」

新城は首を振った。兵隊は戦地へ行くものときまっているようである。その宿命に、この女は同情しつつ、千人針を恵む自分の心意気に感激しているらしい。それくらいなら、何故云わない、戦地へ行かずに済めばいいわね、と。

「……ありがたいが、俺は要らない」

新城は女を車に押し上げてやった。俺は要らない。俺は戦地へは行かないんだ。あっちへ行く。戦争のない方へ。梶よ、俺はやっぱり行くことにする。そうなるだろう。もっとよく考えてみるつもりだが、きっとそうなるだろう。

20

慰問演芸会場へは兵隊がびっしりと詰めかけた。軍隊特有の臭気が、こもった人いきれに混って、何か動物的な生臭さがあふれるようであった。

軍隊には器用な素人芸人や、玄人上りもかなりいる。歌ったり、浪曲を唸《うな》ったり、手品をやったり、これが前座になって、いよいよ真打ちだ。今度の慰問団の「メス」は三人とも若くて、ピチピチしているという噂がひろがって、兵隊は張りきっていた。

出し物は粗末な芝居だったが、渇ききった兵隊の感覚は、熱砂が水を吸い込むように貪り観た。筋立てが、いかにも時局向きである。貧しい家庭の一人息子が出征してちょうど二年目かの日に、息子が抜群の戦功を立てたというので、隣近所が集って、ささやかな祝をする。その兵隊に妹があって、これがきりょうよしの評判娘だ。息子に代って両親と仲よく働いている。感心な娘だから、村一番の素封家の息子から所望されているが、娘は「兄さんが誉の凱旋をするまでは」と嫁《とつ》がない。この娘を、新城と話し合った女優がやっていた。

祝宴酣《たけなわ》のころに、電報が来る。隣のおやじが手にとって、「こりゃ、官報じゃないか」と愕く。内容は読まずとも、知れている。ここで、一丁のバイオリンが、哀切を極める弾き方で「海行かば」を入れる。その旋律に支えられて、おやじが電文を読んで行く。これで充分な効果である。千余の男達は息をつめて見入っている。「貴下の御子息、ブーゲンビル上空にて、敵機三機撃墜の後、機関に故障を生じ、帰投不能となるや、敵主力艦目がけ体当りを敢行、壮烈な戦死を遂げたるは……」家族はバイオリンの旋律の中で泣き崩れる。泣きつつ伜の忠勇義烈の最期を讃え合う。伜はいかばかり家族を想い、いかばかり国家の繁栄を希って生命を捧げたか、と。

梶は、ふと、吉田上等兵が鼻をすする音を聞いた。吉田は涙を流して陶酔していた。梶は、入室下番したばかりの小原の膝を突いて合図しようとしたが、小原も眼鏡の下で泣いているのである。地方では演芸の批評記事を手きびしく書くであろう男が、ここでは手もなく一丁のバイオリンの効果にあおられて不幸な「名誉」に散るいのちを泣いているのだ。何故この芝居を部隊が兵隊に観せたかという冷静な判断は失われている。梶は合図するのをやめて、また吉田の方へ視線を移した。吉田は、いまは、洩れ出る嗚咽の声を抑えようと、粗野な拳、幾十人かの初年兵の頬桁に音をたてたその拳を、口に押し当てて、それを噛みながら泣いていた。梶ははじめは嗤った。それから、表情が次第に引き吊れて来た。吉田の嗚咽は、彼の純情の証拠ではないかもしれない。それにしても、こいつは泣くのだ。騙されながら、泣いているのだ。梶は自分の感覚の甘さにかなりの不信を抱きながらも、吉田を、彼の嗚咽のために、このときは許そうと思った。こいつも、まだ多少は人間であるわけだ。

吉田の泣き顔は、しかし、突然に変化を来した。原因は舞台にある。舞台では、泣くだけ泣いたあとで、娘が突然に衣服をかなぐり捨てて、太股もあらわな水着姿で、上衣を飛行機の翼のように張って、踊りはじめたのだ。これは、兵隊のど肝を抜くにも、狂喜させるにも充分であった。ドラマのリアリティは問題ではない。男を悩殺する生々しい豊満な曲線が、兵隊さんはこの方がお好きでしょうと云いたそうに、舞台いっぱいに踊り狂った。

詰めかけていた兵達の中から、オッと、声のない呻きが洩れた。一瞬のうちに、会場内を異様な熱っぽさが支配した。男臭さがむれ返るばかりだ。娘の裸身が正面に来たとき、梶は吉田が絶息するように息を引いたのをはっきりと聞いた。

「畜生！　なんて凄えんだ！」

吉田はもう、顔を赤々と燃やして奇怪な笑いに崩していた。

「山崎ジョト兵、見ろよ、あのケツは！」

山崎はゴクンと喉を鳴らしただけである。

ものも云えずに、女の股間の三角地帯を見つめていた。そう、少なくとも一千本のギラギラした視線が、そこに注がれていたと云っていい。悩ましい飛行機の踊りは、舞台を二三回廻っただけで、さっと終った。あまり長びくと検閲がうるさいのだ。

梶は吉田と女の間に頻繁に視線を往復させたが、その間に女の裸身は消えた。あとに生白い幻影が残った。切ない疼《うず》きが起って、その幻影をいつまでも離さなかった。吉田のことはもう忘れていた。舞台が空になってから、梶は美千子の肉体を思い出そうとした。それはどう描いても描ききれなかった。虚しい、もどかしい、切なさを掻き立てるばかりである。これほどに欲するならば、せめて、佐々のように女の陰毛を持って来ればよかったではないか。渇いて、恋い焦がれるだろうとは、来る前からわかっていたことだ。愛したとか、信じたとか、千五百キロもへだてては、数千時間も遠のいては、いたずらに悲しい痛みを起すだけである。何も手がかりがない。それを見、それに触れ、それを感じる何の手がかりもない。ただ、狂おしく燃え立つ妄想の中で、のた打つだけだ。

演芸会が終って、出るときに、ごった返す中で大和久は吉田に云った。

「よかったですねえ！　うちでも両親があんなにして待ってると思うと、体がぞくぞくして来ます」

大和久は、このとき、自分が歩兵部隊に所属していることが残念でならなかった。航空隊にいれば、俺だってもの凄い戦果を上げてみせるんだが。たとい死んでも、靖国に軍神の一人として祀《まつ》られることは、名誉でなくて何だろう！

「親は肩身が広いでしょうね、上等兵殿」

吉田は返事をしなかった。泣いた感動をあの女優の太腿が窒息させたようである。彼は丁稚《でっち》時分の主人の娘を思い出していた。好意を示すと、鼻で嗤った女だ。見事に発達した脚と尻を見せつけて、こう云うのだ。あたしの世話なんか、余計なお世話よ。あんたは板の間の雑巾がけでもしてればいいの！　あたしの世話を焼きたがってる男の人は、いくらだっているんだから。何よ、チビの丁稚のくせに！　チビの丁稚は、いまは第四中隊の猛者の一人である。年中がみがみ叱言ばかり言っていたあのおやじと、あの生意気な娘が、いまここに来てみるがいい。どれだけ中隊内で幅がきくか、見せてやる。中隊被服で吉田の手を通らないものは一つもない。吉田の感情を害したら、下士官も兵隊もみすぼらしい恰好をしなければならないのだ。誰でも吉田の機嫌をとる。将校だってがみがみ呶鳴りつけはしない。そういう吉田が兵長になりそこねているのは、ちょっとばかり元気がよ過ぎるからである。元気がよ過ぎるのは、丁稚の復讐かもしれない。がみがみ呶鳴ったおやじがペコペコするような良家の息子でも、ここに入って来れば、吉田の鉄拳の下で慄えるのだ。金の使い途のない国境部隊では、金持の親の七光も殆ど役に立たない。悪くありました、吉田上等兵殿。そうであります、吉田上等兵殿。上等兵殿の襦袢袴下を洗濯させて頂きたくあります。悪くない。おい娘っ子、てめえの亭主をここに寄越してみろ。たんまり世話をさせてやるぞ。

吉田は、あの飛行機の踊りを踊った女優と主人の娘を交錯させていた。なんと見事なケツだったが、あんな女に手を触れる機会も可能性もないとすれば、吉田は被服掛上等兵として中隊内で威張っている方がいいかもしれない。吉田はあの芝居のように両親から愛されはしなかった。小さい時分から他人の飯を食って育って来た男だ。あの芝居で泣けたのは、そうありたかったことの裏返しのようである。彼は大和久の声をうわのそらで聞きながら、親元へ便りを出そうと思った。絶えて久しくやらなかったことだが、書いてやろう。お前の方では大して心配してくれたこともなかったが、こっちではお前達に心配させまいとだけは心配してやっているのだと。

舎外の闇に出たとき、佐々は梶をつかまえて云った。

「ええおなごやったな。からだが、ブルブルと慄いよった。ああいうおなごは巾着やぜ。そうにきまったるわ。お前、嫁はん思い出してんのやないか？」

梶は答えた。

「思い出してるよ」

それから、思った。官報が行ったりすることは決してないからな、元気でいてくれよ。十三貫五百匁から減らないように気をつけてくれよ。十三貫五百匁という数字だけだ、いま、俺の体に感じられるのは。

新城は会場のあと片づけの使役に残されたときに、あの女優にもうひと目会いたくなって、楽屋へ行ってみたが、もう女達はいなかった。会っても、何も云うことはない。日本の女を見ることはもうないかもしれないという感傷だけである。千人針は貰っておけばよかった。将校連中はあの女達を集会所で歓待して、悪ふざけするだろう。女はもう一緒に歩いた兵隊のことなど忘れているに違いない。千人針はやはり貰わないでよかった。

女達が魅力をふり撒いたからには、明日帰るときの護送勤務には、誰か他の兵隊が出たがるだろう。新城が割り振られないことは確定的であった。

21

なだらかな岡の裾の疎《まば》らな白樺林から西南へかけて、遥か彼方に黒々と縦走している山脈まで、さえぎるものもなく一面にひらけた枯野原。もしその山脈が軍事上天与の要塞になるとすれば、この草原は国境の側へ打ち棄てられた無人地帯である。暦の上の春は、まだここまで来ていない。冬は頑固な姑のようだ。去年の草が枯れ果ててもなお新しい芽を拒んでいる。それももう長いことではあるまい。やがて鮮かな緑が萌え立てば、華やかな生の季節が一瀉千里《いっしゃせんり》の勢でやって来る。一年中の花が殆どいちどきに咲く。短い夏を悔いなく娯しもうとするかのように。そのころには、このあたりは類のない豪勢な花園と化する。文字通り百花繚乱である。いまはまだ姑の晩年だ。枯草同士が右に揺れ左にかしいで、互に若い生命の到来をこぼし合っている。

四中隊の初年兵達は、教官と下士官達に引率されて、ノロ射ちに来た。ノロは春の匂いを嗅ぐと、山奥から出て来て、このあたりをそのしなやかな力強い脚で跳び廻る。肉は青臭くて美味ではないが、肉らしい肉にありつけない兵隊にとっては、御馳走であるに違いない。一頭仕留めれば一班を賄《まかな》うに足りる。獲れるときには何頭も獲れるのだ。先週は他の中隊が来て一頭も獲れずに帰った。工藤は「俺の勘に間違いはない。今日は獲れるから行って来い」と教官に云ったものだ。

曇天であった。照準には都合がよかった。梶は実包を受け取って、枯野原のまん中に立った。点々と、下士官や腕自慢の兵が銃を構えて立っている。初年兵達は勢子《せこ》になって、白樺林の中へ踏み入っていた。

枯野原は梶の記憶にあの処刑場を呼び起した。あれからまだ半年とは経っていない。何十年も経った気がした。あの赤土の壕は埋められただろう。その底で、三人の白骨は恨みを抱いて眠りもやらず横たわっているだろう。その場に立会い、三人の首が刎ねられるまでは、怖ろしさに身動きも出来なかった男が、いま、この枯野原で、やはりあのときのように、じっと佇んでいる。

林の中で二三発銃声がした。勢子の喚声も聞えて来た。ノロは奥へ逃げ込むだろう。銃を構えた射手の方へ逃げて来ることはあるまい。梶は曇った空を見上げた。一面に灰色で、あのときのような白い千切れ雲は走っていなかった。枯草もあのときのようにざわめきはしなかった。それでもあの処刑場に立っている心地がするのは、まだあの問題が少しも解決されていないからだ。戦争はやがて終るに違いない。戦況は殆ど兵隊には知らされていないけれども、時々刻々に終末が近づいているはずだ。日本は敗けて、戦争の責任を追及されるだろう。日本人は中国人に取り囲まれて、石を投げられ、唾を吐きかけられるだろう。そのときだ、あの白骨三体が土の中から立ち上って、民衆に向って梶の罪状を糾弾するのは。四人目の、危うく処刑を免がれた男も、梶の努力によって救われたと、民衆に向って梶を庇いはしないだろう。何故なら、梶こそは彼らの管理者であり、虐待の責任を問われるべき存在だったから。そのときは近づいている。そのときが来なければ、あの問題は解決しないのだ。

梶は、ほんの一瞬だったが、この場から脱走して、将来彼を糾弾する民族の側へ走ろうかと思った。名を匿《かく》して。或は解放戦争の戦士のような顔をして。それとも、犯人は俺だ、早くこの問題を片づけてくれ、と。俺は告白する。罪悪のすべてを告白する。道具でもいいから使ってくれ。俺が人間の名に値するかどうかを試してくれ。

次の一瞬には、梶は新城と一緒に国境の方へ走る自分自身を想像していた。射たないでくれ。脱走兵だ。階級は二等兵、年齢二十九歳、身長一七三センチ、体重六九キロ六〇〇。なすべきこともわからずに逃げ出して来た卑怯者だ。射たないでくれ。道具になるから使ってくれ。あの白骨の前にだけは突き出さないでくれ。

鋭い銃声を聞いた。梶は反射作用を起さなかった。床尾鈑を汚さないように編上靴の爪先に置いて、立っていた。

「射たんか、梶！」

と、橋谷軍曹が走りながら叫んでいた。梶の前方二百五十メートルあたりを、二頭のノロが岡の裾に沿って横走していた。走るというよりも、これは宙を跳んでいるのである。橋谷のところからは、距離も射角も悪かったが、橋谷は立射で一発ぶっ放した。ノロの間近を掠めたらしい。二頭は僅かに向きを変えて、疾走し去った。梶の左方に五六十メートルずつの間隔をおいて散開していた射手は、距離が開き過ぎたのを知りつつ照尺を直す暇もなくて射った。ノロの姿は岡の蔭の安全地帯へ消えた。

「何をしとるか！」

と、橋谷が寄って来た。

「お前の位置からなら射てたはずだ」

「ノロが走るのは馬の走り方と同じだろうと思っていましたが」

と、梶は苦しい弁解をした。

「あまり跳ねるものですから。この次には必ず射留めます」

「日野准尉殿と俺は賭けてるんだ。俺の班で必ず二頭は什留めるとな。ノロはたいてい二三頭で来るから、俺が一頭射ったあとをお前がやるんだぞ。小銃班がノロも射てんではもの笑いだ」

梶は、いまごろになって、銃を構えてノロが走ったあたりを狙ってみた。

「班長殿、ここでは駄目のようであります」

と、銃を下ろして云った。

「ノロが横走するときの跳躍の幅が一定していませんから、一身長前方の照準が狂うのではありませんか」

「どうすると云うのか？」

「さっき見ましたが、ノロの尻は白いですね。跳躍しても、あの目標なら外しっこありません」

橋谷は、それもそうだというふうに、うなずいた。

「移動するか。どうせあっちの林の方から追い出して来るんだから、もっと右へ廻ろう」

二人は、さっきノロが消え去った岡の左端をぎりぎりいっぱいの射程に置く位置に移動した。

勢子は林の中を駈け廻っているらしい。叫び声が薄ら寒い風に乗って来る。威嚇の銃声もときどき聞える。

「新城はこのごろどうだ？」

と、突然橋谷が、訊いた。

「あいつ、近ごろ、妙に反抗的になりやがった。前はのらくらした奴だったが」

「……古兵殿は、勤務が忙し過ぎるのではありませんか？」

「あいつが、そうぼやいているのか？」

「そうではありません。このあいだ、不寝番のときに、古兵殿の寝顔が、痩せて蒼いのに愕きました。小原の顔に少し似て来ました」

「小原か……」

橋谷が厄介そうに呟いた。

「あの明盲には俺も手こずるよ。病気になって練成班に入るといいんだ」

その小原は、林の中を、命ぜられるままにうろうろと歩いて、ときどき、ワー、ワーと痴呆のような声を立てた。力のない声では、ノロも愕きはしない。ノロが跳び出て来たら、愕くのは小原の方かもしれない。声を出せと云われたから、声を出すのだ。ワー。それからまた歩く。富江はあの返事をいつ寄越すだろうか？　あなたのおっしゃることをよく考えて、家にいることにしました。お母さんの我儘《わがまま》も、あなたのためを思って、眼をつぶります。心配させて済みませんでした。そう云ってくれるだろうか？　早く一期検閲が終って、官舎当番か湯沸し当番に出されるといい。演習はもうやりきれない。練兵休を願い出るたびに、ひどく絞られる。それが厭さに演習に出れば、息が切れて倒れそうになる。完全軍装の行軍でもさせられたら、きっとそのまま斃れるだろう。それに射撃だ。橋谷班長は俺を癩病患者のように嫌っている。乞食のように軽蔑している。内務班では、吉田上等兵だ。古兵みんなだ。初年兵もだ。みんなが俺のアラを探して喜んでいる。せめて梶だけでも、もう少し思いやりがあってくれたら！　何も盲射ちで当てなくてもよかっただろうに。遺言書のことだって、ちょっと注意してくれたら、あんなことを書きはしなかったのだ。

小原はうなだれて、ときどきワーと気の抜けた声を立てながら歩いているうちに、ふと、草のない砂地で何かを見たような気がした。極度の近眼の彼の眼に留ったのは、よくよくのことかもしれない。小原は屈んで、拾い上げた。一発の実包である。威嚇射撃をした下士官が遊底操作ではじき落したものだろう。小原は手にとって、暫く見つめていた。小指の先きほどしかない小さな弾丸が急所に中れば、どんなに頑健な男でも一発で即死するのだ。どれだけ多勢の人間がこの弾丸のために死んだことか。それほどよく中るのに、何故小原の手にかかると、決して狙った標的に命中しないのか。まるで勝手な生き物のように、別の方向へ飛び去ってしまう。

小原は一度実包を捨てようとした。それから、実包の員数合せが特に厳格なことを思い出した。曾我軍曹に届け出なければならない。小原はそれを軍衣のかくしに入れた。二三歩あるいて、また取り出して見た。何か自分でもそれとわからぬ気持の動きからだったが、再び手に取って見て、その一発の実包が格別の意味を持って見えたのは、そのときからである。小原は、他ならぬ彼が、ここで一発の実包を拾ったということが、抜きさしならない因縁のような気がしはじめていた。悪運がいつでも小原の行くてに用意されている。これがそのしるしではないか。「小原、お前みたいな奴は、死んじまった方がいいぞ」橋谷軍曹が射撃場でそう云った。小原自身も、入室中に天井を見ながら考えたことだ。意気地のない男、希望も何も見出せない男は、ひと思いに自分を片づけた方がよさそうである。どうせ戦争はろくなことはない。勝っても負けても、当分除隊にはならないだろう。それまでにこの近視眼の弱兵は参ってしまう。のべつ殴られたり罵られたりして生命を圧しひしがれるよりは、自分の意思で死んだ方がましというものだ。この一発で、楽になる。正しく、この一発で、苦痛からも屈辱からも解放される。

小原は実包を内かくしにしまった。威嚇射撃をした下士官は、どうせ員数をごまかしてしまうに相違ない。それなら、実包紛失は問題にならないわけだ。内務班に帰ったら、何処かに匿し場所を探そう。小原は、悲しいような、嬉しいような気がした。どんなに苦しいことが続いても、いよいよとなれば、この一発が解決してくれる。

暗い考え方はひとりでに固まっていた。泣き笑いに似た表情で、小原は白樺林の中を歩き廻った。

枯野原では、橋谷が梶に云っていた。

「お前、小原によく気をつけろよ。ああいう弱兵は、とんでもないことを仕出かすものだ」

「……どういうことでありますか」

と、梶がわざと訊いた。

「せっぱつまるとな、逃亡するかもしれんのだ。逮捕されて、班長の俺が銃殺するのは、あまりぞっとしない」

橋谷は笑った。梶は幽かに首を振った。班長殿は見当違いです。脱走は新城古兵殿ですよ。

小原は自殺だ、考えてやらなければならんのは。一つの班で、自殺と逃亡が出たら、橋谷は参るだろう。他の下士官と較べて大してよくもない代りに、悪くもないが、この男は、軍隊で最も忌み嫌う二つの事件にぶつかるかもしれない。その二つが、また、選りも選って梶と親密な間柄で行われるかもしれないのだ。小原をこれ以上いじめないように、何か手段を講じてやらなければならない。梶は、橋谷の横顔を見ながら、小原と新城を胸の前に並べた。この二人に何かしてやれるのは、俺だけかもしれない……

林の中から銃声が響いた。橋谷がさっと銃を執《と》り直した。

「来たぞ!」

今度は、六頭のノロが、右に跳び、左に跳ね、直ぐに先頭が方角を定めて、岡の裾をまっしぐらに走りだした。

梶は折敷いたが、草の深さが邪魔になって、立射の姿勢をとった。橋谷はもう狙っている。ノロは前方を斜めに走っていた。尻の白い毛が見えた。それが宙に跳び上っては、枯草に沈む。射程は手ごろだ。白いのが跳び上る。そら沈む。照準線は合っている。ノロの体が直線上に重なる。白いのが出る。沈む。また出て、消える。今度はあの辺だ。そら出た。消えた。今度だ!

橋谷は後尾を射った。梶はその前を。橋谷のノロは跳ね上った。梶のは、いきなり倒れて見えなくなった。不思議なことが起った。その前方のノロが急に体を横に曲げて、よろめきながら倒れたのだ。

「しめた! 三頭だ!」

橋谷は走りだした。梶もついて走った。

三頭目のノロは、まだもがいていた。柔和な眼に死物狂いの哀願の色があった。

「二頭狙ったのか？」

「いいえ、偶然です。照準線に二頭が重なって入りました」

「大出来だ！　日野准尉のツラを見たいようなもんだ」

と橋谷が云った。

「息の根を止めてやれ」

梶は銃口を突きつけて、眼を閉じた。

22

ノロ射ちから戻って、銃腔の洗滌をしていると、週番上等兵が梶を呼びに来た。

「梶、事務室に行け」

と、ニヤニヤしていた。

「面会だよ」

その声で、班内の顔が一斉に動いた。起り得ぬことが起ったという、非常呼集以上の愕きだ。

洗箭を通していた梶の手は動かなくなった。

「誰だ？」

と、柴田兵長が訊いた。週番上等兵は一層笑み崩れて、両手の指でひと目でそれとわかる形を作って自分の股にあてがった。

「これだよ」

梶は床板を踏んでいる知覚がなくなっていた。美千子だ！　そんなことがあるだろうか？

なんだってこんなところまで！

「直ぐ行きます」

梶は洗箭を動かした。念を入れて。念を入れて。こんなときこそボロを出すな。なんという
すばらしい日だ！

「早駈けだ！」

と、柴田兵長が呶鳴った。

「痩我慢するな！」

縫工兵の山崎上等兵がいたら、「コンチキショウ、ひがむわよッ！」とやるところだ。

小原が洗箭に手を伸ばした。

「俺が洗っといてやるよ。早く行け」

梶はもう我慢しきれなくなった。銃を小原に頼んで、柴田兵長に云った。

「梶二等兵、事務室に行って参ります」

「おう、早く行かんと、誰かに取られるぞ」

「ああ畜生め！」

と、古兵の一人が唸るのを、梶は戸口で聞いた。

「国境までやりに来やがった」

梶は、しかし、もう心配の方が先きに立っていた。こんな兵営だけの曠野の真只中で、今夜はどうするのだ？

三十キロの夜道を、美千子に歩かせて帰さねばならんのか。日野准尉に泣きついて、せめて護送だけでもさせて貰おう。

事務室までの廊下がたまらなく長かった。そして、怖ろしかった。

23

事務室に、美千子はいなかった。日野准尉が脂ぎった笑顔を梶に向けた。

「中隊風紀を紊乱《びんらん》する奴だ、お前は！」

美千子は何処にいるのだ？　隊長室で怖ろしさに慄えているのではないか？

「特別の計らいを以て、梶二等兵にただいまより明日朝点呼時限まで、舎後の居室使用並びに休養を許す」

そう云った日野の言葉を、梶は固くなって、殆ど信じ難いという表情で受け取った。

日野は、美千子の不安そうな顔を見て、わざと云ったのだ。

「御婦人がこんなところまでみえるとは、無謀ですな。第一、宿泊するところもない。どうしますか？」

「……会えさえすればよろしいんです」

と、美千子の眸が煌《かがや》いていた。

「あとのことは考えて参りませんでした」

「上りの汽車は明日の午後だ。今夜は野宿しますか、それとも駅まで、夜道をかけて歩いて行きますか?」

「仕方がございません。会わせて頂けたら、あとは歩いて参ります」

日野は笑った。

「大した度胸だ。仕方がない、面会を許可します。今夜はここに泊って行きなさい。ただし例外ですぞ。兵営は婦人の宿屋ではないんですからな。他の兵隊の悪い前例を作って貰っては困るんだ」

「……ありがとうございます」

張りつめた気持がいちどきに弛んで、兵隊の妻の体から女が甘く匂ったのを、日野は恵みを垂れた支配者のように見下ろした。

いまは、特別の恩典に浴した兵隊を見据えて、こう云った。

「女房に会って、里心を起したりしたら承知せんぞ」

そばから、石黒軍曹も口を出した。

「梶、居室使用はいいが、隠密行動はいかんぞ。さもないと、明日妻君が帰るときに、まる裸にして検閲するからな」

粗野な笑い声で割れた事務室から、梶は出た。舎後の居室は特殊教育で離隊している下士官の部屋である。その戸の前に立ったとき、梶は顔を撫でてみた。髯がザラザラしていた。不精ではない。顔を当る暇など殆どありはしないのだ。唇はカサカサに乾いて、皮がめくれている。手も荒れるだけ荒れていた。身なりはつぎはぎだらけの「三装の乙」のツンツルテンだ。宿なしの浮浪者にそっくりである。遥々と、女は、こうした男のみすぼらしさを見るために、やって来たのだ。

24

戸が開いたとき、美千子はほほえみかけて、それが一途な顔色に変った。

「とうとう、来てしまったわ」

と、云った。

「……お元気？」

梶の方では、二度うなずいた。

「遠いのに、よく来られたね」

戸を閉めて、外の気配に気を使った。それから、美千子のまるい膝のそばにそろそろと坐った。

「変ったろう？」

美千子は顔を振った。

「……つらいのね」

梶も首を振った。美千子が眩《まぶ》しかった。

「……慣れたよ」

と、眼をそらした。

「今日はノロ射ちに行って来た」

と、窓の方を見た。

「あとで肉を貰って来ような」

と、チラと美千子を見て、直ぐに殺風景な居室を見廻した。

「暖かくなって、楽だよ。冬だとな、大変なんだ……」

それから、またチラと美千子を見た。

「君は痩せなかったね。安心した」

美千子は梶が口走るのをまじまじと見つめていた。

「せっかく来てくれても、なんにもして上げられないんだよ。俺は二等兵だ」

「こっちを向いて！」

と、美千子が囁いた。

「向いてるよ」

向いてはいなかった。泣き出したいほど胸が迫っていた。見れば泣けるだろう。泣けば美千子が泣くだろう。一日も忘れたことのない女が、そこにいた。生きて、豊かに息づいている。懐かしい匂いだった。こんな瞬間はそう何度もありはすまいと思った。

「心配しないでいいんだ。俺はやってのけるよ」

と、はじめて笑った。

「立派なもんだ。内務掛が文句のつけようがなくて弱ってる」

美千子はにじり寄った。

「時間、いつまで貰えて?」

「明日の朝まで。……出て来たときより短いな」

「そんなら」

と、女の眼に、熱い笑いが涙と一緒にあった。

「いいのね!」

満ち溢れた心を、女は持って来たのだ。幾夜さも悶え泣いた休を、女はここに持って来たのだ。言葉も、無数に用意して来たはずであった。千五百キロの汽車の旅で、三十キロの馬車道で、繰り返し準備した言葉は殆ど出て来なかった。

「佐々二等兵、梶班長殿に食事持って参りました」

と、佐々が、二人分の食事を運んで来た。ノロの焼肉とスープは、佐々が班内のペーチカで腕を振るったものだ。

佐々は、ええおなごやな、というふうにしげしげと美千子を見て、云った。

「奥さん、この肉はな、梶が今日射ちましたんや。うんと食うて精をつけなはれ。なア、そやろ、梶」

梶は笑った。

「いつも主人がお世話になりますそうで」

と、美千子が挨拶しかけると、佐々は手を振った。

「二等兵はお互さまだす。ほんまにえらいとこですわ、軍隊いうとこはなア。そやけど、梶は倖せもんや。こない淋しいとこまで面会に来てくれはるおなごは他にあらしまへん。ほんまだす」

美千子は受け答えのしようがなくて、ほほえみ続けるばかりである。佐々は、かくしから、用意して来たらしい紙きれを取り出した。

「時間がおまへんよってな、奥さん、初対面にあつかましい思われるか知りまへんけど、この所番地に手紙出して、うちの女房にたまには奥さんを見習うて、亭主に面会に行ったれ云うてくれはりゃしまへんでっしゃろか。ほんまにうちの嫁はんいうたら、食うて、寝て、他になんも気いつけしまへんのや。亭主がえろう難儀しよるで、古兵殿にみやげ仰山持って、はよ面会に行けいうてな」

佐々はもっと喋りたそうにもじもじしていたが、古兵のビンタが怖ろしい。諦めて、思いきりの悪い様子で出て行った。それと入れ代りに、小原が梶の銃を持って来て、梶を戸の外に呼び出した。

「これでいいか？」

梶は銃腔を透かして見て、礼を云った。入るように勧めても、小原は内務班を気にして入らなかった。

「奥さんにな、頼んでくれないか。うちの女房に、こないだの俺の手紙は、准尉に強制されて書いたんだと云ってやって貰えないか。女房にうちを出られると、俺は困るんだ」

「わかった。そう云わせる」

小原は幽かに笑って、ひしゃげた影のような恰好で離れて行った。

美千子は殆ど食わなかった。胸がいっぱいであった。いつまたこうしてさし向いで食事が出来るかわからない。ほんの一夜限りのことである。梶は美千子が驚くばかりの速さで掻き込んでいた。美千子の分も軽く平らげた。まるで三日も食わなかったような貪り方であった。ものも云わないのだ。美千了は幽かに小首を振っていた。

「嚙まないのね」

「そんな暇はいままでなかったよ」

と、梶が笑った。

「おかげで、胃の腑に歯が生えた」

「……何かに追っかけられてるみたい」

その通りだ。絶えず追いかけられている。内務に、演習に、食事に、点呼に、消灯に、朝から晩まで。

「何でも人より早くやる。自分を護る方法はそれしかないんだ」

食事を済ませると、梶は膳を下げがてらに、美千子のみやげを班内に持って行って、柴田兵長に渡した。勤務から戻っていた山崎が、梶を見るなり早速やった。

「ずるいわよ！　あんた一人でいいことするなんて、ずるいわよ」

班内のあらゆる角度から、古兵達の白い視線が突き刺さって来るのを梶は意識した。さっき銃の洗滌をしていたときとは大分違っている。聞えよがしに云うのがいる。

「けっ！　世の中はあべこべになりやがった。一期も終らない初年兵がよ、居室で女房と勝手な真似をしくさって！　関東軍もえらく変ったもんだ」

考えれば、ムカつくことに違いなかった。何年もこの辺土で辛抱している男達をさしおいて、初年兵が楽しい想いをするのでは、あまりに不公平というものである。

「明日の太陽は西から出るぞ。それもよ、真っ黄色になった奴が、フラフラっとな」

「済んだあとでもいいから、こっちへ廻して貰おうじゃねえか。それからあとは一本の、煙草も二人で分けて呑み、着いた手紙も見せ合って、だ。なア戦友」

梶は聞き流して、吉田の前に立った。日野准尉から指示が出ている美千子の毛布を出して貰うのだ。

「毛布だとよ」

と、吉田は、同僚の方へうそぶいた。

「女房を抱いて寝りゃ、寒くはねえだろう。自分のだけで足りんのか」

指示が出ていれば、吉田は出さねばならない。厭がらせを云うだけである。梶は面倒になった。古兵のざれごとで美千子が汚されるのもたまらなかった。

「よくあります。足ります」

と、吉田の前から離れて、自分の藁蒲団の毛布を剝ぎ取った。

吉田は被服倉庫へ行こうと寝台から下りかけたが、梶の動作がよほど反抗的に見えたか、鼻のあたりに青白い怒りを集めてまた同僚の方へ行った。

「狭い藁蒲団で上になり、下になりだ。勝手にしやがれ！」

25

消灯ラッパを美千子は梶の胸の中で聞いた。それまではあまり意識しなかった夜の曠野の底知れない静けさが、急に犇々《ひしひし》と身に迫るようであった。

二人は、いま、こうして肌を寄せ合っている。それでいて、一人の間には、どうしても押しやることの出来ぬ、何か重く冷たいものが立ちはだかっていた。美千子はそれを押しのけようとあせった。抱擁はあったが、忘却はなかった。あの、二人だけの、燃えたぎるような忘却が。梶は絶えず何かを気にしている。明日の別れの悲しさが早手廻しにもう来ているのかもしれない。些細な物音にも気を配るのは、上官上級者への怖れや、同僚への気がねがあるのだろう。二人が二人だけのものになりきれない。美千子までが軍隊の鉄の枷《かせ》をかけられたようである。

「疲れてるんでしょ？」

と、美千子はそっと訊いた。

「そんなふうだった？」

と、梶が訊き返した。そうだったかもしれない。はじめての女に接するようなぎこちなさがある。こんなはずではなかったのだ。こらえにこらえていた欲念をいちどきにふり注ぐときのことばかり夢みていたはずであった。これからだよ、美千子。まず、兵営にいることを忘れるのだ。お互に腑の抜けるほど求め合おう。貪り合おう。今宵限りだから。

美千子は、窓からさし入る仄かな月明りに梶の顔をまさぐっていたが、ほっと熱い息を吐いて云った。

「やっぱり会えたわね！……渡合の奴、きっとびっくりしてよ、あたしが面会して来たと云ったら。あいつね、用もないのにときどき来るのよ」

梶はピクリと体を動かした。俄かに美千子にのしかかって、強く抱え込んだ。

「あなたの手紙を見せろって。見せやしないわ。とぼけてやるのよ。いやな奴！　あなたがいまに脱走すると思ってるらしいわ」

梶は深い息を引いた。

「脱走したらどうする？」

「何処へ？」

「国境の向うへ」

「あなたはしないわ」

美千子が一度笑ったのが月明りで見えた。いつもの黒い眸が、青く光っていた。

「あたしがいるんですもの！」

それから、急にすすり泣きに変った。

「仕方がないわ。考えた上でのことでしょうから。待っています。准尉さんが、あなたは補充兵の最右翼だって云ってたけど、やっぱり狙われてるのね」

梶は美千子の涙を荒れた指で触った。顔を静かに重ね、ぴったりと押しつけ、柔らかな耳に囁いた。

「行かないよ、俺は。逃げはしない。やるだけやるんだ」

新城さん、あんたは間違っている。脱走するなら、最初からその計画で、するだけのことを隊内でしてから、何故決行しない？　あのはがき事件以来酷使されるから、脱走する。それでは単に逃避だけになってしまう。何の抵抗にもなりはしない。あんたは間違っている。

「行かないでね！」

と、美千子が囁いた。

「帰って来てね！」

夜明けが近かった。早春の明け方の冷え込みはきびしい。窓の外を、霜を踏む音が通った。不寝番だろう。ひっそりと行く。起床時刻が迫っている。梶はそっと美千子の眼のあたりを触ってみた。

「眠くないか？」

「ちっとも」

美千子は梶の腕の中で頭を振った。

「せいせいしたわ。体が軽くなったみたい」

思いを遂げた、生理の悦びだけでは無論なかった。二人は、その夜、人生の峠に立ったのかもしれなかった。何か、すばらしく充実した瞬間にいることだけは、感じていた。泣いたり、狂喜したり、のた打ち廻った異常な一夜であった。たぎり立った情熱の爪痕だろう、頭の芯へ切り込むような痛みがときどき走ったが、気は晴れていた。もし明るかったら、女の乳色の肌が滑らかな光沢を放ち、その眼に飽和した生命が映えているのが見えたはずだ。

「もう、何も云っておくこと、なかったね？」

と、梶は、暗がりに美千子の表情を探った。

「……ないわ。いっぱいあったのよ。あっても、ことばなんて間に合わないわ」

「俺もそうだ。いつもはね、あれも話そう、これも云おうと、沢山あったんだが」

美千子の手は休みなしに梶の体をまさぐっていた。片時も離れ難い気持を男の肌に訴えるようである。

「……戦地へ行くのね、きっと。だから会えたのね」

突然に美千子がそう囁いた。梶は答える代りに美千子の体を抱き寄せた。行かなくても、戦地の方がこちらへ出向いて来るだろう。避けられないことだ。いつかはそうなる。こうして会えたのを、せめてものこととしよう。

「おかげで、すばらしい夜だった」

と、梶は、喉のあたりにひんやりと触れる美千子の髪を撫でながら、呟いた。

すばらしかったが、これはあまりに短かった。若い生命が重苦しい鉄の枷《かせ》を破って、互にぶつかり合い、燃え熾《さか》ったときには、既に時間が切れかけていた。窓の外に忍び寄った暁の色を見て、俄かに、失われて行く時間が悔まれた。もう決してこの瞬間を人生は二度と贈りはしないだろう。そう感じるのだ。引き止めねばならない。叶わぬと知りつつ、時間に挑まねばならない。

「……寒くて、すまないけどね……」

と、美千子の薄い肌着に手をかけて、梶は哀願するように云った。

「あすこに、あの窓のところに、立ってくれないか」

ほの白い明りが漂っている窓辺を見ると、美千子はずり上って、梶の顔にかぶさった。男の云いようのない願望を察したのだ。どれほど貪っても決して貪りきれない生命の渇きを。ためらいはしなかった。起き直ると、一刻も惜しむかのように全裸になった。張りきった乳房が大胆に揺れたのは、男の切ない悲願に応えたのだ。仄かな明りの中に立ったとき、体の奥から噴きこぼれるばかりに溢れ出る愛の誇りと悦びにおののいていた。

梶は、眺め、見つめ、いざり寄って、抱き締めた。これがこうする最後かもしれない。女には云わない。男は感じるのだ。怖れの中に、いつも感じるのだ。これがこうする最後かもしれない。愛した女の体のすべて、屹り立った乳房も、くびれた腰も、豊かに張り出た臀も、しなやかな太股も、体のすべてを、それに触れ、感じ、吸いつき、抱き締める、これがその最後かもしれない。呻《うめ》きつつ抱き締める。女の体の至るところに顔をすりつけ、こすりつけ、抱き締める。

女はふいにすすり泣いた。熱して、慄えながら、男の頭を胸にかき抱いて、咽び泣いた。愛しても愛し尽せぬ歎きが悦びを引き裂いていた。時間は僅かしか残っていなかった。その間に一切を燃やし尽さねばならない。窓の外が白むほどに、愛の終末が近づいて来る。これが最後となるのではないか。この人は、死ぬのではないか。この人は、もう、覚悟しているのではないか。

「何を上げたらいいの！」

泣きじゃくりながら、うわごとのように口走った。

「取ってちょうだい！　上げるものがなんにもないのよ、なんにも！」

何もなかった。これだけであった。こうして、むき出しの肌に、必死の想いで抱き締めるだけであった。男は喘いで烈しく首を振った。何も求めはしなかった。狂熱の抱擁の中に、いのちのしるしをそれとは知らずに感じるのだ。

26

日朝点呼で兵隊は自由を返納する。夢の中の自由、泥のような眠りの中の虚無の自由、梶の場合は一夜を美千子と過ごした虹色の自由だ。

点呼終了と同時に、週番士官が叫んだ。

「中隊は剣術の間稽古！」

朝飯前の行事だが、決してアサメシマエではない。

柴田兵長は梶を見て笑った。

「腰がフラついてるぞ、梶」

他の古兵が直ぐに引き取った。

「無理もない。何回戦か知らんが、腰から下は溶けてなくなったはずだ」

古兵も初年兵も、遠くにいる週番士官に気がねしながら笑った。

そのくらいのことは云われるだろう。梶は、なんと云われ、どう扱われようが、ゆうべの一夜と取り替えはしない。地面に坐って、黙って防具をつけていた。

「一丁来い」

と、柴田が云った。

立って、礼をして、構えるより早く、柴田のタンポが伸びて、梶の下胴を突いた。笑い声がした。

「なんちゅうザマだ！」

「腰が抜けたか、梶！」

他の初年兵達は初年兵同士で木銃を合せていたが、梶だけが古兵に囲まれたのは、明らかに悪意と見えた。初年兵に稽古をつけている橋谷も、見て見ぬふりであった。梶は面の中から周囲を見廻した。古兵達は歯を出して笑っているが、眼はどれも据って光っている。剣気充分である。それならば、こっちも覚悟するのだ。梶は胴に木銃の床尾をパチンと打ちつけて、型のきまりをつけた。柴田とは最近五分に戦える。臆しはしなかった。だが、ここからは見えない舎後の居室で、美千子が淋しく帰り支度をしていることが、念頭から離れなかった。日野准尉は美千子に約束した通り、駅まで満人の荷馬車を用意してくれるだろうか？

懸念ばかりではなかった。一睡もしなかった体も確かに変調であった。足の運びがいかにも悪い。柴田の剣尖を一度かわし、二度よけると、直ぐに足が縺れる感じで、まともに手ひどい突きが入った。

「どうした、梶、女房を突くようなわけに行かんか」

と、そばで、面の中から吉田が云った。昨日毛布の件で見せた態度が胸にある。

「鍛えてやる、来い！」

柴田が木銃を引くと同時に、吉田のが突いて来た。作法も何もない。梶は横から突かれて、飛んだ。立ち直るところを、見事に取られた。

そうやるのか、貴様は！　梶は俄かに体が引き締った。

「もう一本、お願いします」

構えて、そう云った。力が体に満ち渡って、気息が充実していた。軽い摺り足で間合をつめる。吉田、貴様には負けられんのだ。柴田にだって、負けられんのだ。俺を帯革で打ちのめした奴ら！　まともに、一対一で来てみろ。腕で来い。学科で来い。魂で来い。

間をつめた。吉田が退った。つけ入って間をつめると同時に、吉田の剣身を叩いて、そのまま上胴へ突きが入った。打撃刺突の型通りである。

吉田は上等兵の沽券《こけん》にかかわると思ったらしい。構え直して、もう一合挑んだ。間合を取って、今度は梶が退った。吉田がしゃにむにつめて来ると予期したのだ。退って、左へ廻って、つけ入って来るところを、体を開いて入れるつもりであった。吉田の木銃は下っている。上が甘い。入るはずだ。吉田は注文通りに来た。梶は古兵の垣まで退って、素早く左へ廻ろうとした。何かが足に障った。その瞬間に吉田の直突が来た。梶は、かわしはかわしたが、足を払われて横転した。吉田の剣尖がところ嫌わず突いて来た。そのあげくに、木銃がしなうほど横ざまに殴られた。梶ははね起きた。人垣に並んだ面の中に、口を開けて笑う顔があった。誰とも識別せず、それが足を払った木銃の主だと直観した。梶はその面に向って木銃をつけた。

「御無礼!」

正面切っての奇襲だった。相手は木銃を取り直す暇もなく、横に飛んだ。二人の防具が烈しく音を立てたほど勢い込んだ体当りであった。絡み合うと、梶は横に取った木銃の床尾で、相手の腰をしたたかに払った。

腰を抑えてその相手がうずくまってからは、殺気立った修羅場になった。次々に、息もつかせず古兵が木銃をつけて来た。梶は騎虎の勢である。相手の見境なしに、自分の方からも木銃をつけた。荒れ狂う闘争の中に、熱気と共に解放されて行くものを感じた。どの相手でも、突いた相手にはおめきかかって突き返した。面を銃把で殴られれば、殴り返した。荒れに荒れ廻って、息が切れ、眼が眩んだ。それでも、円陣の中央で、次はどいつだ！と云わんばかりに木銃を構えていた。

「やるな、梶」と、後ろに声があった。

「今日ほど使えば、お前も連隊対抗に出られるぞ。もう一本、その気合で来い」

曾我軍曹である。相手が悪かった。梶は急激に疲労の底に陥ち込んだが、逃げるわけには行かなかった。礼を交して、構えた。足がフラついていた。曾我の構えは、水のように静かで、何の掛声もなかったが、梶からはまるで絶壁に見えた。圧しかぶさるような威圧感は技倆が段違いなのである。

梶の呼吸は短く切れ、次第に早く切れ、そして途絶《とだ》えがちになった。息をつこうとして退る。また退る。曾我のタンポは、いくら退っても眼の前にあった。

「退るな！」

曾我がきびしく云った。

「退っては勝機は摑めない。来い！」

梶は踏み止った。気力だけはまだ微かにあった。体はもう綿のように骨を抜かれていた。

「来い！」

と、曾我がまた云った。型の稽古のように、曾我は一歩退って、胸を開けた。

「ここだ！　突いて来い！」

梶は用心して、じりじりっと出た。けれども、長びかせてはならなかった。こちらの息はもう切れている。

「上胴ッ!」

叫んで、そこへ入れたつもりである。梶の木銃は刎《は》ね上げられ、曾我の鋭い気合と共に、タンポがずぶりと喉に入った。多分、刎ね上げられたときに、梶の顎が上ったのだ。梶はがっくり膝をつき、支えを求めるように二三度手を泳がせて、力が尽きた。

「水を持って来てやれ」

曾我は木銃を引いて、そばの古兵に云った。

「お前ら、初年兵一人に突きまくられて、恥ずかしくないか!」

梶は短い失神から醒めた。喉のところで、体が二分されたようであった。上と下の知覚の繋がりが全く失われていた。

「間稽古終り」

曾我が云った。

「梶、喉を湿布で冷せ。お前は気合は充分だ。足の運びにもっと注意しろ」

居室の入口に、美千子は、胴をつけたままの恰好で汗みどろになった梶の蒼ざめた顔を見た。

梶が口を動かした。声は少しも聞えなかった。

梶はこう云ったのだ。

「美千子、俺は送れない。直ぐに演習整列だから」

喉に手をあてがって、梶の顔が幽かに横に振れていた。これしきのことは仕方があるまい。

俺達は今朝まで天国にいたのだ。そう云っているようであった。一夜の天国、千夜の地獄。それにしても、一夜もないのとは比較にならぬ幸運というべきである。

美千子は寄り添って、慄える指を胴の吊り紐に絡ませた。

「もう、お別れね」

絡ませた指で、吊り紐をぎゅっと捻った。引いた。

「早く、行って！　たまらないから！」

「……来てくれて、ありがとう」

梶の潰れた声が、ようやくそう聞えた。

「さようならは云うまい、な？」

27

梶の喉はその翌日ひどく脹れ上った。水を呑むのも困難になった。

「もう少しやられると、不具になるところだ」

と、軍医が診断して、四中隊の週番下士官石黒軍曹に云った。

「練兵休をやれ」

石黒は日誌にそう書き入れようとした。梶はあわてて、出ない声を出した。

「就業にして下さい。軍医殿、薬を頂けば充分であります」

「これはまたえらく熱心な初年兵があるものだ」

軍医は笑った。

「練兵休も劇務休も返納か。一選抜で進級したいんだな?」

梶は、いまはどうあっても休めない、と思った。練兵休は、本来ならばありがたいのだ。いまはそうは行かない。女房と寝たあとが練兵休や劇務休では、どうにも工合が悪かった。それよりも、古兵の悪意に負けた形になるのが厭であった。あれくらいのことで降参しては、古兵を図に乗らせるだけである。休んでも、内務班にいれば、ろくなことはない。古兵が班の内外の雑用を彼一人にかぶせるのは明らかである。意趣晴らしに、意地になってそうするにきまっていた。病気になるかもしれなくても、練兵に出る方がよほど気が楽なのだ。

「よろしい。就業だ」

と、軍医は云った。

「ただし、注意しておくが、もう一度そこをやられると、気管も血管も破れるぞ」

梶は立ち上って室内の敬礼をした。注意されたって、どうもなりはしない。剣術の稽古のあるたびに、古兵達は梶の喉を狙って突くだろう。つまらぬことで、だんだんいのちがけになって来る。

石黒は、傷を与えたのがライバルの曾我だったので、梶に計算済みの同情を寄せた。

「隊長殿にお前の負傷は報告しておく。お前が進んで就業を願ったこともな」

石黒の肚を梶は疑った。梶がほんとうに不具になれば、曾我の昇進は決定的に阻まれる。一石二鳥ではないか。なんとなく安心のならないこの初年兵も、廃兵として営外に去ることになる。一石二鳥ではないか。

28

半年の間大地を占拠していた冬は、まず陽の当る草原から総退却をはじめた。岡の蔭では最後まで抵抗していたが、遂に支えきれなくなった。退却のあとは低地の部分が一面の湿地と化した。春の勝利というよりも、累々とした冬の屍のように、平野は黒々と濡れて横たわっていた。これが国境の方へ近づくほどに「浮動性重湿地帯」と呼ばれる沼となる。直径一尺か二尺の円形に固まった土地が無数の飛石のように湿地帯にばら撒かれていて、そこにだけ草が生える。兵隊はこれを野地坊主と呼ぶ。あとは水である。はまれば何処まで沈むかわからない魔性の沼だ。だから、湿地を渡るとすれば、野地坊主から野地坊主へ跳んで渡らなければならない。全部がそうなら国境警備はこの天然の要塞に任せて、一兵も要らないわけだが、厄介な地形である。ところどころに乾燥地がある。低い堤防のように、見渡す限りの湿地を横断し、縦走している。これが国境まで伸びている限り、駐屯部隊は兵の猛訓練を怠るわけに行かない。

午前の演習で、第三班の初年兵は泥まみれになって帰って来た。一期の検閲が近いので、橋谷の訓練は「精到」の度を深めている。解散するときに橋谷が云った。

「午後の演習は取り止め」

初年兵達は思わずワーと唸るような歓声を上げた。それへ水をかぶせるように橋谷の声がかぶさった。

「午後は兵器検査。耳クソほどでも泥がついとったら承知せんぞ。夜は夜間演習、主として駐軍間の警戒の要領だ。続いて払暁戦闘訓練。どうだ、盛り沢山で嬉しいだろう。午後は兵器手入れを充分にやって、充分に休養をとれ」

これだけ聞かされれば、初年兵は白樺の林よりも静かになる。

「一期検閲が終れば、少しは楽になるだろうね」

と、飯台の上で銃の手入をしながら、小原が梶に小声で云った。

「……なるだろう」

勤務で痩せるほど絞られるようになるとは、新城が云ったことだ。梶は絞られてますます苦しくなることを覚悟しているが、影が薄くなった小原を見ては、そうは云えなかった。小原はもう体重も五十キロを割ったのではないか。毎月の身体検査で軍医が放っておくのが不思議なくらいだ。この体で、三十キロの完全軍装を背負って、一期検閲を通ることが出来るだろうか。

「もう少しだよ、苦しいのは」

小原はうなずきながら、悪い眼で銃の細部を覗いていた。

橋谷が事務室から手紙を持って来た。初年兵のは、小原と梶と山口の三人だけであった。梶は、にじむようなほほえみで、封筒の表と裏を眺めていたが、開封せずにかくしに入れてしまった。それを見て、佐々が云った。

「奥さんのやろ？　読んで聞かせていな」

梶は笑って首を振った。

「読まないんだ。温めるんだ。我慢出来なくなるまでな」

「しょうもない！　そやけど、梶の嫁はん、感心なおなごやなア。毎週一度は必ず御機嫌いかがいうて来よるわ。うちのスベタめ、なんしてけつかる。奥さんからあないに手紙出してもろて、うんでもすんでもあらへんのや」

「お守りがあるからいいさ」

梶はからかったが、美千子が来たときにそのお守りを貰っておかなかったことが急に悔まれた。忘れたわけではない。その話は美千子にもしたのだ。美千子は涙が出るほど笑った。梶が要求すれば、拒みはしなかっただろう。要求も提供もしなかったのは、二人がまだ佐々の年齢に達していないことに因るらしかった。そんなものを持たなくたって、二人はこれほど深い愛の繋がりを持っているではないか、と、確かに二人ともそう感じて満足していたに違いない。

佐々は隣の若い初年兵に云っていた。

「ほんまに形のええ、大けなおいどやった」

と、大袈裟な手ぶりで曲線を描いた。

「怒ったらあかんぜ、梶、讃めてるんやさかい。赤いスカートが、こないに膨みよってな」

梶は苦笑して、さえぎった。

「嘘をつけ、佐々、黒いスキーズボンを履いて来たんだ」

「そやったかな？　そらあかんわ、手出すの不便やないか」

山口は飯台の向う側で、渋い顔をして手紙を破いていた。待ちに待った便りが、なんと、質屋の流質の通告なのである。彼の友人が彼の夏の背広を無断でまげて、受け出さなかったらしい。当分背広なんか着ることはないから、いいようなものだが、癪に触るのは、地方にいる奴は勝手なことが出来るということである。

小原は、数分の間に、目に見えて表情が暗くなっていた。

「……知らない人の奥さんから手紙を頂いて、あなたのせんだってのお便りは決して本意ではなかったとのことでしたが、私はあなたの真意をいろいろに考えてみました。真意はどうであっても、結局は同じことではないかと思うのです。お母さんはあなたのあの手紙で、それは御機嫌です。それみたことかと云わんばかり。ほとほと愛想がつきました。私はあなたがいらっしゃればどんな我慢だって致します。それがいまは出来ないのです。お母さんは家計の一切を私から取り上げて、一銭だって私の自由になるお金なんかありません。私は母親だからね、あの子が帰って来るまでは、この家を他人流儀でかき廻して貰いたくないものですよと、これが、それほど大事な息子とその家に来た嫁に対することばなんでしょうか。まるで私がでたらめをしているみたいな口ぶりです。子供にしてやりたいことがあっても、お母さんがいては駄目なのです。そんなことは贅沢だとか、私が厭がることを知ってわざとするとか、私の目をごまかして何をするか知れたもんじゃないとか。それが朝に晩になのですもの。死に慾をかいているとしか思えません。それだけなら、まだ我慢もします。うちの嫁は、伜が帰って来ないもんだから、年寄りをいびり出して、誰か他の男を引っ張り込むつもりらしいなどと、隣近所に云いふらすのです。こんな仕打ちがあるでしょうか。あなたは気の弱い、人のいい、孝行息子です。お母さん思いです。私がどんなに厭な思いで毎日を過ごしても、やはりお母さんを見捨てるなとおっしゃるでしょう。許して下さい。私は考え抜いて決心しました。今日、会社に行って、あなたの給料の半分をお母さんに、半分を私に頂くようにお願いして来ました。私は子供を連れて出て行きます。半分の給料ではとても足りませんから、私は内職をして、あなたのお帰りになるまで子供を立派に育てることをお約束します。お母さんのことだけは堪忍して下さいまし。お母さんが半分の給料で足りたって足りなくたって、私の知ったことですか。あんな得手勝手な年寄りは一人で苦しんで死ねばいいでしょう。私は涙なんか出しません。私はもう毎晩泣いて来たのです。あなたがいらっしゃりさえしたらと、子供を抱いてどれだけ泣き明かしたか知れません……」

小原の内部を構成していた小宇宙は崩壊しかけていた。小原は涙を人に見せまいとして俯向いた。飯台の上が一面にかすんでいた。遊底の分解掃除も殆ど無意識であった。撃茎を挿入するときに、そばにあった久保の分を挿入した。それも、落す溝を誤った。当然、装着出来るはずがないのを、むりやりに押したり引いたりした。

「挿入を間違えたんだろう、抜いてみろ」

と、梶が注意した。小原が苦心して引き抜いてみると、大変なことになっていた。撃茎尖頭(撃針)が折れているのである。小原の顔色が変った。演習中に起る剣鞘曲りでさえもしこたま殴られるのに、銃の生命を失ったとなれば、何をされるかわからない。

「折りやがったな。ぼやぼやしてるからよ」

久保はそう云って笑ったが、ようやくそれが自分の撃茎だったことに気がついた。

「この野郎、どうしてくれるんだ！」

と、いきなり、小原を突き飛ばした。

「さ、どうしてくれるんだよ！　この俺の銃を、どうしてくれるんだよ！」

久保は気違いじみた勢いで小原を殴った。

「てめえのために俺が陸軍大臣に始末書を書くのかよ！　俺がビンタを食って、捧げツツをやらされるんかよ！　なんとか云いやがれ！」

小原は殴り倒されて、床に坐った。顔を蔽って久保のなすに任せていた。

梶は誰かが制めに出るのを待ったが、誰も、古兵には愛想がよくて仲間には手の早い久保とかかり合うのを避けているようであった。

「もういいだろう、久保」

梶は仕方なく声をかけた。

「殴ったって元に戻りやしないんだ。許してやれよ」

久保は、さっと向き直った。その勢いでは、梶が出るのを予期していたらしい。

「許せねえと云ったらどうする？　よ！」

「じゃ、許すな」

梶は素気なく云った。

「誰が制めても殴ってろ」

「余計なところへくちばしを突込むな、梶、危ねえもんだぞ。てめえが赤だってことはみんな知ってるんだ」

「知ってるから、どうした？」

「赤い野郎を好きな奴は、一人もいねえってことよ」

と、久保はみなの同意を求めるように囲りを見廻して、どす黒く笑った。

「それをこいつは知らねえんだ」

梶は囲りの顔色を見ようとした。そのとたんに久保の平手がビシリと来た。何かが梶の中で急に鋭い金属音を発して飛び出すような感じがあった。

「わかったよ、お前が強いってことはな。見せたければもう一度見てやろうか」

梶は一歩押し出した。怒りに慄えていた。二十のチンピラが！　地方では茶汲み小僧に過ぎない奴が！　梶は蹴倒したかった。顎を蹴上げるのにちょうどよい距離であった。一発で久保は気絶するだろう。こういう奴があと一年もしたら、吉田や柴田や板内になるのだ。蹴倒してやる。

「大和久、久保の馬鹿を制めてくれんか」

と、ようやく抑えて云った。

「久保、今日のは預っておくぞ」

大和久は銃を横にして、二人の間に突っ張った。騒ぎが下士官室に知れるのを怖れて、い合せた者が一様にドアの方へ顔を向けたのと殆ど同時に、橋谷が出て来た。大和久から事情を聞くと、橋谷は小原に云った。

「お前はよくよく兵隊の屑だ。俺は昔流の罰はやりたくないが、お前みたいな奴にはそれしか効き目がないらしい。その場に捧げツツを二時間やれ。いいか、こう云うんだ。九九式歩兵短小銃様、小原二等兵は不注意のために貴殿の撃茎尖頭を破損致しました。今後は太陽が西から出ることがありましても、左様な過ちは決して犯しませんから、何卒お許し頂きたくありますす。ここに謹んでお詫び申上げます。わかったな？　この班に入って来る者があるたびに大きな声で云え。それが済んだら曾我班長に兵器損傷の報告をして来い。報告の結果を俺に報告しろ。お前は俺の顔に泥を塗ることしか出来ん奴だ。今日の罰目は厳格にやるぞ。他の者は小原を監視しろ。わかったな？」

橋谷はそれから向き直って、久保を探した。久保は田ノ上の後ろにひっ込んでいた。

「久保、自分の銃の部品を人から間違えられるような奴は、自分がしとる褌を人から掏《す》り取られるようなもんだ。間抜け者！　そんなことで現役が勤まるか！」

久保から橋谷の眼が動いたのは、梶の番が来たのである。

「梶、お前は班内に問題が起るたびにかかり合うが、少し慎しめ！　大目に見てやるのも限度があるぞ」

誰が厭な問題にかかり合いたいだろう？　問題の方が決して梶を見逃してくれないだけだ。

「……わかりました」

梶は石のように表情を固くして、そう答えた。

29

小原は鸚鵡《おうむ》のように繰り返した。

「九九式歩兵短小銃様、小原二等兵は……」

班内の空気は索漠としていた。罰を嗤う者も気の毒と思う者も、気持は決して落ちつかない。明日は我が身の災難となるかもしれないからだ。

被服倉庫の使役を取りに来た吉田上等兵は、捧げツツをしている小原の腕が痺れて下っているのを見ると、別の銃を横にしてその両腕に乗せた。

「落さんようにな。もっと臂《ひじ》を上げろ」

それから大声で云った。

「使役二名出ろ」

大和久がバネ仕掛のように立った。久保は、小原が脂汗を流しながら二梃の銃を支えているのを、小気味よさそうに見ていたが、大和久に促されてのろのろと出て行った。梶は小原の苦行を見ないように北側の窓へ向いて、作戦要務令を開いていた。今夜の駐軍間の警戒を復習するためだったが、文字は少しも眼に入らなかった。

小原のために何をしてやる才覚も浮ばない。助けてやる勇気も湧いては来ない。直ぐそこに、小原は、手を触れることの出来ない命令に縛られて立っている。やがて腕が痺れて銃を落すだろう。そうなればまた新しい懲罰だ。小原は失敗を重ねる。家庭の事情を苦にする気持は、わかりはするが、あまりにだらしがないと云えなくもない。もう少し本人が注意すれば、仲間同士でボロを匿し合う才覚もつこうというものだ。小原は決して戦わない。決して前を向いて歩かない。いつも過去に曳きずられる。これでは戦友も手の貸しようがないではないか。気の毒だが、あのままにしておく他はない。梶は小原を見まいとした。小原は臂がもうブルブルと慄えはじめていた。

現役の金杉がそっと梶の寝台に来た。

「梶、話してもいいだろ」

珍しいことなので、梶は幽かに笑顔になった。金杉は小原に気を使って、声をひそめた。

「俺、昼のバック(食罐)返納に行ったとき聞いたんだけどな、機関銃中隊の初年兵が厩舎で首を縊りかけたんだと」

梶は笑顔を消して、じっと金杉の若い顔を見つめた。

「寝小便をたれる癖のある奴なんだって。二十にもなるのにな。はじめて聞いたよ、そんな奴。みんなから云われるだろ。いじめられるからね。脱走したかったんじゃないかというんだ。消灯後に柵の辺をうろうろしたらしいんだね。班の古兵に摑まって、みんなから手荒くやられたんだそうだ。そしたら、厩へ毛付けに行って……」

梶は話を指で制めた。小原の後姿が、聞き耳を立てているらしく見えた。首を後ろへ廻しかげんにしている。両腕に横たえられた銃がいまにもずり落ちそうになっていた。金杉が口を噤むと小原の首が元へ戻った。急に肩から力が抜けて、吉田が置いた銃が片側へずり落ちかけた。

危うく床に音を立てるところで、田ノ上の手が間に合った。田ノ上はていねいに銃を小原の両腕に寝かせた。小原の頬が痙攣していた。田ノ上は小原の顔を見ずに、すごすご自分の寝台へ帰った。

「……会報には出なかったな」

と、梶が独りごとを云った。

「隠したんだろ。中隊の恥晒しだから」

「……その話、何故俺にするんだ？」

と、梶は、今度は金杉をまともに見た。

「何故ってこともないけど、こういう話は梶に一番し易いと思ったんだよ」

「それが何故かって訊いてるんだ」

「どうしてそんなに問いつめるんだ？」

「……失敬。もう訊くまい」

「……真剣な問題だからね」

と、金杉が呟いた。

「立派な兵隊に鍛え上げるってことと、逃げ出したくなるほど絞るってことは、同じなんだね？　どうしてもそれを経験しなくちゃ駄目なんだね」

「……そういうふうに教え込まれてるよ、俺達は」

柴田兵長が入って来た。またお前かというように小原を見たが、小原はこのときにはもう、眼をつぶり、歯を喰いしばって、体がユラユラと揺れていた。

「そうだ、小原」

と、柴田が云った。

「奥歯を噛みしめて、ぶっ倒れるまで頑張れ、倒れてのちやむだぞ、小原」

柴田は整理棚の下から飯盒《はんごう》を取って、出て行った。炊事へ行って砂糖か小夜食の員数外をくすねて来るつもりらしい。

「小原は倒れるよ」

と、金杉が囁いた。梶は見ぬふりをした。心が騒いでいた。下士官室へ行って頼んで来ようか？　かかり合うなとさっき云ったばかりだぞ！　橋谷はそう吹鳴りつけるかもしれない。黙っておられません、班長殿。撃針破損は装着の誤りであります。装着を誤ったのは小原の近眼のためであります。小原の近眼は捧げツツでは癒《なお》りません。文句だ！　少しばかり射撃の腕を上げて、慢心しとるか貴様は！　小原は倒れます、班長殿。小原の馬鹿者、何故頑張るんだ。倒れてしまえ。早く倒れてしまえ。

金杉は梶の顔色を探っていた。梶は俄かにきびしい眼つきで見返した。

「俺に何かさせようというのか？」

「そうじゃないけどね。梶はいつも小原を助けてやっているから……」

と、金杉がまた小声で云った。

梶は寝台からふいに腰を上げた。

「行かんか?」

と、金杉に、下士官室の方を顎でさした。金杉はためらって班内を見廻した。みんなはてんでに各自のことをしていたが、小原がもう限度に来ていることは、誰も意識しているようであった。

金杉は、梶が歩き出すと、急いでついて行った。


「お前が来ると思った」

と、橋谷が云った。

「来るなら何故一人で来ない? 徒党を組んで上官に文句をつけるとはけしからんぞ」

「文句ではありません、班長殿、歎願であります」

「歎願という手続は軍隊にはない。軍隊生活は何によって保たれているか?」

「命令と服従であります」

「俺は命令したのだ。小原は服従せねばならん。俺の命令の適否は、俺が判断する。お前達が口を出すことは許さん」

「……わかりました」

二人の初年兵は、規格通りの廻れ右をした。

「小原に立てツツをさせろ」

と、橋谷が云った。梶は廻れ右をした。

「立てツツをして、不動の姿勢でありますか」

「ここに来るように云え。始末書を取る」

下士官室から出ると、梶は黙って小原の銃を外した。小原はぼんやりと立っていた。金杉が小声で云った。

「もう終ったんだよ。下士官室へ行け」

30

「どうなったっていいんだよ、俺は。もう厭になって来た」

と、小原は、泥のついた顔を膝の間に落して云った。演習の休憩時間である。湿地の練兵で、誰の服装も泥まみれになっていたし、顔に泥がはねていない者はいなかった。それだけ見ると、もう五年も戦闘を続けて来た兵隊のように見える。

「つまらんことでヤケを起すな」

梶は、編上靴の先きに、石の蔭から顔を出している小さな名もない野草の白い花を見つけて、搾《むし》り取った。

「つまらんことかね？」

「そうだと思うね」

梶は呟いて、草花を嗅いだ。花の匂いはしなかった、わびしい泥の匂いだけがした。

「奥さんが出て行ったって、お前を捨てたわけではないだろう」

小原は答えなかった。

「地方にいる者には、いる者の考えがあるさ、あっちでは、ともかく人間が生きてるからな。ここにいる奴の気持はわからない。出て行きたくなれば、出て行くさ。行かれるんだから」

云い過ぎたかもしれない。美千子が、淋しくてやりきれないからと云って出て行ったとしたら、梶はそんなことが云えるだろうか？

梶は草花を軽く口に押し当てた。今度は気のせいか、花の匂いが幽かにした。悲しい匂いだ。

「……お前にはわからないよ。恵まれているからね」

小原がぼそぼそと云った。

「おふくろはどうするんだ？　俺を育てるために生きていたんだよ。そうさ、それだけのためだったよ。古風な女だからね、女房に意地悪く当ったのも事実だよ。それだからって、年寄りが一人で、食うや食わずで苦しまなきゃならんのかい？」

「それじゃ、そのように奥さんを教育するんだったな」

「あれはしっかり者だよ。俺の方が教育されたくらいだ。どんなに苦労しても、子供だけは責任を持って育てると云うんだ。いつ帰って来るかわからない俺のためにね。女房の奴、そのときを待ってるんだよ。ほら、父ちゃん、子供がこんなに大きくなりましたよってね。……女房の云い分だって、俺はわかり過ぎるほどなんだ」

「あちら立てればこちらが立たず、だね」

梶は草花を帽子の穴にさした。

「両方立てれば身が立たんという奴だ。諦めろよ。小原、ここでじたばたしたってどうもなりゃしない」

近くで、佐々の云うのが聞えた。

「いつ除隊になるやろうか？」

「除隊？　お前まだそんな夢見てるんか？」

と、白戸が嗤った。

「見いでか。はよいなんと、女房が困りよるわ」

他の者が笑った。

「阿呆！　色ごとやないわ！　稼ぎ人失うたら、おなごや子供はどないすそねん？……色ごともそやけどな」

このつけ足しのために、まじめくさった顔をしていた田ノ上まで笑った。

「……帰れりゃいいんだ。ほんとうに……」

と、こちらでは、小原がしみじみと呟いた。

「……帰れさえしたら……」

「帰れないよ」

梶は、自分の儚《はかな》い希望を小原のと並べておいて、それにとどめを刺すように素気なく云った。

「空頼みはしない方がいい。関特演当時の現役さえまだいるんだぜ。俺達は戦争が終るまでおかれるよ」

向うでは、佐々が、

「動員の話はどないしたんや？　陸軍記念日の日に板内上等兵が、四年兵は五月一日に除隊やいうて、五月一日いうたらもう直ぐやないか」

「動員なんかあるもんか」

と、白戸は、自分を励ますように語気が強かった。

「関東軍からこれ以上兵力は割かないよ。どうしても抑えなきゃならんのは、米英よりもソ連さ。兵力をうっかり割いたら、満洲は赤く塗られてしまうぜ。軍部だってそれくらいのことは考えてるさ。もっとも、そうなるのを喜ぶ奴もいるだろうがな」

梶は、白戸の視線が眼の隅から来るのを感じて、冷たく笑った。赤と呼ばれるほどの働きもしなかったが、それでも赤と呼ぶんなら、それを名誉としとこうじゃないか、馬鹿野郎め！

金杉が梶の方を見ながら、白戸に訊いた。

「ソ連が参戦したらどうなるかね？」

白戸は答えなかった。

「……お陀仏や」

と、佐々が、これは珍しく弱い声で云った。

「女は何を考えるんかなア」

と、こちらでは、小原が、眼をしょぼつかせて梶を見た。小原の気持には、いまのところ、戦争の大問題も介入する余地がなさそうであった。

「俺の月給で食っていくだよ、俺がいるときには、家の中をうまくやって行ったのに、俺がいなくなると、半年足らずで壊しちまうなんてね。俺が道楽でもしてるんならともかく……」

「お前が寸評を書いた映画や芝居に、そんなのはなかったか？」

と、梶は冷酷に突き返した。

「あっても、ひとごとなら平気で書けたってわけか。俺は不思議でたまらんよ、お前が職業的な考え方をまるで失くしてしまってるのが……」

「女いうもんはな」

と、佐々が向うの仲間から口だけ出した。佐々には、確かに、戦争の重苦しい予想などより、女の話の方が性に合っている。

「瓶みたようなもんや。栓がつまっとるうちは心配ないけどもやな、栓が抜けてしもうたらあかんぜ。辛抱でけへんね。みんなこぼしよるわ。何処ぞ栓の代用品おまへんかいうてな、探してけつかる」

「佐々の奥さんもか？」

と、こちらから、梶が声を返した。

「それや！　心配でたまらんわ。お守り叩いて佐々二等兵云うことにはやな、いんだらもう浮気せえへんよって、どうぞ瓶の口あけといとくんなはれ……」

小原を除いて、みんなが笑った。梶は小原の打ちのめされたような顔に気づいた。

「しょげ返ってみたって、お前の得にさえならないんだぜ」

と、他には聞えないように云った。

「検閲が済んだら、帰休願を出してみろよ」

「許可してくれっこないよ。俺なんかに」

「そんなことは、やってみてから云うもんだ。帰って、整理して来いよ。おふくろさんも、奥さんも、どっちも我儘だよ。お前が苦労性なことは知ってるはずだ、どっちも。お前は両方からひっぱられて、千切れちまうぞ」

既に千切れてしまっている小原は、何も云わなかった。金さえあれば、妻と老母の別居も成立することとである。月給が、せめて二倍もあればだ。地方新聞の演芸欄の三文批評家の乏しい月給を半分に割って、二人の女が争う。しかも、おそらく、帰って来る当てもない男を当てにして。年老いた母親はどうするだろう？　食えなくなって嫁のところに泣きついて行くだろうか？　嫁が、今度は、それみたことかと姑をいびりだすのではないか。或は一徹で強気な母親は、思案にあまって、街の有力者や在郷軍人分会長あたりに訴え出て、嫁に圧力を加え、月給の半分も取り上げてしまいはせぬか？　そうなれば、妻と子供はどうやって生きて行く？……

小原はどうしても帰ってみなければならない。けれども、あの酷薄な日野准尉が帰休願を通してくれそうもないという予想が、ますます気持を圧し挫いていた。

遠くで教官と検閲予行演習の打合せをしていた橋谷軍曹が、兵隊の休憩場所に戻って来て云った。

「これから小隊戦闘教練だ。誰も顎を出した奴はおらんだろうな？」

橋谷の眼は小原の上に留った。

「小原、明日から三日間、検閲だけは男の意地で頑張るんだぞ。済んだら、勤務の方は考慮してやる。いいな？」

「はい。頑張ります」

小原は、まことに不安定な不動の姿勢で、そう答えた。梶は小原の帰休の件を口添えしてやろうと考えていた。検閲を小原が頑張り通せば、それも通るだろう。

31

検閲の二日目、小隊戦闘の場面で、人和久と梶の二人が査閲官の眼に留った。査閲官の目前で動作をすることになったのは、千メートルも前方から、前進、停止、散開、躍進、停止を繰り返して来た結果の、全くの偶然である。査閲官が特定の兵隊に眼を留める気になったのも偶然かもしれない。最初、査閲官は、泥水の中へ勢いよく伏せながら銃を庇った一人の兵隊の動作が気に入った。その兵隊は、隣の兵隊の射撃がはじまると、躍進を脱兎のように前進した。それで、査閲官の眼は、掩護射撃の兵隊を見た。これが、的確な射撃をしていた。査閲官は土手から下りて、その兵隊に訊いた。

「お前は何を射っているのか？」

その兵隊が、仮想敵の火線をさして、答えた。

「あの軽機の射手と、その左方に見える指揮官らしきものであります」

査閲官は腰を屈めて見た。

「中《あた》るか？」

「この距離でなら、中ります」

そばから、橋谷軍曹が片膝をついて云った。

「これは狙撃手要員であります。三百の射程で射ち損じはありません」

査閲官はうなずいた。

「いい射撃姿勢だ」

と、随行している工藤中隊長に云った。

「よく訓練が出来ておる。あそこへ行ったあの兵隊、あれも躍進の動作がなかなかよろしい。敏速で、気力充実しておる」

査閲官はそれだけ云って、移動して行った。

これだけのことが、大きな金星なのである。中隊長は大いに面目を施したし、橋谷はこみ上げて来る会心の笑みを禁じ得ずに、兵隊のあとを追って走った。

梶の方は、これがそれほどの「名誉」だとは知らないから、隣接兵との相互関係を考慮しながら各個躍進を続けていた。査閲官が古風な口髯《くちひげ》をつけていて、「中るか？」と訊いたときだけは、実弾で腕前を見せてやりたく思った。

とにかく、これで、大和久と梶の二人は、一選抜進級を保証されたようなものである。もし今後特別の事故を起しさえしなければ、だ。

32

検閲の最終日、科目は行軍であった。完全軍装の上に、国境地帯の陣地移動演習の意味で、毛布を六枚縛着する。重量は三十キログラムを優に超える。これで、約五十キロメートルの強行軍である。出発は午前六時。午後四時までに帰営出来る隊伍は行軍力「甲」である。午後六時までが「乙」。落伍した者は屑だ。助教、助手と衛生兵は徒手帯剣の軽装でついて行った。

草深い平地を丘陵地帯へ向って十キロと来ぬうちに、小原はもう体力の窮乏を告げる眩暈《めまい》を感じはじめた。口が渇く。異常な渇き方だ。吸う息が、カラカラに乾上った喉の粘膜に貼りついて、肺へ入らないように感じる。無尽蔵にある空気がまるで不足する。だから、息を吸ってばかりいる。背嚢の負革が情容赦もない重量で肩から胸を締めつける。胸筋の殆ど絶望的な抵抗のあげくに、やっと吸うだけ吸ったときには、もう老廃物の代謝を求めて、吐く息が、苦労して吸い上げた分をいちどに投げ出す。破れた鞴《ふいご》のような惨めな呼吸音である。

小原だけではなかった。曇天であったが、蜒々《えんえん》と続く連隊全部の初年兵の隊列は、さながら炎天に打ちのめされた犬のように喘いでいた。歩かねばならぬと定められているから歩く。前の者が歩いているから歩く。それ以外に、何の目的もない。歩け。吸嗚られたくなければ、歩け。殴られたくなければ、歩け。落伍するな。落伍したらおしまいだ。検閲で落伍したら、兵営にいる限りいつも肩身の狭い思いをしなければならない。そう聞かされている。それだから、歩く。背嚢に体を抑えつけられて、気ばかり前へ行くから、顎が出る。疲労することを「顎を出す」とはよく云ったものだ。

汗はまず背嚢の裏側に出た。腋を濡らした。背から尻へ伝わった。尻から大腿部へ、それから脛へ。巻脚絆で止められて、汗はそこから滲み出る。全身が水をかぶったようになるころには、塩気と精気が抜けて、兵隊は虚ろになる。

足が痛む。念を入れて真新しい軍足に履き替えて来たが、それが濡れて、皺が寄る。すると、その部分からマメが出来はじめる。それはひろがる。完全軍装の荷重が、それをいよいよ圧しひろげる。マメとマメが合流する。足の指が全部マメになる。踵の固い皮さえもそっくり一つの大きなマメになる。マメに犯されないのは土踏まずだけになる。

犬のように喘ぎ、挽馬のように汗みどろになり、跛をひきひき歩く関東軍。

小原はよろめき、躓《つまず》きはじめた。前の兵隊にぶつかると、その兵隊もフラついて、呪いの呻きを上げる。伍の間隔が次第に開く。健脚は追い抜いて欠伍を埋める。先きに行ってくれ。どうぞお先きに。俺はぼちぼち行く。行けるところまで行く。もう少し。あの稜線まで行けるだろうか？　行けなくなったら、倒れるまでだ。倒れた奴を折檻もすまい。どうせ俺は兵隊の屑だ。人間の屑かもしれない。富江の奴、何故俺を力づけてくれないんだ。何故俺のこの苦しみに輪をかけるんだ。お前は、俺がこんな意気地なしだと知っていたか？　知っていて、俺を苦しめるのか。知らずに、俺をもっと強いと思ったか？　見てくれよ、このざまを。俺はもう参りかけている。

田ノ上はガニ股で歩いていた。鈍重だが、しっかりしていた。軍装の重みにもよく耐えている。表情は観念しきって虚無に近かった。開拓地では播種がもうはじまっているだろう。田ノ上の焦躁はもう用をなさない。太陽と妻と役畜に任せるだけだ。そして夢みるだけだ。秋になって、ます子がその腕に抱えるたわわに実った穀草の束を。

白戸は典型的に顎を出していた。漫画家なら、ほんの一筆でその行軍の難儀を表現するだろう。白戸は、しかし、まだ比較判断を失っていなかった。あいつがノビたら、俺もノビてもいいかもしれない。そのあいつは、最近は梶であった。梶はゆで蛸のように赤くなって、短く早い呼吸をしていた。いかにもさし迫った呼吸のようだったが、これは規則正しかった。おそらく、彼の体に備わった呼吸法なのだろう。その証拠に、足はまだもたつかずに彼の体と軍装を運んでいる。白戸は前を行く梶の足を見ていたが、いつの間にか梶との比較をやめていた。次は金杉だ。若いが、白戸より細い体つきだ。白戸は、十年の年齢差と、その体格差とを帳消しにして考えた。こいつがノビたら、俺もノビてもいいかもしれない。

久保はブツブツ云っていた。聞いていても明確な構文を持たないのは、不平が先きに立って、渇いた舌が言葉を送り出しかねているのだ。歩かせなくたってことよ。いいかげんにしてくれってんだよ。戦争は出来るじゃねえかよ。だからよ、歩けなくたっていいじゃねえかよ。足で戦争するわけじゃねえんだからよ。

「誰か小原の装具を持ってやれ」

と、隊列の外から、軽装の柴田兵長が云った。小原はもう列外にはみ出て、一歩ごとによろめいていたのだ。

「全員揃って、悪くとも乙に入らないと、第三班の面目は丸潰れだぞ」

みんな黙って歩いていた。梶は同じ伍の反対の端にいる大和久を見た。知らぬ顔で歩いている。全然聞えなかったように見えた。俺も聞えなかったんだ、と梶は思いたかった。これはもう体力の限界状況だ。利己主義だって許されるんじゃないか？　倒れる奴は倒れるんだ。厄介かけずに早く倒れてしまえ。手を貸してやれるのは、多少でも余裕のあるときだけだ。そうだよ、老虎嶺の梶さん、あんたのヒューマニズムなんてものは、まあそんなところだ。

「誰も戦友を見殺しにするんだな！」

と、後ろの方から、柴田の尖った声が来た。梶は、その次には、こう来るだろうと予期した。

「梶！　お前は小原の戦友だろう！」

柴田の声はいよいよ尖って、こう云った。

「よし。小原の装具は俺が持ってやる。いいんだな、俺が持っても。それで大きなツラして班内に帰れるんだな？」

大和久が依然として知らぬ顔で俯向いて歩いているのを眼に残しながら、梶は隊伍を離れて小原のところまで後退した。

「兵長殿、持って行きます」

「御苦労。戦友の情だ、持ってやれ。それでもこいつが落伍したら、装具も置いて行け。あとから輜重車が来る。いいな？」

柴田は身軽く先きに行った。梶は小原の銃を取り、背嚢を外した。

「毛布、十字鍬、円匙、編上靴(一装用)、天幕を俺のに縛着しろ。雑嚢と防毒面も外せ。弾薬は雑嚢に入れろ。あとは持って行けるだろう?」

すまんな、と云いたそうな小原の顔は、灰色の絵具を塗ったように濡れていた。そばを隊列は続々と通って行った。

「……悪いな、梶、許してくれよ、な?」

と、小原は卑屈な上眼使いをした。

「早くしろよ」

梶は無愛想に云った。相見互《あいみたがい》だとはお世辞にも云えない。この男のために迷惑したのは、一度や二度ではなかったのだ。俺がするのはな、と、肚の中では呶鳴りつけていた。戦友愛なんて奇麗なもんじゃないんだぞ。柴田がうるさいからだ。班内に帰って、古兵の奴らが騒ぎやがるのがたまらんからだ。まだしも重い荷物の方がましだということだ。俺は帰って安眠したいんだよ。いささかの誇りを持ってな。くだらない自尊心のためにだ。さっさとしないか!

四中隊は埃っぽい草原をもう遠くへ行っていた。二人はようやく他の中隊と並んで歩き出した。小休止をしたために、足のマメが却ってひどく痛んだ。小原は跛をひきひき百歩と歩かぬうちに、もう息切れがした。軍装は大分軽くなったはずだが、使い果した体力には、多少の減量ぐらいでは殆ど何の助けにもならないらしかった。梶はよろめく小原を横目で見た。二人の銃のために両腕が塞がっていなければ、小原を曳きずって行きたいほど腹が立った。梶には、新しい負担は、重量が俄かに二倍になったように感じられるのだ。いままでは規則正しく体重と装備重量を運んでいた足が、一歩ごとに深い泥沼から引き抜くように重くなった。不完全な縛着のために、小原の分が背嚢の上で踊る。それでなくても後ろへ取られる体が、いよいよ後ろへ引き倒されそうになった。胸の息苦しさは締木で次第次第に搾り上げられて行くようである。前途が思いやられた。里程はようやく半ばを過ぎたばかりだ。

「休ませてくれよ」

と、小原が情ない声で呻いた。そばを通る他の中隊の歩度も大分乱れているが、それでも小原と梶を次々に後ろへ残して行った。小原はそれを見ても、もう何の感じも起さないらしい。

「他の中隊はまだ落伍を出していないぞ」

と、梶は白い眼で小原を睨んだ。

「考えてみろよ、お前の装具は十キロは軽くなったはずだ。ということは、俺は四十キロで、お前は二十キロしかないということだぞ。歩けないってことがあるか！」

小原は叱られた犬のような卑屈な表情になって歩いた。このままで行けば、定時帰営はおぼつかなかった。梶は、小原の捲き添えで落伍者扱いされる自分を想像した。いままで神経を張りつめてやって来たことが、すべて無駄になる。たまらない気がした。たった一日のことで敗残者になる。他日何らかの有意義な抵抗を試みる能力が自分の中にあるとしても、今日の一日の失敗でその可能性を奪われてしまうだろう。考えてみるだけで絶望的な気持になった。

小原をどうしても歩かせて、定時帰営に間に合せなければならない。

「何も考えずに歩け」

と、小原の後ろに廻って云った。

「後ろにいる奴を古兵だと思え。停ったりしたら蹴飛ばすぞ。今日一日だけだ。ここで落伍したら、今日まで何のために苦労して来たか、わけがわからんぞ。お前だけじゃない。俺もだ。お前は自分に負けてるんだ。意気地なしめ！　他の奴に出来て、お前に出来んということがあるか」

小原は黙って足を曳きずった。何と云われても仕方がなかった。どんなに悪態をつかれてもいいから、この苦しい一歩だけでも勘弁して貰いたかった。見栄も恥もない。頑張れと云って、何のために頑張るのだ。落伍せずに歩き通したとしても、それが小原にどれだけの役に立つだろう？　歩き通せて元々なのだ。小原の今日までの弱卒ぶりがそれで帳消しにされるわけではない。明日からまた最下級の兵隊の、そのまた最低程度の小原二等兵の受難が続くに違いない。そうだとすれば、いまのこの苦しみには全然意味がなかった。苦しいだけである。体を悪くするだけかもしれない。落伍してしまおうか？　その方が梶にとっても都合がいいのではないか？

「歩け！」

と、梶が陰にこもった声で云った。遅れる小原を督励するつもりで後ろに廻ったのが、小原のよろめきがちな歩調に阻まれて梶の歩度がすっかり鈍り、梶自身が落伍兵のように気力が沮《そ》喪《そう》しかけていた。

「先きに行ってくれよ」

と、小原の弱々しい声は、もう殆ど諦めきっていた。

「……俺のためにな、お前まで落伍させては、申訳ない」

「ぐずぐず云わずに、歩け！」

と、梶はほんとうに蹴飛ばしかねないきびしさを響かせた。

「歩いても無意味だと思ってるんだろう、お前は。確かに無意味さ！　何から何まで無意味だ。しかしだぞ、小原、考えてみろ、それを切り抜ける方法は、頑張り通すことしかないんだぞ」

濁った空の切れ目から真昼の太陽が顔を出して、兵隊の顔に例外なしに出来ている汗と垢の汚ない縞をありありと照らし出した。

二人は、最後の中隊と並んで、白樺が疎らに生えている丘陵の中腹を歩いていた。

「もう直ぐ大休止だ。せっせと歩かんと、飯を食う間もなくなるぞ」

小原は、もう、梶の声が聞えるだけで、言葉は殆ど聞えなかった。

このころになると、各中隊からぼつぼつ落伍者が出はじめた。蛇行する長い隊列からはみ出て、こぼれ落ちる姿が黒々と見えた。

暫くは、その落伍者の姿が小原の気を紛らせて、歩く気力の最後の一奮発を起させたようである。梶にせき立てられて、それでも何人かの落伍者に追いつき、追い越した。けれども、間もなく、一人の落伍兵が草むらに装具を放り出して倒れているのを見てから、ものの三分と経たぬうちに、小原の足は全く意志の命令を受けつけなくなった。卒倒したかと見えるほど突然に、小原は体を草の中に投げ出した。

「もう駄目だよ」

空に向って二三度口を大きくパクつかせてから、しわがれた声で云った。

「捨ててくれよ。もう歩けないよ。頼むから、もう歩かせないでくれよ」

梶は銃を地面に置いて、小原の体を引き起そうとした。背骨を失ったような小原の体は、力ずくで引き起すと、直ぐに反対側へ倒れた。

「……頼むよ。お慈悲だよ。責めないでくれよ」

片膝を地面についた梶は、小原の胸倉を取って引き起した。

「お前、ここまで俺に世話を焼かせて、無駄骨を折らせる気か。帰ってから古兵にどんな目に合されるか、考えてみんのか、馬鹿野郎、たまに一度ぐらいは骨のあるところを見せてみろ！」

小原は顔を横に振った。梶がまた云った。

「我慢して歩けよ、な、小原、中隊まで追いついたら、お前の装具を全部みんなで分けて持つから、もう一ふんばりやってくれ」

小原は顔を振り続けた。声もなく口が幽かに動いているのは、拒否と哀願らしかった。眼鏡の奥で、小さな黒眼が、どんよりとして空に向けられていた。

「勝手にしろ！」

梶が呶鳴った。

「お前みたいな奴は、同情にも値せんぞ。歩けなくても歩こうとする気持ぐらい見せたらどうだ！　落伍してしまえ！」

そう云ってしまった瞬間に、梶は別人になっていた。これで助かった！　これで俺が楽になる！　悪魔の悦びだ。梶は疲労も忘れて、手早く装具を外した。縛着した小原の分を解き放した。小原は眼を閉じて、この絶望的な安息に浸りきっていた。誰が何と云っても動くまい。大雨が降ろうが、野火が押し寄せようが、やはり動くまい。手も足も動く機能を全く失ったように、草むらに投げ出されていた。

「行くぞ、俺は」

梶は装具を整え終って、立った。上から、死人のように横たわっている小原を見下ろして、また云った。

「俺は行くぞ、小原」

小原は、弱く、二三度うなずいた。

梶は銃を担って、歩き出した。足が雲を踏むように頼りなかった。立ち停って、ふり返った。小原は梶が捨てたのではない。小原は自分で自分を捨てたのだ。そう思おうとした。俺は出来るだけのことは、したのではなかったか。体力以上のことさえしたのではなかったか。

「俺を恨みたければ、恨むがいい」

肚の中で、そこに横たわっている小原に云った。

「お前は勝負を途中で放棄したんだ。俺はしない。俺はしない」

梶は再び歩き出した。

陽はまだ中天にあった。埃っぽい濁った光を丘陵一帯に放って、憐れな男達の苦行をあざわらっている。これが、家路をさして歩くのなら、男達はそれぞれの夢を、それが女であれ愛児であれ、その手招き、その呼ぶ声を、遥か彼方に見つめて歩き続けるだろう。小原も落伍はしなかったかもしれない。

踏みしだかれて変色した斜面の草地を、中隊は一キロ以上先きに行っていた。小原をさえも捨てたからには、梶はどうしても追いつかねばならない。およそ虚しい目的へ向って、自分自身を追い立てて行かねばならない。

33

第三班の初年兵二十名のうち、行軍力「甲」は七名、「乙」が九名、落伍は四名であった。落伍四名のうち三名は、装具を輜重車に預けて、曲りなりにも歩いて帰って来た。小原だけは輜重車に乗って戻った。

「甲」が帰営すると、この日ばかりは古兵が初年兵の教育完了を祝う意味で、待ち構えていて、清水を汲んでやって足を洗わせたり、装具の手入れや片づけをしてやった。日夕点呼まで臥床休息も許された。許されたと云っても、これは隊規がそうなのではなくて、古兵が庇ってそうさせてやる習慣なのだ。

「乙」となると、必ずしもそうは行かない。まあまあ普通にやった方だから、戻って来ても普通にやっておれ、という程度である。

問題は落伍だ。日が暮れて落伍者がよろめきながら帰って来ると、古兵が内務班の入口に待ち構えていて、「気付け薬」と称して、頭から水をかぶせた。それも、古兵が昼の間に食器を洗ったり、「甲」組が足を洗ったりした汚水である。水浸しになった廊下や土間を、ずぶ濡れの落伍者達があと始末させられる。このときになって、ようやく気がつくのだ。帰って来たのは休息の場所ではなくて、地獄の門をくぐったということに。

「お疲れでありました、初年兵殿」

「お早いお着きでありました、初年兵殿」

「待っていたぞ、ツラ汚しめ!」

これから、凄まじい歓迎がはじまる。

第三班の四名の落伍者は、内務班に一歩入ったとたんに、ビンタの巡礼をしなければならなかった。古兵達はあらかじめ打合せをしたわけでもないのに、その要領はまことによく手筈が整っていた。入口に近い古兵が一発張ると、次の古兵のところへ突き飛ばす。そこで向きを変えるように張り廻されて、次へ送られる。被害者の酔どれのような千鳥足が一発ずつのビンタではずみをつけられて、自分から加害者の行動半径内へ飛んで行くようである。

ビンタのリレーが一巡すると、一休みだ。装具を解き終ったころには、古兵達はもう次の手を発明している。

「こら、木村、お前は自転車で師団司令部まで伝令だ」

木村と呼ばれた中等教員上りは、飯台と飯台の間に体を宙に支えて、ペダルを踏まされた。「それ、坂だ。もっと踏め！　それ、直属上官が来るぞ。敬礼だ。敬礼をせんか！」木村は足を床に下ろして、直属上官に対する敬礼をし、官等級氏名を名乗り、行先き、目的を告げる。「目的は何だ？」「落伍の報告であります」「馬鹿野郎！　師団長閣下がお待ちかねだ。早く行け！」木村は再び脂汗をたらしながら、宙にペダルを踏む。

「お前は、毛利、鶯の谷渡りだ」

下級官吏の毛利は、一つの寝台の下をくぐり、次の寝台の上を越え、また次の下をくぐる。上へ顔を出すたびに鳴くのだ。「ホーホケキョ！」

「佐々、お前は蟬だ！」

佐々二等兵、楽天家の四十男、猥談で古兵に功徳を施した初年兵、妻女の陰毛によって加護されていると信じた男も、行軍の四分の三で落伍したのだ。彼の体刑が比較的に軽かったのは、やはりお守りのおかげだと彼は思うかもしれない。皺の寄った四十男は、大木にとまった蟬を真似て、ペーチカにかじりつき、「ミーン、ミーン」と鳴いた。年の寄った油蟬だ。声がしわがれて情けない。

それまで笑うだけで黙っていた吉田上等兵は、最後の落伍者小原だけは、自分の方式で制裁しようと考えていた。いくら考えても、あまり奇抜な妙案が浮ばないので、彼は彼自身が初年兵のときにやらされたことを小原にやらせたくなった。吉田は、初年兵時代に、内務検査のときの質問に答えそこなって、それをやらされたのだ。

小原は吉田の命令で、銃架のそばに立たされた。

「行軍で落伍して車に乗って帰って来るような奴は、男じゃない。お前の股倉にはキンタマがぶら下っとる代りに穴があいとるだろう。それならそれで使い途があるぞ。銃の上からツラを出せ。客を呼ぶんだ。呼び方を教えてやるから、その通りにやれ。ちょいと、兄さん、寄ってらっしゃいよ。ちょいと、そこのいなせなお兄さんたら、上ってちょうだいよ……」

古兵達の間に割れるような笑い声が起った。

「やれやれ！　小原庄助、朝寝朝酒朝ボボ大好きで、だ」

小原の顔は蠟を削いだように蒼くなった。リンチは覚悟していたが、この悪趣味は思いがけなかった。

「さあ、はじめろ！」

吉田が命じた。誰が一番に小原の客となるか、これは確かに見ごたえがある。

小原は、ちょうど女郎屋の格子窓のような感じのする銃架の上から、その窶《やつ》れきった顔を出した。

「……ちょいと、兄さん、寄ってらっしゃいよ……」

小原はかぼそく慄える声で云った。

「聞えないぞ！」

「色気が足りねえぞ！」

「……ちょいと、そこのいなせなお兄さんたら……」

「その調子だ！」

「手招きせんか、手招きを！」

小原二等兵、行軍の苦痛に耐えられなかった虚弱な男が、この屈辱には耐えようとした。胸の中は怒りと悲哀が煮え返っていたが、いまさら遅過ぎるのだ。諦めて、云いなりになる他はない。恥辱を蒙っても、恥じ入って顔向けならないような相手はここにはいないと思えばいい。たとい女郎の愚劣な真似をさせられても。行軍で死ぬ思いをするよりは忍びやすかった。顔が曲るほど殴られることに較べれば耐えやすいのだ。知らぬ間に人間が卑屈になっている。肉体の苦痛よりも辱しめを選ぶ。暴力の恐怖に晒されれば、どんな醜悪な真似でもするのだ。

「……ちょいと、そこのいなせなお兄さんたら、上ってちょうだいよ……」

「お前を買う奴が来るまで、そうやってろ」

と、吉田が、最初の得意そうな顔を次第に険しくした。変化が起らないと、折角の妙案も興趣がなくなるのだ。

「誰か、こいつを買う奴はおらんか！」

「俺が東安で買った女郎は、随分不細工だったがよ、まだそいつよりはましだったぞ」

と、古兵の一人が笑った。

「乗れねえな、そいつには」

小原の部厚い近眼鏡は、班内の誰にも殆ど焦点を合せなかったが、ふと、寝台から半身を起して、こちらを見ている梶を映した。梶の顔は冷酷な感じがするほど緊張していた。貴様には似合いの役柄だ。梶はそう思っているに違いない。小原は急いで眼をそらした。吉田が絶えず監視しているので、客を引く手招きをヒラヒラさせながら、心の中で梶と問答した。お前は俺を思いきって捨てたから「甲」に入れたんだよ。俺はこれでいいんだ。仕方がないんだ。すると梶はこう云うだろう。見下げ果てた下司根性だ！　何故やめないんだ。殴られてもいいから、何故やめようとしないんだ。

「お客さんだよッ！」

と、誰かが叫んだ。戸が開いて、板内上等兵が入って来た。吉田は嬉しそうに笑った。彼の演出もようやく点睛の段階に来たようである。

「やらんか！」

と叫んだ。板内はまだ気づかずに、班内を見廻した。銃架の上から、奇妙な声が落ちた。

「ちょいと、兄さん、寄ってらっしゃいよ」

班内が笑い声で揺れた。板内は小原を見上げてニヤリとした。小原は「板内上等兵」という先入観から来る恐怖を、惨めな醜い微笑で現わした。

「寄ってやろうか」

板内が云った。

「久しぶりに線香をつけるか。吉田ジョト兵、こいつ、俺が買ってもいいんだな」

「ええ毎度あり」

吉田の妓夫太郎《ぎゆうたろう》がそう答えるのと殆ど同時に、板内は寝台に跳び上った。

「このど助平！　これでも喰らいやがれ！」

大きな拳、小原のそれの二倍はありそうな大きな拳が、たった一発で小原をはじき飛ばした、眼鏡が飛んだ。小原はあわてて床を匍って眼鏡を探した。その手を吉田の上靴が踏んづけた。

「歩兵はな、小原、よく聞けよ」

と、吉田が云った。

「女郎みたいに車に乗っては帰れんのだ。歩いて帰るんだよ、歩いて！　な。俺達が初年兵の時分には、検閲終了のお祝はこんなもんじゃなかったんだぞ。ありがたいと思いやがれ！」

吉田は足を替えて、小原の頭を一度床へ踏みつけた。

「誰か柴田兵長を呼んで来い。こいつも柴田の兵隊だからな、あとで文句が出ねえように、俺の祝儀を確かめて貰おう」

笑っていた古兵達も流石に黙った。吉田が何処まで暴力に酔い痴れるかわからないからである。黙りはしたが、誰も制めようとはしなかった。誰の体の中にも出口を失って疼いている血気が、私刑を少しばかり型の変った娯楽として受け取っているのだ。或は格別珍しくもない習慣として。

梶は吉田の悪趣味がはじまったときから、心の平衡が破れていた。出て行って、やめるように頼もうかと思った瞬間があった。吉田は待っていたとばかりに、梶も小原と並べて女郎屋を開業したに違いない。或は趣向をがらりと変えて、最も端的な暴力が四人の落伍者と梶の上に改めて吹き荒ぶことになったかもしれない。梶はまた、誰か古兵が吉田をそれとなくやめさせてくれるのを空頼みにした瞬間もあった。その古兵達は、笑ったのだ。眼を卑しく光らせて、ゲラゲラと笑いこけたではないか。その笑い声の中で、橋谷か他の班長が来合せるのを希う気持が走った。下士官は誰も来なかった。リンチが惨めな落伍者の上に加えられているのを知っていて、わざと出て来ないのかもしれない。それならば、呼びに行こうか？　下士官室の戸口まで行き着くまでに、「何処へ行く！」と引き戻されて、何人もの古兵の鉄拳が雨と降るだろう。梶は次第に苛立った。彼が小原を捨てさえしなければ、小原は女郎に身を落さずに済んだだろう。はじき飛ばされた眼鏡を追って、床を匍い廻るようなぶざまな恥の上塗りをせずに済んだだろう。吉田はその手を踏んだのだ。頭を床に踏みつけて、嘲ったのだ。

いいかげんにしないか！　そう叫ぶ代りに、梶は毛布をはねのけた。床へ下ろした足もとに、本が飛んで来た。衛兵下番で寝ていた新城が投げたのだ。梶が貸した刑法である。視線が合った。出るな！　と新城の眼が云っていた。出ればおしまいだぞ。お前は袋叩きにされる。それでおしまいだ。

「返すよ」

と、新城はひとこと云って、また寝てしまった。

梶は本をひろい上げた。寝台へ腰が下りたのも無意識のことである。一瞬の気勢を削がれると、軍隊の因習は磐石《ばんじゃく》の重みに等しかった。

小原は、一方の硝子が壊れた眼鏡を持って、痴呆のように立っていた。板内の怖ろしい打撃の痛みも殆ど感じなかった。突如として行くてに暗黒の虚無が立ちはだかったようである。どの瞬間であったか、明瞭ではない。小原は周囲のすべてから切断されている自分を意識した。その感じだけは明瞭であった。

吉田と板内は、たったいまの暴行を忘れたかのように、寝台に並んで腰を下ろして笑い話をしていたが、忘れてはいない証拠に、ときどき小原の方へ上眼使いに視線を走らせた。

小原は加害者達に背を向けて寝台の上に坐って、壊れた眼鏡を見つめていた。そうすれば硝子がまた元に戻りでもするかのように、縦にしたり、横にしたり、見えない眼を近づけて、見つめていた。

梶は陰鬱な眼つきでその仕種を眺めていたが、どうかすると焔が散るような熱気がほとばしっては、直ぐに消えた。何か小原に云いたそうであった。云いそびれているのは、それが彼自身にも明らかに捉えられていないのかもしれなかった。

34

その夜は、運悪く、不寝番が二番立ちから第三班に廻って来た。二番立ちは大和久と金杉、三番が梶と田ノ上、四番に白戸と小原が当っていた。不寝番の割り振りが、行軍で疲労しきった初年兵に当っているのは、故意ではなくて、勤務表の作成のときに検閲日程を考慮に入れなかった週番下士官の無神経によるものである。隊長や教官は、当然その考慮が払われたものと思い込んでいたのかもしれない。特別の注意を与えはしなかった。

消灯の前に、梶は小原に不寝番の変更を願い出るように勧めたが、小原は首を振るばかりであった。ひとことも口をきかない小原の態度に、梶は幾分感情を害した。行軍の中途で小原を見捨てたことによって、感謝される理由をこそ失いはしたが、恨まれる筋はない。そう思っている。それにもかかわらず、小原が恨んでいるらしく感じたのだ。

「俺に八つ当りすることはないぜ、小原」

梶はそう云った。

「お前は勘定を間違えたんだ。云いなりになれば済むと思った。それがそうは行かなかっただけの話だ。だからって、意地を張って不寝番をやることもあるまい。お前は疲れてるんだよ。お前が云いにくければ、俺が頼んで来てやろうか？」

小原は首を振った。まるで無表情であった。

自分の悲劇を誇張していやがる！　梶はもう小原にかまわないことにした。

事実、梶は、消灯ラッパを聞くや否や、何も覚えがなくなった。自分ではまだ少しも眠らなかったと思うのに、直ぐに起された。もう三番立ちの立哨時間である。

終夜灯の下に不気味に鎮まり返っている廊下を往ったり来たり、各内務班の寝息や寝言を闇の中に聞きながら巡回する。無性に眠かった。体じゅうが痛んだ。熱っぽく、だるい。関節がみんな外れたようであった。三番立ちを終るころには、体がのめってそのまま廊下に寝てしまいそうになった。かつて覚えがないほどの疲労である。ときどき気を取り直して目覚めると、小原に加えられた不当な制裁を傍観していたことが、老虎嶺のにがい思い出と重なり合って、良心に弁明を迫りはしたけれども、あの醜悪な私刑までの出来事を順序を追って考え直してみようとしかけると、直ぐに、行軍の苦痛などより遥かに抵抗し難い睡魔が全身を捕えて、朦朧とした混濁の中に拉致されそうであった。気が確かに弛んでいる。今日の一日を終ったことが、さながら大役を無事に果したような自己満足を与えていることは否めない。

梶は終夜灯のトの柱に寄りかかって、廊下を静かに歩いている田ノ上が大きなあくびをしたのを見ると、思わず声まで出そうなあくびが移った。

「田ノ上、お前は強いな」

と、あくびのために涙をにじませて云った。田ノ上は寄って来て、梶のそばに立った。

「なんも考いないスから、苦労も梶さの半分スかねえんだべ」

この鈍重な兵隊は、他の術科の拙さでは小原と大同小異だが、行軍の耐久力だけは見事であった。行軍の終りごろには、眼の前に火の玉が漂うような思いをしながら落伍を避けたい一心で隊伍の先頭をしゃにむに歩いていた梶や大和久よりも、この田ノ上の方が着実な歩度で隊列の後尾をのそりのそりと歩いていたものだ。

「田ノ上、お前がもし小原だったら、今日のあれ、どうした？」

田ノ上は暫く顔を伏せていた。

「……やんねばなんねえス。命令だでね」

「命令じゃない。強制だ……」

人間性の蹂躙《じゅうりん》だよ。梶は喉まで出かかった言葉を抑えた。そんな言葉を使えば、田ノ上との距離は開くばかりだろう。

「だら、どうしるだね、梶さ」

梶はつまって、苦笑した。

「そいつを田ノ上に聞こうと思ってさ」

「大学さ行って、教えてもれえなかったかね？　そんだら、おらにわかる気づけえはねえもんだ」

「そう皮肉を云うなよ、田ノ上」

「皮肉でねえス、梶さ」

田ノ上は、淡いが、明るい笑顔を作っていた。

「おらは土掘って米や芋作れば、そんで一人めえだ。梶さ、おめえはそん米や芋喰うて勉強スたんでねえスか。どうしればええか、考え出すのはおめえのスごとだべ？」

梶はあやふやな笑顔でごまかした。参ったよ、田ノ上。どうしればええか、おらはズ分で考え出すとしべえよ、田ノ上。

交替の時間が近づいていた。梶は事務室前の定位置に田ノ上を残して、四番立ちを起しに行った。

「乙」に入ってどうやら幹候志願者の面目を維持した白戸は、泥のように寝入っていたが、小原は眠っていなかった。梶が毛布の上から小原の足を揺すったとき、鼻をすする湿った音が幽かにした。三十男が毛布をかぶってしのび泣いている。弱いとばかりも云えないようだ。理不尽さに逆らう術もないときに、泣いた覚えは梶にもある。梶は暫くためらって、小原の頭の方へ廻った。暗い終夜灯の光では小原の表情がよく見えなかった。

「やれそうか？」

と、そっと尋ねた。

「なんなら、俺が続けて立ってもいいぞ」

小原は起き直って服を着はじめたが、体がひどく揺れていた。

「無理をするなよ」

小原は惨めな笑いを見せた。

「……お前が無理をしろと云ったときに、無理をすればよかったんかな」

と、涙の残った鼻声で微かに云った。

「……お前の親切を無にしたよ」

梶は小原の肉の削げた肩を叩いた。

「夜中だ。明日話そう」

不寝番の上下番者各二名は、執銃帯剣上靴履きの服装で型通り定位置に正対して、申送り申受けをして別れた。

35

白戸は小原に無関心であった。影が薄くなったというよりも影そのもののようになってしまって、ときどき神経質に聞き耳を立てるかと思うと、まるで脱け殻みたいにぼんやりと佇んでいる小原の様子にも、殆ど注意を払わなかった。そんなことよりも、白戸自身が眠かったし、眠気が醒めれば、自然に考え出されて来ることは、幹候教育がはじまったら、今日の行軍のような肉体的な苦痛が連続するのではないかという危惧である。ひょっとすると、梶の方が賢明だったかもしれない。梶はこれで教育を終って、勤務に出ることになるだろう。肉体的な苦痛だけは軽減されるはずだ。白戸の方はこれからまた新規に教育がはじまるのだ。六カ月続くか十カ月かかるかわからない。ぞっとするほどだ。白戸は、日野准尉に幹候志願の取消を頼もうかとさえ思った。

小原がそばに来て、ぼそぼそと云った。

「俺、便所に行って来てもいいかな？」

「馬鹿を云え！」

白戸は膨れた。

「立哨中にそんなことをして、巡察でも来たらただでは済まんぞ」

「……舎外の見廻りに出たと云ってくれよ」

「じゃ、勝手にするさ。やられるのはお前だからな、責任は持たんぞ」

小原は行かなかった。白戸から離れて、入口のしきいの上に立った。戸外の闇から生温かい風が吹き込んでいた。暗さが格別に深かった。星屑一つない夜が曠野に覆いかぶさって、立っているところから一間先きは、音さえしなければ何が来ても見えなかった。底の知れない闇の深さが全くの虚無感を起しもするし、どうかすると、その闇に面して佇んでいる人間一人だけが実在するような絶対感もある。小原は見えない闇に顔を向けていた。そのまま何処までも闇の中へ入って行きたくなった。いまなら、何十キロでも歩けそうな気がした。たった一人で、何十キロでも、涯のない闇の中へ入って行く。気が楽だろうと思った。誰も小原を見る者はない。誰も小原を咎めはしない。誰も小原に娼婦の真似をさせたりはしない。一人だ。歩き続けて行く。愚かな二人の女の諍《いさか》いも闇の中のそこまでは追っては来まい。どんどん離れて行く。扶養の義務も愛情も兵隊の絶望を救いはしない。捨ててしまって、忘れることだ。気がさばさばするようである。体が疲れるほどに、気は澄んで来そうに思う。

小原は夜が明けることに考えつくまで、かなり手間がかかった。疲れ果てた体を十キロと曳きずって行かぬうちに、この闇は次第に薄れ、そしてとうとう明るくなるだろう。いや、そうならないうちに、小原の失踪《しっそう》は白戸によって週番下士官室に急報されるだろう。追手がかかる。梶のように脚の強い何十人もの男が、のろまで弱くて意気地なしの小原を追いつめる。九分九厘まで捕まるに違いない。もし捕まらないとすれば、その場合の九分九厘は湿地が小原の体を呑み込むことだ。闇の中で野地坊主を踏み外したら、おそらくいまの小原の体力では匍い上ることが出来ないだろう。沼の底に沈むまでの苦しいあがきを考える。どうせそんなことになるのなら、もっと簡単な方法だってあるはずだ。

小原は厩舎で首を縊りかけたという他中隊の初年兵のことを想像した。寝小便をたれるような男だったそうだから、きっと小原と同じように兵隊としてのすべての能力に欠けた弱い男だったに違いない。その男だって、縊れるものなら、どんなにささやかな希望にも縋りついて生きようとしたはずなのだ。何か少しでも明るい見透しがあるだろうか？　何もない。ちょうどこの闇を覗くように何も見えなかった。色も褪せ気力も失せた空想だけが、闇のしじまを前にし、うごめいていた。戦争はいつまでも続きそうである。部隊は戦線へ出動するだろう。死が待っている。夜を日に継いでの進軍がはじまれば、小原は落伍するにきまっている。そうなれば、病死か、餓死か、殺されるか、だ。何れにしても、死が待っている。敵も敵、砲弾も敵、行軍も敵、上官上級者も、悉く小原の味方ではない。小原を苦しめ、死ぬまでいじめ抜くためだけに存在する。ビンタの嵐だ。悪罵の洪水だ。駈足四千メートルだ。体前支えだ。女郎の客引きだ。そして戦闘だ。弾丸で吹き飛ばされるか、戦車で圧し潰されるか、火焰放射で焼き殺されるか、およそ想像もつかぬほど簡単な、そして惨虐な死が待っている。

どうせ死ぬのだ。助かる見込みは殆どない。もう、何がどうなってもいいではないか。

暗かった。物音は死に絶えていた。小原は幽かに身慄いをした。怖ろしいのではなかった。運命の冷酷さが、ほとんど感嘆に値するようなのである。考えてみたら、小原には絶望的な条件だけが揃っている。選りも選って悪条件ばかりが小原の中に結晶している。地方ではこうではなかった。彼より下がまだ多勢いたのだ。ここでは、絶望があるばかりだ。

白戸が寄って来た。

「班を廻って来るからな。お前定位置に立ってろよ」

小原は闇の方へ顔を向けたままで、うなずいた。

「ぼんやりしていると、下士官や古兵が小便に起きて来たら、ことだぞ」

小原はまたうなずいた。白戸の大きな体が内務班に消えると、小原は定位置へ行く代りに、上靴のままで外に出て、闇の中を便所へ手繰り寄せられるように足早に行った。

豆電球が一つ、鼻に刺さるような臭気の中に、薄暗くともっている。小原は佇んで、耳を澄ました。全く静かであった。近づいて来る足音もない。小原は便所掃除の道具を入れてある狭い物置に入った。銃を立てかけ、屈んで、壁の板張の割れ目から指を入れた。深くて、下まで届かなかった。思案して、その板張をこじあけた。深夜に、板のきしみがびっくりするほど大きな音に聞えたのは、小原だけだったかもしれない。息を殺して、暫く待った。それから、手探りで、ひろい上げた。一発の実包である。あのノロ射ちのときに白樺の林の中でひろったものだ。小原は手の上にそれを見つめた。深い溜息が出た。

この実包をひろってここに匿したときから、小原の死は既にはじまっていたと云ってもよかったかもしれない。ここまで追いつめて来たものが、軍隊の非情のきびしさであれ、小原自身の意気地なさであれ、とにかく小原はいま、精神の錯乱によってではなく、冷静に死を選ぼうとしているのである。死ぬ気になれば何でも出来るということは嘘ではないか。些細な悩みからさえも逃れる方法を知らなかった男には、克服することなど思いも寄らない。痛みと苦しみを一つ一つ丹念に背負って、その重みの下に生命を搾り出されて行くのだ。

掌の上の実包は、冷たく、静かに、待っていた。小原は音を忍んで装塡《そうてん》した。皮肉なものだ。一発も命中弾が出ずに罵倒され続けた小原が、正にその九九式短小銃によって自分を射とうとする。銃口を顎の下にあてがう。これなら絶対に命中するだろう。小原が出し得た最初で最後の命中弾だ。竹箒から手ごろな太さを選んで、一本折り取った。それを用心鉄に通して、引鉄に乗せた。あとは、踏むだけだ。

小原はじっとり脂汗をかいて、慄えていた。怖いようでもある。死は永久の未知だから、ただそれだけの理由によって怖いのだ。小気味よくもあった。ぞくぞくするほどだ。軍隊がどれだけ凄まじい権力機構であるにしても、たかが二等兵一人の自殺をさえも禁止することは出来ないのだ。命令も絶対ではない。権力も存外狭い限界の中にしかない。

竹を見下ろした。よくは見えなかった。早く踏んだ方がいい。怖くなるかもしれない。こうして、虫ケラのような男が消える。臆病な、けれどもまた勇敢でもある小原二等兵が。おふくろは、便所の中で自殺させるために息子を生んで育てたのではなかったが、彼を愛することでその原因の一つを作ったのだ。女房は、彼との倖せを希いはしたが、その愛する男を或る夜便所の片隅へ追いやって殺す手伝いをしたのだ。軍隊は、彼の自信を失わせるために召集し、生きる望みを奪うために教育し、最後には犯罪人以下の自殺者として蔑むのだ。お前のような奴は、早く死んじまった方がいいぞ！　どう云われても結構だ。ちょいと兄さん、寄ってらっしゃいよ。誰も、もう、小原にそう云わせることは出来ない。小原二等兵は、こうして楽になる。早く踏め！

小原は板張に背を凭《もた》れ、眼を閉じた。何も考えまい。踏むだけだ。三つ数えよう。一、二、三。竹を踏んだ。竹はしなった。引鉄は落ちなかった。小原は踏み直し、踏み続けた。発射しなかった。九九式短小銃はこの期に及んでも、まだ小原を苦しめる。小原はあせった。竹は引鉄にかかっている。小原は踏む。引鉄は第一段までしか落ちない。

　小原はむやみに踏んだ。いよいよあせり、無性に情けなくなった。富江よ、お前は知っているか、俺がいま何をしているか。お前にはわかるまい、この惨めさは。お前には、知る必要もない。家を出たくらいだから。俺は恨まない。お前も恨まないでくれ。俺は許しを乞いたい。俺にはもう耐えて行く力がなくなったのだ。俺は死にたい。今日までが精いっぱいのことだった。俺を待ったりしないでくれ。おふくろも一人で死ぬがいい。何故俺がこうなったか、不審に思って責めたりしないで欲しい。そんなときには、思い出してくれ、俺が帰るまで何故あのままで待とうとしなかったか、俺がそれを知りたがっていたことを。

　竹はしなうばかりで、引鉄は落ちなかった。小原は胸が浪立って来た。こんなくだらない男があるだろうか。死を決心していながら、ろくに死ぬことさえ出来ないのだ。こんなざまを発見されたら、どうなることか！　早く殺すなり生かすなりしてくれ！

　白戸は班内巡回を終って、定位置に帰った。小原がいないのは、便所に行ったのだと思った。よくまあ誰も起きて来なかったことだ。白戸は暫く待った。小原は戻って来ない。交替時間が近づいている。馬鹿め、便所で眠っているのではないか？

　小原は、竹がしなって、どうしても引鉄を落さないのは、死なせない意味かもしれぬと思った。そう思ってからである、急に死ぬのが怖くなった。死ぬのはいつでも死ねるのではないか？　いまさららしく、ひょっとそんな考えが掠めた。何も今夜に限ったことではない。明日でも、いつでも、この一発の実包さえあれば。竹を使ったことが間違っていた。間違っていたのは、つまり、死ぬように出来ていなかったのではないか？　小原のほんとうの間違いは、しかし、次のことだったかもしれない。彼は何の気なしに壁に凭れていた背を起しかけた。それだけの重量の動きが、その瞬間に、意志とは別個の働きで足に伝わった。

白戸は定位置から動いて便所の方へ行こうとした。その方角に、突然、銃声が聞えた。

36

舎後の空地のいつもじめじめしている地べたに、小原は蓆《むしろ》をかぶって横たわっている。

「屍《しかばね》衛兵いうもんは立てへんのか？」

と、佐々が、そのそばで、梶に訊いた。梶は首を振っただけで、蓆の端から出ている小原の足を見つめていた。靴下の下では、おそらく冷たく紫色になっていることだろう。

「死んだらのう、せめて人間らしゅう……」

佐々は、憐れでもあり気味悪くもあった。しまいまで云わずに離れて行った。

自殺者は犯罪人以下である。軍の否定者は国賊なのだ。脱走兵同等である。死体の取扱いも陸軍礼式に則る必要はない。腐敗の怖れがあるから、明日石油をかけて焼くことになっている。遺族の到着は間に合うまい。

中隊も最後の対面をさせてやろうとは思わない。国賊の遺骨引取人を軍隊は歓迎しないのだ。

梶は死体のそばに暫く佇んでいた。小原の足が気になった。その足は梶に責任の所在を追及しているようであった。何の理由もなくこうして地べたに、蓆からはみ出しているのではなかった。少なくとも、責任の追及を梶に要求しているのだ。梶はその足に対して自分の潔白を言明出来ないことに、にがい悲しみを味わっていた。どうにもならなかったあの行軍間の事情が、一日経ったいま、どうにもやりようがあったように思えてならないのである。どんなやり方で小原を助けなければならなかったにしても、これから小原が梶に負わせる重量は、完全軍装の比ではない。

「……意気地なしめ……」

梶の唇が微かに動いた。死んでから俺に何をさせる気だ？

昼前に、橋谷軍曹は班の初年兵全員に舎前で体前支えを三十分やらせた。

「お前達は精神が腐っておる！　女の腐ったような奴ばかりだ。自殺するような奴が出たということは、そいつだけが悪いんではないぞ。お前ら全部が、性根が腐っている証拠だ。俺がそんな教育をしたか、どうか！　誰でもいい、俺の訓練が不適切だったと思う者は云ってみろ！」

二十名は地面に苦痛の表情を落しているだけであった。橋谷には、こうする他はなかったようである。隊長以下同僚の下士官に対してまで、顔向けがならないのだ。

正確に三十分経つと、橋谷は出て来て、罰を解いた。解散を命じて橋谷の姿が舎内に消えないうちに、久保がまず唸るような声で愚痴を云った。

「畜生！　あの野郎、死んでまで祟りやがる」

体前支え三十分は決して楽ではない。みんな脂汗をたらして、喘いでいる。不当な罰だが、与えた者には逆らえないから、その原因の方へ感情が走るのだ。

「お前なんかまだいいさ」

と、白戸が云った。

「俺は小原のために日野准尉からしこたま絞られたよ。あいつは、最初からしまいまで、なんてヘマばかりやりやがったんだろう！」

誰も梶の顔色が変ったのに気づかなかった。梶の体が急に動いたのを見たのも、直ぐそばの者だけである。次の瞬間には、短い叫び声が洩れて、白戸の大きな体が横に棒倒しになった。

梶は久保の胸倉を摑んでいた。

「小原の代りに俺が祟ってやる」

手荒い逆ビンタが久保の口を切った。

「小原の分だ！　これは、俺のだ」

と、もう一発ビシリと行った。梶の内部で何か突然破裂したようであった。久保を突き放すと、そのまま、気負った足どりで、橋谷軍曹のあとを追った。

内務班の入口で、梶は、出て来る新城一等兵にぶつかった。

「どうした？　えらい勢いだな」

と、笑った新城に、梶はぴったりくっついて云った。

「掩護してくれますか、古兵殿、ここらが戦う汐時です。小原の自殺には私も責任がある」

「よしたがいいぞ、勝味がない」

新城は顔を振った。

「自殺で、奴らみんな気が立っているからな。やるなら、現場の方がまだよかった」

「じゃ、どうして昨日私を制《と》めました？」

「怒るな。あの場でお前が出てみろ。勝味があったか？」

「いつまで待ってもありますまい」

梶は冷たく笑った。

「古兵殿を捲き添えにはしません。とにかく、やってみます」

新城から離れた梶を、班内にい合せた古兵達は見守った。尋常でない梶の顔色から、何事かが起ると予感したように誰の表情も緊張していた。吉田上等兵は班内にいなかった。被服倉庫にいるのだ。

梶は下士官室の前で、最後の動揺を抑えた。勝味がなくとも、当って砕けるまでである。このままで見送って、いつまでも呵責を背負うのはやりきれない。冷静に、強く行動することだ。

下士官室に入ると、橋谷の前に直立して云った。

「吉田上等兵の処罰を要求します」

橋谷の濃い眉がピクリとはね上った。

「要求だと！　兵隊が下士官に向って云う言葉か！」

「そうであります。班長殿は以前に徒党を組むなと云われました。ですから、梶は単独で参りました。単独で要求致します。班長殿は、昨日、吉田上等兵が小原に加えた私刑を御承知でありますか？」

「俺は知らん」

知らぬことはない。知っていると云えないだけだ。

「兵隊間では、たとい上等兵であっても、私刑を命令の形で二等兵に強制することは許されておりません。二等兵は軍隊の習慣だと観念していますから、普通のビンタの程度なら忍従していますが、昨日の吉田上等兵のやり口は……」

「待て……」

橋谷は顔を蒼くしてさえぎった。

「密告は犬のすることだぞ、梶、俺は聞かん！」

「密告ではありません、班長殿、処罰の要求であります。吉田上等兵は小原の自殺に責任を負わねばなりません。私が兵隊の分際でこのように申上げるのも、小原の自殺に責任があるからであります。吉田上等兵は処罰を受けて責任の一部を果す必要があります。小原は困難に負けた意気地ない奴かもしれません。だからと云って……」

「小原の自殺は軍律違反だ」

橋谷が居丈高に云った。

「理由がどうであれ、弁護の余地はない」

「吉田上等兵の行為は軍規遵守でありますか？　抵抗する方法を持たない二等兵に女郎の真

似をさせるということが」

「黙れ！」

声と一緒に、梶の頬が鳴った。梶は連続ビンタを覚悟したが、橋谷は戸の方を気にしていた。この騒ぎを大きくすまいと気を使っているのが顔色に現われている。

「吉田にどんな行為があったにしても、それを小原の自殺の原因とすることは、お前の独断に過ぎん。そんなことに俺が踊って、隊内の秩序を乱すことが出来るか！」

「原因のすべてだとは云っておりません。だから、小原を落伍させた私にも責任はあると云っております。けれども最後的な打撃と恥辱を与えたのは、吉田上等兵と板内上等兵です」

「梶、よく聞けよ」

と、橋谷は声を変えた。

「お前は俺が誰よりも余計に手塩にかけて教育した兵隊だぞ。お前にもわかっているはずだ、誰が、中隊人事で要注意となっているお前をだな、庇って、補充兵の最右翼に推しているか。ここで出過ぎた真似をすると、お前は一生浮ばれないことになるぞ」

そうなるだろう。梶は口を歪めた。いまさらひっこみのつくことではない。甘口にも脅しにも乗らなければ、落ちつくところはそんなところだ。戦う方法が完全でないことは、最初からわかっている。他に方法がないから、一応この手順を踏んだのだ。

「……自分のことは考えておりません。或は、考えた上でのことと云ってもよくあります」

「どうすると云うのか？」

と、橋谷の声はまた変った。今度は押えてあるが、暗く、危険であった。

梶はもう一度肚を据え直した。

「班長殿にお聞き願えなければ、隊長殿にお願いします」

「梶、少し頭を働かさんか」

橋谷は鼻白んで嗤った。

「責任の軽い軍曹の俺でさえ聞けないものを、隊長が聞くと思うか。上へ行けば行くほど、梶、お前の立場が不利になるだけだということがわからんのか」

「そうかもしれません」

あり得ることだ。いや、かもしれないではなくて、そうなる公算の方が大きいと思わねばならぬ。梶は一度顔を伏せたが、眸が急に暗く燃えはじめていた。

「お願いしても正しい処置が取られないとすれば……」

梶は橋谷の変化を窺った。声が途切れたのは、怖れのためにためらっただけではなかった。これから云いたいことが、果してどれだけ自分のものになりきっているか、確かめたのだ。腹の底から、慄えあがった。

「先きを云え」

橋谷の体は緊張しきって、いまにも跳りかかりそうに見えた。

「……愚劣なことですが、仕方がありません。単独行動に訴える以外に方法はないようであります」

「面倒を起す気だな」

と、橋谷は抑制してか、むしろ一歩退った。

「私闘は厳罰だぞ。営倉に入りたいか」

「一人では入りません」

梶はもう冷たく挑むような顔になっていた。

「もし隊長殿も班長殿と同じ御意見であれば、班長殿、吉田上等兵に云って下さい。梶に気をつけろと云って下さい」

橋谷の手は反射的に動きかけたが、衝動をようやくこらえた。梶をいま打ちのめせば、それだけ結果が悪くなりそうである。日野准尉と図ってみる必要があった。

37

橋谷は梶が直ぐにも隊長に談じ込むのを怖れたが、梶はそうしなかった。橋谷が多少のことをするかもしれないと期待する気持が、彼を待たせたのだ。

数日経って、小原の妻が遺骨を引取りに来た。中隊の冷淡な扱いは覚悟して来たようである。はじめのうちは小原の死にぎわのことなどあまり聞きたがりもしなかったが、故人と特に親しくしていた戦友に会わせてくれと申出た。日野准尉は不承不承に、自分と橋谷の立会の下で梶に会わせることにした。

梶の眼に映った小原の妻は、大柄で痩せぎすの、何処か教員ふうのものの腰のある女であった。

肌が荒れているのは長旅の疲れのせいばかりではない。夫の突然の死が女の血まで凍らせたに違いないのだ。その打撃に耐えようと、つとめて冷静を装っているように見えた。

「小原が家庭の事情を気にしていたことは事実です」

と、梶は、二人の監視者の前で云った。

「体力もあまりなかったので、軍務がつらかったことも事実ですが、私に話をするときには、いつでも家庭のことでした」

「私が主人に出しました最後の手紙のことは、御存知でいらっしゃいましょうか？」

「読まして貰いました」

「……それが、何か、宅に……」

「かなり手ひどい打撃のようでした」

女は俯向いた。

「検閲の直前でした。検閲が終ったら、帰休願を出してみろと云ったのでしたが」

「それでは、私が、小原を殺したことになるのでございますね？」

と、女は、殆ど全精力を集中したような眸で、梶を見つめた。

「そうでなかったとは申しません」

梶はぶっきら棒に答えた。

「あなた方は、あなた方御自身にとっては真剣な日常問題だったでしょうが、ここにいるわれわれから見れば、どうにでもやりようがあったと思われることで、あの男をひどく苦しめました」

「……わかりました。私があんな手紙を出しさえしなければ……」

「そうです。残酷なようですが、あなたはそう云って後悔しなければならないでしょう。私も同様です。私は検閲行軍の途中で小原を落伍させました。小原を助けて歩いては、私自身も落伍するからです。けれども、もし私が一緒に落伍してやったら、その結果がどうであったか、と、いま考えます。班長殿はどう思われますか、もし梶が小原と一緒に落伍してやったら」

橋谷は少々うろたえた。にが笑いして日野の顔を見ると、日野はこともなげに云った。

「一緒に落伍してやるなどという不届きなことは、軍隊ではあり得んのだ」

「准尉殿はああ云われますが、奥さん、私は一緒に落伍してやらなかったことを後悔しています。ちょうど、あなたの手紙と同じことです」

梶は二人の上官をことさらに無視してそう云った。

「落伍しますと、あの、どうなのでございますか？」

「准尉殿にお尋ね願います」

小原の妻は准尉の方へ顔を向けた。

「落伍者は兵隊の屑だ」

と、日野は眼を怒らせて応じた。

「中隊の恥になる」

「小原の自殺は、恥の上塗りをしたのでございますね」

「そう考えて欲しいですな」

日野は笑った。

「決して名誉ではない。精強の誉れ高かったこの中隊も、おかげで顔色なしだ」

「落伍しますと、何か特別の扱いを受けるのでございますか?」

聞いた三人に三様の沈黙があったが、これは橋谷が一番早く破った。

「そんなことはありません。ただ弱兵として、進級が遅れるだけです」

梶は会話から逃れるかのように、事務室の窓の方を見ていた。ここに来て真相を質そうとしたところで無駄な話だ。早く遺骨を持って帰って、骨に聞け。骨は語るだろう。女の後悔と歎きの中に甦って、人間がどのように侵されたかを。

「信じられないのでございます」

と、女は顔を上げて、思いつめた声で云った。

「あんなに優柔不断だった人が自殺をしますには、何かよほどのことが……」

女は三人の男を見較べてから、梶に眼で縋った。

「お聞かせ願えないでしょうか?」

梶は女の視線を受け止めていたが、答えることは出来なかった。答えたいのだ。胸がしきりに騒いでいた。日野が乱暴に云った。

「銃後が乱れているからだよ。堅実な家庭でなければ、堅実な兵隊は出て来ない」

女は、それでもまだ梶の応答を待って、眼を放さなかった。

「詮索なさらない方がいいでしょう」

梶はようやく答えた。

「軍隊のことは、傍からはどうにも出来ません。小原は弱くて、すり切れたのです。それだけでは納得が行かないのでしたら、こうお考え下さい。小原の或る部分はあなたとお母さんのお二人であらかじめ殺しておしまいになった。残りの或る部分は、見捨てた私が殺したのです。あとの残りの全部は、機械的な組織の中ですり切れました」

日野と橋谷の眼が白く光ったのを梶は意識した。

「私がもし一緒だったら、そのすり切れる時間を延ばすことが出来たかもしれません」

出来ただろう。及ばぬ後悔が胸の中を暗くする。梶は女をもっと責めたかった。女が反撥して梶に非難の眸を向けることを望んだ。あなたは助けようと思えば小原を助けることの出来たお人ではございませんか！

日野は橋谷と顔を見合せた。この面会は早く打ち切った方がいいようだな。

「もういい。お前は帰れ」

と、日野が蹴るような云い方をした。

「三十分後に用がある。隊長室に来い」

38

「私闘は軍規によって禁じられていることは、知っているな？」

と、隊長が、静かに訊いた。

「知っています」

梶は日野と橋谷に挟まれて、直立していた。

「それにもかかわらず、お前は私怨を含んで、上等兵に復讐を企図しているというが、ほんとうか？」

「……私怨ではありません」

「事実なんだな？」

「私怨ではありません」

「復讐を企図しておるのは事実かと云うのだ」

「……事実であります」

「軍規違反を敢てするというのだな？」

梶は答えなかった。

「答えろ！」

と、日野が、梶の肩を強く突いた。梶は蒼白く強ばった顔を日野准尉から工藤大尉に戻した。

「梶はまだ軍規違反をやっておりません。吉田上等兵は既にやりました。未遂を先きに訊問されるのは不公平であります」

とたんに、眼の眩むような打撃が、橋谷から来た。

「隊長殿に向って、なんという言種《いいぐさ》か！」

「かまわん」

工藤は相変らず静かに云った。

「云わせてみろ」

梶は殴られてから、自分の健気な心根をいじらしく思い、声が慄えた。

「吉田上等兵は、落伍して疲労し尽した小原に醜悪な私刑を加えて、自殺に追い込みました。これが罰せられない理由をお尋ねしたくあります」

「ちょっと待て。お前は行軍力甲だったな？」

「そうであります」

「当日、どういう待遇を受けた？」

「当日は、優遇されました」

「吉田が何かしたか？」

「何もしませんでした」

「お前が落伍したら、したと思うか？」

「……そう思います」

「落伍した小原にはヤキを入れたのだな？」

「そうであります」

「落伍したのは小原だけか？」

「全部で四人であります」

「お前の云う私刑を受けたのは、小原だけか?」

「四人ともであります」

「全部吉田がやったか?」

「全部別々であります」

「四人とも自殺したか?」

「違います」

「小原だけだな?」

「そうであります」

「では、お前が吉田だけを糺弾する理由は何か?」

「小原が自殺したからであります。四人に対する加害者を全部糺弾してもよいのであります」

「黙れ!」

工藤が、だしぬけに、机を叩いて呶鳴りつけた。

「吉田に私怨を抱いて、それに藉口《しやこう》して隊の秩序を攪乱する魂胆はおのずから暴露しておる。小原の自殺さえも口実に過ぎんのだ。お前は柔弱者の自殺を古年次兵の責任に帰して、牽強附会《けんきようふかい》の説をなして軍隊の命脈を根本から冒瀆しておるのだ」

「小原が柔弱者であるとしても、理由なく自殺はしません」

と、梶は云い張った。

「小原は射撃の無能力を悩んで被害妄想にかかっていました。家庭の事情も人一倍気にする苦労性でありました。そのために兵隊らしくない手紙を書いて罰せられました。その罰が駈足四千メートルであります。小原は倒れて入室しました。駈足四千メートルが小原の教育に必要かつ有益であったとは思いません。小原はまた精神が混乱して撃茎尖頭折損を犯しました。その原因は小原の家内からの手紙でありますが、その手紙に軍隊が無関係であったとは申せません。意気沮喪していた小原は、検閲行軍で致命的な落伍をしました。落伍には自分も取返しのつかない責任を感じておりますが、その小原に最後的な決定的な恥辱と打撃を与えたのが吉田上等兵であります。自分は吉田上等兵のみを責めておるのではありません。内務生活の不条理が、たまたま吉田上等兵に最終的な形で現われたから、吉田上等兵の処罰を要求したのであります。小原の自殺の原因は家庭の事情ではありません」

「では何だと云うのか？」

梶は黙った。一度ためらいが出ると、恐怖が続いて来た。あまりに早くぎりぎりの決着のところまで暴走してしまったような後悔を覚えた。

「お前はなかなか能弁だ」

と、工藤が薄すらと笑った。

「云えぬことはあるまい。何だと云うのか？」

梶は唾を呑みこんだ。こうまでなったら観念するのだ。

「答えろ！」

「原因は、軍隊であります」

「こやつ！」

と、その瞬間を待ち受けていたかのように、日野の鉄拳が梶の顔面に炸裂した。

「貴様はおとなしくしておれば……」

と、殴りつけた。

「上等兵候補になれるのだ」

と、反対側から張った。

「一選抜の進級も出来るのだ」

と、また殴った。

「査閲官閣下からお讃めの言葉まで頂いた貴様が！」

と、梶の耳を摑んで曳きずり廻して、橋谷の方へ突き飛ばした。

「橋谷、そやつの土性骨を鍛え直せ！」

橋谷は梶の眼の中を覗き込むようにして、訊いた。

「お前、吉田に対する私怨は捨てると、隊長殿に誓えるか？」

梶は乾いた唇を舐めて、頑固に繰り返した。

「私怨ではありません」

「まだ云うか！」

橋谷は梶の体を壁にぶち当てると、左右から吹雪のようなビンタを飛ばした。隊長の手前、制められるまで殴らなければ恰好がつかないと思っているようである。殴っているうちに昂奮して、自分が手塩にかけた兵隊に裏切られたという俄か作りの感情まで、本物らしくなって来た。梶は眼も口もとっくに切れていた。膝が慄えはじめたが、今度は不思議に恐怖心は起らなかった。何かがはじめてしまったのだ。消すことの出来ない烙印を捺されて、もう引き返すことも叶わぬ道を歩きはじめたのだ。そう感じた。吉田だけに特別の私怨があるわけではなかったが、いまはもう吉田を特定の標的として反抗の一弾を命中させずにはおかない意地になっていた。

「吉田上等兵に云って下さい」

と、殴られながら云い続けた。

「梶に用心するように。油断しないように云って下さい」

「よせ、橋谷」

と、机から、工藤が云った。

「梶、改めて云うが、私闘は禁ずるぞ。犯せば直ちに抗命の罪に問う。いいな？」

工藤のいかにも仮借のなさそうな視線の先きに、梶は棒のように立っていた。

「橋谷、梶が禁を犯すことがあれば、お前以下第三班全員の責任とするぞ。梶もよく心得ておけ」

「監視をつけて、動静を報告させろ」

と、日野が橋谷に云った。

「こやつと親しい者がいいぞ。反目する奴をつけると、この臍曲りめ、却って依怙地になりおる。こやつと特に親しいのは誰か？」

橋谷が答えた。

「新城と田ノ上であります」

「新城か……そうだったな」

日野は首を捻った。

「赤い者同士で密議を図らせてみるか。よかろう。毒を制するに毒を以てするだ。お前に任す」

この案は確かに梶の弱点を衝いていた。親しい者を苦境に立たせることにも耐えるほどの神経を、梶は持ち合せていないのだ。壁ぎわで、梶は僅かの間に、見る影もないほど萎れた恰好になっていた。

39

「どうしますか、あの男を」

と、日野は工藤に云った。

「初年兵にしては悪《くそ》度胸が据って、手に負えなくなりますな」

「心配あるまい」

工藤は笑った。

「軍規弛《し》緩《かん》した古兵共にも少しは薬になる。働く兵隊だよ、あれは。進級選考のときには、あれを洩らしてはいかんぞ」

「あれをでありますか！」

「そうだ。現役の上というわけにも行くまいが、右翼で進級させろ。星が増えれば、気持も変るものだ。人間も発条《ばね》みたいなものでな、抑えつけるとはね返りが大きい。ああいう叛骨のある奴は、あまり追いつめてはいかん。古兵なみの勤務につけろ。どうせ中隊は近日中に国境へ出るからな、初年兵の優秀な者は、衛兵、動哨にも使わねばならん」

「吉田の馬鹿者はどうしますか？」

「橋谷は梶のことを云ったのか？」

「橋谷もそんな軽率はすまいと思います」

「すると吉田は相変らずだな？」

「そうだろうと思いますが」

「それならいい。吉田の方から喧嘩を売る分には大したことはない。俺が心配するのはな、吉田がなまじ警戒したりすると、あの初年兵が知能的に立ち廻って、尻尾の摑めない害を企むことだ」

工藤はそう云って笑ったが、急に顔を引き締めた。

「日野准尉、中隊の失態は自殺一件で沢山だぞ。これ以上不測の事態を惹起すると、俺もお前も安閑としてはおれなくなる」

40

中隊が国境監視に交替出動と決ったのを喜んだのは、工藤隊長と新城一等兵だけかもしれない。工藤は国境監視で何か功績を上げたいという野心がある。その手はじめは、国境附近で夜な夜な打ち上げられる信号弾を突きとめることだ。何者の手によって赤玉や青玉が上げられるのか、遂にまだ一度も現場を押えたことがないが。守備隊の移動があったり演習があったりすると、その夜更けに必ず上る。日中にたかだか数伍の兵隊が行動しても、夜中になると上るのだ。何も動きがないときには上らないのだから、これは満洲領内からソ連領内への通報信号と見るのが当っているようである。工藤は、自分の中隊の監視期間中に必ずこの謎を解いてみせようと意気込んでいた。

新城が喜んだのは、およそそれとは反対のことだ。

中隊は出動の準備も終ってから二三日、全く暇になった。新城も珍しく勤務から解放されていた。国境へ出れば、また酷使されるに違いないのだが、心に期するところがあってニヤニヤしている。梶と話をしたそうに視線を送るが、梶は避けていた。自分の監視に指名されていることがどうしても意識から離れないせいでもあるし、橋谷に要求を突きつけるときに新城が逃げ腰であったことが、やはり釈然としないのだ。

橋谷は暇な半日を兵隊の慰労を兼ねる意味で、生鮮野菜の代用としてアカザの採集に、勤務以外の兵隊を連れて営外に出た。野に分散してから、新城は梶に近寄った。

「国境が近くなるな」

と、ひとりでににじみ出るような笑顔を見せた。

「結氷期間にやりそこなったが、待てば海路の日和だ」

梶は草原の涯に続いている湿地帯の方へ視線を送った。果して海路の日和であるかどうか、国境の彼方に空想を馳せている新城が、湿地帯の徒渉に重大な計算違いをしていそうな不安を覚えた。監視の眼が光っている道路や乾燥地を避けて湿地を渡るとすれば、沼の中の飛石のような野地坊主から野地坊主へ何キロも跳んで行く他はない。逃げるには夜を選ぶだろうから、野地坊主を踏み外して沼にはまる危険を充分に考慮に入れなければならないのだ。

「……危険だといっても、やるでしょうね？」

と、梶は、聞きようでは全く気のない云い方をした。

「行くか？」

と、新城が訊き返した。梶は首を振った。

「やはり奥さんのとこへ帰りたいんだな？」

梶はまた首を振った。

「以前はそうでした。いまも、部分的には確かにそうです」

「考え方が発展したのかい？」

梶は答えずに、アカザをみつけて毟《むし》り取った。新城も仕方なく草の中に屈んだ。

梶が突然顔を向けた。

「ここの困難を避けて逃げれば、向うへ行ってもやはり逃げ出したくなると思いませんか？」

「畑が違うよ。向うは痩せても枯れても社会主義の土地だ」

「約束の地とは云いませんね」

梶は幽かに笑った。

「ロシヤ人には約束の地でも、日本人にとってはそうではないかもしれんと、あんたも思うんでしょう？」

「民族平等の原則を疑うのかい？」

「疑いませんよ。古兵殿ほど無邪気に信じないだけだ。日本人は何をしました？　日本人というレッテルを、世界の何処で無条件に信じて貰えますか？　その日本人の魂が純真無垢だとしてもですよ」

「ペシミストだよ、梶は。少なくともこの日本人は無害だという証明は出来るさ」

「オプティミストだ、新城さんは」

梶は短く笑った。

「無害で、無能だという証明ですか」

新城は顔を伏せた。こめかみのあたりが盛んにピクピク動いていた。

「失礼しました。しかし、事実でしょう？　侵略国家から逃げ出して来たって、それが思想堅潔の証明になんかなりゃしないんだ。脱走兵は脱走兵でしかありませんよ。そう思いませんか？　迫害の中で戦って、いよいよ危なくなったから亡命したというのとは、わけが違うんだから」

「何を云いたいんだ？」

新城は下を見たままで云った。

「いつかも云ったでしょう、卑怯ではないだろうかということです。向うの畑には奇麗な花が咲いているらしいからと云って飛び込んで行くのは、何か根本的におかしいんだ。奇麗な花が咲いているとしても、関東軍からはみ出た奴のためにではありませんね。それも、あればまだいい。もしなかったらどうします？　そりゃいずれは咲くでしょう。いい畑には違いないんだから。しかし、こっちにだって咲かんわけはない。いつまでも咲かせずにおいていいわけのものでもない」

「俺の兄貴なら、梶の話を喜ぶよ」

新城はにが笑いをこぼした。アカザも他の雑草も一緒くたに捲り取っては、眼の前へ放り投げている動作は、全く意識の外にある。

「苦しみを避けてはならんという論理が成り立つのかな？」

「この場合はね」

「論理じゃなくて、梶のはモラルだ。立派だと思うよ。しかし俺は厭だ。そうさ、俺は苦しいから逃げるんだよ。先きの見透しの立たないバカげた苦しみだからさ。戦争は敗けだが、いつ敗けるかわからんし、それを早める具体的な方法も俺達の手にはないというわけだ。敗けたら敗けたで、また結構苦しいさ。モラルで押し切れることかな？　梶は俺より闘争力もあるし行動的でもあるがだよ、闘争出来ない条件の中でも闘争しないからいかんと、細胞のキャップみたいな云い方は梶らしくないぜ」

今度は梶が顔を伏せた。そう聞えたのなら仕方のないことだ。新城が続けた。

「梶ほど恵まれた条件が備わっていてもだよ、とどのつまりの反抗は、吉田に対する個人的な復讐という形にしかならんじゃないか。そう云っては悪いが、幡随院長兵衛《ばんずいいんちょうべえ》と旗本奴《やっこ》の争いよりも一桁も二桁も小さいんじゃないかな？」

梶は黙ってアカザを摘み続けた。新城に云われるまでもなく、吉田上等兵に対する個人的な復讐はくだらないことのようである。第四中隊の内務生活は多少変るかもしれない。せいぜいその程度である。軍隊組織の下部に反抗の楔《くさび》を打ち込んだことにはならないだろう。軍隊は梶を簡単に抹殺して、ますます非人間的な性格を深めるだろう。だとすれば、梶は、新城の謂う幡随院長兵衛の十分の一の値打もないことになる。けれども、工藤や日野や橋谷が動揺したことは事実なのだ。梶はそれを思った。吉田に対する怒りは、日が経つに従って、激情から理窟っぽいものに変って来ているし、復讐すると云っても具体的な方法を考えているわけではない。ただ、このままでは捨てておけないという観念が、固定しているのである。中隊幹部が動揺した事実があれば、梶の復讐の言明は、いつ爆発するか知れない時限爆弾のような効果だけはありそうである。

梶は新城を見ずに、悠々閑々とひろがっている緑一色の野面を見渡した。汚れた軍服のうずくまった姿が点々と散らばって、緩慢に動いているのが、餌を探す野生の動物に見えた。のどかであった。明日かあさってか、国境附近へ移動してからは、何事が起るかはわからない。いまは、至極のんびりとしている。晩春の陽ざしもうららかだ。温かい陽を浴びて、アカザを摘んで帰って、ゆでて醬油をつけて食う。ちょいとしたホウレン草の味だ。それと、新城の脱走や梶の復讐の計画が、何ほどかのかかわりがあるとは、どうしても思えない。

「怒ったのか?」

と、新城が云った。

「いいえ。この幡随院長兵衛は風呂場で刺されたりするようなヘマをしないためには、どうすればいいかとね、考えてるんだ」

梶は、はじめて新城を見た。

「水野の殿様と和解したりすると、騙し討ちにあいますからね」

「吉田は勘づいているんじゃないか?　ここんとこ、妙にいらいらしているぞ」

梶は視線を遥かな地平線に送って、曖昧に笑った。吉田は橋谷から聞いたのだろうか?　日中は殆ど被服倉庫から出て来ない。食事どきに班に戻って、食い終ると直ぐに出て行く。夜も、点呼から消灯までの間は、殆ど班内にいない。移動準備で被服掛は忙しいには違いないが、被服の返納品に一々神経を立てて呶鳴ってばかりいるのは必ずしも忙しいせいではないだろう。せいぜいびくつくがいい。被服倉庫の中にいても安心するなよ。軍衣袴の梱包の陰から、いつ何が飛び出すかわからないぞ。戸を開けるときには、その裏側を注意しろ。廊下の曲り角に気を配れ。夜中に小便に起きるのは危険だぞ。梶が食事当番のときには、飯を食うな。馬のフケで下痢を起すぞ。演習があったら、間違っても梶の前に出るなよ。突撃のときにはなおさらだ。

　吉田は梶の意図を橋谷軍曹から聞いたのではなかった。誰からも聞きはしなかったが、あの日梶が白戸と久保を至極簡単に張り倒して、しかもいささかの反撃も許さぬほど断固としていたことを知ってから、謂わば猛獣の本能で、身近にもう一匹の種類の違う猛獣がいることに勘づいたのだ。吉田は、事実いらいらしていた。だが、これは必ずしも梶を怖れたためではない。半分ほどは、あべこべに、梶にしこたまくらわせる機会がないことに苛立ってもいたのだ。

「吉田には勝てても、古兵全部には勝てないよ」

　と、新城が、梶の正面に屈んで云った。

「ヒロイズムの横辷《すべ》りだとは思わないか？」

「吉田に、小原を殺した責任を認めさせればいいんです。それを将校や下士官が認めるところまで漕ぎつければ、私は小原に対する贖罪《しょくざい》が出来るように思うんです」

「梶は吉田をやっつけることが出来るだろうよ。そのとたんに、将校や下士官がお前をやっつけるよ。奴らが認めるもんか！」

「だからなんにもするなてんですか？」

　と、梶の顔色は俄かにきびしいものに変っていた。

「これはね、新城さん、くだらない冒険だとあんたは思っている。こう云う私だって、そう思っている。しかし、実は、そう思っていることの方が問題なんじゃないんですか？　私は臆病だから、やるやると云って自分を唆《けしか》けているんだ。そして、事実やりますよ。どんな形でかわからないけれど、必ずやりますよ。復讐そのものはくだらなくてもね、初年兵がそれをするということには意味があります。しかも、ユウシュウな、一選抜候補だった初年兵がするということにはね」

新城は口を噤んで、もう開かなかった。梶の直情径行ぶりが羨ましくもあり、憐れにも感じた。破綻が目に見える気がするのだ。破綻に意味などありはしない。あとからこじつけを、梶は先きにつけているのだ。そうは思うが、新城は気持が重くなっていた。梶はこう云っているようなものである。俺は何かしらする勇気を持とうとしているが、お前は何だ、逃げるだけではないか！

41

中隊は国境監視線へ進出した。監視線と云っても、湿地に阻まれているから、実際の国境までは十五六キロある。正面に分哨を点々と配置する。その間を動哨で結ぶ。こうして正面約二十キロ、縦深十五六キロの地帯を監視するのである。

移動配備が終ると間もなく、兵隊の進級が行われた。吉田と板内は、今度こそ兵長になれるとひそかに期待していたが、選に洩れた。梶と大和久は柴田を哨長とする分哨に配置されていて、進級の命令を受けた。

内務掛の日野准尉は、優秀な初年兵は困難な勤務につける、逆に云えば、困難な勤務につけられたのは優秀な証拠だと思え、ということで、梶の場合はていよく本隊から追い払ったのだ。

そうしておけば、被服掛として中隊に残る吉田と衝突を起す心配も、当分の間要らないことになる。日野に云い含められている柴田兵長は、分哨から出す動哨に梶をこき使った。勤務に連続上番させて疲労させれば、梶の不穏な気持が働く余地がなくなるだろうという消極的な思惑だけではなく、これは明らかに罰であった。その証拠に、同じ新任一等兵の大和久は哨舎附近での立哨が多く、梶には夜間動哨が多く当るのだ。動哨は二人ずつだが、二十キロ近く歩かねばならない。昼は昼で、新任一等兵は依然として最下級だから雑用が多い。殆ど満足に睡眠をとる時間もない。梶は急速に体力が消耗されて行くのを覚えた。それでも不平の云いようがなかった。勤務表の改訂を求めるためには、またあの日野准尉から手荒く揉まれなければならないのだ。

長以下十三名のこの種の分哨は、原則として一週間で交替して中隊に戻ることになっていたが、兵員不足を理由にこの交替はしばしば延期された。延期されても古い兵隊はさして痛痒を感じない。動哨に当るときは「ひでえ疲れ」だが、あとはせいぜい昼間の交替立哨ぐらいで、殊にこの「ろ号分哨」の場合には、分哨長が同年兵の柴田だから、けむたい存在は一人もないわけだ。文句の種と云えば、その同年兵の柴田が下士勤務兵長に任ぜられてから、少々下士官風を吹かせたがるというぐらいのことである。

梶には交替延期はつらかった。はじめのうちこそ、内務班の息苦しさが分哨では薄らぐので、勤務の苦しさぐらいは忍び易いと思ったのと、文句を云われる筋のないように勤めるだけは勤め上げて、逆にこちらの発言の根拠を固めておこうと心がけたが、あまり不公平な勤務が重なって疲れて来ると、中隊へ戻る日が待ち遠しくなった。不思議なことだ。鬼がひしめいているような中隊へ戻りたくなることもあるのである。戻れば戻ったで、かつて新城がやらされたように、また衛兵の連続上番が続くに違いないのだが。

その夜、梶は他班から来ている新任兵長の平田と動哨に出た。

初夏の夜、満天に星が煌《きらめ》いている。気温も夜になると下って涼しいくらいである。いまがこの地方では一番いい気候かもしれない。もう半月も経つと、夏は自分の短い生命を知っているかのように、急激に成熟して、あり余った熱量をやたらに濫費する。人間の肌などはひとたまりもなく黒焦げになるのだ。湿地帯から立ち昇る夥しい湿気で、このあたりは蒸し風呂のようになるはずだ。蚊の大群がそこに発生する。あまりいい季節ではない。

梶はそういう悪条件の中でもいまの調子でやらされたら、残念ながら日野准尉の計算通りに参ってしまうと思った。なんとかして彼の計算を狂わせてやりたかった。

二人の動哨は、湿地帯の中を国境に平行して通っている道を、着剣した「腕にツツ」で歩いた。道は荷馬車の轍《わだち》が深く喰い込んで、ひどく凸凹していた。この附近に満人部落が一つあって、その住民が、ここよりずっと北にあるもう一つの部落へ、この道を通って往き来するのだ。軍事的な意味しかないこの近辺に満人が部落を作って住んでいるということを、梶は最初の動哨の夜に不思議に思ったが、これくらい植民地主義の独善的な考え方はないと気がついてあてたものだ。先住民がこの地域に生活を営んでいるところへ、軍隊が割り込んで来て軍事的ないかめしい意味を押しつけたに過ぎないではないか。

その部落は、まだ、この道路の前方二キロほどのところにあった。そこらあたりまで来たとき、「十時半」の方角に赤い火の玉が上った。信号弾である。

「上りましたね」

と、梶は呟いて、横眼で平田の様子を窺った。走って確かめに行こうなどと云い出しはせぬか、それを心配したのだ。工藤は信号弾の正体を突きとめることを警戒急務の第一に挙げているから、進級慾の旺盛な兵隊ならば好機到来とばかりに走り出す。実際にはそれが成功した試しがなかった。

「赤玉だったな」

と、平田は間のびのした云い方をした。

「工藤スケツネの御機嫌をとってもしょうがねえや」

梶はほほえんだ。この四年兵は兵長に進級したばかりだ。早い進級とも云えないが、同僚の大半はまだ上等兵なのだから、きっとこの男は要領がいいに違いない。上官の前では従順で、蔭では適当にやる組だ。梶は、しかし、平田が信号弾にやたらに関心を持たないことで、好感を抱いた。少しはもののわかる奴かもしれない、と。

「何か、今日は部隊が動いたんですかね」

と、梶は尋ねた。

「さあ、中隊に糧秣運搬ぐらいはあったかもしれんな。心配するな。奴さん達の方が俺達より俺達の部隊のことをよく知ってるんだよ。いまにはじまったことじゃない。勝手にやって貰うさ。花火見物も悪くねえよ」

平田は笑った。

「非常ラッパがタンタカタンと鳴りさえしなけりゃな」

それは梶も同感だ。梶は親しみが深くなるのを覚えて、訊いた。

「兵長殿は関特演ですか？」

「そうだよ」

「随分長いですね？」

「長いな。東京のどまん中から、いきなりこんなところへ持って来やがった。東京じゃ女房の釜が夜泣きしてるよ」

梶は笑いかけて、急に胸が痛んだ。四年は長過ぎる。美千子だったら、そう云って悶《もだ》えるだろう。四年間もいまの状態を持続することは、梶自身もおぼつかないのだ。

「梶も、女房、あるんだろう？」

「……あります」

二人は暫く黙って歩いた。

「……やりきれんなあ！」

と、突然、平田が呻いた。

梶はこれも同感だった。梶は平田の呻き声を梶の感覚で解釈したのだ。平田が急に身近な人間に思えて来た。

けれども、梶の観測はかなりの程度に甘かったようである。

道路の右手の闇の底に部落が黒々と沈んでいるのが見えたとき、平田は立ち停った。

「おい、一丁アクを抜きに行かないか?」

梶は場所も場所だったので、理解するのに手間どった。

「クーニャンだよ。やらせる奴がいるらしい」

平田の歯が夜目にも白く見えたのが、却って不気味であった。

「最初はな、誰かすばしこい奴が、あすこへ押し込んで強姦したんだ。済んでから金をやったら取ったという話だ。それからちょくちょくやらせるらしい。ここへ来た日にな、前の中隊の奴から申送りを受けたんだよ。歩哨は四囲の状況をよく注意しなくちゃならん。その点ぬかりはないさ」

と、平田は短く声を立てて笑った。

「家の目印も聞いてある。行かんか?」

梶は黒い棒のように立っていた。平田はそれを初年兵のためらいと取ったらしい。

「一円か一円五十銭やればいいんだ。四の五の云ったら、これだ」

と、銃を叩いた。

「金は持ってるぞ。貸してやる。行かんか? 時間を気にするこたアねえよ。赤玉が上ったから捜索に時間を食ったと云やあいい。こちとらは女の毛虱《けじらみ》の捜索の方が気になるがよ。どうしたんだ？」

「は号の哨長は石黒軍曹ですよ。そんな嘘が通りますかね？」

「心配するなって。俺がうまくやるよ。行こう。せめてこんなときにアクを抜かなきゃ衛生上害がある」

制めるためにはまた争わねばならぬことは明らかであった。梶は芯が疲れていた。争う気力も湧かないようだ。それだけではない。梶自身の疲労した肉体の底にも、暗い欲望が息づいている。

梶は平田から離れた。

「一人で行って下さい。ここで待っています」

なんとまあ汚ならしい待ち合せだろう！　日本兵に犯されてから反抗も出来ずにずるずると自堕落な娼婦になったに違いない部落の女を、また金で汚しに行く。その男を、ぼんやりとこの闇の中に佇んで待つというのだ。

「そうか。そいじゃ、すまんが待っててくれ。三十分で済まして来るからな。ちょんの間だ」

平田の黒い姿は、部落の方へ折れ曲った細道に駈け入り、闇の中に溶け込んだ。

梶は星の雫を浴びて道路の中央に佇んでいた。平田を制めなかったことがしきりに悔まれた。自分が銃の威光を借りて部落の女を犯したような後味の悪さがあった。なんらかの程度には梶自身も確かに共犯者なのである。もしこんな話を美千子に聞かせたら、待ち焦れていた男の意外な不潔さに愛想が尽きるかもしれない。美千子は梶が魂の清潔さと正しさを守るためにこそ、軍隊の異常な苦しみの中に闘っていると信じているだろうから。そう、あの窓辺で、暁の光の中に全裸の肉体を惜しみなく与えたのは、こういう不潔を許すためではなかったのだ。梶は夜空を仰ぎ見て、星の流れを求めた。どれか一つ、西南の方角へ走ってくれ。それを、せめて心のかよい合う証しとしよう。星は一夜のうちに幾つか散る。けれども、求めた方角へ走るとは限らない。梶は根気よく星を求めていた。

平田が戻って来た。暗いからてれ隠しに笑う必要もない。黒い影がのっそりと梶の前に立って云った。

「臭くてやりきれねえや」

梶は黙って歩き出した。

「ここらの満人はおとなしいな。ヘラヘラ愛想笑いしやがって。女も面白味がねえや。メイファーズ(仕方がない)、股を開きましょう、だ」

平田は唾を吐いた。

「いつまでもおとなしいとは限りませんよ」

無愛想に梶が答えた。平田に対する反感がそう云わせたのだが、あまり遠くない将来にそういう現実に遭遇することになろうとは、梶自身もまだ少しも意識していなかった。

梶は足を早めた。は号分哨に早く行き着く必要があるというよりも、後味の悪い気持が早くふっきれて欲しかった。

42

は号分哨に着いたのは零時を廻っていた。哨舎前の「控え」に新城一等兵が腰かけていた。哨長の石黒軍曹は仮眠中で、衛舎掛の兵長が平田から赤玉一個の報告を受けた。は号の動哨二名は生あくびを殺しながら、ろ号へ向って出発した。梶達がろ号へ引き返せば、この二名がは号へ戻ることになる。その時分には、夜が白々と明けるだろう。分哨間は相互にこうして動哨が交流するが、この程度の粗大な警戒網にかかるような怪しい魚があるとは、誰も信じてはいないのだ。信じてはいないが、あまり厳密にやらされては兵隊がたまらないから、黙々として現状を維持して、命令と報告の授受だけはいかにも重大らしくやるのである。

立哨と控え以外は、椅子でうたた寝をするか、仮眠室に上って寝込んでいた。梶は煙草を喫い終ると、外に出た。控えの新城は哨舎の前をゆっくりと行ったり来たりしていた。星は依然として満天に瞬いていたが、月の出が遅いので、暗くて顔色はわからない。

「半数交替で、今日来たんだ」

と、新城が声を低くして云った。

「お前はずっと出っきりか？」

「そうです。……殆ど動哨ばかり……」

「日野のやりそうなことだ。奴、それしか手を知らないんだ」

「でも、いい手ですよ。私はもう大分こたえて来た」

「暑くなるからな……気をつけろよ」

梶は暗がりでうなずいた。

「少し眠って行け。起してやるよ」

梶は今度は首を振った。

「吉田はどうしています？　来りゃいいに」

と、終りは、幽かなひとりごとになった。

「奴は来ないよ。板内が来た。仮眠室で眠ってるだろ？」

梶は星を見た。無心に、奇麗であった。

「何か口実を作って、中隊に帰ってみようかと思うんです」

新城は何も云わなかった。梶が間をおいて続けた。

「こんなやり方で参らせようたって、そうは行かないんだから」

事実は、しかし、そう行きそうなのだ。勤務の不公平を何処に訴えようもない。勤務表がちゃんと出来ていて、各自がそれぞれの能力に応じて勤務につけられていることになっている。かりに若干の不平等が見られるとしても、一時的な過重負担は兵員不足のおりから、廻り持ちで致し方がない、と説明がつくのだ。新城が、かつての日、便所掃除をしていて、来合せた曾我軍曹に喰ってかかった気持が、いま梶にもよくわかる。

「短気を起すなよ」

と、新城は梶の耳もとで云った。

「ちょっとしたことにひっかけられて、直ぐに陸軍刑務所行きだぞ」

いっそのこと、華々しい短気を起してみたらどうか？　梶は闇の中に眼を据えた。明日あたり、口実を設けて中隊に帰る。その足で被服庫へ行って、吉田上等兵をいきなり帯革でぶん殴る。声も立てられぬほど打ち据える。ぐったりしたところを、内務班へ引きずって行く。古兵や初年兵のいる前で、また二三十ぶん殴る。「さあ、みんなの前で云え！　小原の自殺には責任があると云え！　あんなことをさせたのは悪かったと、みんなの前で認めろ！」「認めないか！」また殴る。騒ぎが大きくなるだろう。日野准尉が飛んで来るだろう。かまうことはない。帯革のもの凄いビンタを、日野の前で飛ばすのだ。皮が破れて血がほとばしるような奴を！「日野准尉殿の前で云え！　小原の自殺には大きな責任があると云え！」「日野准尉殿、お聞きになりましたか？」日野は古兵に梶を捕えさせようとするだろう。その前に、吉田に自白させてしまうのだ。あんな奴、帯革で顔を張りまくれば、ひとたまりもあるまい。「おい、みんな、聞いたか？　こいつが告白したことを確かに聞いただろうな？　こいつは云ったんだぞ、小原を自殺へ追いやったのは、こいつのリンチが最後のきっかけだったと、認めたのだぞ」「准尉殿、お聞きですか？　梶を軍法会議に廻しますか？　梶はバラしますよ、隊長以下中隊幹部がグルになって、この不正を握り潰したばかりか、それを摘発した梶を罰しようとしたことを。よろしいですか？　証人はいるんだ、なんなら、准尉殿、ついでのことに、新城一等兵の火搔棒の一件もバラしましょうか？　あの火傷の痕は一生消えやしませんからな」

梶は身慄いした。体はだるく、頭は燃えていた。

「古兵殿、意見を聞かせて下さい」

と、踊るような声を無理に抑えて云った。

「かりにですよ、一銭の金を盗んだ男が、一万円を盗んだ男を人道的に罰することは、絶対に出来ませんか?」

新城は一度哨舎の中を覗いてみてから、口を開いた。

「その問題には、ほんとうに一銭と一万円ほどの開きがあるのかね?」

「そうでした」

梶の声がプツリと切れた。急に梶の体まで闇の中に溶けてしまったようであった。離れたところで歩哨がコツコツと歩いている音を、新城は聞いた。

梶の呟きが闇の中から戻って来た。

「一万円の方は、確かに一万円なんだ、大罪という意味でね。一銭の方は、百円であるか、千円であるか、わからない。ひょっとしたら、一万円が一銭欠けるだけかもしれない。しかし、みんな一銭は盗んでるんですよ、しかと分量のきまらない一銭をね。それでも、何も云う権利を持ちませんか?」

また歩哨のコツコツという足音が聞えるだけの間があった。

「俺だったらね、梶……」

と、新城が不確かに呟いた。

「俺はしょっちゅう一銭ぐらいは盗んでるだろうから、何も云わずに、逃げ出すよ」

梶は黙って新城から離れた。哨舎に入ると、椅子の上で居眠りしている平円を揺り起した。

「兵長殿、少し早いですが、出発しましょう、そろそろ時間です」

新城は控えの位置についていた。その前から、ろ号へ向って遠い夜道を歩き出しながら、梶は肚の中で決めていた。明日は医務室で診断を受ける口実を作って、とにかく中隊へ戻ってみよう。軍医の診断をごまかすことが出来なければ、また何か他の口実を探すのだ。どうにかして、日野が動かす下手な将棋の駒にだけはなりたくない。

梶は口実を作る必要はなかった。その翌日、分哨へ電話がかかって、梶一等兵を中隊へ帰せと命令が来た。連隊対抗の射撃試合に出場する射手を選抜するというのである。梶は交替兵が来るのを待って中隊へ戻った。

43

「御苦労さんやな」

と、佐々が労をねぎらった。

「嫁はんの手紙来とるで。三週間に三通もや。いとしき君に参らせそろいうてな」

梶は装具を解きもせずに、美千子の上書きの字を見つめた。湯のような温かいものが胸の中ににじみ渡った。

「痩せたな、梶」

と、金杉が寄って来た。

「来週は俺が出されるらしいんだ。つらいか？」

「大したことはないよ、普通ならね」

梶は装具を解きはじめた。

「こっちで衛兵の連続上番やらされるのと似たようなものだ」

「衛兵と云えば、木村がね、控えのときに居眠りしてるとこを巡察にひっかかって、えらくやられたんだ」

「顔も何もひん曲ってしもうてな」

と、佐々も口を入れた。

「立哨中でなくてよかったな」

梶は動哨間の平田の行為を思い返した。

「顔がひん曲るぐらいでは済まんところだ。……田ノ上はどうした？」

「炊事当番に廻されたよ」

「よかったな」

鈍重な田ノ上にとっては無難な役だ。あとで会いに行こうと思った。

「誰ぞ、小原の妻君の手紙知らんか？」

と、佐々が云った。

「第三班のみなさまいうてな、挨拶状寄越しよったたん」

「……何か書いてあったか？」

「申しわけありませなんだいうことやね。死人に口無しやさかい、どないしても白殺の真相がわかりません書いたろわ。あの嫁はん家出しよったやろ、それがうちい戻ってな、婆さんと一緒に暮らすことになったらしい。……そやったな？」

金杉がうなずいた。梶は止めていた手を動かしはじめた。いまさら、そんなことをしても、何になるか！　どうせやるなら徹底的にやったらどうだ！

「小原も冥途で喜んどるやろ」

と、佐々が云う声が、ひどく珍しいものに聞えた。

「佐々だったら喜ぶかい？」

梶は小原に訊くような眼を佐々に向けた。

「……吉田上等兵はいまどうしている？」

佐々が答えるより先きに、戸の外に簀子《すのこ》を踏む音がして、当の吉田の声が聞えた。

「使役五名出ろ！」

班内にい合せた初年兵は梶を入れて四名であった。佐々と金杉の他に、会話にも加わらずに隅で衛兵上番の準備をしていた毛利が、今度だけはみなと顔を見合せた。

戸が開いて、吉田が云った。

「被服庫の使役だ。一二三、四つか。足りんな。まあいい。出ろ。一装用の襦袢袴下をやるぞ」

三人は動いたが、一人だけが、背を向けて動かなかった。吉田は入って来た。急に立ち停ったのは、その後姿が誰であるかに気づいたのだ。梶は帯革を抜き取って、背後の気配に神経を張りつめていた。ふり向きざまに眼の眩むような一撃を飛ばそうか？　内かくしにしまった美千子の手紙の下で、心臓が激しく喘いでいた。その一振りで、事態はすっかり一変するはずだ。よくも悪くも、梶の立場はその瞬間に全く変るのだ。

一呼吸かそこらの、短い間であった。吉田は顔色を蒼くして云った。

「……梶か、お前も来い」

梶はふり向く前に考えた。分哨下番の申告もまだしていません、そう答えれば済むことだ。徒らに事を好むよりそうすべきだろう。けれども、その考えとは別の気持が梶を向き直らせた。

「小原がいると、ちょうど五名ですね、上等兵殿」

吉田は、梶の手が帯革を固く握り直したのを見て、頰を慄わせた。恐怖に似た感じを下級者から受け取ったのは、この男にしてははじめてのことである。同年兵が一人でもこの場にいれば、彼は躊躇なく梶に跳びかかったに違いなかった。いまはひどく勝手が違うのだ。吉田の嚙みつきそうな眼が忙しく泳いだ。まる潰れになりかけている上等兵の顔を、どうにかして立てなければならない。殴りつければ、その返報に帯革が唸りを生ずることはまず間違いなさそうであった。梶の異様に白くなった顔が、それを警告している。

吉田の運は、けれども、まだ尽きていなかったようである。あわただしい足音と一緒に橋谷が入って来て云った。

「おい、誰か俺の装具を手入れしてくれ。大至急だ。衛兵司令が変更になりやがった。畜生め！」

このために、内務班では殆ど見られることのないこの珍しい場面が、一瞬のうちに崩れてしまった。

「衛兵司令に下番ですか、班長殿、お疲れであります」

吉田は愛想笑いをしたが、橋谷は、お！　と答えただけである。何が起ろうとしていたか、この軍曹はもう感じ取っていた。

吉田が結局、佐々と金杉の二名だけを使役に取って出て行ったあと、橋谷は梶を下士官室に連れて入った。

「俺が下番して来るまでに問題を起したら、承知せんぞ」

梶は黙って班長の装具を棚から下ろした。

「お前がどうしても対決したいなら」

と、橋谷は重ねて云った。

「俺が下番してから、ここで対決させてやる」

梶はじっと橋谷の顔を見つめた。対決させてやるといったところで、審判は軍曹、対決二者は上等兵と一等兵という階級に立ってのことだろう。結論は、やる前から出ているようなものだ。梶は幽かに笑った。橋谷の提案を嗤ったというよりも、自分自身を嗤ったのだ。あの一瞬に、眼の眩むような一撃を加えることが出来ないようでは、いつになっても出来るときはないではないか。独りで、力んで、強がって、妄想を楽しんでいるだけである。根気よく忍耐しながら戦うことも出来なければ、暴虎《ぼうこ》馮河《ひょうか》の勇を振るうことさえも出来ないのだ。

「わかったな?」

と、橋谷が念を押した。

「わかりました」

わかったのは、橋谷がそうさせようと思っても、日野准尉が決してそんなことはさせないだろうということである。どうでもよかった。このときは、自分の行動に少しも自信が持てなくなっていた。

吉田の方はそうでなかった。被服倉庫で初年兵の使役を指図しながら、帯革を握った梶の蒼白くなった顔を絶えず意識し、怒りが次第に燃え熾《さか》って来た。何よりも、上等兵の、しかも四年兵の顔を潰されたということが耐え難かった。吉田自身には大して悪の意識がないことなのだ。自分達がやられたように、軍隊の伝統に従って、初年兵に接して来ただけのことだ。それにもかかわらず、梶の振舞は初年兵風情に到底許すことの出来ない僭越な態度である。一選抜進級でのぼせていやがる! 身のほども知らずにこっちを狙うつもりなら、こっちでも狙ってやるのだ。あいつがいる限り、おちおち眠ることも出来ない。吉田の方が梶より智慧があったというよりも、智慧の使い方が手早かったというべきかもしれない。

その夜、梶は分哨勤務の疲れで、泥のような眠りに落ちた。夜中に、窒息しそうな息苦しさに襲われて、毛布の中で身悶えした。何が呼吸を阻害しているか、はっきり目覚めるまで息が保ったのは幸運であった。顔半分をじっとりと濡れた塵紙が蔽って貼りついていたのである。営内で使う塵紙は誰のも同じものだ。何の証拠にもならない。梶は起き直って、吉田の寝床を見た。暗くて、眠っているかいないかわからなかった。梶は濡れた塵紙をまるめて吉田の方へ投げた。何の反応もなかった。梶は再び藁蒲団に体を横たえながら、このとき、はじめて、吉田を、或は吉田のような男を、何らかの手段で殺害する情景を想像した。小原の自殺にまつわる自己呵責《かしやく》と義憤も、軍隊の不条理に対する怒りも、ここへ来ては殆ど剰《あま》すところもなく個人的な憎しみに還元されているようであった。

44

新城一等兵は板内上等兵と夜間動哨に出た。板内は陸軍記念日に新城を袋叩きにした張本人だ。新城の方は決して忘れていない。板内も憶えてはいるが、これは記憶の残り方が変っていた。あの一件で二人の関係が特別に親密になる根拠を持ったと心得ているのか、同じ分哨勤務になってから、盛んに話しかけたりする。絶対に自分には頭の上らない相手に日をかけてやる優越心理かもしれない。

二人は淡い月影を踏んでろ号分哨の方へ歩いていた。道々話しかける板内に新城は閉口した。話と云えば、女の話にきまっていた。それも板内のは、手柄話に限られている。自分が転ばせた「アマっちょ」がどんな声を出して感泣したとか、どんなふうにしがみついて離れなかったとか、要するに、かく云う板内上等兵はいかに女を幸福にする能力の所有者であるか、ということである。新城は、国境の向う側にも、こんな話しかしないような兵隊がいるのだろうか、と思った。もしそうだとすれば、梶が云うように向うにも美しい花が咲いているとは限らない。何故と云って、こんな話しかしない男が多勢いるということは、人間の生活のあらゆる意味の徹底した貧しさが原因としか思えないからだ。

そのうちに、板内がこう云い出した。

「俺はな、新城、除隊したら、何処かで女を十人ばかり買い集めて、この辺で店を開くぞ。凄え繁昌だ、きっと！　地方の奴ら、この辺が湿地帯だもんで、商売にならんと思ってやがる。とんでもねえ！　大当りよ！　女一人、五百円も出したら買えるだろう、な？　そんなに要らんかもしれんな、内地の田舎の貧乏村へ行けばよ。この辺で開業するには軍の許可が要るんかな？」

「……どうですかね……」

新城は、牛殺しの板内上等兵が女郎屋の主人に昇格する夢に、苦笑した。笑うべき幻想に違いなかったが、女に飢えた数万の「精鋭」が辺土に配置されて明け暮れ国境を睨むという状態が永続する、とこの板内上等兵が信じたとしても無理はない。日本も敗けることがあり得るというような教育は受けたことがなかったし、敵軍が飛石伝いに次第に攻撃の密度を高めて、ようやくサイパンを窺うに至っているという情勢に関しても、殆ど聞かされていないのだ。だから、ソ満国境で兵隊に女をあてがえば、十年のうちに板内上等兵は百万長者になる可能性がある。湿地帯に駐屯する一個連隊だけを相手にしても、板内は決して食うに困らないだろう。

板内の皮算用は、しかし、収支明細書の作成中に、突然中断した。ほの白い闇の中に、およそ「二時」の方角に、青い信号弾が上ったのである。距離の目測は利かなかったが、そう遠くはない。板内の体は鋼のように緊張して、新城の肘を突いた。

「近いぞ」

「……大分ありますよ」

新城は不安そうに答えた。

「いや、近い」

板内の決心は瞬間に固まった。未来の女郎屋の主人は、精猛な関東軍の四年兵に戻っていた。彼ははは号分哨に配置されたときに、兵長に進級しそこねた不満を石黒軍曹から見透かされて、こう云われたものだ。

「戦地ではお前の勇猛だけでも兵長の値打はあるがな、ここではそれだけではいかん。いいことを教えてやろうか、板内、お前ら四年兵は前哨勤務を嫌って、中隊でマスばかりかいてやがるが、ここへ来たら、手柄の一つや二つ立てられんことはないんだぞ」

「どうやるんでありますか？」

「……隊長殿は信号弾病にかかっているからな、この病気を治してやれ」

それができるくらいなら苦労はない、というような顔をした板内を見て、石黒は陰性な笑いを洩らした。

「腹痛に風邪の薬をやって治したという話を知っとるか？　薬らしきものであればいいんだよ」

この謎は、そのときはわかったようでわからなかったが、いま、青く夜空に燃えた信号弾を見た瞬間に、解けたような気がした。

「行こう！」

と、板内は新城の腕を強く引いた。

新城は渋々板内について湿地へ下りた。このあたりは、湿地と云っても、草の根で固まった土が多くて、足の運びもそう危険ではなかった。中腰になって、二人は視界を透かしながら渡り歩いた。淡い月光が湿地の上に漂っているだけであった。

「……何も見えませんよ」

と、新城は呟いたが、板内は銃を構えて獲物に近づく猟人のように緊張していた。あながち、手柄を立てたさの一心というのではない。これも退屈の仕業かもしれないのだ。

何も見えなかった。湿地は次第に沼に変っていた。うかつに歩けないところまで来た。板内は立ち停った。

「……見えんな」

「きっと、ずっと向うだったんですよ」

「……そうかな？」

板内が不承不承に諦めかけたときに、二人は水を打つような音を聞いた。まだ何も見えはしなかったが、間をおいて同じ音が聞えたのは、沼が自然に立てたのではない。板内は姿勢をいよいよ低くして、音の方へ進んだ。新城もつられてついて行った。

板内がだしぬけに誰何《すいか》した。

「誰か！」

あ！　と、絶息するような短い叫びを、新城は聞いたと思った。

「射つぞ！」

板内の叫びに応えたのは、ひとしきり続いた水音である。その音は急に消えた。誰かが水の中でうろたえて、草地に上ったものらしい。二人は走った。板内の懐中電灯の小さな光の輪が激しく揺れた。新城は何かに足を絡まれて、倒れざまにぞっとするほど冷たい水に銃を持った腕を突込んだ。湿地の恐怖が瞬間彼を捉えたが、銃と腕は意外に簡単に抜けた。足に絡まったのは手製の小さな網であった。おそらく、部落の満人が沼の魚を獲ろうとしたものだろう。

板内は怪しい影を追って、道の方へ走っていた。新城も網を抱えて走り出した。板内を制めなければ、とんでもない間違いを犯しそうである。そう思いながら走っている新城は、いまはまった湿地が存外怖ろしくないことを、改めて意識し直した。この分なら、大したことはない。いつ渡っても、あまり心配するほどのことはないではないか。

板内は走りながら一発射った。二発目は、道路に上って、部落の方角へ駈けて行く黒い影を膝射で射った。彼の射撃はビンタほどに正確ではない。

新城は息を切らして追いついて来た。

「……魚を獲ってたんですよ……」

「走ろう！」

板内は新城の云ったことなど考えもしなかった。

「行く先きは部落だ。他にズラかりようはねえだろう」

部落で、黒い影は消えた。

「犯人じゃないですよ。魚を獲ってたんです」

新城はそう云ったが、板内はまた無視した。

「たかだか二十戸かそこらだ。虱つぶしに洗っても知れたもんだ」

それから、急にきびしい上級者の声で云った。

「魚を獲っていれば犯人じゃねえと云えるのか」

新城は返答に窮した。善意の勘でそう思っただけである。あの影は、昼働いて、夜中に雷魚を獲りに来たに違いない、と。

「……犯人でなかったら、どうします？」

「あろうとなかろうと、俺の知ったことか！　俺は怪しい影を見たから追跡したんだ。追跡したからには、どうでもひっ捕えてみせる。たかがチャンコロの一人や二人、どうしたてんだ！　ぐずぐず云わずに、虱つぶしに探すんだ。来い！」

45

板内の家宅捜索の処置は、敏速かつ猛烈を極めた。戸を開けるのが少しでも遅れると、銃床で突き破って闖人《ちんにゅう》した。家人がちょっとでも拒否の仕種をしたり抗弁しかけようものなら、即座にしたたかなビンタが飛んだ。言葉が通じないために返答が遅れても、容赦なく床尾鈑の打撃が来た。

王道楽土の部落民は従順そのものであった。日本の兵隊に抵抗すると、あとがどういうことになるか、よく知っているのである。

数軒目の小さな茅屋で、濡れた布製の支那靴を発見したときの板内は、喜びのあまり凄惨《せいさん》という形容そのままの笑いに顔じゅうを歪めた。オンドルの焚き口にそれを突っ込んでおいたのは、明らかに、匿すつもりであったと見える。

狭い家に、家族が多かった。土間を挟んで両側に分れたオンドルの上に、老夫婦と若夫婦、その小さな兄妹らしい数人の子供達が、体を寄せ合って慄えていた。二人の兵隊のために戸を開けてやった若者は、そのまま土間に立っていたが、板内が濡れた靴を焚き口から掻き出して土間のまん中へ蹴やると、この場の繕いをどうするかというふうに老人の顔を見た。その老人のそばにいた老婆は、皺の寄った口もとをモグモグさせながら、反対側のオンドルにいる三十がらみの長男らしい男の方へ、眼病で爛れた眼をしょぼつかせた。板内は抜け目なく家人達の眼の動きを追っていたが、その男が取って付けたような愛想笑いをしたのを見ると、やにわに腕を伸ばして土間に曳きずり下ろした。

家人達には事情が呑み込めなかったに違いない。土間で、男の体に降りかかる無慈悲な殴打を、恐怖におののきながら見守るばかりであった。そのうちに、若者がたまりかねて、顔を土色にして叫んだ。

「ナニ、スル！　コレ、ナニ、ハナシアルカ！」

板内は若者をチラと見て、凄まじく笑った。その笑いが消えないうちに、銃の床尾鈑が若者の顎を打ち上げて、土間に倒した。

三十恰好の男の方は、もう大分殴られて血と涎をたらしながら、土間に坐って叫び続けていた。

「私は何もしません。何も知りません。魚をあすこで獲ろうとしていたんです。それだけです。いつもあすこで獲るんです。ほんとうです。日本の兵隊の旦那、ほんとうです、嘘は云いません」

「ほんとうでございます、日本の大人、倅の云う通りでございます」

と、老人がオンドルの上でしきりに叩頭《こうとう》しながら、しわがれた声を絞った。

「あすこで魚を獲ってはいけないことになったとは少しも知らなんだのでございます。どうぞお見逃しのほどを……」

老婆は、空気が洩れるような声で、それでも精いっぱいにわめいた。

「だから、昼間にした方がいいとわたしは云ったじゃないか。お前が云うことを聞かないからだよ。わたしの云うことを聞いてくれさえしたら、こんなことになりやしないのに」

「うちの人は何もしやしません」

と、男の女房が、半ば気違いじみた様子で土間へずり下りて来て、叫んだ。

「この人は何もしてやしないんです！　許してやって下さい！　どうぞ、ヘタイサン、お願いですから、堪忍してやって下さい！」

悲しいことに、板内にも新城にも殆どひとこともわからなかった。無実を云い立てているらしいことは感じでわかるが、手荒くはじめてしまったことを、いまさらどうしようもない。板内は面倒になった。女房が必死になってわめいたときに、唾が飛んで板内の顔にかかった。板内は、いきなり、女の大きな乳房を鷲掴みにして、捻り上げた。女が身悶えして苦しむ恰好に異様な昂奮を覚えたようである。搾《むし》り取らんばかりにもう一度捻り上げて、突き倒した。

「新城、何をぼやぼやしとるか！　この野郎を分哨へしょっぴいて行くんだ」

新城は困惑して、思いきりの悪い調了で抗議した。

「犯人でなかったら、面倒なことになりますよ」

「誰が犯人でないときめるんだ。馬鹿野郎！　犯人であろうがなかろうが、知ったことじゃねえや！　こいつを犯人にするんだ！」

「そんな無茶な！」

と、新城の気力に欠けた非難を尻目に、板内は男の襟を摑んで吊し上げ、新城の方へ蹴倒した。

「つべこべぬかすな！　こいつを戸口のところで監視しろ」

証拠物件を探すつもりか、それとも作るつもりか、板内は家じゅうをひっかき廻しはじめた。

倒れている女の脇腹が生白く露出しているのが眼に映ると、ひとりでに喉が鳴った。欲望が瞬間に沸騰したが、新城がいては何も出来ない。舌打ちして、軍靴で女の腹を蹴った。女が唸ると、妖しい快感に迫られて、また蹴った。

新城は、次の土間の暗がりで、戸口に凭れかかって、捕われた男を見ていた。この男が信号弾の犯人に仕立てられることは明らかであった。犯人であろうとなかろうとかまわないのは、板内上等兵だけではない。石黒軍曹も工藤大尉もそうである。犯人を作りさえすればいいのだ。石黒は分哨長としての勤務成績が上るだろう。工藤も武名を高めることになる。おそらく、そのことだけを考えているに違いない。この無実と思われる三十歳前後の満人は、国境の紛争の犠牲となるのではなくて、たかだか数名の日本の軍人の欲望の犠牲になるのだ。不運な男である。あの水音さえ立てなければ、二人の兵隊は諦めて引き返したはずであった。

新城は一度は確かに助けてやりたいと思った。考え合せてそれが不可能だと結論するまでには、どれほどの時間もかからなかった。助けてやれないとすれば、板内が奥でごそごそしている間に、この男が新城を倒すか隙を見て逃げる以外の方法はない。逃げおおせるか否かは、もう新城が考える必要のないことだ。

新城は戸口を離れて、奥の土間を覗いた。板内はオンドルの上で後ろ向きになって、長持の中を探していた。新城がその場に佇んで戸口の方へ引き返さなかったのは、逃がす隙を故意に作ったものとも云いきれない。うまく逃げられれば逃がしてやりたいし、自分の身に禍を呼びたくもない。中途半端に迷っていた。ためらっていた。

戸が荒々しく引き開けられる音を、新城と板内は殆ど同時に聞いた。新城がはじかれたように戸口に跳びついたときには、もう板内が銃を摑んで一跳びに出て来ていた。

その影が戸外の闇に溶け入るには、もう一秒もあればよかったのだ。板内の銃口が火を吹いて、影を地面に倒した。

「逃がしたな」

と、板内の声が、不気味に聞えるだけの間はあった。新城は胸に堅い打撃を受けて、意識がふいに中断した。

46

監視中隊の営倉は衛舎の仮眠室の裏側にあった。新城一等兵は分哨から連れ戻されて、ここで一週間の重営倉に処せられた。もしあの満人がほんとうに信号弾の犯人であり、新城がそれを故意に逃がしたのであれば、軍法会議に附されて、当然刑務所行きとなるところである。

日野准尉は新城が血ヘドを吐くほど打ちのめしてから、こう云った。

「犯人は板内が射殺したからな、貴様は重営倉で勘弁してやる。いずれ、貴様を一度は入れることになるだろうと思っていた」

新城はほんとうは「勘弁して」貰うべきではなかったのだ。この程度で勘弁して貰いたかったのは、むしろ、工藤大尉と日野准尉であった。前に小原二等兵の自殺という不名誉な事件を起した工藤隊としては、重ねて刑務所行きの縄つきを出すことを甚だしく怖れた。それでは折角の国境監視の輝かしい実績が汚名の蔭に隠れることになる。工藤大尉は日野准尉と相談して、動哨勤務における怠慢というあらぬ罪状を着せて、新城を営倉に叩き込んだ。

板内上等兵はは号分哨に残ったが、哨長の石黒が新城の処置のために即日交替して中隊に戻ったので、板内の「犯人射殺」の功績は中隊じゅう誰知らぬ者もなくなった。これで板内の兵長昇進は確定したようなものである。心中穏やかでないのは、板内と雁行《がんこう》して隊内で猛威を振るった吉田上等兵だ。彼は板内と新城の行動の真相を知りたがった。

その真相を、別の角度から知りたがったのが、もう一人いる。梶である。彼は連隊対抗の射撃試合の射手選抜のために、中隊から連隊本部へ送られていたが、師団司令部の都合で試合が延期になって、中隊へ帰って来た。師団司令部の都合というのが、米軍がサイパン島に上陸したことに直接関係があるとも思えないが、何か逼迫したような重苦しい感じを連隊本部の空気の中に嗅ぎ取って、梶は国境線へ戻って来たのだ。ひょっとしたら、いよいよ戦線へ動員となるかもしれない。

梶が新城の営倉入りを知ったのは五日目であった。日野は、橋谷から梶と吉田の関係が次第に険悪になりつつあるのを聞いているので、連隊本部送りで気をよくしていたが、帰隊すると、早速に衛兵上番を割り振った。梶は分哨勤務以来もうほとほと疲れていた。それでも、今度の上番だけは喜んで服務する気になった。新城が仮眠室の裏の鉄格子の中にいるからである。

新城は板内に床尾鈑で突かれた胸が呼吸のたびに痛み続けた。日野准尉に打ちのめされて、体の節々も鈍痛が去らなかった。彼は終日薄暗い四角な檻の中で、同じことを考えつめていた。今度こそは踏みきりをつけるときが来たようである。梶が戦わずに逃げるのは卑怯だと云おうと、或は事実それが卑怯であるとしても、新城に許された抵抗の表現はそれしかなさそうであった。軍隊はもう八分通り新城の生命を奪っているに等しかった。営倉を出れば、口野は必ず強引に新城の転属を図るに違いない。新しい部隊で、営倉下番の札つきがどんな待遇を受けるか、およそ想像のつくことである。その部隊からまた直ぐに転属で出されるにきまっている。転属のたらい廻しで、とどのつまり、最も程度の悪い兵隊として、最も悪条件の揃っている戦線へ追い出されるのだ。これが描かれた新城の運命である。

彼はあの夜はまりかけた湿地を思い返した。あの辺ならば、沼を避けて行きさえすれば、湿地に呑まれることもなさそうな気がした。営倉を出たら、五六日休養して、決行するのだ。まず体力を恢復する必要がある。飯と塩だけの営倉食ではとてもたまらない。

耳を澄ました。表から号令が聞える。上下番の交替である。

「上番者に敬礼、カシラー、右ッ」

「下番者に敬礼、カシラー、右ッ」

ラッパが鳴った。

暫くして、下番司令が上番司令と鉄格子の前に来て、入倉者の引継ぎをした。

また暫くして、今度は仮眠室から大きな声が聞えた。

「サイパンに米軍が上陸したそうです」

この声に、新城は馴染《なじみ》があった。

「……サイパンが陥ちるようだと、太えしくじりだぞ……」

と、別の声が云っていた。

それっきり、何も聞えなくなった。新城は夕食まで捨ておかれた。板の間に坐ったまま、まどろんだらしい。鍵の音で我れに返った。

「便所にいけ」

と、司令が云った。そばに、梶が着剣した銃を持って立っていた。

新城は便所の中で五日ぶりの煙草を喫った。眩暈がするような心地よさを味わいながら、梶から渡された紙きれに急いで書いた。

梶は新城を檻の中まで送り返すと、今度は銃と帯剣を置いて自分が便所に行った。

「俺はやる」

と、小さな字で書き出してあった。

「射殺された満人は無実だったと信ずる。俺は助けようとさえもしなかった。俺が不当に罰せられるのは、おそらく右にも左にも行動しなかったためだ。俺は逃げ出すことしか出来ない。人それぞれのやり方しかないと思う。賛成はしてくれまいが、蔭で支援してくれまいか？　サイパン上陸は聞いた。終りは近いらしいが、待ちきれない」

梶は紙きれを小さく引き千切って便所の中に捨てた。

新城の意図を批判する気持は起らなかった。新城の場合、脱走は敗北の表白に過ぎないけれども、いまかりに立場を替えて、梶自身が不当な理由によって重営倉に処せられたとすれば、彼も脱走越境を決意するかもしれなかった。個人の力で出来ることは知れたものである。追いつめられて、反撃することも叶わなければ、智慧はそこから逃げ出すことにしか働かないのだ。

47

工藤大尉は板内に射殺された満人が諜報の犯人であると信じたわけではない。むしろ疑いさえもしたが、信ずる方が好都合だったから信じようとした。疑って事実を確かめたところで、職業軍人の経歴にとっては何の得にもならないのである。殺された男は犯人の一味で、その部落は一味の巣窟であるという想定は、事実であるなしにかかわらず、真実らしい形を備えている。工藤は、その想定をもはや動かし難い事実であるとするまでに、約一週間の時間をかけた。これは果断で、軽率で、しばしば真実に対しては全く無責任であることを恥じない「帝国軍人」としては、慎重な方かもしれない。この間、夜間動哨を警戒してか、信号弾は一発も上らなかった。そのことが部落の犯罪性を裏書きしているようでもある。工藤は約一個小隊の兵力に下知して、部落の徹底的な家宅捜索を行わせた。

ちょうど、米軍のサイパン島上陸の報道が部隊じゅうにひろがり、動員の噂を生んで、兵隊の気持が動揺しているときだったので、この部落の捜索は、謂わば行きがけの駄賃として火事場泥棒の様相を呈したし、戦場のように兇暴性をおびたものになった。

結果は、証拠物件は一点も上らず、暴行強奪を受けなかった民家は一軒もなかった。工藤はそれでも、部落弾圧の結果信号弾は上らなくなった、と大隊長に報告した。

新城一等兵はその翌日営倉下番した。工藤は蛆虫を見るように新城を見て、附き添って来た橋谷に云った。

「新城の自覚はどの程度か？」

「は？」

「お前は班長としてだな、この兵隊が今後不埒《ふらち》を働かないように教育し直す自信があるか？」

ないとは答えられない。

「あります」

工藤は冷たく笑って、新城の方に向き直った。

「お前がこれ以上兵の本分に悖《もと》る行動をするようであれば、直ちに法に従って刑に処する。そのつもりでおれ」

新城はどんよりと濁った眸で工藤の冷酷そうな顔を見ているだけで、答えなかった。橋谷は、そのあとで、日野准尉のところへ行った。

「准尉殿、近々に兵隊を特殊教育か何かに出す計画はありませんか？」

「出戻り娘は要らんというのだな」

と、日野は笑った。

「頭痛の種は新城だけではあるまい」

日野の顔から笑いが消えた。ものの云い方はまだふざけていた。

「橋谷、お前、箱入り娘を嫁に出さんか？」

日野は梶のことを云っているのだ。橋谷は梶と吉田の比重を測った。教育期間中のさまざまな印象がいちどきに思い出された。梶は問題をよく起す男だが、役に立つ点では橋谷の好みに合っていた。梶のような兵隊を十人も持っていれば、その班長はどの中隊に所属していても、いつも何かで鼻を高くすることが出来るのは確かである。

内務掛准尉の立場は、内務班長とはまた別のものだ。梶のような兵隊は一人もいないに越したことはない。

「父親はな、橋谷、器量よしの娘を可愛がるものだ。ところが、こやつ、年頃になると浮気しおってな、おやじにこっぴどい恥をかかせることは受け合いだぞ」

橋谷は、吉田の処罰を要求しに来たときの梶の態度を思い出した。頑固というのでも、ふてぶてしいというのでもなかった。覚悟をきめたような顔色が、日野の例に習えば、駈け落ちを決心した娘の表情がさもあろうかと思われるものであった。

「嫁にやりますか……」

日野はうなずいた。工藤大尉は保身に汲々としているから、日野の計画に反対するはずがない。どうにかして転属要員の割当を獲得しよう。

日野は、しかし、そうする必要はなかった。次の事件が起ったからである。

その前々日、梶はまた衛兵上番した。気分が重く、背骨のあたりがひとりでに曲るほどだるかった。暑気が日増しに強くなるせいもあったが、過労の上に睡眠不足が続いて、人なみ以上に強靱だった肉体が、さながら堅い木がへし折られるように折れそうな不安があった。新城が営倉を出てからは、その身の上に気を使うことで、吉田に対する悪感情も蔭に隠れていたが、不眠の勤務につくと、今度は疲労感が新城のことに取って代った。

昏々と眠り続けたかった。眼が覚めたときに鼻を打つのが、兵営内に充満している汗臭い皮革の匂いではなく、あの懐しい髪の匂いであることを、うつつの中で夢みていた。つい数十日前に美千子がここに来て、胸が痛むほどの悦びを与えて去ったのだ。それが、もう何年も前のことのようであった。あれは、記憶しつくすにはあまりにすばらしかった。そして、いま思い出すには、あまりに儚《はかな》かった。

衛兵の三日連続上番は違法だが、梶は再々経験している。いままでのは明らかに日野の悪意のせいだったが、今度のは、分哨交替で兵員が不足のためであった。三昼夜不眠で過ごして、ようやく下番した梶は、衛兵下番に許されている随時入浴の特権も返納して、まだ陽のあるうちに就床した。

神経が疲れすぎていたのか、眠りの中にさまざまな人間の姿が闖入して、てんでにわめき合っているような感じがあった。俺はこうして眠っているのだ。騒がないでくれ。いまだけは眠ることが許されているのだ、と自分に確かめながら眠りに落ちて行った。

揺り起されたときには、日没時の鮮かな茜《あかね》色が班内にさし入っているのが最初の印象であった。眼に痛いほどであった。

「野火だ！」

と、週番上等兵が叫んだ。

「早く起きて火消しに行け。もうみんな行ったぞ」

班内はカラになっていた。梶はまだ意識の反応が充分でなかった。

「ノビって、何ですか……？」

どうやら非常呼集がかかったらしいな、いっそのこと眠っているうちに砲弾でやられた方がましだった、そんなことを考えたりした。

「火事だ！　凄い野火だぞ。員数が足りん。早く行け！」

週番上等兵はあわてふためいて駈け出して行った。

野火は、突如として国境を越えて来た。驚くばかりの速度で西南へ燃え進んでいた。最初に発見したのはい号分哨だったが、忽ちのうちに火勢に煽られて、哨所から撤退を余儀なくされた。火は湿地帯の水の上を、野地坊主へ分散して渡り、草を焼き払い、合するたびに火勢を増し、風を起し、唸りを発して、いまはもう十数キロの正面に煙と焔を押し立て、押し寄せていた。

これに対抗する中隊の全兵力の装備はまことに滑稽であった。白楊の枝で作った蝿叩きのような火叩きを手に取って立ち向うのである。それでも、広く間隔をとった第一線の散兵がその火叩きで火焔の尖兵を部分的に打ち伏せることが出来たが、僅かの間に散兵線は四分五裂に分断されてしまった。

「迎え火を打て、迎え火を！」

と、二線を掌握していた日野准尉が駈け廻りながら、声を涸らして叫んだ。

下手に迎え火を打てば、分断されて取り残された兵隊を焼き殺すことになるかもしれなかった。迎え火は点々と打たれ、その部分の兵力は急いで後退して、死にもの狂いで草を刈り取った。迎え火が焼き尽した焼け跡まで、野火の本軍が押し寄せれば、そこで火勢はひとりでに消滅するか、或は著しく弱まって方向転換するかである。野火との戦闘方式はそれしかないらしかった。

日はもう殆ど没していた。曠野にたれかぶさって来る宵闇を火焰が赤々と染め抜き、焼き払われた彼方では燃え残りの木々や草むらが、さながら大都会の夜の灯のように見渡す限りチロチロと燃えともっていた。

全兵力は暫くの間無我夢中であった。気がついたときには、平野一帯が焼きたての藁灰を敷いたように黒くなっていた。遥か後方に、兵舎がしょんぼりと、それでも辛うじて人智と人力の働きが全然無意味ではないことを物語るように、宵闇の中に佇んでいた。火に追われたり、挑んだりして、分散してしまった兵隊は、戦い終ると茫然として、あとに残された雄大そのものの天然の夜景に見とれるだけであった。

遅れて兵舎を出た梶は、どのようにして橋谷の掌握範囲内に入り、そしてまた出てしまったか、覚えがなかった。附近に疎らな人影があったが、誰と識別しようともせずに、気が遠くなるような疲労感に溺れて、遠い灯の海を眺めていた。

「……あれは誰だ？」

と、誰かが後方で云ったように思った。

「何処へ走って行きやがるんだ？」

梶は、ふと、その方を見た。宵闇が視界を鎖そうとする彼方へ、一人の男が湿地の上を跳んでいた。野火騒ぎで気が動顚したにしてはおかしかった。次の瞬間に、鳥肌が立つような異様な緊張が襲った。

「新城！」

思わずそう叫んでから、胸が早鐘を撞きはじめた。

「脱走だ！」

と、後ろで叫んだ兵隊は、追う代りに、後方へ走り出した。注進に及ぶつもりらしい。

梶は眼を据えて、宵闇の一点を見つめた。その影は全力で疾走しているに違いなかった。それにもかかわらず、いつまでも闇の中に紛れ込むことが出来ないほど緩慢に見えた。早く走れ！　早く消えろ！　捕まれば銃殺だぞ！

遠く、横手から、斜めにその方向へ走り出した別の人影があった。

「脱走だ！」

と、遥か後方で連呼する声が聞えた。

梶は、斜めに焼け跡を走る人影を見定めたときには、もう走り出していた。

叫び合う声は後ろに残った。梶は草地から湿地へ跳び渡った。野地坊主から、野地坊主へ野獣のように跳んだ。新城が闇に消え入ろうとしている方角ではなく、この速度で、斜行して跳ぶ人影と何処か一点で衝突するであろう空間を目指して。

後方の騒ぎが大きくなったころには、部厚い宵闇がその距離をへだてていた。梶は湿地の上を右に跳び左に跳び、一途に、一つの方角へひた走った。その方角へ、別の人影も、やはり右に跳び左に跳び、ひた走っていた。

梶は遂にその人影と並んだ。吉田は梶を意識していないらしかった。彼は、いまこそ板内同様の好機を摑もうとして夢中であった。

「危ないぞ、止れ!」

梶は跳びながら、新城を落ちのばせたい一心で、叫んだ。

「はまったら、助からんぞ!」

吉田は梶に気づいたが、答える余裕はなかった。口を歪めただけである。敵意は眼の隅から白く光っていた。

どうしてそうなったか、それがどの程度に意識的であったか、行為者相互にも確かではなかっただろう。両者の不確定な或る瞬間が、その一地点で一致したのも、偶然だったかもしれない。二人は、双方から、一つの野地坊主へ跳び移り、激しくぶつかり合った。梶ははね返って次の野地坊主へ跳んでいた。吉田は、横ざまに湿地へ倒れこんだ。激動のあとの一瞬が、吉田としては最悪のものであった。頭から泥水にはまって、呼吸を奪われ、もがいてようやく頭を出したときには、体力の殆どすべてが使い果されていた。

梶は新城のことは忘れていた。野地坊主の上に立って、泥水の中でもがき苦しむ吉田上等兵を見下ろした。勝利の快感がはぜ返るようであった。ざまを見ろ！　貴様らのためにどれだけみんなが苦しんだか！　今度は貴様の番だ！　もっと苦しめ！　苦しんで、苦しみ抜いて、死んでしまえ！

「……ひっぱってくれ」

と、吉田が泥の中から手を上げて、弱々しく呟いた。

苦しめ！　貴様が殺そうとしかけた俺に、助けて貰えるなどと思うな！　死ね！

梶は、泥の中でのた打ち廻り、次第に弱って行く男を見つめているうちに、ふと、新城のその姿を想像した。何キロも湿地の上を跳び渡って行けるものではない。新城もやはりこうして泥沼に落ちるのではないか。

「新城！」

梶は次第に濃くなる闇の中に叫んだ。

「おーい」

と、遠く、あらぬ方角で、呼び交う声が幽かに伝わって来た。

貴様はそこで死ぬのだ。

梶は吉田を捨てて、新城が消え去った方角へ、野地坊主を跳びはじめた。新城の安否を見定めるためであったか、それとも、単に吉田のそばを離れたかったのか。まだ幾つも跳びはしなかった。突然に、脚が硬直したように動かなくなった。梶は幾つもの声を同時に胸の底に聞く心地がした。殺すなら、正面きって戦って殺せ。汚ないぞ！　偶然の作用がなければ、どうやって勝つつもりだった？　お前の反抗なぞ、ならず者よりもまだケチ臭いぞ！　助けてやれ、徹底的に上から下までひっくり返すために、助けてやれ！

助けてやる必要があるか？　あんな奴、百人くたばっても、俺は痛痒《つうよう》を感じないぞ。あんな虫ケラ、一匹でも減った方がいい！

梶はまた野地坊主を二つ三つ跳んで、叫んだ。

「新城！」

闇はもうすっかり湿地を鎖していた。ずっと後方で「おーい」と呼ぶ声だけが繰り返されている。誰も来ないのは、暗い湿地帯の危険を避けるために、松明《たいまつ》の準備が出来るまで日野か誰かが兵隊を抑えているに違いない。

梶は足もとを確かめながら、また幾つか跳び渡った。次第に疲れ、いよいよ暗く、ますます危険になった。新城がこの暗夜に湿地帯を渡りきる見込みは殆どなくなっていた。いずれは何処かに落ち込むだろう。その姿を探し出すことも全く望みがなさそうである。新城は逃げおおせたのだ。とにもかくにも、逃げるだけは。

梶は引き返しはじめた。吉田がはまったのはどの辺であったか。梶は吉田がもう溺れ死んでいることを望んだ。これくらいの罪の意識など、少しも怖ろしくはなかった。吉田は死ぬに値するだけのことはやったのだ。溺死を見届けて、帰って、橋谷と日野と工藤に、順々に報告してやる。吉田上等兵はこのようにして死にました、と。裁きだ、これが。

梶は一つだけ気持の落ちつかぬところがあった。果してそうするつもりがあって、そうなったのかどうか、ということである。殺すつもりでやったのなら、その情熱だけは満足を覚えたはずだ。最下層の人間が、彼を踏みつけ虐げた上層に対する反抗の一つの決算として、彼は自分の過去帳に記入することが出来たはずなのだ。方法の適否は必ずしも問題ではなかった。自分の意志がそこに完全に加わっていさえしたら。

すすり泣きに似た声が聞えたようであった。気のせいかもしれなかった。梶は佇んだり、跳んだり、狭い範囲内を往き来した。見当違いをうろうろしていることを、むしろ望む気持があった。吉田を探し出すことが目的ではなかった。探していることが、いま、梶の気持に必要なのであった。そのくせ、吉田がすすり泣いているところを発見したかった。出来れば、梶がいかに助けようとしても助け上げることの出来ない絶望的な状態で、吉田がすすり泣いているところを見たかった。

吉田は泥水の中から首だけ出し、野地坊主の焼け残った草の根に縋って、辛うじて生きていた。助けを呼ぶだけの気力もなくなっていた。水面の下では、体全部が底のない泥に吸いつかれ、吸いこまれ、真っ暗な死の腹中に呑み下される寸前にあった。

梶は吉田の軍衣の襟を掴んだ。

「助けてやるから約束しろ、聞えるか？」

吉田の首が骨を失ったように揺れた。

「隊に帰ったら、俺と一緒に工藤大尉のところへ行くんだ。小原を自殺へ追いやったことを認めろ。俺を窒息させようとしたこともだ。泥にはまって死にかければ、四年兵も初年兵もあるまい。わかったか！　四年兵が、クソ喰らえだ！　帰ったらな、大尉に云え、どんな気持で初年兵にビンタを食わせたか。女郎の真似は何だったか、全部云え。俺に助けて貰いたさに、告白する約束をしたと、それも云うんだ」

襟を摑んで揺するたびに、吉田の首は揺れた。もう全く失神状態にあった。梶は急に情なさがこみ上げて来た。吉田のような人間の屑とさえ、対等の立場に立つには、こういう特殊な偶然の状態が必要であった。ようやくその立場に立ったときには、何を云ってもその意味が悉く失われるような状態しか与えられていないのだ。軍隊は明日またその非情の秩序を恢復して、梶達の魂を軍靴の鉄鋲で踏みしだくだろう。

梶は全力を費やして、失神した吉田の体を底なしの沼底から引きあげた。その体を担いで野地坊主を渡る芸当はとてもおぼつかなかった。援兵と担架を求めなければならない。

ふらつく足を踏みしめて立ち上った。野火が残した壮大な灯の輪は、まだ、遠く闇の涯に燃え続けていた。兵舎に当る方角に、夥しい松明の火が揺れていた。それは刻々に近づいて来る。

梶は疲れ果てていた。魂がこの闇の中で抜け落ちたようであった。

48

吉田の救出には時間がかかった。暴勇を以て鳴った男は半死の状態で医務室に担ぎ込まれ、夜明けから高熱を発した。高熱はまる一昼夜続いた。熱が下りだしてから激しい嘔吐がはじまり、体の至るところに赤い痣《あざ》のようなものが出た。

軍医は匙を投げた。流行性出血熱と呼ばれる風土病である。衛生兵が義務的に強心剤とビタミンCの注射をするだけであった。次の一昼夜、患者は嘔吐に苦しみ続けて、あっけなく死んだ。

病原菌は明らかにされていなかった。一説では、この地帯特有の寄生虫が媒介するものと云われていた。それにしても潜伏期間があるはずだから、吉田の罹病は湿地にはまったのが原因であるかどうか、軍医にも判断がつかなかった。

梶は殆どひとことも口をきかなかった。橋谷の疑惑に満ちた視線にも無表情な顔を晒していた。良心の呵責など一抹もありはしなかった。苦しんだとすれば、人生は人間の意志とは無関係に別個の答を出すということである。そして、それに対してなんら手の施しようもないということでもあった。

吉田上等兵の屍衛兵に立替で立った梶は、立哨中に不気味な悪寒に襲われた。背から腰椎のあたりにかけて重苦しい鈍痛があって、姿勢を正しく保つことがどうしても出来なかった。熱が出ていた。流行性出血熱かもしれぬ。絶望的な恐怖が意識のはざまを貫くたびに、梶はおののく心をあざ嗤った。どうしようがあるか。やるだけはやったのだ。方法は徹底的に誤っていたが、戦うだけは戦ったのだ。吉田のようにすすり泣いたりはしない。新城のように逃げもしなかった。逃げるとすれば、いま、これから、死ぬかもしれない疾病の中へである。

屍衛兵を下番すると、梶は週番下士官に云った。

「悪寒がします。医務室の診断を受けたくあります」

週番下士官は驚いて梶を医務室へ連れていった。熱は四十度を超えていた。軍医は診察して、首をかしげた。

「入室」

そう診断して、衛生兵に小声で云った。

「念のために内務班を消毒しておけ」

梶は悪寒に慄えながら、虚勢のにが笑いを作った。

「出血熱でありますか?」

「わからん」

梶は眼をギラギラ光らせて笑った。今度のは虚勢とばかりも云えなかった。

「意識不明になる前に、病名をお聞かせ下さい」

二昼夜経過しても、熱は下らなかった。眠ると、譫妄《せんもう》症状が現われはじめた。梶は幸福であったかもしれない。少なくとも、闘争意識は休戦状態にあった。彼は、あの舎後の居室で、美千子と共にいた。

「……寒くて、すまないけどね……あすこに、あの窓のところに、立ってくれないか」

三日目の夕方、梶は夢とうつつの間に、話し声を聞いた。

「流行性出血熱ですか、これも」

日野准尉の声らしかった。

「そうではないらしい」

軍医が答えた。

「チフスか急性肺炎だろう」

それなら、俺も助かる可能性がある。梶はどぎつい色彩に塗りたくられた意識の混乱の中へ吸い込まれて行った。そばで、男達がごそごそと話し、短く笑う声を、けたたましい呼鈴の音に聞いた。

「大隊医務室から病院へ長距離を頼め」

と、軍医が云った。

「この患者を明朝担送する」

第四部

1

眼覚めたときの最初の印象は、何もかも白かった。直ぐそばに大きな白い壁があった。天井も高く、生白かった。仰向けに寝ていて、眼の届く範囲が全体に広々としている。冷たい感じだが、清潔であった。どれも、兵舎にはなかったものである。どうしてそこに自分が寝ているのか、納得が行くまでに時間がかかった。梶は頭を上げて室内を見ようとしたが、頭は他人の物のように上らなかった。白い枕の上で、横に動くだけである。室内に、充分な間隔をおいて、十二三の寝台があった。白衣の男が寝たり起きたりしている。話し声も聞えるが、その内容は耳に入らなかった。白衣の男はどれもイガ栗頭であった。それを見てからである、そこがどうも陸軍病院らしいということと、自分が何か大病をして、どうやら助かったらしい、と、やや形の整った意識を持った。何日意識を失っていたかわからない。担架で兵舎から搬出されたことだけは、うろ憶えに憶えているようである。そこから先きが、真っ暗く、途切《とぎ》れていた。

記憶を手繰《たぐ》ろうとすると、いきなり、吉田上等兵と一緒に入院したような錯覚が先き走った。そうではなかった。吉田は死んだのだ。何かひどく虚《むな》しい目的のために随分無駄な苦労をした印象が、漠然とだが、重なり合っていちどきに甦った。すると、急に、味気ない想いが、病み衰えた体の中に気色の悪いぬるま湯のように滲み渡った。

梶は自分の腕がおかしいほど細くなっているのに気がついて、しげしげと眺めた。こうならなければ、休息は与えられなかっただろう。休息には、しかし、かつて覚えのない解放感があった。以前の強健な肉体とこの休息と、どちらを取るか、いまの場合即断は出来なかった。腕を額の上に横たえて、じって思い返しているうちに、この思いがけない休息が梶の生命の上に特別に必要な意味があって、あらかじめ定められていたもののように感じられた。そう感じることは心地よかった。

それにしても陸軍病院はあの部隊の近くにはなかったから、何処か遠くへ運ばれたに違いない。此処が何処であるかを尋ねようとして、隣の寝台を見たが、そこは空いていて、シーツの白さが妙に陰気であった。

梶は眼を閉じた。眼の奥に痛みに似た疲れが直ぐに来るのは、よほどに衰弱しているのだ。そう考えると、今度は情ない感じに浸された。あの無意味な勝負は、結局は梶の負けに終ったのではなかったか。この半年来、彼が頼ることの出来たのは自分の肉体の強靱《きょうじん》さだけであった。それが、いまは、筋肉も精気も燃え尽きていた。風のままに吹き飛ばされて行く枯葉のようである。意志の宿った肉体が、何処といって頼るところもなくなっている。病院へ吹き寄せられ、そこからまた何処へ吹き飛ばされて行くことか？

手首を軽く握られて、梶は眼を開けた。白衣の女が脈搏を計っていた。

「よく助かったわね」

と、看護婦の雀斑《そばかす》だらけの顔が綻びた。

「覚えてないでしょ、一時間おきにカンフル注射したことなんか。リンゲルのときには随分気むずかしくてね……」

梶は白い枕の上で顔を横に振った。

「来たときには、もうそのまま死亡室行きだと思ったわ」

と、徳永看護婦は隣の空いている寝台を目顔でさした。

「あんたより二日先きに来て、あんたが脳症を起している最中に逝ってしまったのよ」

梶は、治りかけの病人特有の青く澄んだ眼で、看護婦を見つめた。

「何かうわごとを云いませんでしたか?」

「気になるの?」

と、チラと、八重歯を見せて、看護婦が笑った。

「名前が二つだけ、私が聞いたのは。シンジョウとか、ミチコとか」

「……シンジョウ?」

梶は薄汚れた天井に湿地帯を想像した。思い出す新城の最後の姿は、野火のあとの湿地帯を跳んで宵闇の中に消えて行ったのだ。「約束の地」へ行き着けたかどうかは、疑わしい。けれども、新城は湿地の底に消えたとしても、その脱走は会報に出て、中隊幹部の栄達の野心を粉砕しただろう。新城はそれを最小限度の効果と信じていただろうか?

「御執心らしいわね」

と、看護婦が小声で云った。

「恋人？　奥さん？」

「両方です」

梶は幽《かす》かに笑った。

「退院はいつになりますか？」

「急性肺炎の予後は大切ですよ。余病を併発しやすいから。うっかりするとテーベーになります。あんたは腹膜炎を起しかけたのよ」

「……すると、暫く、監禁ですか」

「そんなに急いで原隊復帰したいんなら、軍医殿に頼んで上げましょうか」

と、看護婦は笑った。梶は女の笑顔の中に出来た雀斑の翳を見つめた。

「……したがっていると思いますか？」

徳永看護婦は患者の視線を受け止めていたが、答えるのをためらって、寝台に下っている表に脈搏数を書き入れた。

「……シモの世話は誰がしてくれました？」

「そんなことは気にしないでいいんです」

徳永は若々しい顔に、ずっと齢上のような表情を作った。

「あんたはね、もっと気持を弛めなさい。脳症を起して半分気違いになっているくせに、寝台から下りて一人で便所へ行こうとするんだから。心臓麻痺を起したかもしれないのよ」

梶は意味もなく幾つかうなずいた。この女が大小便の世話をしてくれたに違いなかった。恥ずかしさが微かに疼《うず》いたが、それを超えて甘えた親しみが湧いていた。

「……お世話になりました」

「何か欲しいものありますか?」

梶は軽く眼を閉じた。徳永看護婦の顔の上に美千子を重ねた。

「……もしあったら、香水を下さい、少しでいいんです」

香水なら何でもよかった。欲しいのは、匂いそのものではない。それが漂わすそこはかとないものの中に、永らく渇《かつ》え求めていたものが宿っていそうな気がするのだ。

「……持って来てあげるわ」

と、徳永看護婦が毛布を直してやりながら囁くように云うのを、梶は眼を閉じたまま聞いていた。仄かな甘い安らぎのために、いまは病床にあることが倖せであった。こうして浸っているのも悪くない。あの緊張しきった教育期間中の兵営生活は、遠い過去の中へかすんだようである。

幽かな匂いを残して、白衣の裾が動く気配を感じた。女の足音は聞えなかった。

2

自分の寝台から反対側の列の寝台まで、ものの三メートルとはない。その間を、歩くというよりは、よろけて辿りつくのが精いっぱいであった。梶はその寝台の鉄骨に摑まって、額の脂汗を拭いながら、蒼ざめた笑いを浮べた。この分では、かつての健脚を取り戻せるかどうか、怪しいものだ。その寝台には、丹下一等兵という名札が下っている。患者は独歩になってから日数が経っているのだろう。顔色は青白いが、元気そうであった。半身を起して、梶の危なかしいトレーニングを見守っていたが、歯を見せて笑った。

「無理するなよ。じっと寝ていても、時期が来れば独歩にされて、使役に出されるんだ。あわてるとバカを見るぞ」

「……患者を使役にですか?」

丹下はうなずいて、深い眼の色で梶を見つめた。

「初年兵か?」

「そうです」

言葉づかいでそう察したのだ。梶はちょっと忌々《いまいま》しかった。

「折角の一選抜も、入院上番でおジャンだな」

と、笑顔が明るくて、いかにも悪意がなかった。

「一選抜など向うが勝手にしたことです」

と、梶も笑顔を返した。

「古兵殿は何年ですか?」

「三年だよ」

三年兵の一等兵なら、よくも悪くも曰くつきにきまっている。梶はまた新城を思い出した。丹下には新城と似たところは少しもなかった。そのくせ、受け取る感じに何処か一脈通じたものがあるのは、さっと中味から出ているに違いない。

「三年では大先輩だ。病気は何でした」

「アッペの手術をしたんだがな、あとがよくなかった。肝臓をやったり腹膜をやったりな。

しかしもう直ぐ追い出しやがるだろう」

そう云ってから丹下は、体をずらして場所をあけた。

「ここにかけろよ。話をしよう」

梶は改めて丹下を見直した。気の許せる古兵であるかどうか、まだ何もわからない。

「面白い話ですか？」

と、梶は丹下の寝台に腰を下ろした。

「どうかな。俺には関心があるが」

丹下の眼に用心深い翳が出来ていた。

「サイパンが陥《お》ちたのを知ってるか？」

「……いいえ」

梶は息を呑んだ。遠いことのように思い出されて来るのは、米軍のサイパン上陸の噂である。

あれからまだ二十日ほどしか経っていない。湿地帯で妄執の鬼となったり、そのあげくに意識
を失って倒れていた間に、戦争が大幅に迫って来た感じがあった。

「いつです？」

「おととい らしい」

梶はなんとなくうなずいた。予期出来ないことではなかった。予期すべきことであった。これで、戦局はまた一段大きく傾いたのだ。

「守備隊は全滅ですね?」

「……そうだろう」

梶はもう一度なんとなくうなずいた。この二人は、全滅という文字を知っているだけで、その現実はまだ知らなかった。遥かな南の海に浮ぶその島では、全滅の七日前に、「将兵飲まざること三日、木の根を噛り、蝸牛を食べて抵抗している」と大本営に報告し、それから五日後には、「明後七日、米軍を索《もと》めて攻勢に前進し、一人克《よ》く十人を斃《たお》しもって全員玉砕すべし」との命令を下したという報告が大本営に到達した。それから間もなく無線連絡が絶えたのだ。

「絶対国防圏なるものに、これで大きな穴があいたよ。本土まで直接攻撃出来るようになったからな」

と、丹下が、影のような笑いを見せた。

「そうです。ぼちぼち最終段階ですね」

梶は声を抑えて呟《つぶや》くように云ったが、丹下の隣の寝台から、これも一等兵の患者が体を起した。

「そんなことがあるもんか。沖縄まで引きつけて叩くんだよ」

言葉は威勢がよかった。眼が泳いでいるのが、その威勢のよさを裏切っていた。丹下はニヤリとした。

「内地じゃ、きっと、みんなそう云ってるよ。沖縄をやられたら、今度は本土で叩くんだとな」

「負けるというのか？」

「ま、それはそのときのことにしようじゃないか」

と、丹下はニヤニヤしてはぐらかした。

「いまは敗けているってことさ。ここまでずるずるっとな。一年前から王手のかけられ通しだ」

「糞面白くもねえ！」

その患者は勢い込んで毛布をはねのけ、青白い足を、宙に弧を描いて、床に下ろした。

「学問のある奴は自分の国が負けるのを面白がりやがる。おい、新米の一等兵、お前もそうか」

と、落ちつきのない視線が梶に来た。

「別に面白がってやしませんよ」

「面白がってるんだ！」

「面白いわけがないでしょう」

梶は疲れて、蒼い顔に汗を滲ませていた。

「在満師団もいずれは抽出されて、何処かでサイパンの二の舞だとしたら、何が面白いもんですか」

「いや、お前らは面白がってるんだよ！」

その患者は唇をヒクヒクさせて、急に立って行ってしまった。梶は不安そうに丹下を見た。

「心配ないよ」

と、丹下は笑った。

「あいつは胸膜炎で内地還送になって除隊するのを唯一の希望にしてるんだ。だから、米軍が沖縄でストップしてくれないと困るんだよ」

「沖縄まではまだでしょうがね、内地還送をやるんですか？」

「テーベーはときどきやってるようだな。あいつは駄目だよ。近いうちに、俺同様原隊復帰さ」

「それから南方転用てなことにならんとも限りませんね」

「なりゃなったで仕方がないさ」

と、丹下の声は、自信ありげに明るかった。

「生き残る方法はあろうじゃないか。玉砕しろと云われたって、しなけりゃいい」

「どうやって？」

「知るもんか」

突き放した云い方だったが、眼は笑っていた。

「俺も考えてもわからない先きのことは考えないことにしてるんだよ。行き当りばったりというのでもないがね」

梶は丹下の節《ふし》くれ立った指を見ていた。丹下の体は梶より一廻り小さかったが、手はむしろ反対であった。働いた手だ。病床にありながら、固い爪が決してふやけていない。

「何をしていました。古兵殿は？」

「古兵殿はよせよ」

と、丹下が笑った。

「旋盤だよ。かなりの腕だったぞ」

「旋盤工なら、召集は免除か解除になるでしょう？　熟練工が足りないんだから」

「軍隊に叩き込んでおいた方が安全な旋盤工だって、少しはいるさ。いい工賃を取るから、たいていはそうでなくなったがね」

梶は幽かに笑って、うなずいた。

「やっぱり追い出された口ですね。入隊してから、かなりこね廻されたでしょう？」

「おかげでな」

と、丹下は明るく笑った。

「人間の扱い方にもいろいろあるもんだってことを覚えたよ。誰が考え出すのか知らんが、人間て奴は悪い智慧だけはふんだんにあるんだな」

梶はつられて笑った。いかにも同感なのである。似たような経路を歩んだらしい二人の男が、陸軍病院の一室で、一つの寝台の白いシーツの上に腰を下ろしている。世間は存外狭いのだ。梶だけがいつもひどい目にあっているわけではない。梶は急に孤独から救われた気がした。そう感じてから、改めて、孤独だった日々が思い返された。あの粉雪が降りしきった日に老虎嶺《ろうこれい》を出てから、確かに梶は手負いの野獣のように気が立って、孤独であった。

今日までのことを丹下に聞かせたかった。どのように苦しく切ない日々が怒りと歎きの日々に続いたかを、聞いて貰いたかった。自分のして来たことが丹下の眼にどう映るか、それを確かめたかった。そう思ったとたんに、体じゅうに脂汗がにじみ出て来た。感情のちょっとした動きをきっかけにして、急に熱が上りはじめたに違いない。

丹下も気がついて、注意した。

「寝た方がいいぞ」

「そうします」

梶は寝台から立った。

「一休みして、また来ます」

そこへ、婦長が衛生兵と徳永看護婦を従えて、入って来た。ちょうど、梶のよたよたした姿が、婦長の眼を掠《かす》めて寝台へ逃げ帰ろうとしているように見えたのかもしれない。

「そこの兵隊！」

と、沢村婦長が甲高い声で叫んだ。

「独歩にいつからなった！」

この婦長は陸軍曹長待遇だ。一等兵など品物扱いである。洗濯板のような胸をして、水気の干上った体つきは、男から関心を持たれることがないから、いよいよ中性化している。

「誰、あの兵隊は？」

と、徳永看護婦に訊いた。

「梶一等兵です。担送で監視中隊から来ました」

「水上兵長、患者の加療心得を教育しないね」

と、婦長は、傍らの衛生兵長をきめつけた。

「患者は、軍医殿か婦長の許可があるまで勝手な行動は許されない！」

梶は自分の寝台の鉄骨に摑まって眼を白黒させていた。女から呶鳴られたのは生れてはじめてだ。女はよかれあしかれもの柔らかに出来ているという既成観念は、一喝でけし飛んでしまった。

「歩く練習をしたんです、看護婦さん」

沢村婦長の薄い眉毛がピクピク動いた。

「婦長殿だ！」

と、水上兵長が婦長の顔色を察して、注意した。

「失礼しました、婦長殿」

梶は、反抗的な気分が半分、兵隊の習慣が半分で、云い直した。

「歩行の練習をしていたのであります」

婦長の後ろ側にいる患者の中から忍び笑いが洩れた。これは新入りの患者の滑稽さを笑ったのだが、婦長は急に向き直ると、笑った犯人の見当をつけて、黙って近づくなり平手打ちを食わせた。まさかと思っていたところへ、鮮かな音である。

「何がおかしい！」

女の眼が吊《つ》り上っていた。

「水上兵長、この病室はタルんでいる。何故もっと締めないか！　独歩患者が安静時間以外に室内でゴロゴロしている。陸軍病院は遊ぶところではない。入院は勤務に就くのと同じことです！　精神がなってない！」

云うだけ云うと、婦長はキッと顔を真っ直ぐに立てて出て行った。肥満した体つきの、予備役上りの水上兵長は、婦長について部屋から出るときに、ふり返って、ペロリと赤い舌を出した。

「なんでえ、あいつは！」

と、殴られた患者が唸《うな》った。

「もちっと別嬪ならよ、もう一つ叩いてちょうだいませ、だ」

梶は丹下の方を見て笑った。

「歩いてはいけないんですか？」

「寝てばかりいてもやられるよ。試しに、この次には寝たままで小便を取ってくれと云ってみろ。婦長のツラが七面鳥みたいに変るぞ」

梶は寝台に体を横たえた。ここはやはり軍隊であった。カーキ色が白に変ったに過ぎないのだ。被服の色が変っただけでは、制度も人間も変りはしない。

暫くして、徳永看護婦が今度は一人で入って来た。患者全部に体温計を配って、梶の寝台に近づいた。体温計を渡しながら、眼の奥が温かく笑っていた。

「動くと、ビンタだぞ」

声が、美千子のに似ていると思った。耳に聞えるというよりも、柔らかく肌に触れるようであった。

梶はほほえんで、こっくりした。

3

梶が収容されている内科分館の白木の廊下は、毎日独歩患者達が瓶底の角でこするので、テカテカに光っている。板目に疵をつけてまで光らせる必要は少しもないわけだが、「独歩」を無為に遊ばせておかないために考え出された無意味な使役である。

梶は恢復が早かった。熱が分離してから二週間目には、この使役に狩り出された。腰がフラつくので、最初は使役が苦痛だったが、病院生活はどの角度から見ても、演習や動哨勤務などより楽である。梶は原隊復帰の日が一日も遅く来るように念じていた。闘争はあの野火の夜で一段落したのだ。続けたくはなかった。全く個人的な力だけで反抗しようとした無謀さと虚しさが、そのときはそのときの、のっぴきならない事情からであったにせよ、いまは空怖ろしいくらいである。そう感じるのは、やはりまだ体力が本復していないせいかもしれないが、もう二度とやるまいと思う。これからは、貝殻のように自分自身を固く鎖《とざ》すことだ。抵抗らしい抵抗もせずに逃亡した新城を、小ざかしげに非難したことがしきりに悔まれた。

その日も、梶は丹下と並んで瓶こすりをしながら、中隊のことを思い返していた。復帰したくないと念じているくせに、あの湿地帯に佇《たたず》む兵舎が思い出されるのは、彼が帰って行くところは愛する妻が待ち侘《わ》びている家ではなく、その兵舎への道以外は悉く閉ざされていると観念しているからだろう。

ふと、丹下が小声で云うのが聞えた。

「東条が内閣を投げ出したらしいぞ」

「投げ出した？」

梶のぼんやりと捉《とら》えどころのなかった表情に、急に暗い影が走った。

「マリアナ作戦の失敗でですか？」

「……だろうね」

「虫のいい話だ。投げ出しゃ済むと思ってやがる。大臣の首のスゲ替えは幾らだって出来るが、戦争の首はどうやってスゲ替えるんだ」

丹下は同意の笑いを見せた。

「梅津は参謀総長に栄転だ、梅津の後釜は山田乙三という奴だ」

陸軍大将山田乙三が何者であるか、関東軍数十万の兵士の殆どすべてが知らない。知ろうとも思わない。梅津であろうと山田であろうと、兵士が戦争の消耗品であることに変りはないからだ。山田乙三の頭脳の振幅が、これらの兵士の生命に直接重大なかかわりを持つことになろうとは、まだ誰も考えていないのである。

「満洲事情に明るい奴が参謀本部へ行ったということは、対ソ戦略が積極化する意味ですかね？」

「……そうじゃないだろう」

と、丹下は首を振った。

「反対だと思うね」

「守勢に立って、長期抗戦ですか」

丹下は思い出したようにニヤリとした。

「俺、事務室から新聞をちょろまかして読んだんだがね、ヒットラーが爆弾で暗殺されそこなったんだよ」

梶は一瞬、起り得ないことが起ったような愕きを隠しきれなかったが、その一瞬が去ってみれば、これは決して起り得ないことではなかった。独裁者は必ず倒れねばならないのだ。未遂のブルータスは誰だったろう。

「……しくじったとはね！」

「全く惜しいことだったな」

二人は顔を見合せて、殆ど同時に笑み交した。

「やりそこないはしたが、これでわかるな、ヨーロッパとアジアの両方で、枢軸はもう御臨終が近いということがさ」

梶は黙って深くうなずいた。確かに、臨終が近づいたのではないか。日本はこれでドイツを完全に見限っただろう。ドイツはそのずっと以前から、日本が対ソ開戦をする実力なしと見切りをつけていたはずだ。二つの国が、こうして、別々に死の床につく。戦争は、やがて終る。観念的には喜ばしかった。生理的には不安であった。どういう事情に直面するか、誰もまだ経験のないことなのだ。

「対ソ戦略は消極化するよ」

と、丹下の声が耳もとでした。

「国境警備は事なかれ主義になる」

「そうあって貰いたいものだ」

梶は独りごとのように呟いた。日本軍の側から国境紛争を起しさえしなければ、危険率は半分に減るわけだ。希望的な観測かもしれないけれども、ドイツと血みどろの決戦を続けている赤軍の方から、ソ満国境で事を起すことも万々なさそうである。だとすれば当分は危険がないことになる。

けれども、この事情を裏返して考えれば、情勢の逼迫していない国境周辺から兵力を抽出して、太平洋戦域へ転用する可能性はそれだけ増えることでもある。これは何もいまにはじまったことではない。初年兵の教育期間中から、兵隊の殆どすべてが懸念していたことなのだ。

入院は全く予期しなかったことだが、この期間だけ兵隊は戦火の局外に立つことが許されている。それならば、せいぜい味わうべきではないか。

瓶こすりだって何だって、精出してやることだ。

梶は汗ばんだ蒼い額を拭って、サイダー瓶を持ち直した。


使役を終って、梶は庭に出た。中にいては殆ど肌に感じない夏が、外では燃え熾《さか》っていて、熱気がいきなり顔を打った。七月の太陽はもう熟《う》れきっている。病後の体には刺戟が強過ぎる。粘液のような感じの熱い風が動いていた。梶は息づまって眩暈《めまい》を覚え、植木の幹に縋った。花園では、強烈な色彩が入り乱れて燃えていた。光と色に打たれて、梶は涙をこぼした。感覚が混乱して全身が揺れるようである。酒の酔いに似ていた。

そばを、白衣が通った。立ち停って動かないその姿へ、梶はようやく顔を向けた。

「散歩は朝か夕方になさい」

と、徳永看護婦が云った。

「恢復はとても早い方だけど、無理をしては駄目ですよ」

梶は白衣の胸の膨みを見た。それから、雀斑の多い女の顔を見つめた。胸の底が甘悲しく疼いた。美千子が看護婦になったとしたら、誰か梶のような他の患者が、やはりこうして甘悲しい想いをするだろう。

「……なんですの?」

と、徳永看護婦は恥ずかしそうに睫《まつげ》毛を慄《ふる》わせた。

「なんでもありません」

梶はあわてて視線をそらし、また直ぐに戻した。

「いつまでここにいられるかとね、ちょっと考えていたんです」

「……じゃまだ知らないんですか？」

「何をです？」

「梶一等兵は、当分ここにいるはずです」

「どうして」

「あなたの原隊は動員になりました」

梶は啞になった。不得要領な笑いが浮いたり消えたりした。

「宿無しですよ、あなたは」

梶は曖昧《あいまい》にうなずいた。

「知らなかったのなら、知らないことにしておいて下さいね」

と、徳永看護婦は小声で念を押した。

「病気静養を理由に、宿無しさんはこの病院で使役に残すはずです、衛生兵が足りないから」

4

徳永看護婦の云った通りになった。数日経って、衛生兵の水上兵長が梶を消毒室へ連れて行った。

「お前には当分ここの使役をやって貰う。本来は衛生兵のやることだがな、手が廻らんのだ」

梶は肚の中で笑った。一にヨーチン二にラッパだ。衛生兵は楽な御身分の筆頭である。楽だから、なおのこと働きたくなくなる。おまけに、患者は衛生兵の捕虜のようなものである。独歩患者に無駄飯を食わせて、遊ばせておくのは勿体ないはずだ。

「ひょっとして将校が気紛れを起してここに顔を出さんとも限らん。そんなときには水上兵長の臨時の使役だと答えてくれなければ困るぞ」

「わかりました」

「棚の中に軍衣袴がある。白衣を脱いで、あれを着ろ」

水上兵長は消毒釜の操作を梶に教えた。円筒を横に倒した恰好の蒸気釜である。操作は簡単だ。患者の被服類を載せた台を釜の中に押し入れて密閉し、蒸気のバルブを満開にして十五分経ったら、台を抽《ひ》き出す。それだけのことである。釜の鉄扉を開けたときに熱気が噴き出てくるので、暑いことは中分なく暑い。それが、衛生兵が「手が廻らん」理由かもしれないが、それとて耐えられぬほどではない。何よりもいいことは、朝から夕刻までこの消毒室には梶一人しかいないということである。別に怠けようとは思わない。一人で空想したり考えたりしたいのだ。入営以来そういう自由を与えられたことは、一日だってありはしなかった。

「お前、こんな使役をさせるからって、俺を怨みはせんだろうな？」

願ってもないことです、梶は危うくそう答えるところを、云い換えた。

「……患者でこの使役をした者はいないんですか？」

「いるよ。上等兵だったがな、音を上げやがった。暑くて体が保たんと云いやがる。なに、そうじゃねえんだ。いちんちじゅう一人っきりで、退屈しやがったんだよ。お前、そんなこと云わんだろうな?」

「……云わないでしょう」

水上の締りのない部厚い唇が笑った。

「ときどきラムネぐらい持って来てやるよ」

「それより、もしお願い出来たら、紙と鉛筆を頂きたいんです」

「何を書くんだ?」

梶は答えなかった。あの特殊工人の王享立のような手記を書くかもしれない。けれども、それを読んでやった梶のような男は、梶の前にはいなかった。

水上はニタニタして、小指を突き出した。

「ラブレターか?」

梶は笑った。

「そんなところです」

「よし、持って来てやる」

水上兵長は、出しなに、戸口で云った。

「蒸気は熱いか知らんが、大砲の弾丸よりはいいだろう。お前はいいときに入院したと思わんか」

使役で病院残留をありがたいと思え、ということだ。梶はにが笑いを隠して訊いた。

「……原隊は何処へ動員になりました？」

「知らん。知らんが、どうせ某方面だ。フィリッピンか沖縄か、どっちにしても、いのちが幾つあっても足りねえところだろう。お前はこの使役で文句を云ったら、罰が当るぞ」

「……わかりました」

梶は水上兵長の小肥りした体が消えた戸口を見つめた。その戸口を、梶はこれから毎日出入りするだろう。中隊の戦友達は、或る日、内務班の戸口を出て行ったきり、そこにはもう帰って来なくなったのだ。あの素朴な開拓農民田ノ上も、あの猥談好きなホテルのボーイ頭佐々二等兵も。

けれども、運の分れ路は誰も知ることが出来ない。誰かが死んだとき、生き残った僅かな者に思い当ることがあるだけだ。あれが、あのときが、生と死の分れ目であったのだ。

5

「俺な、テーベーの病棟に行って、痰を貰って来ることにした」

と、石井が丹下に嬉しそうに囁いた。石井は、サイパン陥落のことで梶に喰ってかかった一等兵だ。内地還送を唯一の希望としているこの男の、これまた唯一の可能な方法は、喀痰検査のときにテーベー患者の痰を貰って提出して、菌が培養検査で発見されるのを待つことである。テーベーと云ったところで、結核患者と決ったわけではない。菌が出た者を一括して、病院では「抗酸性菌保有者」と称して、他の内科患者とは別の病棟に収容しているのである。

石井が痰を貰って、その中に菌が発見されたとしても、必ずしも内地還送になるとは限らないが、少なくとも何ヵ月かは原隊復帰が延期されるのだ。その間に、また、今度こそは本物の結核患者の痰を貰う才覚もつこうというものだ。そうしているうちには、内地還送のチャンスが来るかもしれない。還送は兵役免除の前提だから、目的はほぼ達せられたことになる。これはもう石井が長いこと考えつめて来たことなのだ。

石井は丹下の顔色を窺いながら、また囁いた。

「お前の分も貰って来てやろうか?」

丹下は苦笑して首を振った。

「俺は要らん」

「どうしてだ? おかしな奴だな。軍隊を好きでもない奴が、原隊復帰を待つのかよ?」

「待つわけじゃないがな、俺は要らんのだ」

丹下はそれだけしか答えなかった。抗酸性菌が発見されても内地還送と決っているわけではないし、内地還送になったところで、それが生命の安全と自由を保証するわけのものでもない。むしろ、その意味では、丹下の予想によればソ満国境では紛争が起らないのだから、内地に還送されるより、この国境附近にいる方が安全と云えるかもしれない。丹下は、しかし、内地還送の夢に明け暮れている石井に、その夢を破るようなことは云わなかった。

石井は、この秘密がバレるのを怖れて丹下を仲間に入れようとしたのだが、こうにべもなく断わられると、急に不安になったらしい。

「頼むから、誰にも云わんでくれよ」

と、卑屈な顔色になると、丹下からの反応は意外にきびしかった。

「バカ！　人を見て云え。あとで心配するくらいなら、誰にも云うな。黙って一人でやるもんだ」

それから、丹下の表情が崩れた。

「お前が本物の肺病にならずに、希望通りに内地還送になったら、喜んでやるよ。それにしても、内地の田舎の人は肺病というと毛虫のように嫌うが、お前そこんとこを勘定に入れてるのか？」

石井はうなずいた。人に嫌われても、自分が嫌う軍隊にいるよりはいいのである。テーベーの病棟から定期的に内地還送者が出るたびに、テーベーでない自分の身をどれほど怨めしく思ったことか。石井とても、入営した当初からこういう形で軍隊から離れようとは想像もつかなかったことに違いない。それが、いまはもう執念となってこびりついている。

「そりゃアな」

と、石井は丹下の方を見ずに云った。

「田舎に帰りゃ帰ったで、厭な思いをすることもあるかもしれんよ。第一、食う心配をしなけりゃならんし、病気で除隊したなんて云やア、いまどきあんまり相手にしてくれんかもしれん。それでもいいんだ。いいことが一つもないってわけじゃないもんな。俺が帰って来たのを喜んでくれる奴だっているんだよ。帰ったら、あいつを連れて、何処か大きな町に出て行くよ。

誰も知らないとこへ行って、二人ではじめるんだ」

「……妻君か？」

「いいや、まだだ。約束だけしてある奴だ。町へ行ってな、何か小ぢんまりした商売をしたいんだ。戦争がどっちへ転んでも心配ないような商売って、何だろうな？　俺だって、お前、まんざら怠け者じゃないんだぞ。自分の商売ってことになりゃアな。……わかるだろ？」

丹下は人のよさそうな笑顔になっていた。

「テーベーの病棟はうるさいからな、よほど注意してやらんと、人の口ほど危ないものはないぞ。みんな内地還送を狙って、いい子になりたがってやがるから」


喀痰を提出してから二日目の、ちょうど昼飯どきのことである。病室の入口に襦袢姿の水上兵長が白衣を羽織ったもう一人の衛生兵長と現われて、石井の寝台の方を指さした。石井は、見慣れない白衣の衛生兵が来たのを見て、胸をはずませた。しめた！　もう菌が出て、テーベーの病棟へ移されるのだ。

白衣の衛生兵はツカツカと石井の寝台に近寄り、静かな声で訊いた。

「石井一等兵だな？」

「そうです」

うなずきかけたその顔へ、避けることも防ぐことも出来ぬ素早い往復ビンタが飛んだ。衛生兵は石井の胸倉を取って引き立てると、今度は握り拳を真正面から石井の顔へ叩きつけた。

「何年兵だ、お前は」

石井は鼻血を拭きながら答えた。

「三年兵です」

衛生兵がせせら嗤った。

「同年兵だからって手加減はしないぞ。衛生兵を明盲となめてかかったのが貴様の運の尽きだ。テーベーになりたけりゃ、血ヘドを吐くまで使役で追いまくってやろうか」

と、また、思いきり手荒な打撃を飛ばした。石井は木偶《でく》人形のように殴られるままになっていた。テーベーの病棟からバレたのに違いない。無情な打撃の一つ一つが石井の夢を叩き壊し、その廃墟から絶望感が湧き上って来る。衛生兵は柔道の心得があるらしく、石井の白衣の袖と襟を摑んで、床へしたたかに投げ倒した。

梶が消毒室から昼食に戻って来たのは、ちょうどそのときであった。入口に棒立ちになって、その場の成り行きを見守っていると、丹下が寝台の上から、別段顔色を変えるでもなく、衛生兵に云った。

「おい、お前まだ患者の扱い方を習っとらんのか」

衛生兵は愕いたようである。丹下の寝台の名札を見たが、そこに一等兵と書かれてあるのが眼に映ると、急に湯気の立ちそうな顔になった。その一瞬の変化へ、丹下はすかさず押しかぶせた。

「三年兵で兵長は優秀なんだろうが、のぼせるなよ。罰するなら規則通りに罰しろ。おおかた、原隊復帰を早くするぐらいのことしか出来んだろう。それとも、みんなの見ている前で石井の顔をお岩様みたいにしてみるか。その代り覚悟しろよ、今夜の点呼でこの部屋の患者は、口を揃えてお前のことを吸鳴り散らすからな」

水上兵長が顔を青くして割り込んで来た。彼の予想では、不埒《ふらち》を働いた患者をテーベー病棟の衛生兵が一二発張れば、室内は水を打ったように静かになるはずであった。丹下のような一等兵が反撃に出るとは思いも寄らなかったのだ。

「俺は石井が何をやったか知らんがね」

と、丹下は水上に云った。

「この兵長が怒るところを見ると、何かやったんだろう。そんならそいつを話して聞かせてだな、罰が必要ならそういう処置をとりゃいいじゃないか。俺達は患者だぜ。衛生兵や看護婦にいじめられてはたまらんよ」

室内の空気はこのとき全く丹下に傾いていたから、水上はどうにかその場を繕《つくろ》って、テーベー病棟の衛生兵を連れて出て行った。

丹下は、梶の笑顔が近寄って来るのを見ると、これも顔を綻《ほころ》ばせた。

「俺の悪い病気でな、損だとわかってても、ついやっちゃうんだ」

「でも、立派にやりましたよ」

「立派なもんか。これで原隊復帰が一カ月は早くなったよ、俺も石井も」

石井は寝台の上に頭を抱え込んでまるくなっていた。確かに、石井の内地還送の望みは絶えてしまったし、丹下の原隊復帰もそう遠いことではなくなったようである。衛生兵が患者から一喝喰らわされて、黙っているはずがない。

6

消毒釜の鉄扉を開けるたびに、梶は絞るほどの汗をかくが、部屋の窓からそれだけしか見えない中庭のポプラの梢が、濃い緑から黒ずんだ色に変って来たのは、もう夏の寿命が尽きかけたしるしだ。八月に入ると、冬に追いかけられているせっかちな秋が、気ぜわしく夏の立ち退きを要求する。ポプラの葉の裏が西陽を受けて銀色に光るのも、やがて散ることの前触れである。

梶の単調な作業の繰り返しは、ときどき徳永看護婦によって救われる。消毒被服を持って来ては、互に傍のことに気がねしながら話し合うだけだが、梶は彼女が現われるのを待っている自分に気づいて気持を疑うことが再々ある。かつては美千子だけが独占し、いまは美千子のためにあけておかれ、美千子によって満たされるはずの心の空席に、時間が忍び込んで仕掛けたいたずらかもしれない。或は美千子が漂わしていた温和な空気を、徳永看護婦の身辺に感じ取ろうとする儚《はかな》い幻想のせいかもしれなかった。

「何を書いているの？」

と、机に向っている梶に、徳永看護婦が訊いたことがある。顔を上げると、思わずたじろぐほどの近い距離であった。

「……奥さんに手紙でしょ？」

梶はうなずいた。出せる手紙ではないが、書くことはもう何通も書いたのだ。徳永看護婦に頼んで出して貰おうかと思ったことも、一度や二度ではない。美千子からは手紙が来なかった。美千子は一週間か十日に一通は書いているはずだ。原隊がなくなってしまったから、梶宛ての手紙は宙に迷っているのだろう。そうは思うが、待ち侘びる心は、次第にいらいらする。そのくせ、この病院の部隊番号を書いてはがきを出すことを、梶は控えている。変った部隊番号を見て、美千子は愕くに違いない。苦心して所在地を尋ね廻るだろう。暗い臆測に悩まされるにきまっている。もう恢復したからいいようなものだが、美千子の便りを見てからにしないと不安なのである。入院までの事情は報らせてやりようがなかった。腑に落ちるように書いてやらなければ、唐突な入院に驚いて、美千子はまた飛んで来るかもしれない。来ては欲しかったが、三十分かそこらの面会で、あとはつれない別れがあるばかりだ。

「なんて書くの？」

と、徳永看護婦が真顔で尋ねた。

「余計なお世話でしょうけど、ここが病院だってことは書いてはいけないんですよ」

「わかっています」

梶は書きかけのノートを机の抽出にしまった。

「なんにも書けません、ほんとうのことは」

「検閲があるから？」

「それもあります。しかしそれだけじゃなくて、何を書いてもみんな中途半端な嘘になってしまうんでね」

徳永看護婦は先きを促すように見守っていた。

「兵隊のほんとうの気持ってものは、多分に感傷的で、いいかげんなものです。心配させまいと思うから、そう書くでしょう。そのくせ苦しくてたまらない淋しくてたまらないんだということを、察して貰いたいんだ。ところがね、軍隊はやりきれない、早く帰りたいと思いつめていたくせに、こうして病院に入ったりすると、しゃにむに帰りたいと思っていた気持の代りに、出来るだけ長くここにいようと考えたりする。どうせ帰れやしないんだと諦めているからでもあるだろうが」

「ここがそんなにいいかしら？」

梶はあやふやな気持のままに笑った。

「そういいってほどでもないはずだが……」

「いいかげんなものだわ。戦争がお先き真っ暗だというのに、でたらめよ。割当資材や食料品を軍医さんや衛生兵がグルになってごまかすし……」

「やっぱりね」

梶の眼がチカと光ったので、徳永看護婦は語気に熱がこもった。

「患者を使役に取るのだって、でたらめだわ。自分達は左団扇《うちわ》だもの」

「何処でも一番弱い者が犠牲になるんですよ」

「矛盾してるわ。病院だけは奇麗なとこだと思ったわ」

「入ってみたら、そうでなかった」

そうよ！と云わんばかりに、徳永看護婦は子供っぽくこっくりした。

「戦争で負傷したり病気になったりする人、惨めでしょう？　自分が行きたくて行ったんじゃないんだから。そういう人達のために働くのがとても立派な仕事に思えたのね。だから看護婦を志願したんだけど、甘かったわ。陸軍病院なんて、患者のためにあるんだかないんだか、わかりゃしない」

梶は相手を見つめていて、暫くしてから一つうなずいた。

「なるほど、ここもよくはない。しかし前線部隊にいた男にとっては、ここは天国ですよ。殊に僕なんか、針鼠みたいに緊張のし通しだったから……」

「ここでは演習がなかったり、内務がそれほどひどくないからですか？」

「そうですね。あっちにあった厭なものが、こっちでは稀薄でしょう？　その上、あっちにはなかったものがここにはあるからです」

「……どんなものがあるんですの？」

「たとえば、あんたと話し合ったりすることです。国境部隊では想像もつかんことだ」

「……あたしなんか」

徳永看護婦は顔を少し赤くした。梶は意識的に話をそこへ持って行ったわけではなかったが、後ろめたい気がして、釜の方へ立って行った。鉄扉を開ける時間でもあった。ハンドルを廻しながら、チラとふり返ると、徳永看護婦から真っ直ぐに来る視線にぶつかって、今度は梶の方が耳の後ろあたりから赤くなりかけた。梶はどきまぎして、既に閉めてある蒸気バルブを、もう一度閉め直した。

「離れていて下さい。熱いのが出て来るから」

梶は鉄扉を開け、消毒台を引き出した。山積みになっている白衣や新入患者の軍衣袴から、埃臭いような蒸れた臭いが鼻を打つ。徳永看護婦はそばに来て、梶を手伝いはじめた。

「いいんですか、ここにいても？」

梶は小声で訊いた。

「いけないかもしれません」

顔を向けずにそう云う看護婦の睫毛《まつげ》が慄えていた。

梶は落ちつかなくなった。戦地の兵隊と看護婦なら、ヘミングウェイの小説のように、ここらでどうにかなるかもしれぬ、と思った。ここでは、どうもなりはしない。何日か、何十日か終ったら、梶は戸口から出て行くのだ。美千子が待ち焦がれている方へではなく、おそらく、また国境へ向って。或は、輸送船に乗り込むために待機している部隊へ向って。梶と徳永看護婦はそれで永別するのだ。何事も、ここでは起らない。

戸が静かに開けられたのに気がついたのは徳永看護婦の方であった。女の体が急に強ばったのを感じて、梶も戸口を見た。痩せた沢村婦長の青黒い顔がそこにあった。

「徳永看護婦、濫《みだ》りに部署を離れる理由を云いなさい！」

徳永は俯《うつむ》いて唇を嚙んでいた。

「ここに来なさい！」

婦長はそう命じておきながら、自分の方から歩み寄って来た。

「このふしだらは何事です！　白昼しかも勤務時間中に密会するとは！」

「密会？」

梶はわざと働かせていた手を止めて、向き直った。

「お言葉ですが、婦長殿、ふしだらはしておりません。密会もしておりません。徳永さんには、私からお願いして手伝って頂いたのです」

「使役の患者が、看護婦を使役に取る権利が何処にある！　それを冒せば、密会ととられても申し開きは出来ません」

「そうですか。そういう論法は存じませんでした」

梶は徳永看護婦の方へ向いた。

「徳永さん、すみませんでした。お引き止めして」

「いいえ！」

徳永看護婦は硬くなった表情を婦長に向けていた。

「梶さんをお咎めになることはございません、婦長殿、私が勝手にここに来て、勝手に残っておりました」

「文句は要らない！　早く出て行け！」

婦長は戸口をさした。徳永看護婦が一度チラリと梶を見上げて行くと、婦長がおごそかに云った。

「梶一等兵、兵隊の身分に関しては婦長には権限がないから、このことは部長軍医殿に報告します」

じっと見据えている眼が、梶が哀願するのを待っているらしく見えた。

梶は乾いた声で答えた。

「どうぞ御意のままになすって下さい」


水上兵長が消毒室の戸口に凭《もた》れて、締りのない唇をいよいよだらしなく開いて、ゲラゲラ笑った。

「若い看護婦には白衣の洗濯か消毒をさせた方がいいようだな。そいつを着とる男を扱わせると、直ぐにおかしなことになりやがる」

梶は青筋が立って来るのをこらえながら、黙っていた。

「お前はおとなしそうな顔をして、手が早いぞ」

と、水上は笑い続けた。

「あの徳永は顔は雀斑だらけでまずいが、体は素敵にいい体をしとる。若い軍医がモノにしようと狙っとるがな、あいつケツも触らせんそうな。お前は何処まで行った？」

「兵長殿、もうやめてくれませんか？」

水上は梶の顔を見て勘違いした。

「馬鹿め！　看護婦に惚れてどうする気だ。いいかげん昂奮したところに首筋を摑んでポイだ。お前はまたぞろ鉄砲担いでトテチテタだぞ」

その日の夕方、病室に戻って、梶は丹下からグァム島守備隊の全滅を聞いた。五日ほど前の報道らしいということであった。にがりきっている気持が、いよいよ暗く沈むばかりである。丹下の隣の寝台は奇麗に片づいていた。梶の眼に不審の色が浮んだのを見て、丹下が云った。

「石井は原隊復帰したよ。だしぬけに云って来やがった」

梶は石井の寝台に腰を下ろした。

部屋の反対側の端で、一人の独歩患者が誦んでいた。

「五尺の寝台、藁蒲団、これがおいらの夢の床」

哀調をおびた唄だ。い合せた者は聞くともなく聞き入っていた。一件の原隊復帰が何件かの悲哀を呼び起したようであった。行きたくはないのだ、誰も。行けば、たやすく殺伐な空気に同化する男でも、離れていれば、行きたくないと希う。どんな男でも、芯から殺人職業向きに出来てはいないのだ。

「この次は俺だ」

と、丹下が笑った。

「軍医の奴、もういいようだなとぬかしやがった」

梶は呟いた。

「……俺かもしれん」

沢村婦長の、青黒い血が出て来そうな顔がチラついていた。

7

丹下の予想は的中した。数日経って消毒室に現われた丹下が軍衣袴を着用しているのを見て、梶はもうそのときが来たのを知った。胸に衝き上げて来る感じは、名残り惜しいというよりも、情けなさに近かった。人間と人間が会うのも、別れるのも、ここではただ一片の命令によってである。しかもその命令の意味を受命者は少しも認めてはいないのだ。物品が一葉の仕切伝票によって発送されるように、兵隊は一片の令書によって地獄へさえも発送される。

梶は未練がましく呟いた。

「あんたとはもっと話し合いたいことが沢山あったのに……」

「また何処かで会えそうな気がするよ、俺は」

と、丹下が、歯を見せて笑った。

「どうせ同じ方面軍だろう。会えないときまったものでもないさ」

「あんたのことだから、はなむけする言葉はなんにもないね」

梶は丹下の手を握って云った。

「また会うときがあると盲滅法に信ずるだけだ」

「徳永さんのこと知ってるか？」

と、丹下がだしぬけに訊いた。徳永看護婦とはあれ以来まだ一度も会っていなかった。患者の噂では病棟が変ったということであった。あれを気にして来ないのなら、それも仕方がないと思っていたのだ。

「水上兵長が云うことだがな、嘘ではあるまい。俺の部隊の近くにある分院へ派遣になるんだそうだ。出発も一緒だと聞いたが」

梶は薄ら寒い風が胸を吹き抜ける心地がした。これは予期しなかったことだ。若い女を辺鄙《へんぴ》な駐屯地へ追いやったのは、他の誰でもない、梶自身の感傷のせいではなかったのか。

梶は狼狽の色を隠して、云った。

「せめて道中だけでも、あんたと一緒だといいんだがな」

あの女を追い出したりせずに、俺を追い出したらどうだ、と、沢村婦長に喰ってかかりたかった。すると、沢村婦長は青黒い顔を強ばらせてこう言うかもしれない。梶一等兵、あわてることはない、お前も近々前線部隊へ配属になる。わかったね？

「立ち入ったことだが、あの人と何かあったのか？」

と、丹下が尋ねた。

「あればよかったな、どうせこうなるなら」

梶はあらぬ方へ挑むような眼の色になった。

「何かがあれば、あの人が侮辱された形にだけはならなかった」

丹下は幽かにうなずいていた。

徳永看護婦はそれから小一時間経ってから来た。梶が消毒釜の鉄扉を閉めているときであった。背なかを痛みに似た意識が走ったのは、それだけ感情が傷を負っていたのだ。ふり向いて、

「知っています」

と、梶の方から云った。

「お世話になったあげくに、仇をしたような気がしてなりません」

「いいんです」

女が八重歯で笑った。

「同じことですわ、あたしが出て行っても。どうせ一度はお別れしなければならないんですもの」

梶は蒼ざめて立っていた。言葉がなかった。乱れた心が犇《ひし》めくばかりである。何もかもいちどきに云うか、さもなければ、ひとことも云えないのだ。女の方がしっかりしていた。

「またお目にかかれるかしら？」

「……お会い出来るでしょう」

梶ははじめて少し笑った。

「丹下はそう云いました。僕は盲滅法に信じます、会いたい人には会えるのだと」

三分後には消毒室は巨きな棺桶の感じになった。梶はむやみに歩き廻った。拳を固めて、誰かの顔を思いきり叩き潰したかった。廊下へ駈け出して行って、声を限りに叫びたかった。何がどうしたってんだ、バカヤロー！　兵隊共よく聞け、お前達は空気を吸うことも許されてはおらんのだぞ！

梶は白木の長椅子を蹴倒した。蒸気バルブを満開にしたまま釜の鉄扉を開けた。過熱水蒸気は、はじめ、無色透明のまま流れ出て、やがて薄いモヤを張り、次第に濃く乳色の密雲が濛々と立ちこめた。梶はじっと立っていた。温度と湿度が急激に上昇して、脂汗が流れはじめた。異常な行為が心地よかった。罰するのだ、非情な環境と、それに負けた自分自身を。愚かしさは承知の上であった。

水上兵長は戸を開けると同時に跳びのいた。釜が爆発したと思ったらしい。梶が立っているのを透かして見ると、跳び込んで、鉄扉を閉め、窓を開けた。

「貴様、気が狂ったか！」

「……狂いました、水上兵長殿」

梶は窓から流れ出て行く雲の尾を見送りながら云った。

「梶の配属部隊を早く決めるように、人事に連絡して下さい」

8

梶の転属は決まらなかった。人世の出来事はすべてそうしたものかもしれない。欲するときには与えられず、欲しないときに与えられる。

もっとも、梶は転属そのものを欲したわけではない。本科兵としての隊内生活がどんなものか、骨身に沁《し》みているはずだ。梶はただ変化を欲しただけなのだ。丹下も徳永看護婦もいちどきに去ってしまったあとの、虚ろな、味気ない沈滞を、ひと思いに変えてみたかったまでである。

水上兵長は、梶の気違いじみた馬鹿げた行動にもかかわらず、彼を消毒室の使役に据え置いた。初年兵の一等兵は使い易いし、原隊に置き去りにされた兵隊はまことに便利な使役要員だからである。放っておいても、いずれは人事が梶の行方を決めるだろう。それまでは使いどくというものだ。

梶の空虚感は美千子の手紙によって救われた。手紙は広大な地域を廻り廻って来たに違いない。遅れた日附のが続々と来た。梶は貪るだけ貪り読んでから、美千子に久々の返信を出した。不思議なものである。心は溢れているはずなのに、時間が経ち過ぎたのか、感情が文字に乗らないのだ。淡々と、むしろ素気ないくらいの文面にしかならなかった。折り返して美千子から、この病院部隊宛ての最初の手紙が届いた。

心配させまいと気を使うことが却ってどれだけ心配させることになるか、まだ梶にはわからないのか、と美千子は憾《うら》んでいた。痛みも苦しみも分け持つという誓いは、甘美な愛に酔っているときだけのたわごとではなかったはずではないか。美千子はそう云っているのである。梶は早くに報らせてやらなかったことを幾分後悔した。報らせないなら、最後まで報らせてやらない方がよかったかもしれない。

「……私は何もしないでいると気が変になってしまいそうなので、三四日前から山の工人診療所で診療伝票の整理や、ときには看護婦さんのお手伝をさせて頂いています。臨時の仕事なので、直ぐに終ってしまうかもしれませんけれども、この診療所にはあなたが何回も工人のことで足を運んだのですし、ここの人達はあなたのことをよく憶えています。満系のお医者さんの謝先生は、あなたとはとうとう口をきく機会がなかったそうですが、あなたがこの山でなさったお仕事をよく御存知で、梶さんはよくこんな顔をして、こんな恰好で、とそれはとてもお上手にあなたの真似をして、私を笑わせて下さいます。梶さんは必ず元気で帰って「みえられますよ」とおっしゃいます。私以外にも、あなたのお帰りを期待して下さる方があるのですよ。それも、同文同種とは云いながら、国を異にした人々の中に、そしてあなたとはまだ口をきいたこともない人々の中にですのよ。……私はあなたのことを想いつめればつめるほど、お顔を思い出しにくくなります。どうしてでしょう？　あの兵営の居室でお別れしたときの、防具をつけたあなたの体恰好と、べっとりと汗をかいていらっしゃったあなたのお顔の青さが、いまは胸の痛みとなって取れませんの……」

そう。胸の痛みにしか、愛の記憶は残らない。便りを交すことは、痛みに手を触れて、その痛みを幾度も確かめることに似ている。痛みを労《いたわ》る。傷口を見つめる。癒える日をもどかしく待つ。その間は、決して退屈ではない。

日が経ち、戦雲は次第に険しく垂れこめて、大陸北方の一地点にも、疑うことを知る者の耳には、その不気味な雷鳴が聞えるようである。

ビルマの拉孟《らもう》、騰越《とうえつ》の日本軍が潰滅したという報道は、日本の敗北が東南方の洋上から来るばかりではなく、地上戦闘に於ても各方面から不吉な運命の切迫を思わせるものがあった。それから一週間後に、米軍がモロタイ、ペリリュー両島に同時上陸したことは、やがてフィリッピンでの悽惨な決戦がはじまる前奏であったし、事実それははじまったのだ。

秋は深まり、冬のきざしはもう見えていた。ポプラは葉を落して骨だけになった。朝夕の冷たい風がそろそろ残忍な刃を懐に用意しはじめている。

梶は戦争の重苦しい足音が次第に近づくのを感じながら、消毒室の使役を続けていた。もし米軍がフィリッピンを素通りして台湾を攻略し、中国本土に航空基地を求める作戦を採ったとすれば、在満師団は大動員が行われたに違いない。入院患者の運命もどう変ったかわからない。事実は、米軍はフィリッピン攻略に主力を向けたから、そこからは数千哩もへだたっているこの地点の一使役員梶一等兵は、この病院の使役に甘んじている方が、国境部隊もしくは衛戍《えいじゅ》部隊へ転属させられるよりも、安全度が高い、と、再び考え直していた。比島決戦の友軍が流す血が、この地方では、愛する女の手紙を幾度も読み返し、ペンに心を托して書き送る悦びの代償となっていたようである。

「……体力は完全に恢復した。あと三百グラムで元の体重になる」

梶はその日、消毒室の机に向って美千子へそう書いた。

「この体は喜んでいる。適当な運動、充分な給与。この部屋の窓からは、裸になったポプラの梢と灰色の空だけが見える。外はもう寒いだろう。この部屋は暖かい。おそらくここではどの部屋よりも暖かい。考えたり思ったりする時間も、かなりある。つまり、君が実際に自分の目で見たあのころに較べると、雲泥の差と云えるだろう。絶対的に不足しているものを、ここでは空想で幾分補うことが出来る。ちょうど、君もそうしているであろうように、ここでもそうすることが出来るのだ。われわれはもうお互に随分空想力を鍛錬したのだから……」

戸が開いて、水上兵長が入って来た。締りのない唇がちょっと動きにくそうに引き吊れた。

「梶、事務室に行け」

水上は用があって頼むときには、行ってくれという男だ。行けは変に聞えた。上げた顔に、控え目な声が、これは冷たい水のようにかかった。

「お前に転属命令が出た。お前はいつか希望したっけな」

梶はのろのろと起き上って、白痴のようにぼんやりと笑った。指だけがひとりでに動いて、書きかけの手紙をゆっくりと引き裂いていた。

9

兵舎は国境の町の町外れ、曠野を渡る北風が吹きさらすところにあった。国境の町と云っても、流行歌に歌われるほどロマンティックではない。埃っぽく、寒々としている。詩情とか感傷からは縁遠いものだ。道路の土埃を浴びて建ち並んでいる民家は、多少とも駐屯部隊に依存しているはずだが、兵隊相手の怪しげな商売屋を除いては、人々が何を生活の手段としているか、ちょっと見当もつかないくらいに、その町は索漠として、乾いていた。

兵舎の建物は、民家も殆ど全部がそうだが、専ら耐寒用に出来ていて、壁は厚く、窓は小さかった。中は倉庫のように薄暗く、陰気臭い。その中での生活に明朗な断面があろうとは、とても思えない。

梶は転属の申告をして以来、三日ほど、殆ど誰からも相手にされず、また話しかけようともせずに過ごした。建物の大きさの割りに兵隊の数が少ないのは、監視小隊や分哨を出しているからだと、梶は自分の経験から判断出来た。兵隊は少ない方が、煩わしさもまたそれだけ少ないのだ。誰からも相手にされない方が気が楽なようなものである。班内にい合せる他の兵隊からときどき白っぽい視線が来るのを意識するが、梶は知らん顔をしていた。

三日目の午後、班内の兵隊が殆ど出払っているときに、座金の伍長(幹候伍長)が来て、梶のそばの飯台で何か書きはじめたが、尻の落ちつかない男らしく、出て行ったり戻って来たり、何度もした。そのたびに、同じ歌の文句を繰り返し歌っていた。

「さらばラバウルよ、また来るまでは、暫し別れの涙がにじむ……」

歌の文句はそれしか知らないらしい。もっとも、梶の方は、この歌の文句は少しも知らなかった。日本軍が孤立無援になっているはずのラバウルから撤退したかどうかも、知らない。もし首尾よく撤退したとすれば、暫し別れの涙ではなくて、悦びの涙はにじみ出ただろう。それは想像出来るのだ。

「お前、入院下番か？」

と、ふいに、その座金の伍長が訊いた。

「そうであります」

「儲けたな」

と、笑った。

「原隊は動員になったんだな？」

「そうであります」

「さらばラバウルよ……俺は特殊教育で出されるんだ。対戦車肉薄攻撃の要領という奴でな……ラーラララララ、また来るまでは、暫し別れの涙がにじむ……お前、冬季演習に参加せんのだろう？」

「知りません」

「参加すれば、お前は一選抜だったらしいから、今度は二選抜ぐらいでは進級出来るかも知らんが、参加しないと、永久に入院下番の一等兵だぞ」

梶は黙っていた。

「それでも、何か楽な勤務についた方がいいか？」

「どっちでもよくあります」

「ん？　……ん。どっちでもいいことだな。どっちがそいつの得になるか、なってみなくちゃわからんことだ」

それからまた歌った。

「さすが男と、あの娘が云うた……お前は弱兵でもなさそうだが、弱兵になった方が得かもしれんぞ。俺のように対戦車肉薄攻撃の専門屋になったりすることはないからな」

座金の伍長は、半分は分別臭く、残りの半分には多少誇らしげな響きも含めて、カラカラと笑った。

「人事掛に話してやろうか？　何か楽な当番勤務につくようにな。入院下番は班内にいても、あまり面白い目は見られない」

梶は、この最後の部分だけは真顔で聞いた。確かに、転属して来た入院下番などは、ろくな目は見ないだろう。


座金の伍長、軽薄な陽気さとちょっとばかりニヒルな味を持ったその男が、気紛《きまぐ》れを起してどれだけのことを中隊人事掛に云ったかは、わからない。或は何も云わなかったかもしれない。その日以後、梶はその伍長と口をきいたことはなかったし、相手も梶のことなど意識の中に置いてもいないように見えた。

数日経って、週番下士官が梶を呼びつけた。

「お前は明日から将校官舎当番に行け。明朝九時に、下番者から引継ぎを受けること。官舎は、角倉中尉殿の官舎だ。わかったな？」

10

官舎当番に出されるのは、大体、おとなしくて、生きの悪い、のらくらした兵隊が多い。梶は必ずしもおとなしくはないし、前歴も官舎当番には不向きだが、転属して来た入院下番は、軍隊の通念から云って兵隊の屑だから、中隊人事は彼を当番にさし向けて、前任者を冬季演習に参加させることに決めたらしい。

梶はそのことには別に何の感想もなかった。厩当番につけられて、馬の尻を丹念に拭いてやるよりはいいかもしれない。

角倉中尉の官舎の前任当番は、これも一等兵だったが、梶が交替に来たのを見ると、はじめは不愉快そうな顔をして、梶をまごつかせた。無愛想で、ろくに申送りもしないのである。梶は、こまかい注意事項を聞き質しているうちに、この下番者が梶のおかげで冬季演習に参加させられることになったのを怨んでいるのがわかった。無理もない。骨まで凍る酷寒に、二十日間もの演習は、ニコニコ笑って迎えられるものではない。

下番者は、それでもしまいには諦めがついたらしく、帰営するときに梶を裏庭に呼んでこういった。

「ここの奥さんてのは疑い深くてな、物がなくなったと云っちゃァ当番のせいにするから、気をつけろよ。中尉殿の妹さんは凄え美人だ。ところが大変なジャジャ馬でさ、何を考えてるんだか、さっぱりわからん。あれさえなけりゃアな、足でも舐《な》めてやりたいくらいだが……」

梶は笑った。

「中尉殿は？」

「将校だよ」

わかりきってるじゃないか、と云わんばかりの口調であった。

「お前、当番勤務で将校から認められようなんて根性は、やめにした方がいいぞ。当番兵なんて、女中よりまだ悪いや」

梶は、今度は別の意味で含み笑いした。

「それでも冬季演習よりはいいだろう？」

「そりゃアな、そりゃアまあそういったものだが……」

梶は角倉中尉大人から最初の吐言《こごと》をその日のうちに貰った。風呂を焚きつけるのに薪を使い過ぎるというのである。薪は裏庭に山と積んであったし、石炭を見ると湿った粉炭が混っているので、短時間で焚きつけるために薪を多目に使ったのだが、これが時局柄を弁《わきま》えないということになった。

「そんなことでは、いつまで経っても上等兵になれやしないからね」

女としては顎の発達し過ぎた白い顔を、梶は焚き口から見上げた。二十をまだ幾つも出てはいないだろう。若々しい皮膚は、おそらく、当番兵のおかげでヒビやアカギレから免がれているのだ。

「この次から節約します、奥様」

「節約したからお湯がなかなか沸かないなんて云わせませんよ」

と、夫人は釘をさした。

「兵隊の員数仕事はうちではごめんだからね。何でも誠意をもってやってちょうだい。そうすりゃ、あたしの方でも見るとこは見てあげるわ」

梶は黙々として従った。その日以後、梶の口から出る言葉は、殆ど「はい」と「わかりました」に限られた。見たところ勤勉であった。仕事をし残したり、過ちをしでかして叱られるようなこともなかった。手順よく事を運んで行く。けれども、そうやって朝から夜まで黙々と働くのは、夫人の謂う「誠意」を見せようというのではない。逆に、夫人や中尉の妹の佳久子から叱言を食ったり用を云いつけられたりするのを避けるためには、雑用を次から次へと自分でみつけ、作って、働き続けることが最も効果的だとわかったのである。

「無口で無愛想な兵隊だけど、働くことはよく働くわ」

と、夫人は中尉に云って、当番兵に満足しているらしかった。そばから、佳久子が美しい顔をかしげて云った。

「おなかの中はわからないわ、従順そうにしていても……」

「何かそういうフシがあるのか？」

と、中尉は、妻と妹を等分に見較べた。

「あいつは前の所属中隊では要注意だったそうだ」

「何がどうってこともないけど、おなかの中ではこっちを軽蔑していそうなとこがあるんじゃない？　あたしはそのくらい芯のある兵隊の方が面白いけど」

「何が面白い？」

と、中尉は眼玉をぎょろりと妹の方へ流した。

「中尉の家族を当番の　等兵が肚《はら》の中で軽蔑することがか！」

「まあそうね。こっちじ給料を出して雇ってるボーイじゃないんだから。お兄さんだって、大隊長や中隊長から命令を出されたら、何をこの野郎と思うことがあるでしょ？」

「命令は命令だ。俺はそんなことは思いやせん」

「思うわよ」

と、妹は笑い声を立てた。

「思ってはいけないんだと思ってるだけだわ」

「云っておくがな、佳久子」

と、中尉は改った。

「お前が退屈だからって、将校の家族としての体面を忘れてはならんぞ。当番兵は労《いたわ》ってやれ。だが狎《な》れさせてはならん！　いいな？」

「労りも狎れさせもしないわ。あべこべよ。あたしが云うのはね、そういう奴をほんとに使いこなせたら面白いだろうってことよ。はい奥様、わかりましたお嬢さん、そう致しますお嬢さん、あいつ、肚の中ではそう思ってやしないのよ」

梶は勤務時間を無事故で過ごせれば上出来と心得ている。当番兵は官制の召使だ。「上官の命は直ちに朕《ちん》が命と心得よ」というのは、兵営内だけのことではなかった。当番兵は上官の私用どころか、上官の家族の私用さえも弁じなければならないのである。これはもう、軍隊が金科玉条とする「勅諭」の精神からさえもはみ出ているのだ。職業軍人として国家から報酬を貰っている人間に、国家から兵役の義務だけを負わされた人間が、召使として無料奉仕する。こんな馬鹿な話はないのである。将校の何処が偉いか、権力機関の寄生虫め！　肚の中では確かにそんな不穏な気持が、いつでも黒い浪のようにうねっている。それを数日のうちに感じ取ったとすれば、佳久子という娘も鈍感ではない。

角倉夫人は梶を「当番」と呼ぶ。習慣化された極めて事務的な呼び方だ。悪意もない代りに好意もない。階級の優越だけが響く声である。中尉夫人は絶対に一等兵より偉いのだ。女が中尉と法律上の手続をして一緒に寝れば、一等兵より絶対に偉くなるということが、何に根拠を置いているか、そんなことは考えもしない。裏返せば、彼女は、大尉夫人には絶対に頭が上らないことにも、殆ど抵抗を感じない。感じるにしても、夫に仕える妻の務めの中に大した困難もなしに解消してしまっている。

中尉の妹は必ずしもそうではなかった。中尉の妹は、自分が中尉の妻とは別個の、異質の単位であることを自覚しているらしい。けれども、兵隊同等ではないということも自負していたいのである。

その日、梶が屋内の板張の部分の拭き掃除を済ませて、裏庭で薪を割っていると、垣根越しに隣の官舎の当番が話しかけて来た。

「おい、うちの中尉殿が今朝云っておられたがな、ヒリピンの戦闘がうまく行かんようだと、年が明けてからうちらの部隊も出動するかもしれんいうんじゃ。そうかいな？」

梶は斧で大上段に振りかぶって、堅い薪を真二つに斬り下げてから、答えた。

「出動することはないだろう」

「お前んとこの中尉殿は、そう云うとってか？」

「いいや、俺がそう思うんだ」

「なんや、お前か！」

相手はがっかりした顔をした。梶は笑った。

「俺の話では、おかしくて聞けんか？」

「そんなこともないけどな……」

「フィリッピンへ持って行くって、どうするんだ？　徒歩や列車輸送はきかないところだぜ。海の上は敵ばかりだ。輸送船団はお陀仏さ。そんな馬鹿なことはしないよ。これが一つだ」

相手はフンフンとうなずいた。

「満洲の北の涯から南の島へ持って行くまでに、そこの戦闘は終るかもしれないだろ？　これが二つ目だ」

「それから？」

梶は云ったものかどうか、と、薪をまた一つ立てて、叩き割った。

「この二つは、そうとばかりも云っておれん場合もあるがね、お前、新聞見てるかい？」

「ときどきな、奥さんの眼盗んで、見ることは見るんじゃが、どうかしたんかいな？」

「こないだ、出ていたろ？　スターリンが日本を侵略国と看做すと演説したことが」

「気がつかなんだが、それがなんじゃ？」

「日本とソ連は中立条約を結んでるだろ。普通だったら、相手国のことをそんなふうには云わんはずじゃないか？　それを云ったとなると、中立条約はもう直ぐ駄目になるってことじゃないのかい？」

相手はまたフンフンとうなずいた。

「つまりね、フィリッピンどころか、こっちの方がそろそろ怪しくなるってことだ」

梶は、灰色の、重い冬空を見上げた。あの丹下一等兵はスターリンの演説をどのように受け取っただろうか？　平穏な数千キロに及ぶ国境線に、たった一人の男の口から出た言葉が、怖ろしい暗雲となってたれこめているようである。

「つまりなんじゃな、国境で戦闘がはじまるかもしれん云うんじゃな？」

「……それが怖いから、ここの部隊は動かないってことだよ。もっともね、太平洋の方が急に忙しくなって来れば、どうなるかわからんよ。そうなったら、どっちみちおんなじことだね。南がせり上って来りゃ、北も圧しかぶさって来るよ。すべておさらばだ」

「桑原桑原」

隣の当番兵は胸の中まで寒くなったらしく、鳥肌の立った顔を幽かに振った。

「当番兵は将校の家族を内地まで護送して除隊せいいう命令が出んもんかいなア！」

梶は声を立てて笑った。その笑いの中へ、張りのある女の声が来た。

「当番さん！」

廊下の小窓を開けて、佳久子の彫りの深い顔が出ていた。

「靴を出してちょうだい」

靴は、朝のうちに梶が磨いて、玄関の下駄箱の上に置いてある。それを下ろして履けばいいようになっている。

手はないんですか！　激しい語気が喉まで出かかった。佳久子の眼がいたずらっぽく光って梶の出ようを見守っている前で、梶は大きく斧を振り廻して薪に打込んでから、玄関へ廻った。佳久子は上り框の上に立っていた。直ぐそばに下駄箱があって、その上に彼女の靴が載っている。梶は靴を下ろして、揃えてやった。女は形のいい足を靴に入れて、云った。

「結んで」

梶は屈んで、紐を結んだ。見事な脚が眼の前にあった。それが美しいだけに、腹立たしさと情なさが胸の中で犇《ひし》めいた。

「戸を開けて」

と、女は白い滑らかな顎で云った。梶は戸を開けた。佳久子は外に出て、挑むような眼つきをして笑った。

「女の靴紐を結んだの、はじめてでしょ？」

梶は生ぬるい声で答をずらした。

「他に御用はありませんか？」

「あるわよ」

女はますます挑むような眼色になった。

「お風呂場に靴下出しといたから、洗っといて」

「承知しました」

梶は肌理《きめ》のこまかい女の顔を見つめていた。軍隊の階級などはかりの象《かたち》に過ぎませんよ、お嬢さん。もう直ぐ、あんた達が胡坐《あぐら》をかいている秩序は根柢からひっくり返るかもしれんのだ。そのときには、とどのつまりは肩書なしの人間だけが残るのです。あんた達の中に、何が残るだろう？

女は強い表情になって、一睨みした。意気地なし！　文句があったら云ってごらん！　云えたら、見直してあげる。云えないんなら、何でもおとなしくすることです！

佳久子が出て行ってからものの五分と経たぬうちに、角倉中尉夫人が梶を呼んだ。

「当番！　当番！」

梶は抱え上げていた小割りの薪をその場に投げ捨てて、勝手口へ行った。

「当……ああ、ちょっと聞くけど、お前ここの拭き掃除をしたでしょ？」

「しました」

「この棚の上に五円札を一枚置いといたのを、何処へしまったの？」

「知りません。気がつきませんでした」

「気がつかなかった？　おかしいわねえ！　確かに置いといたのよ。さっき支払いするときに、こまかいのがなくて、ここへ置いたなり奥へ探しに行ったんだわ。つい忘れてしまって、いま気がついたら、ないじゃないの。お前しかここの片づけをした者はないんだから……」

「お嬢さんが御存知ではありませんか？」

「佳久子さんなら、あたしに云うわよ」

女の眼が疑惑に濁っているのを梶は見た。

「厭になっちゃうわ。当番が代るたんびにこんなことがあるんだもの」

「つまり、私がどうにかしたとおっしゃるのですか？」

梶は声を抑えてそう訊いた。甲高い声がはね返って来た。

「お黙り！　何です、その顔は！　知らないかと訊いてるだけでしょ！」

「存じませんとお答えしました」

「おかしいわねえ！　お前が知らないとしたら、誰が知ってるんだろ？　いいわよ。もういいの。仕事をなさい。こんなこと、主人に云いたくはないけど、あったものがなくなったりしたら、やっぱり云わなくちゃならないわ」

梶は顔が白っぽく変るのを意識した。声と言葉を抑えようとしたが、もう間に合わなかった。

「お疑いになるのは奥様の御自由ですが、疑われる方は迷惑します。私は一等兵で十五円そこそこの給与ですが、五円が十円でも不自由は致しません。私は地方の会社から、現在本人不在のままでも、中尉殿より多い給与を受けております。その点、今後ともお含みおき願いたくあります」

カチンと踵を鳴らして、梶は裏庭へ出て行った。

外の冷たい空気に触れてから、態度が挑戦的に過ぎはしなかったか、と、落ちつきの悪い後悔を覚えたが、体の奥では怒りで毒された血のたぎりが、なかなか冷めきれなかった。古兵のようなやり口で、女にまでいじめられてはやりきれないのだ。中尉が帰って来たら、女の告げ口を真に受けて、理非も質《ただ》さずに梶を罰するのではないか？　そうされるくらいなら、思いきって中尉夫人の面皮を剝いでやろうか？　梶は薪を片づけながら次第に肚の底を固めていた。どうせもう入院以来遍歴の針路は舵を失ってしまったのだ。何処で難破するとしても手の打ちようがないとすれば、怖れおののくだけ見苦しいと云わねばならぬ。

11

「お前はそれだけ云われても黙っていたのか？」

と、角倉中尉が夫人にきびしい眸を向けた。食膳の上では、晩酌の二本目の徳利が空になりかけていた。酒はいずれ天下御免の酒保品を都合したものに違いない。

「……盗ったという証拠がないんですもの」

夫人は忌々しそうに唇を歪《ゆが》めた。

「ひょっとしたら当番が云うように、佳久子さんが持って行ったのかもしれないと思って……」

「わかっておる。俺が云うのはそんなことではない」

中尉は空になった徳利をかしげてみて、呶鳴った。

「当番！　酒を持って来い！」

梶は台所で、その声から判断した。中尉は御機嫌斜めである。酒も毎晩の定量を超えている。まだ見たことはないが、今夜は荒れるかもしれない。

「冷《ひや》でいい。直ぐ持って来い！」

梶は持って行った。廊下にかしこまって、さし出す。取り次ぐのは夫人の役だ。尻を向けたままで、白い手が後ろに伸びて受け取った。それから、今度は白い顔が斜めを向いて、眼と口の隅から云った。

「もういいからお退り」

梶は退った。中尉が夫人に云うのが、不確かながら聞えた。

「金は奴が盗ったのではない。佳久子が持って行ったんだろう……」

それならもういいのだ。聞く必要はない。梶は片づけをはじめた。中尉は続けていた。

「お前の詮索の要領が拙劣だから、当番如きに暴言を吐かれて、主人の権威を傷つけることになるのだ。いいか、紛失した金が問題なのではないぞ。奴がお前と対等の、いや、優越した口のきき方をしたということがだ」

夫人は口惜しそうに俯向いていた。中尉が二口三口飲む間、家の中は静かであった。

佳久子が帰って来て、隣の部屋がごとごとしはじめた。

「佳久子、ここに来い」

中尉の声で、襖のところに剝き卵のような肌が現われた。電灯の光に映えている。夫人が尋ねた。

「佳久子さん、あなた、お勝手にあった五円札知らない？」

「ああ、あれ？」

佳久子は首を竦《すく》めて笑った。

「無断借用仕りました。中尉殿に始末書を書きましょうか？　ごめんなさいね」

「ごめんなさいじゃないわよ！」

夫人の眼が青く光ったようである。中尉は濃い髯あとにどす黒い笑いをにじませた。

「どうかしたの？」

「中尉夫人がな、一等兵に侮辱されたのだ。安月給取の女房が何をぬかすかとな」

佳久子は眼を大きくした。意外な結果に愕いたというよりも、好奇心が生き生きと光っていた。

中尉は号令をかけるように首を伸ばして、呼んだ。

「当番！　ちょっと来い！」

梶は、あのままで済むと思ったのが甘かったことに気がついた。荒れても仕方がないから、帰営時間にだけは間に合せて欲しいと思った。

「入って、閉めろ」

梶は部屋の隅にかしこまった。

「お前が家内に吐いた暴言を復唱してみろ。俺も聞きたい」

と、中尉が、ことさらに面白いことのように云った。

「暴言を吐いた憶えはありません、中尉殿」

「では失言か？　暴言ではなかったが、侮辱はしたのだな？」

梶は、佳久子が、珍しい動物がどんな声を出すかと見守っているように感じて、強ばった。

「見解の相違であります、中尉殿。冤罪《えんざい》を蒙って侮辱されたのは私の方だと考えております」

「馬鹿をぬかせ！　兵隊が上位の者から疑いを質されることは、侮辱にはならん」

新案の学説だ。梶は、屈辱感の中におかしさが入り混った。

「それよりだな、お前は聞いたことがあるか？　地方では、貧乏少尉とか、やりくり中尉とか云っておるが」

と、中尉が梶を見据えた。

あるどころか、通り相場だ。もう一つ上が、やっとこ大尉とも、どうかこうか大尉とも云うのだ。御存知ですか？

「……ありません」

「とぼけるな。中尉如きは勝手元不如意の、憫笑《びんしょう》すべき奴だとな、お前はそう内心で思っておるのだ。わかっておる。地方へ帰れば中尉以上の俸給生活者として、中尉をあざ嗤う実力を持っておると、貴様は自負しとる」

中尉は口もとだけで陰気に笑った。見ようでは自嘲ととれぬこともないが、そうでない証拠に、梶が蒙った不当な嫌疑は度外視されて、「失言」だけを故意に取り上げている。だが、この程度のことは軍隊生活では日常茶飯事である。それよりも梶は、中尉の手の中にある冷酒のコップがいつか飛んで来そうな気がして、かわす身構えをしていた。

「お前は馬鹿な奴だ！」

と、中尉はコップを置いて、梶を刺すように見た。

「お前が思想的にいかがわしい兵隊であるという注意事項は、お前が何処へ行ってもついて廻るのを知らんのか。俺の見るところ、お前なんぞは能動的に作為する赤でさえもありやせん。赤に利用され翻弄され、あげくには弊履《へいり》の如くに捨てられる軽薄な知識分子に過ぎんにもかかわらず、お前に捺された極印だけは一人前でな、一生体について廻る。そういうお前がだ、軽率な言動によって将校を侮辱すれば、或は侮辱したととられれば、どういうことになるか、考えてみい」

梶は個性を失った兵隊として、そこに正坐していた。一対一では話の出来ない関係が、もうここでは固定してしまっているようであった。

「他の将校官舎であれば、お前はこの寒夜に体刑を喰うところだぞ。俺はそんなことはせん。俺はな、階級を笠に着てお前を罰するほど底の浅い男ではない。お前が愚弄しようとしている将校が、却ってお前を庇護すれば、どんな気持がするかな？」

「お前は感謝しないと罰が当りますよ」

と、夫人が口を出した。

官舎女郎め！

梶の口がひとりでに歪んでいた。

「感謝などせんでもいい。またしたくもなかろう。貴様も男一匹だろうからな。云っておくが、俺は貴様を人間として庇護するのではないぞ。俺の支配下にある当番兵としてだ。貴様がよしんば地方の大会社の社長であろうと重役であろうと、貴様は俺の当番兵に過ぎんのだ。働くことは実直に働くらしいから、その効用だけを認めるのだ。当番の服務期間は規則でどうなっているか、知っとるか？」

「軍隊内務令には、同一兵ヲ三箇月以上連続服務セシムルコトヲ許サズとあります」

「そうだ。三カ月以内に勤務変更になると期待しとるか知らんが、お前をやりくり中尉の当番兵として飼い殺しにすることも出来んではないからな、そのつもりでおれ」

梶は肚の中で忙しく中尉の肚を推量した。多分こういうことだろう。お前のような奴を中隊に返して、また他の官舎当番に出でもすると、角倉は当番一人をよう教育しきれなかったとか、角倉の女房は疑い深いしみったれだとか、云いふらされるのを怖れているのだろう。それとも、反感を抱く男を心服させせようという講談ふうな趣味を持っているのだろうか？

そうだとすれば、おあいにくさまだ。俺は演習や内務から離れる方便に、この当番勤務を利用するだけだぞ。

「分際を弁えて口を慎しめ！」

と、中尉が云った。

「今後無礼は一切許さんぞ！　もういい。隊へ帰れ」

「……梶一等兵、帰ります」

梶は廊下に出た。中尉がまた云った。

「明日の朝は早く来て、風呂を沸かせ」

「明日の朝は早く来て、風呂を沸かします」

「ん」と、中尉は、酒の濁りが油のように浮いた眼で夫人の腰のあたりを見て、ニヤリとした。

中尉の妹は、含み笑いをした。これは、復唱した梶の立場の惨めさと滑稽さを笑ったのかもしれない。笑ったあとで、あの靴紐を結ばせたときのような視線を送ったが、梶はもう背を向けていた。

12

年の瀬もおしつまったころ、戦局はまた一段大きく傾いた。それまでフィリッピン戦線での主戦場であったレイテ島の決戦が終了したのである。方面軍司令官山下奉文《ともゆき》は隷下の司令官に、軍はその作戦地域内に於て自活自戦、永久に抗戦を継続し、国軍将来に於ける反攻の支撑《しとう》たるべし、と命令した。つまりは、この地域の日本軍は組織的な戦闘能力を完全に失ったのだ。

米軍は散発的な抵抗を排除してマニラへ進撃を開始するだろう。やがてフィリッピン全域の決戦は終熄するのではないか？　そのことは、取りも直さず、決戦場が急速に日本本土へ近づくことでもある。

満洲のこの地域、いまフィリッピンで絶望的な抗戦命令を発した山下奉文が、ちょうど一年前に第五軍司令官として支配していたこの地域は、厳冬に鎖《とざ》されている。その隷下に編入された消耗品の一個、梶一等兵がカーキ色の制服を着て迎える二度目の冬だ。梶はようやく二年兵である。下がないから初年兵と変りはないが、兵隊の暦は一枚だけめくれることはめくれたのだ。なんと長い一年であったか！

関東軍国境部隊はまだ無事であった。従って、国境の町も無事に凍りついている。けれども、官舎当番は決して無事ではない。天然の季節さえも不公平である。弱い者いじめしかしないのだ。井戸を凍らせ、水を涸《か》らせる。当番兵はどうするのか？　中尉殿は入浴がお好きである。御家族は清潔家揃いで、洗濯用水が多量に要る。梶は毎日井戸で手の千切れそうな痛みをこらえ、毎日、最初の部隊であの夜小原と水汲みに行ったことを思い出す。小原も冥土の二年兵になっただろう。このままの状態がいつまでも続くとすれば、生きていることはすばらしいとばかりは云えなくなる。朝の匂いもまだせぬうちに毛布の中で眼が醒めて、きまって最初に頭に来るのが水のことである。梶の手は、十本の指が全部第二関節までヒビとアカギレで縦に割れていた。もうどんな労働者も彼をその手の白さのために嗤うことは出来ないだろう。来る日も来る日も、当番は水を汲み、当番は板の間を拭く。

正月、南方では山野に肉が飛び血が流れ、北方ではペーチカのそばで酒がこぼれ、へどが散った。将校達は飲んで浩然《こうぜん》の気を謳い、赤露討つべしとわめいては、呵々《かか》大笑する。

「おい当番！　酒を持って来い！」

「当番！　当番！　何をぐずぐずしてるの！　お風呂はまだ沸かないの！」

当番兵は凍えた手に息を吐きかける。

米軍が猛烈な砲爆撃を加えた後に、ルソン島リンガエン湾に一日のうちに約七万名の兵力を揚陸《ようりく》させて、幅広い橋頭堡《きょうとうほ》を確保したという報道が伝わったのは、門松がとれてまだ間もないころである。角倉中尉は少なからず動揺した。正月に将校仲間で気焔を上げたときには、レイテ戦の失敗はルソン島作戦で必ず取り返すだろうという根拠のない楽観が、酒に支えられていたのだ。これまでにも米軍は、圧倒的な物量を投入する正攻法で、日本人の神話めいた楽観を一つ一つ潰すかのように作戦を進めて来た。それでもなお、大本営は何処かの一線で米軍を潰滅させる用意があるはずだ、と、これは職業軍人たると一般地方人たるとを問わず、盲信することによって戦争を継続していたのである。それだけずつ悲劇が深刻になっているとは、殆ど考えなかった。

ひょっとしたら、このまま憂慮すべき事態に陥ち込んでしまうのではないかという懸念《けねん》が、この日の朝、角倉中尉の胸を一月の寒風よりも鋭く吹き抜けたのは、客観的に云えば決して早くはなかったが、若手の将校としてはそれでも早い方であったかもしれない。

南方軍総司令官寺内閣下は戦況をどう判断しておられるのか？　朝の食卓についた角倉中尉は、その点を知りたかった。隊へ行って上官にそんなことを質問するわけには行かないし、彼の上官だとて、知識や情勢判断の能力は、彼と大差はないのである。誰も、このソ満国境の尉官級の将校は、何故寺内大将がレイテ決戦のさ中に、大本営の意志に反してまで、南方軍総司令部をマニラからサイゴンへ移したか、知ってはいない。どうして総司令部が決戦場であるフィリッピンから離れてしまったのか、その内幕に、大本営と南方軍総司令部と現地方面軍の三者の間にどれだけの作戦の不一致があるのか、何もわかりはしない。ただもどかしく思うだけである。いつ水際で決定的な反撃を企図してくれるのか、と。

「……いまのうちに全力を挙げて叩いておかないと手遅れになるぞ」

角倉中尉は食卓でそう呟いた。中尉夫人は軍事問題には不介入方針で、専ら給仕するだけだったが、妹の佳久子はそうでなかった。

「もう手遅れになってしまったんじゃないかしら」

ケロリとして、そう云うのだ。

「満洲が戦場でなくてよかったわね、お兄さん」

「馬鹿をぬかせ！　満洲が戦場ならフィリッピンのようなことにはならん。関東軍は世界最大最強の方面軍だぞ」

「兵隊にはそう教えているの？」

「そうだ」

「じゃノモンハンのときはどうしたの？」

中尉はにがい顔になった。ノモンハンの苦杯は中尉の責任ではないにもかかわらず、第二のノモンハンがこの方面に起らないという保証はないから、痛いのである。

「あのときだって負けとりゃせん。これから大挙反攻しようというときに停戦になったんだ。何だ、女が、知ったかぶりをして！　お前は何も知らんのだ。関特演以来関東軍の兵力装備がどれだけ充実したか。それがあるから、見ろ、ソ連も手を出しきらんじゃないか。お前はな、毎日無駄にケツを振って歩かないで、将校の一人ぐらい射留めてみせろ」

「厭だわ、未亡人になるなんて」

佳久子はふざけて云ったが、今度は真顔になった。

「無敵関東軍ってどの辺まで信頼出来るのかしら？　一般地方人の安全をほんとうに保証してやる自信があるの？」

角倉中尉は、このとき、関東軍司令官山田乙三がそう尋ねられたら、どう答えるか、知りたかった。角倉自身が山田乙三にそう尋ねたい気持が、今朝はしきりに動くのである。

「俺は戦闘部隊の中尉だ」

と、吐き出すように云った。

「俺が敵の十字砲火を浴びているときにだぞ、家財道具をひっ担いで逃げる地方人のことなど考えられるか！」

角倉中尉の言葉は一見悲壮に見えもするし、また無責任に聞えもするが、軍隊の性格には忠実であった。侵略のために設けられた軍隊は、戦局の推移でやむなく防禦姿勢に立っているとしても、人民の防衛のためにあるのではない。この日から約七ヵ月後に、関東軍はそのことを完全に実証して見せたのである。

当番兵梶は、風呂場で洗濯をしていた。中尉夫人は自分の肌着だけは流石に自分でやるのだが、それ以外は一切当番の負担である。梶は三日にあげず小まめにやる。いかにも忠実なようだが、あまり忠実でない証拠には自分の物を一番先きに洗うのだ。中尉や佳久子の肌着に至っては、手で洗わずに足で踏んだ。このために梶の足は、期せずして初年兵当時から層をなしてこびりついている垢と皮膚の硬化を完全に落していた。

今日は足でやるわけには行かない。佳久子が来て、まるめた肌着を放って寄越して、そのまま立ち去りもせずに見ているのである。監視しているのではなかった。佳久子はこの兵隊に或る種の興味があったのだ。見慣れた兵隊とは異なったものをこの当番兵に感じているようである。仕事はまじめにするが、中尉や中尉夫人に決してへつらおうとしないこの兵隊が、あの日佳久子のために靴を揃えてやり、靴紐を云われるままに結んでやったことが、佳久子には物足りなかった。女に飢えた兵隊のことだから美しい女のためには犬馬の労も厭わなかった、と解釈されぬこともない。それは佳久子の自負心を快く擽《くすぐ》るのだが、こやつはそんな男でもなさそうな気がするのだ。眼の前で、女の下履きを洗うかどうか。どんな顔をするか、見てやりたい。

梶は無表情な顔で、石ケンの泡の中から一枚ずつ取り上げて、ゴシゴシ洗っていた。

佳久子は声を立てて笑った。

「あんた、奥さんのズロースも洗ってやるの?」

「いいえ」

「どうして洗ってやらないの? そうやってよその女の肌着は洗うじゃない」

梶は佳久子が絡んで来る意味を計りかねた。洗わせておいて、何故洗うかもないものだ。思い上った馬鹿娘!

「私の女房は働く手を持っていますから」

「どういう意味よ、それ」

と、忽ち、佳久子の眸が奥の方からチロチロと燃えはじめた。

「どういう意味でもありません。事実そのものです」

「わかったわ!」

声は低かったが、鋭かった。

「あたしを寄生虫だと云いたいんでしょ!」

梶は手を止めて、相手を見た。いまにキンキン響く声でわめき散らすのではないか。中尉夫人が隣へ遊びに行っているからいいようなものだが、さもなければまた大事になる。

「答えなさいよ」

と、佳久子は喰いついて離れなかった。

「誰もいないから、云いたいことを云ってごらん、男らしく」

「あなたのことをとやかく云うつもりはないんです。まして自覚しておられるなら、何も云うことはありません」

「まあ、なんてお高くとまった云い方をするの！」

佳久子は濡れた簀子《すのこ》にトンと降りて、鼻の先きに来た。

「偉そうに云って、あんたは何よ！　あたしに自分で洗えって云う勇気もないくせに！　御無理ごもっともでペコペコする当番兵と何処が違うの！　怖いんでしょ、口ばかり達者でも！　意気地なしのくせに生意気な口きくもんじゃないわよ！」

梶の方はそうするつもりもなかったのに、口もとがひとりでに歪んだ。それが冷笑と見えたらしい。佳久子はいきなり水びたしの自分の肌着を摑んで、梶の顔に打ってかかった。目的を達したのは石ケンの泡だけである。女の手首は梶に握られて、白く血の気が失せるまで宙に支えられていた。

「およしなさい。そんなことをしたって、事実が変るわけではないんだから」

「……そうです。私は怖いんです。……もう無罪放免にして下さい」

梶は手を放した。

「馬鹿力！　痛いじゃないの！」

女は手首をさすって云った。

「ひっぱたいてやりたいわ」

「もう沢山です」

梶は呟いた。

「さんざん殴られました。理由もなしにね。せめて軍人でない人ぐらいは理解して欲しいと思います。中尉殿や御家族と私との間には、命令で出来た偶然の関係があるだけで、人間的なつながりはありません。明日にでも違った命令が出れば、右と左に別れるのです。そしてそれっきりになるでしょう。私はここで謂わば機械的に仕事をするだけです」

梶は口を噤《つぐ》んで洗濯をはじめたが、佳久子は動かなかった。梶は直ぐにまた顔を上げて、今度は穏やかな笑顔で云った。

「機械的にと云っても、私は出来るだけのことはしているんですよ。あなたが、私の何が気に入らないのか知りませんけれどね。私は当番になるときがあると思って学校で勉強したわけでもなかったし、兵隊になるつもりで地方の仕事をしていたわけでもありません。……戦争で人間の生活はすっかりめちゃめちゃになりました」

佳久子は殆ど瞬きもせずに聞いていたが、最後に、少しばかり思いきりの悪い調子で負け惜しみを云った。

「あんたがあたしの手を痛くしたってことは、兄に云わずにおいてあげるわ」

梶は笑って頭を下げた。

「どうぞ、そうお願いします。当番兵をもういじめないで下さい」

13

次の日、中尉大人が買物に出かけたあとで、佳久子は当番を呼んで、ペーチカの灰を捨てるように云いつけた。

「あたしが自分でやってもいいんだけど、当番がいるのに勿体ないからね」

灰は朝取ったばかりだから、まだそう沢山はない。有閑令嬢が退屈しのぎにまた何か云うのだろう。梶は苦笑して聞き流したが、灰を掻き出しているうちに、美千子が手拭をかぶってそうしている姿が思い浮んで、胸が痛んだ。灰を捨てることにもなんと豊かな意味があるのだろう！　また、なんと大きな違いのあることか、それが自分の生活を温めるためと、そうでない場合との間には！

「兄はね……」

と、佳久子が梶の動きを見守りながら云った。

「米軍がルソン島に上陸してから、とても神経質になってるの。うわべは、関東軍は世界最大最強の方面軍だなんて、威張ってるけど。……あんたどう思う？　この辺で、もしもよ、もしもソ連軍が米軍とおんなじような物量戦法で出て来たら……」

梶は灰をバケツに取り終って、火の工合を確かめてから顔を向けた。

「中尉殿が思想的にいかがわしいと云われた一等兵を、試すのですか？」

「そうじゃないわ。あんたは関東軍を最大最強だなんて思ってやしないでしょ？　だから聞いてみたいの」

「そう思っていないと、どうしてきめるんです？」

「あたし達との間には人間的なつながりは少しもないなんて、平気で云う人だからよ」

これは妙なことになって来た。この娘は何を考えているのか。女の気持と蛙の跳ぶ方角だけはわからない。そう思った。

「……最大最強の軍隊なんてものはありませんよ」

梶は立ち上って、バケツを提げた。

「兵隊はね、作戦要務令に従って戦闘するだけです。大局的な判断は山田閣下がするでしょうから」

「悟りきったようなことを云って！」

と、女の顔色が生き生きと動いたのが、また昨日の調子がはじまりそうに見えたが、今日はそうではなかった。

「石部金吉みたいな顔してたって、会いたいんでしょ？　先きがどうなるかわからないから、もう一度会いたいと思うでしょ？」

梶はバケツを下ろした。

「昨日あんたは云ったわね。戦争で人間の生活はめちゃめちゃになりましたって。あたしは将校の妹だからまだそんな実感はないのよ。ないけど、もしあたしに兵隊の恋人でもあったら、やっぱりそう思うに違いないと思うの。あたしはね、内地で勤労奉仕に出されるのが厭で、兄のとこへ逃げて来たの。だけど、ここんとこ毎日考えてるのよ、ソ満国境も怪しくなるんだとしたら、お母さんのところへ帰ろうかなアって」

「……お帰りになった方がいいでしょう。結果は、何処がどうなるにしたところで、ここは日本じゃないんですから」

「じゃアね、寄生虫が置きみやげを一つあげましょうか？」

佳久子は、自分の思いつきが面白くてたまらぬというように、顔を輝かせていた。

「あんたが会いたがってる人を、ここに呼んであげるの、どう？　官舎でなら、割りにゆっくり会えるでしょ？」

梶の顔は、はじめは綻《ほころ》びかけて、それが直ぐに引き締った。

「……折角ですが、お断わりします。下僕の夫婦に恵みを垂れるのは、主人の側は気持がいいでしょう。なるほど私は当番ですが、私の家内は当番の家内ではありません。こんな恰好を見せて、悲しませろとおっしゃるのですか？」

梶はバケツを提げて行きかけた。美千子よ、俺は会いたいが、俺達が会うのは、ここではない。

「お待ち！」

女の声が鋭く迫った。

「あんたは馬鹿よ！　わたしが好意で云うのを曲解することしか出来ないの！」

「曲解ではありません。御好意も、わかります」

梶は答えた。

「ただ、立場も気持も全然違うのです、中尉殿やその御家族と一等兵とでは」

14

梶が佳久子の気紛れな好意に甘えたとしても、美千子とは会えなかったかもしれない。間もなく、満洲兵備の大改編が行われたからである。

本土防衛の必要から、大本営はソ満国境守備隊を改編して、新設師団をこれに充当し、既存の兵力の多数と装備軍需品資材の約三分の一、それに加えて幹部多数を内地に転用することを命令したのだ。

国境周辺各地の各部隊では、新設部隊に充当する転属兵を選び出した。

梶がその日官舎から帰営したときには、もう転属要員はきまっていて、あわただしい空気が薄暗い舎内を流れていた。馴染の浅い梶には誰もそのことを云わなかったが、一装用の被服を受領して黙りこくって支度をしている兵隊の姿をところどころに見かけると、梶は覚悟した。「いかがわしい」前歴、おまけに入院下番の転入者が再度転属で出されるのは、軍隊の習慣としては当然である。

案の定、直ぐに呼び出しが来た。事務室に行くと、内務掛准尉が官舎当番の申送りと転属を同時に命令して、云った。

「……転属者の被服糧秣を受領して、直ちに準備すること。出発は明払暁《ふつぎよう》四時だ」

梶は尋ねた。

「目的地は何処でありますか？」

「お前が知る必要はない。輸送指揮官の指揮下に入ればいいのだ」

行先きは何処か、兵は誰も知らない。その翌日未明に、梶は他の十数名の殆ど名も顔も知らぬ転属兵と一緒に、凍りついた雪を踏んで定められた集合地点へ出発した。


輸送貨車は薄暗かった。兵隊をぎっしりと詰め込んで走っていた。何処へ行くのか誰も知らなかった。不安であった。このまま何処かの港まで行って、輸送船で南方の戦線へ運び去られるのではないか。或は朝鮮半島を縦走して内地配備につくのかもしれない。注意深い者は、はじめの半日だけは、列車が西南の方角へ走っていることを意識し続けていたが、そのうちにわからなくなった。窓は密閉されているし、列車はしばしば停り再々後退したりして、方位の感覚を狂わせてしまうのである。

兵達は、はじめ、目的地のことを話しあった。何処へ行くという説が正しいにしても、そういう臆測は何の足しにもならなかった。内地帰還説さえも兵隊に希望を呼び起しはしなかった。何処へ行くにしても、この動員が戦争と密接なかかわりを持っていることが、意識の下に黒々と蟠《わだかま》っているのである。

兵達はやがて、食物と女の話に憂さを紛らそうとした。兵達は熱中した。熱中すればするほど話は遠く虚ろなものになった。どんな食物もどんな女も、もう二度と彼らの手には入らないかもしれない。天下の美味と絶世の美女を知っているとしても、それが何の役に立つだろう? 男達は、いま、一葉の発送伝票によって運送される軍需品資材の一部分なのである。

兵達は再び「何処へ?」という執念深い疑惑に包まれた。

「何処へ持って行きやがるんだろうな?」

と、梶の隣の見知らぬ兵隊が訊いた。

「行く先きぐらい教えたってよ、この中に詰め込まれてる俺達が何処へ通報しようもねえだろうによ。なア!」

「あんまり遠くではないらしいね」

と、梶は、自分の判断をまだ多少は疑いながら云った。

「もう四十時間ぐらいになるがね、速度もあんまりないようだし、停車回数も時間も多いからね。困るのは一体これが北へ向ってるのか南へ行ってるのか……」

「寒いから、まだ南洋に着いてないことだけは確かだ」

と、梶とは背なか合せの兵隊が笑った。

「南洋か……」

と、別の兵隊が呟いた。

「畜生、いっそのこと行っちまおうか」

「どうせ死ぬならな、官費旅行で行ってみるか」

梶の後ろの男がそう受けた。

「俺はまだ外国の女とやったことがないんでな、南洋女の熱い奴と一つ……」

「そこへ二十九榴《りゅう》か何かのでかい奴がズシーンと来て……」

「ああ彼は遂に帰らぬ人となったのでありまーす」

そこの一塊の兵隊は笑った。梶は膝を抱えて沈んでいた。南洋行きでなくても、この編成変えの列車は死の列車かもしれなかった。関東軍はいま戦列に展開しつつあるのか、近い将来の戦闘配備につきつつあるのか、そのいずれかである。

梶は膝の間に顔を垂れて、車輪の響きの合間に遠い美千子の囁きを聞く心地がした。

「……戦地へ行くのね、きっと。だから会えたのね」

あの底冷えのする夜明けに、あの居室で、美千子はそう囁いたのだ。女の切ない勘は、悲しい真実をあのときから探り当てていたようである。

真夜中に輸送列車は目的地に着いた。真っ暗で何も見えなかったが、寒さは殆ど同じようであったから、ここもまたソ満国境の近くで、出発地点からもそう遠くはなさそうであった。事実、梶の出発地点からすれば、直線距離にしては五百キロとはへだたっていなかったのだ。兵員は驚くばかりに数が増えていた。黒々と闇の底に佇んで、新編成部隊の命令を待っていた。

15

梶は十一中隊に配属し、本建築の兵舎で、全く閑な、それでいて全く落ちつきのない二日間を過ごした。

兵隊は上等兵が多く、一等兵は少なかった。上等兵以上は殆ど四年兵五年兵ばかりである「神様」と「仏様」が多くて、人間は少ないのだ。この神様と仏様の大部分は、育ちが荒くれていた。国境の或る町に駐屯していた重砲隊が、砲だけを内地へ持っていかれてしまって、「商売にあぶれ」た結果、「歩兵に成り下った」砲兵出身者である。年次は古く、体格はよく、気性は荒かった。

「歩兵の給与はなっちゃいねえぞ！」

と、関特演の神仏は、寝台に鎮坐ましまして、食事のたびに立ち働く梶たちに呶鳴り散らした。彼らは大砲と一緒に内地へ送られることを夢みていたのだ。それが裏切られたから、「歩兵の半端野郎《はんぱ》と一緒に」されたことが、無性に腹が立つらしい。

真四角な顔が、一キロ先きからでもそれと見分けられそうな赤星上等兵は、最初の食事のときに、梶が飯盒《はんごう》に疵をつけたと云って、殴りそうになったが、そのときは梶が赤星の戦友の汁を手に持っていたので免れた。それ以来、赤星の真四角な顔がいつも梶の方を向いているような気がしてならないのである。

二日目の夕方、班内で突然「気を付け！」がかかって、兵達は寝台から跳び下りた。

将校が入って来て、云った。

「この班に梶という一等兵はおらんか？」

「おります」

進み出た梶は、瞬間、眼を疑った。眉が太く、真っ白な歯並で笑っている少尉は、梶が老虎嶺に赴任する前に袂別した学友の影山なのである。

「暫くだな、梶、生きとったか」

梶は幽かに笑った。お前も生きていたようだな。そう答えるには、階級の距離がはっきりしすぎていた。会えた瞬間の愕きと悦びは、ぎこちない居心地の悪さに変りかけている。

「他の者は休め」

と、影山は、将校ぶりが板についていた。

「俺は影山少尉。今朝この中隊に配属になった。お前達の訓練に当ることになるだろうが、俺はズボラな少尉だから、何をやるかわからん。その点、お前達の方でよく注意しなければならんわけだ。……梶、俺の部屋に来ないか？」

梶はついて行った。

「どうしたい、その後」

影山が笑顔で云ったが、梶はまだ淡い笑みを含んでいるだけで、答えなかった。

「今朝来てな、中隊名簿を見ると、お前がいるじゃないか。愕いたよ。たらい廻しにされたな？」

梶はうなずいた。

「美千子さんはどうした？　結婚したんだろうな？」

「……した」

梶はようやく口を開いた。

「あれから直ぐにね」

「それはよかった」

影山は梶をまじまじと見てから、声を立てて笑った。

「おかしいか、俺が少尉になったのが」

「……ちょっとばかりね」

「お前はどうしてならなかった。いまごろはパリパリの見習士官だろうに」

「それぞれの行き方があるさ」

梶はどうにか気持が落ちついて来た。

「内部摩擦を避けようと思ってね」

「避けられたか?」

「影山少尉との比較は出来んな。俺は俺で悪戦苦闘だったことは事実だが。俺は、羊を追う犬は廃業したんだ。羊になってみたんだが、こいつ、屠殺場行きらしいな。君はどうだ?」

「俺か」

と、影山は両手を頭の後ろに組んだ。

「内部摩擦をどうするかということよりもな、もっと肉体的なことだ。ビンタを喰ったり飯上げをしたりするか、それとも将校になって敵の狙撃手の標的になるか、どっちを選ぶかということだ」

「問題をそんなふうにすり替えられたのは倖せだったな」

と、梶は皮肉に笑ったが、影山はそれを承知の上で笑い飛ばした。

「俺はもともと掃溜めの中で清潔を保とうとするほどの精神衛生家ではないんでな」

戸にノックが聞えて、隊長当番が入って来た。

「影山少尉殿、隊長殿がお呼びであります」

影山はうなずいた。当番が去ると、服装を整えながら云った。

「梶、お前上等兵になる気はないか？　この隊には歩兵生え抜きの上等兵が少ないんだ。重砲の奴らばかりだと、工合の悪いこともある。奴ら、歩兵戦闘の要領はまるで駄目だからな」

「影山少尉殿は梶のような名射手を部下に持ってお倖せであります」

梶は上靴を鳴らして不動の姿勢をとった。

「梶一等兵、帰ります」

「お、御苦労」

その声に向って、梶は十五度の室内の敬礼をした。わざとそうしたには違いなかったが、第三者がそばにいれば、まじめくさってそうしなければならぬことが、心にひっかかった。茶番が茶番ではなくなりそうなのである。戸の外に出た梶は、何か大きな失敗をした男のような、暗い顔をしていた。

16

「影山少尉はどう思うかね？」

と、中隊長の船田中尉が、女のようなおとなしい声で訊いた。予備役出身で、もう四十歳を越えているだろう。家庭にあって、慈愛深い父として振舞うのが、一番似合っていそうな人物である。

「クリミヤで米英ソの巨頭連中が会談したらしいんだがね、それとどんな関係があるか知らんが、ソ連は極東地区へ盛んに兵力を輸送しているというんだ。これは向地視察班からの確実な情報なんでね、われわれがこれから配備につく国境の青雲台《せいうんだい》地区は、ソ連の最も強力な兵力展開の正面に当るんだ。そこでだね、ソ連が対日武力行使をする時期はいつごろだろうかということが……」

船田中隊長はふいに口を噤《つぐ》んだ。ソ連の武力行使を隊長ともあろう者が怖れている、と解釈されそうな懸念が掠めたのだ。

影山少尉は冷笑に似た笑いを浮べたが、これは隊長を嗤ったのではなかった。その時期がいつであるにせよ、そのときには、戦闘部隊の下級将校は砲火に身を晒す以外のことは出来ないのである。そういう危機が来ないで欲しいと内心では希《ねが》っている彼自身が、兵隊には勇戦奮闘を督励《とくれい》しなければならない立場にある。二線部隊でなら、この矛盾も幾分緩和された形で潜在するだけで終るかもしれない。ここ、これから出動しようとしている国境地域では、そうは行かないのだ。

「部隊長殿はどう云っておられましたか？」

「米軍がね、中支北支に上陸でもすると、ソ連は必ず挟撃作戦に出るだろうし、朝鮮を狙うとしてもやはり同じことだと云っておられたが」

影山は首をかしげた。

「米軍は硫黄島を攻撃しています」

それで？　というふうに、中隊長は新任少尉を見た。

「問題は、太平洋方面の戦闘がどの地点に移動して来るかということではなくて、日本の戦力がどの程度まで低下したかという敵方の判断と、独ソ間の戦闘の進捗《しんちょく》速度に関係があるのではないですか？　米国は楽に戦闘を進めるためには、ソ連に関東軍を叩かせたいでしょう。同様にソ連も、多大な出血をしてまで米軍の勝利を促進する必要は感じないでしょう……」

どうせ日本が敗けるのは時間の問題でありますから。そう云いたいのを、影山は肚の中に留めた。

「つまりなにかね」

船田予備中尉は儚い空頼みに似た微笑を浮べた。

「われわれの正面には、さし当っての戦闘は起るまい、という判断かね？」

「さあ、隊長殿の云われるさし当ってが、どの程度の時間を意味されるのか存じませんが」

二人の将校は虚ろな響きのする笑い声を立て合った。この二人は、勿論、ヤルタ協定の内容など知りはしなかった。また、よしんば知ることが出来たとしても、どうする術《すべ》もない現地軍の下級将校なのである。十一中隊の兵隊は、僅かこの二人の将校の指揮によって、近日中に国境守備につくことになっていた。

17

第十一中隊を含む第三大隊が配置された青雲台陣地は、山全体に永久築城を施してあって、どんな猛攻を受けても三カ月は維持出来ると云われた堅牢な陣地であった。ただし、それは所定の重火器を備えていればの話である。新編成の国境守備隊がそこに入ったときには、備砲の大部分は本土防衛のために撤去されて、その代りに迷彩を施した木製の偽砲が備えつけられていた。だからこそ重砲陣地に歩兵部隊が配置されたのだが、兵隊達はものものしい永久陣地とそらぞらしい木製偽砲を見較べて、戦争がこのような案山子《かかし》戦法で処理出来ると信じはしなかった。

「なアんでえ、こりゃア!」

と、顔を見合せて、あとは啞のように笑うばかりである。彼らは、自分達の運命の行くてに、とんでもない危機が待ちかまえていることを、はじめて、肌寒いまでに感じた。少しでも軍事的な勘の働く者ならば、この陣地で近代戦闘の僅か三時間を支えるのにさえも殆ど奇蹟に似た困難を伴なうことを自覚したに違いない。陸軍指導部の方針は、兵隊の員数だけでも揃えて国境に配備して、それによってソ連の進攻を牽制《けんせい》しようというのである。事実、それしか手はなかったかもしれない。かつて、ぬけぬけと唱えられた戦争の「大目的」は、早くもここまで堕ちて老醜の恥をさらしていたのだ。

谷をへだててソ領シベリアが、ゆるやかな起伏の涯に奥行きの知れないひろがりを見せている。境界を挟んだ彼我の斜面には、かなり樹木が密生しているが、向地視察班の根気のよい観察によって、一本の立木に至るまで明細に地図に記録されている。ここでの守備隊の主な仕事は、日没時に国境線の間際まで監視歩哨を出して、黎明と共に引揚げて来ることだ。歩哨に与えられている注意事項の最も重要なものは、敵方に監視歩哨が出ていることを悟られないようにするということである。これは歩哨の所在を悟られてはならないという戦闘常識からではなくて、むしろ敵力を無用に刺戟しないという配慮から出ていることであった。

十一中隊の一個小隊は影山少尉を指揮者として、青雲台の副陣地観天山に分屯《ぶんとん》した。梶はこの小隊に属することで、気が楽になった。というのは、飯盒に疵をつけたと因縁をつけて以来いつも梶を白い眼で睨んで、事が起るのを待ちかまえているような赤星上等兵をはじめ、重砲上りの五年兵の大部分が中隊主力と一緒に青雲台に行ったからだし、班長になった鈴木伍長が下士官には珍しい好人物だったからである。

勤務は閑であった。衛兵上番者と夜間の監視歩哨に出る者以外は、班内で無為に時間を過ごすか、林の中から珍しい木をみつけて、その枝を削ってパイプを作ったり、国境とは反対側の谷に下りて、雪どけがはじまったばかりの川の流れで得心の行くまで衣服の汚れを洗い落すことに時間を費やした。皮肉なものである。攻撃を受けたらひとたまりもあるまいと思われる最前線の陣地に来て、兵達は至極のどかな時間を持ったのだ。

そののどかさを破る突飛な事件が或る日起った。

その日、梶は、舎前の日向で、とりとめない空想や追憶の中に浸っていた。幾つもの顔が、ときには一つずつ、ときには重なり合って現われた。そのどれからも纏まった言葉は聞えなかったが、それぞれに異なった表情で、その時期の生活を焦点の狂った写真のようにおぼろに思い出させていた。どの生活も傷だらけであったから、思い出される絵模様が楽しいはずはなかったが、柔らかな日光を浴びて、うとうととまどろむような楽しさはあった。

そこへ鈴木伍長が武装して出て来て、十五発の弾薬包を梶に渡した。

「梶、影山少尉殿がな、お前も来いと」

「何処へ行くんですか？」

「不定期巡察」

鈴木はニコリと嬉しそうに笑った。

「猪やノロが盛んに敵方へ内報しているらしいからな、こいつを偵察するんだよ。お前は狙撃手だそうだから、腕前を見せてくれ」

「今日は食事当番をしなけりゃならんのですが」

「かまわん。早く支度をして来い」

梶は班内に跳び込んで、直ぐに出て来た。

将校一、下士官一、兵一の「不定期巡察」は、国境とは反対側の山の斜面を、木立ちを縫って歩いた。

「暖かくなったな」

と、影山は誰にともなく云った。

「春日うららとして天ト泰平なりだ」

それから、急に話が変った。

「硫黄島は玉砕したぞ」

「畜生！　あすこもですか！」

鈴木が唸った。

「有力な守備隊がいたはずですが」

影山はうなずいた。有力な守備隊はいたのだ。少なくとも、この国境陣地青雲台観天山とは較べものにならぬほどの有力な守備隊が、影山もその兵力の内容は知らなかったが、実際には、歩兵九大隊、戦車一連隊（二三輌）、砲兵二大隊（約四〇門）、速射砲五大隊（約七〇門）、迫撃砲五大隊（約一一〇門）、計約一万七千五百の陸軍兵力と、海軍兵力約五千五百（重砲二〇門、機関砲一七〇門）が必死の防戦をして、一ヵ月足らずで玉砕してしまったのである。硫黄島守備隊でさえもそうならば、「春日うららとしている」この地域が、山の彼方に布かれているに違いない圧倒的な砲列からの一斉砲火を浴びたら、どうなるか？

影山は横目で梶を見た。梶は黙りこくって歩いていた。鈴木がまた云った。

「すると、この次の決戦は、沖縄ですか？」

「そうだろう」

「沖縄からは、もう一歩も退けませんからな、今度こそは叩きつけてやらなくちゃ……」

鈴木は、あとの部分は独りごとになった。三人は三様の考え方で、沖縄の決戦を失うことがあれば、戦争はそれまでだと感じる点では一致していた。鈴木は、だから、沖縄の決戦だけは失うことはないと盲信するのだ。日本も敗けることがあり得ると考えることは、この男の場合には殆ど生理的に困難なのである。そういう考え方はまだ誰からも聞きもせず、全然身についていなかった。影山は、沖縄を失うときが、ソ連が参戦する時機だと感じていた。つまり、そのときが、国境守備隊が玉砕するときでもある。影山は奮闘して戦死するだろう。自分自身をそう見ている。いや、むしろ、自分自身を放棄している。幹部候補生を志願したときには、二つの可能性に賭けたのだ。どうせ兵役は避けられないのだから、兵よりも将校としての楽な身分に立って、そのまま非戦闘部隊で時間を稼ぐ幸運にありつくか、或は前線将校としての悪運に見舞われるか。賽《さい》の振り手は彼自身ではない。誰かが、何処かで、いつか振るのだ。その賽は振られ、彼はいまここにいる。仕方がないではないか。なるようにしかならないのだ。どうにかしようとするほど勤勉であったわけではない。戦争という急湍《きゅうたん》に流されて飛び散る飛沫のような存在であったと自分を見ている。いまさら、どうにも仕方がないではないか。梶は、沖縄を失えば、いかに頑迷な軍部も敗北を認めるだろうと思った。そうあることを希った。すれば、数十万の壮丁《そうてい》は玉砕を免がれるのだ。梶自身をも含めて、莫大な生命が、敗戦という未知の形式の下であるにもせよ、平和な生活に帰ることが出来るはずである。もしそうなるのならば、そしてそのためには沖縄の犠牲が必要であるのならば、沖縄は早く散ってくれた方がいいとさえ感じた。生命の欲望は、それ自身の非情さによって支えられている。もし梶が沖縄部隊の所属ならば、いまこのソ満国境の山をうららかな陽を浴びて歩いている誰か他の男が、やはりそう思うだろう。

影山が突然足を停めて云った。

「いるぞ、確かに」

裸の木立ちの間の湿った地面に、猪らしい足跡がついていた。それも出来たばかりのようである。鈴木と梶は銃の安全子を外した。三人の顔は、この一瞬で戦争の影がふっきれて、原始的な本能の期待で明るく引き締っていた。

猪は賢明にも木立ちの間に積った枯葉の上を歩いたらしい。足跡は一度発見されたきりで、行方を晦《くら》ました。三人は分散して足跡を探しながら、青雲台へ通じる道路を見下ろす位置まで来た。猪は今度はあまり賢明ではなかった。至極落ちつきのない恰好で、そのくせゆっくりとした足どりで、道路を横断して向う側の斜面を登ろうとしていた。

「三百だな」

影山は鈴木から銃をとって、照尺を直した。梶は自分の銃を鈴木に渡そうとしたが、鈴木は顔を振った。

「俺が先きに射つぞ」

と、影山が云った。梶は膝射の姿勢をとった。

ちょうどそのときに、そこからは道路が曲っていて見えないところを、青雲台の大隊長予備役少佐の牛島が馬に乗って、徒歩の従卒一名を伴って観天山陣地の視察に来かかっていた。謂わば忍びの視察である。新編成部隊が重大な国境警備につきながら、平穏に狎れて士気が弛緩しているらしく思えてならないのだ。いついかなるときに非常事態が突発するやもしれない。牛島は最高責任者として、いつも緊張しきっている。少なくとも彼自身はそう思っている。この正面に関する限り、国家の安危《あんき》は彼の双肩にかかっている、と。

彼はそういう立場に立たされることを必ずしも望みはしなかった。けれども、立たされたからには、立派にやってのけなければならない。彼はもともとあまり好戦的ではなかったし、軍人としての資質を自分の中に見出し得なかったから予備役に廻ったのだが、地方の生活は軍隊よりもなお不満であった。彼が軍務にある間に地方では彼より年齢の若い男達が然るべき位置を築き上げてしまっていて、帰り新参《しんざん》の彼の頭を抑え続けたからである。鼻が高いのは在郷軍人の行事のときだけである。その他は概《おおむ》ね少佐の肩書は敬遠され、蔭では皮肉な嘲笑の的にさえなった。「少佐殿」では通らない社会なのである。不満な月日は、少しずつ人間の内部で醱酵する。もっと奔放闊達な自己表現を欲求する。四十を過ぎて、こんなことでどうするのか！　曲りなりにも一部隊に号令する身ではなかったか！　そうした或る日、彼は召集されたのだ。国家は彼を正にその肩書によって再評価したのである。牛島は、譬えば水を得た魚のような新鮮な気持を持ち直した。幸い軍団は大改編になったから、同期の将校の一人もいない部隊で、古参の少佐の貫禄をもって地位を飾ることが出来る。

ただ、場所が悪かった。ここは国境最前線の一区劃、敵の最も強力な兵力の展開の正面に当る。青雲台―観天山に跨る陣地線は、いまや彼の支配下にある。つまりは、一切の行動が彼の責任に於てなされねばならない。時も悪かった。太平洋に悲報相次ぐときに、この地域が平穏無事であるということがそもそもおかしいのである。寸時の油断も許されない。敵方は必ずや何事かを企図しているに違いない。平穏な山気の中にも、うららかな日光の中にも、危険の匂いを嗅ぎ分けねばならない。

今日は、十一中隊の新任少尉の指揮下にある陣地を、予告なしに視察するつもりであった。山道の曲り角まで、乗馬は首を上下に振り振りやって来た。当番兵はその馬の尻を拝みながら登って来た。突然、間近で銃声と共に、弾がうららかな空気を引き裂いて掠め去った。二度目の銃声で、大隊長は馬から転げ落ちて、斜面の林の中に逃げ込んだ。狙撃されたのだ。それ以外の考え方は出来なかった。大隊長と見て狙撃されたのだ！　距離は近かった。きっと、反対側の斜面にソ連の狙撃手が忍び込んでいるに違いない。大隊長は木立ちの間を匍って、繁みの方へよじ登って行った。当番兵は、銃声に怯えてもと来た道を狂気のように走って行く馬を追うのか、それとも彼自身が怯えてそうするのか、山道を駆け下りていた。大隊長はいまや護衛なしである。彼は狙撃手の射程内に身を潜めている怖ろしさに耐えきれなくなった。抜刀すると敢然と身を起して、観天山の営舎へ向って林間を死物狂いで走りだした。

肝を潰したのは立哨中の衛兵かもしれない。死人のように蒼ざめ、形相の変ってしまった大隊長が、抜身を提げて、よろめき、躓《つまず》き、駈け込んで来て、しわがれた声で叫んだ。

「非常だ！」

歩哨は、衛舎の方へ向って、復唱した。

「非常ッ！」

衛兵司令の弘中伍長は、顔を土色にして跳び出して来た。

「衛兵、追跡しろ、この方角だ！」

と、大隊長が喘《あえ》いだ。

「敵の狙撃手！　人数はわからん！」

「ラッパ！」

弘中伍長は叫んだ。

「ラッパ手！　非常ラッパだ！」

ラッパ手はラッパを口に当てた。このとき、ようやく、幾分かの冷静さが大隊長に戻って来た。

「待て。衛兵司令は兵五名を率いて追跡しろ。異常があれば三連射で合図せよ。小隊長は何処へ行ったか？」

「……巡察であります」

「よし。ともかく行け！」

衛兵はいまや長以下六名の斥候兼尖兵となって、早駈前進に移った。大隊長は灼けるような喉に、千切れた空気を一塊ずつ吸い込んだ。抜刀したままの異様な自分の恰好には、まだ気がつかなかった。

弘中伍長と五名の兵は、はじめて死地に分け入る斥候の怖ろしさを味わった。頼りになるのは眼と耳だけである。一秒でも早く発見するかしないかが、生と死の分れ目になる。木の間がくれに目を先きに立てて、見えない敵を求めて歩く恰好は、本人達が悲壮であればあるだけ、傍からは滑稽に見える。

猪を仕留めて遊山帰りの若者達のような陽気さで戻って来た影山達は、この悲壮で滑稽な斥候と林の中で出会った。あまりに気分が違い過ぎた。話が相互に全然要領を得ないのである。

ようやく合点の行った瞬間に、九人の男の笑い声が林の中にはじけ返った。

「なるほど、そりゃ驚いたろう！」

影山は笑いが止らなかった。

「しかし、この距離でだぞ、しくじるような狙撃手がノコノコやって来るものかどうかだ、なア、梶」

猪を射留めた梶は、にが笑いで答えに替えた。

「大隊長殿は昂奮しておられますから」

と、小柄な弘中伍長は真顔になって云った。

「これはなんとかもっともらしい状況を作らないと……」

兵達もようやくその点に気を廻していたようである。いままでの明るい笑い声に引き替えて、表情が暗くなった。梶は影山がどう出るかを見守っていた。国境線での発砲は、紛争の因になるという理由で、厳禁されている。もっとも、それは字句の解釈によって、どうにでも枉《ま》げられるものだ。国境に面した斜面での射撃は、確かに向地を刺戟する危険性があるが、反対側の斜面での射撃も音響によって刺戟する惧《おそ》れがあるということになれば、実包演習は出来ないことになる。

「心配するな、任せておけ」

と、影山は皮肉に笑った。

「大隊長は最大の狙撃目標だ。その大隊長が危険区域を単身で歩くということは、武勇の証明にはならん。そのくらいのことは、もう自分で反省しとるだろう。ただし、この猪は、残念ながら青雲台行きだぞ、諦めろ」


「巡察異常ありません」

影山は洒々《しやあしやあ》として大隊長に報告した。

「途中、猪を一頭発見して射留めました。鈴木伍長、大隊長殿がお帰りの際に、これを青雲台まで運搬する兵二名、及び、部隊長殿の護衛四名をつけろ」

牛島少佐は自分の狼狽がとんだ喜劇の一幕を演じてしまったことに気づいて、僅か一呼吸かそこらの間に、激怒と絶望的な恥辱の間を何往復かした。この少尉の行動は確かに不謹慎である。罰したかった。だが、敵の所在をさえも確認しなかった少佐自身の狼狽ぶりは、醜態である。

った。それだけにまた腹も立つのだ。

「少尉は発砲に関して慎重を欠いておる」

と、ようやく威厳を繕《つくろ》ってきめつけた。

「今後狩猟に類することは、大隊副官まで届出てから行うように」

「わかりました」

影山は兵隊の通り言葉で云う「色気のある」鮮かな敬礼をした。あまりに鮮かなので、それが愚弄した敬礼の仕方だと見え透いていても、文句のつけようがないのである。

梶は、こいつは将校になったが、魂はまだ兵隊以下に腐ってはいないのだ、と思った。

影山は五分も経たぬうちにこの喜劇を忘れたような顔をしたし、また事実これを問題として意識に残しはしなかったが、大隊長の方はそうは行かなかった。影山から陣地警備の説明を聞きながら、この仕官したての青二才のアラを探そうと神経を立てていた。

アラはみつからなかったから、不愉快さだけが残った。二日後に、影山少尉は青雲台の中隊に呼び返され、代りに、暫定的な指揮官として、規則に軍服を着せたような本部附の少尉が観天山に配属された。

兵隊は締められた。もうパイプ削りも出来なければ、谷の小川で洗濯をしながら日光浴を楽しむことも出来なくなった。この少尉、年齢は三十五六だろう、若くもないのに博識なところを示したがって、毎日兵隊に訓話を垂れた。訓話の材料は生きている歴史が提供してくれたから、野中少尉は不自由しなかった。米軍の沖縄本島上陸作戦がはじまったし、ソ連が日ソ中立条約の不延長を通告したり、危機感は日ましに深まったのだ。

野中少尉の訓話によると、日ソ中立条約不延長の通告は、「まことに一方的」で、「非紳士的」で、「陰険な野望を内包するが故に」兵隊は「断固として反撃するの決意を固めねばならぬ」ものであった。独ソ戦が日本にとって都合よく発展すれば、適当な時期に「実力をもって北方問題(対ソ問題)を解決する」ということを四年前の「御前会議」で決定して以来、有利な機会を狙い続けた事実や、中立条約の有効期間中に「武士道的」に相手国を裏切って、ドイツと通牒し情報交換を行った事実などは、野中少尉の訓話からは全く削除されていたし、兵隊は誰一人として知ることは出来なかった。危機は「一方的に」ソ連から来るのである。兵隊は「実力をもって大東亜の北方境界を護持しなければならぬ!」僅かに、懐疑的であることを恥じない兵隊だけが、大義名分は必ずしも侵略のカモフラージュにはならぬことを見破っていたし、危機は侵略者によって作為され、それ以後は彼我の相互作用によって加速度をつけつつ近づいて来るのを、息づまる思いで、しかも為すところもなく待っていたのだ。

18

五月の緑のそよ風も夜半には生ぬるく不気味なだけである。国境の向うから刺客のように隠密に渡って来る。星の雫さえもない暗さであった。いまは見えない、直ぐそこに、歴史が定めた境界線が闇の底に眠っている。そのあたりから、なだらかな山の裾が、向う側とこちら側へ、ただ自然のままに分れて傾斜している。その境界線を護るために、人間がいのちがけで寝ずの番をする。怖ろしく無意味で、退屈で、それでいてこれくらい気味の悪い仕事はなかった。そこを一歩超えるか超えないか、なんでもないことだ。歩哨は、銃を置いて、ぶらぶら歩いて行けばいい。どの一歩かが、その線を、知らぬ間に踏み超えるのだ。向う側で、誰かに会う。「やあ、今晩は」「よう、今晩は」何故、そう云えないのか？　喋《しゃべ》って、煙草をやったり、貰ったり。一本のマッチの小さな火の輪が、闇の中に、向うの人間とこちらの人間の、多少は作りと色の異なった顔を、ほんの一秒か二秒、照らし出すだろう。「大分暖かくなったな」「そうだ。これからがいい季節だ。そこらじゅういっぱいに花が咲いてな」「家族はどうだ？　妻君はあるのか？」「あるよ。待ってるんだ。君は？」「俺もだ。もうかれこれ一年半になるか。会いたいな」「お互に女房に持って帰るみやげを。何か交換しないか？」「いい考えだ。そうしよう。この次ここで会うときにお互に交換することにしよう」「じゃ、この次にな。御機嫌よう」「あおやすみ」何故、そう云えないのか？

梶は、ひっそりと、歩いていた。夢のような甘い話だから、楽しいのかもしれない。けれども、向うの人間にだって、梶のような男がいないでもない。「やあ、今晩は」そこで、いきなりズドンと来るだろうか？　梶は身慄いした。かりに、いま、向うから闇の中を手探りで誰かが来るとしたら？　梶のような男かもしれない。「やあ、今晩は」そう云いに来るのかもしれない。梶は銃の引鉄に指をかけないだろうか？　「停れ！　誰か！」その声は、関東軍の一等兵、平和の使徒のものではない。

何故、この友好的な幻想の作者は、一瞬のうちに殺人者に変貌するのか？

梶は、佇んで、耳を澄ました。遠くから、大地を伝わって、轟音が来る。重砲の牽引車か戦車が、何処からか移動して来たに違いない。さっきの歩哨交替のときの申送りにも、この種の轟音が約二十分間続いた、ということであった。近ごろは殆ど毎夜のことだ。この正面には、近代装備の兵力がもう完全に展開を終っているらしい。そうだとすれば、「やあ、今晩は」はもう通用しないだろう。

梶は情けない笑いに歪んだ自分の顔を、闇の中に想像した。重砲や戦車は、いつの日にか、梶に向って火を吹くためにこの正面に配備されているのだ。それに向って、「やあ、今晩は」だ。とても駄目である。それが駄目なら、二十九榴《りゅう》やカチューシャが砲列を布いているところへ、手を上げて入って行くがいい。戦わずして、投降するのだ。「ソ同盟の諸君、俺は武器を捨てた」梶は顔をしかめた。そのときの自分の姿が見えるようである。赤毛の男が梶の背に自動小銃を突きつけて、あっち行け、こっち行け。大きな机の前に立たされて、その向う側から、赤毛の将校がニタニタと笑う。「われわれが強力な兵力展開を終ったから、君は怖くなって逃げて来たというわけだね？」「そうではない。私は、貴国と戦う意志は持たなかったし、現在も持たないからだ。平和を恢復する途《みち》が、個人的には、こうやって投降する以外になかったからだ」「なるほど、しかし君は方法を間違えたよ」と赤毛の将校が皮肉に笑う。「君は君の生活と職業の中で、平和のために戦うべきだったようだね。われわれ解放軍は、君達の自覚が投降という形で実現するのを必ずしも喜ばないのだ」「たといそうであっても、私はいままでそれをしなかったし、いまそれをしたのだ。遅くても、或は次善に過ぎなくても、何もしないよりはいいのではないだろうか？」「なるほど」と今度は将校はむずかしい顔でうなずく。「それでは尋ねるが、君が所属していた部隊の兵力、装備、陣地配備を詳しく説明し給え。われわれは侵略国の軍隊を攻撃して粉砕するのだ。その結果、君の祖国にも君の希っている平和がはじめて実現することになる。そうではないか？　君はもはや関東軍のソルダートではない。話し給え」梶はいまここに立っている観天山の陣地、それから影山がいる青雲台の陣地を想い描く。「私は拒否する」「拒否する理由は？」「私は配属されて間もない一等兵だ。何も知らない。おそらく、貴官が入手している情報の十分の一も知らないのだ」「よろしい！」将校の手の一振りで、梶はまた自動小銃を突きつけられて、あっち行け、こっち行け。真空のような時間が通過する。突然、重砲隊と戦車隊が地軸をゆるがして出動する。青雲台—観天山は三時間とは保たないだろう。梶は身の縮む思いで待つ。やがて、野戦用の電話が鳴り、前線からの報告を聞いた赤毛の将校が、梶を見てニタリと笑う。「君の陣地は潰滅した。君の戦友達はギョクサイした」

梶は歩きだした。遥かな轟音はやんでいた。梶は赤毛の将校を思い出そうとした。どうしても思い出せなかった。その代りに、闇の涯にほの白く美千子が浮んだ。投降の幻想に美千子が入って来なかったのが不思議であった。いまは、美千子がそのことを咎めているようである。「忘れたの、あの約束。あなたは帰って来ると云いました」それから、あの兵舎での一夜のように、美千子はすすり泣いた。

「行かないでね……帰って来てね」

梶は胸の奥を抉《えぐ》られるような痛みを覚えた。どうすればいいのだ、美千子。梶は哨戒線をとぼとぼと歩いている。君は知るまい、美千子、俺達はな、野中少尉から本土決戦教令というのを聞いた。戦闘間兵一般の心得が変ったのだよ。「……負傷者ハ介護後送スベカラズ……」だ。つまり、負傷したら、もう九分九厘助からんということだ。俺はね、負傷したら、腹綿を曳きずってでも、匍って帰るよ。何処まで行けるか知らないけれどね。

梶は阿南陸相が一カ月ほど前に公布した「決戦訓」を、その味気ない空念仏を、その徹底した人間無視の、「皇道精神」を、絶望的に反芻《はんすう》した。一、皇軍将兵は神勅を奉戴しいよいよ聖諭の遵守《じゅんしゅ》に邁進《まいしん》すべし。二、皇軍将兵は皇土を死守すべし、三、皇軍将兵は待つ有るを恃《たの》むべし。四、皇軍将兵は体当り精神に徹すべし。五、皇軍将兵は一億戦友の先駆たるべし。……元の関東軍司令官、いまの参謀総長梅津美治郎は、「総決戦に方《あた》りて」という一文で本土決戦の哲学をぶちまくっていた。「総決戦必勝方策とは皇土万物悉く戦力化し、有形無形の国家総力戦を結集して来寇《らいこう》する米軍を殲滅《せんめつ》するにある」「特に形而上《けいじじょう》における決戦気魄の確立は、その第一義である」「総決戦遂行上、特に心得べきは旺盛な攻撃精神の堅持である」

本土決戦論は国境陣地に木製の偽砲を与え、兵隊には形而上的な決戦気魄を要求した。梶達はいましがた聞いた轟音に、それが重砲であれ戦車であれ、「気魄」と九九式短小銃とで立ち向う時がほどなく来そうである。

梶は闇の中に眸を凝《こ》らした、いまなら、行けば行けるのだ。新城ならば躊躇なく行っただろう。丹下ならばどうするだろうか？　美千子よ、どうすればいいのだ？　梶は歩き、佇み、また歩いた。

生ぬるい黒い風の中に、幽かな音があった。遠くから漂って来るそれは、唄声とも楽器の音とも聞えた。かつてないことである。次第に幅広く聞えて来るようだ。笑いさんざめく声さえも、気のせいか、聞えて来る。梶は地物の一部と化したように立ちつくしていた。そのうちに、鮮かな色彩の花火が遥かな夜空に上った。いまはもう明らかに、聞き慣れぬメロディが流れて来る。何事かを祝っているのだ。何の祝祭日か、その日は梶の知識にはないことであった。よほどのことである、あの浮かれようは。その地では、歌声が夜空をどよもしているに違いない。

こちら、梶の背後では、黒々と、陣地が死のような眠りの底にあった。

足音が後ろから来た。梶は構えた。歩哨交替だろう。

「停れ！」

足音は止った。合言葉が来た。

「ホタル」

梶が返した。

「ユキ」

歩哨掛と交替歩哨が梶の前に立った。

「重砲牽引車または戦車の音、約十分間。その他異常なし」

「……あれは？　あれは何だ？」

と、歩哨掛が、向地の闇へ顔をかしげた。沁み透るような旋律が幽かに伝わっていた。

「さっきからやっています。祭日でしょう」

「そんなことはないはずだが」

歩哨掛は不安そうに呟いた。

「何だと思う?」

梶は間をおいて答えた。

「花火も上りました。……ヨーロッパで戦闘が終ったのではないかと思います。きっと、ドイツが降伏したのです」

19

梶の推測は当っていたが、暫く確かめられなかった。野中少尉は説教好きにもかかわらず、「盟邦ドイツ」の降伏を訓話の材料にしなかった。彼はドイツの「電撃作戦」の信奉者であったから、この敗報は彼の戦争観を根柢から動揺させるに足るものであった。モスクワを指呼《しこ》の間に臨んだ、あの圧倒的な機械化兵団は何処へ行ったのか? 四週間でロシア全土を蹂躙すると豪語した「ヒットラー大総統」は、何故地下壕の一室で服毒しなければならなくなったのか? 野中は、彼自身がひどく動揺したから、兵隊も動揺すると思ったらしい。下士官達にドイツ降伏の情報の口外を禁じたのである。

梶は美千子にはがきを書いた。「……今後、乾燥野菜その他、食糧には特に留意されたし」

彼自身は何に特に留意すべきか、それがまだ摑めぬうちに、生活の変化の方が先きに彼を捉えた。

或る日、梶は青雲台の中隊に復帰する命令を受けた。

影山が梶を教官室に呼び入れて、云った。

「梶、俺に協力してくれるか？」

「……どういうふうに？」

「近日中に初年兵が入隊するんだ。俺がその教育に当ることになった。助教はきまったが、いい助手がいない」

梶はにが笑いした。

「神様仏様がこの中隊には沢山いるよ」

「それが困るんだ。今度来るのは二十歳から四十四歳まで、現役二国(第二国民兵役)がほぼ半々だ。重砲上りの奴らがヤキを入れると、どんなことになるかわからん。病人怪我人続出だろう」

「……どっちみち、そうなるだろうね」

それ以外に軍隊のありようはない。

「梶が助手なら、そうはすまい？」

「よしてくれ」

梶は吐き出すように云った。

「羊の番犬は廃業したと云ったはずだ」

「俺は、隊長に、小銃班の教育助手は梶にすると報告したよ」

影山はニヤリとした。

「明日、一部の進級発令がある。お前は上等兵だ」

「月給が三円ばかり上るんだな」

梶は挑むような眼つきで少尉を見た。

「上等兵の餌を出せば、俺が引受けると思ったのかい？」

「そうは思わん。ただな、お前が廃業を宣言したところで、お前は先天的な番犬なんだよ。軍隊には沢山の狼と沢山の羊、それに極めて少数の番犬しかいないんだ。鈴木伍長な、あれもお前が適任だと云っている」

「適任だろうさ。俺を助手にしたら、影山少尉や助教の下士官は令典範の講義の手間がはぶける。小銃も名人だしな。……悪いが、俺は断わるよ」

「断わる理由が薄弱だな。俺はお前を任命するよ」

「少尉の資格でだな？」

「そうだ。軍隊には階級外の人間なんてものはおりゃせんのだが、友人としては、頼むんだ。俺を助けてくれ。小銃、軽機、擲弾筒の三班編成だがな、小銃班が一番多い。お前は初年兵を掌握したら、中隊一の実力者だぞ」

梶の顔は曇った。またぞろ老虎嶺の二の舞ではないか？

「断わると、どうなる？」

「どうもなりはしないさ。ただな、何十人かの初年兵が、お前や俺が味わったのと同じ目にあうだけさ。……消灯ラッパの替え唄を知ってるか、梶」

「……知ってる……」

忘れはしない。憲兵隊に曳かれたとき、あの田中憲兵上等兵が上靴をピタピタ鳴らしながら誦んだものだ。

「新兵さんは可哀そうネー　寝てまた泣くのかョー」

何十人もの初年兵がこの国境陣地まで来て、夜ごと毛布の中で忍び泣くだろう。梶は初年兵のときの生々しい思い出に体じゅうが熱くなった。

「教育期間は短いんだ」

と、影山が云った。

「二カ月足らずだろう。ともかく鉄砲の射ち方だけは知っている兵隊の頭数を揃えて、備えのあることを見せたいんだな。関東軍未だ健在なりというわけさ。俺は正直に云って、お前が小銃班を受け持ってくれると、負担が半分に減ったような気がするんだよ」

「少尉殿の御命令だ、断わるわけにも行くまいな？」

梶は笑いの中から眼だけ光らせた。

「引受けるとすれば、交換条件がある」

「何だ？」

「内務班編成を根本的に変えて欲しい」

影山は唇を固く結んで梶を見つめていた。

「古年次兵を全部別個の班にして貰いたいんだ。出来れば、初年兵の中には、助手一人だけを入れて貰いたい。それが出来なければ、せめて二年兵の一部だけを初年兵と同居さすんだ。神様や仏様は全部神殿仏壇に祀《まつ》り上げて、初年兵との接触をなるべく少なくする。食事や掃除の世話だけは初年兵にやらせるがね。要するに、俺達が経験した内務班の厭らしさを、形式の上から先ず規制してしまいたいんだ」

「無理な要求だと思わんか？」

影山の顔に困惑の色が走ったのを、梶は見逃がさなかった。

「無理かもしれん。しかしそれしか責任を持った仕事は出来んのだ。今度は、老虎嶺のときのようじゃない、俺自身が鉄条網の中に入れられてるんだからな。考えてみてくれ、俺がせめて四年兵ならばともかく、二年兵だぜ、四年五年の神仏を相手に、どうやって初年兵を庇うんだ？」

「考えてはみるが、実現困難かもしれんぞ」

と、影山が暗い声で云った。

「小さな革命みたいなもんだからな」

「この革命運動は憲兵や特高にアゲられる心配はないさ」

梶は嘲《あざけ》るように返した。

「大義名分が立派なものだ！　迅速かつ的確な初年兵教育の実現を期するために、という奴だ。短期間に戦力を練成するためには、内務班の嫁と姑の関係は百害あって一利なしだと、そう云えよ、中隊長に」

梶は笑ったが、影山は堅い表情になっていた。将校の立場はまた別なのである。将校から見れば、古年次兵も初年兵も同じ兵隊であった。戦力としては、むしろ、古年次兵を重く見なければならぬ。影山は訓練の教官であり、戦闘の指揮官である。人間の管理者ではなく、人道の宣教師でもない。梶のように兵隊の中にあって奴隷の人権を第一義に主張されると、少尉は立場に窮するのだ。その困惑は紛らしようもなく顔に出ていた。

「影山少尉の立場を危うくすると思うのだったら、俺の要求は無視してもいい」

梶は云った。

「俺は先天的に番犬だと云ったのは少尉なんだ。番犬の性質は知っているはずだろう？　俺はね、幹候を志願しないでほんとうによかったと、いま君を見ていてはじめてそう思うよ。もし助手をやれば、人間と軍隊の間の板挟みになりそうな気もするがね、なってもいいと思うんだ。入院するまで、俺は孤独な善意の猛獣だった。入院してから今日まで、無為な傍観者になり下っている。ここらで、どうにかしなければならないときかもしれないんだ」

「隊長に俺から話すだけでは、この問題はうまく行かんだろう」

影山は気が重そうに云った。

「隊長だって、俺と同じように感じるはずだからな。中隊は戦闘単位で、初年兵の学校ではないんだ」

「昔の誼《よし》みで云わして貰う」

梶は怒気を抑えて少し蒼くなった。

「中尉に昇進したければ、俺を上等兵にしたり、助手にしたりしない方がいいよ」

影山の太い眉が毛虫のように動いた。梶は続けた。

「二年とちょっとだな、俺達が別れてから。少尉と上等兵候補とでは、共通の言葉はもうなくなったのかな?」

「少尉に向かって無礼だぞ」

影山は笑った。半分は冗談で、半分は本気であった。

「相変らず馬鹿正直で、察しの悪い奴だ。一等兵の煽動で少尉が簡単に動けるものでないぐらいのことは察しろよ」

梶は腰を浮かしかけた。云うだけは云ったのだ。これ以上は出られない垣の中にある。影山をこれ以上追いつめることは、梶自身をも追いつめることになりかねないだろう。

「この問題は、方法が……」

影山がそう云いかけたときに、ノックもなしに戸が開いて、中隊長の船田が入って来た。梶は直立不動の姿勢になった。

「小銃班助手の梶です」

影山は何喰わぬ顔でそう云った。

「ああそう。大切な任務だからね」

と、船田は柔和な顔と女のような声を梶に向けた。

「しっかり頼むよ」

「はい」

梶は機械的に答えて、影山の方へチラと眼を走らせた。早く云えよ、編成替えのことを！

影山は、しかし船田には云わずに、梶に云った。

「お前の意見をな、助教の下士官達に話してみろ」

下から話を持ち上げて来いということだろう。影山としてはずるいやり方だが、やる気がないというのでもなさそうである。

「……そうします」

「何のことだね？」

と、中隊長が、二人の部下の顔を見較べた。

「後刻、御説明申上げます」

影山は簡単にあしらった。

「梶、もういい。あとで、適当な時期に経過報告してくれ。俺は来週初年兵受領に出発する」

20

「補充兵が助手をやるんだとよ！」

四五年兵達は笑い合った。彼らの常識では、教育助手というものは、パリパリの現役の、最も気合のかかった兵長か上等兵がやるものと相場がきまっているのである。補充兵の新任上等兵が助手をやるようでは、関東軍も「品がねえ」というものだ。重砲出身の古兵達は歩兵操典もろくに読んでいないし、いまさら初年兵を相手に「オイチニ」なんぞおかしくてと思っているのだが、そうかと云って、補充兵出身の二年兵が中隊で重要な兵隊の座を占めるのは、面白くないのである。大体、この補充兵の二年兵は、再々教官室に出入りして、気障《きざ》な奴である！将校におべんちゃらを云いやがって、星三つにありつきやがったに違いねえ！

「おい、梶上等兵」

と、三年兵の増井が、銃の分解手入れをしている梶に声をかけた。増井も重砲出身で、三年兵だが今度の進級でまた上等兵を逃がした。彼の特技は名人と云ってもよいほどに口笛を巧みに吹くことだが、勤勉でないのと責任感がないという札つきである。本人はそう思っていないのだから、二年兵に先を越されては腹の虫が納まらないのだ。

顔だけ上げて返事をしなかった梶のそばに寄って来て、絡んだ。

「助手になるんだってな？」

「……そうです」

「何を教えるんだ？」

「……習ったことを伝えるだけです」

「何を習った？」

梶は答えなかった。神棚と仏壇から白い視線が何本も注がれているのに気がついた。

「お前は助手をやらされるくらいだからよ、いろんなことを知っとるんだろうがな、これ一つだけはまだ御存知ねえらしい」

増井は鼻をうごめかして、声援を求めるように班内を見廻した。赤星上等兵が真四角な顔を崩して叫んだ。

「増井、教えてやれ！」

「赤星上等兵殿、増井は一等兵でありますから、梶上等兵殿に教えてやるなんてことは出来ませんよ」

増井はそう云って、古兵達が笑うのを見てから、ニヤリとした。

「上等兵は一等兵より偉いんだってな？」

梶は黙って遊底を装着し、引鉄を落した。増井は殴るつもりだろう。軍隊は星の数ではなくて年功が物を云うんだ、と、増井は拳で教えるつもりだろう。ビンタの一つや二つ、梶はもう慣れっこだ。愕きはしない。どうせ殴られるんなら、黙殺してやるに限る。

案の定であった。

「てめえ、上等兵になったからって、でけえツラすんなよ！」

と、来た。

「おい、梶、てめえはパックを何本食った？」

内務班での序列は食事の回数に比例する。梶上等兵は増井一等兵より正確に一年分足りないのだ。上等兵になったからといって「でけえツラ」をした憶えもないが、そのツラがでかいんだと云われればそれまでである。それなら、いっそのこと、でかいツラをした方がましかもしれない。

いまに見ていやがれ！　貴様らを箒で内務班から掃き出してやる！

気持の動きが顔に出たのかどうか。増井の手は、ピーンと冴えた音を梶の頬に立てた。梶は黙って銃を銃架に立てかけた。増井がしつこく迫って云った。

「申送りのビンタをな、教えといてやる。覚えとけ！」

と、もう一発ピーンと鳴った。

「よう！　一号装薬！」

誰かが叫んだ。みなが笑った。重砲隊のビンタの等級を謂うのらしい。

「梶さんよ」

と、兵長に進級したばかりの、五年兵の小野寺が寝台から呼んだ。

「お前は歩兵部隊生え抜きの上等兵だ。増井のビンタを取ったっていいんだぜ」

みながまた笑った。芝居の幕が開くのが楽しみだというように。梶は他の銃を取って飯台の上に置いた。銃の手入れでもしなければ、この時間は過ごせない。ひとことでも喧嘩を買えば、芝居の幕は直ぐに上るだろう。顔が白い粉を吹いたように蒼ざめて、一ヵ所だけ赤くなっているのは、正確な二度のビンタの弾着の跡である。もう暫くの辛抱だ！　貴様らを内務班から叩き出してやる！

「梶！」

と、赤星上等兵が顔をテカテカ光らせて呶鳴った。

「影山教官のパッチの中に潜り込め。重砲の兵隊が怖ろしくて、とても助手は勤まりません
と云って来い！」

「助手か」

と、関特演の乾上等兵が嘲った。

「大した助手だよ！」

「さてさて！」

と、仲間が受けた。

「関東軍もえらいことになりおるわい！　地方のおっさんが助手とはな！」

梶は黙って銃の手入れをし続けた。芝居の幕は上らなかった。笑い声は、はずみを失って、うやむやに消えてしまった。けれども、発散されそこねたエネルギーは陰にこもって、次の機会を執念深く狙うだろう。古兵達の白い眼がそれを予告しているようである。

21

肚を据えてかからねばならぬ。助手は勤まりませんとは決して云わないのだ。老虎嶺の二の舞だとしても、そして番犬の役を演ずるのだとしても、今度は羊に向っては吠えないつもりである。

梶は、軽機班と擲弾筒班の助手になる現役二年兵の岩淵と川村に、内務班編成替えの必要を

説いた。それぞれ別の部隊から転属して来た兵隊同士で、馴染は薄かったが、初年兵の苦しみはまだ記憶に新しいことなので「もし出来ることなら、その方がいい」と、二人とも梶の意見に従うように見えた。それならば三人で下士官を各個撃破しようという段になると、岩淵は逃げを打った。梶は影山教官の旧友だし、年齢も行っているから、下士官にその話をしても、もっともらしく聞えるだろうが、若い現役二年兵がそれを云うと、古兵を棚上げする根性を疑われる、というのである。初年兵は掌握したいし、古年次兵から憎まれたくはない。いや、むしろ、古年次兵から憎まれるくらいならば、初年兵が牛馬の扱いを受けるのを傍観する方が楽である。殴らせておいてあとで、「古兵殿、以後注意させますから、許してやって下さい」と救いの手を伸ばしてやるのが、無難な方法であるかもしれない。岩淵は若いに似合わず、そこのところを打算しているようであった。川村は煮えきらぬ態度だったが、結局岩淵に傾いた。二人とも、梶がうまく下士官を説得すれば、賛意を示すというのだ。何のことはない、若い二人が齢上の梶に便乗して、旗色を見て態度を決める二股膏薬である。梶は二人からの掩護を諦めた。その代りに、古兵達に口外せぬという約束を取って、鈴木伍長の説得にかかった。鈴木は小銃班の助教になることになっている。

「教官殿は賛成なんだな？」

と、鈴木は好意的な念の押し方をした。

「そうです。三班の班長殿が賛成ならば、隊長殿の諒解は得られると云っています」

「ちょっと待っとれよ」

と、鈴木は出て行ったが、直ぐに、軽機班の松島伍長と擲弾筒班の弘中伍長を呼んで来た。梶は固くなった。各個撃破のつもりが、これでは梶が包囲された形である。

松島伍長は鈴木の口から梶の「大義名分」を聞いたが、現在の五年兵とは同年兵で、最近金筋に星がついたばかりだから、梶を見据える眼に含むところがあった。

「お前が絞られるのがつらいから、そう云うんだろう」

と、意地悪く、梶の一番痛いところを突いた。

「……それもあります」

梶は、落ちつけ、落ちつけ、と、喉が干上って来るのを意識しながら、自分に云い聞かせた。

「しかし全部ではありません。かりに編成替えになるとすれば、自分が余計に憎まれるだろうということは覚悟しています。今度来る二国の初年兵には四十歳くらいのが人分いるそうです。二カ月足らずの教育期間で内務班であまりきびしくやられたら、とても教育など頭に入りはしないと思います。自分が初年兵のときの経験でも、自殺が一人ありました。もし自殺や逃亡が出たら……」

鈴木が同意的にうなずくのが唯一の頼りであった。松島の頑固な表情は変らない。

「そういう不心得者が出ないようにするのが、われわれやお前の任務じゃないか！」

「鍛えるだけで人間が強くなるとは思いません。今度来るのは、おそらく、体力気力まちまちです。一律なやり方では、きっと落伍が出ます」

「古年次兵はどうするんだ？」

と、弘中が口を尖らせた。

「五年兵や四年兵に何もかも自分でやれってか？」

「必要なことは助手が教えて初年兵にやらせます」

「それじゃ、同じことだろう。どっちみちヘマばかりやりやがるから、古い兵隊が黙っているもんか！」

「同じだとは思いません」

梶は受け身から思いきって攻勢に転じた。

「班長殿はいつも将校と起居動作を共にすることをお望みになりますか？　古年次兵が班長殿達といつも一緒にいるのを喜ぶとお考えになりますか？」

弘中は口を尖らせたまま黙った。松島がまた云った。

「お前のようなやり方だと、ナマクラな初年兵しか出来ないぞ」

「初年兵にズボラをさせようというのではないのです」

梶は固くなっていたのが解けて、今度は熱くなった。

「見ていて下さい。私は演習では、きびしくやります。内務班では、やさしくしてやりたいと思います」

「二年兵のお前が何を知っとるか」

と、松島は呶鳴りつけた。

「兵隊というものはな、やさしくしてやればその調子に狎れてしまうものだ。それから締めると、今度は逆怨《さかうら》みだ。最初から締め上げて、軍隊とはこういうところだと徹底的に沁み込ませなくちゃ駄目なんだよ」

「私はそういうふうに仕込まれました」

梶は、すっかり変ってしまった暗い声で云った。

「そのせいか、この人となら一緒に死んでもいいと、ついぞ一度も思ったことがありませんでした。私は、助手をするなら、私の初年兵には、そう思われたいと思います」

松島は不機嫌に黙った。こればかりは、二年兵が何をぬかすと片づけるわけにも行かないのだ。戦闘ともなれば、ここにいる三人の下士官は、みんな、兵隊からそう思われたいに違いない。

「いま直ぐ決めることもないだろう」

と、鈴木伍長がどっちつかずの態度に出た。

「梶の云うことも一理ある。しかし厄介な問題なんだよ、これが。どうだ、梶、俺達に任せないか。上等兵のお前が扱う問題ではなくなったようだ」

梶は唇を結んだ。三人の下士官が合議すれば、梶の案は否決になるだろう。賛成してくれそうなのは鈴木伍長だけである。かりに鈴木がどうにか松島と弘中を説得するとしても、この話は内務掛や庶務、兵器などの担当下士官とも相談することになって、否決へ傾く可能性の方が大きいのだ。そのときには、梶は助手を辞退するか？　それとも、初年兵を背に庇って、暴力の矢表に立つか？

梶の心は、まだ決っていない。決めたようだったが、まだ揺れている。

「お任せします」

表情のない声で、梶はそう答えた。

梶の案は、もし次のことが起らなければ、実現しなかったかもしれない。ことのはじめは、仕組まれたものではなかっただろう。梶は寝台の上で軍足の繕いをしていた。小野寺兵長が大きな声で云うのが聞えた。

「おい、煙草の欲しい奴は取りに来い。特配だ。特配と云っても下給品じゃねえぞ。俺様がな、ちょっとばかり顔を利かしてよ……」

多勢、小野寺の方に行ったが、梶は行かなかった。節約すれば次の下給まで間に合うのだ。要らないにしても顔を上げて様子を見ればよかった。そうしなかったのは不覚であった。班内が妙に静かになった。

「ヘッ！　重砲の煙草はまずくて吸えねえとよ！」

誰かがそう云った。それが梶への当てつけであることに気がつくのにさえも、何秒かかかった。ふと、顔を上げると、それを待っていたように、赤星上等兵の声が走った。

「梶、ここに来い。聞きたいことがある」

梶は寄って行った。

「お前、こないだ増井にやられたの、憶えてるか？」

「憶えています」

「もう一度やられたいんだな？」

「……もう沢山です」

「そんなことはねえだろう」

と、小野寺が横から云った。

「やられたいから、やったとしか思えない」

「何をですか？」

「白《しら》ばくれるな！」

と、まず一発、赤星の平手打ちが来た。

「俺達を追い出して、てめえがお山の大将になろうてのかよ！」

梶はようやく合点が行った。下士官の誰かが云ったのか、岩淵か川村のどちらかが洩らしたのだ。

「俺達がいると、初年兵の教育が出来んそうだな？」

と、関特演の召集兵、馬場上等兵が云った。

「助手になるからには、自分の初年兵を誰にも殴らせない、そういう覚悟でいらっしゃるそうだ」

と、小野寺が団《まわ》りの同僚に説明するように云った。これは、梶が岩淵に云ったことだ。梶の胸の中は音を立てて煮えはじめた。岩淵は他の班から耳を澄ましているのではないか。

「そういう覚悟が出来てりゃア」

と、赤星の眼が燃え立った。

「こういう覚悟も出来てるはずだ」

容赦のない拳の打撃が真正面から来た。梶は飯台にのけぞって、倒れることだけは免がれたが、鼻血が吹き出るように流れはじめた。

「血を止めろ」

と、乾が云った。親切なのではない。後を続けるためには、最初からあまり悽惨にならない方がいいだけのことだ。わかっている。梶は塵紙を鼻の孔に詰めた。息をするために口を開くと、小野寺が上靴を脱いで、一発、思いきり強く見舞った。

「口を開けろ！　もっと開けろ！」

開いた口に、小野寺は上靴を捻じ込もうとした。梶は顔をそむけた。後ろから、頭を抑えられ、体が幾つもの手で摑まれて身動き出来なくなっていた。小野寺はむりやりに捻じ込んだ。囲りの者がゲラゲラ笑った。

「そうやって聞いてろ。耳に栓はしてねえからな、よく聞えるだろう」

と、赤星が云った。

「雉も啼かなきゃ射たれないんだよ」

と、馬場が云った。

「もう啼かないさ。おかわいそうに」

と、乾が云った。

「よく聞けよ」

と、また赤星に戻った。

「古兵をなめるとな、こういうことになる。貴様のかわいい初年兵が来たら、いいか、勅諭や操典は後廻しで、このことをよーく教えとけ。戦闘のときには何を頼りにする？　勅諭や操典じゃねえぞ。古兵だ。こうやって、貴様をかあいがっとる古兵だよ。憶えておきやがれ！」

古兵達は面白がって時間をかけ過ぎたようだ。影山少尉が、別に何の用があるというのでもなく、通りかかって、足を停めた。

「何事だ！」

多量の鼻血と、口に押し込まれたまま垂れ下っている上靴のために、影山はそれが梶であるとは気がつかなかった。

梶は体が自由になった。上靴を口から抜き取ると、ゲーッと吐いた。血の混った汚れた唾液と胃液しか出なかった。梶は上靴の片割れを飯台の上に放った。床の汚れた部分を足でぬたくって、影山の前を黙って通り過ぎた。

「俺は見なかったことにする」

と、影山は古兵達に云った。

「ただし、今回限りだ。五年兵と雖も今後は許さんぞ」

影山は梶の方を見た。梶は寝台に仰向けになって、石のように動かなかった。

日夕点呼後に、梶は鈴木伍長に呼ばれた。部屋に松島と弘中がいた。弘中が訊いた。

「……誰がやったか、お前、隊長殿に云いやしなかっただろうな？」

「……云っていません」

「云うつもりか？」

梶は答えなかった。鈴木が云った。

「教官殿は、お前は云うような男でないと云っておられた」

梶は苦汁を呑む思いでそれを受け止めた。讃めた言葉が讃めたことにならないのだ。梶は、こうして、ものを云うべき時機を取りこぼしている、精神の虚飾とも謂うべきものにかかずらって。

「問題を起さんでくれよ」

と、弘中が云った。

「内務班は多分編成替えになるだろう」

梶は、瞬間、挑みかかるように眸を光らせて松島を見た。いまさら、嬉しくはなかった。下士官達はただ問題をごまかすために妥協したに過ぎない。近日中に来る初年兵の身を案じてのことではない。古兵の横暴を抑えようという気もないのだ。古兵達は腹いせにやったまでである。小野寺や赤星は殺してやりたいほど憎いが、泥棒にも三分の理だ。彼らなりに梶に対して含むところはあっただろう。下士官連中は、古兵達があいう愚劣で直接的な私刑を加えずに、何かもっと悪質な間接的な迫害を加えたとしたら、編成替えの必要など感じはしなかったのではないか？

　松島伍長は梶の視線の先きで、てれくさそうにニヤニヤしていた。

22

　五月の下旬、山や低地に一年じゅうの花が殆ど一斉に咲きはじめ、風も緑に染まるようである。大気は透明に澄み渡り、陽は高々と輝くが、まだ灼けるほどではない。

　初年兵達は師団司令部の所在地から国境陣地まで、五十余キロの道を一日がかりで歩いて来た。徒手、帯剣、巻脚絆、三装の乙のボロボロ姿だ。疲れ果て、眼玉をぎょろつかせ、足を曳きずって、もし帯剣がなければ難民の集団とも見えかねない。彼らは青雲台陣地で銃を渡され、「敵前」で教育を受けつつ、国防の最前線を受け持つことになっている。

　兵隊はまだ知らなかった。このときの召集と時を同じくして、大本営は関東軍の戦闘序列を下令したのである。山田関東軍総司令官に示達された対ソ防衛作戦計画の要旨は「ソ軍を撃破し概ね京図線(新京—図們《ともん》線)以南連京線(大連—新京線)以東の要域を確保して持久を策し以て全軍の作戦を容易ならしむ」ということになっていた。つまり、朝鮮半島の北に位する僅々五省を「確保」して日本本土を「赤露の脅威」から防衛するために、広大な周辺地域に配備された兵隊は、あらかじめ、捨て駒となる運命にあった。

　大動員の立案者や発令者は、国境目ざして蟻の隊列のように散って行く数万の人間の縦隊を、心眼にどのように映していたことか。

　捨て駒の隊列がやって来る。汗をかき、埃にまみれ、足を曳きずって。各中隊の助手達は、陣地から十キロの地点まで、握り飯を用意して出迎えた。

　陽は山の陰に落ち、遠い山の端から近間へ緑の上に宵闇が漂いはじめる。

「来た」

　と、道ばたに散らばって腰を下ろしていた助手達は、起ち上った。山のはざまを曲りくねった道に、長い、汚れた縦隊が現われた。隊列はまことに意気揚々としてはいなかった。つい数日前には、彼らは旗と歌声に送られて、見せかけは雄々しく門出した人間であっただろう。いまは、身丈の合わぬ「三装の乙」と文数の合わぬ軍靴が歩いているに過ぎない。

　初年兵達は出迎えの助手達に口々に「お疲れであります」と云うことを怠らなかったが、埃まみれの顔から飛び出ている眼は、握り飯の方へ走っていた。

「お疲れでありました」

　と、梶は、十一中隊の初年兵を引率して来た影山の前で、踵を鳴らし、「色気のある」挙手の敬礼をした。

「内務班の整備は終ったか？」

　と、影山が、疲れたのか、いつもとは別人のようなやさしい声で云った。

「終りました」

　今朝、古年次兵達は囲《かこい》の中へ追い込まれる野性の動物のようにブーブー云いながら、班替えをしたのだ。この初年兵達が入る班は、いま空ッポで待っている。

「目的を達したな」

影山はニヤッと笑って、特別に小さな声で云い足した。

「梶、すまんが、俺にも握り飯をくれ」

梶はまたカチンと踵を鳴らした。

「承知しました、教官殿」

梶が子供の頭ほどの握り飯を作って影山に持って行くと、地べたに尻を落してもうガツガツと食っていた初年兵達は、いかにも羨ましそうに、でかいなア！ と云わんばかりの眼を影山の手もとに集めた。

「教官殿はみっともなくてお代りは出来んのだよ」

と、梶は、あたりの初年兵に云った。

「お前達がタラフク食うだけの分は持ってきてある。心配するな」

初年兵達は明日からのことは知らない。いまは餓鬼の子である。飯があるとなれば安心するのだ。笑って、甘えるように梶を見ていた。

梶は影山に訊いた。

「小銃班は何名でありますか？」

「五十六名だ。軽機三十、擲弾二十」

「小銃班、手を上げろ、食いながらでよし」

と、梶は初年兵達を見渡した。

「俺が今日からお前達と寝食を共にする。或は生死を共にすると云うべきかも知れん。俺は一向に怖くない上等兵だ。その点お前達の得になるか損になるか知らんが、内務班ではお前達のおふくろになるつもりだ。ケツぐらいひっぱたくかもしれんぞ。お前達のおふくろだって、それぐらいのことはやっただろうからな」

初年兵達は笑った。梶は、ほんとうにおふくろになるんだ、と、胸の中が熱くなった。見渡しているうちに、一人の初年兵がひどくしょんぼりしているのが眼に留った。もう明らかに四十歳を超えている老二国だ。二十歳の現役と歩度を合せて歩くのさえ無理なようである。梶が気にしたのは、しかし、そのことではない。影の薄い感じが、自殺した小原に似ているのだ。小原より齢上なだけに、その影の薄さが悲惨に見えた。梶の方を憚《はばか》りながら、落ちつきのない眼を上げて、後方の次第に宵闇が黒ずんで来る山々を見返るのは、山ではなくて雲の涯に残して来た生活に別れを惜しんでいるに違いない。胸に白い布で名札を貼ってある。円地、それがこの老いた初年兵の、かつての人格を代表した名だ。

梶は云った。

「握り飯を食ったら、元気を出して中隊まで歩け。お前達の足は痛いだろう。わかっている。痛いだろうが、おふくろが代りに歩くわけには行かんのだ。軍隊とはそういうところだ。お前達は今日既に四十キロ以上歩いて来た。後方に何を残して来たか？　お前達の家族だ。これから行く前方に何があるか？　国境だ。そこへ行って何をするか、わかっているか？　実は、教官殿の前だが、俺もわからんのだ……」

初年兵達はまた笑った。影山は聞えぬふりをしながら、にが笑いをこぼしていた。

「きまり文句をお前達に云って聞かせる必要はないだろう」

梶はそう云った。

「俺は俺流に考える。俺達が国境に行くのは、多分、俺達の家族が後方で安眠するためには、そうすることが必要なんだ。そういう廻り合せになったんだとな。そうなったのは何故か、いま考えるのは頭が痛むだけだからよしたがいい。俺達はここにいる。ここから前へ行く。後方のことは大切に胸にしまっておけ。消灯ラッパが鳴ってから、そっと取り出して挨拶しろ。明日も元気でな、そう云うんだ。俺はそう云い続けて来た。……お前達より一年半ほど先輩の俺の注意はこれで終りだ……」

梶は円地を見た。円地二等兵は地面に眼を落していた。初年兵達は急に淋しそうに見えたが、梶の方に送る眼に怯えた色は見えなかった。それぞれに、運命の把握の中で、自分の欲望の負担は黙って担い続けて行くだろう。

岩淵や川村は、梶に先を越されたので、演説はぶたなかった。小銃班五十六名は初年兵の過半数だ。主導権が自然に梶の手へ渡って行くのを、現役助手の二人はどうにも出来ないらしかった。

隊伍を組み直して歩きだしたとき、梶は円地に近寄って尋ねた。

「子供のことでも気になるのか」

円地は声をかけられた嬉しさに、空元気を出して笑って見せた。彼は小売商人である。小売商人はよほど小ずるく立ち廻らなければ、統制で干上ってしまう。子沢山を抱えて、女房の苦労は思い余るのだ。

「……自分一人ではありません。大丈夫であります、上等兵殿」

大丈夫ではなさそうな顔色に、梶はまた小原を見た。

「国境は敵と近いのでありますか?」

と、現役の二等兵が訊いた。寺田と胸に書いてある。

「敵?」

梶は思わず聞き返した。

「……近いよ」

「じゃ、ほんとの最前線なんですね!」

寺田は若い眸に張りが出ていた。

「……これで、おやじに自慢が出来る」

「お前のおやじは」

「軍人です。少佐です!」

声が跳ねていた。梶は銃声二発で狼狽の極に達した牛島少佐を思い出して、にが笑いを嚙み殺した。この少年は軍国主義の若い苗かもしれない。

「上等兵殿は実戦の経験がありますか?」

「ないよ」

「なくても助手になれるんですか？　おやじの話だと……」

無邪気な質問だったろうが、梶の神経に触った。

「お前のおやじだと、梶を助手にはしなかっただろうな」

じろりと少年を見た。

「俺はお前達に戦闘のやり方を教えるんではなくてだな、どうやったらいのちをながらえられるかを教えてやるつもりだ」

寺田は黙った。後ろから頓狂な声が来た。中井という、三十にはまだなるまい、町の軟派が軍服を着た感じである。

「写真は持っていてもいいんですか？」

「ですか、はよくないぞ」

梶は笑った。

「何の写真だ？」

「女です」

「かまわんさ。写真はたいてい男のか女のだ」

「それみろ！」

と中井が隣の若い兵隊に云った。

「違うんです」

と、その若い兵隊、高杉が甘えた口調で云った。

「こいつのは、女の裸なんです。海水着だけしか着てないんです」

梶は顔をしかめた。水着姿の女は、令典範のどの箇条に抵触するか？

「お守りの代用品か？」

「……みたいなもんです」

「内務検査では通らんぞ。捨てたくなければ、褌《ふんどし》の中にでも縫い込んでおけ」

みながどっと笑った。この上等兵殿は話がわかる、梶はその笑い声をそう聞いた。気持は悪くない。けれども、いい気になってもいられないだろう。甘い癖がつくと、この初年兵達は、あとで泣きを見なければならない。

梶は調子を変えて云った。

「云っとくがな、俺以外の古兵には、軍隊言葉を使え。あるんです、ないんです、うっかりそんな地方語を使うと、眼の眩むようなビンタが来るぞ。わかったな？」


もう殆ど夜になっていた。黒い山の彼方に国境陣地が蟠《わだかま》って、捨て駒の到着を待っている。

23

梶は忙しくなった。独りで考え込んでいたりする暇はなかった。五十六人もの戸惑いがちな新参者の世話は、小まめにすればきりがない。きびきびと動き、てきぱきと処置しなければばならない。顔つきも体つきも引き締って、打てば跳ね返りそうな弾力を見せていたが、神経を張りつめて全身を注意力で武装している姿は、雛《ひな》を庇って絶えずあたりを警戒している牝鶏《めんどり》に似ていた。雛は、しかし、ちょこちょこと走り廻って、ときどき母鶏の注意の圏外に出てしまう。雛自身は何かに気を取られてそうするのだ。母鶏の呼ぶ声が聞えなくなって、気がついたときはもう遅い。怖ろしい動物の爪が、ガシッと雛の体を捉えている。

長身の、痩せた、見るからに神経質な小泉二等兵は、決して不注意な男ではないが、便所からの帰り途でうっかりしていた。朝から晩まで追いまくられる初年兵としては、内務班の戸口から便所までの往復の途が、単独でいられる比較的自由な時間である。彼は、勤め先の人造石油の会社が彼を業務上必要な人物として召集解除の手続をとってくれることを、入営の間際まで当てにしていたし、国境までの行軍の間じゅう期待していたし、陣地に来てからも空頼みしている。大学を出てまる二年、結婚したばかりだし、ようやく仕事を覚えたところだ。丙種になって現役を免がれたから、彼は喜んで仕事に励んだつもりである。会社は技術者として彼を当然召集解除にするに違いない。きっと手続が遅れたのだ。ひょっとしたら、申請書が何かの間違いで地方兵事部の事務官の机で書類の下積みになっているのかもしれない。いまに来るだろう。早く来てくれ！

彼は便所から戻る途中で、関特演の桜井上等兵に出会って敬礼した。桜井は三十五六の、でっぷりした、おとなしそうに見える男だ。これが小泉を呼び止めた。固くなれるだけ固くなって姿勢を正している小泉の胸に手を伸ばすと、何も云わずに第二ボタンを引き千切った。掌の上にボタンを載せて見せびらかして、ニヤリと笑ってから云うのである。

「ボタンを外して歩くのはまだ早いぞ」

そう云う桜井自身は第三ボタンまで外していた。小泉は、服装の心得として特にボタンのことは梶からあらかじめ注意されているので、外れてはいないつもりであった。もの思いに耽ってうっかりしていたのだ。三装の乙のボロ軍服は、ボタン孔のかがり糸が擦り切れて、孔がだらしなく開いている。本人はボタンを確かにはめているつもりでも、ちょっとした体の動き工合で外れるのだ。

「お前達は口で云ってもなかなか実行せんからな。一度こうされれば、性根が入るだろう」

桜井はからかうように笑った。

「これは預っておく。あとで取りに来い」

小泉は桜井が便所から戻って来るのを、その場で待っていた。

「以後注意します。返して頂けないでありますか」

「返して頂けませんね。よーく考えて、俺の班まであとで取りに来い」

桜井は行ってしまった。小泉二等兵の第二ボタンは一つしかない。被服庫や縫工場には掃くほどある真鍮の安ボタンが、二等兵にはたった一つしかない。かりに代りのボタンがあるとしても、それをつけたら大事である。桜井の手の中にあるボタンが承知しないのだ。

「天皇陛下から賜わったボタンを、貴様はないがしろにした！　貴様の第二ボタンの員数は天皇陛下の御命令によって、ただ一つときまっておる！」桜井五年兵は初年兵のときにそう吸鳴られて、耳がガーンと鳴るほど殴られたに違いない。そういう経験のない古年次兵は殆ど一人もいないと云ってもいい。それならば、今度の初年兵も、そういう経験をしなければならない。四十近くにもなって桜井もおとなげない、そうは誰も云わないのだ。四十近いが、あいつなかなか気合がかかっとる、そう云うのである。桜井は別にボタン一つのことでビンタを取りたいとは思わない。彼の代りに、もっと若い四五年兵がやるだろう。さんざん捧ったころに、

「そら、返してやる。ボケーッとするなよ」そう云ってやるつもりだ。何故そうまでしなければならないか、桜井自身も即答は出来ないだろう。神様は退屈なのである。退屈である原因を、神様自身は知らないのだ。

小泉は途方に暮れて、梶の前にしょんぼりと立った。

「……ひとりでに外れていたのです。このボタン孔が……」

小泉は三装乙のボロ服を怨んだ。

「お前だけではないよ」

と、梶は云った。

「あの小柄な三村の足は編上靴の中で泳いでいる。軍隊ではな、体に服を合せるのではなくて、被服に体を合せるのだ。何故そうしなければならんか、俺にもわからん。わかるのは、理窟を云ってもはじまらんということだ」

梶は自分が無力な二年兵であることが情なかった。五年兵と対等なら、他の五年兵もこんな馬鹿げた意地悪はしもしまいし、させもしないのだ。

「おまえは自分の手でボタン孔を直すしかない。その暇があってもなくてもだ。古兵の班へ返して貰いに行ったらな、おどおどするな。殴られるのは覚悟して行け」

小泉の怯えた眼の色のなかに、不満そうな影が走った。上等兵殿がなんとかしてくれると思いました。

「貰って来い」

梶は冷やかに云った。

「そのくらいのことは自分でするんだ」

ボタン一つで、俺と古兵達の間に悶着を起させるな。梶の眼はそう云っていた。古兵は俺が出しゃばるのを待ちかまえている。お前をいじめるよりは、俺をいじめたいのだ。気の毒だが、お前は二つ三つ殴られねばならん。

「返してくれそうもなければ、帰って来い」

梶は云い足した。

「ボタン一つのことで、奴らもそこまで馬鹿騒ぎはやらんだろう」

小泉が血のにじみ出ている唇を抑えながら古年次兵の班から戻って来たときには、仲間の初年兵達はもう銃の手入れを終りかけていた。こうして小泉は寝るまで一つずつ仕事が遅れるのだ。

洋服屋の三村が不安そうに訊いた。

「どうだった？」

「……なんでもないよ」

青い顔をして小泉は梶の前に立った。他の班からビンタを喰う奴は自分の班の名折れだから、と、その班の古兵からまた殴られねばならないことを聞かされて来たのだ。黙って立っている顔は観念しながら、頬が慄えていた。

「俺から殴られろと云われたろう？」

「はい」

「気をつけてくれ」

梶は小声で云った。

「のっぴきならないときには、殴りたくもないのに殴らなければならなくなるかもしれん」

梶はこちらに不安な眼を向けている三村に云った。

「三村、お前な、御苦労だが、みんなのボタン孔を見てやってくれ。三村に直して貰う奴は、三村の仕事をしてやるんだぞ」

みんなは幼稚園の子供のように「はーい」と声を揃えた。

あらかじめ注意してある範囲内でも、一つずつボロが出て来る。その尻をまた一つずつ拭って行かねばなるまい。アラを探す眼は何十もあり、それを防ぐ眼は一対しかなかった。

夕飯どきに一騒動あった。梶の班から飯上げに行った安積と田代の二人が、食罐を途中でひっくり返して、おかずの三分の一ほどを駄目にしてしまったのである。金持ちの坊っちゃん育ちの安積が先棒で、若い職工上りの田代が後棒であった。どちらも二十歳の現役である。安積は若い娘達を操縦するのは慣れていたが、ごつごつした丸太で重い物を担ぐのは慣れていなかった。痛さをこらえきれずに肩を替えようとした拍子に、躓いて丸太を手放したのだ。週番上等兵は駈け寄って、安積を殴りつけた。この一撃で、安積はすっかり動顚《どうてん》してしまった。地方にいるときには、何でも誰かがやってくれたから、事の大小を問わず最終責任を取ったことがない。

「田代が押すからです。歩調も合せずにむやみに押すからです」

「こーのクソ野郎！」

週番上等兵は安積を蹴って、ふり向きざまに田代を張り倒した。田代は何も云わなかった。押した覚えはさらにないが、安積が倒れたからには、連帯責任は免がれないと観念していた。

安積の方は、蹴られた分だけが損だと思った。田代が押したからだと云ってしまってからは、ほんとうに押されたために躓いたような気になっていた。それが事実であろうとなかろうと、この失策は人のせいだとしておきたいのである。中隊の土間で、週番上等兵が二人の班には当然の報いとして少ししか分配しないのを見て、初年兵達が二人に盛んに苦情を云いはじめると、安積はここでも田代の罪を鳴らした。田代は小さいときからの労働で節くれ立った手を握り締めて、黙っていた。口が重いから、体じゅうに怒りが現われる。生い立ちの相違にまで遡って、それは煮え返るようである。安積のような奴が、折目の正しい服を着て、喫茶店で女の子と甘い語らいに耽っていたかもしれないときに、田代は工場で金屑と汗にまみれていただろう。安積のような青年が奇麗な女の子と連れ立って歩いていて、田代のズボンの尻の大きな目玉のようなつぎ当てを見て笑いこけたことは、若い日の決して癒えることのない屈辱として残っている。こいつは働きもせず、美味《うま》いものを食って遊んでいたのだ。その男がここに来て、ぬけぬけと人に罪を着せようとする。卑怯者め！　もうひとことでも云ってみろ！

初年兵達は唯一の楽しみにしている食事の量が減ってはたまらない。沼から湧く泡のようにブツブツ云い続けた。梶は黙って見ていた。まだ呶鳴りつけるのは早過ぎる。食事当番が食器に盛り分けるのを、文句を云いながら監視している初年兵達、その初年兵をまた梶が黙ってみている。そこへ、現役の高杉が、梶の分だけコテ盛りにして持って来た。笑顔が、卑屈な愛嬌である。梶は表情をきびしくした。

「お前は幹候を志願するつもりだろ？」

「はい」

「つまり、それだけの教育はあるわけだな」

高杉はまごついて、愛嬌笑いを続けたものかどうか、迷っていた。梶の指が自分の食器をさした。

「馬鹿な真似をするな」

梶が何故怒ったかを高杉が諒解しないうちに、隣の古兵の班から声が来た。

「梶上等兵！」

梶はとっさに予感が閃いて、初年兵達に云い渡した。

「俺が帰って来るまで箸をつけるな」

隣の班では、神と仏はそれぞれの場所に鎮坐していた。板張のまん中に立ってニヤニヤしているのは、生臭坊主の増井一等兵である。

「ちょっと関東軍の五年兵四年兵の食事を見てくれんか」

「地べたにこぼした奴を手で掬《すく》って入れたんじゃあるめえな！　ケツを拭いた手でよ！」

「お前は飯上げの要領も教えねえのか？」

「どうするんだ？　給与はいつからこんなに少しになった？」

と、増井がつめ寄った。確かに、副食の食器を見ると、盛りが少ない。週番上等兵は古兵の班には多目に分けたのだが、それでもこぼした分量の補いはつかなかった。

「どうしてくれるんだよ、梶上等兵殿！」

梶は初年兵の手前、一等兵の増井から絞られるのがたまらなかった。またそれを知っているかのように、増井はねちねちと絡むのである。文句をぬかすな！　と、こいつを張り倒せたら、どんなに気持がいいだろう！

初年兵達はお預けを食った犬のように食器を前にして、乏しい今夜の量をまた怨みはじめた。彼らは量の少ないことを怨んだのだ。必ずしも安積と田代を怨んだわけではなかった。安積は、しかし、それを執念深い個人攻撃と感じた。

「俺ばっかり責めなくたっていいじゃないか！」

と、疳《かん》の立った声で叫んだ。

「田代、知らん顔をするな！　狡いぞ！」

「狡いのはどっちだ！　もう我慢出来ん！」

田代は飯台を拳で叩いて、起ち上った。

「おい、小汚ねえ金持ち野郎！」

梶は自分の班が騒がしくなるのを気にしながら、増井に答えた。

「どうすればいいのですか？」

「どうするかだと？」

増井は、梶がいよいよ窮地に陥ちたのを見て、たまらなく愉快そうにニヤリとした。

「小野寺兵長殿、どうすればいいのですかと」

「炊事へ行って、貰い直して来い。重砲隊の特別給与だ！」

赤星上等兵が小野寺の代りに吸鳴った。出来ない相談である。出来ないとわかっているからこそ面白いのだ。初年兵や二年兵がのこのこと貰い直しに行こうものなら、よく来た！　と殴られた上で、コンクリートの床の水洗いをさせられるぐらいが落ちである。古兵達は梶がどう出るかと待ちかまえているようであった。

梶の班で俄かに荒々しい音がした。梶は答えた。

「承知しました」

班に戻ると、鳴戸二等兵が両手をひろげて田代と安積をさえぎっていた。鳴戸はもう四十に手の届く、きわ立った体格の、大工の棟梁である。自分の息子のように若い二人を、宥《なだ》めるというより、胸倉を取って両成敗にするといった恰好に見えた。

「席につけ」

梶は云った。

「くだらんことで何を騒ぐか。整列ビンタを食いたいのか」

田代は梶の心を疑った。くだらんことではない。安積の卑怯さは咎めるに値する。梶はそれを知らないのではないか。或は、知っていても、貧乏人より育ちのいい方を庇いたいのか？

梶は田代と安積を交互に見ていた。

「お前達は互いに護り合う以外に誰か護ってくれる者がいるか？　お前達のおふくろになると云った俺は、こんなふうにしかお前達を護ってやれんのだ」

と、わざと隣の班に聞えるように声を大きくした。

「おかずを全部バックに戻せ。戻したら、安積、古年次兵の班に持って行け。俺達は飯だけ食う。飯もないよりましだと思え」

24

午後十一時、夏の夜はようやく更けたばかりだが、初年兵は深い眠りの海に沈んでいる。短期教育だから、練兵が激しい。体位は劣っている。平均年齢は高い。疲労が溜って、一夜の睡眠では恢復しきれない。

同じ時刻に、弘中伍長の部屋に下士官達が集って、水筒につめた酒を呑んでいる。弘中の下士官室は、将校室から一番遠いのだ。小野寺兵長が仲間入りしているのは、弘中と同年兵で同郷人の誼みである。それに、彼は上位者には当りが柔らかい。人気があった。

「沖縄が怪しくなったようだぞ」

と、被服掛の伍長が云った。

「どうもいかんらしい」

「なんと云っても島だからな、上陸を許したら早晩駄目さ。本土決戦と決めたら、早期に兵力を引き揚げてしまえばよかったんだ」

庶務掛の軍曹がそう云った。

「敵が来てからじゃ、海を渡れるもんじゃない」

「……海か、俺のクニには海があるんだよ。青い、奇麗な海があるんだよ」

弘中は酒に酔って、新派のような口調で云った。

「青い海が赤くなる、戦友の血で赤くなる、こりゃどう致しましょう、隊長さん、だ」

「沖縄が玉砕したら、こっちはどうなるんです？」

と、小野寺が不安そうに誰にともなく尋ねた。

「スターリンにウナ電で問合せてみろよ」

と、庶務掛が笑った。

「ソ連はまさか参戦しないでしょう？　関東軍は健在なんだから」

小野寺は誰かが肯定してくれるのを期待して、下士官達を見廻した。

「スターリン、クル、ワタシ、アイタイナイョ」

と、鈴木伍長がふざけた。

「鈴木はいいよ。会わずに済むだろう」

庶務掛がそう云うのは、鈴木が近いうちに特殊幹部教育で、ずっと後方に退ることに内定しているからである。

「鈴木の野郎、うまくやりやがったな」

と、被服掛が唸った。

「お前が見るのはスターリンの髯じゃアねえよ。女の毛だ、畜生め！」

「庶務掛は腕がねえぞ」

と、弘中がクダを巻いた。

「国境にも女ぐらい手配してくれよ」

「よしよし。いまに俺が国境の向うから女部隊を誘導して来てやる。陣地の洞窟にひっぱり込んで、やりたいだけやれ」

「賛成」

松島が叫んだ。

「男には銃剣、女にはおチンチン」

煙草の煙の下で、どっと笑った。

その笑い声を、離れた部屋で、影山は微かに聞いた。梶は開け放した窓枠に凭れかかって、黒い夜を背にしていた。

また呑んでやがる、影山はそれを口にしなかった。下士官連中が将校の存在を無視しているのは事実だが、船田中尉も影山も敢て咎めない。下士官達は長い軍隊生活のあげくにこの国境に廻されて、退屈な生活につくづく倦《う》んでいる。退屈しのぎに兵隊をいじめたりしないだけがみつけものと云うべきかもしれない。重砲上りの四五年兵の猛者達が下級の兵隊を締められるだけ締めているから、下士官達は手控えているつもりなのだろう。たかだか水筒に一本か二本の酒をくすねて来るぐらいのことは、見て見ぬふりをした方が、将校としては得策なのである。

「やってるね」

梶は陰気に笑った。

「……気味の悪いほど静かな夜だ。いつまで続くのかね？」

降るような星が国境の闇を見下ろしているばかりだ。下士官室からの笑い声が消えたあとは、あまりに鎮まり返り過ぎて、却って耳の奥が幽かに鳴っている心地がした。

「さっきの話にも関連することだが、俺はこれは云わないつもりだったんだがね……」

と、梶は前置きして、影山の視線が来るのを待った。

「君は今朝、起床と同時に入って来て、馬場上等兵が煙罐が出ていないのに喫煙してるのを注意したろ？」

影山はうなずいた。

「煙罐は俺の初年兵がまだ取りに行く間がなかったんだ。君はそのあとのことを知るまい。馬場の戦友の乾上等兵、こいつも三十過ぎのいい齢だがね、戦友の代りに怒って、初年兵を並べて上靴の一斉ビンタだ。俺の見ている前でだ。ところが、むっつり屋の田代が煙罐は起床前に班内に持って来るようにはなっていないと抗議したんだよ。勇敢な奴だ。俺は愕いたよ。乾の野郎、田代を古兵の班にひっぱって行って、赤星、横田、増井と四人がかりで田代を殴った。俺は行って、日朝点呼までに持って来るように教えたからと謝って、田代を貰って来たんだが……」

梶は情なさそうに笑った。

「田代は俺に云うんだよ。何か田代が間違っているのでありますか?」

「梶はどうした?」

と、影山が促した。

「どう答えられるか、影山少尉に教えて貰いたいもんだ」

梶は、今朝の、一途に引き締った田代の素朴な顔を思い浮べた。

「田代は正しいよ」

梶はそう答えたのだ。

「正しいだけでは駄目なことがあるんだよ。何処の社会でも一番下の者が損をするように出来てはいるんだがな、他の社会だと、実際の仕事をするのは下の者だから、たとえば田代の正しい主張は、或る程度反映しないでもない、曲りなりにもね」

田代は梶の眼を喰い入るように見ていた。

「軍隊が他の社会と違うところは、これが戦争をするためにあるということだな？　戦闘となれば、実力があるのは古兵なんだ。田代がいかに勇敢でも、戦闘技術ではまだ古兵と太刀打出来ない。これが、少しぐらい理窟が合わなくても、古兵の我儘が許される理由だ。厭なことだが、俺がいまになってわかりかけて来たことがそれなんだ。田代は正しかったが、ビンタを食った。俺も食ったよ、お前が正しいと思ったからな。正しいだけでは、この間違いは直らない。わかるか？」

鳴戸の大きな体が寄って来て、じっと佇んでいた。

「……正しくても駄目なら、どうすればいいのでありますか？」

と、田代は熱心に食い下った。

「俺もわからん」

梶は、正直というよりも、投げ出すように云った。

「お前たちと俺は一緒にやって行くな。いつまでか知らんが、一緒にやって行く。その間に俺もわかるだろうし、お前達もわかるようになるだろうと思う」

梶は影山から眼を放さずに、灯影を受けてうっそりと笑った。

「言葉だけでは、初年兵は納得しやしない。俺は現に一斉ビンタを傍観したんだからな。おふくろなら、横暴なおやじが息子を殴ったら、どうにかして制《と》めるぐらいの智慧はあっただろう。このおふくろはね、息子がおやじに食ってかかりゃしないかとハラハラしてるんだ」

田代は不承不承に引き退ったが、午後になって、高杉が愛想笑いをしながら梶に近づいて、こんなことを云った。

「鳴戸が、今度の班内当番になったら、古兵殿の班にはわざと煙罐を持って行かないと云っています」

鳴戸は三十九歳だ。女房もあれば子供もある。大工の棟梁で、地方では楽な暮らしの出来た男だ。まさかそんな無分別はすまい。

「どうしてだ?」

「古年次兵が怒るでしょう。当番の鳴戸を殴るかもしれませんでしょう? 鳴戸はそれを待っているんです」

梶の顔が強ばった。梶自身も無意味な反抗をしはしたが、作為的にやったことはなかった。今度の初年兵は、助手の梶が古兵達に反抗的であるのを知っているし、梶が初年兵の手綱を緩めているから、そういうことになるのだろうか?

「それは面白い!」

影山は短く声を立てて笑った。

「梶はどうするつもりだ?」

「やらせて、俺が掩護すると、どういうことになる? そのときの影山少尉の顔の方が面白いぞ」

鳴戸は、謂われのない上靴の一斉ビンタに腹を立て、仲間の田代が正しいにもかかわらず袋叩きにされたことに義憤を深め、助手の梶が結局は古兵を擁護する立場をとったことで憎悪を抱いたのかもしれない。彼を殴るであろう古兵の誰かに、階級を離れて、男と男、一対一でやる勇気があるか、と、挑戦するつもりだそうである。齢は行っているが、万力のような力の持主である。重砲上りの古兵と雖も安心はならない。梶は、やらせてみたいという気が確かにした。古兵達が鳴戸を袋叩きにしはじめたら、梶も跳び込んで行って暴れるのだ。二人で、三人や四人は倒せるだろう。十一中隊の歴史は、その日を以て変るかもしれない。果してそうなるだろうか？

「影山少尉は鳴戸と俺を罰しはすまいな？　船田中尉を抑えることが出来るかね？」

「状況によっては、な」

影山は、そうなる気づかいはないから、のんびりとそう答えた。

「船田中尉を抑えることは出来ても、下士官連中を抑えることは出来ないよ、君は。しかし、俺はやるかもしれんからね、状況によっては、だ」

事実は、梶は鳴戸にこう云ったのだ。

「……お前は強いよ。俺よりも腕力はあるだろう。しかしな、俺が一年かかって出来なかったことを、お前が一カ月で出来ると自惚れない方がいい。俺はな、仲間の一人を自殺させた。一人が逃亡するのをどうにも出来なかった。俺自身は古兵の一人を湿地帯で殺したよ。その結果は、なんにも出来なかった。なんにもだ」

鳴戸は、巨きな手で不精髯をゴシゴシこすっていた。

「俺は、お前が思っているよりも、お前達のことを考えているんだよ。無力でな、うまい工合にやれんのが残念だが」

小野寺兵長に上靴を口に押し込まれたのも、偏《ひと》えに初年兵のためを思ってのことであるような気がした。梶自身の保身のためでもあったことは、奇麗に忘れ去られていた。

「何を云いたいんだ、結局」

と、影山は、軍袴を脱ぎはじめた。

「深遠な哲学を寝ながら拝聴しようか」

「何を云いたいんでもないよ」

梶は影山の煙草を一本取って火をつけた。

「初年兵は俺の云うことを聞く。俺が君の教育日程表に従って教えていることなんか、実際にはクソの役にも立ちゃしないんだということさえも、殆ど疑わずにね。……もう寝よう」

梶は煙草の火を消した。

「窓は開けたままにしておいていいのか？」

「嘘を教えて、インテリの良心の痛みに耐えられんというところだな？」

「……赤軍が来たら、ほんとうにどうやって戦闘するつもりなんだ？」

梶は、寝台に横になった影山を睨むように見た。

「急造爆雷を抱えて戦車に肉攻する要領を、君は今日俺に実演させて見せたな。初年兵は俺がやった通りにやった。とんだ戦争ごっこだ！　戦車の前に、自動小銃を持った歩兵が来たら、肉攻手はどうするんだ？」

「それと内務班の問題と、何の関係がある？」

「あるさ！　兵隊を殺す教育をしている俺がだな、内務班で一体何をやっているのかということだ。君はこれに対決していないから、平気なんだ」

「俺は平気だ」

影山少尉はうそぶいた。

「梶上等兵の精神の苦悶なんぞ、砲弾の炸裂に較べたら、問題にならんよ。深刻ぶった考え方なぞ、上等兵になったら捨ててしまえ。そうでもしなきゃ、身が保つまい。少尉の俺はなおさらだ。戦争とヒューマニズム、そもそもこいつが矛盾命題だ。阿呆らしい！　お前も俺も、もう両足とも棺桶に突っ込んでるんだよ。生きていると思うのか？　俺は敵の狙撃眼鏡に映ったが最後、一秒であの世行きだ。お前の戦闘配備は、鉢巻山の突角陣地、あのトーチカだ。M四の戦車砲が二発来たらおしまいさ。そして真っ先きにあそこへ来るんだよ！　どうだ？　俺はお前がこの中隊で最も優秀な上等兵だから、あそこへ配備した。それをお前も怨みには思わんだろう。お前は後方の兵站《へいたん》部のインチキ上等兵になってだな、生き残ればヒューマニズムのお題目を唱えられたかもしれん。お前はそういう奴にはならなかった。またそういう奴は決してヒューマニズムなんぞは唱えない、食い肥った豚共だ！　これが戦争の人間配置なんだよ。お前はどうあっても美千子さんのところへ帰ると云ったな？　その夢を実現したいんなら、方法は一つだぞ。真っ直ぐに脱走して行って、一夜の歓を尽すだけだ。それもないよりいいかもしれん。沖縄はもう直ぐ陥ちる。いいかね、梶、やがて赤軍の侵入がはじまる。青雲台はこっぱみじんだ。お前も俺も死ぬんだ。ここにいる限り！　古兵がどうの、初年兵がどうの、云えるのはあと僅かだ……」

「そうかもしれん」

梶は呟いた。上げた眸が、一度だけ、野獣のような強さで光った。

「それでも俺は云うつもりだよ。そして、帰って行くつもりだよ。戦争が全世界を蔽っている馬鹿でかい現実だとしてもね、所詮は人間が作為したことだ。人間が抵抗出来んはずがない」

「ちょうど反対になりやがった」

影山は白い歯並を見せて、ニヤリとした。

「俺は会社を出るときに、生来のオプティミストだと云った。君はオプティミストにはなりきれないと云ったものだ。覚えているか」

梶は戸の前でうなずいた。あれは、小都会の、コンクリートの建物の中でのことであった。二年と三カ月。梶の人生はあのときからはじまり、影山の予想によれば、もう終ろうとしている。

梶は戻って班内を見廻った。男達は眠っていた。毛布を剝ぎ、体を乗り出し、このときばかりは思いのままの恰好をして。夜気はこれから明け方へかけて冷える一方である。剝がれた毛布をかけてやる。枕を直してやる。眠れ。初年兵の天国、消灯から起床まで。眠れ。夏の夜は長くない。

梶は寝台に横たわり、眼を閉じ、瞼の裏にひろがる茫漠とした地図に、一本の真っ直ぐな線を引く。真っ直ぐに。真っ直ぐに。ここから、あそこまで。美千子よ、なんと一人は遠く離れていることか！

25

沖縄は陥ちた。その日、米軍は、日本軍の小洞窟拠点二つがまだ残っているが、日本軍の組織的な抵抗は終った、と発表した。

ソ満国境は全線に亘って連日異常なしである。ひところ目立っていたソ領内の兵力輸送も、最近はあまり見られない。そのことは、戦闘配備がもう完全に出来上ったことを意味するようである。

嵐の前の静けさ、誰もがそう感じている。このままでは済むまい。いつか来る。

戦場は沖縄から海を越えて本土に移るだろう。国境の平穏が破れるのは、その前か、それと時を同じくするか？

「焦土決戦かね……」

影山は嘲るような笑いを野中少尉に向けた。将校集会所の娯楽室である。影山は早く話を打ち切って席を起ちたかった。

「僥倖を恃《たの》む時期はもう過ぎたと思うんだが」

「恃みはせん！」

野中の語気は荒くなっていた。

「勝算なくして本土決戦の方策を立てているのではないだろうと云うんだ」

「だろう、だろ？」

影山は露骨に嗤った。

「今度はどうにかするだろうという国民の期待の下に、現地軍は次々に玉砕している。だろう、だ。現地軍に果してだろうがあったかなかったか。おそらく、甘い希望的なだろうは現地軍にはなかったと思うね。現地軍は非戦闘区域のだろう的希望を一寸伸ばしにするために玉砕しているんだ」

「犬死にをさせているというのか？」

野中の顔が白く変るのを見ながら、影山は答えた。

「見方によってはね、そう、犬死にということにもなる」

「将校が、よくも云えたな！」

野中は起とうとした。影山は、部屋のあちこちから来る他の将校達の視線を意識したが、怖れも憚りもしなかった。彼の予測では、近日中にこの国境陣地は砲火の下でのた打つことになる。軍法会議に廻されるよりもその方がよほど怖ろしいのだ。

「落ちつけよ」

影山はふてぶてしいとも見えるほどにゆったりと構えた。

「この国境線で勝機を摑めるだろうという目算が、野中少尉にはあるのかね？」

「俺はそんなことは考えてもみない！」

「みないんじゃない。考えてみたんだが、だろうがみつからなかった。だから、空疎な言葉を弄して自分をごまかすんだよ」

「不愉快な奴だ！」

野中は荒々しく起った。

「貴様は大隊長殿の前で、それだけの口が叩けるか！」

「叩けないよ。そんな必要もない。俺は第三大隊十一中隊のズボラな少尉だ。野中のように「皇国」を背負って立つという大気宇を持って将校志願をしたんではない。戦争下に生きて行く方便だ」

影山は室内にい合せた四五人の将校が全部起ち上ったのを見た。予備か幹候上りばかりである。かまうことはない！

「国境で戦死する運命を引き当てるとも思わずに賭けた一種のバクチだよ。一皮剝いてみりゃ、どの将校もみんなおんなじさ。俺の賽《さい》の目は丁と出るだろう。そう思ったんだな。丁と張ったら半と出た。その連中がここに来ているし、沖縄にもいたんだ」

「黙れ！」

野中が叫んだ。影山は捨鉢な笑いを見せた。

「俺を黙らせることが出来るか」

と、恰幅のいい体を起して、ゆっくりと立ち上った。

「殉国の志士気取りは兵隊の前だけで沢山だぞ。大言壮語する奴が壮烈果敢に戦うとは限らんのだ。もう間もないことだろう、野中がいかに奮戦するか、俺は見ているからな、覚えておけ」

「どうしたんだ？」

と、黒い歯ブラシのような髯を鼻下に貯えた予備役出身の土肥中尉が寄って来た。

「失礼しました」

野中は蒼ざめた顔を上官に向けた。

「こいつがあまり亡国的な言辞を弄するものですから」

「亡国の徒はここにはおらんよ」

土肥は笑って、影山を見た。

「そうだろ？　少尉は和平論者か？」

「その資格さえもないようであります、残念でありますが」

と、影山が明るい表情で答えた。

「小官が現在出来ることは、たかが一個小隊の兵力を指揮して戦闘することだけであります。それ以外のことは、資格も能力も失いました」

「少尉は少し考え違いをしとりやせんか」

と、土肥は自慢の歯ブラシ髯を撫でた。

「日本の国力は少尉が考えておるほど薄弱なものではないよ。北はアリューシャン、南は濠洲、東はマキン、タラワ、西は印度のコヒマ、インパールまで数千方キロの広大な戦線を展開した日本の国力というものは、少尉の悲観論で計ることは出来ないものがある。なるほど、戦線は縮小した。いまや沖縄さえも失って、本土決戦の段階に来ておる。おるがだ、これは戦略的な予定の行動なんだ。あの大戦線を展開した実力を本土に収めて、その間、敵に多大な出血を強要しつつ今日に至っている。その証拠に、見てい給え、敵は決しておいそれとは本土に近づこうとはしないから。敵の兵站線は伸びる。友軍は内に充実する。陸軍の主力は日本内地に健在なんだ。太平洋の犠牲は、そう云ってはは申訳ないが、ほんの九牛の一毛に過ぎないんだよ。わからんかね？」

そう信じ込んでいるらしい。二百五十万の本土防衛軍が待機しているとしても、兵隊の頭数だけで何が出来るというのか。影山は土肥中尉の楽観論に爪を立てる気もしなくなった。地方出身の中年の将校までこう云うようでは、本土防衛の二百五十万と関東軍八十万は、やがて猛烈な砲火を浴びるだろう。一人の影山少尉に何が出来る？

「わかりました」

そう答えた。野中が、小気味よさそうに突っ込んだ。

「何がわかったんだ、影山少尉」

「……俺がここで死ぬに違いないということが、だ」

影山は相手を見据えて、ずばりと云った。

「野中少尉、お前もだ」

「えれえことになりやがったよ」

と、乾上等兵が同僚の横田兵長に云った。

「こりゃ非常呼集がいつタンタカタンと来るかわからねえぜ」

「だらば、地ん中さ潜って逃げるべし」

横田は真顔で云った。

「砲もなくてば、ス方あんめえ」

「二十九榴のでかい奴をよ」

と、赤星が云った。

「ここに持って来るんだったによ。砲戦用意！ ……ああ畜生め！ 俺の大砲じゃ女を泣かせることしか出来ねえしな」

「泣いてくれる女もいねえだろう。ここを射ってちょうだいと、ひろげて待ってる女がよ」

小野寺はふざけてそう云ったが、誰も笑わなかった。国境の向うから砲弾がどの瞬間に飛んで来るかわからない。砲弾の威力を知っているこの重砲出身の古兵達は、内心気が気でないのである。

「ひでえもんだ！」

と、馬場上等兵は同意を求めるように仲間を見廻した。

「俺達に五年間も砲を扱わせておいてよ、いまになってパチンコを持たせて何をさせようてんだ！　ちょっくら走って行って、山田乙三に訊いて来るか」

「牛島少佐に訊いて来いよ。重砲の古兵を小銃に使うのは国家の損失ではありませんか？　とな」

と、桜井が口を入れると、赤星は四角な顔を振り立てて、

「いや、そのまま、そのまま、諸君に重砲を撃たれては、わしは腰が抜けて馬にも家内にも乗れんようになる」

今度はみんなが笑った。牛島少佐が観大山陣地で銃声二発に愕いて落馬したことを嗤ったのだ。

「腰抜け大隊長によぼよぼ初年兵か！」

乾が吐き出すように云った。

「上を見ても下を見てもよ、大した頼りになる奴らだぜ！　これでよ、非常ッ！　てことになったら、一体どうなるんだ？」

誰も応《こた》えなかった。これぱかりは、全くどうなることやらわからないのだ。暫くして、横田がぼそぼそと云った。

「最後の決は歩兵の任務だべし。ズ己《こ》のズウ剣にスン頼スろ」

「ズ己のズウ剣にな……」

と、馬場がすかさず続けると、みんなが青筋の立つほど笑いこけた。

「スン頼するか。ス方ねえハナスだ」

確かに、仕方のないことである。笑いこけはしたが、笑いごとではなかった。ここでは歩兵が掩護火力を期待する望みは絶えている。歩兵は自己の銃剣に厭でも信頼しなければならぬのだ。銃剣が、おそらく襲来するであろう鉄牛部隊に対して何の役に立つか、男達はそれを考えないことにして、自分自身をごまかす他はなかった。いつの日にか非常呼集のラッパが鳴れば、それは戦闘開始を告げるのではなく、人生廃業の号音である。

26

午後の練兵がはじまる前に、班内で、洋服屋の三村が細い小さな体をいよいよ小さくして、金持息子の安積にそっと云った。

「……いよいよ本土決戦かねエ。日本も危ないいんじゃないかなア？」

安積は小馬鹿にしたように答えた。

「危なくたって仕方ないじゃないか」

「どうなるんだろうね、俺達は」

「どうにかなるよ」

白面の美少年は大して心配しなかった。天下国家がどうなろうと、金さえ持っていれば人間はどうにかなるものだ。本もろくに読まず、女の子と遊んでばかりいたが、金の力の秘密だけ

は実感として会得《えとく》している。彼は、父親が内証らしく声をひそめてだが、得意そうに云ってい
たのを忘れていない。取引の上で蔣政権筋の大物と親密な関係を保ってさえいたら、日本の戦
争がどちらに転んでも財産を失うことはない、日本も米国も蔣政権もほんとうの敵は内外の
「赤」だけなんだ、と。だから、三十代の半ばになってようやく白前の洋服屋を開業出来るよ
うになった三村などとは、立っている基礎がまるで違うのだ。

「どうにかって……」

と、三村は顔も声も暗かった。

「もしも敗けたら、日本人はまる裸にされてしまうんだから……」

日本が負けて、生活の基礎が根こそぎ破壊されるのが怖ろしいのである。

「敗けたらって、何だ！」

と、話を聞きかじって、寺田が飯台越しにきつい声で云った。

「大きな声をするなよ」

三村はうろたえた。

「敗けやしないだろうけどね、ただ、ちょっと、そう思っただけなんだ」

「何が敗けたらだ！　敗けるもんか！」

少佐の息子け息まいた。

「そんなこと、考えるだけでも非国民だぞ」

「非国民て、何だ？」

と、田代が顔を赤くして云った。

「誰だって、自分の生活のこと、心配するのは当りまえじゃないか。お前のうちみたいに軍人恩給を貰ったり、安積のうちみたいに金利だけで食って行けるような者ばかりじゃないんだぞ」

「だからどうした？」

「……どうもしやしないよ」

田代は口ごもった。彼の出征中、選炭婦の臨時雇になって生計を辛うじて支えている母親を思い出したのである。

「心配しないで、行っといで」母親はそう云った。「体だけは気をつけとくれ。無理をせんように。いいね？　お前が元気でいてくれるとさえ思えば、お母さんは何だって忍べるんだから……」彼は既に無理をした。あの煙罐のことで抗議して、古兵達から叩きのめされた。梶上等兵はおとなしく黙っていろと云わんばかりの口調であった。おとなしくしていれば、寺田のような奴はつけ上るばかりだろう。何か云ってやる必要がある。俺は何か間違ったことを云ったろうか。

田代は鳴戸の方を同意を求めるように見た。鳴戸は巨きな手で小さな歩兵操典を開いて、口をもぐもぐ動かしているのは、憶えにくい文句のまる暗記に骨折っているらしい。

「田代の奴、急に凋《しぼ》みやがった」

と、安積が嗤った。威勢のいい寺田がそばにいるから、今日は安心なのである。その寺田は勢いづいて、云った。

「沖縄が陥ちたからって、尻尾を巻くような奴は日本人じゃない！　敗けると思うから敗けるんだ。必勝の信念だよ！」

「お前が助手になったら、うるさいことだろうな」

と、顔がきわ立って黒い今西がからかった。二国だが、そうとは見えぬしっかりした体つきである。

「よかったよ、お前と一緒の入隊で。叶わねえや。必勝の信念とやらを助手殿から振り廻されちゃァ」

それを聞いてか、鳴戸が操典を読みながらニヤリとした。寺田は急に血が逆流しはじめた。

「……お前らは、みんな、真剣でないんだ。上等兵殿が地方出身のお前らに甘いから、たるんでやがるんだ。隣の古年兵に聞いてみろ。俺は、大体梶上等兵殿の……」

寺田は運が悪かったのだ。ちょうどそこへ梶が入って来た。

「午後の演習は銃剣術に変更だ。十分後に舎前に整列」

梶は寺田に笑いかけた。

「俺がどうしたって？」

寺田の顔は蒼白になっていた。他の者は寺田を庇うつもりで、不器用に無表情な顔を作っていたが、高杉だけはニコニコしていた。

「上等兵殿、整列の服装はどうするんでありますか？」

と、今西が時間稼ぎの愚問を発した。これで梶の気持が却って硬化したことは否めない。

「寺田、云ってみろ。俺の顔を見ては云えないことか?」

寺田はざわめいている胸の中で迷い抜いた。ちょうど彼の立っているところからは真後ろになる古年次兵の班の方へ、盛んに神経を働かせた。古兵の世話を寺田は積極的にするから、支持してくれる古兵がいると信じているのだ。梶上等兵などは四五年兵の前では物の数でない。

「云えんのだな。意気地なしめ! お前のおやじの少佐殿のツラを見たいようなもんだ」

梶は班内を見廻して吼鳴った。

「服装は徒手、巻脚絆」

寺田を捨てて歩き出した背へ、声が来た。

「沖縄のことです、はじめは……」

梶はふり向いた。寺田はおやじを罵られて、云う決心が固まったらしい。

「上等兵殿は沖縄のことでわれわれに何も云ってくれませんでした。われわれは、精神的に、強い刺戟が必要なんです。必勝の信念を、われわれに叩き込んで貰いたいんです。上等兵殿は、そういう教育は、してくれません……だから、みんなが……」

「だから、みんなが軟弱になる。そう云いたいんだな?」

寺田は曖昧にうなずいた。

「無理を云うな」

梶が途方に暮れたように笑った。

「大きな声では云えんがな、必勝の信念とはどんなものか、俺が聞きたい。戦陣訓本訓其の一の第六か七に必勝の信念が書いてある。お前はそれで満足か？　俺がお前達に教えたいのは、二千年も前に支那の男が云ったことだ。相手を知らず、自分をも知らずに戦うと、とんだことになるということだ」

梶は口を噤んだ。寺田をたしなめるつもりの言葉が、忽ち自分にはね返って来ていた。梶自身は、敵を知りおのれを知って戦っているのかどうかである。

「お前は九官鳥を飼ったことがあるか？」

梶は皮肉な顔をして尋ねた。

「……ありません」

「ないだろう。あったらそんなことは云わんはずだ。戦陣訓の箇条書はな、根気よく仕込めば九官鳥だって間違えずに云えるんだ。俺がお前達に云いたいのは、令典範のどの箇条にもないことだ。わかるか？」

「わかりません」

寺田は昂然と答えた。こんな地方人みたいな奴が、よく助手になれたものだ！

「わからなきゃ、死ぬまで考えろ」

梶は毒々しく云い捨てた。

「お前は二十歳でもうお前のおやじと同じくらいに動脈硬化症だ」

高杉がケタケタと笑った。梶は凄い眼つきになった。いつの間にか備わった古兵の眼だ。

「お前は脳軟化症だ、高杉、寺田に軍人精神とは何であるか、よくおそわれ」

梶は自分の寝台までの僅か数歩の間に、幾つもの考えが衝突するのを意識した。沖縄失陥に関する説明を故意に避けたのは失敗であった。沖縄は陥ち、敗北は迫っている。死も迫っている。梶と五十六人の初年兵は、その事実の前でどのように行動すべきであるのか？　梶上等兵は、彼自身と五十六人の生命にどれだけのかかわりを持っているのか？　梶は現在を何によって支えて生きているのであるか？

もし梶が、このときには既に彼の最初の部隊が沖縄で玉砕していた事実を知っていたならば、この国境に迫る危機を、つまりは彼と彼の初年兵にふりかかる危機を、もっと切実に考えたかもしれない。これから四十余日後に起った事態を、どのように切り抜けるべきか、心の準備を持ったかもしれない。

国境は平穏であった。男達は些細なことを重大視し、重大なことを殆ど無視していた。

27

特殊教育のために南満の部隊へ転出することになった鈴木伍長は、出発の朝、梶を呼んでこう云った。

「俺が行ったあとは、小銃班はお前が一人で教育しなければならんよ。下士官が足りないんだ」

下士官が不足しているのは事実である。庶務掛の大貫軍曹が内務掛准尉の職を兼務しているし、軽機班の助教の松島伍長は兵器掛を兼ねている。比較的に閑そうに見えるのは被服掛の藤木伍長だが、これは下士官室でこっそり酒を呑むことには積極的でも、いまさら「オイチニ」の音頭取りにはおかしくてなれるかという態度を露骨に影山教官に示すのである。

「お前なら一人でやって行けると俺は教官殿に云っておいた」

梶は、鈴木がそう云うのへ、儀礼的に頭を下げた。どんな下士官も来てくれない方がいい。梶の本音はそれである。どうせ引受けたことだ、一人でやり抜く他はない。

梶は別に皮肉でなしに笑った。

「班長殿は幸運でした。前線へ出る者、後方へ退る者、命令はいろいろですから」

「そう云えば、そうかもしれんな」

鈴木は晴れ晴れと笑ってから、去って行く者のやさしさで云った。

「お前な、お前の初年兵の掌握の仕方は独得で、なかなかいいが、初年兵をかあいがっているからと思って気を許すなよ」

「……どういうことですか？」

「ものを云うときに気を許してはいかん」

「はっきりおっしゃって頂けませんか」

「九官鳥でも戦陣訓を暗誦出来るとか云ったそうだが」

梶は口をへの字に結んだ。軽率であった。あの寺田の奴、俺を売って下士官や古兵に顔をよくする気か！

「無論、お前が云った意味は、俺にはわかるよ。しかし、大貫軍曹や弘中伍長は問題にしたがっていた。お前が教官殿のポンユウだから、そういうことが却って悪くとられるんだよ」

「わかりました。気をつけます」

梶はもう何も言うまいとするかのように、また口を固く結んだが、直ぐに開いた。

「寺田ですか、云ったのは」

「寺田ではない。教えてもいいが、済んだことだ、放っておけ。そいつが下士官室の掃除に来たときにな、ちょうどお前の話が出ていたんだ。型の変った兵隊だが、気合のかかった上等兵だという点では、みんなの意見が一致していた。弘中がな、その二等兵に、梶はどんな内務教育をするのか、まあ一種の誘導尋問だな、云わせたんだよ」

梶は五十六人の初年兵を頭の中で忙しく分類していた。

「わかりました。……高杉ですね？」

鈴木はうなずいた。梶は肚の中が次第にどす黒く染まるような気がした。

「気にするな。あいつも密告するつもりで云ったんではない。話のついでだったんだ」

梶は苦笑した。

「……話のついでですか」

俺も話のついでに、いつかあいつをとっちめてやろう。

話のついでは直ぐに来た。

練兵に出たとき、梶はそのことにまつわる意識は整理したつもりであった。鉢巻山の突角陣地の附近、影山が梶の戦闘配備箇所と指定したところだ。演習の科目は分隊戦闘教練。防禦陣地で攻撃戦闘の訓練だけをする。影山もその矛盾を知ってはいるが、これが大隊で定められた教練日程なのである。牛島少佐は、攻撃精神の涵養《かんよう》をやかましく云っている。もし防禦戦闘訓練に重点をおく教官がいたら、彼が大隊長から大目玉を食うことだけは間違いない。

梶は窪地に初年兵を集めて云った。

「今日の演習の眼目は、主として地形地物の利用による間断のない射撃だ。教官殿が立っている台上まで、約四百メートル。各分隊はこの附近で火線に増加を命ぜられたものと思え。お前達は早く陽蔭《ひかげ》で休みたいだろう。休ませてやる。一度しかやらせんから、教えられた通りに全力を出してやれ。地形地物の利用は、直ちにお前達の生命にかかわることだぞ。いいかげんにやる奴は、実戦できっと死ぬんだ。実戦になったら誰だって地形地物を利用する、そう思ってたかをくくってる奴は、実戦の場合に体が動かない。弾が来る。ほんの一足違いであの世行きだ。俺の云うことを嘘だと思う奴は、死なきゃわからん馬鹿者だぞ。さあ、はじめる」

初年兵達は二度やらされるのはつらいから、精を出した。走り、伏せ、射ち、また躍進する。梶は円地二等兵に注意していた。円地は皺の寄った顔に眼ばかりぎょろぎょろさせて、実弾が飛んでいるかのようにけんめいにやっていた。あまり地物を気にし過ぎて、地形としては甚だ不利な場所でも、そのささやかな地物にしがみつく恰好は、子供の遊戯に似ていたし、四十四歳の子供は惨めであった。

鳴戸は熊のようにのそりのそりと、寺田は敏捷に、田代は忠実に、小泉はまことに兵隊らしくなく。仕方がないのだ。兵隊そのものの規格品検査が戦争末期にはでたらめになっている。規格通りの行動が出来るわけがない。梶は、彼らが汗を流し、喘いでいるだけで、充分としなければならなかった。

最後の分隊が突撃を終ると、梶は素早く兵隊を纏めて窪地へ駈足で下った。影山のそばを早く離れた方が、兵隊としては無難である。影山もそのことはわかっているのだ。梶の軍隊ずれのした要領のよさにニヤリとした。

それで済めば、なんのこともなかったかもしれない。

松島伍長と弘中伍長は、別の斜面で助手に反復訓練をやらせていた。この二人が小銃班の怠慢をブツブツ云い合って、影山に聞えよがしに罵るのである。

「野郎、鈴木がいなくなって、班長気取りでいやがる」

影山は窪地の方へ下りて行った。梶が初年兵の円陣のまん中に立って話をしているのが見えた。

「梶上等兵」

影山は呼んだ。梶は円陣から出て来た。

「もう一度やらせろ」

梶は黙って影山の顔を見ていた。

「休憩はあとでやらせる。もう一度やらせろ」

梶は何も云わなかった。

「他の班との釣合も考えろ」

と、影山の語気が少し荒くなった。

「勝手は許さん」

梶は踵を鳴らした。

「やらせます、教官殿」

初年兵達は戻って来た梶のきびしい表情を見上げた。

「起て」

梶が云った。

「お前達はよくやった。よくやったが、実にヘタクソだ。もう一度やる」

ウェーというような声のない呻《うめ》きが洩れた。

二度目も、大体に於て一度目と同じくらいの出来栄えではあった。目立ってそうでない者が一人だけいたのだ。

高杉は梶の視界の中では敏捷に動いた。梶の眼が、疲れ易い二国の老兵達の方へ注がれているのを知ると、適当によろしくやった。絶好の凹地に入ったときに、高杉の動作は全く休止した。

「射てよ」

と、田代が注意した。

「上等兵殿にみつかるぞ」

梶は小高いところから既に見ていた。

「高杉、位置を変えて射て」

高杉は一度だけ位置を変えた。ふり返って、梶の視線が外れているのを見ると、その場にぺったり伏せて気紛れに射ち続けた。射ちながらも、彼の眼は絶えず梶の方へ流れる。気にしながら、身にならない休息を楽しんでいる。田代は凹地から跳び出して前進した。一躍進して、高杉の方へ、来い、と合図した。高杉は梶の方をふり返って、のろのろと凹地から出た。

「元へ戻れ！」

と、梶の激しい声が迫った。

「やり直しだ！　さっきから何度俺の方を見るか」

高杉はペロリと舌を出した。その舌の瞬間の赤さが梶の眼に焼きついた。下士官室で九官鳥の一件の申上げをして、そこを出るときにもこうしてペロリとやったに違いない。梶は高杉から眼を放さなかった。自分の眼が、内務班のアラ探しをする古兵の眼のように意地悪く光っていることには気がつかなかった。高杉は発進して、田代の伏せている位置に倒れ込んだ。彼は何をするよりも先きに射撃姿勢をとればよかったのだ。そうする代りに、高杉は顔を上げて田代を見、歯を出して笑った。叱られたときに笑うてれ隠しであっただろう。うるせえなア、あいつは！　その弛んだ顔で、また梶の方へふり向いた。梶はその視線の上を真っ直ぐに寄って来ていた。高杉の眼色が一変したのは、迫って来る梶の表情がまだ見たことのないものであったからだ。

「起て！」

梶は、眼の前に、卑屈な笑いが浮んでは消え、次第に引き吊れて行く若い男の顔を見た。

「陰日向《かげひなた》もほどほどにしろ。お前は汚ないぞ。自分のことだ、わかっているだろうな？」

「……はい」

仕方がないからそう答えたとしか見えなかった。何を怒ってるんだかわかりやしない。恐怖の下を、ほんの一刷毛だったが、若い顔を不服の色が掠めた。

「顔を上げろ」

高杉は梶をまともに見なかった。見たのは、僅かに踏み出した梶の片足だけかもしれない。高杉はよろめいて、頬を抑えながら、怯えた眼を上げた。兇暴な古兵の顔が直ぐそこにあった。

「話のついでだ、云っておく」

古兵が、その場から冷やかに云った。

「自分一人がいい子になろうとする限り、俺は何度でもお前をぶん殴るぞ」

梶の心に平静が、というよりも、怖ろしい冷却が、突然に襲って来たのは、伏射の姿勢のままで梶を見上げた田代の眼の中に、悲しみに似た色が泳ぐのを見てからであった。梶、お前もか！　梶は、田代の眼で、梶自身を見て、そう思った。もう取り返しはつかなかった。老虎嶺で陳少年を殴ったときのにがい思い出が、瞬間に梶の胸を取り挫いていた。あのしきは取るに足らぬ自分の顔を立てるためであった。いまは、くだらない腹いせに過ぎない。

「早く行け！」

梶は振り切るように、高杉と田代に云った。動揺を見られたくなかった。後悔を見せたくなかった。まして謝る勇気はカケラほどもなかった。

梶は古兵になりきっていた。成り下ったのだ。特権意識がどの瞬間から彼の中で支配の座を占めていたのか、彼は赤茶けた岩を踏まえて立って、虚ろな暗い胸の底に不確かな探りを入れようとした。胸は受けつけなかった。あざわらうばかりである。お前は上等兵だよ。梶ではない。梶という男は軍隊の鋳型の中で熔けてしまったのだ。

初年兵達は鉢巻山の頂へ、追われる兎のように駈け登っていた。

28

演習が終って、営庭で解散してから、円地二等兵は鳴戸に云った。

「見たか、上等兵殿が高杉をやったのを」

当の高杉は兵舎の入口で、安積と笑い話をしながら、巻脚絆を解いていた。

「上等兵殿だけは、あんなことはせん人だと思ったがなア」

と、円地は独りごとのようにこぼした。

「古年次兵だよ」

鳴戸は吐き出すように云って、解いた巻脚絆で荒々しく木の幹を叩いた。

「気に入らなきゃ、ぶん殴るんだ。それが通るところなんだから仕方がねえや」

鳴戸は、煙罐の件で古兵の仕打ちに腹を立てた自分をもっともらしい顔をして諫《いさ》めた梶と、今日の梶とを較べて、裏切られたような不愉快さを隠さなかった。

「裟婆で腹が立ちゃア、金ずく、腕ずく、意地ずくで喧嘩出来るがな、ここじゃア御無理ごもっともだ」

「上等兵殿は教官殿にもう一度やらされたんで、俺達の手前、むしゃくしゃしたのかもしれんよ」

と、小泉が、そうでなければ梶の行動は理解出来んというふうに、首をかしげながら云った。

「むしゃくしゃしたからって、西瓜のようにポカポカ殴られちゃ、やりきれねえよ。円地や俺の齢になってみろ、そうそう身軽に跳んだり跳ねたりは出来んからね、それを咎められちゃ叶わねえ」

鳴戸は徒弟から叩き上げた男である。忍従の味は知り尽している。十年以上も親方から搾られて、それで最後に親方が恩着せがましく一本立ちにしてやったのなら、鳴戸は忍従を大恩と取り違えて、未だに反抗を知らない男であったかもしれない。鳴戸の場合はそうでなかった。一人前の腕になってからも搾り続ける親方の元から飛び出して、彼は満洲に渡ったのだ。腕一本脛一本、独立独歩でやり抜いてみて、いまでは女房子供にかなりの贅沢もさせられる身の上である。弟子を抱えてはいるが、自分のかつての親方のように搾ってばかりはいないつもりなのだ。それが、実は、満人の下働きを搾っているからこそ出来ることだとは、考えてみない。

誰にも頭を下げない独立した男、下の者には人情のある男、曲ったことは決して承知出来ない男、鳴戸は自分自身をそう作り上げている。彼は梶を話のわかる男だと思っていた。今日は厭になった。上等兵を笠に着ているとしか思えないのだ。上等兵とは何であるか？　早ければ十一ヵ月、遅くても一年と何ヵ月か経てば、何の苦労もなしにバカでもチョンでもなれるものではないか。鳴戸の今日までの苦労に較べたら、梶が「一年かかって」やったことなど、物の数に入りはしない。

梶は班内に初年兵が揃うのを待っていた。変に黙っていては、初年兵との間に溝《みぞ》が出来る。そうかと云って、ことさらに高杉の問題を持ち出すのもおとなげない。内務躾《しつ》けに便乗して、意思の疎通を図るつもりであった。初年兵達は次の予定を聞かされていないので、散り散りになって、班内には揃わなかった。神経質に考えれば反抗的に避けていると思えなくもない。梶、お前もか！　そう思ったのは、田代ばかりではなかったろう。一つ間違えて初年兵から游離すれば、助手という存在は滑稽なものである。講義を聞く学生が一人もいないガランとした大教室の教壇に、一人で立って口をパクパク動かしている教授のようなものだ。

梶は営庭に出てみた。初年兵達が解放された僅かの時間を営庭で楽しんでいるならば、梶もその仲間に溶け込みたかった。

営庭で、初年兵達は疎らな立木のように立っていた。緊張して、片隅の方へ視線を集めている。その焦点は兵舎の壁のきわであった。円地二等兵が赤星上等兵の前で、一つ殴られるたびにバネ仕掛の人形のように姿勢を直して、「はい」「はい」と云っている。足もとに、磨きかけた編上靴が転がっていた。円地は軍足のはだしである。他の初年兵達は、梶の姿を入口に認めて、さまざまな角度から見守っていた。

「助手からお前はそうおそわったんだな？」

と、赤星が云うのが聞えた。

「そうではないんであります。円地が間違えたのであります」

ピーンと一発行った。

「間違えた？　デーンとケツを下ろして手入れをするのが、間違えたのか！」

と、また一発飛んだ。

梶は近寄った。

「円地、何をしたんだ？」

「助手殿のおいでだな」

赤星は四角い顔を赤くして、テカテカと夕陽に光る笑いを見せた。

「お前は編上靴の手入れの仕方をどう教えた？」

梶は瞬間に合点が行った。円地は演習が終って、やれやれと、地面に腰を下ろして編上靴の手入れをしたに違いない。くれぐれも注意してあることだ。軍隊の躾けでは、編上靴は銃と全く同様に歩兵の生命とされているのだ、と。足に履くボロ靴に過ぎなくても、「天皇陛下が御下賜くだされたもの」の手入れをするのに、ケツを下ろすとは何事であるか！　そう云われるのだと、注意してある。やりやがった。円地の馬鹿が！

円地二等兵、四十四歳の男は、くたびれていた。ケツを下ろしても罰が当りはすまい。天皇陛下は彼に何もしてくれなかった。彼の方が貸しがあるくらいだ。

「円地が悪かったんであります」

円地は、梶からも咎められるのを怖れて、甲高い声で云った。

「お前は黙っとれ！」

赤星がジロリと睨んだ。

「どうだ、梶」

「……特別にどうやれとは教えませんでした」

「円地は習いました。円地が悪いんであります」

「お前は黙っていろ」

と、今度は梶が云った。

「赤星上等兵殿、よく教育しますから、許してやって下さい」

「よかろう。面白い。俺の眼の前でやれ」

赤星は、梶が出て来てからは、円地などはどうでもよくなった。五年兵をないがしろにした二年兵の方が、いじめ甲斐があるというものだ。

「そいつを殴れ！　お前は誰にも殴らせんそうだ。俺の代りに殴れ」

梶は口を歪めただけである。肚はもうきまっていた。

「殴れません」

「教えてやろうか」

剝き出した赤星の歯並が白く奇麗なのを意外に思うだけの間はあった。

「こうやるんだ」

と、赤星の拳が大きく半円を描いて、梶の頰桁に炸裂した。梶は魂に響くような打撃を受け止めた。五十六人の眼を背後に意識した。憤怒は火花のように飛び散った。じっと立っている足をその場に支えているものは、謂わば一種の殉教者の自負心であったかもしれない。氷のような快感さえもあった。俺はこうして自分を救わねばならないのだ。

円地がたまりかねて叫んだ。

「梶上等兵殿、自分を殴って下さい」

「お前のことはもう済んだんだ」

と、梶は円地を押しのけた。

「行け！　俺が引受ける」

向き直らぬうちに反対側から張られて、梶はよろめいた。

今日のところは、気の済むだけ殴らせよう。今日のところはだ。あとで、これがどれだけ高いものにつくか、いつかは思い知らせてやる。

赤星は殴りたいだけ殴って溜飲を下げるわけには行かなかった。見通しのきく営庭である。誰の眼に触れるかわからない。

「これからもあることだぞ、梶、二年兵なんぞは兵隊のうちに入らんのだ」

梶は、赤星の後姿に跳びかかって行けない自分を、初年兵達がどう見たか、それが最初に気になった。臆病な上等兵だ、初年兵を殴ることしか出来んのか！　臆病ではない。初年兵、見ていろよ、俺は奴らを纏めてひっくり返してやる。

梶はふり返った。直ぐそばに鳴戸が立っていた。無精髯に囲まれた部厚い唇を開きかげんにして、鳴戸の眼が悲しそうに笑った。梶はやっとのことでほほえみを返した。

29

「すまんことしたよ」

円地は緊張しきったあげくの疲れが出て、寝台に腰を下ろすと、誰に聞かせるでもなく呟いた。

「上等兵殿が殴ってくれた方がよかった。何か、こうな、スカーッとしないんだよ。あれで、上等兵殿と古年次兵の班との間がまたおかしくなるだろ。そのとばっちりがまた俺達に来る。俺は仕方がないとしても、みんなの迷惑になるしな」

囲りで、誰も何も云わなかった。

「……つくづく、帰りたくなったなア」

円地は皺の寄った顔を何度も手でこすった。出て来るものは溜息ばかりである。一息ごとに、中から精気が抜けて行くようであった。

「気にせん方がいいよ」

三村が慰め顔に云ったが、同病が相憐れむのに似ていた。忍従の無気力さだけが、その肉の薄い肩のあたりに見える。

「梶上等兵は高杉の埋め合せをやったんだよ」

と、安積が笑った。

「助手なら当りまえのことさ」

「それでも安積、高杉におまけをつけて、お前まで殴られるよりはよかっただろう」

その皮肉を云ったのは今西である。黒い顔から、歯の白さが笑っていた。

「ビンタを食ったからって、なんでえ、お通夜みたいなツラしやがって」

と、寺田が云った。

「昔の兵隊はみんな経験したことなんだぜ。ふり返ってみりゃ、みんなあれでよかったんだと笑い話をしてるじゃないか」

「お前はおやじが少佐だから、そんな偉そうなこと云うんだ」

と、田代が非難した。

「少佐で悪かったな。それが俺の責任かってんだ！」

「やかましいやい」

鳴戸が呶鳴りつけた。

「乳離れしたばかりの奴が何を一人前にはざきやがる！」

寺田は、相手が鳴戸でなければ、確かに挑みかかったに違いない。鳴戸の腕力ではちと荷が勝ち過ぎると諦めたのだ。

その鳴戸は、田代と二人だけになったとき、こう云った。

「五年兵だって四年兵だってかまうことはねえや。俺に指一本でも触れやがったら、肋骨をへし折ってやる」

「無茶だよ、それは！　そんなことをしたら、営倉だよ」

「どっちみちここで死ぬんじゃねえか。営倉が何だよ。俺が梶さんみたいに星三つならな、今日のことだってただはおかねえんだが」

田代は暫く黙っていてから、云った。

「俺は齢は鳴戸の半分だけどね、意見はやっぱり云った方がいいと思うんだ。鳴戸が腕力で解決しようというのは間違ってるよ。いや、腕力が必要なときもあるだろうけどさ、いまはまだそのときじゃない。却って悪くなるだけだと思うよ。だからさ、そんな気持がしたときには、梶さんに云った方がいい。あの人だって、今日は変なことをしたけど、軍隊のことは俺達よりよく知ってるからね」

鳴戸は黙っていた。承服したのかどうか、田代には判断がつきかねた。


「俺がやられたから云うんではないんだよ」

と、梶は、教官室で、影山に云った。

「必要だから云うんだ。初年兵に私的な制裁を加えてはいかんという、はっきりした示達をして貰いたいんだ」

影山は幽かに笑った。

「初年兵を殴るのはお前だけの特権にしろと云うのか？」

「そう、君がことさらに問題を枉《ま》げてそういうふうに云うんなら、そうだとしておいてもいい。少なくとも俺は赤星なんかよりはまともな人間だと思ってるんだから」

「お前の要求を通すとするな、お前は初年兵から慈父のように仰がれ、古年兵からはますます仇敵視される。それはいいだろう、お前の望むところだ。俺はどうなる？　少尉の軍服を着たピエロか？　これがな、梶、後方の衛戍地なら、或はお前の意見を俺は容《い》れるかもしれん。ここでは駄目だ。いざというときにどういう事態が起きるか、想像してみろ。古兵は、くだらん奴らだが、独自に行動する能力を持っている。こいつらが俺の掌握下から離れたら、戦闘はどういうことになる？」

かつて、梶が田代に聞かせた論法を、いま梶が聞かせられているのである。梶は苦笑した。

「俺が初年兵を掌握して君の指揮下に入るよ。心配するな」

「……戦闘に関する限り……」

と、影山はじっと梶を見据えた。

「俺は梶を古兵共の半分ほども信用せんのだ」

「御挨拶だな」

梶は凄まじい怒りに圧されて、声がかすれた。

「そういう男を助手によく選んだ」

「まあ聞け。お前は射撃はうまいしな、俺が突角陣地に配備するほどの戦闘能力は持っとるよ。問題は、お前が初年兵を庇う母親の心だよ。それに、もう一つ、お前がそのときに陥ちいるであろう迷いだ。お前は戦うか？　何の目的も意識せずに、戦えるか？　俺があれを射てと云ったら、即座に射つか？」

「……今度は俺を買いかぶったな」

と、梶は青白く笑った。

「俺は初年兵のときにね、三百の射程で、眼をつぶって中《あ》てたことがある。何の目的意識もなかったな。君が射てと云うより先きに、俺は射っているだろう。怖いからね。君が考えてくれているほど見事な反戦論者じゃないんだよ、俺は。君のそばに俺がいるとしたら、安心しろよ、向うの歩兵が君の前に来ることは出来ないから。これでどうだ、俺を信用して、古兵に初年兵に手を出させせんでくれ」

「お前の方が俺を買いかぶっているんだよ。或は軍隊というものの認識不足かな」

影山は、口で笑って、眼は鋭かった。

「幹候上りの少尉の命令が、あるいは予備役中尉船田隊長の命令がだぜ、ふてくされた五年兵共にどれだけの効き目がある？　お前らしくもない考え方だ。末ひろがりの軍隊組織をだな、命令一本でどうやって取締るんだ？　軍紀は軍隊の命脈なりだ。ところが、軍隊ほど命令が空文化するところはないんだよ。他の社会みたいに実利が伴なわんからな。命令命令で縛られて絶対的に身動き出来んのは、初年兵だけだ。あらゆる圧力がそこまで下りて行って支えられることで、この組織は辛うじて立っているんだよ。それを、一個の影山少尉にどうしろこうしろとは、見当違いというもんだろう」

「わかりました、少尉殿」

梶は影山の前から離れた。梶上等兵の認識不足でありました。末ひろがりの組織は、下から、いちばん下から、衝き上げねばならぬものでありました。

「待てよ」

影山は、梶の背へ、呼びかけた。

「話は変るがな、美千了さんから手紙を貰った」

「……君がいることを、最近になって報らせてやったんだ。それでだろう」

「そうらしい。……俺がいるなら、お前も多少は自由がきくだろうに、あんまり手紙をくれないとこぼしている」

「……自由がきく、か」

梶は呼吸を二度ほどする間、眼を閉じていた。

「段々書けなくなるんだよ。以前は書きたいことが山ほどあって、やっぱり書きにくかった。いまは干からびたのかな。気持を伝えることが億劫《おっくう》になった。どうせ苦しみだけしか伝わりゃしないんだ。何が書ける？　目下のところ、東部国境異常なし、その限りにおいて安心されたし。まさか、そうはな」

梶は、前の部隊で、角倉中尉の妹が美千子を呼んでやろうかといったのを、気負って拒んだことが悔まれた。

「俺にも先週は来たがね、君には、なんと書いてある？」

「読んでみろ」

影山は机の抽出を開けかけた。梶は顔を振った。

「云ってくれ、要約して」

「……お前の突発的な行動力が、女には心配なんだよ。病院以来のことが、あまりよくわからんらしい。ここに来て、のんびりしているらしいから、安心したとある。この、どたん場に来て、だ……」

安心させておこう。書くたびに、そうしか書けないことでもある。

「安心したというのは、つまり、不安でたまらんということだろう」

影山はそう呟くようにいった。

「お前の気力と体力しか当てに出来なかったのが、ここに来て俺がいるとわかると、何かしら可能性が出て来たように信じたいんだろう。盲滅法に信じようとしていたものへ、幾らかでも具体性を持たせたくなる。それでいよいよ不安になる。くれぐれも、あの人をお願いします、と、そう書いてある。……自重しろよ、梶」

梶はカッと眼を瞠《みひら》いた。

「あれの手紙を君の立場に援用するな！」

「馬鹿が！」

影山は蒼ざめて、低く、一喝した。

「お前を愛した女のためにだ。どうせ死ぬにしても、お前は女に想われている。倖せな奴だ。お前や俺の屑みたいないのちでもだな、無意味に落させまいと祈っているんだよ。言葉は違うが、そう書いてある。ここだけは切り抜けて欲しい、ここだけはとな、二度も三度も書いてある」

「……失敬」

梶は幾つかうなずいた。

「……悪かった。……君は将校だから書けるだろう。返事をやってくれるなら、こう書いてくれないか。梶の奴は死なんだろう、どんな目に合っても参らんだろう、生き延びて行く奴だ、そういってやってくれないか？　人にそういわれれば、あれも心強く思うだろうから」

30

中隊は船田中尉の発案で、古年次兵と初年兵の親睦を図るために、演芸会を催した。船田としては、影山から兵隊間の事情を聴取しても、中隊の運営を円滑にするための妙案があるわけではない。演芸会でも催して、「和気藹々《わきあいあい》の雰囲気」を作って貰いたいのである。影山は、有効だとは思わなかったが、有害だとも考えなかったので、別に反対はしなかった。

古兵達は退屈していたから異常な熱の入れ方を見せたし、初年兵達はほんのいっときにもせよ内務から解放されることを喜んだ。ちょうど酒保からかなり多量の酒が下給になったのも、兵隊を喜ばせることにだけは役立った。喜ばせはするが、兵隊間の親睦の媒介になるかどうかは疑わしい。

演芸会などになると、急に頭角を現わして来る男がいる。ふだんは隊列の中の単に一個の員数として、固有の名があってもなくても同じような、目立たない男が、俄かに光彩陸離として来る。反対に、平常は目立つ存在でも、歌も歌えなければ声色《こわいろ》も使えない、たとえば梶のような兵隊は、びっしりと並んで、ただ拍手するだけが能の、数多い坊主頭の一個になってしまう。

芸人は意外に多かった。一時間の延灯をしてもまだもの足りぬくらいに、芸の種類も多様で、笑い声が兵舎をゆるがしていた。もっとも、芸の種類が多様といっても、結局は落ちるところへ落ちなければ、落ちつかないのだ。衣服を一枚一枚剝ぎ取るような言葉が出はじめる。しまいには、女気のない兵営が、女体の妄想で充満する。煙草の煙が棚曳く下に、男達は女のあれもない姿態を描く。沸き返るような笑い声の上には、果そうとして果しきれなかった欲情の憾《うら》みが溢れている。汗臭く、溜り溜って饐《す》える体臭。むれる体温。放っておいたら何がはじまるかわからない。酒が胃の腑で醱酵して、爆発を求める。男達は、いま、生きている。いまだけ、「上御一人」も「聖戦」もない。軍隊の手枷《かせ》足枷を返納して、粗野な生命のほとばしるままに任せようとする。

もうそろそろいい時分だ。これ以上は許されない。そのころに延灯の時限が来る。兵達はみな湯気の立った弛んだ顔をして、妄想を抱くために独り寝の寝台へ帰る。面白かっただろうか？　ないよりもよかっただろうか？

中隊長船田中尉は満足そうに影山少尉を顧みる。どうだね、うまく行ったようじゃないか。下士官達は残りの酒を、というよりも、巧妙に立ち廻って残した酒を、下士官室に運び込んで、半ば公然の二次会である。

弘中伍長は酒の量を過ごしたらしい。首のつけ根まで赤くして陽気に騒いでいたのが、次第に青黒くなり、眼が据り、気むずかしくなった。彼は上靴のまま外へ出て、便所に行くと、すっかり吐き出した。苦しいだけだが、何のために飲んだか、後悔はしないものだ。ひょろつく足で便所から出た。高地の夜は、夏がはじまったばかりだのに、もう秋を思わせる。冷気が、真っ暗な山の腹から吹き出て来る。

弘中は闇の中に佇んで、身慄いした。酔はまださめていなかった。均衡を失った心に、肌身に迫る冷気と不気味な国境の闇の静けさが作用したようである。頼りない、滅入るばかりの淋しさがあった。二年兵になって以後の足かけ四年間、殆ど覚えのない気持である。或は、そういう気持に襲われる瞬間があったとしても、何か他のもので簡単に抹殺し、置き換えることが出来たのかもしれない。このまま誰も知らぬ野辺で朽ち果てる身のはかなさが、酔のさめがけに、この暗闇で、この静けさの中で、彼を捉えたのだ。日ごろの嘘が、いま突然に寝返って、復讐しているようでもある。「御奉公」に感激して下士官になったわけではない。水呑百姓の次男には、安住の地がなかったのだ。安住の地は、むしろ、五尺の寝台にあった。金筋一本に星がつけば、専用の部屋と兵隊の下僕が与えられる。水呑百姓であろうと非人の出であろうと、

「官」の位がつく。どんな出身のいい兵隊も、彼に向って敬礼し、彼の命令に服従しなければならない。そう、彼はそうなった。そしていまは、この国境で、「御奉公」の空念仏《からねんぶつ》を兵隊に強制しながら、忍び寄って来る死の時を待っている。

弘中は生唾を吐き散らして、気を取り直した。取り直したというよりも、今日あって明日のない身の上の自覚の上に居直ったのだ。どうせ死ぬにしても、彼一人が死ぬわけではない。彼が下士官になったということは、やはり間違いではなかったのだ。

どうかしていやがる。彼はもう一度生唾を吐いた。帰って、呑み直しだ。畜生、奴ら、もう呑んでしまったかもしれん。

弘中は歩きだした。兵舎から黒い大きな影が出て来て、すれ違った。

「こら、寝ぼけるな！　敬礼せんか！」

大きな影は、ちょっと立ち停って、行きかけた。敬礼したかどうか、わからなかった。下半身は軍袴をはいているのだろう、闇に溶けて見えなかったが、上半身がおぼろな灰色に浮んでいるのは、襦袢のままであるに違いない。

弘中は、その肩を捉えて、引き戻した。

「名を云え！　貴様、誰の班か！」

鳴戸は、このときはじめて、相手が古兵でないことに気がついたのだ。闇の中だ、欠礼の弁解も出来るだろう。古兵ならば、とぼけてやるつもりであった。立ち停って敬礼しかけたものの、日ごろの鬱憤が暗がりの動作を中途半端なものにしたのは事実である。クソたれめ！　小便をしに行くのに、敬礼なんぞが要るもんか！

相手が下士官では、それは通らない。見えなかったにしても、数少ない下士官の声、それも他班とは云いながら毎日演習に出る助教の声を、聞き違えたでは通らないのだ。

「班に戻れ！」

と、弘中は鳴戸の胸を突いた。

小銃班で弘中は吸鳴り立てて全員を起した。

「梶、お前の教育はなっとらんぞ」

と、梶の前に迫って酒臭い息を吐きかけ、急にふり向いて、号令した。

「全員、気を付け！　体前支えだ。足は寝台上に上げろ。お前らの顔から出る汗が床に滲み込むまでやらせる。はじめッ！」

全員は床についた両手で、寝台の高さから斜めに下る重量を支えなければならない。普通の体力では、十分とは続かないのだ。

「班長殿」

と、鳴戸は床から顔を上げて云った。

「欠礼は自分の責任です。自分だけにやらせて下さい。他の者は許してやって下さい」

「黙ってやれ！」

弘中は通路に立ちはだかっていた。

「命令だ！」

「お願いです、班長殿」

弘中は答えの代りに木銃でコツコツと床を衝いていた。

週番上等兵はわざわざ起き出して来たのだろう。入って来て、敬礼すると、笑った。

「お疲れであります、班長殿」

「お。お前、済まんが、ここをちょっと見ていてくれんか。俺は部屋に行って来るから」

「班長殿」

と、また鳴戸が云った。

「お願いであります、班長殿、他の者は許してやって下さい」

「黙ってやるんだよ、黙って」

と、週番上等兵が弘中の代りに答えた。

「班長殿！」

「うるさい！」

「班長殿！」

「頼むぞ、週番上等兵、直ぐ来るからな」

弘中は出て行った。

「班長殿！」

鳴戸が咆えるように云った。

「鳴戸、黙ってやれ」

と、反対側から、梶の声が床を匍って来た。

「他の者もよく聞けよ。俺も一緒にやっているんだ。弘中班長がやめろと云うまで、他の誰から云われてもやめるな。隊長殿や教官殿が云ってもだ。いいな?」

梶は影山が起きて来ることを望んだ。影山がどう云っても、この体前支えはやめないのだ。初年兵の前で、弘中に影山が禁止を命ずるまでは。

しーんとなった。まだ幾らも時間は経たなかった。ポトリ、と、床板に汗の落ちる音を、各自が聞く。次第に高まる喘ぎが聞える。週番上等兵が上靴で床板をすって歩く。

「お前ら、殺生だぞ、俺は眠いんだぜ」

ポトリ、と汗の音。次第に迫る呼吸。

「おい、週番上等兵」

と、隣の古兵の班から声が来た。

「御苦労さんだな、しっかりやれよ」

「全くひでえ疲れだよ」

あくびが聞える。笑い声が、薄暗い空洞の中に響く。また、しーんとなる。汀の滴る音。乱れる呼吸。何十匹もの犬が喘いでいる。

誰かが、どさりと落ちた。週番上等兵が罵った。

「この野郎! お起きあそばせだ!」

木銃が激しく床を衝いた。

「くらわせるぞ！」

「誰だ？」

と、梶の声ももう充血して、しわがれていた。

「……円地か？」

「……すみません、上等兵殿」

と、円地の弱りきった声が来た。

「やれ！」

週番上等兵の声と一緒に、鈍い響きがしたのは、円地の体が木銃を受けたのだ。

「俺達が初年兵のころにはよ、こいつを一時間もやらされたんだ、一時間も」

梶は満面に朱を注いで、影山を怨んでいた。夜中に、弘中があれだけ呶鳴って、気がつかぬはずはない。影山、貴様はもう俺の友ではない。

突然、鳴戸が行動を起した。

「野郎！」

と、呻き声が聞えたときには、鳴戸の大きな体は、黒い風を起したように走って、班外へ跳び出していた。

「上等兵殿」

と、田代が云った。

「鳴戸が……」

梶は、立って、これは猫のように足音もなく下士官室へ急いだ。

「夜中に酒をくらいやがって、勝手な真似をしくさるな！　何が下士官だ！」

鳴戸がわめくのを、梶は戸の外で聞いた。

「反抗するか！」

と、松島伍長らしい、鋭い声がした。

「叩き殺すぞ！」

と、被服掛の藤木伍長だろう。

「おう、殺してみろ！」

と、鳴戸が咆えた。梶は戸を蹴開けて跳び込んだ。無精鬚だらけの鳴戸の大きな体は、熊が立ち上ったように、壁を背にして、三人の下士官にいまにも襲いかかろうとしていた。

「毛が生え揃ったばかりの小僧っ子と間違えるなよ。俺はしたいだけのことは娑婆でして来たんだ。かわいい女房子が待ってるからって、それで怯じ気づいたりはしねえんだぜ。営倉でも刑務所でも行ってやる」

「鳴戸、血迷うな！」

梶が間に体を入れた。

「上等兵殿、どいてくれ。何をこいつら威張ってけつかる！　てめえの力で一日でもおまんまを稼ぎ出したことがあるのかよ！　俺が悪いんなら、俺一人やりゃアいいじゃねえか。ふざけやがって」

梶の体で鳴戸の視線は塞がれていた。その隙に、弘中が跳びかかり、松島が襲いかかった。鳴戸の豪力が、一度は二人を振り飛ばした。

「梶、貴様取り抑えないと、貴様も一緒に重営倉だ！」

と、藤木が叫んだ。

梶は鳴戸を背に庇って、立ちはだかった。

「班長殿、鳴戸の身柄を預ります。手を出さないで下さい」

「酒を呑み過ぎて、何を云ったか覚えがないと云えよ」

梶は鳴戸を自分の寝台に坐らせて、小声でそう云った。

「体前支えで血が頭に下って、何もわからなかった。そう云うんだ。いいな？　みんなの罰を解いて貰いたかった。それだけだった。反抗する気持はなかった。自分だけ罰を受けるつもりだった。それを頼みに行くつもりだった。そう云うんだぞ。他のことは何も覚えていない。いいな？」

鳴戸は暗い壁ぎわの梶の寝台に坐って、虚脱状態にあった。梶がひとこと云うごとにうなずくばかりであった。

「あとのことは俺に任せろ。何処までやれるか、俺にもわからん。ここにいろよ。影山少尉と話して来る。ここから動いて、誰かとひとことでも喋ったら、おしまいだぞ」

「上等兵殿」

鳴戸は凄い力で梶の手を握った。

「いいよ。何も云うな。後悔もするな。お前は、とにかく、何かしらやったんだよ」

梶は鳴戸を寝台に残した。初年兵達は各自の寝台に横たわって身動きもしなかったが、誰も眠ってはいなかった。

「……眠れ」

梶は小声で云った。田代の寝台に近づいて、耳もとに囁いた。

「俺が戻るまで、鳴戸のそばにいてくれ」

31

「上官侮辱と反抗は否定出来んぞ」

と、影山が眠そうに云った。

「下士官の奴ら、他の場所でならともかく、兵隊に知られるところでやられたんで、承知すまい。お前の班にだけ事故が起るんだから、やっぱりお前のやり方に問題があるんだな」

「結論はどうなる？」

梶は飛び出しそうな声を抑えた。

「鳴戸は助けて貰えるか？」

影山はにがにがしい笑いをこぼした。

「隊長が、自隊から営倉入りを出すことを、どの程度に不名誉と心得ているかにかかっている。不名誉でも軍紀を匡《ただ》すか、軍紀は乱しても外聞を憚るかだな」

「外聞を憚るように仕向けてくれ」

「どうかな」

と、影山は透かすように斜めに梶を見た。

「営倉入り、刑務所行きが、あった方がいいんじゃないのか。一人の犠牲者が出るだけで、あとはお前の希望している状態になるかもしれん」

「……俺はまた方法を間違ったようだ」

と、梶が自嘲を洩らした。

「君がこの部隊にいるという偶然に頼り過ぎたな」

「そうだよ。影山少尉なんて奴がいてもいなくても、この問題に変りはない」

「わかった」

梶は立った。鳴戸に気の済むだけ暴れさせた方がよかったようである。

「もう一つだけ訊きたいんだがね、下士官が消灯後に酒を呑んで、暗闇での欠礼を理由に兵隊に私刑を加えたという事実は、中隊幹部は握り潰すんだろうな?」

影山は答えずに、煙草をくわえ、ゆっくりと火をつけて、煙の輪を吐き出した。その煙の輪が次第にひろがり薄れて、窓の方へ流れて行くのを見送って、梶が呟いた。

「鳴戸には因果を含めよう。重営倉なり軍法会議なり、いいようにしてくれ。代りと云ってはなんだが、俺はこれから初年兵に上官侮辱や抗命にひっかからない反抗の仕方を教育してやる」

「脅迫しても俺はこたえんぜ」

と、影山は面白そうに笑った。

「やるって、どういうふうにやるんだ？」

「わかりませんな、教官殿。俺はいままで人格の高邁《こうまい》というような見栄があってね、紳士的にやろうとしていた。それでは駄目だとなりゃア、組織的なことも出来ないしするからな、勢い、汚ない手も使わなきゃなるまい。夜中にあれだけの騒ぎがあって、教官殿が知らなかったなんてのは滑稽な話だし、知ってたとすりゃ、なお面白い話だ。少尉殿は、まあ今後とも、高見の見物をすることだね」

厭味を云うだけ云った梶の眼の前に、影山は封を切ったばかりの煙草を投げやった。

「ないだろう、持って行け。この問題で、お前が策動したという印象を与えるのは、まずかった」

「俺が君に話をしたということがか？　少尉は上等兵の意見に左右されてはならないというわけだな？　君は左右されなかったよ。立派なものだ」

事実、梶からの申入れのない方が、影山としてはやりよかったかもしれない。彼の肚は決っていたのである。船田中尉の前に弘中と鳴戸を呼び出して対決させ、その結果両成敗にすべきものならば、鳴戸にはその僭越な行動を、弘中には下士官にあるまじき軽率な振舞を戒めて、隊内で処理してしまう肚であった。梶は確かに影山の存在に頼り過ぎ、出しゃ張り過ぎたようである。影山としては微温的な船田中尉が、影山の宰領に任せることは九分九厘間違いないと思っていた。

船田中尉は、しかし、この処置が後日他隊へ洩れることを怖れた。その場合、体前支えのような私刑や、消灯後の飲酒のような軍紀の多少の弛緩は大した問題となることはないが、二等兵が下士官室に呶鳴り込んだという異常な事実は、理由の如何を問わず刑法に触れるから問題化するだろう。

船田は、女のような黄色い声で裁断を下した。鳴戸は、酒乱に因り隊規を紊した廉《かど》で、三日間の営倉である。弘中は、当時既に司令部で計画されていた後方陣地の構築作業に関する教育並びに連絡という名目の下に、司令部所在地の連隊本部へ派遣された。

影山は梶の激怒した顔が見えるようだったが、梶を呼んで説明しようとはしなかった。

梶は鳴戸に云った。

「無力な上等兵は役に立たなかったね」

鳴戸は無精髯の中から笑った。

「いっそのことぶん殴ってしまえば、軍法会議だったでしょうね？　……出るとこへ出て、奴らの仕打ちをバラしてやるんだった」

「それがうまく行く確信があったら、俺がとうにやっていたかもしれないよ。口を封じられて、なんにもならないんだ」

梶は入隊した日からのことを、瞬間のうちに思い返した。いつでも、無理が通って道理がひっ込んだのだ。

「つらいだろうが、三日間だけ我慢してくれ」

「覚悟していました。三日で助かったようなものです」

うなずいて、梶は呟いた。

「この返報は、いつか必ずやってやる」


松島伍長が鳴戸の軍衣のボタンを全部引き千切って、営倉へ連れて行った。

梶はその日以後、影山の教官室に入ることを避けた。演習整列、解散のとき以外にも、怖ろしく節度の立った敬礼をした。口はきかなかった。下士官に対しても同様である。そのくせ、古年次兵には決して敬礼をしなくなった。何か問題がふりかかるのを待っているふうがある。自然、古兵がますます白い眼で睨むようになったが、古兵の方でも鳴戸の暴挙があったばかりだから、梶の態度になんとなく薄気味の悪さを感じたのかもしれない。手出しはしなかった。

鳴戸が営倉から出て来ると、ちょっと変った営内風景が見られた。下士官に栖ついた二等兵を、下士官達と年次の古さは大して違わない古兵達が好意的に見るということである。まさか、讃めもしないが、「ちょいとした奴だ」というのであろう。鳴戸は、しかし、黙々としていた。同僚ともあまり話をしたがらない。反抗的というのではなかった。梶の指図には従順であった。

十日間ほど、中隊にビンタの音が一発も聞えなかったところを見ると、鳴戸の行動も、一服の頓服薬ではあったかもしれない。

32

関東軍では、再び在満兵備を強化する命令が出て、約二十五万の動員を行うことになった。その意味は、ソ連の対日開戦は時間の問題とみなされるということである。しかし、ソ連は対独戦で甚大な犠牲を払ったから対日戦には「熟柿主義」をもって臨み、最少の犠牲で容易に満洲を占領出来る時機を狙うであろう。極東ソ領への軍事輸送は依然として続いているが、七月に入ってから、戦闘兵種の輸送は減り、補給関係の輸送が増えて来た。つまり、いつでも対日開戦の出来る体制にある。これが、ポツダム会談直前ごろの、大本営の対ソ情勢判断であった。

牛島少佐は内面では日に日に神経質になり、外面ではいよいよ「攻撃精神」を強調した。各中隊の教官には初年兵の教育終了を急がせ、国境監視の強化を命じていた。

兵隊は情勢はわからない。漠然と感じるのだ、運命が音もなく刻々に迫りつつあるらしいのを。

梶は、その日、演習の休憩時間に、小泉二等兵の質問を受けた。

「戦闘になった場合にですね、上等兵殿、この陣地で何時間持ちこたえたら、後方から援軍が来てくれるんですか？」

「……そうさな……」

梶は口ごもった。

「三時間もてばいいとしたものだが……」

小泉よ、諦めろ、援軍など来やしないのだ。

「三時間ぐらい、もつでしょうね？」

と、三村が心ぼそそうに訊いた。

「もつかもたんかは、土力であるお前達次第だよ」

三村よ、諦めろ、三時間後には誰一人生き残ってはいないかもしれないのだ。

円地は皺の間に愁いを溜めて梶を見守っていた。梶は、三村の細い足首の囲りで編上靴の口がブカブカになっているのを見、円地の顔の深い皺を見て、それから、晴れ渡った青空を見上げた。鳶が悠々と円を描いていた。梶は仰向けに寝転がって、鳶の飛翔を見続けた。高く、高く、悠々と、殆ど翼を動かしもせずに飛んでいる。

「司令部からここまで五十キロ以上あるんだろ。三時間でどうやって来るんだ？」

と、田代が小泉に云っていた。

「機械化部隊だよ」

と、寺田が云った。梶は寺田にチラと眼を移して、また鳶を仰ぎ見た。

「歩兵師団にどれだけの機械化部隊があるんだ？」

と、田代は寺田の方へ向き直った。

「お前は知る必要はないんだよ。信じればいいんだよ」

「そうは行かんさ、なア、田代」

と、円地の枯れた声がした。

「これこれこうだから信じろ、というんなら話は別だがな」

梶は仰向いたまま云った。

「お前達に信頼させることは、俺には出来ないよ」

「そうではないんであります。円地はただちょっと……」

「いいんだよ。俺はお前達に何を教えたかな？」

初年兵達は仰向いた梶の顔を見守って、何も云わなかった。

「寺田、お前の感想は？」

「戦闘動作のすべてを習いました」

「実戦の経験のない俺にな」

梶は笑ったが、まだ鳶を見ていた。鳶が描く円は次第にいびつになり、やがて、満洲内部の方へゆっくりと翼を動かしはじめた。

「家族に伝言があったら、あの鳶に頼め」

梶は起き直った。

「俺がお前達に教えたのは、戦闘の要領ではなくて、生命を護る要領だ。多分こうすればいいだろうということだ。俺はお前達に戦死を名誉と思えとは云わなかった。云ったかな？」

「云いませんでした」

田代が梶をじっと見て、答えた。

「この陣地が何時間もつか、誰しも気になるがな、無駄な心配だよ小泉」

梶は肉の薄い小泉の顔を見た。

「お前達はもう直き一人前の兵隊になる。俺の手から離れて、独自の行動をしなければならなくなる。だから、参考までに俺の考えを云っておくがね、国境部隊に援軍は来ない。そうだよ、来ないんだよ。俺達がここにいる意味はね、後方の友軍が戦闘準備をする時間を稼ぎ出すことだ。だから、お前たちが考えねばならんことは、自分の力で自分の生命をどうやって長保ちさせるかということだ。無駄に死んでけならんということだ」

梶は一人一人の顔を見渡した。寺田が赤くなって云った。

「無駄に死ぬんではありません。上等兵殿はこの戦争がまるで無意味なように云われます」

梶は寺田を見つめていた。手がひとりでに動いて、草を挘《むし》り取った。

「そうだったな。お前は必勝の信念が飯より好きな男だった」

他の者がクスクス笑った。

「正直を云うとな、俺は必勝の信念より女房の方がずっと好きなんだよ。俺が戦闘技術を練磨したのも、助手としてお前達を庇うのも、実を云えば心身共に健全な姿で女房のところへ帰りたいからだ」

寺田は意外な話の進みように、ますます顔を紅潮させていた。

「お前に云わせると、女々しいことだ。この女々しい上等兵がな、寺田、戦闘間にはおそらくお前の唯一の頼りになるんだよ。どうすればいいんでありますか、上等兵殿……」

囲りが笑い声を立てた。寺田は唇を固く閉じた。誰がこんな奴に頼るもんか！

「どうすればいいんでありますか、上等兵殿」

と、中井が、おどけとも真面目ともつかぬ調子で云った。

「女が待っとるんであります。結婚もせんと待っとるんでありますが」

「……褌に縫い込んだ写真の女か？」

「そうであります」

「近くていいじゃないか」

と、安積が、若いのに、ズバリと云った。

「馬鹿野郎、褌は神棚に祭ってあるわ！」

どっと湧いた笑い声の中で、梶が云った。

「待って貰いたいんだろう？」

「誰かと結婚しろ云うてやろうか思います。しかしなア、あいつを抱く男の野郎はクソ忌々しい。いえ、上等兵殿、ヤキモチではないんであります。うちらがこんなところにいるのに、地方では他の男の奴らがそんないいことをしやがって……」

「わかるよ、中井、説明無用だ」

梶は、離れたところで休憩していた影山が立ち上ったのを見た。

「煙草を喫いたい奴は喫ってしまえ。休憩終りだぞ」

それから、田代を見た。

「お前は、田代、彼女に待って貰うか？」

田代は耳まで赤くなった。恋人と呼べるかどうか。互に貧しかったから、楽しい語らいなどは殆どしなかった。工場で往き会うたびに、ニッと笑み交す。眼が燃え、心が浪打ったのは事実である。出て来るときに、待っていてくれとは云わなかった。女も、待っていると云いはしなかった。赤くなって、千人針を差し出して云ったのだ。「五銭玉と十銭玉つけといたの。死線を超えて五銭玉、苦線を超えて十銭玉なんだって。だからね……」

田代はそこにはいない娘に聞かせるように固くなって云った。

「……待っていて貰いたいです」

梶は急に眼が潤んだ。待たせる方にも待つ方にも、何の保証もありはしないのだ。

「待っていてくれるよ」

わざと勢いよく立ち上って、また空を見上げた。さっきの鳶は何処へ行ったか。空は底抜けに青く澄み渡っていた。国境の向うにも、この青空がある。けれども、男達を待っている女達の上に、どんな空があるか、ここからは誰の眼にも見えなかった。

33

二日経っても、梶はあの鳶の映像を心にまだはっきりと残していた。それでいて、他の者には他の残像があることを、全く気にかけていなかった。

その日は、夜間演習のために、午後の練兵を早目に終って帰営して、班内で初年兵をくつろがせていると、隊長室から梶に呼び出しが来た。

たのである。

船田中尉は影山と談笑していた。梶が入って敬礼したとたんに、船田の柔和な表情が一変し

「梶上等兵は初年兵にしばしば反軍的な教育を施しているそうだね？」

「何のことでありますか？」

「戦意を喪失させるような教育をだ」

梶は鳶が描いた雄大な円形の下に、寺田二等兵の赭《あか》らんだ若々しい顔を思い出した。

「そのような意図はありませんでした。国境部隊がおかれているありのままの実情は話しましたが」

影山は無表情に立っていた。船田は机の上でしきりに手を動かしていた。

「結果的に悪影響しか及ぼさないということが、わからんのかね？」

「お言葉ですが、そうは思いません。生き延びたいと願っている兵隊の心を摑む方が、綱領のまる暗記を強制するよりも効果があります。誰もこの陣地が直面する運命から逃がれることは出来ません。空念仏に騙されながら死ぬか、知っていて死を避ける努力をするか、同じ死ぬにしても、自分は後者へ初年兵を導きたいと思います」

「私だからいい。これが牛島少佐殿なら、お前は軽くても重営倉は免がれないところだよ」

船田の下膨れした頰が慄えているのは、よほど怒っているのだ。

「梶上等兵は教育もあり分別もあるから履き違えはしないだろうがね、一般の兵隊は混乱するばかりだ。十一中隊の教育助手がこんなことを云ったと他隊へ聞えでもしたら、大変なこと

だよ、これは！」

梶は直立したまま、想像の中で、寺田の胸倉を捉えていた。貴様に何がわかるか！　貴様は嘘で固めた戦争教育しか知らんのだ！

「お前の軽率な言動は、延《ひ》いては影山少尉の迷惑にもなることだからね」

船田の声で、梶は眼だけを影山の方へ動かした。影山は手を後ろに組んで濃い髯あとで笑っていた。

「影山少尉が人物保証をしたから、お前は助手という重要な任務についたんだよ。私は部下の過去の思想的動向を云々するつもりはない。ただ、現在だけは軍紀厳正にやって貰いたい」

梶は、もう一度じろりと影山の方へ眼を流した。聞いたか、影山、下士官の処置は軍紀厳正だったかどうかだ！

「……わかりました」

「私も長年地方の飯を食って来たからね、わけのわからん男ではないつもりだ」

と、船田が細い声になった。

「しかし、ここは軍隊なんだからね、お前もよく考えなければならんよ。お前が夜中も必ず起きて初年兵の寝ているところを見廻るぐらい気を使っていることは私も知っている。しかしだね、梶上等兵、初年兵をかあいがるあまりに、古年次兵と対立するというようなことは、建軍の本義に悖《もと》ることだ。不和を故意に醸成する、お前にはそういう気持はなくとも、結果はそうなるんだよ」

「影山少尉殿も同じ御意見でありますか？」

と、梶が充分な皮肉をこめて訊くと、影山は全く借り物のような顔で云うのである。

「俺はな、梶、お前が一人で力んでいるとしか思えんのだよ。初年兵の支持を得たにしても、専ら孤立化するに役立つだけではないのかな？　初年兵を掌握する能力があるお前なら、古年次兵と協調することもまんざら出来んわけではあるまい。内情はどうであれ、この軍隊という社会はだ、矛盾の上にさえも協調を保たねば、たちどころに敵の武力によって死を与えられるんだ……」

「……そうかもしれません」

梶は素気なく答えた。影山よ、敵よりも憎い奴が味方の中にいることを、お前も知らんわけではあるまい！　協調しろというのか、暴力との、憎悪との、軽蔑との協調を。それを出来なくさせているものの正体にこそ、梶は肉迫したいのだ。古年次兵も地方では初年兵と同じ人間であったし、地方へ戻れば、またその同じ人間に極めて円滑に復元するのは、何故であるか。一体、兵隊が、初年兵であることをやめた瞬間から、人間でなくなるのは何故であるか？　梶自身さえも、既に、人間であるよりも上等兵であるかもしれないのだ。

「ときにな、梶」

と、影山が調子を変えて云った。

「近いうちに初年兵の半数を陣地作業に出すことになる」

陣地作業の地点は、国境から百キロほど後方の、国道を挟んだ山間の地点に予定されている。

ここに抵抗線を布いて、来るべき日ソ開戦に備えるのである。

「お前は、行くか、残るか？」

梶は顔を伏せた。うるさい男だから出したいだろうし、便利な男でもあるから残したいだろう。

「兵隊は命令のままであります、少尉殿」

「それはそうだ」

影山が冷やかな笑いを見せた。

「俺が特に隊長殿にお願いして、お前の希望を聞いたのだ」

「……どちらでもよくあります」

「よし。隊長殿はお前を残して、初年兵の残り半数を掌握させたい御意向だ。岩淵と川村は作業に出る」

「……わかりました」

百キロ退っても死ぬときは死ぬのだ。梶はそのときそう思った。国境と古兵の中に残される半数の初年兵のために残ってやろう。

隊長室を出て、昼でも暗い廊下に出たとき、梶は自分で自分の身をこの国境に縛りつけたことに悲痛な感慨を覚えた。美千子よ、帰りたくないわけではない。一歩でも近づきたいと思わなかったわけではない。俺は百キロを失った。お前のことを考えない日はなかったのに！

土間の簀子《すのこ》を渡れば、古年次兵の内務班である。飯台の上に、銃や帯剣や背嚢が乱雑に置かれてあった。衛兵が下番したのだな、そう意識した梶に、まちまちの方角から、白く光るとげとげしい視線が一斉に突き刺さって来た。何かある。これは何かあったのだ。梶は真っ直ぐに姿勢を立てて、通路を通った。

梶の班では、初年兵が梶に許可されたままくつろいで煙草をふかしていた。梶は一歩入って、気がついた。こいつら、何も考えずに、デンとケツを据えていやがった。

「お前ら、衛兵下番を出迎えたか?」

衛兵は「連隊ノ軍紀、風紀ノ精粋ヲ以テ自ラ任ジ厳粛ニ服務スルヲ要ス」と内務令に定めてある。兵隊の勤務の中では最も神経を使うものだ。「営倉に片足を突っ込んだつもりで」上番しなければならぬとしたものである。従って、下番すれば下級者の出迎えを受け、同級者からも労をねぎらわれて、入浴も睡眠も勝手に許されるしきたりである。内務躾けで、初年兵にはくどいほど云い聞かせてあるのに、演習帰りのくたびれた体をのんびりとくつろがせていた初年兵達は、ついうっかりと怠ったのだ。云われて、気がついた。みんな浮き腰になって、あわてたが、もう間に合わなかった。仕切りの壁板越しに、尖った声が来た。

「梶上等兵、ちょっと来い」

梶は観念した。今度は、円地の編上靴のときのようなわけには行かないだろう。

古年次兵の班には、十二三人の猛者がい合せた。

「梶、お前、初年兵をよう教育してあるなア!」

と、衛舎掛から下番した小野寺兵長が云った。

「俺達は随分お世話になったから、とくとお礼せにゃならん」

小野寺は上靴を脱いで、横ざまに、力まかせに張った。

「お次はこっちだ」

と、四年兵の一人が梶をひっぱり込んで、平手を飛ばすと、その小気味のよい音にニヤリとした。

「そら、お次は横田兵長だ」

横田は、しかつめらしい顔をして、堅い皿のような手で、ビシッと一打ちくれた。

「おめえ、教育のス直スをスろ」

ビシッとまた　打ち来た。

「上等兵さなっても、威張っては駄ミだ、おとなスくスろや」

ビシッと、今度は手の甲が来た。

梶は背後に初年兵を意識し続けた。初年兵が見ている。いや聞いている。音を上げてはならない。苦痛を支払うたびに、初年兵の魂を獲得するのだ。頭は下げないぞ。見そこなうな！絶対に貴様らには負けないぞ。

ビンタの巡礼は念入りであった。平手も、拳も、上靴も、帯革も、みんな揃っていた。右からも、左からも、正面からも、下からも。少しも手落ちはなかった。梶は膝が慄えはじめ、踊りはじめ、ガクガクになった。顔はもう曲るだけ曲った。切れるところは切れ、裂けるところは裂け、脹れ上るだけ脹れ上っていた。殴る方はもう梶に対する憎しみさえも忘れて、殴ることに熱中していた。殴ることが出来るから、殴るのだ。理由も目的も必要ないようである。梶は、ともすると、初年兵を忘れはじめた。フラつく足を踏み直すたびに、頭の後ろ、ずっと後ろ、遠い何処からか、白い顔が、食い入るようにこちらを見つめているのを意識した。倒れては駄目よ！　俺は倒れない。何故我慢するの？　何故戦わないの？　戦ってもいいか？　ボロぎれのようにやっつけられるとわかっていても、やってもいいのか？　我慢して！　あとのことを考えて、我慢して！

「歯を食いしばれ！」

と、乾上等兵が云った。梶は、瞬間、再び初年兵を思い出した。彼らは聞いているだろう。棒のように体を固くして。顔色も失って。息を殺して、聞いているだろう。

我慢しよう。まだ耐えられる。これで、こいつらはみんな俺に借りが出来るのだ。貸しは、纏めて取り立ててやる。いつかその機会があるだろう。あるだろうか？

乾の一撃で、梶は不覚にも膝をついた。倒れてはいけないのだ。絶対に倒れないことを見せてやらなければいけないのだ。

耳が鳴り、頭の中は土足で踏み荒されたように乱れていた。梶は、もう意志とは別物となった膝を、ようやく立てた。

「こうか！」

と、突然、上の方から鉛の塊のような打撃が来て、梶の体をペーチカへはじき飛ばした。赤星上等兵が飯台の上に立って、反動をつけた拳を振るったのだ。梶はペーチカに凭れて、混乱した頭を振った。何がここまで自分をはじき飛ばしたか、それを見定めぬうちに、赤星は飯台から跳び下り、木銃を横に取って、梶の咽輪をペーチカに押しつけ、押しこくった。

「野郎、ちっとは骨身にこたえたか！　初年兵の身代りになるなら本望だろう。ん？　見上げた奴だ、讃めてやる！　こうか！」

梶は喉を圧されて窒息しそうになった。苦しまぎれに、木銃に手をかけて、押し返した。その力がまだ意外に残っているのが、赤星を忌々しがらせたのかもしれない。この五年兵の上等兵は、木銃を梶の手からもぎ取ると、

「上胴ッ！」

と、直突を胸に入れた。

被害者の絶息するような呻き声と、急に死人のように蒼ざめた顔色が、流石に加害者達を愕かせたようである。

「もうやめろよ」

と、最初にビンタの口火を切った小野寺が、うろたえ気味に云った。

梶はペーチカに凭れ、眼を閉じて、弱々しく顔を振っていた。小野寺の声が合図であったか、閉ざされた瞼がカッと開いて、梶の体は揺れながら飯台へ近づいた。

「もう一度やってみろ、赤星上等兵」

潰れた声が、そう聞えた。古兵達が耳を疑ったときには、梶の手は飯台の上に放り出されて

いた衛兵下番者の帯剣を抜いていた。

「来い、赤星、刺してやる。出来んと思ったら間違いだぞ。娑婆の未練はたったいま捨てたんだ。刺してやる」

梶は一歩踏み出した。

「貴様ら、でけえツラしやがって、二年兵一人が怖いか！　来てみろ。俺はメンツも自負心も捨てたんだ。虫ケラ一匹と俺の体を替えてやる。出て来い！」

梶は確かに刺しただろう。変り果てた、ふた目と見られぬ形相で、にじり寄るのだ。手近な男達は尻ごみした。離れたところで、増井が横田と眼くばせをし合って、煙罐を手に取った。

「待てよ、梶」

小野寺がそう云うのと同時に、梶が叫んだ。

「一対一ではやれんのか！」

増井は手を動かしかけた。その手にある煙罐が投げられたら、それをきっかけに、梶は誰かを刺しただろうし、梶の体は床にねじ伏せられて気絶するまで殴られたに違いない。増井の動きかけた手が停ったのは、地鳴りのように床板をゆるがして、初年兵達が駈け込んで来たのだ。

梶の体は、後ろから、鳴戸の万力のような力で抱き止められていた。田代は、梶が決して放そうとしない帯剣を、自分の胸にあてがって、放させた。他の初年兵達が古兵との間に作った人垣の中を、鳴戸の力で連れ去られながら、梶は歯ぎしりして云った。

「忘れるな、貴様ら、俺は必ず清算するぞ」

34

初年兵達は梶の顔を冷やし、胸に湿布をした。梶はまだ昂奮から冷めていなかった。じっと寝てはいたが、脹れ上った瞼から洩れる眼の光は、熱病患者のようにギラギラしていた。初年兵達はまるで臨終の人を見守るようにひっそりとしていた。梶がひとことも口をきかない以上は、これからの成り行きが全くわからないのである。

小野寺兵長が入って来て、ぎこちない笑いを作りながら梶の寝台に近づいた。

「さっきはお互に昂奮し過ぎたな、梶上等兵。もう終ったんだから、冷静に考えてだな、お互にあと腐れのないようにしようじゃないか」

「……和平交渉ですか」

梶は切れた唇を痛そうに歪めて嗤った。

「宣戦布告したのはそっちですよ。戦端を開いておいて、あと腐れって、何です？」

「つまりな……お前も男一匹だ、あんなことを上に云ったりはしないだろうがよ、兵隊のことは兵隊同士でなア梶上等兵、お互にあとに面倒が残らねえようにしようぜ」

「つまり、泣き寝入りしろということですか。冗談じゃない」

梶は眼だけをぎょろりと動かした。

「上等兵が殴られて、泣き寝入りすりゃ、三つの星が泣くと思いませんか。上に云われては古年次兵は困るんだろうが、俺は云った方が得なんだ。云うも云わないも、あんた方の指図は受けません」

小野寺は、根は人がいいのだろう、困ったような表情で何度も同じことを繰り返したが、梶が頑固に口を結んで、いびつになった顔を晒しているのを見ると、再び腹を立てた。

「よし、てめえ一人で俺達をやれるもんならやってみるがいい」

和平交渉は成立しなかった。全権大使はにがい顔つきで帰って行った。

暫くして、松島伍長が来た。

「そのままでよし」

と、これも、はじめは作り笑いをした。

「お前の気持はわかるよ。隊長殿も教官殿もあのことは知っているんだからな、お前がわざわざ云わなくても、誰もお前を悪くは思わんのだ。それをなまじ云い立てると、問題がこじれて来る。いいか、梶、その結果は必ずしもお前や初年兵の有利に展開するとは限らんのだからね……」

「どっちにしても有利に展開することなんかありません」

と、梶は松島の腰を折るような云い方をした。

「赤星上等兵を刺したとすれば、私は傷害罪か殺人罪に問われます。私を迫害したあの連中は不問に附されるでしょう。私だけが悪人になって、連中の誰かは気の毒な被害者というわけです。私を殴りたいだけ殴った奴らがです！　私は刺しませんでした。すると今度は黙っているです。連中はやっぱり不問に附されようとしています。この前の鳴戸のときもそうでした。

そうだとすれば、損な立場におかれている初年兵や私は何を考えますか、班長殿」

「……どうだというんだ？」

「今日だけのことではありません。連中がいままでいい気になってやって来たことは何であったか、厭でも考えさせてやろうと思います。軍隊の階級の上下や年次の新旧も、ものの道理の前では全く対等だということがほんとうに認められなければ、今日のようなことが繰り返されるでしょう」

「お前の云うことは屁理窟だ」

と、松島伍長は、声こそ低かったが、高圧的に云った。こういう理窟は、軍隊ではあってはならないものなのである。どんな下士官も古年次兵も、そういう理窟を抜きにした教育の試練を経て今日に至っているのだ。梶の場合にだけ特例が認められていいものではない。

「お前はまだ昂奮してるから無理もないがね、全部の下士官や古年次兵を向うに廻して何がやれるというのか！」

「……わかりません」

梶は幽かに呟いた。正直のところ、何がやれるかわからなかった。何かをしなければならないというだけのことである。そうでなければ、すんでのことに刃傷沙汰になりかけたあの大騒ぎが、芝居がかった無意味なものになるだろう。

「何かやれると思うのは、お前のうぬぼれだぞ」

と、松島が云った。

「お前がここんところを男らしくだな、お前の胸一つに納めて黙っていてみろ。古年次兵だってお前を大した男だと思うよ。俺達下士官もお前の悪いようにはしない」

梶は眼を閉じて黙っていた。脅迫の爪を隠した下士官の甘言に乗るほど甘くはないが、そうかと云って、古年次兵全部を相手取って戦えるような条件は、いまのところ全然存在しないのだ。

「よく考えろよ」

松島はそう云い残して出て行った。

考えれば考えるほど、何かやれそうな方法の範囲はせばめられて来る。皆無に近くなる。将校や下士官の前にのっぴきならない問題として叩きつけるためには、血気に逸《はや》った騒動を起すことしかなかったのではないか。起しておいて、事後に説明を加える。事件がもし正当に処理されれば、これなら、多少の筋を通すことが出来るかもしれない。けれども、事件が片手落ちな処理を受けるか、闇から闇へ葬られれば、血気の振舞はただ兵隊の間に暫くの話の種を提供するに止る。そしてそうなる公算の方が遥かに大きいのだ。梶は、帯剣を引き抜いて赤星につめ寄ったときには、そんなことを考えてしたわけではなかったが、いま自分の行動を意味づけようとすれば、そういうことになる。結局は無意味な冒険に終るのだ。あのとき、加害者達を全部刺すことが出来たら、気は晴れただろう。そしていまは絶望と虚無の底に沈んで、もう一生浮び上ることが出来なくなっていただろう。けれども、そう考え直すだけのことでは、迫害された男の怨みと意地、その正当な要求と思想は決して解放されはしなかった。やはり、何かを、どうにかしなければならないのだ。

茜色《あかね》の西陽が窓からさし入って、陰気な班内に光の縞を通していた。その縞の中に無数の小さな埃が浮いて、どうかすると金色や紫色に光るのを、梶はじっと見つめていた。

鳴戸の大きな体が寄って来て、隣の寝台に腰を下ろした。

「……どうですか？」

梶ははじめて穏やかな笑いを見せた。

「もう起きられる。ただこうしている方が考えるのに都合がいいんでね」

二人は黙った。隣の班から、口笛が聞えた。人間の唇も素晴らしい楽器であることを示すような口笛だ。いい気持で吹いている。吹き手は二年兵の上等兵を殴る資格を持つ増井一等兵である。笑い声がして、口笛はやんだ。古年次兵の班は、あの事件をもう完全に消化してしまったのだろうか。

「上等兵殿」

と、鳴戸が声を殺して云った。

「もし上等兵殿がこの次に何かやるんでしたら、私も使って下さい。……田代だって働くでしょう」

梶は、光の縞の中を泳ぐ埃から、鳴戸の方へ眼を移した。

「初年兵は、一人二人の他は、みんな上等兵殿につきます」

「……ありがたいが、それはいかん」

「……どうしてですか?」

梶は寝ていて眼の届く限りをゆっくりと見廻した。

「……一種の叛乱として処分される」

「出るとこへ出たっていいと思います」

鳴戸は顔を近づけて囁いた。

「私にだって女房子があるんです。無茶はやりたくありません。しかし、あんまりふざけてやがるから、やってやりたいんです」

「出るとこへ出たら、俺達の負けだよ。叛乱がいかんというのではないんだよ、鳴戸。勝てる見込みが、いまはまだないということだ。古兵の奴らをやっつけるぐらいのことは、俺達の力で出来るかもしれん。しかし敵は古兵じゃないんだからね。これだよ……」

と、梶は、寝台を指で突いた。

「ここだよ。軍隊なんだよ……初年兵のときには誰でも俺やお前が思うように思うんだ。ところが、お前達が二年兵になってみろ。いま思っているようにそのときにも思う奴がどれだけいるかな! 問題はね、鳴戸、人間をそんなふうに変えてしまう制度なんだよ」

そう云いながらも、脹れ上った瞼の下から眸がチカチカきらめきはじめたのは、叛乱という形式が必ずしも空想のものではないことを、無学な大工の棟梁の髯ヅラから教えられたせいかもしれない。

「いずれ、俺はお前達と行動を共にするんだ。力を借りたり貸したりするときが来るだろう。

そのときまでうかつにこんなことを喋ってはいかんよ」

「……わかっています」

鳴戸が離れて行ったあとの毛布の窪みを、梶は暫く見つめていた。いままでそこにいたのが髯ヅラの鳴戸ではなく、梶の急を聞いて駈けつけてくれた美千子であったら、どうだったろう？　叛乱の話をしただろうか。美千子の眉が愁わしげに寄ったのが見える心地がした。美千子はこう云うだろう。いつかの手紙でも云って来たことだ。あなたはもうあたしの手の届かないところをどんどん歩いていらっしゃるのではないでしょうか。あたしには想像もつかない経験の重荷を曳いて、もうずっと遠くの方へ行ってしまったのではないかしら。影山さんは、あたしを安心させようと思って下さるのでしょう、あいつは決して参らない男です、自分を駄目にする以外には、人からは決して駄目にされない男ですって。でも、あたしは、あなたがそうだからこそ心配せずにいられないのです。……俺もそれが心配なんだ。強がっていて、簡単に自分を駄目にするかもしれないから。……そういう人を待っている女は、どうすればいいのでしょうか？　と美千子は書いている。梶自身が美千子に聞きたいのだ。待っている女のもとへ帰ろうと念じながら、どんどん反対の方向へ歩いて行く男はどうすればいいのかを。


日夕点呼時に梶は起きた。班内に初年兵を整列させて、通路に週番士官を迎え、変り果てた形相を晒してやるつもりである。そのくせ、「どうしたのか、その顔は」と尋ねられたら、どう答えるか、梶の心はまだきまっていなかった。筒抜けになっている通路で、負傷の理由を大声に答えることが、事件を明るみに出すには最も簡単な方法である。けれども、云ってしまったあとがどうなるか。もし握り潰されるとしたら、徒らに古年次兵の憎悪を倍加する結果となるかもしれない。云わなければどうなるか。古年次兵は梶の俠気を買うだろう。今度だけは売ってやろうか。バラさなかったとしても、喜ぶのはまだ早いぞ。喧嘩は喧嘩だ。復讐は我にあり、だ。

梶は、木銃で突かれた胸が激しく痛んだが、他班にまで響き渡るような声で整列をかけた。

点呼に、週番士官は来なかった。週番下士官が代行した。よくあることなのである。梶は、しかし、それが将校が事件を知っていて故意にそうしたとしか思えなかった。週番士官が班内点呼に臨んで、内務班の異常を見落したでは通らない。梶の肚は煮え返った。畜生！　それなら押しかけて行って、云ってやる。

週番下士官は梶から点呼報告を受けると、そのまま素知らぬ顔つきで次の班へ行ってしまった。点呼が終って、人事掛が来た。

「初年兵よく聞け。ただいまから、陣地作業に行く者の氏名を達する……」

作業要員は、小銃班から三十名、軽機班から十五名、擲弾班十名である。

「以上の初年兵は、各班の教育助手、小銃班は梶上等兵、軽機岩淵上等兵、擲弾川村上等兵の引率によって現在司令部に出張中の弘中伍長の指揮下に入る。いいな？　各上等兵、わかったな？　出発は明後日午後八時。行動を秘匿するために夜間行軍を以て国境から後退する。服装は、初年兵は徒手帯剣巻脚絆、三名の上等兵のみ執銃帯剣。作業期間は概ね一カ月の予定」

梶は通路にぼんやりと立っていた。今日の影山の話では、隊長の意向として、梶は残留初年兵を纏めるために国境に残ることになっていたのだ。残りたいのではない。話の急変がおかしいのである。鳴戸二等兵が作業要員に入っていないのは、国境に大工の技術が必要だからではなくて、弘中伍長との問題があるからに違いない。あべこべに、梶は国境残留の初年兵にとっては必要な存在であっても、古年次兵との接触を避けるためには作業地へ出す方が好都合なのである。

とにかく、これも運命の一つの姿かもしれないのだ。一片の命令によって人間の進路が簡単に左右される。今日は北へ、そして明日は南へ行く。何が待っているかはわからない。

35

鳴戸は梶の寝台のそばに立って、出発準備を手伝うでもなく、梶の手の動きを見守ってばかりいた。大きな体から張りが失せて、いかにも気落ちしたようである。

「一カ月だよ。みんな帰って来るからな、じっとしているんだぜ」

と、梶は慰め顔に云った。

「もっとも、ここ一二カ月先きがどうなるやら、さっぱり見当がつかんがね……」

漠然とした、しかも濃厚な不安がある。不吉な予感と云った方が当っているようでもある。後方の陣地作業が急にはじめられるようになったことは、関東軍当局がソ連の対日開戦の時機が迫ったという判断を持った証拠と解釈されるのだ。これから一カ月間の陣地作業なら、おそらく秋に備えてのことだろう。

「戻って来るまでにおっぱじまることもあるまい……」

「それまでに帰って来て下さい。上等兵殿」

二人力はありそうな大男が、眼をしょぼしょぼさせて、心細そうに云った。

「なんだか私一人が島流しになったような気がします」

「俺とお前がここに残るとな、困る奴がいるんだろうよ」

梶はつとめて笑ったが、鳴戸の眼はトラホームのように赤くなっていた。梶は俄かに後ろ髪を引かれる思いがしはじめた。僅か一カ月のことがまるで永別のような感慨を伴なうのは、長いこと不気味な国境の重圧の下にいたせいだろう。明日も知れぬ男達の惨めさが、改めて、互の胸に通い合うのだ。

「お前も俺もあんまり気の長い方でもなさそうだ。細くても長く生きられることを考えようぜ」

梶は帯剣をつけながら、そう云った。

「癇癪を起すなよ。思案に余ったら、かまわんから影山に相談しろ」

土間の簀子を踏む音がして、週番上等兵が廊下の端から叫んだ。

「作業隊は整列」

梶は班内を見廻して、残留者に何か云おうとしかけたが、急に顔をそらして大股に出て行った。

暗い営庭には、もう影山が軍刀をつけて立っていた。

「御苦労さんだな」

と、低い声だけで、表情はよく見えなかった。

「お前を作業隊に出せば、俺も安心だ」

「……中隊の癌を取り除いて一安心というところか。しかし、カ月のことだよ、少尉殿、また頭痛の種になるだろう」

「なるまいな。俺は、作業が終ったら、お前を特殊教育に出そうと思っている」

と、影山の口調は、考え込んでいるようにゆっくりしていた。梶は毒気のある受け方をした。

「極道息子だからな。他人様の飯を食わせて苦労させようというわけだな?」

「……南満だよ」

影山が梶の厭味は聞えなかったように、ポツリと云った。

「……美千子さんの近くかもしれん」

梶は黙った。唾を呑み込む音が聞えた。

「後退するチャンスがあったら、国境附近でうろうろすることはない。そうだろう?」

梶は闇の中に横隊を作りはじめている初年兵の方を見た。

「……未解決の問題が残っているよ、君と俺との間にも。君は解決を避けたし、俺はあせり過ぎたという違いの間にね。どっちもなんにも出来なかった点では同じだが……」

「闘争に明け、闘争に暮れるか。学生時代にそんな生活を理想と考えたことがあったな」

と、影山が夜目にも白い歯を見せた。

「お前は闘争の場としては最も可能性の少ない軍隊を選んだ利口馬鹿だ。意地を張るより、安全を図ることだ。お前自身も本音はそれを望んでいるんだよ。……もう時間だ、整列させろ」

「……その利口馬鹿に頼みがある」

と、梶が小声で云った。

「母親が子供を半分残して行く。やっぱり気がかりになるんだ。なまじ俺がいない方が、君も古年次兵を処置し易いだろう。当てにしていいか？」

「苦労性な奴だ」

影山は笑ったようだ。

「その半分も妻君のことに気を使ってみろ」

梶は暗がりで影山の顔を見つめ、何も云わずに体を返して、隊列の方へ歩き出した。

再び、心がこの地に残るのを意識した。不思議なことだ。何か一つでも嬉しいことがあったか？　一日でも魂が安息した日があったか？　いま、こうして、国境から百キロ後方へ退ろうとする。喜ぶべきではないか。

事実は、胸の中が、秋の夜風が吹き抜けるようにうすら寒かった。

その山には、桔梗《ききょう》と石竹の花が咲き乱れていた。秋の草花だが、夏が短く、秋はなお短いことを知っているのだ。ふんだんに降り注ぐ太陽の光の下で、短い生を営むことに余念がない。暑かった。山肌から熱気がむれ返る。草いきれを含んだ山の匂いは、汗ばんだ女の体臭を思わせる。なだらかな山の起伏が、また、雄大な女体の構造と見えなくもない。

男達は幕舎で眠り、夜が明けると、土を掘り、掩体壕《えんたいごう》を作る。谷からの敵の予想進路を有効射程内におく位置に銃眼を開いて、天井を丸太で組み、土を盛り、その土に草を移植して偽装する。関東軍の新抵抗線はベトンと鉄骨から成り立ってはいなかった。丸太と土の掩蓋が口径僅か数センチ以上の砲弾に対しては全く無効であるとしても、この抵抗線に配備される兵隊は、こうした掩体壕に自分の生命を委《ゆだ》ねるのだ。これが軍の命令であり、兵隊の宿命である。

作業兵達は、しかし、楽しかった。やかましい内務躾けもなく、怖ろしい古兵のビンタもないからである。陽に灼け、労働し、腹をへらし、貪り食い、幕舎で泥のように眠る。この分では、何カ月でも続けたいだろう。初年兵は明るい笑いを取り戻す。半裸の体を汗と泥で汚し、歯を出して笑いながら、ふざけ合う。誰も怒る者はいない。作業中隊の隊長や下士官が、広い作業地の各所に同時に眼を配ることは出来ないからだ。

けれども、楽しいばかりではない。体力の乏しい三村や円地には、労働が過重だったようである。日が経つと真っ黒く、痩せて、休憩時間に寝転がったりすると、地面に落された黒いカリントウのように見えた。

小都会の洋服屋、三十代の半ばでようやく開店の念願を達したばかりの三村には、梶や田代が作業に熱中する気持がわからなかった。彼には、店の営業の方が興味があるし、心配なのだ。応召する前に腕のいい職人を入れたから、営業の方はどうにか立って行くだろう。すると、今度は、女房とその職人の間が心配なのだ。隣組がうるさいから、もんぺいを履けと云っても、どうしてもスカートを履きたがった女だ。男のいる方へ向いて屈んで内股の白いあたりをチラチラさせることも平気な女である。三村の貧弱な体力を歎いた女でもある。これが一番いけない。職人は、腕がよくて、脚が跛だから、兵隊に取られる心配もなし、女にもてる心配もないから入れたのだが、若いし、男前だし、体はがっしりしている。いまとなれば大変な心配である。情事には外を出歩く必要もないわけだから、跛は何の障碍《しょうがい》にもならないと考えるべきであった。「太えしくじり」である。除隊になって帰って行ったら、見知らぬ子供が出て来て、「おじちゃん、だあれ?」と訊くのではないか。女房はときどき手紙を寄越すが、亭主の苦労を思いやるくだりがないことはあっても、職人の働きぶりを讃めていないことはない。この心配は恥ずかしくて人にも云えないが、三村の内部が意馬心猿でなかった日はない。それが、青雲台陣地にいたときには、忙しかったのと怖ろしかったので抑えられていたのだ。ここへ来て俄かに煩悩が燃え熾る。こうして、いずれは誰かの墓穴となるに違いない掩体壕掘りに熱中出来る道理がない。

梶は、掩蓋の丸太を組み終ると、油を塗ったように汗で光っている顔を腕で拭って、云った。

「みんなこの上にかたまって、跳んでみろ」

これが、掩蓋の堅牢度を試す梶の方法なのである。一組六人の作業兵で、その重量が大体九十貫。同時に跳び上って、どしんと下りる。それで骨組の揺れ工合をみるのだ。安積の組で、最初の掩蓋が出来たとき、梶がこの方法で試してみると、骨組がひどく揺れた。

「駄目だ、こんなことでは」

梶が呶鳴った。

「子供の穴掘りごっこじゃないんだぞ。谷へ下りて行って一尺以上の丸太を伐って来い。全部やり直しだ」

初年兵達は真っ黒な顔にウェー！　と云わんばかりの表情を浮べた。直径一尺以上の生木を伐り倒すのは容易でない。

「上等兵殿」

と、安積が吻を尖らせて云い出した。

「丸太をいくら太いのにしたって、せいぜい十加の弾が来たらおなじことじゃありませんか？」

「おんなじかもしれん」

そう答えた梶の眼つきが烈しくなっていた。

「速射砲でも貫通するだろう。だったら、あってもなくてもおんなじか？　お前は砲弾が飛んでいるときに薄っぺらな掩蓋がいいか、厚い掩蓋がいいか。同じ粗末な丸太の屋根でもだ。……文句を云わずにやれ！　ついでだから、お前達に云っておく。お前達が自分の体を隠す穴を掘るときにはだな、必要な深さは大体・定しているだろう。だが、それよりもう五十センチ深く掘れ、俺もお前達と同じように実戦の経験はないが、その五十センチは、あってもなくてもおんなじではないはずだ。安積、お前は死にたければ掘らんでよし。自殺を俺は制めやせんのだ」

梶の監督下にある初年兵は、みんな梶のこのきびしさを聞いていたし、作業中隊の隊長として青雲台からここに来ている土肥中尉が、梶達の作った掩体壕の出来栄えを弘中伍長に讃めたということも知っている。

三村と円地はもう大分疲れていたが、梶に云われるままに、掩蓋の上でかたまり合って跳んでみた。掩蓋はびくともしなかった。梶は満足した。

「よし。一丁上りだ。土を盛ってくれ。なるべく厚くな。草の移植はもっと陽がかげってからにしよう。それまでにもう一つ掘るだけ掘っておくから、急いでくれ」

と、梶から真っ先きに円匙を使って土を盛りはじめた。三村や円地は、いくら疲れても、上等兵が働いているのに怠けるわけには行かない。鞴《ふいご》のように荒い息をしながら、円匙の一振りごとにふらふらしていた。

円地が疲れ易いのは、あながち齢のせいだけではない。彼は三村の場合と違って、専ら家業の不振が気になるのと、子煩悩さが仇になっている。小規模な小売商人は統制経済の裏街道を歩かねば店が立つものではない。それが、子供を抱えた女の身一つでは、殆ど不可能に近いらしいのだ。このままでは先きがどうなるやら、心細い限りだ、と、陣地作業に出て来る前に受け取った女房の手紙に訴えてあった。軍需景気で儲ける者は儲け放題である。小商人でも、目はしのきく者はたらふく貯え込んでほくそえんでいる。円地は、そうした知人の誰彼を思い浮べ、それらの男達に揉まれて滓《かす》ばかり摑まされているに違いない女房の青い顔が、これは思い浮べるというより、胸に突き刺って来る感じなのである。いつまでも円地が除隊出来ないとしたら、女房は店をたたんで夜逃げしなければならなくなるだろう。円地はもう四十四歳だ。いままでに築き上げたささやかな砦が壊れてしまったら、もう二度と人生の競争に出る資格はなくなる。それはまだいい。戦争のための不運と諦めもしよう。だが、食えなくなったら、子供はどうする？　子供だけは、いくらしがない小商人でも、偉いおやじと信じているのだ。或るとき、二番目の子供が女房に云ったのを覚えている。

「……お金があったら、なんでも食べられるんだね、母ちゃん。なくなったら、どうするの？」

女房が答えた。

「どうしようね？　母ちゃん困っちゃう」

子供が得意そうに云った。

「へん、おとなのくせに知らないんだ。困らないでいいよ、母ちゃん、なくなったら父ちゃんが持って来てくれるよ。ね、そうだろ？」

女房がうなずいた。

「そうだよ。坊やは心配しないでいいんだよ！」

円地二等兵は金を持って帰れないところにいる。破産するかもしれぬ家のために、身を粉にして働くのではなく、人里遠いこの山の中で殺し合うための、そしておそらく殺されるための穴を掘っている。無性に帰りたかった。ここでの幕舎生活には、夜間の不寝番が立つだけで、衛兵はない。ふらふらっと出て闇に紛れてしまえば、脱走も不可能ではない。ここに来てから、しきりにそういう誘惑に駆られるのだ。それを実行しないのは、家に辿り着いたときには、おそらく憲兵が待ちかまえているに違いないからである。それでも、もしせいぜい半月かそこらの猶予が与えられて、家業のために必要な措置をとることを許されさえしたら、獄舎に曳かれてもいいとさえ思う。官憲はその猶予を決して与えないだろう。家業は日に日に傾いて行く。

円地はこの作業地で日に日に痩せて来る。

円地の円匙は殆ど動かなくなっていた。

「どうした？」

と、梶の声が聞えるまで、円地は皺の寄った顔を西南の空へ向けていた。

「すみません、上等兵殿」

梶は地べたに転がしてある水筒を取って空になるまで呑み乾した。全身が湯を浴びたような汗である。

「夏ぼけか。たるんでると病気になるぞ。俺が初年兵のときにな、お前とおないどしの男がいた。完全軍装で五十キロ行軍をやらされた。四分の三あたりで落伍はしたがね、ともかくしまいまで歩いて来たよ」

梶は佐々を思い出しているのである。あの猥談好きの四十男も皺くちゃだったが、円地よりは生きがよかった。おそらく、沖縄あたりで玉砕しただろう。

「その苦しさというものはこんな作業どころじゃないんだぞ。しっかりせんか」

「はい。すみませんでした。上等兵殿」

梶は空の水筒を円地の方へ突き出した。

「みんなの水筒を持ってな、下の川で汲んで来てくれ。ついでに、お前の水虫の足も洗って来るんだな」

円地は嬉しそうに敬礼して、みんなの水筒をガランゴロン云わせながら下りて行った。三村が羨ましそうに見送っている尻を、梶は円匙で軽く叩いた。

「お前はあいつより十も若いんだぞ。もうひと汗かけ。洋服を縫うより円匙作業の方が楽じゃないにしたって、俺のせいではないからな。円地の奴、近ごろ妙にシケてやがる」

「円地は家のことが心配なんです」

と、休みもせずに、田代が云った。田代の堅く引き締った若い肉体は、連日の労働によく耐えている。

「女房と子供で、商売がうまくないんです」

「……家のことが心配でない男がいるか？」

と、梶は顔の汗を手で払い落してから、円匙をグサリと堅い土に突き刺した。

「それはそうですが、事情がいろいろ違いますから……」

梶はキラと強い眼を動かしただけで、突き刺した円匙は動かさなかった。田代の言葉が心を刺したのだ。確かに、事情はいろいろ異なっていた。梶の場合などは、美千子に生活の不安があるわけではない。謂わば、最初の、そして最もごまかしのきかない問題から、梶は救われているのである。入営の前後を通じて、よしんばどれほどの苦渋を彼が味わって来たにしても、円地や田代は更にその上に食の悩みを背負っているのだ。

梶は一掬いの土を掩蓋の上にはね上げた。

「俺は円地を責めてるんじゃないぞ。ただな、人間が参ってしまう前には、あんなふうにぼんやりするから云ったまでだ」

梶は今度は小原を思い出していた。

「事情はどうであれ、こんな程度で参ってしまうのは、贅沢というもんだ」

俺という初年兵掛の下で、だ。梶はそう云いたいのである。俺がいなかったとしたらどうか。お前達の中からも小原が出たに違いないのだぞ。

梶は、このときはまだ、小原を自殺へ追いやった吉田上等兵よりももっと冷酷に、梶自身がこれらの初年兵を怖ろしい境地へ導くことになろうとは考えてもいなかった。しかもそれが、温情と、謂うならば友愛の心を抱きつつである。

37

青雲台陣地では、夜、下士官達が事務室で酒に酔っていた。隊長も影山教官も将校集会所へ出かけたあとである。酒かアルコールを都合して来て呑むのは殆ど毎夜のことだが、将校がいれば、流石に事務室ではやらない。下士官室で内密にやる分には、おとなしい船田中尉は勿論のこと、影山も見て見ぬふりをしているのだ。

今夜は将校の「御帰館」は遅いとわかっている。留守責任者は内務掛准尉代行の大貫軍曹だが、酒は嫌いな方でなし、古兵なみの蔭日向の術も心得ている。日々これ退屈で、しかも一触即発の危機が何処に潜んでいるかもわからぬ不安な国境で、五年も六年も青春の欲望を便所での自瀆行為でごまかさねばならなかったような惨めな男達が、せめてものことに酒を呑んで何が悪いか。もう「御奉公」は充分にしたつもりだ。いや、もっと幾らでもしてやるから、国家の方でも酒と女をあてがったらどうだ。下士官達は誰も内心でそう思っている。その同じ心が、同じ場所に寄り集って、公然の秘密で酒に酔うのだ。

埒もない話の末に、松島伍長がこう云った。

「影山少尉に彼女があるの知ってるか」

「あいつのキンタマはでっかいぞ」

と、受けたのは被服掛の藤木伍長である。

「彼女がなければ処置なしだ。どんな軍艦だい？」

「ちらっと手紙を見たんだがよ、何やら美千子てんだ」

「ミチコだ？」

と、大貫軍曹が訊いた。

「いかすなア！　そこに情が満ちコさんだ」

と、藤木伍長が溜息をついた。

「そいつは、梶美千子だろ」

と、大貫が首をかしげた。

「梶上等兵の女房だ。影山少尉とは友人だからな。……ん、思い出した。作業要員宛ての手紙が来とる。その中にそいつがあったぞ」

「検閲！　検閲！」

藤木が充血した眼を剝いて吶鳴った。

「俺が公明正大に検閲してやる。大貫軍曹しゃん、何処だ？」

藤木は、大貫が顎でさしたところから、美千子の手紙を取って来て、匂いを嗅いでみてから封を切った。

「全く情が満ちコさんだ。いい匂いがしてけつかる！　読むぞ。謹聴！」

読みだした。

「……このところ、またちょっとあなたのお声が聞けなくなりました、お元気なのでしょうね？」

「こりゃ、のっけから甘いことだ！」

と、大貫が笑った。

「謹聴、謹聴！　……いつでしたか、あなたのことが心配でたまらないと書きましたら、心配するのは俺の方だ、君が取り越し苦労をするだろうと思うだけでこっちが余計に心配になるとお返事を頂きました。だからもう心配はしませんの。でもね、お声も聞えないと淋しくなるのは仕方がないでしょう？　……」

「畜生め！　何処が淋しくなりやがるんだ？　お安くねえぞ、全く！」

と、藤木は唸ったが、眼は女の肌を貪るように手紙に食い入っていた。

「……もう一年半以上も続いていることですから、いいかげん慣れなければいけないことですのに、却って段々意気地なしになるようです。それでね、いいえ、それでというわけではないんですけれど、もう大分前から考えていたことを実行しようと思います。御相談もしなかったのをお怒りにならないで。本社の靖子さんに、タイプ室に戻る席があったら取って頂くようにお願いしておきましたら、タイプの仕事ならいつでもあるとのお返事でした。私には、この山が人生のはじめての場所でしたし、あの黄塵がひどく吹いた日からのさまざまな思い出があって、なかなか決心がつきませんでしたが、最近になって、山の庶務の方から、新しく本社から赴任なさる職員のために社宅を空けて貰えまいかと、再々のお話がありましたの。はじめは、あなたがいらっしゃらないから出て行けがしにする、随分冷酷な仕打ちと怨んで、出て行けと云われても出るもんかと気張っていましたけれど、考えてみましたら、あなたのいらっしゃらないこの山で、あなたとの思い出だけを頼りに何もせずに(診療所のお手伝いはずっと以前にお報らせしました通り、もう終りましたので)生きているのが、幸福の重荷のように思えるのです。私は、自分で出来る仕事をしながら、あなたのお帰りを待っているべきではないのでしょうか。その方が悲しさも淋しさも幾分かは紛れて、あなたも喜んで下さるのではないでしょうか。紛れると云ってもね、会社の仕事を終って、あなたと一緒に歩いたあの道を、あなたに会う希望もないところへ帰って来るときには、それはきっと泣き出したいような淋しさでやりきれなくなるでしょうけれども、そんなことに負けていては、これから何年もあなたを待ち続ける苦しさにも負け、再会のときのきっと胸もはちきれるような悦びを授かる資格にも欠けることになるのだと思いました。それで、山の事務所にこの社宅をお返しして、私は靖子さんの寮に同居させて頂くことにしましたの。私が勝手にこんなことを決めて、いけなかったかしら。私、ほんとはね、よくやったと讃めて頂きたいんです。靖子さんと二人なら、あなたにも安心して頂けそうな気がしたんですけれど。元々、私は白蘭荘のあの部屋から、あなたの胸の中に移りました。いまあなたはその胸を国境に向けていらっしゃるのでしょう。ほんとうはあたしのもの。一日も早く私に返して頂きとう存じます……」

「いいぞ、いいぞ！」

と、松島が囃《はや》した。藤木は眼をギラギラさせて大貫に云った。

「検閲も楽じゃねえよう、大貫班長！　私は一日も早くやりたくてたまりませんの、だ！　わかるでしょう、この気持」

「その項、検閲削除だ！」

と、大貫が咆えるように云った。

「畜生、御馳走さまだ！　酒はねえか」

下士官達は残りの酒をガブ呑みした。美千子の手紙は、男達の乾ききった心に情火を点じたようであった。酒はその火に注がれた油でもあろうか、三人が三人ともフーッと熱い息を吐いたあとに、焼け野原のような殺伐な沈黙があった。それから、三人は顔を見合せて、互の眼の中に交尾期の犬に似た熱烈な色を見出すと、誰からともなくニヤリとし合ったが、藤木が「アあどうにかしてちょうだい！」と呻いて、その切実感の点で一致した三人は、急にはぜ返るように哄笑した。

影山が船田中尉より一足先きに将校集会所から引上げて来たのは、ちょうどそのときであった。彼は兵舎の入口で、事務室の笑い声を聞いた。不寝番立哨中の初年兵は、影山の物問いたげな視線に出会って、困り果てた顔になった。

影山は大きな足音を立てて事務室に入った。藤木は殆ど無意識に美千子の手紙をかくしにしまったが、大貫が虚を衝かれていまさら四角張りも出来ず、てれくさそうに笑っただけで立とうともしないのを見ると、藤木も松島も上げかけた腰を下ろしてしまった。

「起て」

と、影山が、声こそ大きくはなかったが、きびしく云った。

いつもなら、下士官が故意に示す欠礼など意に介しない男だが、今夜は、虫のいどころが悪かった。集会所で、明日陣地作業隊の土肥中尉の下へ派遣になる野中少尉と、また戦争論議で衝突したのだ。船田の取りなしで事なく済んだが、野中のような根拠のない強がりは鼻持ちならない。

「天祐神助」に国民の運命を委ねた戦争賭博の前では、影山も野中と同罪であろうけれども、それを信ずる愚かしさには我慢がならないのだ。席を蹴って戻って来た余憤が、彼の表情を険しくしていた。

「コソ泥の真似をするな」

と、影山は起立した下士官達に云った。

「飲むなら、隊長殿か俺のいるときに飲め。日ごろのでたらめは、知っていて見逃しておるのだ。つけ上るとは浅はかな奴！　俺は階級を楯には取らん。文句があれば云ってみろ」

下士官達は何も云えなかった。影山が続けた。

「お前達が飲みたい気持がわからんではない。だが兵隊のことも考えろ。危機に晒されているのは同じだぞ。戦って、死ぬ。しかもおそらく俺の指揮によってだ。不本意ながらやむを得ん。今後は勝手な行動は許さない。よいか？　犯せば、俺に対する故意の侮辱として処罰する。五年兵達にも伝えておけ」

下士官達は影山少尉の峻厳な態度を見たのははじめてである。影山が出て行って、教官室の扉の内側で物音が静まるまで、唖のように黙っていた。

38

藤木伍長のかくしにしまわれた美千子の手紙は、遂に梶の手に渡らなかった。藤木は数日後にその手紙に気がついたが、さして重要な文面とは思わなかったのだろう、改めて封をして作業地へ転送する手数をとらなかったのだ。梶は美千子の生活に変化が起きたことを知らぬままでいた。

梶が監督している掩体壕の作業班では、仕事が順調に進んだが、岩淵と川村の洞窟班は、堅い岩壁に阻まれて、遅々として捗らなかった。梶はときどきその作業を見に行って、関東軍の参謀部が、この山間地に約一個連隊の作業兵力を入れて、こんな難工事を敢てさせるのは、ひょっとしたら、開戦の時機を来年あたりと判断しているのではないか、と考え直すようになった。そう云えば、掩体壕の盛土の上に移植した野草も、いまは直ぐに色褪せ、枯れて、来年でなければ偽装の効果はないのだ。梶がそう考え直すようになったのには、多分に希望的なものが含まれている。作業は確かに重労働だが、兵営内の理不尽な暴力沙汰もなければ、規則ずくめのうるささもない。初年兵達も総じてのびのびと楽しんでいるらしく見える。梶自身も雛を庇う親鶏の気苦労が要らないのだ。幕舎生活の不自由さぐらいは、兵営内で気の張ることに較べれば問題にならない。この生活が一日でも長く続いた方がいい。緊張の弛んだ心と、日光に灼かれて生気の満ち満ちた肉体とが、同時にそれを望んでいた。それが、戦争の危機感をぼかしていたことは否めないが、梶自身はそのことを殆ど意識していなかったようである。

梶は、その日、土肥作業中隊の週番上等兵であった。昼の飯上げにはまだ時間があったが、その時刻になると初年兵達は空腹に気を取られて、動作が散漫になる。梶は自分の受持区域を見て廻って、各組に「休め」をかけた。井原の組では、井原の創意で銃座が三つもある掩体壕が殆ど出来上っていた。色白で、いままであまり目立った行動をしたことのないこの青年は、ここに来てからよく働いた。同じ組の中井が冗談ばかり云って梶の眼が届かないと怠けていたのを、井原の努力が補っていたようなものである。井原は、見てくれ、と梶を呼びに来た。堅牢で、よく出来ていた。梶が讃めると、若々しい頰を染めて、井原が云った。

「これだけは、どうしてですか、自分の家を作ったような気がします」

「もし配備の自由が許されるとしたら、お前はこの中に入りたいだろうな?」

「はい。精魂こめて作ったせいでしょう、ここなら、安心して運命と戦えるような気がするんです」

「……運命と?」

「……はい」

梶は井原の涼しい眼もとを見直した。国境にいたときには、彼はこの青年をその他多勢の中に見落していたようである。

「……そうだな、正しく運命との戦いだ」

梶は呟いた。

「僕が軽機の助手ならね、ここをお前にやれるんだろうが……」

「上等兵殿」

と、中井が口を出した。

「井原はおふくろといいなずけを連れて、この中で住みたいんだそうであります」

他の兵隊の笑い声の中で、井原は真っ赤になった。

「こいつは馬鹿であります、上等兵殿」

と、中井がまた云った。

「おふくろをあんまり大事にすると、嫁さんとお前の間に入っておふくろが寝たりするのを知らんのかいな」

「……いいなずけがあるのか？」

梶は笑顔でそう訊いた。

「……はい」

井原の赤い顔の中で、眼だけが星のようにきらめいていた。井原は自分とその女との未来を守るつもりで、掩蓋の骨組の一本一本に気を配ったであろう。或は中断された青春の夢を、この建築のままごとに托したのであるかもしれない。

「戦争が終ったらな」

と、梶は云った。

「お前の新婚の家を鳴戸に建てて貰え。あれはやってくれるよ。中井、そのときには、お前はおふくろさんのお守り役だ。いいな？」

「嫁さんの方ならいつでも引受けるがなァ」

男達は笑った。梶は、ふと、戦争が終って、自分が手がけた五―六人の男達と、その女達、美千子をも含めて、何処かで一日の歓を尽すときのことを空想した。五十六通りの人生がいま梶の中を通過して行く。それを幸福へ見送るか、悲劇へ導くかは、梶の責任にはないことである。けれども、同時に、それは多分に梶の行動とかかわりを持つことでもあった。梶は、また、五十七組の男女の行楽のときの美千子を空想した。美千子は顔を輝かせて浮き浮きと云うだろう。なんて素敵なんでしょ！　戦争は終ったのよ！　生活があたし達のものになったんだわ！

梶は真上に来た太陽を見上げて、ちょっと眼をつぶっていた。涙が甘悲しくにじみ出そうであった。顔を一つ振って、云った。

「さあ、飯上げだ。お前達は林の中で休んでいろ」

林の中の空地に、歯ブラシ型の髯を生やした土肥中尉が立っていた。そばにいる神経質な顔立ちの少尉は、梶も観天山陣地で見覚えのある野中少尉である。

「週番上等兵」

と、土肥中尉が云った。

「飯上げはあとにしろ。全員に駈足集合を伝えろ」

梶は林のはずれから、各作業班へ向って叫んだ。

「全員駈足集合！」

何だろう？　小泉は地べたから尻を上げて、高杉を見た。高杉はニヤニヤした。

「甘味品と煙草が下ったんだろ」

「馬鹿云え！　甘味品で駈足集合がかかるか」

「じゃ、何だよ？　都合により本日は作業中止、帰営して休養を命ず、か？」

「馬鹿だな、こいつら」

と、いまはもう全く黒人かと紛う黒さに日灼けした今西がうそぶいた。

「君子は去るを追わず、来るを拒まずだ。行ってみりゃわかるじゃないか」

小泉は林のはずれで集合を見ている梶に尋ねた。

「何でありますか、上等兵殿」

「ヒットラー中尉の御用だ」

土肥の髯がヒットラーのに似ているのだ。ヒットラーの真似をして刈り込んだのかもしれないが、いまでは兵隊達はこの髯と土肥の顔を切り離しては考えられなくなっている。

その、いささか喜劇役者的な風貌を備えた土肥中尉は、しかし、兵隊の集合隊形を前にすると、俄かに厳粛な表情になった。

「全員よく聞け。本日未明、我が青雲台陣地は、有力なソ連軍の襲撃を受け、これと交戦、大隊長牛島少佐殿以下全員玉砕した模様である」

言葉が切れると、百五十八人が密集した林の中が、突然無人地帯と化した瞬間があった。啼き交す蟬の声を何人が意識したか。林の中を生暖かい風が流れた。男達は死面のように凝固した表情であった。

遂に来た！　その感じは、いきなり心臓を襲ったのだ。頭の中は、まだ信じてはいなかった。

「敵は、国境全線に亘って満領内へ侵入、進撃を続行中である。信ずべき情報によれば、我が正面に敵の尖鋒が到達するのは、三乃至四昼夜後と判断される。中隊は命令により直ちに帰営、移動準備、新陣地に展開して強力なる抵抗線を構築、来攻する敵軍を邀撃《ようげき》、粉砕せんとする。青雲台観天山陣地の戦友の葬い合戦である。大隊長殿の云われた必勝の信念を堅持するように。……いま、軍司令官閣下より連隊長殿宛ての電文を読む」

男達は顔を垂れていた。耳を澄ましていた。この、死と絶望からの伝言を、ひとことも聞き洩らすまいと鎮まり返っていた。

「電文……貴官以下の奮闘を祈る……」

兵達は殆ど一斉に顔を上げた。はじめて、各人にそれぞれの表情が戻っていた。一人の男から奮闘を祈られて、千余の男がこの山間で死を迎える。もう、嘘も、はったりも、効かないのだ。永久構築の国境陣地でさえ玉砕したのだ。いま、これから、移動して展開する「強力なる抵抗線」なるものに、誰がどれだけの信頼を寄せることが出来るか。

「銃はどうするんですか」

と、安積が蒼ざめて、梶に小声で訊いた。初年兵達は徒手でこの作業に出て来たのである。

「……渡るだろう」

梶は呟いた。彼の手慣れた銃は幕舎にある。一装塡五発の実包、それで十秒乃至二十秒の間に、眼に見える死は五回だけ避けられるかもしれない。だが、それ以外の幾百万回かの死は？

「心配するな」

と、梶はまた呟いた。

「いくら精神主義の軍隊でも、素手でやらせはすまい」

円地の顔は、もう、絶望そのものであった。幽かに首を振り振り、何やら呟いていた。眸は泳いで、決して定まらなかった。濁っていた。発狂する直前がさもあろうかと思われた。

「円地！」

梶は低く呼んだ。

「奥歯を嚙みしめろ。俺から離れるな」

「帰営」

と、土肥中尉が口髯を撫でて、云った。

「帰営したならば、五分後に出発」

梶は、囲りの初年兵達の肝が跳び上るような声で号令をかけた。そう、このときから、すべての男の魂は体から跳び出して、別のところへ行ったのだ。

陽は高く、土は焼け、草はうだっていた。男達はせっかく作りかけた陣地を捨てて移動する。早くも軍の計画は崩れはじめたようである。

39

方角はわからなかった。兵隊は装具と毛布を背負って、谷を出、草深い高原を歩いた。みんな重荷に喘いでいた。背負った重量だけではない。これには、未知の恐怖と、絶望と、渇きに似た未練の重みが加わっているのだ。体力だけでは支えきれない重さである。

陽は、その定めによって、西へ傾いていた。時間が一歩ごとに失われている。奇妙な錯覚だ。何処か、その地点へ到達するのが遅れれば遅れるほど、最後の時が近づいているわけなのに、兵達は重い足で最後の時を引き延ばそうとする。

三村はよたよたと歩いていた。円地は水虫の爛れた足を曳きずっていた。この二人はもう体力を使い果していた。気力はその以前に千切れてしまったらしかった。

「とうとう来ましたね」

と、小泉が、しょうことなしの笑顔を梶に向けた。

「こういう形で、何でも突然に変化するものなんでしょうか」

「じわじわと積り積って、突然の変化がね。お前の専攻の応用化学でも、そうだろう？ じわじわと来ているときに、俺達は必要なだけの百分の一の心構えも出来ないんだ。わかっていたんだよ、これが来ることはね」

「私にはわかりませんでした。私だけは、なんだか免れられそうな虫のいい考えでいたんです。もう、すっかり、めちゃめちゃです」

小泉は弱々しく笑い続けた。

「上等兵殿は落ちついておられます」

「虚勢さ」

梶は吐き出すように云った。

「俺はいまだけは上等兵になっていてよかったと思うよ。助手になっていたことがな。さもなきゃ、お前達とおんなじだ」

前方の林の方から爆音が聞えたようであった。隊列の先頭で、将校が手を振ったのが見えた。梶は一機の飛行機を認めた。隊列はもう算を乱して散りはじめていた。

「散れ！」

梶は叫んで、自分の班を見た。円地と三村はよたよたと横の方へ走っている。

「伏せろ！」

梶が叫び、体を投げ出したときに、軽爆らしい一機が超低空で飛び去った。

「偵察だ」

梶は近くにいる田代に云った。

「武装部隊でないから、避難民と間違えやがったかもしれん。射たないよ」

射たないでくれ。俺達は戦いたいわけじゃないんだから。

三村と円地は、他の男達が伏せたときに走り、他の男達が起きはじめたころに伏せた。そして、それっきり疲労と荷重で草むらに縛りつけられてしまった。縦隊は動きだしたが、二人は上眼で空を窺いながら、口を開けて喘いでいるばかりである。

梶は寄って行って呶鳴った。

「おい、検閲行軍とは違うからな、歩いてくれとは頼まんぞ。女房にもう一度会いたければ、どうすれば一番いいか、自分で考えろ」

梶は二人を捨てて班の隊伍を追った。二人は、もぞもぞと起き上り、よたよたと歩きはじめた。どうすれば一番いいかを考えたわけではあるまい。むしろ、一番悪い方法を考えたのだ。何故と云って、縦隊が最後の時と場所へ向って歩いている方へ、ついて行きはじめたのだから。

白樺の林に入ったときに縦隊は停止して、暫くすると幕舎を設営する命令が出た。弘中伍長が来て、涸れた声で呶鳴った。

「十一中隊よく聞け。銃のない者は白樺の木を切って帯剣を縛着しろ。しっかり縛りつけるんだぞ。お前らはそれで白兵戦をやるんだ。わかったなア」

初年兵達の顔を一様にどす黒い色が掠めた。抑えようのない不安の色である。持って行き場のない不満と怒りの色でもあった。梶はさりげなく弘中伍長に歩み寄って、小声で云った。

「銃は渡らないんですか？」

「何を考えてやがるのか、俺にはさっぱりわからんよ。命令は木槍を作れってことだけだ」

「白樺みたいに折れ易い木で槍を作ったって、白兵戦には使えません」

「ここに白樺の木しか生えてないってことが、俺の責任か！」

「……わかりました」

梶は初年兵の方へ戻って云った。

「とにかく、黙って作れ。まだ時間があるからな、どうにかなる」

槍が出来、幕舎が出来かけているときに、また敵の空中偵察がはじまった。今度のは、上空を暫く旋回して獲物を探している猛禽《もうきん》のようである。いつ急降下に移って爆弾を落すだろうか。兵隊はなす術もなく林の立木に身を匿して見上げるばかりである。その偵察機は一発の対空砲火にも見舞われないのをいぶかるかのように用心深く、ゆっくりと満洲内部へ飛び去った。

「友軍機はどうしたんですか？」

と、小泉が梶を見た。

「無いのか、あっても飛べないのか、どっちかだな」

梶はにがにがしく云った。

「木槍を持った三百年前のサムライをだな、現代兵器の飛行機で掩護すると思うか？」

小泉は他の初年兵達と顔を見合せ、眼を地面に落した。梶は後悔した。梶は、こう云って戦争を皮肉に傍観する立場には立っていないはずであった。彼は云い直した。

「都市の対空防禦で手いっぱいなんだろう。前線の歩兵戦闘は空軍の援助を期待出来ない」

間もなく命令が来た。幕舎を完全に偽装しろというのである。兵隊は白樺の枝を切って丹念に天幕にかぶせた。どうにか、上空から見れば森と紛れるだろうと思われたころ、弘中伍長が来て、もう全く潰れてしまった声で云った。

「移動だ。幕舎を撤去しろ。十分間で出発準備」

「……なんてことだ！」

小泉がうっかり口に出した。弘中は走り寄って、小泉を突き倒した。

「戦闘だぞ！　文句は許さん！」

十分後に、縦隊はまた動き出した。高原を下り、谷を横切り、乾ききって埃の立つ道に出た。赤い夕陽が沈みかけて、汗と埃に汚れた兵隊に赤々と映えていた。縦隊は停止した。伝令が来て、夜営準備を伝えた。

「幕舎を張るんかな？」

と、岩淵上等兵が梶のそばに来た。

「もう少し待とう。こんな暴露地に、いくら夜になるからって幕舎は張れん。きっと変更になるよ」

道ばたに腰を下ろしていた兵隊達が、急に立ち上って、ガヤガヤ云いはじめた。道を、谷の方から、後退する部隊が、汗まみれになって上って来たのである。兵隊達が騒いだのは、自分達と同じような部隊を見たからではない。その隊列の後尾に、十二三人の若い女の軍属がいたのだ。汗ばんで上気したような赤い顔。リュック・サックの負革で抑えつけられた胸の膨み。ズボンをはいて、左右にまるく張り出た尻。揺れて来る。揺れて行く。

「後退かア？」

「後退だよウ」

「畜生！　うまくやりやがった！」

「後方と女は引受けたよウ」

「別嬪さん、俺達も連れてってくれよウ」

「兵隊さん、しっかりね」

リュック・サックの下で、まるい、柔らかそうな尻が揺れて行く。揺れて行く。

「兵隊さアん、頼むわよウ」

男達の渇いた喉で、粘った唾が鳴る。これが、女を見る最後かもしれなかった。いまの別れが、人生との袂別《べいべつ》のしるしかもしれなかった。これから前線へ出て行く者、前線から幸便に後退する者、誰かの頭脳と手が地図の上に引く鉛筆の線で、数多い人間の運命が一瞬のうちに変る。男達は見送るだけだ、こうして、生き残る者のために死んで行く役割の配給を、煙草の配給の不平等よりも遥かにおとなしく受け止めて。

「あの連中は完全軍装でしたね」

と、寺田が不服そうに云った。

「どうして戦列に入らないんですか？」

「寺田少佐に訊いて来いよ」

と、梶は突き放して、岩淵に云った。

「司令部附かな？」

「さあ、通信部隊のようでもあるが」

道ばたでは、中井が戦友に云っていた。

「あいつら、何処かその辺で今夜は野宿だろ。夜になったら、真っ暗がりでよ、あの娘達のズボンを脱がして、乗っかりやがるんだ。畜生！　いのちは助かる、おまんこは出来る。ふざけてやがら！」

弘中伍長が走って来て、殆ど聞えない声で叫んだ。

「何故幕舎を張らんか！　他の中隊に遅れるぞ」

なるほど、薄暗くなりかけた草むらに、他の中隊は幕舎の準備をはじめていた。

「こんな、水もないところでどうするんですか？」

「お前は週番上等兵だ、水を探して来い」

梶は岩淵と顔を見合せて、むっつりしたまま谷の方へ道を下りて行った。

戻って来ると、兵隊はまた幕舎をたたんで、背嚢《はいのう》を背負いかけていた。またもや移動である。梶は宵闇の中に弘中伍長の姿を探した。

「一体、指揮班は何をしてるんですか！」

と、割れるような声で叫んだ。

「醜態も甚だしいと班長殿は思いませんか。兵隊を動揺させるばかりです」

「文句があったら隊長殿に云え！」

弘中は、声が潰れてしまっているので、呶鳴り負けしたのが口惜しいらしい。梶の胸を突きやって、きまり文句を繰り返した。

「戦闘だぞ！　文句は許さん！」

隊長土肥中尉はそこにはいなかった。野中少尉と一緒に連隊本部に行っていて、一人の見習士官が命令の取次ぎをやっていたのである。

縦隊は、宵闇の中を、重い足を曳きずって動き出した。

40

数百の兵隊が、終日、平地に戦車壕を掘った。平地を進撃して来る敵の機械化部隊をこの戦車壕で食い止めて、迂回を余儀なくさせ、その間に、山間の隘路を来るであろう敵の歩兵主力を山岳陣地で挟撃しようという作戦であるらしかった。

戦車壕の作業指揮官は土建業出身の土肥中尉である。土肥は機嫌が悪かった。労働力に較べて作業量が絶対に多過ぎるのだ。

その朝、大隊本部の幕舎で、土肥は、司令部から派遣された若い参謀大尉と対立してしまった。

「三百かそこらの兵力で、四十八時間以内に延長三キロ以上に及ぶ戦車壕は掘れません。一名当十立米以上の作業量は、現在の作業兵の体力では無理です」

「敵は無理だと云って遠慮してくれるかね」

と、全然陽灼けしていない若い大尉は、脚を高々と組んで笑った。土肥は云い返した。

「不可能な作業を中途半端にやるより、山間の攻撃進路を戦車壕で分断して、陣地の強化を図る方が遥かに得策です」

「中尉が作戦参謀ならそういう計画を立てるがいい。中尉は自己保存の建前を堅持しているらしい。よろしいか。作戦は全般的に見て、この地点で敵の機械化部隊の侵入を一日でも半日でも遅滞させることが、後方の戦備にとって必要なのだ。そのために、山間の我が歩兵部隊に多大の出血があるとしても、やむを得ん。貴官の配備は、は号陣地だな？」

大尉は地図を見て、冷たく笑った。

「お気の毒だが、貴官の守備範囲は、大局的な作戦の見地からは、そういう出血を要請されることになるかもしれん」

「小官のことはどうでもよろしい！」

土肥は若い上級者を憎らしげに睨んだ。

「問題は作業の計算です。出来ないものは出来ないんだ」

「命令であってもか？」

それまで口を噤んでいた年輩の大隊長が、困り果てた表情で仲に入った。

「土肥中尉、とにかく作業開始だ。兵力は都合のつき次第増援する」

「やります」

土肥は嚙んで吐き棄てるように云った。

「やりますが、作業未了の部分が必ず残ることを参謀殿は記憶されたい。その部分が作戦の致命的な欠陥となるとしても、土肥は責任を負いませんぞ」

土肥は憤然として出て来て、猛然と作業に臨んだ。

「昔、木下藤吉郎秀吉は……」

と、彼は兵隊を激励した。

「不可能と見られた築城を三日でやりおおせた。われわれは四十八時間でこれをやり遂げねばならん」

彼の激励にもかかわらず、兵隊は奇蹟を現わしそうにもない。作業は漫然と続き、遅々として捗らなかった。兵隊は疲れている。倦んでいる。怖れている。そして、信じていないのだ、この作業が彼らの生還を保証するだろうとか、「皇国の隆替に関す」るだろうとかは。

土肥は歯ブラシ型の髯を慄わせて、至るところで呶鳴り散らした。彼には、生意気な参謀大尉にサボタージュを以て報復する肚はなかった。やはり、出来ても出来なくても、敵の戦車は食い止めねばならないと思うのである。むしろ、戦車壕を完成して、山間陣地を突破される責任を、参謀大尉に追及したい気持が動くのだ。どうだ、若僧！　俺の云った通りだろう！

土肥の眼に、一人の痩せさらばえた兵隊が、大円匙を土に突き刺したまま殆ど動かないのが映った。

「弘中伍長！　何だあれは！」

弘中は、それが十一中隊の区域であったので、いきなり跳び込んで、円匙の柄で腰をしたたかにどやしつけた。倒れたのは円地二等兵である。円地は米搗きバッタのように頭を上げたり下げたりして謝った。

梶は田代と寺田の間で大円匙を使っていて、この二人が泥をかぶりながら口論をはじめたので、円地のことにまで気を配れなかった。口論というのは、田代が、陣地が再々変更になるのは、指導部の不統一を示すもので、こんなことでは戦争に勝つ見込みがないとこぼしたのを、寺田が疳の立った声で抑えたのだ。

「参謀部には作戦の名人がずらっといるんだぞ。お前なんか黙ってろ！　何だ！　職工上りに戦争のことが何がわかる！」

「お前が少佐の伜だって、やっぱり一等兵だぞ。偉そうに云うな」

と、田代が、土を後ろにはね上げて、呶鳴り返した。

「作戦の名人がいくらいたって、戦争は俺達がするんだ。銃もない俺達に、何をやれってんだ！　これが名人の作戦か。ふざけるな！　お前みたいな戦争気違いがこういう戦争を作るんだ」

「よし。将校や憲兵の前でも、それを云うんだぞ。云えたら俺は敬礼してやる。大体、お前は戦争に敗けた方がいいと思ってやがるんだろう？　敗けたら、労働者の天下になると思ってやがるんだろう？」

「労働者の天下になんぞなるもんか！」

と、田代の隣で、安積が、歯を剝いて云った。この大金持の息子は、金力による保護を信じながら、この期に及んで遂に裏切られ、自暴自棄になっていた。そのくせ、当面の敵が赤軍であるということで、敵愾心《てきがい》は失っていないのだ。

「日本人はな、田代、この戦争でどうなるにしたって、赤にだけはならないからな」

「田代は日本人全部に赤になって貰いたいんだよ」

と、寺田が憎々しげに云った。

「お前、敵が来たらどうする？　赤い革命軍だぞ。労働者の軍隊だぞ。どうするよ？　寝返って、俺達を射つか？　いまのうちに聞いとこうじゃないか。安心ならないんだ」

「野郎！」

と、田代が血相を変えた。

「円匙でぶった切ってやろうか！」

「もうよせ！」

梶が、はじめて云った。寺田の問いは、梶を狼狽させるに充分であった。とっくに解答を出しておかねばならぬ性質のものである。日本が戦争の火をつけた瞬間から、この問題は眼の前にあった。梶が国境部隊に入営したときから、それは彼の体に密着していたはずのものである。一年八ヵ月も、彼はそれを眼の前に転がしておいたのだ。触れるのを避けていた。それが、いま、やおら立ち上って、巨人のように迫って来る。苦しい遁辞を弄して応対を延ばしたところで、あと一日か二日のことである。

いままた、梶は、正にそのことと直接かかわりのある戦車壕作業を、あたかもそれとは無関係な、しかも必要な仕事であるかのように、かこつけて、応対を引き延ばした。

「二人とも黙って掘れ。喧嘩して何になる？　寺田も口が過ぎるぞ」

寺田は殺気立って、食ってかかった。

「口が過ぎるのはどっちですか！　田代はいまなんと云いました！」

「やかましい！」

梶は呶鳴りつけた。

「自分の墓を掘りながら、何のための喧嘩だ！」

「上等兵殿」

と、井原が、弘中のピンタでよろよろしている円地の方を指さした。

「円地か……お前達、これ以上云い合いをしたら、両方とも叩きのめすぞ。いいな？」

梶は大円匙を放り出して、弘中の方へ行った。

梶を見て、円地の顔にようやく幽かな生色が浮んだ。梶は、しかし、弘中の手前、やさしくはなかった。

「体力が弱くても特別扱いは出来んときだぞ、円地。戦闘間と同じだ」

「……わかっております」

「倒れるまでやれ……」

それとも、いっそのこと肚を決めて、みんなの前で胡坐《あぐら》をかいてしまうかだ。

「誰もお前を助けることは出来んのだ」

弘中は梶の処置を見ていたが、一応満足して、壕から出て行った。

「何を考えても、もう遅い」

梶は呟くように云った。

「……諦めろ」


円地は諦めなかった。梶が離れると、のろのろ円匙を使いながら、三村に囁いた。

「戦闘がはじまったら、地方も通信網はめちゃめちゃだろうね？」

「そうだろう。どうして？」

円地は答えずに、茜色の夕焼雲を見つめていた。このときの束の間の空想の中では、彼は疲れることを知らぬ健脚の持主であった。夜陰に紛れ、健脚を駆って脱走するのだ。通信機関は戦闘のために混乱を極めているはずだから、たかが一人の脱走兵のことが、あらゆる機関へ通報されるようなことはあるまい。憲兵が逮捕に来るにしても、時間がかかるだろう。円地は突然夜中に家に戻って、女房や子供を揺り起すのだ。「戻ったぞ！　直ぐ起きて支度しろ。有り金を全部持って、他の物は捨ててしまえ。大きな町へ行くんだ。まあ聞け。俺けいい考えがあるんだよ。心配するな。このどさくさで食料の闇値がうんと上る。俺は満人に渡りをつけて、食料を買い込むんだ。食料統制がクソ食らえだ。満人の商人はどっさり貯えているからな。これで、あッと云う間に一財産も二財産も作るんだ。心配するなって。俺に任せとけ。苦労させたが、もう大丈夫だ。父ちゃんに任せとけ。俺はちゃんと考えて来たんだ。もう今夜っからは、てめえのことに御奉公だ。な？　楽をさせてやるぞ。もう心配はさせないぞ。お前も随分窶《やつ》れたなア……」

三村が円地の腕をつついた。

「ぼんやりしてると、またやられるよ」

円地は夕焼雲から眼を外して、涙をこぼした。

「どうしたんだ？」

「……どうもしないよ」

円地は笑った。

「戦争で死ぬのも、何で死ぬのも、おんなじだなア？」

三村には、円地が憲兵に逮捕されて銃殺されるところを想像していることなどは、わかりはしなかった。

「どうしたんだよ?」

円地は洟《はな》をすすった。

「どうせ死ぬならね、女房子供の顔を見てから死にたいんだよ」

遠くで、雷に似た音が轟いた。男達は空を仰いだ。西は夕焼に燃えている。真上には、高く、鱗のような白い雲があった。晴れているのだ。だとすれば、雷ではあるまい。その音はまた、遠く、響き渡った。

これが、男達が聞いた最初の砲声であった。何処か、ずっと遠方で、砲戦がはじまったのだ。

41

暗くなってから、梶は幕舎に飯上げをして来た。幕舎は、山の蔭、土肥中隊の最後の陣地と定められた斜面の反対側にあった。直ぐそばの茂みの中を、小川が流れている。天幕を張るピクニックには絶好の場所だ。演習の設営としても、楽しいかもしれない。いまは、場所のよしあしさえも誰も意識しないのだ。

木立ちの間に、一個小隊ぐらいの兵隊が列を作っていた。岩淵が梶を見て、云った。

「兵器受領に行くんだ」

兵站部《へいたんぶ》まで二十キロ近くあるだろう。

「御苦労さんだな。銃はあるのに、渡さなかったんだな、いままで」

「みんなおたおたしてやがるのよ! 司令部は撤退を急いで、いままで俺達のこと、忘れてやがったんだろ。よくまあ、敵さん、今日まで来てくれなかったことだ！」

「全くだ！」

梶は食罐を捌《さば》いて、初年兵に云った。

「兵器受領に行く者に多く盛ってやれ」

兵器受領隊が出発してから、暫くして、小川の向うの闇の中から、声が来た。

「土肥隊は何処だ？」

「ここだぞ」

と、中井が威勢よく答えた。道に迷ったとんまな初年兵と思ったのだ。

茂みを掻き分けて、六つの黒い影がよろめき出て来た。

「弘中班は何処だ？」

と、一人が云った。その声に聞き憶えがあって、梶は起ち上った。

「ここだ」

それを聞くと、六人は殆ど一斉に地べたに尻を落した。

「ひでえ疲れよ……」

と、唸ったのは、青雲台で玉砕したはずの乾上等兵に違いなかった。梶は急いで近寄った。

「どうしたんです？　……暗くて見えない。誰と誰です？」

「俺と赤星上等兵。おい、小野寺兵長、起きろよ」

「他の三人は？」

「三大隊本部だ」

と、うずくまっている男が答えた。

「青雲台からですか？」

「あそこからこれだけ首を揃えて来られるかよ！」

と、赤星が苛々した調子で云った。

「話はあとでいいじゃねえか。俺達に飯を食わせろ」

「残飯給与になるかもしれないけれど、貰って来ます。いまバック返納に行くところだから。

それにしても、事情だけは聞いておかなくちゃ……」

「おい、小野寺兵長、話してやれよ」

と、乾が云った。小野寺の姿は地面に貼りついて、見えなかった。

「しょうがねえな、のびてやがる。……小野寺兵長だけが青雲台からズラかったんだ」

「ズラかったんじゃねえぞ！」

と、小野寺がはね起きた。

「俺は伝令に走らされたんだ」

「まあいいやな。そう怒るな。いのちびろいしたことはおんなじだからよ。俺達はみんな、各中隊から司令部へ出張してたんだ。そこへどかんと来やがった。たまげたのなんのって！

ここへ来る途中でな、小野寺兵長とひょっこり出会ったんだ」

「青雲台はどうなりました？」

「全滅だよ！」

赤星が嚙みつくように云った。

「お前のかわいい初年兵もやられたとよ」

「畜生！　不意打ちを食わせやがって……」

と、小野寺が唸った。

「いきなり砲弾だよ！　飛び起きたら、もう営庭で破裂してやがる。カチューシャの弾がよ、唸ってな、火の尾を曳いて飛んで来やがるんだ。命令もクソもあったもんじゃない。めっちゃくちゃだ。衛兵のぼんくらめ、そのころになって非常ラッパを吹きやがる。どうやって陣地まで走ったか、わからねえよ」

「影山少尉は？」

「鉢巻山の陣地でな、俺によ、小野寺、司令部まで伝令に走れってんだ……」

梶は闇の中で小野寺の顔を確かめたいと思った。

「影山少尉がですか？」

伝令が必要だったとしても、影山が出すのは腑に落ちなかった。小野寺は、梶の声の調子で、その疑惑に気がついたようである。

「配備が入り乱れていたからよ、命令系統もへチマもありやしねえんだ。近くに大隊長がいたから、影山少尉に云ったのかもしれん」

「……飯を貰って来ます」

と、梶は体を動かした。

「申告するんでしたら、隊長の幕舎はあすこです。隊長は気が立ってますからね、申告は上手におやんなさいよ」

「おやんなさいよだと！」

赤星が危険な声を出したが、流石《さすが》にくたびれているらしく、立ち上りはしなかった。梶は、聞き捨てて、歩み去った。


梶が残飯給与を受けて戻って来たときには、中隊の空気が変っていた。一つには、青雲台潰滅の模様が誇大に伝わって、初年兵達の恐怖心を搔き挘《むし》ったせいもあるし、一つには、五年兵が闖入《ちんにゅう》して来たことが空気を変えたのだ。五年兵達は初年兵に巻脚絆をほどかせ、銃の手入れをさせ、幕舎の中の一番いい場所をあけさせて、そこに寝転んで弘中伍長と話をしていた。初年兵達は誰も幕舎に入らず、木立ちの下の闇に、幾つかの塊を作ってうずくまっていた。

梶が用事を終って、木の根がたに腰を下ろすと、井原が尋ねた。

「敵は野砲でこの陣地を射つんでしょうか？」

「さあ、どうかな？　友軍の砲列がどの辺にあるか知らんが、それによってだね。敵の方がよく知っているだろう」

「青雲台では、国境の向うから、山の形が変るほど砲撃されたそうです」

「……硫黄島では一日に千瓲《トン》以上も射ち込んだそうじゃないか」

と、梶は、手で囲いながら煙草に火をつけた。

「それでも生き残った兵隊もいただろうからな」

「洞窟陣地だったんでしょう？　われわれはどうするんですか？」

「明日、向う側の斜面に、各自が蛸壺を掘って、おいでを待つことになるだろう」

多分、それが俺やお前の墓穴になるんだよ。そうは口には出さなかった。

「お前は、せっかくいいまごろフカフカの蒲団の中だ」

「井原の彼女は、いまごろいい掩体壕を作ったのに、残念だな」

と、中井が口を入れた。

「井原さん頑張ってね」

「中井の彼女は？」

と、梶が訊いた。すると、今西が、ひょっこり口を出した。

「いまごろ、他の男の下でなけりゃいいがな」

中井も負けていなかった。

「俺は彼女の幸福のために、その男に頼むよ。どうか、もう一つやってやってくれ」

「嘘をつけ」

梶は苦笑した。

「上等兵殿の奥さんは？」

と、井原が訊いた。

「まだ一度も話を聞いたことがありません」

「いい女房だよ。戦争が終ったら、みんなに一度会わせたいな」

「ノッポですか、チビですか？」

と、中井が尋ねた。

「中肉中背でな。五尺二寸ぐらいかな。そんなところだ。体重は十三貫五百匁だ」

「ちょうどいいサイズだ」

「馬鹿野郎！」

梶から吹き出して、みんなが笑った。笑いはしたが、それが直ぐに闇の中に吸い込まれてしまったのは、やはり、みんなが、さし迫った死の影から自由ではないからである。将校斥候の報告によれば、この正面で敵と接触するのは、おそらく明後日の早朝になるだろうということである。

「上等兵殿」

と、後ろに、小泉が来た。

「あっちで、円地が変なんです。それへ寺田が絡むもんですから……」

梶は立った。

「お前達はここにいろ。誰も来るな」

行ってみると、木の下にしゃがみ込んで切株と見紛う円地が、しわがれた声でブツブツ云っていた。

「お前は親がかりだから、そんなことが云えるんだよ。稼ぎ人が死んだら、女房や子供はどうなるんだ。それも、若けりゃまだいいよ。子供を抱えて、再婚もむずかしいような女は、どうすりゃいいと云うんだ？」

「それが愚痴だってんだよ」

と、寺田がはじき返した。

「国家が立つか立たんかというときに、小さな家庭がどうなるとかこうなるとか、いい齢をして何云ってんだ！　国が滅べば、家庭もクソもないじゃないか」

「家庭を持ったことがないからそう云うんだ。国が滅んだって、亭主が生きてりゃ、女は生き甲斐があるんだしよ、両親が生きてりゃ、子供は育つんだよ。俺が死んだら、女房や子供を誰がみてくれる？　国家が何をみてくれるんだ？　俺達は、税金を取られた憶えはあるが、お世話になった憶えはないんだからね」

「お前がチャンコロになめられずに生きてられたのは、立派に国家のおかげじゃないか！国家の威厳を保てたのは、軍隊のおかげなんだぞ」

「その軍隊が戦争を仕かけて、そのために俺の家庭がめちゃめちゃになるのを、ありがたがれってのかね？」

「もういいだろう」

と、梶が割り込んだ。

「議論してもはじまらないぞ」

「お前は臆病なんだ！」

と、寺田は、梶が来ると余計に意地になったようである。

「臆病さに、理窟をつけてごまかしやがるんだ。女房や子供が心配なんじゃない。てめえのいのちが惜しいだけだ」

「臆病でもいいよ」

と、円地は、地面からにじみ出るような低い声で云った。

「臆病だから、ほんとうのことが見えるんだよ。お前みたいに空元気を出す奴が、勝った勝ったと云ってるうちに、戦争をこんなにしちまったじゃないか」

「戦争が不利になったのは、国民が緊張していないからだ。お前みたいに、いのちを惜しむ奴が多いからだ」

「もうよせ！」

梶が云った。

「円地も黙れ。寺田、お前は誰とでも口論するんだな」

「したくてするわけじゃありません。重大なときに、個人的なことばかり考える奴がいるからです。いのちを惜しむような奴が、理窟を云うからです」

「お前は惜しくないのか？」

「惜しくありません。そういう教育は受けておりません」

「そうか。俺は惜しいよ」

「上等兵殿はそう云うだろうと思っていました」

と、寺田が、きっぱりと云った。

「もう直ぐ戦闘ですから、云いたいことを云ってもかまいませんか？」

「かまわん。云ってみろ」

「上等兵殿は、寺田が少佐の子供だから、目の仇のようにしました。好き嫌いは人の勝手だから仕方ありませんが、上等兵殿は、意気地ない奴、軍人らしくない奴ばかり庇って来たのは、上等兵殿の精神がこの戦争に対して不忠実だからではないんですか？」

「寺田！」

と、小泉が抑えようとした。

「かまわん。云わせておけ」

梶は、マッチをすって、寺田の顔へ突きつけた。

「いかにも俺は不忠実だよ。兵隊になりたくないために魂を売った男だ。戦争に協力したくないくせに、せっせと戦争のために働きもしたよ。今度の戦闘だって、やりたくはないんだ。避けたいんだ。そのくせ、やるだろう。俺が小銃を持つとな、寺田、三百の射程だと、四秒時限なら五発が五発とも、限秒二秒だと五発に三発が命中する。いいか、腕自慢を云うんではないよ。俺はその小銃で、怨みも何もないよその国の男を、射ちたくもないくせに射つだろうということだ。戦争好きのお前は、おそらく三十発射っても一発も中らんだろうがね。……俺の精神が不忠実なのは、戦争に対してではなくて、俺自身に対してだ」

声が切れると、木立ちの闇が一層深くなった。

「俺は、ほんとうを云うとだな、眼匿しをした馬車馬式の教育をお前達に施した奴らが、俺の小銃の前に現われるといいと思っている。俺が射つことによって、もし戦争が終るものならばだよ。残念ながら、終りもしないし、俺にはそんな勇気もなさそうだ。どうだ、寺田、隊長はまだ起きている。行って、梶上等兵がこんなことを云いましたと、報告して来ないか？　なんなら、弘中班長でもいいぞ」

寺田は闇の一部分と化したかのように、身じろぎもしなかった。

「俺はお前のおやじを再々引合に出して何やら云ったが、それでお前が感情を害したんなら、謝るよ。他の例を取るべきだったかもしれん。しかしな、お前のおやじや、お前の学校の教師がお前に施したような教育だけは、俺は肯定出来んのだ」

「それは……この戦争を全然否定するという意味ですか？」

「しなければならんはずだった、という意味だ」

「上等兵殿は二重人格だ」

と、寺田が呟いた。

「卑怯です。立派な上等兵になって、われわれを教育して……結局、自分の身を守るためだったんですか？」

「そう思ってもいいよ。ついでに、こう思ってくれ。俺はお前達の身代りになって随分殴られたがね、これも、その卑怯さがなければ出来ないことだったんだと」

梶は闇の中で笑った。明るみだったら、どんなに醜い、歪んだ笑いだろうかと思った。

「お前は随分云いにくいことをはっきり云ったから、俺も云おう」

と、起ち上った。

「お前は阿呆だ」

寺田は、冷たい水をかぶったようにギクリとした。

「お前のおふくろがお前の戦死のために流す涙がだな、どんな内容を持っているか、想像することも出来ん阿呆だよ、お前は」

二三歩動いてから、また云った。

「今度の戦闘で死ぬのは、犬死だよ。寺田もそれがやがてわかるさ。自分を生かすためだけに戦え。奮戦しろよ。怯じ気づいたら、おそらくおしまいだ」

小川の方へ下りて行ったとき、梶の胸の中は虚ろになっていた。彼が吐き出した言葉はすべて、彼の体、その生活から出たものに違いなかった。それが、いま、空洞にこだまする他人の声のように、胸の何処かで響いている。何にどんな理窟をつけても、あさっては彼は戦場に立つだろう。何故ここまで来てしまったか、これだけはいくら理由づけても、決して肌身に沁みて納得は出来ないことであった。

「……戦地へ行くのね、きっと。だから会えたのね」

あれは、一年四カ月前の、暁のことであった。あのとき、女は彼の腕の中にいたのだ。別れを意味する怖ろしい言葉を囁いたにもせよ、あのときは戦場はまだ遠かった。抱擁と愛撫の中に戦争を忘れることが出来たのだ。いま、砲声は既に轟いている。忘れようもない、正真正銘の戦場となりつつある。

梶は真っ暗な虚空に、愛した女を見つめようとした。美千子よ、黒い怖ろしい夜だ、俺はいま、せせらぎのきわに立っている。答えてくれ。お前は俺にどう生きて欲しかったか？　ここまで勝手に生きて来て、いまさらお前に答を求める、その無責任さを許してくれ。どう生きるべきであったか？　俺は戦うだろうか？　俺とお前は何を求めて生きたのだろうか？　俺はいま、取り乱しもせずに、死を待っている。俺はほんとうにお前を愛したのだろうか？　美千子よ、お前は戦争のその後に来るものを、ほんとうに信じているのだろうか？　二人の未来を、ほんとうに、戦火の彼方に確信してくれるだろうか？

42

兵器受領隊が兵站部に着いたのは真夜中に近かった。町はその日暮れどきに猛烈な爆撃を受けて、まだ余燼《よじん》が燻《くすぶ》っていた。兵站部は撤退を急いで混乱の極にあった。暗い路上を何台ものトラックが土埃を捲き上げて走り去り、荷馬車が輻輳《ふくそう》して、罵声と馬の嘶《いなな》きが入り乱れ、物資という物資が至る処から溢れ出て来て、乱雑に散らばり、その間を兵隊が走り廻って、土方人足のように口汚なくわめき合うのもいれば、酒に酔ったようなだみ声で笑い合っているのもいる。秩序のない雑音がぶつかり合い、喉がむせるような埃っぽい空気に、馬の汗の臭いやガソリンの匂い、カビの生えた梱包の臭いが入り混って、神経を粗い砥石にかけるようである。全体が浮き足立っていた。統制の力が何処にも感じられない。これが多少でも訓練を受けた人間の集団かと疑うほど騒がしく、あわただしかった。

受領隊を引率して来た見習士官は、この混雑の中を通って、兵器庫の前で隊伍を停止させ、兵器掛の責任者を探した。ランプをともした薄暗い事務室では、軍曹と四五人の兵隊が忙がしそうに荷造りをしていた。そのくせ、へらず口は叩き合っている。見習士官が入って来たのを見ても、敬礼をしないどころか、一向おかまいなしである。受領指揮官は暫く黙って立ってい た。軍曹は煙草をくわえて、火をつけ、また荷造りをはじめながら、くわえ煙草のままで、横眼を使って云った。

「ここにはいい物なんかありませんよ」

「先任将校は何処にいるのか？」

と、見習士官は、苛立つ気持を抑えて云った。軍曹は、兵站部に巣食って甲羅を経た化物に近い男だったようである。座金のついた将校見習などは、屁でもないのだ。

「さアて、何処かな？　先任将校の当番兵でないもんでね。おい、お前、知っとるか？」

と、これもバックを何十本も食ったに違いない上等兵に尋ねると、これがまた至極人を食った答え方で、そのくせ手だけは敏捷に動かして私物品の荷造りをしながら、云った。

「何処へ行ったもんですかねエ。お花ちゃんと最後の別れで、チンチンカモカモじゃないんですか」

撤退命令を受けた男達は楽しそうに笑った。見習士官は、もう一度我慢して云った。

「それじゃ、軍曹、すまんが、お前が兵器引渡しの命令を出してくれ。われわれは急ぐんだ。払暁までに陣地へ戻らねばならぬ」

「せっかくですが、見習士官殿、自分は命令を出す権限を持ちません。司令部の方から何日何時にこれこれしかじかの部隊に兵器を引渡せと、令書でも来てれば、自分の責任で処置出来るんですがね」

「ここに作業隊の証明書がある。これで便宜を計ってくれ。急ぐんだから」

「駄目ですよ、見習士官殿、司令部からの命令でなくちゃ」

「電話を貸せ。司令部に俺から話す」

「電話はそこです」

見習士官は電話機を盛んにガチャガチャ云わせた。荷造りをしている兵隊達がクスクス笑った。見習士官は受話器を乱暴に放り出した。

「どうしたんだ、これは！」

「爆撃でね……」

と、軍曹の答で、兵隊達がゲラゲラ笑い出した。

「吹っ飛んじゃいましたよ」

「どっこいしょ！」

と、一人の兵隊が大きな荷物を抱え上げて、見習士官に荷物の角をぶち当てながら通った。

「班長殿オ、酒保へ行って、もっと甘味品をモサって来て、荷造りしちまいましょうか」

「おお、珍しく智慧が廻るぞ」

「野郎、キャラメル一箱で、どさくさ紛れに女のおそそを頂戴しようてんだろ」

「後方にはおそそが五万とあるぞ。物々交換だ。早く行って取って来い」

「オッ・ケー。合点だ」

その兵隊は、荷物の間を駈け出そうとした。突然、割れるような声が響いた。

「動くな！」

見習士官が、蒼白になって、軍刀をギラリと引き抜いたのだ。

「叩っ斬るぞ！」

「……そんな！」

と、軍曹が吃りながら叫んだ。

「無茶な！」

「国賊め！」

見習士官は腕に覚えがあるらしく、腰を捻って、乱雑に積まれた私物品の山を一刀に薙《な》いだ。

「貴様らを叩っ斬る！　小官の責任に於て、銃は奪うぞ！」

暗い路上で待ちくたびれた隊伍から、岩淵上等兵は離れて、そこらを見て廻った。

糧秣倉庫だろう。大型のトラックが停っていて、十人近い兵隊がせっせと運び出して来ては、積み込んでいた。見たところ、後方の作戦に必要な物資ではないらしい。てんでに、俺はあれがいい、俺はこれが要る、と着服に大童《おおわらわ》のようである。

岩淵は、古年次兵のような顔をして、運転台にいる上等兵に声をかけた。

「何処まで後退するんだ？」

運転兵が、隣の仲間を見て、ニヤリとした。

「荷物が行くところまでよ」

「大隊行李じゃないのか？」

「云ってみりゃ、そんなもんだがな、まあ早い話が大尉殿のものみたいなもんだ。お前は残留要員かい？」

「……作業隊だ」

岩淵は不機嫌に答えた。

「戦闘要員だ」

「かわいそうに！」

と、荷物の上から、兵長が云った。

「そいつア、ふてえしくじりだな」

と、運転兵が、幾分かの同情を混えて云った。

「しっかり頼むぜ。俺達は三十六計だ」

「……大尉とか云ってたが、どうしたんだ？」

「女の事務員達を避難させるってんで、トラックに乗せてとっくに出発したよ」

「その大尉さんが云うにはよ」

と、荷物の上の兵長がニヤニヤした。

「お前達を護送につけて先発させてもいいが、向うに着いたら、女の子のメンスがみんな止っちまったなんてことになりかねないからな、だと」

「それも無理ない心配でありますよ」

と、荷物を積み上げていた一人の兵隊が云った。

「兵長殿の夜間射撃と来たら、全く凄えんだから」

「大尉殿だって相当なもんだぞ」

と、兵長が返した。

「右手が計算、左手で豆拾いだ。うまくやってやがるよ」

兵隊達は暗い路上をあわただしく動き廻っているにもかかわらず、馬鹿笑いだけは存分に響かせた。岩淵は反対に、ますます気が滅入って来た。戦争がこんなにでたらめなものだとは、今日まで考えてもみなかったことである。古い兵隊が将校や下士官と馴れ合いで、私腹を肥やすことは、ときおり見聞しないでもなかったが、一旦非常事態となれば、「皇軍」は上下一致して国難の打開に当るものと信じていた。非常事態は発生したが、最前線はこの混乱、この堕落である。

「随分浮かれてやがるな」

と、岩淵は、それでもにが笑いの中で云った。

「同じ兵隊でも、戦闘部隊とはえらい違いだ」

「怒るなよ、上等の兵隊さん、そら、これをやるからよ」

と、兵長が、新しい「極光」の袋を一つ放り投げた。

「気の毒みたいなもんだがな、これが人間の運てものだよ、え、上等兵、お前が戦闘してるときによ、地方じゃ何百万の男と女が重なり合っていいことしてやがるんだ。怒ってみたって仕方がねえやな。ソ連軍が来るんですってよ！　まあ怖いわ、あなた、もう一度抱いてちょうだい、てなもんだ」

「勝手にしやがれ！」

岩淵の負けである。戦争はこういう工合に出来ている。

「さあ、でっ発だぞ！」

と、兵長が叫んだ。

「お前の彼女に申送りがあったら、云ってやるぞ。なんなら、俺が代りに上番してやろうか？」

兵隊達はトラックによじ登って、ゲラゲラ笑った。

「もう一度やりたかったと眼に涙だ。あばよ！　ヤケを起して弾に中るなよ、戦友」

トラックは埃を蹴立てて動き出した。運転兵だけが、手でちょっと挨拶を送った。

田代は、川村上等兵に断わって隊列から離れて、道の曲り角に列をなして停っている輜重車の陰で用を足そうとすると、暗がりから、聞き慣れない訛《なまり》でぼそぼそと話す声を聞いた。

「……班長殿は何処さ行きんしゃったとな？」

「経理部さ行って、給与伝票ばごますって来るとじゃろ。頭のよか人じゃけん、転んでもただ起きる人ではなかもんな」

「こげに荷ば積んで、どげんするとね？　軽うして、はよいんだ方がよかりそうなもんたい」

「こん馬鹿が！　頭ばちいと働かするもんぞ。こん戦さはな、太か声して云うこたならんばってんが、負け戦さたい。正直もんな馬鹿みっぞ。班長殿は物資は地方人さ叩き売って、銭ば儲くる算用しとるとよ。班長殿一人に甘か汁吸わすることはならんぞ……」

密談の声は、田代の小便の音で中断した。話の様子では古兵らしい。田代は小気味よくて、勢いよく放尿した。

「こら！」

と、姿は見せず、声だけが来た。

「そげんとこでションベン撒いたとは、何処ん奴じゃ！」

「……兵器受領に作業隊から来た者です」

「何？　兵器受領とな？　兵器受領してなんするとか？」

なんするとは何だ！　田代は中腹になった。

「われわれの部隊は、戦闘するんです」

相手の声は急に消えてしまった。田代は重ねて云った。

「ここの部隊はみんな後退して、何処へ行くんですか？　後方で陣地配備につくのではないんですか？」

幽かに笑う声がした。

「……山田乙三に訊いてみるったいね」

田代は眼の前がクラクラして来た。確かに、陸軍大将山田乙三に直接訊いてみたかった。関東軍は、一体、戦闘するんでありますか、しないんでありますか？　するとすれば、前線部隊のこのありさまは、一体何ごとでありますか、と。田代は知らなかったのだ。いや、この闇の中で盛んに私腹を肥やそうと企んでいるらしい男達も、知らなかったのだ。「世界最強最大」の方面軍の司令部では、このころ既に、高官達はその家族や家財のために、混乱を尻目にかけて特別列車を仕立てて、安全地帯へ逃避行を開始していたし、国境周辺の兵隊や地方人は、そうした逃避行を成功させるために辺土に置き去りにされ、「奮闘を祈」られたに過ぎなかった。

隊列の方へ戻りかけた田代は、もう一度だけ訛のある声を聞いた。

「ソ連軍がどげに強かか知らんばってんが、戦さはおんし達の双肩にかかっとらすばい」

43

兵器受領隊は夜明けに疲れ果てて戻って来たが、銃は土肥中隊の兵力の約八割にしか渡らなかった。

乳色の朝モヤが山肌に漂っている中に、兵隊は隊伍を組み、いよいよ最後の戦闘編成である。

作業時の弘中班の隊列には、青雲台から土肥中尉のもとへ派遣されたために国境での玉砕を免れた野中少尉が、緊張しきった面持で来た。

「ここは第三小隊。第三小隊の指揮は野中少尉が取る。お前達は青雲台の仇を討つ決心で戦わねばならん」

野中の声は幽かに慄えていた。

「分隊編成を行う。各上等兵は列外」

編成は、軽機二個分隊、小銃一個分隊、肉攻班一個分隊、他に擲弾筒一個分隊である。肉攻班というのは、主に小銃が渡らなかった不運な兵隊達である。僅かに一個の破甲爆雷と急造爆雷が与えられただけで、戦闘開始時には、敵の戦車の進路に待ち伏せるのだ。不運な分隊の分隊長には、赤星上等兵が配置された。それが決って、赤星の真四角な顔がいびつに歪んだのを見たとき、小銃分隊を掌握した梶は、云いようのない快感と憐憫《れんびん》の入り混った味を胸の中で反芻した。赤星分隊に配属された井原は、梶の方へ引き吊れた笑顔を送った。やりますよ、上等兵殿、仕方がないんです、黙ってやりますよ。そう云っているようである。

土肥中尉は、擲弾筒が十筒来たことを知ると、手を打って喜んだ。

「しめたぞ！　敵さん、ここまでおいでだ。ぶっ飛ばしてやる！」

最大射程六百メートルのこの玩具のような筒は、近距離でならかなりの殺傷効力を持っているのだ。土肥は隷下の三個小隊から擲弾分隊だけを引抜いて、直接指揮下に置くことにした。

野中小隊に分配された弾薬は乏しかった。軽機分隊に優先的に分配すると、小銃分隊では、初年兵一名当三十発である。もっとも、初年兵は帯革に前弾入れを一個しかつけて来ていなかったから、それでちょうどいっぱいになる。岩淵は、梶の射撃能力を知っているから、軽機分隊の弾を九十発分けて寄越した。これで梶は、前弾入れ二個と後弾入れ一個分、都合百二十発になった。梶がその弾薬を弾入れにしまうのを見ながら、岩淵が真剣な顔をして云った。

「頼むぜ、梶よ、向うの機関銃手を狙撃してくれよ」

若いのだ。経験のないことに立ち向う心細さが、正直に出ている。

「俺の方が頼みたいよ」

梶は笑った。

「俺の分隊の火力が乏しいことは、敵さん直ぐに気がつくだろうからね」

軽機の第一分隊長になった乾上等兵は、重砲なら手慣れているだろうが、機関銃の実弾射撃をやったことはない。それでも、戦闘となれば射っている方が気が楽に違いないから、分隊長自身が射手になるつもりらしい。

「射ちまくってやるからな、初年兵、弾送りに気をつけろよ。とろとろしてやがったら張りまくるぞ」

赤星上等兵は、同僚の小野寺兵長が要領よく立ち廻って弘中の指揮班に潜り込んでしまったのを羨んでいた。

「作業隊へ転がり込んだがお身の仇よ!」

と、自嘲と怒りを混ぜて、眼を白々と光らせた。

「五年も年期を入れたあげくによ、昨日今日来たばかりの奴と一緒に地べたを匍って跳び込めってか！　クソ面白くもねえ。おい、初年兵、お前達も俺と一緒に死にたくはねえだろう。俺もお前達の世話は焼きされねえや。俺はああしろこうしろとは云わねえからな、自分自身でよく考えるんだぞ」

赤星の眼は鬱憤を何処にぶちまけようかとばかりに、きょろきょろ動いて、梶の上に止った。

「お前の初年兵を俺が大事に扱わねえからって、不服そうなツラすんなよ。なんなら代ってやってもいいんだぜ。その方が初年兵も喜ぶだろう」

梶は相手にしなかった。

兵隊達がてんでに話し合っているときに、野中少尉は弘中伍長に尋ねた。

「向うの台上まで道路伝いに斥候を出すんだが、誰がいい？」

野中は、自分の小隊に属する兵の個性や能力を全然知らないのだ。

弘中は瞬間に三人の上等兵を考えた。岩淵、川村、梶の三人である。岩淵は兵器受領で疲れている。川村はこれから土肥中尉の指揮で擲弾筒の陣地構築をしなければならない。五年兵を出しては怨まれるだろう。

「梶上等兵がいいと思います」

野中少尉はうなずいて、兵隊の方へやって来た。

「梶上等兵、お前は兵二名を率いて斥候に出ろ。主眼は、正面の稜線上から敵の所在を確認することだが、特に道路の両側に肉攻に有利な地形の発見につとめること。わかったな？　時間は特に限定しない。敵の行動を確認するまでは持久を策する必要もあるが、いかなる状況にあろうとも、日没以前には帰隊せねばならん」

梶は、このときは別に何の感慨も湧かなかった。敵が近いということが、まだ実感に触れていないからだろう。復唱して、列兵を見た。

「……寺田……高杉、二歩前へ出ろ」

二人の若い兵隊は緊張しきって前へ出た。寺田は燃えるような眼をしていた。高杉の視線は揺れていた。

梶は細部の注意を与えてから、急に叩き切るように号令した。

「弾をこめ！」

地形は、視角いっぱいに、一枚の巨大な褐色の壁を斜めに寝かせたような丘陵斜面である。こちら側から、野中小隊が他中隊と境を接している道路が谷へ下りきって、狭い小川を渡り、その単調な斜面を登っている。道路の両側には溝のような窪みがあり、ところどころにボサや木立ちがあって、そこだけは遮蔽《しゃへい》の効果がある。それにしても、敵がもし近ければ、斥候の接近は絶対に許さない地形である。

三人の斥候は道路沿いに窪地を匍匐《ほふく》し、ボサや木立ちの蔭は早駈前進した。対峙した二つの稜線の遥か後方からは、互に肉眼では見えない敵陣を目がけて砲戦がはじまっていた。三人は稜線に近い窪地に腹匍いになった。

「息を入れろ」

梶は乾いた唇を舐めてそう云った。

「友軍も盛んに射ちますね」

と、寺田が、これも白く乾いた唇を動かした。

砲戦は壮大な交響楽だ。人命の損傷さえなければ、美しくさえある。いや、人命の損傷を伴なうから、それは悲壮美を増すのかもしれない。

三人は友軍陣地をふり返った。梶達百六十余名がおそらく今夜蛸壺を掘って明日の戦闘に備えるであろうその斜面には、人影は見えず、むらがり咲いている石竹と桔梗の花が、山肌をまだらにぼかしていた。

「変ですね」

と、寺田がまた云った。

「戦闘って、こんなにのんびりしたものでしょうか。中隊はまだ陣地についてもいないでしょう。どうして襲撃して来ないんでしょうか？」

「われわれ歩兵は、物の数でないとさ」

梶は泥の匂いを嗅いで、笑った。

「まず砲戦で後方の掩護を叩いて、それから戦車が偵察に出て来るだろう。陣地に対戦車火器がどれくらいあるかを調べにね」

「ありますか？」

と、高杉は紫色になった唇を動かして、儚《はかな》い希望を求めた。

「あるかないか、見て知っているだろう。われわれの後ろに山砲が一二門来ているはずだが、それっきりだ」

梶は寺田を見た。

「お前は、敵が何故直ぐに来ないか不思議がっているが、俺は感心してるんだよ。決して無理をしないんだな。今日になってようやく小銃が渡ったような部隊に対してさえもだ。敵さん、生命を鴻毛《こうもう》の軽きにおかないんだな。じっくり構えて、一挙に出て来る。きっとそうなるだろう。怖いようなもんだ」

寺田は、ゆうべ梶に云われたことを思い出した。お前は阿呆だ、と。阿呆を斥候に連れて出たのは何故だろう？　寺田は、また、自分が云った言葉も思い返した。梶上等兵殿は二重人格だ、卑怯です。そう云ったのだ。卑怯の意味は、あの場合、少し違えて云ったのだが、いま、この上等兵は別段うろたえているようにも見えなかった。一体、この人は、勇敢に戦うつもりなんだろうか、どうだろうか。

「ここから先きは危険だぞ」

と、梶は匍匐で発進する姿勢になった。

「砲戦をやっとる間は歩兵は出て来ていないと思うがね、お前達は俺が合図してから出て来い」

梶は地物を利用しながら匍い出て行った。

一人の男が危険区域を匍っている。おそらく、何の情熱もなしにである。義務観も、この場合は、殆ど働いてはいない。梶は他にすることがなかったのだ。そう思ったというよりも、そう感覚したのだ。危険に近づいたという自覚は、更にその危険に近づいて、確かめることによってしか、この場合は救いようがなさそうであった。

稜線を超えた瞬間に、ひょっと敵が出て来たらどうか？　最初の一弾は、梶の銃口から飛び出て、一人の赤毛の男を倒すだろう。次の瞬間には、梶の体は、自動小銃の連射で地面に縫いつけられるに違いない。梶は一体何をしに行くのか？　敵の所在を確かめて、何の足しになるというのか？　敵の兵力と配備がわかったとしても、それによって友軍の応戦の仕方に選択の余地があるというのか？　とんでもない！「無敵関東軍」は僅かに数梃の重機、十数梃の軽機、数百の小銃で、大戦争の断末魔の一戦を戦おうとするのだ。あらいざらいの身代限りである。何のために匍って行くのか？　いっそのこと、稜線上に銃を置いて、そのまま両手を高々と上げ、敵の方へ歩いて行ったらどうか？　射たないでくれ。俺は降伏する。白昼だ。敵からはよく見えるだろう。射たないだろう。……怖くなって、とうとうやって来たね、と、いつぞや夜間の国境監視に出たとき空想に現われた赤軍の将校が笑う。行けば、きっと、そういう顔形の男が出て来るに違いない。あれは、ドイツが降伏したときであった。今度は、日本が参る番だよ。さあ、云い給え、君が棄てて来た日本軍の陣地配備を。……道路の向って左側が土肥中隊、青雲台の片割れです。装備は貧弱だ。実包演習をやったこともない初年兵が主力です。向って右側は、一中隊だと聞いている。突角陣地に重機が二梃ぐらいはあるだろう。対戦車火器は、おそらく何処にもないはずだ。……ハラショ！　では、ぼつぼつ攻撃を開始するか。

梶は、ふり返って、曇った空の下に、自分の帰りを待っているに違いない小銃分隊の陣地区分を見た。そこで砲弾が炸裂する。山の形が変るほどの砲撃だ。いま残して来た男達の生命が吹き飛ばされる。梶はそれをここから見ている。戦友よ、許し給え。それが日本人の宿命だったと思い給え。……それは出来ない。それは出来ない。

寺田は、梶の腹匍いになった姿が稜線上に消えるまで、首を擡《もた》げて見送っていた。

「あの人は勇敢なのか、臆病なのか、わからんなア」

「勇敢でも臆病でもないよ」

高杉は、梶が前方に出ていて銃声もしないので、安心して、ニヤニヤしながら云った。

「自分が大将になりたがってるんだよ。俺達から偉い人だと思われたいから、古年次兵と張り合ったんだよ。俺なんか、そんなことしたってちっとも偉いと思わんから、あいつ、俺をぶん殴りやがったんさ。俺一人だものな、殴られたのは」

「あのときは、お前が悪いよ」

「殴られたって平気さ。何故俺とお前の二人を斥候に連れて出たか、わかるかい？」

「それを考えていたんだ」

「とんまだな！　明るいから、みつかったらおしまいだろ。どうせやられるんなら、あんまり面白くない俺とお前を道連れにしようってんだよ」

高杉の観察は、半面の真相を衝いていたかもしれない。寺田は沈黙した。梶が戻って来たら、尋ねてみようと肚を決めていた。

空は次第に曇っていた。砲戦は雲を呼ぶと云われる。そのせいだろうか。

「大雨が降って、戦闘停止ってことにならんかなア」

と、高杉は呟いた。

「大雨が降ったら、こっちから夜襲を仕掛ければいい」

寺田は、父少佐の教育の断片をいまだに金科玉条としているのである。

時間が経った。雲は多くなるばかりである。砲声はやんでいた。明るい、不気味な静けさだ。

若い二人は不安がつのった。梶は合図も寄越さずに行ってしまった。もう殺されてしまったのではないか？　梶が殺されたとしたら、この二人で偵察の任務を果さなければならない。寺田は斥候の守則を思い出そうとした。不安がその邪魔をした。臨機応変の措置を取る自信も覚悟も、体の慄えに揺さぶられて肚に据わらなかった。

「確か、一発も音は聞えなかったな？」

と、寺田は囁いた。

「……聞えなかったような気がするよ」

と、高杉の紫色の唇の動きもおぼつかなかった。寺田は勇気を振るい起した。

「俺、行って見て来るよ」

「待てよ。もう少し待てよ」

高杉は仲間を制めたというよりも、一人きりになるのを避けたのだ。

「行ったために、却って発見されるかもしれんから……」

二人は地面から眼だけが飛び出たように、稜線を窺っていた。梶は、二人が全然予期していない方角から、汗をポタポタ地面にたらしながら匍い戻って来た。

「……敵は、まだずっと奥の方だ。こっちから攻撃される心配がないので、のんびりしてやがるよ。戦車は十四五輛いるらしい……」

「たったそれだけですか？」

と、寺田が勢いづいた。十四五輛なら、十四五人の肉攻手で片づく計算である。

「たったか……」

梶は、汗まみれの、凄まじい眼つきをして笑った。

「一輛でも、軽機と小銃だけの一個中隊を踏み潰せるよ。……かりに、一輛に歩兵が三十人つくとしてだな、大体一個大隊か。一線兵力はそんなところだろう」

「歩兵の数は読まないでいいんですか？」

と、高杉が云った。

「読んでくれと整列してるわけじゃないからな。お前がのこのこ入って行って、調べて来るか？」

高杉は顔を伏せた。

「戦車を山砲か何かが食い止めてくれたら、歩兵の方は、隣の中隊とうちの中隊で撃退出来んこともありませんね？」

と、寺田の表情は、まだ希望を湛《たた》えていた。

「重火器の火力次第だがね……」

梶の眼は暗くなった。蛸壺《たこつぼ》を掘ったりして個々の防禦戦闘を企図するのは、重火器がないからだ。敵の戦車部隊は陣地に殺到して、蹂躙するだろう。陣地が潰乱したところに、二線から夥しい兵力を繰り出して来たらどうなるか？　偵察したところでは、敵の待機兵力は奥深く、厚いようである。攻撃をかけて来ないのは、後続部隊の到着を待っているに違いない。続々と繰り出して来るだろう。土肥中尉が手を打って喜んだ擲弾筒が、果してどれだけの効力を発揮出来るだろうか？　他中隊からも出たはずの将校斥候や下士斥候の情勢判断はどうなっているか？

梶は、陣地の潰滅は単に時間の問題だと判断したのだ。

「帰ろう」

重い声で、梶が云った。

途中で、ボサの蔭に入ったとき、寺田が尋ねた。

「上等兵殿は、どうして寺田と高杉を斥候に選ばれたのですか？」

「……説明の必要があるのか？」

「……聞かせて頂きたいと思います」

梶は、高杉が横目でチロチロ見ているのに気がついた。

「高杉も興味があるな？　そんなことは尋ねないものだと、寺田のおやじから習って来いよ。

……俺はな、寺田、お前は好戦的だから勇気があるに違いない、そう思ったよ。あれば、俺の足手纏いにならないし、なければ、お前はインチキ野郎だということになる。そんな奴なら危険に晒しても一向にかわいそうでない……」

「じゃ、どうして、敵の見えるところまで連れて行って試してくれませんでした？」

「俺が途中で怖くなったからだ。お前は怖がってるところを人に見られたいか？」

寺田は幽かに笑って、首を振った。

「高杉はどうだった。こういうところに出て来ると、いくら要領がよくてもいい子にはなれんだろう」

梶は一度稜線の方を確かめてから、背を屈めて歩き出した。

「俺を信頼していないお前達とじかに接触するチャンスだと思ったがね、あんまり役には立たなかったようだ……」

こうしていまは無事に戻るところだが、三人の心はやはりバラバラだ。危機も人間を結びつけはしないのだ。共通の目的を持たないからだろうな。梶は、それを、肚の中だけで云った。

44

「他の報告と少し食い違いがある」

と、土肥中尉が梶の報告を聞いて、傍らの野中少尉を顧みた。野中は、自分の小隊から出した斥候のことなので、表情を固くした。

「お前は充分に潜入して確認したのか？」

充分な潜入とはどれだけのことをいうのか。「万死怖れず敵状を視察し帰る斥候斥」という軍歌の一節が、梶の念頭を掠めた。万死を怖れなかったわけではない。恐怖と動揺と疲労のために脂汗を流しながらではあった。それにしても、見た眼に狂いはないと信じている。

「そのつもりであります」

「隣の中隊は払暁に下士斥候を出したんだが」

と、土肥が、歯ブラシ髯を撫でながら云った。

「それによると、この正面に戦車少なくとも二十五輌、兵力二個大隊が一線に展開を終っているそうだ」

「兵力は不明です。白昼敵影に近接は出来ませんから、状況判断に基づく推定であります。兵力はこの正面に大体一個大隊。戦車は十四五輌を超えません」

この陣地を蹂躙するには、十四五輌でも多過ぎるくらいだ！

土肥は地図を指さして、野中に云った。

「戦車群はこの道路上を一気に後方へ突破して、侵入を急ぐだろう。ここに重火器が乏しいことは空中偵察でわかっているだろうから、ここは歩兵戦闘になるだろう。肉攻手はこの辺へ出そう。夜のうちに配置してくれ」

それから、梶の方へ顔を上げた。

「戦車は後方の道路上に集結しているだろう？　これを来るに違いないんだから」

土肥の推定が、梶には、多分に希望的なものに感じられた。

「戦車は、いまのところ後方に集結していますが、道路上にはありません。あの模様では、おそらく、正面に展開して、歩兵が戦車に附接して来ると思われます。ですから、肉攻の効力は削減されるのではないかと……」

「お前の推測など聞いてはおらん」

と、野中が云い放った。

「そこの二名も、戦車十四五輛を確認したんだな？」

「この二名は稜線に残しました」

「何故か？」

「単身の方が行動し易いからであります」

「上等兵殿は合図をするまで待てと云われました」

と、高杉が口を出した。寺田は黙っていた。

「合図をしなかったのか？」

「しませんでした」

「理由は！」

「初年兵は斥候動作に習熟しておりませんから……」

「思いやりが深いな」

と、野中は意地悪く出た。

「お前は確認出来る地点まで潜入することを怠ったんだろう。臆病者が！」

梶は瞬間に蒼白になった。

土肥の髯が僅かに動いて、笑ったようであった。

「野中少尉、日没時にもう一度誰かをやってみるか」

野中が答えた。

「私がこの兵隊を連れて行きます」

「まあ、そのときのことにしよう。暗くなったら蛸壺も掘らねばならん」

土肥は三名の斥候兵に素気なく云った。

「御苦労。帰ってよし」

梶は、型通りに敬礼しはしたが、野中に対して消し難い憎しみを抱いて幕舎を出た。

45

日没前、どうしても一雨来そうな空模様になった。中隊は、行動を秘匿するために、夕食後、敵と正対する斜面に蛸壺を掘って位置につく。それまでは、反対側の斜面、幕舎の附近に待機していた。残された自由の時間は僅かである。或は、生命の時間とも呼ぶべきかもしれない。

梶は飯上げから戻る途中で、もしも夕食後野中少尉がまた梶を斥候に連れて出るとしたら、拒否してやろうと考えていた。抗命罪に該当するが、戦闘前夜だ、野中も悶着は回避するのではないか。拒否する理由は、危険だからではない。単に野中に服従したくないだけである。そのくせ、野中と二人きりで、思いきって危険区域に深く潜入したくもあった。野中が怖ろしさに慄え上って、正常な判断を失うさまを見てやりたいのだ。自分も怖いには違いないが、意地の張り較べなら負けないと思う。

幕舎に戻って、食罐の分配をはじめようとすると、台上の哨兵がけたたましく叫んだ。

「敵！　敵が来ます！」

兵隊は、瞬間、その場に棒立ちになっていた。混乱が渦巻いたのはそれからである。将校達は幕舎から飛び出て、口々に叫んだ。梶は、自分の眼で偵察して来たことから、まだ戦闘にはならないと考えていた。野中少尉が血相を変えて駈け上って行くのを、冷やかに見送ってから、ことさらにゆっくりと分隊を纏めて稜線へ上って行った。

前方の、暮色の中に雄大な腹を横たえている斜面には、戦車が三輛、稜線を超えて下りかけていた。

「来るのかな？」

と、岩淵が、軽機を据えて、梶の方へ声を投げた。梶は台上の乱雑な散兵線を見た。土肥中尉は稜線を横に歩いていた。

「偵察だろうね」

梶が答えるのと殆ど同時に、後方の砲陣から射ちはじめた。腹に響くような力強い砲声だったが、山砲の曲射弾道では移動目標は捉えにくいのだろう。はじめは、戦車の後方ばかり盛んに射った。戦車はゆっくりと下りて来る。そのうちに至近弾が集中しはじめた。

「うまいぞ！」

と、岩淵が顔を赤くして叫んだ。

「チェ！　なんて砲兵だ！」

と、乾上等兵が唸った。

「畜生！　せめて俺に十加がありゃアな」

砲撃は旺盛であったが、命中弾は出なかった。そのうちに戦車は、急速に回転して坂を易々と後退しはじめた。射ちまくられて、いかにもあっさりと攻撃を断念したように見えなくもない。砲陣は、また戦車の後方ばかりに弾丸を炸裂させた。照準を修正して、目標に追いつこうとしたときには、三輛の戦車は既に稜線の彼方へ没し去っていた。

嘘のような、或は遊びのような出来事である。戦闘の実感は少しも湧かなかった。それでも、兵隊の大部分は、友軍の砲撃が旺盛だったことで、心強い信頼感を増したようである。

小泉は、反対に、いまの砲撃で一輛も擱坐《かくざ》させられなかったことで、不安を深くしたらしい。

「あれは、退却ですか？」

と、梶の方へ暗い顔を上げた。

「火力の測定に来ただけだろう」

「手強いと見たんですね？」

と、田代は、梶がうなずくのを期待するような眼の色であった。

「どうだかな」

梶は、稜線の向う側で着々と進められているに違いない敵の、深い、厚い戦備を想像した。

「心配するな。今夜は来ないよ」

問題は明日だ。誰が知ろう、一夜明けたその日の吉凶を。

弘中が土肥のところから来て、これもいまの撃退で気をよくしたらしく、歯切れのいい調子で叫んだ。

「各分隊は別命あるまで現在地に待機。週番上等兵……」

起ち上った梶のそばへ、弘中の方から来た。

「お前な、分隊を指図して食事の分配をしてくれ」

そう云ってから、さも嬉しそうに笑った。

「虎林の友軍はな、イマンを越えてシベリヤに討ち入ったそうだぞ」

「ほんとうですか！」

と、寺田が声をはずませた。

「ほんとうだろう！　いまに朝鮮方面軍と協同作戦で沿海州攻略がはじまるよ」

「あの話、ほんとうでしょうか？」

と、田代は、食事の分配を終ったときに梶に訊いた。

嘘だよ！　梶はそういう顔で、田代を見た。嘘が何処から出たか。嘘でも信じたいいまの男達の気持から出たのかもしれない。弘中はきっと信じていたのだ。そして、田代も、それを信じたいのだ。梶は？　梶も信じたくなかったとは云えない。この瞬間に戦局が大転換して、明日に迫った生命の危機が回避されることを、幻想が切望するのだ。そんなことになったら、戦争が永びくだけだ、死の恐怖がいつまでも続くだけだ。そう考えたのは、呼吸を幾つもしてからである。

「……悲観も楽観もしないことだ。ここへ来て、いまさら何がどうなったところでな」

梶は田代に曖昧にほほえみかけた。

「俺、流れで水を浴びて来るよ」

梶は茂みの中に着衣を脱ぎ捨てて、水に浸った。これが最後の沐浴かもしれぬ。自分の裸身を撫でてみる。数えて三十歳はまだ若かった。過酷な訓練と内務にも耐えた体だ。勤労にも耐えるだろう。まだまだ使えるのだ。これからである。生きることを欲し、女を愛することを欲するのだ。この体を一人の女が愛した。いまとなっては、嘘のようである。彼は、ここ、山の冷たい流れに浸って、明日の死を待っている。女はこの地の涯に生きている。生命に悶えている。遠いのだ。その間にあるのは距離ではなかった。生と死のへだたりであった。この体は、もう、女のものでも男自身のものでもなくなっていた。限りなくいとしむ、二度と得られないこの体は。この体を、何故、自分のものとして確保しなかっただろう。それは出来なかったか？　それはほんとうに出来なかったか？　あの山を出る以前にも、或はその後の数々の出来事の合間にも、自分の体を自分のものとして取り戻すことは出来なかったか？　しようとさえもしなかったのではなかったか？

梶は、体が冷え、心が冷えて行くのを、流れに任せた。最後の沐浴だ。ようやく迫る宵闇の中に糠のような小雨が降りはじめていた。

「上等兵殿、何処ですか?」

と、茂みの向うで声がした。

「カゼをひきますよ」

「……小泉か」

梶は水の中で笑った。

「カゼをひくはよかったな」

明日で終る体は、カゼをひいてもひかなくても同じではないか。

梶は水から出て、汗臭い手拭で体を拭き、汗臭い衣服を身につけた。肌着だけは、明日の朝着替えよう。死を飾る。日本人らしい嗜《たしな》みだ。梶も遂に日本人そのものである。今夜は、これからまだ蛸壺掘りで一汗かくだろう。明日の朝着替えよう。

茂みの外に、小泉は影のように立っていた。

「用か?」

「いいえ」

淡い、影の笑いがあった。

「怖いか、明日が」

「……怖いです。自分が、そのときにどんなふうになるか、わからないのです。この三日間、諦めようと努力しましたが……」

「新婚だったね？」

「そうです」

「妻君は美人か？」

「……だと思います、私には」

小泉はまた影のように笑った。

「土曜日の晩には、いつも子供のように浮き浮きしていました。流行歌なんか歌って。それがときどき調子が外れるんです。私が笑うと、わざと唇を噛んで怒った顔をします。私がそれを見てまた笑うことを知っているからです……」

「……生きられるよ」

梶は突然に云った。

「死んでたまるか！」

暮れおちる山ぎわの、さだかならぬ一点を梶は見つめていた。

「諦めるのはまだ早い」

「……そうでしょうか？」

「妙に唯心的に聞えるだろうがね。明日戦うとしてだ、助かる方法は、諦めずに助かろうとする気持に頼ることだけだと思うよ」

田代が駈け下りて来るのが見えた。

「来て下さい、上等兵殿」

田代は昂奮していた。

「上で、古兵達が酒保品を勝手に分配しています」

「酒保品が下ったのか？」

「小野寺兵長殿が取りに行ったんです。古年次兵ばかりで、勝手にやろうとしています。今日だけは、いつもとは違うんです！　そうでしょう、上等兵殿」

梶が急いで上って行くと、初年兵達はかたまって、どれも気持の荒みを押し匿した表情で、一つところを見守っていた。そこに、六人の古兵達が携帯天幕をひろげて、甘味品と煙草を幾つかの山に分けているのである。初年兵達は梶を見ると、一様に烈しい、もの云いたげな眼の色を動かした。

こんなことって、ありますか！　今日は最後の日です！　いつもとは違うんです！

梶は黙って天幕のそばに歩み寄った。分配に慣れた眼で素早く数を読むと、はじめは穏やかに云った。

「甘味品も酒も下ったんですね？」

工合の悪いような表情が乾の顔を掠めたのを、梶は見逃さなかった。他の五人は顔を上げなかったが、手捌きが鈍ったのは、梶の出ようを待っているのだ。

「そっちの山は何処のですか？」

「将校のだ」

赤星が答えた。

「それは？」

「下士官だよ」

と、小野寺が、同意を求めて仲間を見た。

「じゃ、こっちが兵隊ですか。山がいくらも違いませんね。下士官は、九中隊が一名、十中が二名、十一中が一名、それに昨日来た乙幹伍長が一名だけです。将校は隊長以下四名でしょう」

「だからどうした？」

と、早くも赤星が凄い眼つきになった。

下給品は戦闘前夜に兵隊の労をねぎらうためか、それとも酒保が撤退時の荷を軽くするためか、いつになく種類が多くて、兵隊が喜びそうなものばかりである。乾麵包だけは一人二袋ずつ公平に分けてあったが、甘味品や煙草の盛り分けは確かにおかしいのだ。ピンハネの露骨さは軍隊では常習である。まず酒保や炊事の係がピンはねする。将校や下士官にも儀礼とへつらいをかねて、多く分ける。それから古兵が貫禄に相当して「モリる」ことを躊躇しない。年次の低い者が残りを分け合うという順序である。

赤星達は、いま、そのしきたりに便乗したに過ぎない。殊に赤星は、肉攻分隊長として明日爆雷を抱えて死ぬ身だ。古兵のささやかな特権を行使して何が悪いか！　五年間もの「御奉公」の最後の日に、たったそれくらいの我儘がどうしたというのか！

「下士官の方には、俺達五年兵の分も入っとるんだ。それが気に入らんてのか？」

「今日にはじまったことかよ！」

と、大隊本部から落ちのびて来た五年兵の一人が、加勢に出た。

「お前も上等兵だろ、軍隊の要領ちゅうもんを知らんのかい。古兵にあんまり恥をかかせないでおくんなさいよだ」

古兵達は声高に笑った。間の悪さを繕うためだったろうが、聞く方には当てつけがましく響くのだ。

その笑い声を初年兵も聞いただろう。梶は背後に、泣き寝入りを続けた初年兵の集団を意識した。この意識がなければ、見逃したかもしれないことである。けれども、いま見逃せば、梶は遂にどっちつかずの立場に終ることになる。さりとて、云い立てれば、事は殺気立つに違いない。意外な角度から、戦闘とは別の危機が迫ろうとしていた。

「……分け直して下さい」

梶はかすれた声で云った。

「公平でないようです」

「どうしたと！」

赤星は立ち上って、下給品の山を跨いだ。

「いいじゃねえかよ、梶」

と、乾が鼻白んだ笑いを浮べた。

「たかが甘味品じゃねぇか、俺達に任せとけよ」

「よくはありませんね、今日だけは」

「よくなけりゃ、どうするよ？」

と、赤星は、小野寺が制めようとするより早く、梶の胸倉を摑んで引き寄せた。

「いつぞや、俺を刺すとか云ったな。大きく出やがって！　やれるのかよ！」

梶は赤星の手をもぎ放したが、まだ争う決心はついていなかった。放れた手は、素早くはね返って梶の頰に飛んだ。赤星には、内務班での大騒動のときに帯剣で脅かされた遺恨がある。この男はこの男で、やはりその意趣晴らしはしておきたいのだ。

「もう一度大きな口を叩いてみろ！」

と、平手が、今度は逆に来た。

「一対一でどうとか云ったな」

「どうした、梶、やれよ！」

と、乾が、後ろめたさのてれ隠しに、わざと景気づいて囃した。

「初年兵が見ているぞ」

「お前の顔が立つまいが？」

と、平手の表と裏が、これでもか、これでもか！　とばかりに、往復した。

このときはまだ、五年兵と二年兵の違いが明らかにあった。梶は確かに気後れしたのだ。腑甲斐なさを嗤われているような気がして、左右へ泳いだ眼に、あちこちにかたまり合って見守っている初年兵が映った。これは、古兵の暴力の前に慴伏《しょうふく》していたいつもの集団ではない。突き通して来る視線に、沸々とたぎっているものがある。

梶は三度目の打撃を無意識にさえぎった。間近にある古兵達のどす黒い顔と、その向うに、こちらへやって来る野中少尉と弘中伍長の姿を見てから、俄かに梶は闘志が漲るのを覚えた。理不尽さの権化が、いま期せずして眼前に集結しつつある。眼前の男達だけが格別に憎いのではない。憎しみは、梶が生活を失ったときから絶え間なく培われて来たのだ。迫害された数百日の記憶が瞬間に沸騰しはじめていた。この機会を、復讐の機会として予定していたわけではなかった。けれども、いつかはこういうときが来るはずであった。その機会は突然に来たのだ。そして、一瞬のうちに去るだろう。もう明日以後は決して来ないことである。決して！　私怨も義憤も、一切が折り重なって、いちどきに解決を求めたようである。血の騒ぎの中で、それが鳴りはためく。長い屈辱と怒りが、その歎きと悲しみが、眼も眩むばかりに衝き上げて来る。

これが、何かをする最後の機会ではないか？　何であれ、何かをだ！　いままでなし得なかった何かをだ！

梶は瞬間に下給品の山を蹴崩した。

「週番上等兵は俺だ！　俺が分配する」

その次の梶の行動は、古兵達の意表に出るものであった。

「赤星上等兵、俺は必ず清算すると云ったぞ。覚えているか？　あれから日も経ったことだ、俺も少しりこうになった。別の方法で清算してやる」

梶はふり向いて、叫んだ。

「初年兵、甘味品の分配だ。駈足集合！」

ほんの一刹那だけ、梶には耐え難い不安があった。気負い込んで集合をかけても、もし初年兵が予期通りに集まらなかったら、梶はその瞬間に惨敗するのだ。すべてがその一瞬にかかっている。

来るだろうか？　かかり合いを怖れて、来ないのではないか？

梶の懸念は杞憂《きゆう》に過ぎなかった。初年兵達は待ちかまえていたのだ。明日は死ぬ、最後の夜だ、今夜だけは泣き寝入り出来ないものがある。日ごろの不満が爆発を求めている。ただ一つのきっかけ、号令がありさえすればよかったのだ。僅か二三名の者を除いて、いちどきにどっと動いた。梶とは馴染の薄い軽機や擲弾筒の初年兵まで地を踏み鳴らして駈け寄って来た。怒りの部厚い壁が後ろに出来たとき、梶は古兵達の方へ向き直った。

「明日はみんな死ぬんだ。死ぬときに、階級や年次の差が何になる！　ここは戦場だ。内務班とは違うんだ。あんた達は特権意識を振り廻して、さんざんでたらめをやり尽した。明日を控えて、それはもう通らないんだからな、肝に銘じておくがいい」

事の急変に、小野寺がうろたえて云いかけた。

「梶上等兵……」

「黙って聞け！　小野寺兵長、俺はあんたの上靴の御馳走は忘れてやしないんだぜ。俺をはじめ初年兵達はみんなあんた達からひどくお世話になった。初年兵の顔を見てみろ！　みんな、御礼をしたいと云っているんだぞ。はっきり云うとな、敵よりあんた達の方が憎いんだ。明日の戦闘では、前と後ろに敵がいると思え。横にもだ。あんた達五年兵の神様方は孤立してるんだよ。いいかね、あんた達が何を頼んだって、初年兵はもう動きゃしないんだぜ。自業自得というもんだ。諦めなさい」

「何をわめいてるんだ、梶！」

と、野中少尉と一緒に来た弘中が、横から云った。

「このざまは何事だ！」

「放っといて下さい」

梶は言葉だけはていねいに云った。

「どのみち、一度は片をつけなきゃならんのです！」

「野郎、数を恃《たの》みやがって！」

と、赤星は、蒼くなっていた顔をいっぺんに真っ赤にした。気押《けお》されて黙っていた古兵達は、下士官の援軍を得て気強くなったらしい。

「屁っぴり腰の初年兵に何が出来る！　やってみろい！」

「出来るぞ！」

集団の中から一人が咆えるように云った。田代の声である。同時に、ガチャリと銃の遊底を動かす音がした。

「どうせ明日は死ぬんだから、相手が古兵だってヘッチャラだよ」

「俺もヘッチャラさア！」

と、別の一人が云った。これは、露骨に銃口を突き出した。日ごろはひょうきんな軽口を叩く中井である。

「俺達の分隊長が射てと云やア、相手が誰だってぶっ放すぞ！」

オーッと、声のない呻きに似た気勢が集団を蔽った。不気味な遊底操作の音がガチガチと続いた。

「初年兵だって銃をダテに持っててんじゃないぞ」

と、おとなしい井原まで銃口を上げた。

「初年兵だからって馬鹿にすんなよ！」

列の中から怒声が上った。

「我慢してりゃいい気になりやがって！」

「一丁行ったろか！」

「やろうと思えばなんだって出来るんだぞ！」

「初年兵！」

弘中が蒼くなって叫んだ。

「解散しろ！　解散だ！　お前らのやっとることは叛乱だぞ！　軍法会議で死刑だぞ！」

この一言には、まだ異常な力があったようだ。初年兵達の上を、サッと一刷毛真っ暗な色が流れた。

「安心しろ、初年兵!」

梶がすかさず呶鳴り返した。

「軍法会議なぞありゃせん! お前らを罰することの出来る奴は一人もいないぞ! 明日の戦闘は誰がやるんだ!」

「梶!」

と、野中少尉が顔面を引き吊らせて叫んだ。

「敵前で初年兵を煽動するとは何事か! 直ちに解散させろ! さもないと貴様は銃殺だぞ!」

「愕きませんよ少尉殿!」

梶がきめつけた。

「なまじ干渉して問題を大きくしない方が賢明ですよ! 収束はわれわれに任せなさい」

野中は反撃を食って、退くに退けなくなった。

「弘中! あいつを逮捕しろ!」

「わからん人だ!」

梶は闘志の塊となって叫んだ。

「逮捕出来るか!」

踏み出した弘中の片足が凍りついたのは、梶の気力を怖れたというよりも、どう動くかわからない集団の不気味な威圧に負けたのだ。野中は、面目を保つためには、腰の拳銃を抜く必要があった。その手がおののきながら腰へ行くのを見ると、梶は、一跳びに初年兵の列へ跳んで、一人から銃をひったくった。

これはもう最後の瞬間だ。これこそ、訂正のきかない決定的な瞬間ではないか。予期したわけではなかったが、こうなってしまったのだ。

「初年兵！　責任は俺が取る！　構えッ！」

数十人の男達の、足と腕、銃が、一斉に動いた。一瞬のうちに、奴隷の集団は、いまにも火を吐く銃口の襖となった。

「安全子を外せ」

念のために梶が静かに云った声が、鎖まり返った水面に落ちる水滴のようであった。

梶は野中の手の動きを見守った。野中の手は拳銃の革鞘の手前に貼りついたまま動かなくなった。

「俺を逮捕してどうするのか」

梶は、はじけ返るような悦びにはずむ声を抑えて云った。

「小隊の主力は初年兵だぞ。俺は初年兵の芯棒だ、おふくろだ。俺の代りは古兵のどいつにも勤まらんのだぞ。……俺は古兵に云うことがあるだけだ」

「そうだよ！」

田代が続いた。

「古年次兵がでたらめをするからだよ。今夜はいつもとは違うんだ！」

「叛乱ではありません、これは！」

と、小泉が意外に強い声で云った。

「古年次兵が日ごろのでたらめを梶上等兵殿の前で認めればいいんです！」

「……梶上等兵」

小野寺が慄え声で云った。

「明日は戦闘なんだからよ、梶上等兵、みんな心を合せて戦わなくちゃならんのだからよ、そうムキにならんでくれ。そりゃ、俺達も悪かったかもしれないけどよ……」

「かもしれないじゃないぞ！　悪いんだ！」

と、列中から怒声が飛んだ。

「なんでえ！　金魚みたいに口をパクパクしやがって！」

「謝れ！」

「謝るんだよ！」

小野寺は必死になって続けた。

「……どうせみんな一緒に死ぬんじゃないか。な？　そうだろ、初年兵もそこんとこを考えてくれよ。仲間割れしてるときじゃないぞ。な？　男らしくよ、古いことは水に流そうじゃないか」

「厭だね、俺は」

梶は冷たくつっぱねた。

「初年兵もそうだろう」

「虫がよ過ぎらア！」

と、中井が云った。

「いまになって何だ！」

と、田代が吐き捨てた。

「聞いたかね」

梶が代った。

「恥ずかしくないか。関東軍の五年兵殿がだよ！　初年兵、よく見ておけよ、威張りくさった奴らの末路はどうだ！　俺達泣かされどおしの者がだな、怒ったら簡単には直らんのだ。水に流すとか、男らしくとか、そんな浪花節みたいな文句は通用しないんだ。平手でぶん殴ったりピンはねをやっておいてだ、心を合せて戦うが聞いて呆れるよ。どのツラ下げて云うんだ！　どうせ明日はみんな死ぬんだからな、思い残しのないように、とことんまでやろうじゃないか。中途半端な解決なんてものはないんだぜ」

「……どうすりゃいいんだ、梶……」

小野寺が呟いた。その声の調子から判断して、騒ぎはこちらが収束の汐時かもしれなかった。

「あんたは先任兵長だ。この騒ぎはあんた達の責任なんだから、将校下士官と俺達の間にあと腐れのないように責任を取って貰いたいね。これが一つだ。もう一つは、あんた達のこれまでの非行の数々を認めるんだ。どうかね、赤星上等兵、それこそ男らしく認めたらどうだ」

赤星は土色の顔をして、落ちつきのない眼を仲間の間に動かしていた。憤懣やる方なさそうだが、勝負は既にきまったのだ。

梶が最後の一喝を浴びせた。

「認めるのか認めんのか！」

小野寺が仕方なく呟いた。

「……認めるよ……」

「それだけかよ！」

と、列中から叫んだ。

「ざまみやがれ！」

「梶」

と、野中少尉を護る形で囲みから離れかけていた弘中が呼んだ。

「初年兵を解散させろ。お前に話がある。隊長幕舎に来てくれ」

「少尉殿を先きに向うへ連れて行って下さい。兵隊の喧嘩だ。将校が口を出したりするから事が大きくなるんだ」

梶の声は別の憎しみに燃えていた。

「どうせ、その人は、あとで私を斥候に連れ出して、殺してしまいたいんだろうが……私は行きませんよ。私は初年兵と一緒に行動する」

梶は初年兵の方へ向き直った。

「誰か四五人でこれを分配してくれ。将校下士官兵の区別なしだ。頭割りで平均にやれ。他の者は俺と向うへ行こう。……立てッ」

騒ぎは終った。初年兵達は梶を囲んで、暗くなった木立ちの下へ入って行った。誰も、昂奮のあとのなんとなく落ちつきのない沈黙に浸っていた。

梶はまだ心の火照《ほて》りがおさまらなかった。自分のしたことが何であったか、まだ正確な評価は出来なかったが、何かしら一区切りついた感じはあった。

小糠雨が降り続き、山肌や人々を徐々に濡らしていた。

梶は隊長から呼び出しが来るのを覚悟していた。来ても、今度こそは、はっきりと拒否する肚であった。拒否すれば、おそらく、何名かの古年次兵が武装して逮捕に来るだろう。いまの騒ぎとその勝利は、謂わば自然発生のものだ。激情が冷めたあとで、再び初年兵の掩護を煩わすわけには行かないかもしれない。そうなれば頼るものは一つだけである。梶は、実包を装塡した愛銃を手放さなかった。

暗くなった。時間の上に、雨がしとしとと降っている。呼び出しは来なかった。

近くの闇の中から、弘中の声がした。

「第三小隊、各分隊長は分隊を所定の位置につけよ」

46

男達は濡れた山に穴を掘った。深さは各自の胸に達する程度、太さは底にうずくまるに足る程度。これが、明日の、一人一人の戦闘の砦であり、そのまま墓穴をかねるものである。

土は岩や石を匿していて、堅かった。暗闇で、円匙が石に突き当るたびに、冴えた音が聞え、続いて、きまって男達のブツブツ云う呟きが聞えた。男達はこの四日間、移動と作業の連続で、この最後の穴を掘るときには疲れ果てていた。掘る気持もまた格別なのだ。明日戦闘が終って、この穴から出て来る者がどれだけいるだろうか。

男達は運命の上に踊っている自分達の役割の惨めさと滑稽さを知らなかった。これから二昼夜と何時間か後には、世界の半分を蔽っていた戦争は終ったのだ。この山で男達が死の塚穴を掘っていたときには、東海の島国の指導者達は、敗北者の面目をいかにして保ち、「上御一人」の安泰をいかにして策するかということで降伏を引き延ばしていた。

男達の大部分はまだまだ戦争が続くものと信じている。この山で彼らが死ぬのは、後方の戦備を充実させるためなのだ、と。

梶は分隊を扇の形に開いて、その要の位置に自分の穴を掘った。土肥中尉が呼び出しか逮捕のために兵をさし向けて来ないのが不審であった。分隊の戦闘準備が完了するまで働かせるつもりではなかろうか？　梶は傍らに防雨外套を敷いて、その上に横たえてある銃を絶えず気にしながら掘った。小隊の秩序は、あの一瞬でひっくり返ったのだ。梶は謂わば最大多数の代表者に自分自身を推し出したようなものである。けれども、事後処理としては、まだ何もしていなかった。もともと、支配権を握ろうというのではない。人間の独立の最小限度が、或は人間そのものの最小限度が、この非人間の秩序の上に認められれば、それで満足であった。それだけではいかに実質を伴なわない、殆ど無意味に近いものであるかは、まだ考えていなかった。これで、個人的な勇気を集団の力と結合すれば、或る条件の下では何ほどかのことが出来る、ということを実証したに過ぎない。その可能性の上で何か新しく行動を起すことが必要なのだと思いはじめたのは、自分の墓穴を掘り終ってからである。掘り上げて、ひと息入れているところへ、闇の中から、小野寺の控え目な声が近づいて来た。

「梶よ……梶上等兵……」

梶は銃を取って、待った。小野寺は、梶の返事がないので、初年兵に聞き聞き来たらしい。銃口を突きつけられているのに気がついたときに、危うく腰が抜けかけたのが、梶にもわかった。

「何の用です？」

「待ってくれ。……待ってくれ」

小野寺には、先きほどの脅迫がよほどこたえたようである。梶は、相手に害意がないのを見定めると、銃を立てた。

「……話をしたくてな……来たんだ」

「何の話ですか？」

「……梶は今日、斥候に出ただろ。どうだった？　ほんとのところを聞かせてくれ」

「隊長に報告しましたよ」

梶の冷やかな調子も気になるらしく、小野寺は縋りつくように云った。

「勝てそうか？　な？　どう思う？」

「……あんたはどう思うんです？」

「ここには備えがあるから……来るのを待ちかまえているんだから、勝てるだろう、な？　青雲台みたいなことはないだろう。そうだろう」

国境青雲台で暁の夢を砲声で微塵に打ち砕かれたこの男は、ここでもまた戦闘をいよいよ明日に控えて、もう魂を半分ほど引き千切られているように見えた。

「梶は斥候で敵を見て来たんだから、わかるだろう？」

「うまく行かないにしたって、どうしようもないでしょう」

梶がそう云うと、小野寺がまた縋りついて来た。

「うまく行かないって、負けると思うのか」

「土肥中尉や野中少尉は勝つつもりでしょうがね」

梶は意地の悪い云い方をした。

「私は将校なんて信頼しないんだ。……戦闘前夜になって仲間割れしたり、ろくな火力も持たないような部隊が、どうやって勝つんです？」

「……さっきのことは云わんでくれ」

消え入りそうな声である。梶は笑った。先任兵長も落ちぶれたものだ。

「気が弱くなりましたね。さっきのことを云うつもりはないが。……しかし、野中少尉は私をやるつもりでしょう」

「やらんよ。髯中尉に俺達は油を絞られたよ。野中少尉は赤星を連れて道路の方へ偵察に出て行った」

梶は急に全身が柔らかくなるのを覚えた。小野寺は、しかし、梶の次の言葉で、全身から骨が抜けたようになった。

「……私が偵察した限りでは、全滅は時間の問題です。特別に強力な火砲が今夜のうちに配備されなければね」

「……じゃ……」

小野寺が虚ろに呟いた。

「どうするんだ？」

「各自がどうやっていのち拾いをするかでしょう」

梶は汗と小雨で濡れた顔を、軍衣の袖でぬぐった。袖もじっとりと湿気を含んでいた。

「小銃分隊、掘り終った者は俺のところに来い」

闇の中から、黒い影がぼちぼち出て来た。反対に、小野寺はゆらゆらと揺れるように消えていった。

「最後だと思うからね」

と、梶は、囲りに集った数人の男に云った。

「俺の希望を云っておく。明日の戦闘間には、命令も号令も徹底しないだろう。お前達は自分自分でやるんだよ。俺の云いたいことは、二つだけだ。臆病になるなよ。どんなに怖がったって、来るものは来るんだから。臆病になると、えらく惨めだと思うんだ。これが一つ。もう一つは、決して諦めるな。勝負を云うんじゃない。自分のことだ。諦めるなよ。射ちまくられているときに、応戦しろなんて俺はいわんつもりだ。危なかったら、穴の中にひっ込んで、家の事でも考えろ。女のことでもいいぞ。俺はそうするつもりだ」

誰かが笑った。それが幽かにみんなに伝わった。

「女房のある奴は気の毒だ」

と、中井が云った。

「最後の晩にさぞかしやりたいだろうによ！」

「お前だってそうだろう」

と、梶が返した。

「褌の中の彼女は連れて来たか？」

「勿論であります」

「よし、抱いて寝ろ。分れだ。防雨外套を着て、穴の中で寝ろ。見張りはいらない。俺が起きている」

梶はまだ土肥や野中に対する警戒を完全に解いてはいなかった。

男達が去ったあとに、円地がまるで体重をなくしたかのように足音もなくやって来た。

「上等兵殿、円地の位置を変更して下さい」

言葉は正しかったが、調子がおかしかった。変に思いつめていて、虚ろなのである。

「掘っていましたら、白い布が出たんです。……あれは、きっと、墓です。気色が悪いんです」

「こんなところに墓があるか。錯覚だよ、お前の！」

「いいえ、確かに墓です」

「その白い布という奴を見せろ」

「気色が悪くて放り投げました」

「骨でもあったか？」

「暗くて、わかりませんです。きっと崩れた骨があるんだと思います」

「墓じゃないよ。こんな山奥に墓なんぞあるもんか！」

「墓です。気色が悪くてたまりません。上等兵殿、換えて下さい、お願いです」

蛸壺は五メートルか十メートルの距離間隔で、位置をきめてある。場所を変えるとすれば、その距離か間隔のどちらかが縮まることになる。その方がよほど、砲弾の下で本物の墓となる危険性があるというものだ。

梶は円地が疑心暗鬼を生んだに違いないと思った。

「神経を立てるな。いい齢をして何だ！」

と、強く云った。

「お前はもうフラフラじゃないか。もう一本掘ろうたってむりだろう」

事実、円地はもう体力の限界を、この四日間で完全に超えてしまったのだ。

「無理をせずに寝ろ。朝になったら、お前のバカバカしい錯覚だったことがわかるよ」

円地は酔いどれのような足どりで行きかけたが、どうしても我慢できないらしく、戻って来て慄える声で哀訴した。

「すみませんが、誰かと、替えて貰えませんでしょうか？」

「馬鹿！」

梶が呶鳴った。

「なんてことを云いやがる！　自分が気色悪くさえなければ、他の者はどうでもいいのか！　臆病もいいかげんにしろよ。みんな墓を掘ってるんだ。それが厭なら、分隊区域からはみ出て、一人で掘れ。人に手伝って貰えるなどと思ったら大間違いだぞ」

「上等兵殿」

と、横の方から、今西が云った。

「私が代ってやりましょうか」

梶は暗がりに円地の顔を窺うと、嬉しそうにその表情が弛んだように思えた。

「いかん！」

これは、円地がまだ聞いたことのない冷酷な声であった。

「女学生のピクニックじゃないぞ。弾が飛んでくれば、屍体の下にでも潜り込まねばならんのに、墓ぐらいが何だ！　行って寝ろ。臆病根性と戦ってみろ。どうしても眠れなかったら、俺のところに来い。夜だけ替ってやる」

47

これは死ぬ前兆に違いない、墓を掘り当てたということは！　円地はそう思い込んだ。白い布のきれはしが果してそうであったかどうか、円地はそうと信じ込んだのだ。墓なら、もっと出そうなものだが、そう考える冷静さは、いちどきに失われていた。墓でないとしても、誰かが、いつの日にかここで行き倒れて、雨風に打たれ、土に埋もれたのかもしれない。その方が、ありそうなことだ。そう思うと、それに違いないと信じはじめた。いずれにしても、死人の墓である。死霊が潜んでいる。あたりに漂っている。見知らぬ、白装束の死人が、この暗夜に、陰にこもった気味の悪さで囁くようである。円地よ、お前はここで死ぬのだよ。誰からも見捨てられて、この野辺に白い骨となるのだよ。お前の妻や子は、飢えて、干からびて、お前の帰りを待ち侘びるだろう。お前はもう帰れないのだよ。ここで、お前は、じめじめした土の中に眠るのだよ。

円地はそれでも、梶から云われた通りに自分と戦ってみようとした。穴の中に入り、身を慄わせながら何秒かは我慢した。梶上等兵は冷酷だ。きっと、あの人達は助かるのだ。俺だけが死ぬように出来ているのだ。この、じっとりとして冷たい土の壁。死人の衣がきっとこの中にある。暗くて見えなかったが、ここはきっと死人の骨だらけだ。俺はきっと骨の上に坐っているに違いない。これは骨の屑ではないか、このザラザラした、湿った手触りは！

円地は穴から跳び出した。暗かった。何も見えなかった。前方の闇の底には、丘陵の巨大な腹が横たわっている。そこから、死が刻々に押し寄せて来る。犇々《ひしひし》と取り囲んで来る。円地よ、もう逃れられないぞ。お前は死ぬのだ。お前は死ぬのだ。円地は、ひたむきに、妻や子の顔を思い出そうとした。過去には、笑い合った日も数多くあったはずである。それが、思い出されて来る顔は、青く窶《やつ》れて、唇も血の気を失い、弱々しく呟いている。もうお店が駄目なんですよ。もうあたしの手ではどうしても駄目。どうしましょうねエ、これから先き、子供達を抱えて。

円地は穴の周りを歩き廻った。暗い宙を踏んでいるようである。足は殆ど無感覚になっていた。心だけが燃えている。騒いでいる。とっくに、あの作業をしている時分に、逃げ出せばよかった。そうすれば、いまごろは、家族を連れて何処かへ姿を晦ますことが出来たのではないか。何処かの満人街に潜り込んで、身を粉にして働くのだ、日本人の「ジャングイ」(旦那)などと思われなくてもいい。満人の小商人と一緒に大道でしがない商売をしてもいい。こんなところで明日死ぬよりは。

円地は耳を澄ました。闇の中から音もなく忍び寄って来るものを感じる。敵ではないか？ 殺されるのではないか？ 死霊が嗤っている。お前は死ぬのだよ。円地は、まだ、洩れ出て来そうな声を抑えるだけの理性はあった。けれども、その理性だけに頼ってはいられないのだ。

穴の周りをぐるぐる廻る。闇に締めつけられて耐えられなくなると、穴の中に跳び込む。すると、湿った、ひんやりとした死霊が立ち昇る。また跳び出る。駈け出したくなる。逃げようか？　いまのうちに、そっと忍び出ようか？　陣地を出はずれしから、一目散に走るのだ。何処へ？　もう、この体は萎えきっている。屈強な男達に追いつかれるだろう。敵前の逃亡は無条件に銃殺だ。小銃分隊長梶上等兵が銃を上げる。冷酷な眼だ。円地、自業自得だぞ、観念しろ。……

霧のような雨は降り続いていた。草深い大地をいつともなしに濡らし、穴の底の男達の不安な眠りの上に降りかかる。

梶は、銃を構えて、ひっそりと歩いた。とうとう最後の夜まで来た。一歩一歩が、それを確かめる。こうして、大地を静かに踏みしめる。美千子よ、お前は眠っているか？　お前は俺がまだ生きていると信じているか？　美千子よ、お前は知るまい。この夜の深さを。この、底知れぬ死の前夜を。

梶は足を停めた。地を匍う囁きが聞えて、身を屈めた。

「……意気地がないけどね、怖くてたまらないんだよ……」

と、三村の声らしい、慄えている。

「生きられるのか、死ぬのか、いまのうちに決めて貰いたい気がするよ。じっと待っているなんて、やりきれない……」

「……もう決っているんだろうね、誰と誰が生き残って、誰が死ぬかは……」

と、小泉だろう、闇に溶け入りそうに呟いた。

「それがわからないから、明日一日だけ生きながらえるように祈るんだけど……」

「……俺……自分が怖いって気持より、おふくろが可哀そうでたまらんのだよ。俺が死んだら、おふくろはそれこそ何の張り合いもなくなってしまうんだから……」

と、これは田代の声と聞えた。

「もし帰れたらね、昼間働いて、夜は夜学かなんかで勉強してね、おふくろがあんまり年寄りにならんうちに、少し楽をさせようなんて考えてたんだ……」

「……明日まで、もう何時間かだ……まるで死刑囚みたいだね俺達……」

声が小泉に戻ったところをみると、三人だろう。眠られぬ最後の夜に、濡れた草むらを匍い寄って、ぼそぼそと語り合っている。

霧のような雨は、ただその冷たさだけで、降っていることが感じられた。声が途切れたのは、死刑囚が残された時間を数えているに違いない。

梶は殆ど音も立てずに入って行った。

「敵の夜襲だったら、お前達はもう地獄の三丁目あたりだよ」

と、笑った。

「喋ってもいいから、敵の方へ向いて伏せていろ。夜襲なんかはあるまいがね。必要な心構えがそうしたものだ」

真っ暗な沈黙がそこにあった。幽かな息づかいさえも聞える。

「……脅かして悪かったな」

梶は歩きだした。

「上等兵殿、夕方は痛快でした！」

と、田代が、それで自分の気持を引き立てるかのように云った。

「あれで気がせいせいしました」

小泉も云った。

「生きて帰れるんだったら、いい話の種になるのになア……」

「お前達のおかげだよ。さもなきゃ、俺は銃殺されただろう」

明るいときには自由に表現出来なかった感謝の気持が、この暗がりでは溢れ出るようであった。

「あれをせめてものみやげに持って帰れるといいのにな……」

梶は蛸壺に戻った。夜は更けて行く。時が刻まれる。人生の最後の時刻を、一人の男が穴の中に佇んで、無為に過ごしている。深夜の静けさの中に、足音を聞くがいい。死の足音ではない。虚しく去って行く青春の足音をだ。

お前は生きたか？　お前は働いたか？　お前は愛したか？

梶は銃を前に横たえ、胸に触れる床尾に頬づけした。そこは冷たく濡れていた。体の奥底から揺り上げて来るおののきがあった。まだ存分に生ききった憶えはなかった。生きたしるしを遺すほどの、何もしてはいなかった。一人の女と幸福の夢を描きかけたばかりであった。悔いない愛し方さえも出来なかった。もっと何かがあっただろう。もっと何か、他の生き方が、死の前夜に、悔いを残さないだけの生き方が。明日、向うの斜面から、大量の死が下りて来る。何処に避ける隙間もなく押し寄せて来る。それにもかかわらず、いまここに、じっと佇んでいる。時間は、まだある。一秒一秒が、何十万年もの人間の過去へ積み込まれて行くけれども、まだ時間は残されている。

逃げようか？　体力の続く限り闇を走って逃げようか。出来そうなことにも思えた。もしこの一戦で戦争が終るものならば、逃げて逃げおおせないことはない。だがもし、戦争がまだ続くとしたら、梶と美千子は惨めな野良犬のように、人目を避け、世間を怖れて逃げ廻らねばならない。美千子は褻れ、傷つき、梶は荒み、惨めさのために二人は啀《いが》み合い、それだけずつ愛と幸福は険しくこの二人を裏切るだろう。そのあげくに捕えられ、引き裂かれ、ただ後悔のみを残して処刑されるだろう。

逃げられない。梶は銃把を握り、握り、握り締めた。

美千子よ、俺はお前のところへ帰れないのだ。だとすれば、まだ一つ、お前と俺が後日に再会の希望を繋ぐ方法があるのではないか。俺が投降することだ。美千子、お前は、俺が死んだと思わずに待ってくれるだろうか。俺はこの蛸壺から出て、斜面陣地を下りて行く。向うの闇は敵の領域だ。手を上げて登って行く。敵の火線が近づく。暗いのだ。美千子よ、そこから一歩先きの吉凶が不明なのだ。

射たないでくれ！　梶はこの幻想をもう幾度描いたことか。そのたびに、射たれないという保証を何処にも見出せなかったことである。殊にいま、戦闘前夜に、日本軍の夜襲に備えているに違いない前方の火線、たまたま梶の正面に当るその一人が恐怖に駆られて乱射すれば、それで事は終るのだ。

かりに、投降出来たとしよう。そして、戦争も続くとしよう。梶の初年兵達は、梶の単独行動を決して理解もせず、決して許しもしないだろう。何だ、あの男は！　あのときはバカに威勢がよかったが、いのちが危ないとなると、俺達を放ったらかして逃げて行きやがる！　みせかけだけのテンプラ野郎め！

美千子はどうか？　隣人の爪はじき、その白眼視の中で、どうやって生き抜くだろうか？　隣人は云うだろう。見ろ、売国奴の情婦が行く。唾を吐きかけろ！　叩き出してしまえ！　何も売ってやるな！　干乾しにしてしまえ！　また云うだろう。ごらんなさい。あいつはスパイのイロだったのよ。捨てられてもまだしゃあしゃあと生きてるじゃないの！　見てごらん、あいつ、きっと淫売になってよ！　それしか生きて行かれるはずがないじゃないの！

「行かないでね！」

あのとき、美千子はそう囁いた。

「帰って来てね！」

梶は穴の中に佇んだまま、殆ど身動きもせずに、闇のしじまに耳を凝らした。陣地は眠っていた。黒い、息づまるような時が、胸の鼓動を残して流れていた。

梶は銃をとり、丹念に拭いた。女に心からの云いわけをするように、丹念に。いま、梶には、愛した女の代りに、この銃だけが与えられているのである。この銃だけが、死にも生にも彼の伴侶となるものであった。

考えは泡のように浮び、一つずつ消えて行く。悩ましい想いは揺り返し、揺り戻し、徐々に沈澱する。

ふと、地面に影が動いたようであった。ふわふわと、それは行方も定めず、足音も立てず、漂っていた。やがて、それは陣地の斜面を横の方へ揺れながら移動しはじめた。梶が蛸壺を出て忍び寄ったのも気づかないようである。梶は、闇を見透かして、その動きを見守った。影は立ち停り、ためらっていた。梶は息を止めて、待った。もし、その影が左へ動いて分隊区域を出きったところで道路へ下りるようならば、梶はそれを見逃したかもしれないのだ。道路へ出たら、一散に走れ。林の手前で道路を捨てるんだ。あすこには大隊炊事があるから気をつけるんだぞ。その体で何処まで行けるか、やれるだけやってみろ。あとは、追手がかからんように、俺がなんとか食い止めてやる。それとも、俺も一緒に走ろうか?

影は、梶の息苦しいほどの期待を裏切った。反対に、右へ、各小隊が展開している方へ、夢遊病者のように歩きだしたのだ。一度躓いたときに、帯剣の音がしなかった。梶は、それで、円地の決意を胸に刺さった刃のように、知覚した。次の瞬間にはその無計画な愚かしさに無性に腹が立った。馬鹿が！　右じゃない、左だ！　右の谷へ出るまでに、お前は何百人もの中をどうやって通過するつもりだ！　誰何されて捕まったら、帯剣もないお前に弁解の余地はないぞ！

円地は、それにもかかわらず、陣地の斜面をゆらゆらと歩いて行く。梶は、後ろから跳びかかった。引き戻すと同時に、円地の頬が鮮かに鳴った。円地はたあいなく転がされた。そのはずみに、体から放り出されたのは編上靴である。危険区域を脱するまでは裸足で歩く用意だけはあったのだ。梶は円地を引き起して、もう一度したたかに平手打を食わせた。

「馬鹿者が！」

声を押し殺して、云った。

「お前の体でそんなことは出来ん！　みつかったらどうするか！」

胸倉を吊り上げて、揺すぶった。

「靴を履け。黙って戻れ。いいな？」

「……どうしたんですか？」

と、誰かが、地の底から、途方もなく大きな声で訊いた。

「なんでもない。円地の野郎、寝ぼけやがったんだ」

梶は円地の胸から手を放した。

「俺のところで朝まで寝ろ」

円地は云われるままに靴を履き、梶の蛸壺の方へ行った。

そぼ降る雨はやんでいた。梶は銃を抱いて円地の穴の底にうずくまった。考えるべきことを考えずに、避けているような気がしてならなかった。円地に限らず、男達は明日の死を免れたいに違いないのだ。怖ろしくて出来ないだけである。梶が指揮したら、行動するのではないか？　あの夕方の対決の場では、彼らは梶に従い梶を支持したのだ。たかが甘味品の分配を繞《めぐ》って爆発した対立感情でさえも。いまは最後の生命の問題であった。梶がもし分隊を呼び起して、投降の決意を明かしたら、おそらく、寺田を除いては、みな従うのではなかろうか。寺田さえも、ついて来るのではないか？　この考えも、しかし、暗夜の敵の火線にぶつかると、乱射を浴びたように潰滅した。それならば、あと、残る方法は一つだけである。小隊の初年兵全員をひそかに呼び起して、待機させる。腹心の数名を連れて、将校幕舎に行く。土肥中尉に銃を突きつけて投降を勧告するのだ。土肥や野中は無論投降を拒否するに違いない。それならば、梶の銃口が火を吹くまでだ。百数十名の兵隊の生命と、四名の将校のそれを取り替えるのだ。兵隊にはソ連軍が解放軍であることを力説しよう。彼らが敵とするのは、この兵隊大衆ではなく、正に彼らをこの戦場に狩り出したものこそが、敵であることを力説しよう。中隊は暗夜ひそかに陣地を脱け出て、敵前で照明弾を上げ、投降する。或は、一夜明けて、まさに戦闘が開始されようとする瞬間に、この中隊陣地に白旗が高々と上る。そう、われわれは投降するのだ。われわれは戦争を放棄するのだ。われわれは平和と人間の生活を恢復《かいふく》するのだ。

この幻想は梶の胸の中で燃え上ったが、忽ちズタズタに引き裂かれてしまった。梶は準備が足りなかった。梶の生き方には、この意味での甚だしい怠りがあった。人間の生命を集団的に救う、それほどの事業が、一夜の狂熱で出来るものではない。第三小隊の初年兵、つまり、青雲台の十一中隊から作業に出た初年兵の大多数は、なるほど、梶を支持するかも知れない。けれども、第一第二小隊の初年兵達は、梶が何者であるかさえ知らないのだ。それこそ叛乱の形式による投降の計画には、戸惑い、怖れ、離反するだろう。かりに、万分の一かの僥倖を得て彼らの大多数の支持の下に立つとしても、両翼に展開した他中隊が、この叛乱を見逃すはずはない。投降者達は前方の稜線に達するまでに、友軍の十字砲火の下で潰滅するだけである。

幻想は潰《つい》えた。そのあとは、寒々とした情熱の廃墟となった。梶は、生命を護り愛するために必要でもあり可能でもあったかもしれないことを、この一年八カ月の間全く怠っていたのではなかったか。その結果に過ぎないだろう、こうしてまんじりともせず、悩ましい夜を死の前で明かすのは。

梶は穴の底から立ち上った。もう考えないことだ。いさぎよく運命の前に降伏するのだ。いつかしら、運命はその扉を梶の前に幾度も開いたかもしれなかった。いま、それは、永久に閉じようとしている。

東の山の端に暁がよじ登っていた。紅い色ではない、これは雨上りの、灰色であった。去りがけに青春が胸に残した濁りに似ていた。

梶は首を廻して分隊区域を見た。

「誰か起きているものはないか？」

今西から答があった。

「眠ったか?」

「眠りました」

「じゃ代ってくれ。もう直き明けるだろう。それまで最後の一眠りだ……」

48

揺り起された。田代が上から覗いていた。

「上等兵殿、飯が上りました」

梶は穴から出た。朝になっていた。どんよりとした空模様である。稜線上にまだ異常は見えなかった。

飯は米と精白高粱の半々である。関東軍給与の最後の飯上げを、初年兵達は週番上等兵を起さずに上げて来たらしい。

「お別れに来ました」

と、井原が梶のそばに立った。肉攻班の潜伏地点から飯を取りに来たのだ。

「お!」

と、梶は声が喉につまった。

「……状況を見てな、いかんようなら、直ぐに引き上げて来いよ……」

「お世話になりました」

井原の踵がカチンと鳴った。梶は自分が答礼したかどうか、憶えがなかった。

井原が駈け去ったあとへ、円地が来た。諦めきって眠れたのだろう、皺深い顔に影の濁りは少なかった。

「昨夜はすみませんでした、上等兵殿」

持ち直したようである。その結果のよしあしは誰にもわからない。恐怖が去っただけをよしとせねばならぬ。昨夜のビンタが、彼を屠殺場へ追い込む鞭となりさえしなければだ。梶は答える代りに円地の薄い肩を叩いて、誰にともなく云った。

「幕舎へ行って来るからな……」

幕舎で、梶は背嚢から襦袢袴下を取り出して、着替えた。取り出すときに手紙がこぼれ落ちた。美千子からの古い分である。梶はその上書きの字を見つめ、決してそれから眼を放さずに着替え終った。

手紙を身につけようか、背嚢にしまおうかと、僅かの迷いがあった。梶はそれを元に戻した。あと何時間かで、ソ連軍はここを通過するだろう。ソ連兵の誰かは、日本軍兵士の遺留品を探すだろう。誰か心ある者の手に、日本の女が書き綴った悩みと歎きの記録は渡るかもしれない。彼はそれを持ち帰って、彼の恋人に見せるかもしれない。このようにして、ある日、或る日本の男と女の愛は終ったのだと。

梶は胸が痛んだ。すすり泣きに似た喘ぎが起った。豊富な未来、あるゆる欲望、すべての夢を容れるに足りる莫大な未来が、正にこの瞬間から消え去ろうとしている。ここで死ぬ、それでは何のために生きていたか！　生きるしるしを一瞬のうちに想い起し、確かめ、幾度も確かめ、納得したかった。女を猛烈に恋した。女の肉体のあらゆる部分を、肌へじかに灼きつけたかった。女の心を生命のあかしとして手に握りたかった。結局、生命とは何であったか！　この渇きは！　この狂おしい胸の疼《うず》きは！

眼を閉じて、犇《ひし》めき寄せる幻想に浸る。それを貪る。それに耐える。僅か数秒か、数分か。時間は停止を許されなかった。遠雷のような砲声が轟いたのは、最後の時刻を告げる号音である。幕舎を出る。一歩は諦め、一歩は儚い希望を踏む。死ぬのだ。死ぬとは限らない。いや、やはり、助からない。だが、もし助かったら？　もし生きられたら？

幕舎を隠した林から、斜面の草地へ登る。陣地へ向って緩歩する。あと三百歩ばかり。そこに人生終末の舞台がある。幕は上ろうとしている。男達はなんらかの役割に従って、そこに踊るのだ。もう考えることは無意味である。役者の動きも科白《せりふ》もきまっている。

梶は途中で石竹の花を一本摘んだ。ゆっくりと歩く。ゆっくりと。花をクルクルと廻し、鼻に押し当て、淡い匂いを嗅ぎながら歩く。

陣地は緊張していた。初年兵の一人が、梶を見ると、黙って前方を指さした。そこ、遥か稜線上には、無数の黒点が現われていた。梶は、摘んだ花を軽く唇に当てて、蛸壺の前の盛土にさした。仏前の花ではない。いまこれだけが、生命の可憐なしるしであった。

姿勢を起し、前方を見渡して、静かに号令した。

「小銃分隊、位置につけ」

稜線上の黒点は、視角いっぱいに散開して、徐々に、徐々に、下りつつある。

さあ、美千子よ、いよいよさようならを云うときだ。

本書、第三部・第四部はともに一九五七年一月に三一書房より刊行された。本書編集にあたって、三一新書版を底本とし、「現代の文学33 五味川純平集」(一九六三年六月、河出書房新社刊)および文春文庫版(一九七九年三・四月、文藝春秋刊)を参照した。

なお本書には、現在の観点から差別等にかかわる不適切な表現があるが、本著作の背景をなす時代性、戦時中の資料ともいうべき物語の性格を鑑み、著者は戦争と差別を根絶することを意図して執筆されたことも考慮して、原文どおりとした。

人間の條件（中）

2005年2月16日　第1刷発行
2024年11月15日　第14刷発行

著　者　五味川純平《ごみかわじゅんぺい》

発行者　坂本政謙

発行所　株式会社　岩波書店
〒101-8002　東京都千代田区一ツ橋 2-5-5

案内 03-5210-4000　営業部 03-5210-4111
https://www.iwanami.co.jp/

印刷・精興社　製本・中永製本

ISBN 978-4-00-602088-0　Printed in Japan

岩波現代文庫創刊二〇年に際して

二一世紀が始まってからすでに二〇年が経とうとしています。この間のグローバル化の急激な進行は世界のあり方を大きく変えました。世界規模で経済や情報の結びつきが強まるとともに、国境を越えた人の移動は日常の光景となり、今やどこに住んでいても、私たちの暮らしは世界中の様々な出来事と無関係ではいられません。しかし、グローバル化の中で否応なくもたらされる「他者」との出会いや交流は、新たな文化や価値観だけではなく、摩擦や衝突、そしてしばしば憎悪までをも生み出しています。グローバル化にともなう副作用は、その恩恵を遥かにこえていると言わざるを得ません。

今私たちに求められているのは、国内、国外にかかわらず、異なる歴史や経験、文化を持つ「他者」と向き合い、よりよい関係を結び直してゆくための想像力、構想力ではないでしょうか。

新世紀の到来を目前にした二〇〇〇年一月に創刊された岩波現代文庫は、この二〇年を通して、哲学や歴史、経済、自然科学から、小説やエッセイ、ルポルタージュにいたるまで幅広いジャンルの書目を刊行してきました。一〇〇〇点を超える書目には、人類が直面してきた様々な課題と、試行錯誤の営みが刻まれています。読書を通した過去の「他者」との出会いから得られる知識や経験は、私たちがよりよい社会を作り上げてゆくために大きな示唆を与えてくれるはずです。

一冊の本が世界を変える大きな力を持つことを信じ、岩波現代文庫はこれからもさらなるラインナップの充実をめざしてゆきます。

（二〇二〇年一月）

B323
可能性としての戦後以後
加藤典洋

戦後の思想空間の歪みと分裂を批判的に解体し大反響を呼んできた著者の、戦後的思考の更新と新たな構築への意欲を刻んだ評論集。〈解説〉大澤真幸

B324
メメント・モリ
原田宗典

死の淵より舞い戻り、火宅の人たる自身の半生を小説的真実として描き切った渾身の作。懊悩の果てに光り輝く魂の遍歴。

B325
遠い声
―管野須賀子―
瀬戸内寂聴

大逆事件により死刑に処せられた管野須賀子。享年二九歳。死を目前に胸中に去来する、恋と革命に生きた波乱の生涯。渾身の長編伝記小説。〈解説〉栗原 康

B326
一〇一年目の孤独
―希望の場所を求めて―
高橋源一郎

「弱さ」から世界を見る。生きるという営みの中に何が起きているのか。著者初のルポルタージュ。文庫版のための長いあとがき付き。

B327
石の肺
―僕のアスベスト履歴書―
佐伯一麦

電気工時代の体験と職人仲間の肉声を交えアスベスト禍の実態と被害者の苦しみを記録した傑作ノンフィクション。〈解説〉武田砂鉄

B328
冬の蕾
―ベアテ・シロタと女性の権利―
樹村みのり

無権利状態にあった日本の女性に、男女平等条項という「蕾」をもたらしたベアテ・シロタの生涯をたどる名作漫画を文庫化。〈解説〉田嶋陽子

B329
青い花
辺見庸

男はただ鉄路を歩く。マスクをつけた人びとが彷徨う世界で「青い花」の幻影を抱え……。災厄の夜に妖しく咲くディストピアの〝愛〟と〝美〟。現代の黙示録。〈解説〉小池昌代

B330
書聖王羲之
―その謎を解く―
魚住和晃

日中の文献を読み解くと同時に、書作品をつぶさに検証。歴史と書法の両面から、知られざる王羲之の実像を解き明かす。

B331
霧の犬
―a dog in the fog―
辺見庸

恐怖党の跋扈する異様な霧の世界を描く表題作ほか、殺人や戦争、歴史と記憶をめぐる終わりの感覚に満ちた中短編四作を収める。終末の風景、滅びの日々。〈解説〉沼野充義

B332
増補 オーウェルのマザー・グース
―歌の力、語りの力―
川端康雄

政治的な含意が強調されるオーウェルの作品群に、伝承童謡や伝統文化、ユーモアの要素を読み解く著者の代表作。関連エッセイ三本を追加した決定版論集。

2024. 10

B333
六代目圓生コレクション
寄席育ち
三遊亭圓生
圓生みずから、生い立ち、修業時代、芸談、噺家列伝などをつぶさに語る。綿密な考証も施され、資料としても貴重。〈解説〉延広真治

B334
六代目圓生コレクション
明治の寄席芸人
三遊亭圓生
圓朝、圓遊、圓喬など名人上手から、知られざる芸人まで。一八〇余名の芸と人物像を、六代目圓生がつぶさに語る。〈解説〉田中優子

B335
六代目圓生コレクション
寄席楽屋帳
三遊亭圓生
『寄席育ち』以後、昭和の名人として活躍した日々を語る。思い出の寄席歳時記や風物詩も収録。聞き手・山本進。〈解説〉京須偕充

B336
六代目圓生コレクション
寄席切絵図
三遊亭圓生
寄席が繁盛した時代の記憶を語り下ろす。各地の寄席それぞれの特徴、雰囲気、周辺の街並み、芸談などを綴る。全四巻。〈解説〉寺脇研

B337
コブのない駱駝
―きたやまおさむ「心」の軌跡―
きたやまおさむ
ミュージシャン、作詞家、精神科医として活躍してきた著者の自伝。波乱に満ちた人生を自ら分析し、生きるヒントを説く。鴻上尚史氏との対談を収録。

B338-339
ハルコロ (1)(2)
石坂啓漫画
本多勝一原作
萱野茂監修

一人のアイヌ女性の生涯を軸に、日々の暮らしや祭り、誕生と死にまつわる文化など、アイヌの世界を生き生きと描く物語。〈解説〉本多勝一・萱野茂・中川裕

B340
ドストエフスキーとの旅
―遍歴する魂の記録―
亀山郁夫

ドストエフスキーの「新訳」で名高い著者が、生涯にわたるドストエフスキーにまつわる体験を綴った自伝的エッセイ。〈解説〉野崎歓

B341
彼らの犯罪
樹村みのり

凄惨な強姦殺人、カルトの洗脳、家庭内暴力と息子殺し……。事件が照射する人間と社会の深淵を描いた短編漫画集。〈解説〉鈴木朋絵

B342
私の日本語雑記
中井久夫

精神科医、エッセイスト、翻訳家でもある著者の、言葉をめぐる多彩な経験を綴ったエッセイ集。独特な知的刺激に満ちた日本語論。〈解説〉小池昌代

B343
ほんとうのリーダーのみつけかた 増補版
梨木香歩

誰かの大きな声に流されることなく、自分自身で考え抜くために。選挙不正を告発した少女をめぐるエッセイを増補。〈解説〉若松英輔

2024.10

B344
狡智の文化史
―人はなぜ騙すのか―
山本幸司

嘘、偽り、詐欺、謀略……。「狡智」という厄介な知のあり方と人間の本性との関わりについて、古今東西の史書・文学・神話・民話などを素材に考える。

B345
和の思想
―日本人の創造力―
長谷川櫂

和とは、海を越えてもたらされる異なる文化を受容・選択し、この国にふさわしく作り替える創造的な力・運動体である。〈解説〉中村桂子

B346
アジアの孤児
呉濁流

植民統治下の台湾人が生きた矛盾と苦悩を克明に描き、戦後に日本語で発表された、台湾文学の古典的名作。〈解説〉山口守

B347
小説家の四季
1988―2002
佐藤正午

小説家は、日々の暮らしのなかに、なにを見つめているのだろう――。佐世保発の「ライフワーク的エッセイ」、第1期を収録！

B348
小説家の四季
2007―2015
佐藤正午

『アンダーリポート』『身の上話』『鳩の撃退法』、そして……。名作を生む日々の暮らしを軽妙洒脱に綴る「文芸的身辺雑記」、第2期を収録！

B349
増補 もうすぐやってくる尊皇攘夷思想のために
加藤典洋
幕末、戦前、そして現在。三度訪れるナショナリズムの起源としての尊皇攘夷思想に向き合うために。晩年の思索の増補決定版。〈解説〉野口良平

B350
大きな字で書くこと/僕の一〇〇〇と一つの夜
加藤典洋
批評家・加藤典洋が自らを回顧する連載を中心に、発病後も書き続けられた最後のことばたち。没後刊行された私家版の詩集と併録。〈解説〉荒川洋治

B351
母の発達・アケボノノ帯
笙野頼子
縮んで殺された母は五十音に分裂して再生した。母性神話の着ぐるみを脱いで喰らってウンコにした、一読必笑、最強のおかあさん小説が再来。幻の怪作「アケボノノ帯」併収。

B352
日没
桐野夏生
海崖に聳える〈作家収容所〉を舞台に極限の恐怖を描き、日本を震撼させた衝撃作。「その恐ろしさに、読むことを中断するのは絶対に不可能だ」(筒井康隆)。〈解説〉沼野充義

B353
新版 一陽来復 ―中国古典に四季を味わう―
井波律子
巡りゆく季節を彩る花木や風物に、中国古典詩文の鮮やかな情景を重ねて、心伸びやかに生きようとする日常を綴った珠玉の随筆集。〈解説〉井波陵一

B354
未闘病記
—膠原病、「混合性結合組織病」の—
笙野頼子

芥川賞作家が十代から苦しんだ痛みと消耗は十万人に数人の難病だった。病と「同行二人」の半生を描く野間文芸賞受賞作の文庫化。講演録「膠原病を生き抜こう」を併せ収録。

B355
定本 批評メディア論
—戦前期日本の論壇と文壇—
大澤聡

論壇／文壇とは何か。批評はいかにして可能か。日本の言論インフラの基本構造を膨大な資料から解析した注目の書が、大幅な改稿により「定本」として再生する。

B356
さだの辞書
さだまさし

「目が点になる」の『広辞苑 第五版』収録をご縁に27の三題噺で語る。温かな人柄、ユーモアにセンスが溢れ、多芸多才の秘密も見える。〈解説〉春風亭一之輔

B357-358
名誉と恍惚(上・下)
松浦寿輝

戦時下の上海で陰謀に巻き込まれ、すべてを失った日本人警官の数奇な人生。その悲哀を描く著者渾身の一三〇〇枚。谷崎潤一郎賞、ドゥマゴ文学賞受賞作。〈解説〉沢木耕太郎

B359
岸惠子自伝
—卵を割らなければ、オムレツは食べられない—
岸惠子

女優として、作家・ジャーナリストとして、国や文化の軛《くびき》を越えて切り拓いていった、万華鏡のように煌〈きら〉めく稀有な人生の軌跡。

岩波現代文庫［文芸］

B360
かなりいいかげんな略歴
―エッセイ・コレクションⅠ　1984-1990―
佐藤正午

デビュー作『永遠の1／2』受賞記念エッセイである表題作、初の映画化をめぐる顛末記「映画が街にやってきた」など、瑞々しく親しみ溢れる初期作品を収録。

B361
佐世保で考えたこと
―エッセイ・コレクションⅡ　1991-1995―
佐藤正午

深刻な水不足に悩む街の様子を綴った表題作のほか、「ありのすさび」「セカンド・ダウン」など代表的な連載エッセイ群を収録。

B362
つまらないものですが。
―エッセイ・コレクションⅢ　1996-2015―
佐藤正午

『Y』から『鳩の撃退法』まで数々の傑作を著した壮年期の、軽妙にして温かな哀感漂うエッセイ群。文庫初収録の随筆・書評等を十四編収める。

B363
母の恋文
―谷川徹三・多喜子の手紙―
谷川俊太郎編

大正十年、多喜子は哲学を学ぶ徹三と出会い、手紙を通して愛を育む。両親の遺品から編んだ、珠玉の書簡集。〈寄稿〉内田也哉子。

2024. 10